Ursula Straumann
(Hrsg.)

Beratung und Krisenintervention

Materialien zu theoretischem Wissen im interdisziplinären Bezug

GwG Verlag Köln

Bei den vorliegenden Artikeln handelt es sich um Beiträge, erarbeitet und vorgetragen im Rahmen des weiterbildenden Studiums "Personzentrierte Beratung und Krisenintervention" an der Fachhochschule Frankfurt am Main, konzipiert und durchgeführt von Ursula Straumann und Christiane Zimmermann-Lotz in Kooperation mit Marie-Luise Awe und Sigrid Oerder

Der Gruppe von Experten aus unterschiedlichen Fachdisziplinen gehörten an: Friedrich Barabas, Johannes Binder, Ute Binder, Margrit Brückner, Karin Flaake, Hans-Volker Happel, Wolfgang M. Pfeiffer, Agostino Portera, Wolfgang Scherer, Gert-Walter Speierer, Wiebke Wüstenberg

Die Pilotstudie zur Erprobung des weiterbildenden Studiums wurde ermöglicht mit der Unterstützung des Ministeriums für Wissenschaft und Kunst des Landes Hessen, der Fachhochschule Frankfurt am Main und der Gesellschaft für wissenschaftliche Gesprächspsychotherapie in Köln.

Satz:	Schreibbüro Kolb & Schiefer, Köln
Layout:	Rita Seum, Frankfurt am Main
Druck:	Greven & Bechtold GmbH, Hürth Köln, im Januar 1992

ISBN 3-926842-12-1

CIP-Titelaufnahme der Deutschen Bibliothek
Ursula Straumann (Hrsg.)
Beratung und Krisenintervention
Materialien zu theoretischem Wissen
im interdisziplinären Bezug
Köln: GwG-Verlag 1992

DANKESWORT DES VORSTANDS

Wir begrüßen das Erscheinen des vorliegenden Buches "Beratung und Krisenintervention", denn es dokumentiert einen innovativen Versuch einen berufsbegleitenden Weiterbildungsgang für Beratung zu entwickeln, der interdisziplinär und tätigkeitsfeldbezogen angelegt ist. Das in diesem Materialienband enthaltene Beratungskonzept stellt ein theoretisch, methodisch und praktisch fundiertes Beratungskonzept vor, welches psychosoziale Berufe für eine selbständige und eigenverantwortliche Beratungstätigkeit qualifiziert. Dabei spielt das Klienten- bzw. Personzentrierte Konzept eine entscheidende Rolle: es liefert mit der Klientenzentrierten Methode eine partielle Grundlage und stellt als Personzentrierte Orientierung eine integrative Perspektive für Weiterbildung und Praxis zur Verfügung.

Mit der Entwicklung dieses Weiterbildungsganges liefern Ursula Straumann mit ihren Kolleginnen und die AutorInnen dieses Buches eine mögliche, fundierte und nicht zuletzt bereits auch praktisch erprobte Variante davon, wie Person- bzw. Klientenzentrierte Beratung konzeptionell, curricular und praktisch aussehen kann. Der vorliegende Materialienband dokumentiert ein gelungenes Beispiel für Wissenstransfer zwischen der Fachhochschule Frankfurt am Main - wo die Entwicklung und erste praktische Umsetzung stattfand - und der Gesellschaft für wissenschaftliche Gesprächspsychotherapie, die dieses Vorhaben ideell und materiell unterstützt hat. Wir freuen uns, daß dieses Projekt bereits soviel Erfolg und Anerkennung gefunden hat und hoffen, daß der bisherige Transfer fortgesetzt wird. Denn das vorliegende Beratungskonzept stellt auch für viele Kolleginnen und Kollegen in der GwG eine Herausforderung dar. Es soll die Diskussion und Auseinandersetzung mit Fragen der Beratungsausbildung sowie der Weiterentwicklung des Personzentrierten Konzeptes im Hinblick auf seinen Beitrag für die Verbesserung der psychosozialen Versorgung noch stärker als bereits bisher fördern. Aus unserer Sicht liefert es dafür eine wertvolle Grundlage und regt zur Entwicklung auch anderer Varianten Person- bzw. Klientenzentrierter Beratung an.

Das uns hier vorgelegte Beratungskonzept enthält und behandelt grundsätzliche Fragen und nimmt eine Ausgangsposition ein, die auch in der GwG diskutiert und anerkannt ist: Beratung in Abgrenzung gegenüber Psychotherapie als eine eigenständige Tätigkeit und als einen eigenständigen berufsbegleitenden Weiterbildungsgang zu verstehen, welcher der Professionalisierung und besseren Qualifizierung der im psychosozialen Tätigkeitsfeld arbeitenden HelfernInnen dient.

Eine solche Weiterbildung muß anspruchsvoll - umfassend, gründlich und die Person einbeziehend - sein, um den Problemen der Ratsuchenden, den damit zusammenhängenden Aufgaben und der schwierigen Arbeitssituation in sozialen Brennpunkten gerecht zu werden. Und sie muß anspruchsvoll sein, um den BeraterInnen eine fachlich und persönlich fundierte Arbeitsgrundlage zu geben, damit diese ihre Aufgaben aus einem sicheren Verständnis ihrer fachlichen und persönlichen Kompetenz heraus erfüllen können - worin wir zugleich eine entscheidende Voraussetzung dafür sehen, dem beruflichen Ausbrennen vorzubeugen!

Beratung als eine eigenständige und berufsbegleitende Weiterbildung muß interdisziplinär angelegt sein, da sie auch an die Lehrenden - Ausbilder, Supervisoren, Dozenten - hohe fachliche und persönliche Anforderungen stellt. Denn neben dem geforderten aufgabenbezogenen Spezialwissen und entsprechender Handlungskompetenz darf nicht nur deren potentielle Relevanz für die Praxis vermittelt werden. Vielmehr müs-

sen die Ausbildungsinhalte aus den konkreten Anforderungen der Praxis erwachsen bzw. sich darin bewähren, so daß die konkrete Umsetzung dieses Wissens bzw. der vermittelten Kompetenzen tätigkeitsfeldbezogen und stimmig, d. h. von der eigenen persönlichen Erfahrung mitgetragen, erfolgen muß.
Gerade das Personzentrierte Konzept betont die Bedeutung der persönlichen Erfahrung und stellt daher nicht nur inhaltlich, sondern auch für die Art der Vermittlung eine wertvolle Grundlage dar. Dies wird in den verschiedenen Beiträgen deutlich. Nicht zuletzt aber in der Person von Ursula Straumann und ihren Kolleginnen, die diesen Weiterbildungsgang geplant, entwickelt und in bewundernswerter Weise verwirklicht haben. Daher gilt unser Dank in erster Linie ihnen, aber auch den anderen MitarbeiterInnen und AutorInnen und nicht zuletzt auch den TeilnehmerInnen, welche entscheidend zum Erfolg beigetragen haben.

Freiburg, Dezember 1991

Dr. Hans Wolfgang Linster
(Zweiter Vorsitzender der GwG)

INHALTSVERZEICHNIS

VORWORT DER HERAUSGEBERIN 7

URSULA E. STRAUMANN
Personzentrierte Beratung und Krisenintervention unter integrativen und kooperativen Aspekten - Ein Weiterbildungskonzept 12

FRIEDRICH BARABAS
Recht und Krisenintervention 29

GERT-WALTER SPEIERER
Medizin, Ökologie, Klientenzentrierte Psychologie und Krisenintervention 55

WOLFGANG M. PFEIFFER
Gesundheitsförderung, Vorsorge und Begleitung im Rahmen der Sozialarbeit 84

WOLFGANG M. PFEIFFER
Psychische Abweichung als Aufgabenbereich der Sozialarbeit - Zur multifaktoriellen Bedingtheit des Alkoholismus 100

UTE und JOHANNES BINDER
Überlegungen zum störungsspezifischen Umgang im Bereich der psychosozialen Versorgung am Beispiel von Schizophrenien, Neurotische Depression und passiv-aggressivem Verhalten 115

WIEBKE WÜSTENBERG
Sexueller Mißbrauch an Mädchen und Jungen und die Aufgaben der Sozialarbeit und Sozialpädagogik 131

MARGRIT BRÜCKNER
Frauenarbeit zwischen Gewaltverhältnissen und Aufbruchschancen 176

HANS-VOLKER HAPPEL
Krisenintervention im Sucht- und Drogenbereich 192

AGOSTINO PORTERA
Personzentrierte Beratung und Krisenintervention im interkulturellen Setting 207

WOLFGANG SCHERER
Existentiell-materielle Absicherung - die Grundlage personzentrierter Beratung 223

SIEGRID OERDER
Fatma: "Was meine Augen sehen, ist schwarz" – Anstelle eines Nachworts 244

ANHANG
Prüfungsordnung für das Weiterbildende Studium "Personzentrierte Beratung und Krisenintervention" an der Fachhochschule Frankfurt am Main 252

AUTORINNEN- UND AUTORENVERZEICHNIS 268

VORWORT DER HERAUSGEBERIN

Das Buch "Beratung und Krisenintervention - Materialien zu theoretischem Wissen im interdisziplinären Bezug" verdankt sich einem berufsbegleitenden Weiterbildungsgang, der gemeinsam mit Christiane Zimmermann-Lotz konzipiert und unter Mitwirkung von Marie-Luise Awe und Siegrid Oerder an der Fachhochschule Frankfurt am Main von Oktober 1989 bis Juli 1991 durchgeführt wurde. Die Weiterbildung in "Personzentrierter Beratung und Krisenintervention" - nach § 49 Hessisches Hochschulgesetz - baut auf sozialpädagogischen und sozialarbeiterischen Grundlagen sowie Basiskompetenzen in der Anwendung des klientenzentrierten Konzeptes von CARL ROGERS auf. Sie erfolgt berufsbegleitend und umfaßt insgesamt 640 Stunden.

Nach einer ersten Ausschreibung im Frühjahr 1988 kamen in kürzester Zeit über hundert Anfragen und Bewerbungen, was auf einen großen Bedarf an derartigen Weiterbildungsgängen schließen läßt. Es waren Anfragen von Fachkräften vorwiegend aus:

- Jugendämtern, Allgemeinen und Besonderen Sozialen Diensten der Städte Frankfurt, Gießen, Offenbach und dem Hoch-Taunuskreis (u.a. aus den Bereichen Erziehungsbeistandschaft, Familienhilfe, Schulsozialarbeit, Jugendpflege, Vermittlung von Pflege- und Adoptivkindern, aus der sozialpädagogischen Einzelfallbetreuung, aus Beratungstellen im Jugendamt mit der Schwerpunktsetzung Partnerschaft, Trennungs- und Scheidungsberatung sowie aus Projekten zur Förderung und Wiedereingliederung von Arbeitslosen und Asylbewerbern);
- der Frauenarbeit (Frauenhäuser, Pro Familia, Frauengesundheitszentren und Frauenbildung);
- den sozialen Diensten der Universitätskliniken und städtischen Krankenhäuser;
- einer Krankenkasse;
- der Sucht- und Drogenhilfe;
- Jugendzentren und Jugendwohnheimen;
- der Ausländerarbeit;
- sozialen Brennpunkten;
- Heimen, Kindertagesstätten und Horten;
- der Gerichts- und Bewährungshilfe sowie aus Strafvollzugsanstalten und Wiedereingliederungsstellen.

Anfragen kamen aber auch:

- von einzelnen Personen, die Beratungskompetenzen für die berufliche Tätigkeit in freier Praxis erwerben wollten; sie standen z.T. in Verbindung mit MedizinerInnen oder AnwältInnen;
- von einzelnen Fachkräften aus Beratungstellen unterschiedlichster Art.

Bis auf einen Träger waren alle Einrichtungen bereit, den am Kurs teilnehmenden Fachkräften für die 640 Kursstunden Dienstbefreiung zu erteilen. Bis auf einen Träger erklärten sich außerdem alle damit einverstanden, die Kosten entweder ganz, halb oder wenigstens bis zu einem Viertel zu übernehmen.

Das Konzept des weiterbildenden Studiums baut auf sozialpädagogischem und sozialarbeiterischem Basiswissen sowie den Prinzipien der klientenzentrierten Psychotherapie nach CARL ROGERS auf. Es bezieht die komplexen, sich laufend verändernden gesellschaftlichen, existentiellen und materiellen Grundbedingungen der Helfer wie der Klienten mit ein. Es berücksichtigt gesundheitliche, ökonomische, rechtliche, arbeitsmarktspezifische Fragen, schicht- und geschlechtspezifische Probleme sowie kulturelle Unterschiede. Neben der Vertiefung methodischer Kompetenzen in personzentrierter Beratung für schwierige Problembewältigungen im institutionellen Bezug wird teambezogen und interdisziplinär - in Kooperation mit ExpertInnen aus unterschiedlichen Fachdisziplinen - aktuelles Fachwissen vermittelt.

Unter Beratung wird eine professionelle interdisziplinär-kooperative Problembewältigungshilfe verstanden, die situativ ansetzt, unmittelbar handlungsbezogene Informationen vermittelt und unter Anwendung der klientenzentrierten Methode nach Entwicklungs- und Konfliktlösungswegen sucht; Entscheidungen und Bewältigungswege bleiben in der Verantwortung des und der Beratenen.

Ziel einer so verstandenen Problembewältigungshilfe ist:

1. präventiv den Folgen problemhaft verlaufender Lebensläufe vorzubeugen und eine Zuspitzung von Krisen sowie die Chronifizierung von Krisenverläufen zu verhindern;
2. rehabilitierend zur sozialen Integration erkrankter und behinderter Menschen beizutragen;
3. situativ ansetzende, kompetente Kriseninterventionshilfen und personzentrierte Beratungsgespräche zu ermöglichen; dafür bedarf es - tätigkeitsfeldbezogen - einer ständigen Aktualisierung erworbener Qualifikationen.

Der Band bietet als Reader eine Zusammenstellung wichtiger Informationen, Argumentationen und berichteter Erfahrungen, eine Zusammenstellung weiterführender Literatur zu aktuell relevanten Themen psychosozialer Arbeit sowie die an der Fachhochschule Frankfurt am Main entwickelte Studien- und Prüfungsordnung für das weiterbildende Studium der "Personzentrierten Beratung und Krisenintervention".

Da sich die Beiträge nicht ausschließlich auf das Konzept von CARL ROGERS beziehen, sind sie auch für Praktikerinnen und Praktiker sowie Lehrende in der Aus- und Weiterbildung verwendbar, die sich generell mit psychosozialen Problemlagen auseinandersetzen. Dementsprechend spricht der Reader neben SozialpädagogInnen und SozialarbeiterInnen auch LehrerInnen, MedizinerInnen, Krankenschwestern und Pfleger, PsychologInnen, SeelsorgerInnen oder auch JuristInnen an. Er will ihnen allen eine Möglichkeit bieten, ihr Wissen zu ergänzen und ihr Wahrnehmungsvermögen im Hinblick auf psychosoziale Problemlagen zu steigern und zu differenzieren; damit erhöhen sich auch die Problembewältigungsoptionen.

Die Materialien sollen dazu beitragen, KlientInnen im Zusammenhang mit ihrer Problembewältigung besser über relevante Fakten informieren und aufklären zu können. Ferner sollen sie helfen, die Verständigungsgrenzen zwischen den an einer Krisenintervention beteiligten unterschiedlichen Professionen und Institutionen abzubauen sowie die Kooperation zu fördern.

All diese Aspekte haben uns bei der Auswahl der ExpertInnen für den Weiterbildungskurs geleitet.

Ursula Straumann führt zunächst in die komplex angelegten Problembereiche von Sozialpädagogik und Sozialarbeit sowie das anspruchsvolle Qualifikationsprofil für Fachkräfte ein. Sie geht weiter auf die differenzierende, methodisch strukturierende und wissenschaftlich fundierende Funktion des klientenzentrierten Konzeptes von CARL ROGERS, angewandt in der sozialen Arbeit, ein. Sie vermittelt einen Einblick in die Konzeption und den organisatorischen Aufbau des Angebotes "Personzentrierte Beratung und Krisenintervention" - wie sie in der Studienordnung zum weiterbildenden Studiengang des Fachbereichs Sozialpädagogik der Fachhochschule Frankfurt am Main konkretisiert sind.

Friedrich Barabas legt die gesetzliche Grundlage im Zusammenhang mit Fällen aus dem Bereich der Krisenintervention fest. Er befaßt sich zunächst mit der Abgrenzung von Beratung und heilkundlichen Tätigkeiten, einem Problem, das wegen der fehlenden gesetzlichen Grundlage von einiger Bedeutung ist. In einem zweiten Teil stellt er Rechtsprobleme dar, die sich immer wieder im Zusammenhang mit persönlichen und sozialen Katastrophen stellen. Insbesondere setzt er sich mit den Fragen der Anzeigepflicht und den Verpflichtungen der BeraterInnen bei Selbsttötungsversuchen auseinander. Schließlich bearbeitet er aktuelle Probleme des Zeugnisverweigerungsrechtes, der Schweigepflicht und des Datenschutzes.

Gerd-Walter Speierer setzt sich mit medizinischen und ökologischen Fragen einer klientenzentrierten Psychologie und Krisenintervention auseinander. Er stellt zunächst paradigmatisch ein mehrdimensionales Krankheitskonzept, die bio-öko-soziale Krankheitsdefinition sowie das eindimensionale traditionell biologistische Krankheitsverständnis der Medizin dar. Daran schließen sich krankheits- und (psycho)therapiebedeutsame Erkenntnisse aus ökologischer Sicht an, als deren Paradigmen die Selbstorganisation, die Vernetzung und die Koexistenz unterstrichen werden. Speierer stellt ferner das Krankheitverständnis der klientenzentrierten Psychotherapie bei ROGERS und seine Weiterentwicklung dar. Schließlich wird die Integration des Wissens aus den medizinischen, ökologischen und klientenzentrierten Paradigmen am Transkript einer gesprächspsychotherapeutischen Krisenintervention exemplarisch verdeutlicht.

Wolfgang M. Pfeiffer untersucht die spezifischen Probleme, die sich für den Praxiszusammenhang "Gesundheitsförderung, Vorsorge und Begleitung im Rahmen der Sozialarbeit" stellen und setzt Orientierungsmarken: interdisziplinäre Teamarbeit und Aktivierung von Selbsthilfe. In den Mittelpunkt seiner Erörterungen stellt er einen positiv an der "Diätetik der alten Medizin orientierten Begriff der Gesundheitsförderung" und die unterschiedlichen Formen der Prävention. Er unterscheidet zwischen primärer Prävention, die die gesunde Lebensführung in einer gesunden Umgebung im Auge hat, sekundärer, die sich an Risikogruppen wendet und tertiärer, die denjenigen gilt, die nach einer Krankheit genesen sind. Pfeiffer legt abschließend dar, wie diese präventiven Konzepte praktiziert werden können, aber auch, welche Gefahren ihre Umsetzung birgt.

In einem weiteren Beitrag untersucht *Wolfgang M. Pfeiffer* psychische Abweichungen als Aufgabenbereich der sozialen Arbeit. Am Beispiel des Alkoholismus, der geistigen Behinderungen, der endogenen Psychosen und der Persönlichkeitsstörungen stellt er deren komplexe Bedingtheiten ebenso dar wie die Notwendigkeit des mehrgleisigen therapeutischen Vorgehens.

Ute und Johannes Binder stellen in den Vordergrund ihrer Überlegungen, daß SozialpädagogInnen und SozialarbeiterInnen der angstfreie, konstruktiv begleitende Umgang mit psychisch Kranken - im Sinne einer Umgangsempathie - ermöglicht werden muß. Gerade diese Fachkräfte sind häufig als erste Anlaufstelle mit psychisch Kranken konfrontiert. Wie alle anderen Menschen tendieren sie dazu, auf die Fremdartigkeit psychisch kranken Verhaltens mit Anspannung und Angst zu reagieren. Dieser Teufelskreis wechselseitiger Angstübertragung muß durchbrochen werden. Um diesem Ziel näher zu kommen, erläutern sie die Möglichkeiten, Psychosen aus dem schizophrenen Formkreis, neurotische Depressionen sowie passive Aggressivität angemessener wahrzunehmen und mit ihnen produktiver umzugehen.

In den folgenden Artikeln werden einzelne von Krisen besonders betroffene Problemgruppen und der Umgang mit ihnen dargestellt.

Wiebke Wüstenberg befaßt sich zunächst mit dem sexuellen Mißbrauch, begangen an Mädchen und Jungen, sowie den Aufgaben von SozialarbeiterInnen und SozialpädagogInnen: Sie geht davon aus, daß gerade diese Berufsgruppen die berufliche Pflicht haben, sich als AnsprechspartnerInnen für die Opfer sexuellen Mißbrauchs zu verstehen. Damit die professionellen HelferInnen durch die Konfrontation mit aufgedecktem sexuellen Mißbrauch nicht selbst in krisenhafte Prozesse geraten, sondern adäquat und kompetent handeln können, muß das entsprechende Fachwissen vorhanden sein. Wiebke Wüstenberg vermittelt in einem ersten Teil theoretisches Grundwissen zum sexuellen Mißbrauch und setzt sich in einem zweiten Teil mit den erforderlichen professionellen Kompetenzen der Fachkräfte auseinander.

Margrit Brückner befaßt sich mit der Frauenarbeit zwischen Gewaltverhältnissen und Aufbruchschancen. Sie kommt im Hinblick auf professionelle Arbeit in Frauenprojekten zu dem Ergebnis, daß Fähigkeiten zur Abgrenzung und Selbstwerdung von zentraler Bedeutung sind. Die Fähigkeit "loszulassen", die andere Frau zu lassen, selber machen, gehen zu lassen, um damit eigen- und selbständig werden zu können, sei das Wichtigste und zugleich das Schwierigste, das Frauen in beruflichen Vollzügen voneinander lernen können und müssen.

Hans-Volker Happel bearbeitet den Themenbereich der Krisenintervention im Sucht- und Drogenbereich. Er stellt insbesondere ein Selbstheilungsmodell für Drogenabhängige vor, das in Frankfurt/M. unter Beteiligung der Fachhochschule mit bemerkenswerten Ergebnissen durchgeführt wurde. Er setzt sich darüberhinaus mit dem Selbstverständis der Drogenhilfe, den Krisenkonstellationen in der Suchtkrankenhilfe und den Anforderungen an ein Kompetenzprofil für die Suchtberatung auseinander.

Agostino Portera stellt für den ebenfalls immer wichtiger werdenden Bereich der Ausländerberatung die Probleme der personzentrierten Beratung und Interventionhilfe im interkulturellen Setting vor. Er konkretisiert die Besonderheiten der psychologischen Beratung und der Krisenintervention bei ausländischen Bevölkerungsgruppen.

Wolfgang Scherer setzt sich schließlich mit der materiellen Grundsicherung von Menschen sowie der Arbeitslosigkeit und ihren Konsequenzen für die Betroffenen wie für die soziale Arbeit auseinander. Er untersucht die speziellen Problemlagen und stellt Lösungsansätze vor.

Der Einsatz der Materialien hat sich im ersten Durchgang des weiterbildenden Studienganges an der Fachhochschule Frankfurt am Main/Fachbereich Sozialpädagogik bewährt. Das Angebot ist nun entsprechend den Bedingungen eines Hochschulangebotes mit einem staatlich anerkannten Abschluß in einer Studien- und Prüfungsordnung festgelegt (S. Anhang). Eine feste Institutionalisierung des Angebotes am Fachbereich Sozialpädagogik der Fachhochschule Frankfurt am Main ist vorgesehen.

Zur Zeit findet am Fortbildungswerk im Paritätischen Wohlfahrtsverband, Gesamtverband e.V. in Frankfurt in Kooperation mit Herrn Engel-Kemmler eine acht Kurswochen umfassende berufsbegleitende Fortbildung in personzentrierter Gesprächsführung und Krisenintervention statt. Diese Fortbildung ist schwerpunktmäßig auf Einrichtungen und Fachkräfte in der Jugendhilfe bezogen. Die Materialien dieses Bandes bilden auch in der Fortbildung die Grundlage der theoretischen Wissensvermittlung im interdisziplinär-kooperativen Bezug.

Besonders die gute, kreative und vertrauensvoll-freundschaftliche Zusammenarbeit mit Christiane Zimmermann-Lotz, Marie-Luise Awe und Siegrid Oerder sowie die engagierte Mitarbeit der TeilnehmerInnen, die trotz der Unsicherheiten und Probleme eines "ersten Durchganges" engagiert dabei waren, haben den Kurs für alle gewinnbringend und erfolgreich verlaufen lassen.

Gleiches gilt für die Expertinnen und Experten, die durch ihre engangierte und motivierende Zusammenarbeit wesentlich zur inhaltlichen Entwicklung des weiterbildenden Studienganges beigetragen haben.

Die intensive Kooperation zwischen den ExpertInnen und den Verantwortlichen für den Ausbildungsgang machte erfahrbar, wie sehr eine konkurrenzfreie, fachübergreifende Zusammenarbeit hilfreich sein kann und - daß sie gleichermaßen unverzichtbar für die Realisierung innovativer Konzeptionen ist.

Ich danke auch den Kolleginnen und Kollegen am Fachbereich Sozialpädagogik, die uns in unseren Intentionen unterstützt haben sowie vor allem *Erika Fellner*, der Prorektorin, und *Johann Schneider*, dem Rektor der Fachhochschule Frankfurt am Main, *Inge Zimmermann, Siegfried Müller* und *Peter Sulzbach*, Mitarbeiter der Wissens- und Technologietransferstelle. Ohne deren reform- und innovationsorientierte Einstellung, Initiative, Förderung und organisatorische Beratung und Hilfe hätte unser Konzept nicht verwirklicht werden können.

Gefördert wurde die Pilotstudie zum weiterbildenden Studium nicht nur durch die Fachhochschule, sondern auch durch das Hessische Ministerium für Wissenschaft und Kunst und die Gesellschaft für wissenschaftliche Geprächspsychotherapie in Köln. Der Reader verdankt sich ebenfalls einer Kooperation zwischen eben diesen institutionellen Förderern. Er ist Beleg eines erfolgreich realisierten Konzeptes von Wissenstransfer.

In diesem Zusammenhang sei auch *Wolfgang Simon*, Verwaltungsleiter der GwG und Leiter des GwG-Verlages, gedankt, der den organisatorischen Rahmen der Kooperation mitgestaltete und für die Drucklegung verantwortlich zeichnet. Schließlich und nicht zuletzt sei *Lothar Fietzek*, Lektor des Fachhochschulverlages in Frankfurt am Main für die entlastende Zusammenarbeit Dank gesagt, und dafür, daß er fachkompetent und mit viel Geduld die Beiträge redigiert hat.

Der Wunsch aller an der Konzeption und an der Umsetzung des Weiterbildungsangebotes Beteiligten - bei denen ich mich hiermit nochmals für die außerordentlich gute Zusammenarbeit bedanken möchte - war und ist, auf diese Weise einen Beitrag zur Entwicklung demokratischer, sozialer und gesundheitsfördernder Lebensbedingungen zu leisten. Gerade für diejenigen, die sich scheinbar in ausweglosen Lebenssituationen befinden, soll qualifizierte Hilfe zur Verfügung stehen. Sie verfügen nämlich in aller Regel nicht über die Beziehungen, Fähigkeiten und die finanziellen Mittel, sich professionelle Hilfe auf dem freien Markt zu suchen.

Frankfurt, im Januar 1992

Ursula Straumann

URSULA E. STRAUMANN

Personzentrierte Beratung und Krisenintervention unter integrativen und kooperativen Aspekten - Ein Weiterbildungskonzept

Zusammenfassung

Am Anfang stehen zwei exemplarische Krisensituationen, eine aus einem Frauenhaus, eine aus einem Jugendclub. Sie lassen ahnen, welche hohen und komplexen Anforderungen an Fachkräfte im psychosozialen Bereich gestellt werden, wollen sie mit ihren Interventionen nicht scheitern.

Es wird verdeutlicht, daß im Unterschied zu Professionen, die eher einseitig spezialisierte - medizinische, psychologische, pädagogische oder rechtliche - Hilfen anbieten, das Spezifikum von sozialpädagogischen und sozialarbeiterischen Hilfen ist, einer vielschichtigen Problemlage - mit all ihren Interdependenzen - Rechnung tragen zu müssen.

Situativ ansetzende und interdisziplinär - kooperative Problembewältigungshilfen werden dargestellt, die zum einen unmittelbar handlungsbezogene Informationen beinhalten und zum anderen auf Basis von methodisch fundierten Beratungskompetenzen - gemeinsam mit Klient und Klientin - nach Entwicklungs- und Konfliktlösungswegen suchen. Entscheidendes Ziel hierbei ist, die bewußte und selbstbewußte Übernahme von Verantwortung für die getroffenen Entscheidungen und die gewählten Bewältigungswege durch die Beratenen selbst.

Die konzeptionellen Ziele und der organisatorische und inhaltliche Aufbau eines weiterbildenden Studienangebotes in "Personzentrierter Beratung und Krisenintervention" werden vorgestellt, um der Leserin und dem Leser zu ermöglichen, sich intensiver mit der Frage nach Sinn und Wirksamkeit eines entsprechenden Weiterbildungsangebotes auseinanderzusetzen.

Der Artikel geht auf die differenzierende, methodisch strukturierende und wissenschaftlich fundierende Funktion der klientenzentrierten Beratungsmethode - entwickelt von CARL ROGERS - ein, gibt einen Einblick in ein Qualifikationsprofil für Fachkräfte - unter Berücksichtigung ganzheitlich orientierter Ansprüche eines sich selbstoptimierenden Konzeptes sozialer Arbeit und stellt abschließend die Bedeutung problembezogenen und interdisziplinären Wissens für die Kooperation mit anderen Fachkräften, Institutionen und Organisationen heraus.

1. Fatma und Klaus

Fatma, 23 Jahre alt, wurde von ihrem Vater jahrelang sexuell mißbraucht. Sie schrie öfters nachts, so daß schließlich die Nachbarn die Polizei benachrichtigten. Fatma - völlig überrascht von den Ereignissen und nicht fähig eigene Entscheidungen zu treffen - kam auf Veranlassung der Polizei in ein Frauenhaus.

Bisher wohnte sie mit ihren Eltern, ihrem Bruder und ihrer neunjährigen Schwester in einer Zweizimmerwohnung. Seitdem ihre Mutter psychisch sehr schwer erkrankte und von ihrem Ehemann statt in die Psychiatrie in die Türkei geschickt wurde, übernahm sie alle mütterlichen Funktionen innerhalb der Familie. Sie versorgte den Haushalt und schlief gemeinsam mit ihrem Vater im Ehebett, neben ihr die kleine Schwester. Ihre Mutter teilte - nach ihrer Rückkehr in die Bundesrepublik - mit ihrem 16jährigen Sohn das Schlafzimmer.

Im Frauenhaus verlor Fatma völlig den Boden unter den Füßen. Ein Leben fern von ihrer Familie und alleine überforderte sie. Tiefste Scham, Schuldgefühle und die Angst vor den neuen Lebensanforderungen belasteten sie. Immer mehr besetzten suizidale Wünsche ihren Alltag. Sie klammerte sich in ihrer letzten Hoffnung an die sie im Frauenhaus begleitende Sozialarbeiterin. - Dies ist ein Fall unter vielen aus einem Frauenhaus in Frankfurt (siehe OERDER in diesem Band, S 247).

Klaus kommt in den Jugendclub. Mit einer Handbewegung - à la Wilder Westen - räumt er die Theke ab. Schäumend vor Wut brüllt er: "Jetzt sind sie dran! Los, geht mit, die 'Russen' verdreschen!" Er fordert seine Kumpels auf, ihn zum Club der Vampire zu begleiten, der sich vorwiegend in der Hand von Aussiedlern und Ausländern befindet: "Diesmal machen wir sie platt."

Klaus, 18 Jahre, ältester Sohn einer fünfköpfigen Familie, die seit drei Jahren Sozialhilfe bezieht, war der Stolz der Eltern. Er wollte Elektriker werden und stand in seinem zweiten Lehrjahr.

Aus Gründen der Kosteneinsparung wurde er gekündigt, sein polnischer Kollege dagegen konnte bleiben. Auf dem Weg nach Hause rammte er einen Wagen und beging Fahrerflucht. Zu den Eltern wollte er - aus Angst zu enttäuschen - nach der Kündigung nicht mehr. - "Es ist ja klar, daß mich nun niemand mehr einstellen wird."

Derartige Fälle kennen nicht nur die SozialarbeiterInnen in Frauenhäusern oder in den Jugendclubs. In der Schule, auf dem Jugendamt, in den sozialen Diensten, in der Familienhilfe, der Stadtteilarbeit oder im Bereich der Justiz werden Fachkräfte tagtäglich mit psychisch und physisch bedrohenden Gewaltverhältnissen, mit materiellem und sozialem Elend konfrontiert. Krisen und Konfliktsituationen brechen situativ in den alltäglichen Bezügen auf. Auf spezialisierte Hilfssysteme wird indessen kaum zurückgegriffen.

Anders als Ärztinnen/Ärzte, PsychotherapeutInnen oder AnwältInnen, zu denen ihre PatientInnen oder KlientInnen zielbestimmt und freiwillig kommen und somit deren Arbeitsauftrag relativ eindeutig bestimmen, ist das Problem der Sozialarbeiter- und SozialpädagogInnen, daß sie es in der Regel mit Menschen zu tun haben, die sich nicht aus eigenen Kräften an einzelne SpezialistInnen oder beratende Instanzen wenden, sei es aus mangelnder Informiertheit oder Bildung, aufgrund kultureller, sprachlicher, schichtspezifischer oder psychischer Barrieren, wegen sozialen Unvermögens oder aus Hoffnungslosigkeit. Es sind häufig Menschen, bei denen zunächst bestimmte kommunikative Fähigkeiten entwickelt werden müssen, damit überhaupt ein Kontakt hergestellt werden kann.

Von der sozialen Arbeit werden inzwischen in nahezu allen gesellschaftlichen Bereichen Aufgaben übernommen. Diese horizontale Ausdehnung in immer neue Tätigkeitsfelder ist noch keineswegs abgeschlossen.

Erzieherische Hilfen und Beratung sind überall da erforderlich, wo Menschen in Not geraten sind, von der Umwelt überfordert werden, mit Belastungen nicht fertig werden. Erzieherischer Hilfe bedarf der junge Mensch, der desorientiert ist, Beratung braucht der alte Mensch, der seine Umwelt nicht mehr recht versteht, oder der Ausländer, der neu hinzugezogen ist und sich kulturell kaum zurechtfindet; Beratung braucht in der Tendenz jede BürgerIn in einer immer komplexeren und unübersehbareren Gesellschaft. Beratung beschränkt sich aber nicht auf bereits eingetretene Notstände. Letztere gilt es gerade zu verhindern, weshalb in besonderem Maße soziales, physisch und psychisch gesundheitsförderndes und vorbeugendes Intervenieren und Handeln geboten sind.

Mit der Ausweitung der sozialen Arbeit wurden ihre Funktionen neu und exakter analysiert und definiert. Es erwies sich als unrichtig, der Sozialarbeit weiterhin eine "Lückenbüßerfunktion" beizumessen, ihre Aufgabe also lediglich darin zu sehen, die an den Rand der Gesellschaft Gedrängten notdürftig zu versorgen. Es handelt sich mithin in dieser Profession schon lange nicht mehr um die "Beschäftigung" mit Randgruppen, denn von psychosozialen Problemen kann heute jeder Mensch "betroffen" werden. Mit der starken Ausdehnung der sozialen Dienste verlor die Sozialarbeit auch allmählich das Image, ausgrenzend und stigmatisierend zu wirken, zugleich traten aber neue, andere Schwierigkeiten hervor.

Im Unterschied zu anderen Professionen, die eher einseitig spezialisierte - medizinische, heilkundlich-psychotherapeutische, pädagogische, rechtliche oder sachbezogen-beratende - Hilfen anbieten, ist das *Spezifikum* von Sozialarbeit und Sozialpädagogik die Vielschichtigkeit und Interdependenz von sozialen Problemkonstellationen, denen sie Rechnung tragen muß. Auf Grund der unübersehbaren und ungebrochenen Tendenz zur "Individualisierung" in modernen Gesellschaften nehmen die schwierigen Problemfälle zu. Sei es in der Arbeit mit mißhandelten Frauen und sexuell mißbrauchten Kindern, mit Familien in Trennung und Scheidung, mit ausländischen ArbeitsmigrantInnen, mit AsylbewerberInnen, Flüchtlingen, mit Erwerbslosen, oder sei es in ihrer Arbeit mit Drogenabhängigen und psychisch Kranken, in allen diesen Fällen wird die soziale Arbeit mit Konflikten, Krisen oder Störungen von Menschen konfrontiert, die einseitig geprägte Hilfskonzepte sprengen.

Kommunikations- und Beziehungsstörungen, gewalttätige Auseinandersetzungen, Kriminalität oder Selbsttötung und Selbstzerstörung, aber auch Ausländer- und Fremdenfeindlichkeit oder gar Rassismus sind nur einige Beispiele reaktiven Verhaltens komplexen Ursprungs. Lebens- und Zukunftsängste, allgemeine Überforderungen und psychische Zusammenbrüche in Familien, Orientierungslosigkeit, Vereinsamung, Hoffnungslosigkeit und Ohnmachtsgefühle verweisen auf destruktiv verlaufene und verlaufende psychosoziale Prozesse sowie die destruktive Verarbeitung von überfordernden Umweltbedingungen; letztere sind mit den universell ablaufenden ökologischen Zerstörungsprozessen, den weltwirtschaftlichen, technologischen und politischen Entwicklungen vermittelt zu sehen.

Es stellt sich also für SozialarbeiterInnen und SozialpädagogInnen die schwierige Aufgabe, neben praktischer Lebenshilfe Hoffnung und Mut für Veränderungen und Entwicklungen zu wecken. Je hoffnungsloser sich die Situation der einzelnen hilfebedürftigen Personen oder Personengruppen mit Blick auf Veränderung und Selbstaktualisierung darstellt, um so schwieriger wird die Definition der täglichen Arbeit.

In vielen Fällen wird zunächst einmal ein motivierender, bewußtseinsbildender und anwaltschaftlicher Einsatz der Fachkräfte notwendig. *Grundlage* hierzu bilden ganz unterschiedliche Handlungskonzepte - interaktionistischer und interventionistischer Provenienz - aus den Bereichen der aktivierenden Gemeinwesenarbeit, der Betriebssozialarbeit, der Schulsozialarbeit, der Freizeit- und Kulturpädagogik. Das ggfs. eingesetzte "Instrumentarium", die spezifischen Medien und Methoden dienen als Strukturierungs- und Orientierungshilfen bei bestimmten Krisen- und Problembewältigungen.

Die Forderung nach einer *ganzheitlichen Herangehensweise* in Beratungen, Problem- und Krisenbewältigungsprozessen ist daher kein leeres Schlagwort, sondern - wie schon eingangs an den schwierigen Fällen von Fatma und Klaus deutlich wurde - eine prinzipielle Voraussetzung für gelingenderes professionelles Handeln. In all solchen schwierigen Problemsituationen, in denen die KlientInnen entweder von psychotherapeutischen Angeboten nicht erreicht werden oder nicht sogleich der Psychotherapie bedürfen, ist die spezifische Beratung und Hilfe durch Sozialarbeiter- und SozialpädagogInnen gefordert.

Dabei kann das den psychosozialen Hilfeleistungen unterliegende *Selbstverständnis* ganz unterschiedlich sein. Die einen fokussieren mehr auf die strukturellen, äußeren, problemverursachenden gesellschaftlichen Bedingungen (Gesetze, politische und ökonomische Ursachen); andere beziehen sich in erster Linie auf die Person, auf ihre individuellen Ressourcen, die zur Bewältigung von Krisen zu wecken sind. Ganz entscheidend ist jedoch in beiden Ansätzen die Beachtung der Komplexität der Problematik und der bestehenden Interdependenzen zwischen strukturellen wie individuellen Gegebenheiten in ihrer Vermitteltheit.

In schwierigen Fällen - wie denen von Fatma und Klaus - ist zunächst die in den Alltagsbezügen situativ ansetzende kompetente Hilfe gefragt, um der Eskalation der Gewalt und des Elends, einer Chronifizierung von psychischen und physischen Erkrankungen vorzubeugen, Abhängigkeitsverhältnisse zu lockern und zu verhindern, daß nicht, wie so häufig, das Heim, die Psychiatrie oder die Strafvollzugsanstalt die Endstation sind.

Die Schwierigkeiten und Unklarheiten, die sich bei der Strukturierung und Orientierung von Hilfen ergeben, sind der Gegenstand, dem sich die Weiterbildung in personzentrierter Beratung und Krisenintervention zu stellen hat. Dies versuchen wir, mit der Etablierung des Weiterbildungsstudienganges "Beratung und Krisenintervention" an der Fachhochschule Frankfurt am Main.

Wie sich in den einleitenden Beispielen zeigt, ist der konkrete Ausgangspunkt der Interventionen komplex: es geht um die Person in ihrer Beziehung zur Fachkraft, die Person in ihrer akuten Krise und allgemeinen schwierigen Lebenslage sowie die Personen und ihr personales Umfeld - mit je spezifischen Ressourcen. Das Weiterbildungskonzept hat daher konkret die hilfebedürftige Person in ihrer körperlichen und seelischen Verfassung, in ihren subjektiven Möglichkeiten der Wahrnehmung und Verarbeitung von Problemen, in ihrer individuell-geschlechtsbezogenen, biografischen, schichtspezifischen und kulturellen Geprägtheit wie in ihrer sozialen, institutionellen und gesellschaftlichen Eingebundenheit im Auge.

2. Zum Qualifikationsprofil der Fachkräfte

In der Beratung und Krisenintervention kommt der tragfähigen Beziehung zwischen KlientInnen und Fachkräften eine zentrale Bedeutung zu. Dies erfordert seitens der SozialarbeiterInnen und SozialpädagogInnen erhebliche persönliche und fachliche Kompetenzen, breit angelegte Qualifikationen. Sie müssen in der Regel - ohne die Orientierung zu verlieren - aus dem Stand heraus das "Richtige" tun, dürfen selbst keine Angst vor der Übernahme von Verantwortung zeigen sowie müssen Geduld, Ruhe und Zuversicht während der Krisenintervention ausstrahlen. (Vgl. STRAUMANN 1990)

Grundlegende Fähigkeiten hierfür sind:

- neben den tragenden allgemein menschlichen Fähigkeiten auf der Beziehungsebene,
- ein fundiertes problembezogenes und stets mit interdisziplinärem Bezug aktualisiertes Wissen,
- die Fähigkeit, prozeßorientiert zu denken und zu handeln,
- eine methodische und didaktische Fundierung des beruflichen Handelns, um Hilfen angemessen strukturieren, organisieren und evaluieren zu können;
- wichtig sind weiterhin empirische Kenntnisse der konkreten Lebens- und Arbeitswelt der KlientInnen, also über deren je spezifische lebensweltliche Realität, und
- die Fähigkeit zum sensiblen Zugang zu deren subjektiven Verarbeitungsformen und -möglichkeiten;

- schließlich ist es auch erforderlich, daß die Fachkraft in der Lage ist, mit anderen professionellen und nicht profesionellen HelferInnen sowie in interinstitutionellen Kontexten zu kooperieren, soziale Netze auf- und auszubauen.

Im Falle Fatma's war es z.B. notwendig, mit einem türkischen Internisten, einem Psychiater, einer Gynäkologin, einer Anwältin, einer Expertin für sexuellen Mißbrauch (die auch Supervisionshilfe bot), einem türkischen Sozialarbeiterkollegen, mit dem Sozialamt, dem Arbeitsamt, der Krankenkasse, dem Jugendamt usw. zusammenzuarbeiten. Wie wichtig solch eine Kooperation in schwierigen Fällen ist, zeigte sich einmal darüber, daß z.B. die Anwältin aus ihren Erfahrungen heraus für den Prozeß empfahl, Fatma aus psychischen Belastungsgründen nicht als Nebenklägerin im Strafprozeß gegen ihren Vater auftreten zu lassen; es zeigte sich zum anderen darin, daß der türkische Internist erheblichen Schulddruck von Fatma nehmen konnte, indem er die wahren Pflichten eines türkischen Vaters seiner Tochter gegenüber aufzeigte. Darüber hinaus mußten in Kooperation mit anderen Fachkräften - im Sinne einer Familienhilfe - die Probleme der jüngeren Schwester, der kranken Mutter, des Bruders und letztendlich auch des Vaters als Täter angegangen werden. Insofern mußten sich die Hilfen der Sozialpädagogin im Frauenhaus auch auf die Mobilisierung sozialer Ressourcen, auf das soziale Netz von Fatma, die gezielte Einbeziehung des Bruders und der Freundinnen und Freunde beziehen.

2.1 Die Krisenintervention

Nach den Vorstellungen von GREENSTONE & LEVITON (1983, S. 587 ff.) muß:

“Krisenintervention bei den Menschen angewandt werden, die durch außergewöhnlichen Streß ihr Leben nicht mehr in der gewohnten Weise weiterführen können. Dazu gehören Menschen, die plötzlich und unerwartet Störungen in ihrem normalen Lebenslauf erfahren, wie Vergewaltigung, Selbstmordversuch, Familienstreitigkeiten, Mißhandlungen durch den Ehepartner, Kindesmißhandlungen und ähnliches mehr. Dazu gehören auch Menschen, die durch spezifische Veränderungen in ihrem Leben in eine Krise kommen, wie z.B. durch Heirat, Scheidung, Trennung, Tod oder Verlust einer wichtigen Bezugsperson, Konflikte mit dem Gesetz, Beförderungen oder Degradierung am Arbeitsplatz, Schwangerschaft, Versagen in der Schule, Unfälle mit oder ohne Verletzungen und Verlust des Arbeitsplatzes.”

In all diesen Fällen ist Krisenintervention zunächst *Soforthilfe*. Unabhängig davon, ob es sich um professionelle oder paraprofessionelle Hilfe handelt, muß die intervenierende Person unverzüglich handeln, um eine weitere Verwirrung und Desorganisation zu verhindern. Es kommt darauf an, Angst so schnell wie möglich abzubauen, um eine weitere Schädigung des Krisenopfers selbst oder anderer zu vermeiden. Für gründliche Erwägungen oder ausführliche Diskussionen bleibt dann meist kein Raum.

An den folgenden *Fragen* sollten die ersten Interventionen im Rahmen des “Krisenmanagement” ausgerichtet werden:

a) Welches Problem hat das Krisenopfer im Augenblick?

b) Was führt gerade zum jetzigen Zeitpunkt zu dieser Lebenskrise?

c) Mit welchem der in diesem Augenblick auftretenden Probleme muß ich mich zuerst befassen, und welches kann später behandelt werden?

d) Welches Problem könnte den größten körperlichen oder psychischen Schaden anrichten, falls es nicht sofort behandelt wird?

e) Welche Probleme können am schnellsten und leichtesten gelöst werden?

f) Müssen bestimmte Probleme gelöst werden, bevor man sich mit anderen Problemen beschäftigen kann?

g) Welche Mittel stehen sowohl mir als auch dem Krisenopfer zur Verfügung, die ich beim Versuch des Krisenmanagements wie am wirksamsten einsetzen kann?

h) Welche Imponderabilien oder äußeren Faktoren können der Intervention im Wege stehen, und was kann man tun, um deren Einfluß auszuschalten bzw. zu verringern?

i) Was kann man tun, um das effektivste Krisenmanagement durchzuführen und eine höchst brisante Situation in der kürzestmöglichen Zeit zu entschärfen?

Soforthilfe beinhaltet die Übernahme der Kontrolle über die Ereignisse. Dafür muß die Situation in ihren komplexen Zusammenhängen und Konsequenzen richtig beurteilt werden. Die *Übernahme von Kontrolle und Verantwortung* dient im wesentlichen zunächst einmal dazu, dem meist hilflosen "Opfer" den vorübergehend verlorengegangenen Halt wiederzugeben, es wieder in sein Leben zu stellen, ihm zu helfen, die richtige Wahl zwischen möglichen Alternativen treffen zu können.

Krisenintervention ist aber auch unbedingt eine *langfristige Krisenbewältigungshilfe*, d.h., sie muß eine anschließende Beratung miteinschließen und falls indiziert, eine dauerhafte psychotherapeutische Behandlung vermitteln. Es ist ein erhebliches Maß an Zeit erforderlich, um nach der Überwindung einer akuten Krise gemeinsam mit dem Klienten oder der Klientin mögliche Optionen zu erwägen.

Grundlage für die Arbeit ist stets eine als konstruktiv erlebbare Beziehung, in der Mut und Offenheit für Veränderungen entwickelt und gefördert werden können. Es bleibt zu erwähnen, daß zur Herstellung eines solchen konstruktiv erlebbaren Vertrauensverhältnisses - ergänzend zur bereits vorhandenen, strafrechtlich sanktionierten und über die Datenschutzgesetze ermöglichten sowie zunehmend auch selbstverständlich gehandhabten Schweigepflicht - das Zeugnisverweigerungsrecht für die staatlich anerkannten Fachkräfte der sozialen Arbeit eingeführt werden muß.

2.2 Das personzentrierte Konzept

Das personzentrierte Konzept von CARL ROGERS gibt Fachkräften langjährig erprobte, aus der klientenzentrierten Psychotherapieforschung abgeleitete und wissenschaftlich fundierte methodische und didaktische Hilfen an die Hand, damit sie professionell beraten können. Es ermöglicht ihnen:

a) sich kompetent und sicher zu ihrem Klientel in einer Krise oder schwierigen Problemlage in Beziehung zu setzen,

b) konstruktiv-erlebbare Beziehungsstrukturen zu dem Klientel aufzubauen,

c) ihr persönliches Erleben und ihre subjektiven Be- und Verarbeitungsweisen differenziert wahrnehmen, diagnostizieren und verstehen zu können,

d) die Indikation von Hilfen zu erleichtern,

e) ihre eigene Praxis und ihre Hilfsangebote selbstkritisch zu reflektieren und

f) die Institutionen und Organisationen, die die Hilfskonzepte organisatorisch und finanziell umsetzen, inhaltlich kompetent anzuregen.

Auf der Grundlage empathischer Fähigkeiten, einer positiven Beachtung von Klientin und Klient sowie kongruentem, in sich stimmigen und transparenten Verhalten diesen gegenüber - d.h. ganz generell mit einer *personzentrierten Grundeinstellung* - wird es möglich, echte Kontakte und Beziehungen herzustellen - zu Menschen in unterschiedlichsten Lebenssituationen und aus unterschiedlichen Herkunftszusammenhängen, zu Menschen in akuten Krisen, seien sie aus anderen Kulturen kommend, von anderen Norm-, Wert- und Moralvorstellungen geprägt. Es wird dementsprechend möglich, Barrieren zwischen Klientel und Fachkräften abzubauen, Motivation zu stiften und entwicklungsfördernde Prozesse einzuleiten.

Die Fähigkeit zu methodisch geschulten, personzentrierten Gesprächen erleichtert es auch, sich in Menschen hineinzuversetzen, die in anderen Sprachen und Deutungsmustern zu Hause sind. Sie erleichtert somit Verstehens- und Verständigungsprozesse, die auch in Gruppenzusammenhängen, im Stadtteil, in der Schule oder im Betrieb Voraussetzung für Konflikt- und Problembewältigungen sind. Sie erleichtert es zu verstehen, wie sich die einzelne Person selbst und wie sie ihre Welt erlebt. Sie erleichtert es Sozialarbeiter- wie SozialpädagogInnen, sich auf Sicht und Erleben der Klienten, auf deren Wirklichkeit und Problemsicht akzeptierend einzulassen - und ihnen dies auch mitzuteilen sowie gegebenenfalls auch anderen zu vermitteln.

In bewußt personzentriert geführten Gesprächen erhöht sich die *Wahrnehmungskompetenz* der Fachkräfte nachhaltig. Diese ermöglicht - vor dem Hintergrund soliden Wissens davon, auf welche Weise die existentiell-materiellen Bedingungen im Zusammenspiel mit den gesellschaftlich-strukturell bedingten Veränderungsprozessen auf die Menschen einwirken - interventionsrelevant zu erkennen, wie diese Einwirkungen erlebt und verarbeitet werden.

In professionell durchgeführten personzentrierten Beratungsgesprächen - sei es mit Kindern, Jugendlichen, Erwachsenen oder älteren Menschen - offenbart sich, welches Selbstkonzept, welche Selbststruktur, welches Selbstideal eine Person hat. Es wird möglich festzustellen, welche Inkongruenz zwischen Selbst und Erfahrung besteht, d.h. in welchen Situationen und Zusammenhängen es zur Aktualisierung von Ängsten und Spannungen kommt. Es wird sichtbar, welche Widerstände im Hinblick auf deren Bewältigung bestehen. Es wird auch möglich, Störungen im persönlichen Erleben festzustellen, die von existentiell bedrohlicher Qualität sind. (ROGERS 1987)

Vorausgesetztes Axiom in der Theorie des personzentrierten Konzeptes ist die dem menschlichen Organismus innewohnende Tendenz zur Entwicklung all seiner Möglichkeiten - und zwar so, daß sie der Erhaltung oder Förderung des Organismus dienen (vgl. ROGERS 1987, S. 21).

Störungen in der Entwicklung, psychische Fehlanpassungen entstehen, "wenn der Organismus bestimmte Erfahrungen der Gewahrwerdung verweigert oder deren bewußte Wahrnehmung so stört, daß diese nicht exakt symbolisiert in die Gestalt der Selbststruktur integriert werden können. In der Folge entsteht Inkongruenz zwischen dem Selbst und der Erfahrung." (ROGERS 1987, S. 30)

Es entstehen Formen der Abwehr, der Verweigerung, der Wahrnehmungsverzerrung und gestörter Intentionalität im Verhalten, die zunächst erkannt werden müssen; denn diese Erkenntnis ist Voraussetzung für die Klärung der weiteren Schritte in der Bewältigung schwieriger Problemlagen.

Das Konzept von CARL ROGERS hat als wichtigste Prinzipien die eigene Verantwortlichkeit und die Selbstbestimmung der Person sowie das Vertrauen in deren selbstregulierende, selbstaktualisierende und selbstheilende Kräfte. Es scheint mir als Arbeitsgrundlage die Chance zu eröffnen, konsequent die persönlichen Ressourcen einer Person aufzudecken und zu unterstützen. Es hilft, die latent vorhandenen Kräfte zur verantwortungsvollen Partizipation an gesellschaftlichen Prozessen zu entfalten und zu fördern. (ROGERS 1987, 1988)

Durch die gezielte Förderung der Eigeninitiative und der Selbstorganisationspotentiale von Menschen wirkt der Ansatz gegen die Tendenz zu 'Entmündigungsstrategien' in der sozialen Arbeit. Er stärkt die Verantwortlichkeit von Menschen sich selbst und anderen gegenüber - in Denken und Handeln, und gibt somit Sozialarbeiter- und SozialpädagogInnen Orientierungshilfe bei der Einschätzung der eigenen Interventionen und Hilfen wie der anwaltschaftlichen Übernahme von Verantwortung.

Die Verknüpfung des personzentrierten Ansatzes mit sozialarbeiterischen und sozialpädagogischen Handlungsmodellen, wie beispielsweise der Gemeinwesenarbeit, verspricht, die komplexen, veränderungsorientierten Anforderungen an professionelles, präventives Handeln von Fachkräften besser zu erfüllen zu können. Während die Gemeinwesenarbeit auf die materiellen Voraussetzungen und sozialen Netze für die Selbstenfaltung abzielt, ist es integrative Aufgabe der personzentrierten Beratung, die inneren, kommunikativen und beziehungsbezogenen Voraussetzungen für die Selbstentwicklung und Problembewältigung mit anderen zu schaffen.

Der personzentrierte Ansatz von CARL ROGERS gibt den Fachkräften im psychosozialen Bereich aber nicht nur didaktische und methodische Hilfen für ihre Arbeit mit dem Klientel an die Hand, sondern auch eine professionelle Reflexionshilfe. Personzentrierte Gespräche und Beratungen mit KollegInnen, personzentriert durchgeführte Praxisreflexionen und Supervisionen sichern - methodisch fundiert - die Grundlagen zur Wahrnehmung und Verarbeitung eigener subjektiver Prozesse. Sie helfen dementsprechend, symbiotische Verstrickungen oder destruktive Kooperationen mit dem Klientel und dem Team zu vermeiden. Durch eine auf personzentrierten Prinzipien aufbauende Praxisreflexion und Supervision können emotionale Erschöpfungszustände, Ohnmachtsgefühle, Hilflosigkeit, allgemeine Selbstunsicherheiten und berufsfeldtypische depressive Leidensstrukturen reduziert werden.

Der Stellenwert des personzentrierten Konzeptes ist in einem weiteren Zusammenhang von Bedeutung. Davon ausgehend, daß soziale Arbeit immer auch Arbeit in und mit öffentlichen wie privaten Institutionen, Organisationen, Betrieben oder politischen Parteien ist, die sich um das Verlangen von Einzelnen und Gruppen nach Hilfe, positiver Wertschätzung und ganzheitlicher Beachtung in Problemsituationen kümmern, kann das personzentrierte Konzept auch eine Grundlage für eine Weiterentwicklung von Institutionen und Organisationen bilden.

Zusammenfassend kann festgehalten werden, daß Aus-, Fort- und Weiterbildungen in personzentrierter Gesprächsführung und Beratung in den unterschiedlichen Tätigkeitsfeldern der sozialen Arbeit wesentlich dazu beitragen können, die psychosoziale Arbeit zu differenzieren und zu qualifizieren.

Eine methodische Schulung auf der Grundlage des personzentrierten Konzeptes befördert die systematisierte Dokumentation, Reflexion und Evaluation von Interaktions- und Kommunikationsprozessen im Alltagshandeln. Sie kann so dazu beitragen, die Einzelfall- und Gruppenarbeit, das Case- oder Social-Management wissenschaftlich wie praktisch zu fundieren.

Ohne die Effektivität anderer wissenschaftlich fundierter Methoden in der sozialen Arbeit in Abrede zu stellen, kann festgehalten werden, daß die Weiterbildung in personzentrierter Beratung die Entwicklung einer "Neuen Fachlichkeit" unterstützt. Sie kann den Fachkräften die dringend notwendige professionelle Kompetenz vermitteln, die ihnen Sicherheit und Selbstbewußtsein in ihrer Arbeit verleiht.

3. Das Weiterbildungskonzept

3.1 Das sich "selbst-optimierende" Konzept psychosozialer Arbeit

Dem Ansatz von CARL ROGERS kommt zwar in den Fort- und Weiterbildungsgängen in personzentrierter Gesprächsführung und Beratung eine zentrale Bedeutung zu; entscheidend ist es jedoch, diesen Ansatz für die Anwendung in den einzelnen Tätigkeitsfeldern der sozialen Arbeit zu präzisieren und zu differenzieren. Er muß im Kontext berufsfeldspezifischer Probleme, Theorien und Handlungskonzepte verstanden werden. Daher ist es zwingend notwendig, ihn in Bezug zu einschlägigen Theorien der Sozialpädagogik und Sozialarbeit zu setzen.

In Abgrenzung zu kurativen Hilfsangeboten bieten SozialpädagogInnen und SozialarbeiterInnen *präventive und rehabilitierende Hilfen* an. Sie unterstützen, begleiten und beraten einzelne Menschen, Paare, Familien oder Gruppen in schwierigen Lebens- und Problemlagen. Auf diese Weise soll den Folgen problemhaft verlaufender Lebensläufe entgegengewirkt sowie eine Zuspitzung von Krisen und ihr Einmünden in (kostenträchtiges) chronifiziertes soziales, psychisches und physisches Leiden verhindert werden; verhindert werden soll ebenso das Umkippen in Verwahrlosung, Delinquenz usw., die oft Verwahrungen in Strafvollzugsanstalten, Psychiatrien oder Heimen zur Folge haben - nicht nur im individuellen Interesse, sondern auch aus einem gesamtgesellschaftlichen Interesse heraus.

Da es in keinem Falle darum gehen kann, daß SozialpädagogInnen und SozialarbeiterInnen jeweils für sich alleine über alles notwendige Wissen und Können im Sinne einer Allzuständigkeit verfügen, wird eine *interdisziplinäre und kooperativ organisierte Arbeit* zwischen den für eine Problembewältigung notwendigen einzelnen Fachkräften, Organisationen oder Institutionen ein selbstverständlicher Bestandteil beruflichen Denkens und Handelns.

Pointiert: Die effektive Bewältigungen von Krisen, Konflikten und Problemen psychosozialer Art ist - sowohl im Interesse des wie der Einzelnen als auch der Gesamtgesellschaft - geradezu auf die Kooperation und Teamarbeit angewiesen. Ein entsprechendes Bewußtsein und die benannten spezifischen Fähigkeiten müssen sowohl die beteiligten spezialisierten Fachkräften und Disziplinen als auch in den entsprechenden Ämtern, Behörden und Institutionen weiterentwickelt werden. Es geht hier letztendlich um die hohe Qualifikation, sich als Person oder Institution im eigenständigen Problembewältigen relativieren zu können; d.h., autokratische Strukturen abzubauen, eigene Macht persönlicher und institutioneller Art abzugeben und egozentrischen Sicht- und Verhaltensweisen entgegenzuwirken. Einen bedeutsamen Beitrag hierzu muß und kann auch Sozialpädagogik und Sozialarbeit leisten.

Die lebendigen sozialen Wechselbeziehungen, in denen SozialpädagogInnen stehen - zwischen strukturellen Gegebenheiten, gesellschaftlich-institutionellen Zielvorgaben und Selbstaktualisierungswünschen des Klientels und der Fachkräfte selbst - verlangen Konzepte psychosozialen Arbeitens, die diesen Wechselwirkungen Rechnung tragen. Sie sind in ihrem Kern dialektisch zu verstehen, offen, entwicklungs- und veränderungsorientiert.

Umfassend inhaltlich festlegbare Zielbestimmungen sind konkret nicht möglich. Denkbar sind allenfalls inhaltsbestimmende, handlungsweisende Orientierungen im Rahmen eines Prozesses individueller, institutioneller und gesellschaftlicher Art.

An die Stelle der in Fachkreisen bisher vorherrschenden, sich fachborniert eher gegenseitig ab- und ausschließenden psychologischen, juristisch-institutionellen, pädagogischen oder polit-ökonomischen Erklärungs-, Handlungs- oder Beratungsmodelle und -prozesse muß ein kritischer Reflexionsprozeß treten, der in ein "Sich-Selbst-Optimierendes-Konzept" psychosozialen Handelns und Beratens mündet.

Unter einem *"Sich-Selbst-Optimierenden-Konzept"* verstehe ich ein multifaktoriell orientiertes Konzept sozialen Arbeitens. Ein Konzept, das sich ganz entschieden gegen Dogmatismus und Einseitigkeiten in der Zuschreibung oder Erklärung von Problemen und deren Bewältigung wendet sowie komplex reflektierend wirksam werden soll.

Es ist ein Arbeitsprinzip von Fachkräften, das auf die - durch gesellschaftliche Strukturveränderungen hervorgerufenenen - Problem- und Krisensituationen von Menschen eingeht und diese in Beziehung setzt zum einzelnen Menschen in seiner subjektiven Betroffenheit, seinen Bewältigungsmöglichkeiten, Problemlösungsfähigkeiten wie seiner sozialen und gesellschaftlich-institutionellen Eingebundenheit.

Dieses Konzept hat den Anspruch Menschen ganz konkret da "abzuholen", wo sie sich objektiv wie subjektiv gerade befinden, und von diesem Punkt aus, Problem- und Krisenbewältigungshilfen zu entwickeln; d.h. auch, von diesem Punkt aus auf zwischenmenschliche, institutionell-rechtliche und gesellschaftliche Bedingungen einzuwirken. Fachkräfte, die unter dem Anspruch selbstoptimierender Hilfen tätig sind, reflektieren, korrigieren und differenzieren ihre Tätigkeit fortlaufend entsprechend der anfallenden Problemlagen oder Krisensituationen (hierzu ausführlich STRAUMANN 1991).

3.2 Personzentrierte Gesprächsführung und Beratung in Abgrenzung zur klientenzentrierten Psychotherapie

Problembewältigungsstrategien und -fähigkeiten, wie sie zur Bearbeitung solch schwieriger Fälle, wie denen von Fatma und Klaus benötigt werden, können in den bestehenden Fort- und Weiterbildungsgängen der Gesellschaft für wissenschaftliche Gesprächspsychotherapie (GwG) in personzentrierter Gesprächsführung und personzentrierter Psychotherapie nicht vermittelt werden.

Die 270 Stunden Ausbildung, in denen es wesentlich um die Vermittlung personzentrierter Basiskompetenzen für die Gesprächsführung geht, reichen dafür keineswegs aus. In der Psychotherapieausbildung ist trotz eines zeitlichen Rahmens von mindestens 1000 Stunden ebenfalls kein Raum für die Bearbeitung der vielfältigen tätigkeitsfeldspezifischen Probleme, da sie meistens dem traditionellen Setting einer klientenzentrierten Psychotherapiesitzung mit Tonbandaufnahmen, möglichen Vor- und Nachtests keineswegs entspricht.

Aus tätigkeitsfeldspezifischen Erfordernissen kommt es außerdem darauf an, ganz bewußt dieses Weiterbildungsangebot von der Zusatzausbildung in heilkundlich orientierter klientenzentrierter Psychotherapie abzugrenzen. Diese Abgrenzung soll dazu beitragen, eine mögliche Pathologisierung, Klinifizierung und Pschychothera- peutisierung der sozialen Arbeit zu verhindern.

Obwohl historisch gesehen ROGERS (1972, 1973) ein Psychotherapiekonzept entwickelt hat, welches sich zugleich als Beratungskonzept verstand, und die Grenzen zwischen klientenzentrierter Beratung und Psychotherapie fließend sind (ALTERHOFF 1983; DAHMEN & GRUNOW et al. 1988), muß aus unterschiedlichsten Gründen eine Differenzierung vorgenommen und vor einer undifferenzierten Anwendung und Übertragung der Begriffe gewarnt werden (vgl. ESSER 1986; LINSTER & PANAGIOTOPOULOS 1990; NESTMANN 1982, 1988; KUNZE 1985; SEIBERT 1978).

Was der *Begriff Psychotherapie* meint und wer Psychotherapie ausüben darf, ist z.Z. in der Bundesrepublik Gegenstand von realpolitischen und standespolitischen Auseinandersetzungen. Der Begriff bleibt einem klinisch-kurativen Krankheitskonzept und der Heilkunde verbunden. (Nach ständiger Rechtsprechung des Bundesverwaltungs- und des Bundesverfassungsgerichtes steht z.B. fest, daß die Psychotherapie 'Ausübung der Heilkunde' darstellt; vgl. auch DAHMEN 1988) Zur Vermeidung von Verwirrungen - auch und gerade dem Klientel gegenüber - wird er hier nur im Zusammenhang mit einer seelischen Erkrankung und Heilkunde benutzt.

Die häufig abschreckende, entmotivierende und stigmatisierende Wirkung von Krankheitsdefinitionen und entsprechenden Behandlungsstrategien auf Menschen, die häufig gar nicht krank sind oder sich nicht krank fühlen, ist bekannt. Die Begriffe 'personzentrierte Gesprächsführung' und 'personzentrierte Beratung' (bewußt nicht aufgeteilt in psychotherapeutische, psychologische oder psychosoziale Beratung), 'klientenzentrierte Gesundheitsförderung', 'Prävention' oder 'Rehabilitation' umreißen meiner Meinung nach präziser, was mit kompetenten entwicklungs-, gesundheits- und handlungsfördernden Hilfen in komplexen Problemlagen unterschiedlichster Art gemeint ist (STRAUMANN 1992).

Beratung sollte somit nicht verstanden werden als "kleine Therapie" (NESTMANN 1988) oder als eine trivialisierte Form der Therapie, sondern als ein Modus genuin sozialpädagogischen Handelns (DEWE & SCHERR 1990). Beratung ist eine professionelle Problembewältigungshilfe, die situativ ansetzt, unmittelbar handlungsbezogene Informationen erteilt und unter Anwendung der klientenzentrierten Methode nach Entwicklungs- und Konfliktlösungswegen sucht. Entscheidungen und Bewältigungswege bleiben aber letztendlich in der Verantwortung der Beratenen.

Personzentrierte Gespräche sind in allen Tätigkeitsfeldern hilfreich und fördernd, in denen Kommunikation und Interaktion im Mittelpunkt der Tätigkeit stehen. *Personzentrierte Beratungshilfen* werden dagegen gezielter eingesetzt. *Sie richten sich:*

a) an diejenigen Personen, Personengruppen, Paare, Familien, Teams oder auch Führungskräfte, die sich in schwierigen Lebens- oder Problemlagen, akuten Krisen, äußeren oder phasentypischen Belastungs- und Konfliktsituationen sowie in schwierigen Entscheidungsfindungsprozessen befinden und gezielt kompetent und professionell personzentriert beraten werden wollen;

b) an psychosozial benachteiligte Personen, Familien oder Gruppen, die, wie in den Fällen von Fatma und Klaus - gleichsam von außen - als psychosoziale Problem- oder Risikogruppen erkannt werden;

c) an kranke und körperlich, seelisch oder geistig behinderte Kinder, Jugendliche, Erwachsene und alte Menschen, die nur von einem interdisziplinären Team fachlichkompetent begleitet, unterstützt und gefördert werden können.

Im Sinne einer neuen Fachlichkeit kommt es darauf an, personzentrierte Gesprächsführung als eine grundlegende Qualifikation von SozialpädagogInnen und SozialarbeiterInnen einzuführen und personzentrierte Beratung mit einer methodisch und wissenschaftlich fundierten professionellen psychosozialen Arbeit zu verbinden. Es gilt sie daher für besonders schwierige Fälle oder Konfliktsituationen tätigkeitsfeldspezifisch zu institutionalisieren.

3.3 Die professionellen Zielgruppen

Prinzipiell sind zunächst alle Tätigkeitsbereiche der psychosozialen und gesundheitlichen Versorgung anvisiert. Darüber hinaus scheint das Konzept ganz besonders für die gesamten Aufgaben- und Leistungsbereiche nach dem neuen Kinder- und Jugendhilfegesetz geeignet zu sein.

Gerade bei schwierigen Fällen in den Tätigkeitsfeldern der Kinder-, Jugend- und Familienhilfe, der Partnerschafts-, Trennungs- und Scheidungsberatung, der Adoptions- oder Pflegevermittlung zeigt sich ein hoher Bedarf an qualifizierter Beratung, ganz gemäß den Intentionen des Kinder- und Jugendhilfegesetzes.

Die Zielsetzung des neuen Kinder- und Jugendhilfegesetzes (KJHG) orientiert sich vornehmlich an der Tatsache, daß die traditionelle (Groß-)Familie als Erziehungsinstanz immer mehr ausfällt und die Erfüllung ihrer Erziehungsaufgabe durch öffentliche Erziehungsmaßnahmen unterstützt bzw. substituiert werden muß. Der Prozeß der Familienauflösung ist ein empirisch feststellbares Phänomen. Die Anzahl der Scheidungen sowie der alleinerziehenden Personen nimmt kontinuierlich zu. Auch hierdurch erhöhen sich die Probleme und Schwierigkeiten von Kindern und Jugendlichen. Viele Familien sind nicht mehr in der Lage, ihren Kindern hinreichend Geborgenheit und die Fähigkeiten für eine eigenverantwortliche Lebensführung zu vermitteln.

In der Jugendhilfe setzt sich daher zunehmend eine präventive Orientierung durch. Der "Achte Jugendbericht" stellt fest: Jugendhilfe "zielt - als primäre Prävention verstanden - auf lebenswerte, stabile Verhältnisse, auf Verhältnisse also, die es nicht zu Konflikten und Krisen kommen lassen und - als sekundäre Prävention verstanden - auf vorbeugende Hilfen in Situationen, die erfahrungsgemäß belastend sind und sich zu Krisen auswachsen können." (BMJFFG 1990)

Demgemäß werden durch das KJHG die alten eingriffs- und ordnungsrechtlichen Instrumentarien durch Beratungs- und Kooperationsangebote für die Kinder und Jugendlichen sowie für die Familien ersetzt. An die Stelle von Kontrolle und Bevormundung sollen rechtzeitige und fachkundige Beratung und Unterstützung der Familien und Heranwachsenden treten.

Das KJHG berücksichtigt die Tatsache, daß ohne umfangreiche Beratungs- und Unterstützungssysteme, ein Teil der Familien ihre Aufgaben kaum noch erfüllen kann. Es bestätigt den Trend zu immer mehr freiwilligen, präventiven, offenen und halboffenen Hilfen und Maßnahmen anstelle von zwangsweisen, repressiven und geschlossenen. Diese nunmehr auch rechtlich abgesicherten Formen der sozialen Arbeit erfordern für die Fachkräfte ein spezifisches Qualifikationsprofil, das auch die kompetente Hilfe bei besonders schwierigen Fällen bzw. Problemlagen abdeckt.

Als wichtig erscheinen mir eine *konzeptionelle Flexibilität und Offenheit* sowie, daß die Zielgruppen der Weiterbildung nicht starr festgelegt werden; einmal um auf gesellschaftliche Entwicklungen, zum anderen um auf sich wandelnde Anforderungen der Träger der sozialen Arbeit, der Rehabilitationseinrichtungen und der Krankenkassen angemessen reagieren zu können. Schließlich muß das Weiterbildungsangebot stets innovative, fachliche Komponenten berücksichtigen und fortlaufend in das Konzept integrieren.

3.4 Ziele

Das weiterbildende Studium baut auf der im Studium der Sozialpädagogik und Sozialarbeit erworbenen sowie in der Berufspraxis entwickelten Handlungskompetenz der Fachkräfte auf. Es geht von Basiskompetenzen in personzentrierter Gesprächsführung (erworben im Studium oder in Fortbildungsgängen der GwG) aus, greift die komplexen Probleme der sozialen Arbeit auf und vermittelt Kriseninterventions- und Beratungskompetenzen, die tätigkeitsfeldspezifisch - unter kooperativen Aspekten - integriert werden können. Es geht also nicht darum, neue Berufsfelder oder neue Stellen für SozialpädagogInnen und SozialarbeiterInnen zu schaffen, sondern darum, diese

Fachkräfte innerhalb ihrer Tätigkeitsfelder höher zu qualifizieren und so die psychosoziale Versorgung zu verbessern.

Die theoretischen Grundlagen bilden:

- aktualisiertes, fachspezifisches Wissen zur Sozialpädagogik und Sozialarbeit, insbesondere auch zur Gemeinwesenarbeit,
- die wissenschaftlich fundierten Prinzipien der klientenzentrierten Psychotherapie nach CARL ROGERS sowie
- aktuelles, problembezogenes Wissen aus den für Kriseninterventionen und Beratungen relevanten Wissenschaftsdisziplinen - und zwar im interdisziplinären Bezug.

Kriterium für die Auswahl des zu vermittelnden Wissens ist einmal seine Relevanz für die hilfreiche Unterstützung von Einzelnen und Gruppen dabei, sich körperlich, seelisch, geistig, sozial und materiell-existentiell zufriedenstellend entwickeln zu können; zum anderen seine Relevanz für die Entwicklung von Bedingungen, die ein gesundes Leben und eine konstruktiv erlebbare, eigenständige, Gestaltung des persönlichen Lebens ermöglichen. Es geht darum, ökologische, ökonomische, soziale, kulturelle, institutionelle, rechtliche, geschlechts- und altersspezifische wie familiäre und individuelle Entwicklungen, Probleme, Faktoren etc. als in interdependente, ganzheitliche Wirkungszusammenhänge eingebunden zu begreifen. Dies verlangt einen interdisziplinär begründeten und angelegten Zugangsmodus wie die Fähigkeit, Wissen interdisziplinär integrieren, aufbauen und weiterentwickeln zu können.

Diese spezifische Qualifikation, die für Interventionen und Beratungsgespräche in schwierigen Fällen erforderlich ist, kann im Rahmen der Ausbildung für SozialarbeiterInnen und SozialpädagogInnen nur schwerlich vermittelt und erworben werden. Da während des durchschnittlich acht Semester dauernden Studienganges von den StudentInnen eine Fülle von Grundlagenwissen aus den unterschiedlichsten Fachdisziplinen ebenso angeeignet werden muß wie ein allgemeiner Überblick über unterschiedliche Handlungskonzepte und methodische Ansätze in der Sozialpädagogik und Sozialarbeit, bleibt für derartige "Vertiefungen" kein Raum. Dies gilt auch für praxisorientierte Projektstudiengänge mit dem Anspruch exemplarischen Lernens, weil sie nur jeweils einen relativ engen Ausschnitt eines Berufsfeldes bearbeiten. Weiterbildende Studiengänge im beschriebenen Sinne sind daher dringend geboten.

Ziel der methodischen Ausbildung ist es, die Fähigkeit zu vermitteln, die drei aus der Psychotherapieforschung abgeleiteten Merkmale - Empathie, positive Beachtung und Kongruenz/Echtheit - in den Tätigkeitsfeldern der sozialen Arbeit anwenden zu lernen. Daher wird mit Hilfe von Rollen- oder Planspielen in Seminaren zur Methodik und Didaktik oder sog. Praxis- und Trainingskursen zunächst ihre Umsetzung geübt und reflektiert.

Dokumentierte Gespräche (Tonbandaufnahmen, Transkripte, systematisierte Protokolle) bilden die Grundlage für Praxisreflexion, Beratungsanalyse und vertiefende spezifizierte Schulung.

Einen Einblick in die Inhalte, die Organisation und den Aufbau des weiterbildenden Studiums - auch im Bereich der Selbsterfahrung auf Grundlage der klientenzentrierten Gruppenkonzepte und der Lehrberatungen - gibt die in der Anlage abgedruckte Studienordnung.

3.5 Methoden zur Erfassung der Wirkung von Beratungsgesprächen und Kriseninterventionen

Da es in personzentrierten Beratungen und Kriseninterventionen in den seltensten Fällen um ein aus der Psychotherapie und Psychotherapieforschung bekanntes Setting geht, in dem es möglich ist, mit Einwegspiegel, Tonband- oder Videoaufnahmen zu arbeiten, bedarf es hier, neben der Lifesupervision, vor allem des Einsatzes verschiedener Methoden der Dokumentation, Reflexion und Evaluation - mit dem *Ziel*:
a) die eigene Praxis zu reflektieren;
b) eine direkte Rückmeldung auf das Beratungsgespräch durch die Klientinnen und Klienten zu erhalten;
c) die Sicherstellung von reflektierten Prozeßverläufen, Ergebnissen, Erfolgen und Mißerfolgen - als spezifisch bedingte und gewordene - gegenüber dem Träger der Einrichtung, gegenüber den KlientInnen, gegenüber dem Team und sich selbst;
d) ein besseres Verständnis für Veränderungen und die diesen zugrundeliegenden Prozesse bzw. Motive, für Fortschritt, Stagnation oder Rückschritt zu entwickeln (vgl. FLAAKE 1990).

Um diese Ziele zu erreichen, haben wir für den Weiterbildungsgang an der Fachhochschule Frankfurt am Main einen *Leitfaden* entwickelt, der Kriterien für das Vorgehen in der Beratungspraxis und für dessen Einübung festlegt;

Kriterien:

- für ein Erstgespräch, zu Diagnostik und Differenzialdiagnostik auf der Grundlage des personzentrierten Konzeptes, zu den zu treffenden Beratungsvereinbarungen sowie zu dem - gemeinsam mit Klient und Klientin zu erarbeitenden Entwicklungs- und Problemlösungsplan;
- für ein ausführliches Gesprächsprotokoll zwecks Supervision und Fallbesprechung;
- für Kurz- und Verlaufsprotokolle;
- für die Dokumentation eines abschließenden Gesprächs sowie hinsichtlich der zu stellenden Fragen nach Veränderungen im Verlauf des Gesprächs - aus der Sicht des Klienten;
- für die Darstellung der Veränderungen im Verlauf des Gesprächs durch die Beraterin oder den Berater;
- für eine Problem- und Falldarstellung bzw. für einen abschließenden Bericht über eine personzentrierte Beratung und Krisenintervention - unter Berücksichtigung des gesellschaftlichen, institutionellen und klientenbezogenen Auftrages.

Weitere Orientierung bei der Entwicklung spezifischer Dokumentations- und Evaluationsformen bieten die fachspezifischen Kriterien aus der psychosozialen Arbeit und der Krisenintervention, der qualitativen Sozialforschung sowie die aus der klientenzentrierten Psychotherapieforschung bekannten Methoden.

3.6 Theoretisches Wissen im interdisziplinären Bezug

Zur Realisierung des interdisziplinären und kooperativen Konzeptes müssen ExpertInnen gesucht werden, mit denen eine vertrauensvolle und konkurenzfreie Zusammenarbeit vorstellbar ist. Dies gilt selbstverständlich auch für die berufliche Praxis der KursteilnehmerInnen, die sich Listen von den Fachkräften und Organisationen/Institutionen zusammenstellen sollen, mit denen sie kooperieren, sich beraten und koordinieren können, wollen und müssen.

Wichtig ist, daß die ExpertInnen nicht nur über das einschlägige Fachwissen verfügen, sondern auch in der Lage sind, jenseits ihrer fachwissenschaftlichen Systematik und

Methoden gezielt im Hinblick auf die Anforderungen des Weiterbildungsangebotes interdisziplinär zu arbeiten. Hierzu zählt auch die wechselseitige fachliche Akzeptanz.

Noch vor Beginn der Kursausschreibung muß eine *Expertentagung* stattfinden, auf der - ausgehend von den praktisch-konzeptionellen und den theoretischen Überlegungen - die einzelnen Beiträge vorgestellt und diskutiert werden. Es kann sich hierbei herausstellen, daß die einzelnen Beiträge weiter differenziert und noch besser aufeinander abgestimmt werden müssen.

Eine zweite Expertentagung findet dann unter Beteiligung der TeilnehmerInnen am weiterbildenden Studium statt. Hier gilt es, die direkten Anforderungen in und aus der Praxis konkret aufzugreifen, um sie in die theoretische Aufarbeitung integrieren zu können, so daß ein vertieftes Verstehen der Praxis erzielt wird.

Den TeilnehmerInnen werden die Beiträge der ExpertInnen in schriftlicher Form zum Selbststudium und zum Studium in der kollegialen Gruppe überlassen. Diese werden dann in den *Lehrveranstaltungen* zur tätigkeitsfeldspezifischen Theorie, Diagnostik und Indikation unter Anleitung der ExpertInnen als auch der AusbilderInnen vertiefend diskutiert. In den *Praxis- und Supervisionssitzungen* wird das theoretische Material erneut aufgenommen und mit Blick auf die Tätigkeitsfelder, den Trägerauftrag, die KlientInnenprobleme und die Beratungsbeziehung befragt.

Auf diese Weise wird eine *Verzahnung* von theoretischem Wissen und methodischen Fragen zur personzentrierten Beratung gewährleistet. Dies vor allem dann, wenn die AusbilderInnen/KursleiterInnen neben fundierten, methodischen und didaktischen Fähigkeiten in personzentrierter Beratung und Krisenintervention über Kenntnisse der Theorien und Handlungskonzepte der sozialen Arbeit verfügen und in der Lage sind, den Transfer aktuellen Wissens - vor allem aus folgenden Fachdisziplinen: Soziologie, Recht, klinischer Psychologie und Medizin - per Expertenkooperation zu organisieren. Nur so läßt sich die Vermittlung interdisziplinären, problembezogenen Wissens für eine intensive fachliche Aufarbeitung des eigenen Umgangs mit Krisen bei besonderen Problemgruppen und schwierigen KlientInnen sichern, wie sie sich alltäglich in der Beratungspraxis finden.

4. Offene Probleme und aktueller Forschungsbedarf

Forschungsbedarf besteht aktuell vor allem im Bereich der Differentialdiagnose und der Entwicklung von Hilfskonzepten - unter Berücksichtigung der vielfältigen Abhängigkeiten, die eine interdisziplinäre Kooperation notwendig machen.

Darüber hinaus müssen folgende *Problemstellungen* angegangen werden:
- auf methodischem Gebiet die Dokumentation und Evaluation der Praxis;
- auf der Ebene zunehmender Professionalisierung sozialer Arbeit, deren Auswirkungen auf die Einzelfall- und Familienhilfe sowie die Gruppen- und Gemeinwesenarbeit;
- die langfristigen Folgen der Reformierung sozialer Dienstleistungssysteme;
- Probleme der Institutionalisierung von Beratungs- und Kriseninterventionshilfen unter Berücksichtigung von Organisationsentwicklungskonzepten;
- die weitere Verankerung und Fundierung der Prinzipien der klientenzentrierten Psychologie in den Tätigkeitsfeldern der sozialen Arbeit.

Es bleibt schließlich die Frage, wie die *Stärkung der Professionalität* von Fachkräften in psychosozialen Tätigkeitsfeldern durch die Erhöhung ihrer Kompetenzen bewirkt und verallgemeinert werden kann, um Entmündigungs- und Manipulationsprozessen entgegenzuwirken.

Es gilt, eine *problem- und prozeßorientierte Forschung* zu unterstützen, die sich dem ganzen Menschen als handelndem Subjekt zuwendet und zu einer personenorientierten, sozialen und demokratischen Gestaltung gesellschaftlicher Prozesse beiträgt.

Die Umsetzung dieses Anspruches und Konzeptes in der Praxis soll und dürfte in allererster Linie dem Klientel von Sozialarbeit und Sozialpädagogik helfen. Die entwickelten Überlegungen unterstützen aber auch alle präventiven Maßnahmen und Anstrengungen durch die Sozialarbeit, frühzeitig psychische und soziale Fehlentwicklungen reduzieren und somit letztendlich auch kostenintensive kurative Hilfen ersparen zu helfen.

Literatur

ALTERHOFF, G.: Grundlagen klientenzentrierter Beratung. Stuttgart/Berlin 1983.

DER BUNDESMINISTER FÜR JUGEND, FAMILIE, FRAUEN UND GESUNDHEIT, (Hrsg.): Achter Jugendbericht. Bericht über Bestrebungen und Leistungen der Jugendhilfe. Bonn 1990.

DAHMEN, A.; GRUNOW, W. et al: Bericht und Materialien zur Kommission neues Ausbildungskonzept I. Köln 1988.

DEWE, B.; SCHERR, A.: Beratung und Beratungskommunikation. In: Neue Praxis, 6,1990.

ESSER, U.: Versuch einer Abgrenzung von Beratung und Psychotherapie. In: GwG-Info 64, Köln 1986.

FLAAKE, K.: Quantitative und qualitativ gerichtete Methoden in der empirischen Sozialforschung. Expertinnenbeitrag zur Weiterbildung in Personzentrierter Beratung und Krisenintervention an der Fachhochschule Frankfurt am Main. Hektographiertes Manuskript. Frankfurt/M. 1990.

GREENSTONE, J.; LEVITON, S.: Krisenmanagement. In: Corsini (Hrsg.): Handbuch der Psychotherapie. Band 1, Weinheim, Basel 1983, S. 587 ff.

KUNZE, B.: Beratung in der sozialen Arbeit. Gesamthochschule Kassel 1985.

LINSTER, H.; PANAGIOTOPOULOS, P.: Zur Unterscheidung von klientenzentrierter Psychotherapie und klientenzentrierter Beratung im Rahmen des klientenzentrierten Konzeptes. In: DETER, D.; STRAUMANN, U. (Hrsg.): Personenzentriert Verstehen - gesellschaftsbezogen Denken - Verantwortungsvoll Handeln. GwG-Verlag. Köln 1990.

NESTMANN, F.: Beratung. In: HÖRMANN, G.; NESTMANN, F. (Hrsg.): Handbuch der psychosozialen Intervention. Opladen 1988.

NESTMANN, F.: Beratung und Beratungsqualifikation. In: MÜLLER, S.; Otto, H.-U., Peter, H.; Fünker, H. (Hrsg.): Handlungskompetenz in der Sozialarbeit/Sozialpädagogik I. Bielefeld 1982.

ROGERS, C.: Die nicht-direktive Beratung. München 1972.

ROGERS, C.: Die klientenbezogene Gesprächspsychotherapie. München 1973.

ROGERS, C.: Eine Theorie der Psychotherapie, der Persönlichkeit und der zwischenmenschlichen Beziehung. GwG-Verlag. Köln 1987.

ROGERS, C.: Die Entwicklung der Persönlichkeit. Stuttgart 1987.

ROGERS, C.: Die Kraft des Guten. Ein Appell zur Selbstverwirklichung. Frankfurt am Main 1988.

SEIBERT, U.: Soziale Arbeit als Beratung. Weinheim 1978.

STRAUMANN, U.: Das personenzentrierte Konzept - Auf dem Weg einer sich selbstoptimierenden Sozialarbeit. In: Deutscher Paritätischer Wohlfahrtsverband (Hrsg.): Blätter der Wohlfahrtspflege, 1, 1991, S. 21 ff.

STRAUMANN, U.: Perspektiven sozialer Arbeit und Konsequenzen für Qualifikationsprozesse von Fachkräften. In: DETER, D.; STRAUMANN, U. (Hrsg.): Personenzentriert Verstehen - Gesellschaftsbezogen Denken - Verantwortlich Handeln. GwG-Verlag. Köln 1990.

STRAUMANN, U.: Prävention zwischen Individuum, Institution und Gesellschaft. In: PAULUS, P.: Prävention und Gesundheitsförderung. GwG-Verlag. Köln 1992.

Anschrift der Verfasserin

Prof. Ursula Straumann
dienstlich: Fachhochschule Frankfurt am Main, Fachbereich Sozialpädagogik
Limescorso 5, 6000 Frankfurt am Main 50
privat: Baustraße 7, 6000 Frankfurt am Main 1

FRIEDRICH BARABAS

Recht und Krisenintervention

Zusammenfassung

Es werden die erheblichen Veränderungen im Berufsrecht der sozialen Arbeit analysiert und die Konsequenzen für das Selbstverständnis und die berufliche Rolle der SozialarbeiterInnen und SozialpädagogInnen[1] dargelegt. Schwerpunktmäßig wird das rechtliche Binnenverhältnis zwischen den beratenden Berufen und den Klienten aufgearbeitet sowie für einen verstärkten Vertrauensschutz plädiert. Gerade bei familiären und individuellen Kriseninterventionen kommt es darauf an, eine vertrauensvolle und "verschwiegene" Beratungsbeziehung zu garantieren, um weiteren Schaden abzuwenden.

1. Einleitung

Die rechtlichen Probleme, die sich bei den unterschiedlichsten Methoden und Verfahren der Krisenintervention stellen, sind äußerst heterogen. Dies ergibt sich schon aus der Beschreibung der Ziele einer Krisenintervention im "Achten Jugendbericht" (1990)."In unvorhersehbaren Konflikten - wenn Auseinandersetzungen in Familien sich zu Katastrophen verdichten, wenn Menschen zusammenbrechen, ausbrechen, weglaufen - müßten rasche, direkte, intensive Hilfen erreichbar sein, in denen nicht nur die unmittelbare Katastrophe entdramatisiert, Auswege konzipiert und angebahnt, sondern auch die Hintergründe transparent gemacht werden können." (DER BUNDESMINISTER FÜR JUGEND, FAMILIE, FRAUEN UND GESUNDHEIT -BMJJFG 1990)

Prinzipiell sind in einer derartigen krisenhaften Situation vielschichtige *Rechtsprobleme* thematisch. Sie reichen von öffentlich-rechtlichen bis hin zu zivil- und strafrechtlichen Fragestellungen. Die vorliegende Darstellung kann sich daher lediglich auf einige wichtige rechtliche Rahmenbedingungen der Krisenintervention in der sozialen Arbeit beschränken. Dabei ist zu unterscheiden zwischen:

- den einschlägigen berufsrechtlichen Regelungen und
- den gesetzlichen Vorschriften, von denen die Berater Kenntnis besitzen sollten, da sie ganz erheblich das Leben ihrer Klienten beeinflussen.

Aus den *berufsrechtlichen Vorschriften* können hier lediglich

- die Abgrenzung zwischen Psychotherapie und Beratung einerseits und
- andererseits die strafrechtliche Schweigepflicht, das Zeugnisverweigerungsrecht, die Pflicht und das Recht zur Anzeige, der sozialrechtliche Datenschutz sowie die rechtlichen Fragen im Zusammenhang mit dem Suizid von Klienten behandelt werden.

Auf Grund des Umfangs bereits dieser Thematik müssen juristische Probleme, die unmittelbar die Klienten betreffen, z.B. Scheidungs- und Scheidungsfolgenrecht, Sozialhilferecht, Ansprüche auf Leistungen nach dem Kinder- und Jugendhilferecht (KJHG) unberücksichtigt bleiben.

2. Abgrenzung: Psychotherapie - Heilkunde - Beratung

Im Einzelnen ist die Abgrenzung zwischen professionalisierter - auf akademischer Basis beruhender - psychotherapeutischer Tätigkeit und der Beratung mit Hilfe psycho-

---

1 Aus Gründen der Lesbarkeit verwende ich im weiteren die männliche Sprachform.

therapeutischer Verfahren - z.B. durch Sozialarbeiter und Sozialpädagogen - schwierig vorzunehmen.

Neben den klassischen Beratungssystemen der Medizin, des Rechts und, wenn man so will, der Theologie, sind neue Formen entstanden, die nicht trennscharf von den klassischen Professionen und auf den ersten Blick auch nur schwerlich untereinander separiert werden können. Psychotherapie einerseits und Familien-, Ehe-, Lebens-, Drogen-, Schwangerschafts-, Behindertenberatung sowie psychosoziale Beratung andererseits können - ganz allgemein formuliert - handlungsbezogene Informationen oder Ratschläge enthalten und bis zu umfassenden Problemlösungen mittels therapeutischer Verfahrensweisen reichen.

In verstärktem Maße arbeiten Sozialpädagogen und Sozialarbeiter mit Fach- oder Hochschuldiplom sowie mit therapeutischen Zusatzausbildungen neben Ärzten und Psychologen in den unterschiedlichsten Beratungsstellen. (Zu der Anzahl der Beratungstellen und der dort tätigen Mitarbeiter vgl. MÜNDER 1990, S. 15 ff.)

In diesem Zusammenhang stellt sich die Frage, ob derartige "sozialtherapeutische" oder psychosoziale berufliche Tätigkeiten mit dem Heilpraktikergesetz (HPG) zu vereinbaren sind und ob Psychologen oder gar Sozialarbeiter und Sozialpädagogen gegebenenfalls einer *Zulassung nach dem HPG* bedürfen.

Der Grund für diese Unsicherheiten sind die teilweise unklare und komplizierte Rechtslage sowie die unterschiedlichen *Standesinteressen* aller auf dem Beratungsmarkt konkurrierenden Berufsgruppen. Es ist nämlich nicht zu verkennen, daß zwischen Ärzten, Psychologen, Sozialarbeitern und Sozialpädagogen insoweit ein Verdrängungswettbewerb stattfindet, als immer mehr auf den Markt drängen und zudem versuchen, durch den Erwerb von Zusatzqualifikationen ihr Marktsegment zu erweitern oder zumindest zu sichern. Diese Auseinandersetzung um die "Aufteilung des Kuchens" wird sich weiter verschärfen, da erhebliche Zuwachsraten bei den Studienabgängern aller Berufsgruppen zu verzeichnen sind.

2.1 Psychotherapie und Heilpraktikergesetz (HPG)

Durch das 1939 erlassene Heilpraktikergesetz wurde die Kurierfreiheit aufgehoben. Nach § 1 Abs. 1 HPG bedarf jeder, der die Heilkunde ausüben will, ohne als Arzt bestallt zu sein, dazu der Erlaubnis. Ziel dieses Gesetzes war, das *ärztliche Behandlungsmonopol* abzusichern. Durch Art. 12 GG hat das HPG einen Bedeutungswandel erfahren. Für alle *nichtärztlichen Berufe* gilt nunmehr ein Erlaubnisvorbehalt. Falls kein Versagungsgrund vorliegt, besteht ein *Recht auf Zulassung*. Nach § 2 Abs. 1 der Durchführungsverordnung (DVO) zum HPG kann die Zulassung verweigert werden, wenn sich aus einer Überprüfung der Kenntnisse und Fähigkeiten des Antragstellers durch das Gesundheitsamt ergibt, daß die Ausübung der Heilkunde eine Gefahr für die Volksgesundheit darstellt. (Zur Handhabung der Überprüfung der Kenntnisse und Fähigkeiten in der Praxis, vgl. ARNDT 1985, S. 73 ff.)

Das Heilpraktikergesetz definiert in § 1 Abs. 2 den Begriff *Heilkunde*:
"Ausübung der Heilkunde im Sinne dieses Gesetzes ist jede berufs- oder gewerbsmäßig vorgenommene Tätigkeit zur Feststellung, Heilung oder Linderung von Krankheiten, Leiden oder Körperschäden bei Menschen, auch wenn sie im Dienste von anderen ausgeübt wird."

In diesem Zusammenhang kommt der *Definition von Krankheit* eine große Bedeutung zu. Die Medizin hat keinen allgemeingültigen Krankheitsbegri ff. "Die Notwendigkeit eines allgemeinen Krankheitsbegriffes stellt sich somit nicht aus der Sicht des Arztes oder Psychotherapeuten, ... sondern nur aus der Sicht und den Interessen der Rechtsprechung und des Gesetzgebers." (MEYER u.a. 1991, S. 26)

Nach der *Rechtsprechung* des Bundessozialgerichtes ist Krankheit im Sinne der gesetzlichen Krankenversicherung "ein regelwidriger körperlicher oder geistiger Zustand, der entweder Behandlungsbedürftigkeit oder Arbeitsunfähigkeit oder beides zur Folge hat." (Vgl. u.a. Entscheidungen des BUNDESSOZIALGERICHTS (BSGE) 48, 258; 59, 119) Nur für den Fall, daß es sich tatsächlich um eine Krankheit handelt, stellen sich die Probleme der beruflichen Tätigkeiten auf dem im weitesten Sinne therapeutischen Sektor. (Nach Entscheid des OBERLANDESGERICHTS (OLG) KARLSRUHE 1990, S. 364, ist der Einsatz des pädagogischen Psychodramas bei Personen ohne Krankheitsbefund zur besseren Selbsterkenntnis nicht dem Arzt oder Heilpraktiker vorbehalten.)

Zunächst ist allen mehr oder weniger geläufig, was ein Arzt tun und lassen darf. Durch die *Approbation als Arzt* (§ 3 Bundesärzteordnung) erlangt er den fachlichen Befähigungsnachweis für die Ausübung der ärztlichen Tätigkeit und zugleich einen Nachweis, der geeignet ist, die Verwirklichung der mit der Gesetzlichen Krankenversicherung verfolgten Ziele sicherzustellen, d.h., er wird von den Krankenkassen für seine ärztlichen Bemühungen bezahlt. Soweit er eine Zusatzausbildung für Psychotherapie hat, gelten diese Grundsätze auch für entsprechende heilkundliche Tätigkeiten. Einer Erlaubnis nach dem HPG bedarf er selbstverständlich nicht.

Komplizierter stellt sich die berufsrechtliche Situation bei den nichtärztlichen Therapeuten, den *Psychologen* dar.

Das Bundesverwaltungsgericht (BVerwG) hat 1983 entschieden, daß Psychotherapie *Ausübung der Heilkunde* i.S. des § 1 Abs. 2 HPG darstellt. Wer - ohne Arzt zu sein - die selbständige berufliche Tätigkeit anstrebt, Personen psychotherapeutisch zu behandeln, bedarf der Erlaubnis nach dem Heilpraktikergesetz. Das Bundesverwaltungsgericht ging bei seiner Entscheidung davon aus, daß Heilkunde "jede berufs- oder gewerbsmäßige Tätigkeit zur Feststellung, Heilung oder Linderung von Krankheiten, Leiden oder Körperschäden bei Menschen ... darstellt. Das Gesetz macht keinen Unterschied, ob es sich bei den Krankheiten oder Leiden um rein körperliche oder aber um solche auch oder ausschließlicher seelischer Natur handelt." (BUNDESVERWALTUNGSGERICHT (BvG) 1984, S.1414) Daraus folge, daß Psychotherapie Heilkunde sei, "einerlei ob sie in abhängiger Stellung etwa im Rahmen eines Beschäftigungsverhältnisses in einem Betrieb, oder in einer freien Praxis ausgeübt wird." (Ebd., S. 1414)

Dadurch war höchstrichterlich geklärt, daß Diplom-Psychologen bei der Ausübung ihrer Tätigkeit, soweit es sich bei der behandelten Störung um eine Krankheit bzw. um eine Behinderung oder Störung mit Krankheitswert handelt, *erlaubnispflichtig* sind und demzufolge auch den sog. Fachkundenachweis nach dem HPG erbringen müssen.

Dieser *Fachkundenachweis* nach dem Heilpraktikergesetz (HPG) bedeutet nun aber keineswegs, daß damit den Psychologen die Nützlichkeit ihrer Arbeit oder die Gleichwertigkeit mit einer ärztlichen Berufsausübung attestiert würde. Mit ihr wird lediglich bescheinigt, daß die Berufsausübung durch die Psychologen bzw. die anderweitigen Heilpraktiker keine Gefahr für die Volksgesundheit darstellt. Er beinhaltet also nicht eine staatliche Anerkennung i.S. eines Befähigungsnachweises, sondern es geht ausschließlich um Gesichtspunkte der Gefahrenabwehr. (Vgl. hierzu TAUPITZ 1991, S. 1505 ff., 1507)

Verständlich, daß die Diplom-Psychologen diese Rechtslage für äußerst unbefriedigend halten, wird ihre Tätigkeit doch beispielsweise auf eine Stufe mit bestimmten kosmetischen Behandlungsmethoden (Entfernung von Warzen und Leberflecken) oder dem Handauflegen gestellt. Das Verwaltungsgericht (VG) Stade hat entschieden, Geistheilungen, das Besprechen von Krankheiten sowie das Handauflegen sind Ausübung der Heilkunde. (VG STADE 1960, S. 798. Vgl. auch LANDGERICHT (LG) BERLIN 1988, S. 780)

An dieser Rechtslage haben auch drei Entscheidungen des Bundesverfassungsgerichts aus dem Jahre 1988 grundsätzlich nichts geändert. Das Gericht hat die herrschende Auffassung zu dem Heilpraktikergesetz im wesentlichen bestätigt. Es hat entschieden, daß der *Erlaubniszwang* nach § 1 Abs. 1 HPG eine zulässige Beschränkung der Berufsfreiheit (Art. 12 GG) für nichtärztliche Psychotherapeuten darstellt und deshalb auch auf psychotherapeutisch arbeitende Diplom-Psychologen Anwendung finden kann. (BVerfG 1988a, S. 2290 ff. In dieser Entscheidung erklärte das BVerfG zugleich das Verbot, Ausländern eine Heilpraktikererlaubnis zu erteilen, mit der Verfassung für nicht vereinbar. In einer weiteren Entscheidung (BVerfG 1988b, S. 2292 ff.), wurde der Ausschluß der Heilpraktiker von der kassenärztlichen Versorgung für grundgesetzkonform erklärt. Schließlich wird in einer 3. Entscheidung (BVerfG 1988c, S. 2293 ff.) eine Vorlagefrage des LANDESSOZIALGERICHTES (LSG) BREMEN für unzulässig erklärt.)

Das Bundesverfassungsgericht hat jedoch festgestellt, daß der im HPG statuierte Zwang, für akademisch ausgebildete Psychotherapeuten die Berufsbezeichnung Heilpraktiker zu führen, *verfassungsrechtlich bedenklich* sei. Es bestehe nämlich kein sachlicher Grund, die Berufsbezeichnung auf das gesamte Berufsfeld der nichtapprobierten Heilbehandler anzuwenden. Zugleich ist es nach Ansicht des Bundesverfassungsgerichtes problematisch, daß nach der Durchführungsverordnung (DVO) des HPG, die Überprüfung der Kenntnisse und Fähigkeiten der Bewerber - unabhängig von der Qualität ihrer Ausbildung - generell vorgeschrieben wird. (So noch das OLG MÜNCHEN 1984, S. 1826.) Das Gericht hat die entsprechende DVO dahingehend ausgelegt, daß die Qualifikation der Diplom-Psychologen zu berücksichtigen sei.

Ganz in diesem Sinne haben bereits vor der Entscheidung des Bundesverfassungsgerichtes einige *Bundesländer* durch Erlaß die Zulassung zu psychotherapeutischen, heilkundlichen Tätigkeiten nach dem HPG für Diplom-Psychologen erleichtert. Teils gehen die Erlasse davon aus, daß die Psychologen auf Grund ihrer Ausbildung über die notwendigen Grundkenntnisse verfügen, teils werden psychotherapeutische Zusatzqualifikationen verlangt. (Vgl. hierzu MEYER u.a. 1991, S. 59 ff.)

In Hessen ist 1984 die Erlaubniserteilung nach dem HPG an nichtärztliche Psychotherapeuten geregelt worden. Danach benötigen diejenigen, die den akademischen Grad des Diplom-Psychologen führen dürfen und ausschließlich im Bereich der Psychotherapie heilkundlich tätig sind, keinen Fachkundenachweis mehr. Nach diesem Erlaß besteht auch keine Pflicht für einen Psychologen, die Berufsbezeichnung Heilpraktiker zu führen. (Vgl. RICHTLINIEN ZUR DURCHFÜHRUNG DES HEILPRAKTIKERGESETZES 1984, S. 546.)

Durch Erlaß vom 2.10.1985 besteht in NRW eine Regelung, in der klargestellt wird, daß beratende und psychologisch/pädagogisch-therapeutische Tätigkeiten, die in psycho-sozialen Beratungstellen ausgeübt werden, nicht unter das HPG fallen.

Mithin ist festzuhalten, daß bei der Zulassung zur Heilkunde für Psychologen keine einheitliche Rechtsgrundlage in der BRD existiert, die Tendenz jedoch dahingeht, Diplom-Psychologen, soweit sie heilkundlich auf der Ebene der Psychotherapie tätig sind, den Fachkundenachweis zu "erlassen". Selbstverständlich ist mit dieser *berufsrechtlichen "Teilanerkennung" keine kassenärztliche Zulassung erreicht.* - Bei dieser

Rechtslage für Diplom-Psychologen wird es voraussichtlich solange bleiben, bis - in welcher Form und mit welchen Inhalten auch immer - ein Psychologen-Therapeutengesetz verabschiedet sein wird.

Eine andere Frage ist indessen, ob etwa eine Pädagogin, die sich nach dem Diplom auf dem Gebiet der Psychologie weitergebildet hat und psychotherapeutisch, also heilkundlich tätig werden will, wie Diplom-Psychologen behandelt werden kann. In einer Entscheidung des OBERVERWALTUNGSGERICHTS (OVG) FÜR DIE LÄNDER NIEDERSACHSEN UND SCHLESWIG-HOLSTEIN vom 26.1.1990 - Az: 8 OVG A 5/88 - (nicht rechtskräftig) hat das Gericht im wesentlichen für derartige Sachverhalte eine Gleichbehandlung vorgeschlagen. Im Hinblick auf eine Überprüfung hat es festgestellt: "Allein die Unterschiede der Vorbildung können deshalb keinen Anlaß für einen unterschiedlichen inhaltlichen Maßstab der Überprüfung bieten, wenn die Antragsteller sich gleichermaßen als Psychotherapeuten betätigen wollen." (Dagegen hat der VERWALTUNGSGERICHTSHOF (VGH) MÜNCHEN (1988, S. 2967 ff.) entschieden, daß ein Abschlußzertifikat der (privaten) Deutschen Akademie für Psychoanalyse nicht ausreicht, um von einer Überprüfung nach der DVO zum HPG abzusehen.)

Im Klartext bedeutet dies, daß diese *Erlaubniserleichterung* auch für Pädagogen, Sozialpädagogen und Sozialarbeiter mit entsprechenden therapeutischen Zusatzausbildungen gelten kann. Eine letztendliche höchstrichterliche Entscheidung bleibt indessen abzuwarten.

2.2 Folgen bei fehlender Erlaubnis nach dem HPG

1. Gem. § 5 HPG wird mit *Freiheitsstrafe* bis zu einem Jahr oder mit *Geldstrafe* bestraft, wer ohne zur Ausübung des ärztlichen Berufs berechtigt zu sein und ohne eine Erlaubnis nach § 1 HPG zu besitzen, die Heilkunde ausübt. Mit der Rechtsprechung muß in diesem Zusammenhang davon ausgegangen werden, daß das HPG nicht nur Tätigkeiten umfaßt, die ein heilkundliches Fachwissen voraussetzen, sondern auch solche, mit denen bei dem Behandelten lediglich der Eindruck erweckt wird, die Handlung ziele auf Heilung und Linderung von Krankheiten, Leiden oder Körperschäden. (Vgl. BUNDESGERICHTSHOF (BGH) 1987, S.2928. Das Feststellen von Störzonen in einem Haus - verursacht durch Erdströme - und deren Abschirmen durch das Aufstellen sog. "Esper-Klötze" ist dagegen keine Heilbehandlung i.S.d. HPG, wurde aber von den Gerichten ernsthaft geprüft.)

2. Nach der Rechtsprechung der bundesrepublikanischen Obergerichte kann die Behandlung durch einen Psychotherapeuten, die gegen die Erlaubnispflicht des HPG verstößt, zur *Nichtigkeit des Behandlungsvertrages* führen. Das bedeutet, daß ein Klient, der mit der psychotherapeutischen Beratung nicht zufrieden ist und dem Therapeuten einen Behandlungsfehler unterstellt, das Honorar wegen Nichtigkeit des Vertrages zurückverlangen kann, wenn der Therapeut die Erlaubnis nach dem HPG nicht besitzt. (OLG MÜNCHEN 1984, S. 1826; vgl. auch die Urteilsanmerkungen von HAHN 1984, S. 1827 sowie EBERHARDT 1985, S. 664.)

3. Nach § 39 BSHG ist Personen, die nicht nur vorübergehend körperlich, geistig oder seelisch wesentlich behindert sind, Eingliederungshilfe zu gewähren. Zu den Leistungen der Eingliederungshilfe gehören auch therapeutische Behandlungen der unterschiedlichsten Art. Allerdings wird keine Eingliederungshilfe für eine *gesetzeswidrige Therapie* gewährt. Eine Therapie ist nach Auffassung des OVG BREMEN dann gesetzeswidrig, wenn sie gegen das Heilpraktikergesetz verstößt. Im zu entscheidenden Fall hatte der Kläger, der an angeborenem Schwachsinn leidet, vom Sozialamt verlangt, die Kosten für eine Therapie durch die Deutsche Gesellschaft für Soziale Psychiatrie, Ar-

beitsgemeinschaft Familientherapie, zu übernehmen. Die Behandlung wurde - trotz Ablehnung durch das Sozialamt - von zwei Diplom-Psychologen und einer Diplom-Sozialpädagogin durchgeführt, die keine Erlaubnis nach dem HPG besaßen. (Vgl. OVG BREMEN 1988, S. 1545 f.)

2.3 Beratung

Die Arbeitsbereiche von Sozialarbeitern und Sozialpädagogen reichen heutzutage von der Vorschulerziehung bis hin zur Altenarbeit, sie liegen in Betrieben, Schulen, Krankenhäusern, in der Rehabilitation, in Gefängnissen und Heimen etc. Ein wichtiger Berufszweig ist auch die *Beratung für alle Lebensprobleme* geworden. So enthält beispielsweise das neue Kinder- und Jugendhilfegesetz ein umfangreiches Beratungsangebot für Familien, bei Fragen der Partnerschaft, Trennung und Scheidung, bei Erziehungsproblemen u.a..

"Erzieherische Hilfen und Beratung ist überall geboten, wo Menschen in Not geraten sind, von der Umwelt überfordert werden, den Umständen nicht angepaßt leben, mit Belastungen nicht fertig werden. Erzieherischer Hilfe bedarf der junge, noch bildbare und daher stützungsbedürftige Mensch, Beratung braucht der alte Mensch, der seine Umwelt nicht mehr recht versteht; Beratung braucht in der Tendenz jeder Bürger in einer immer komplexeren Gesellschaft." (BLANKE & SACHSSE 1987, S. 260.)

In der Jugendhilfe, insbesondere im neuen *Kinder- und Jugendhilferecht* (KJHG), hat sich folgerichtig eine *präventive Orientierung* durchgesetzt. Der Achte Jugendbericht stellt fest: Jugendhilfe "zielt - als primäre Prävention verstanden - auf lebenswerte, stabile Verhältnisse, auf Verhältnisse also, die es nicht zu Konflikten und Krisen kommen lassen und - als sekundäre Prävention verstanden - auf vorbeugende Hilfen in Situationen, die erfahrungsgemäß belastend sind und sich zu Krisen auswachsen können." (BMJFFG 1990, S. 85.)

Demgemäß werden durch das KJHG die alten eingriffs- und ordnungsrechtlichen Instrumentarien durch Beratungs- und Kooperationsangebote für die Kinder und Jugendlichen sowie für die Familien ersetzt. An die Stelle von Kontrolle und Bevormundung sollen rechtzeitige und fachkundige Beratung und Unterstützung der Familien und Heranwachsenden treten.

Das KJHG sieht ein Bündel von erzieherischen und beratenden Hilfen vor:

§ 16 KJHG will allgemein die Erziehung in der Familie durch die unterschiedlichsten Leistungen fördern. Darin sind neben Angeboten der Familienbildung, Familienfreizeiten etc. Beratung in allgemeinen Fragen der Erziehung und Entwicklung junger Menschen enthalten. "Durch die aufgelisteten Leistungen wird die 'Familienarbeit' institutionell eingebettet und eine erhebliche Verbesserung gegenüber der gegenwärtigen Gesetzeslage erreicht. Es geht nicht bloß um Hilfen in erzieherischen Krisensituationen, sondern um vorbeugende, familienbegleitende Maßnahmen, die den veränderten familiären Aufgaben und gestiegenen inner- und außerfamiliären Erwartungen an den Lebensbereich Familie Rechnung tragen sollen. Mit der Verstärkung dieser Hilfe wird die Notwendigkeit späterer aufwendiger, pädagogischer und therapeutischer Leistungen verringert, was sowohl künftige Kosten ersparen, als auch die Jugendämter arbeitsmäßig entlasten wird." (WESCHE 1990, S.51)

Gem. § 17 KJHG soll Müttern und Väter im Rahmen der Jugendhilfe Beratung in Fragen der Partnerschaft, Trennung und Scheidung angeboten werden.

§ 18 KJHG enthält die Verpflichtung des Jugendamtes, jedem Elternteil, der für einen jungen Menschen unter 18 Jahren zu sorgen hat, zu beraten und bei der Ausübung der Personensorge zu unterstützen.

Diese nunmehr auch rechtlich abgesicherten Formen der sozialen Arbeit erfordern ein spezifisches Qualifikationsprofil für die Beratung. Voraussetzung für *erfolgreiche Beratungsarbeit* sind gründliche Kenntnisse aus den verschiedensten Fachdisziplinen. Es überrascht daher nicht, daß der Akademisierungsgrad in den Beratungssystemen weit höher ist, als in anderen Tätigkeitsfeldern der sozialen Arbeit. "In den Beratungsstellen (zusammengefaßt sind Erziehungs-, Jugend-, Familienberatung sowie Drogen- und Suchtberatung) sind 67,6 % der Beschäftigten Hochschulabsolventen, in Jugendämtern 48,5% ... in der Jugendarbeit 37% und in der Fremdplazierung 20,7 %." (BMJFFG 1990, S. 161)

Es unterliegt keinem Zweifel, daß die Gesamtheit dieser Beratungsangebote genuine Aufgabe der Sozialarbeiter und Sozialpädagogen ist. Im einzelnen ist jedoch zu differenzieren: Soweit im konkreten Einzelfall keine Krankheit vorliegt, fällt die - im weitesten Sinne - auch auf psychologischer Grundlage und mittels psychotherapeutischer Verfahren durchgeführte Beratung selbstverständlich nicht unter das HPG. Die *Schwierigkeit* besteht freilich in der *Abgrenzung* von heilkundlicher zu nichtheilkundlicher Tätigkeit.

Einen Ansatzpunkt geben die genannten Erlasse der Länder Hessen und NRW. Danach ist Beratung in sozialen Konflikten (z.B. Eheberatung, Familienberatung, Erziehungsberatung oder der schulpsychologische Dienst u.ä.) keine Ausübung von Heilkunde. Diese auf nichtärztliche Therapeuten zugeschnittene Regelung gilt umso mehr für Pädagogen, Sozialpädagogen und Sozialarbeiter, da sie ja in erster Linie mit sozialen Konflikten und ihren Folgen konfrontiert werden. Ganz auf dieser Linie liegt auch das *Forschungsgutachten* zu Fragen eines Therapeutengesetzes. Danach sind "solche Maßnahmen, die nicht zum Erkennen, zur Verhinderung, Heilung oder Besserung (inklusive Rehabilitation) einer Krankheit bestimmt sind, nicht unter dem Begriff Krankenbehandlung zu subsumieren." (MEYER u.a. 1991, S. 26)

"Dies gilt insbesondere für alle Maßnahmen, die ausschließlich zur beruflichen Anpassung oder Förderung bestimmt sind. Bei Erziehungs-, Familien-, Partnerschaftsproblemen, soweit diese als Folge einer seelischen oder körperlichen Erkrankung zu verstehen sind ..." (Ebd., S. 27) Zwar können Beziehungsstörungen auch Ausdruck einer Krankheit sein. "Nicht alle Lebensprobleme, Partnerschaftskonflikte, Reifungskrisen sind jedoch als seelische Krankheiten zu werten. Solche Beziehungsstörungen und Entfremdungen sind häufig phasentypische Lebensereignisse ..." (Ebd.)

Dennoch ist der Übergang zu einer heilkundlichen Tätigkeit nach dem HPG fließend. Für den Fall, daß in einer Krisensituation der Beratende nachhaltig den Eindruck gewinnt, daß der Klient psychisch krank ist und selbst mittels psychotherapeutischer Methoden und Verfahren hilft, befindet er sich auf dem Boden des Heilpraktikergesetzes. Er sollte bei einer derartigen Konstellation versuchen, mit einem Arzt bzw. einem Psychologen, der im Delegationsverfahren arbeitet oder aber selbst die Zulassung nach dem HPG besitzt, zu kooperieren. Es kommt letztendlich darauf an, ein *Kooperationsnetz* zu knüpfen, das dazu beiträgt, die Probleme in einer krisenhaften Situation kompetent lösen zu helfen. Für die Herstellung eines derartigen Kooperationsnetzes sind Sozialarbeiter und Sozialpädagogen besonders geeignet. Sie besitzen neben juristischen Qualifikationen (Sozial-, Jugend, Familien- und Verwaltungsrecht) auch Kenntnisse über Verfahren in der Einzelfallhilfe, Gemeinwesenarbeit, der sozialpädagogischen Gruppenarbeit sowie der Familienhilfe. Mittels dieser Kenntnisse und methodischen Ansätze erreichen Sozialarbeiter und Sozialpädagogen Familien in Krisen in einer Weise, die einem vorwiegend naturwissenschaftlich ausgebildetem Arzt nicht möglich ist.

3. Das Sozialgeheimnis in der Bundesrepublik Deutschland: Der Schutz personenbezogener Daten im Sozialstaat

Die Bedeutung des Schutzes des Sozialgeheimnisses - also des Schutzes aller Einzelangaben über die persönlichen und sachlichen Verhältnisse einer natürlichen Person - bei den Trägern der sozialen Arbeit im allgemeinen und bei den Beratungsstellen im besonderen ist rapide gestiegen. Diese Veränderung beruht auf den unterschiedlichsten gesellschaftlichen Entwicklungstendenzen.

Der fortschreitende Prozeß der *Vergesellschaftung von Reproduktionsrisiken der Lohnarbeit* durch öffentlich organisierte Versicherungssysteme, die Ausweitung der Sozialverwaltung und der Beratungssysteme hat dazu geführt, daß für einen erheblichen Teil der Bevölkerung die private Reproduktion durch *Leistungen der öffentlichen und privaten Hilfssysteme* teils ergänzt, teils vollständig ersetzt wird. Aus dieser Tatsache resultiert eine Neubewertung der Beziehungen zwischen Bürger und Sozialverwaltung. Derjenige, der Finanz-, Sachmittel oder Beratung begehrt, muß seine *persönlichen Verhältnisse offenbaren*, so § 60 Sozialgesetzbuch I (SGB I).

Der *Konflikt* ist offensichtlich. Schon der oberflächliche Blick auf einen tagtäglichen Fall läßt unschwer erkennen, welche höchst unterschiedlichen Interessen aufeinanderprallen. So kommt es immer wieder vor, daß das Jugendamt der Polizei einen Fall von Kindesmißhandlung mitteilt bzw. umgekehrt die Strafverfolgungsbehörden Informationen des Jugendamtes abfragen wollen. In einer derartigen Konstellation können die Interessen der Beteiligten weit auseinandergehen. Während das Jugendamt als Erziehungsbehörde die Belange des Jugendlichen zu schützen hat, ist Aufgabe der Polizei die Strafverfolgung. (Vgl. zu diesem Problemkreis KAUFMANN 1990, S. 1 ff. sowie KLINGER & KUNKEL 1990.)

Neben dieser spezifischen Relation von Bürger und der auf Leistungen ausgerichteten Verwaltung spielt ein anderer Gesichtspunkt eine erhebliche Rolle. *Durch den Prozeß der Vergesellschaftung nicht nur der Reproduktionsrisiken, sondern zunehmend auch der Sozialisation, hat die soziale Arbeit einen erheblichen Form- und Funktionswandel* vollzogen. Die ehemals fast ausschließlich stigmatisierenden und ausgrenzenden Mechanismen der sozialen Arbeit sind heutzutage weitgehend administrativ organisierten finanziellen Leistungen und persönlichen Hilfen gewichen. Beobachten läßt sich nicht nur eine Tendenz verstärkter Vergesellschaftung der Kleinkinderziehung, die Familie selbst wird zum Gegenstand staatlich initiierter und gesteuerter Sozialisation. Diese Entwicklung hängt damit zusammen, daß die Familie immer weniger in der Lage ist auf Grund eigener Kompetenzen und Kräfte, die an sie gestellte Sozialisationsaufgabe zu erfüllen. Dies lassen die einschlägigen Statistiken erkennen.

Die Anzahl der *Scheidungen* sowie die der alleinerziehenden Personen nimmt kontinuierlich zu. 1970 wurden nur ca 76.000 Ehen, 1980 96.000 Ehen geschieden. 1988 wurden in den alten Bundesländern ca. 130.000 Ehen geschieden. Etwa ein Drittel der Ehen bricht auseinander. 50,3 % dieser Ehen waren kinderlos, 31,5 % hatten ein Kind, 14,8 % zwei Kinder und 3,4 % drei oder mehr Kinder. Die Gesamtzahl der von Scheidungen betroffenen Kinder betrug 1988 mehr als 92.000. 1988 verzeichneten die Statistiken ca. 1.300.000 Kinder, die bei einem Elternteil leben; wobei die typische Situation ist, daß die Kinder mit der Mutter zusammenleben, nämlich über eine Million. (Vgl. hierzu BMJFFG 1990, S. 229 ff.)

Und nicht zuletzt die technische Entwicklung im Bereich der Mikroelektronik hat zu einer *neuen Bewertung des Datenschutzes* geführt. Die extrem gesteigerten Potenzen im Bereich der Erfassung, Speicherung und Bearbeitung von Daten ermöglichen prinzipiell den Austausch aller Daten auf dem Gebiet der Sozialleistungsträger. Das Bundesverfassungsgericht hat im Hinblick auf die Befugnisse des Einzelnen, grundsätzlich selbst zu entscheiden, wann und innerhalb welcher Grenzen persönliche Lebenssachverhalte offenbart werden dürfen, formuliert:

"Diese Befugnis bedarf unter den heutigen und künftigen Bedingungen der automatischen Datenverarbeitung in besonderem Maße des Schutzes. Sie ist vor allem deshalb gefährdet, weil bei Entscheidungsprozessen nicht mehr wie früher auf manuell zusammengetragene Karteien und Akten zurückgegriffen werden muß, vielmehr heute mit Hilfe der automatischen Datenverarbeitung Einzelangaben ... technisch gesehen unbegrenzt speicherbar und jederzeit ohne Rücksicht auf Entfernungen in sekundenschnelle abrufbar sind. Sie können darüberhinaus - vor allem beim Aufbau integrierter Informationssysteme - mit anderen Datensammlungen zu einem teilweise oder weitgehend vollständigen Persönlichkeitsbild zusammengefügt werden, ohne daß der Betroffene dessen Richtigkeit und Verwendung ausreichend kontrollieren kann. Damit haben sich in einer bisher unbekannten Weise die Möglichkeiten einer Einsichts- und Einflußnahme erweitert, welche auf das Verhalten des Einzelnen schon durch den psychischen Druck öffentlicher Anteilnahme einzuwirken vermögen." (BVerfGE 65, 1)

Es ist daher heute nicht mehr umstritten, daß Daten und insbesondere Sozialdaten geschützt werden müssen: Wenn der Bürger Sozialleistungen oder Beratungsangebote in Anspruch nimmt und Informationen über sich preisgeben muß, darf er deswegen nicht Nachteile erleiden.

3.1 Zeugnisverweigerungsrecht für Sozialarbeiter und Sozialpädagogen: Das Urteil des Bundesverfassungsgerichtes 1972

In einem Ermittlungsverfahren gegen einen Hilfsarbeiter wegen des Verdachts der Unzucht mit seinem minderjährigen Sohn sollte eine Sozialarbeiterin, die bei der Arbeitsgemeinschaft für Jugend- und Eheberatung tätig war, als Zeugin vernommen werden. Das Amtsgericht hatte dem Bundesverfassungsgericht die Frage vorgelegt, ob § 53 Abs.1 Nr. 3 StPO insoweit verfassungswidrig sei, als darin zwar den Ärzten und Hebammen, nicht aber den Psychologen, Sozialpädagogen und Sozialarbeitern, Eheberatern und anderen auf psychotherapeutischem Gebiet tätigen Personen ein Zeugnisverweigerungsrecht eingeräumt werde. Das Bundesverfassungsgericht entschied 1972, daß die Strafprozeßordnung Sozialarbeitern und Sozialpädagogen *kein Zeugnisverweigerungsrecht* einräume. (BVerfGE 33, 367 ff.) Dadurch werde weder das Recht des ratsuchenden Klienten auf Achtung seiner Privatsphäre noch der Gleichheitsgrundsatz verletzt (ebd.).

Die tragenden *Entscheidungsgründe* waren:
- Der Sozialarbeiter übe keinen Beruf aus, für dessen Gesamtbild die Begründung höchstpersönlicher, grundsätzlich keine Offenbarung duldender Vertrauensverhältnisse kennzeichnend wäre.
- Es fehle an einem einheitlichen, klar umrissenen Berufsbild des Sozialarbeiters.
- Es gebe Arbeitsgebiete, wie z.B. in der Bewährungshilfe und Jugendgerichtshilfe, aber auch in der Familienfürsorge, bei denen ein Vertrauensverhältnis von vornherein ausscheide.

- Aber auch bei einer beratenden Tätigkeit begegne er seinem Klienten nicht nur als persönlicher Berater und Helfer, sondern immer zugleich auch als Repräsentant von Staat und Gesellschaft.
- Im Hinblick auf die Verletzung des Gleichheitsgrundsatzes - im Vergleich zu wirtschafts- und steuerberatenden Berufen - stellte das Bundesverfassungsgericht darauf ab, daß es den Sozialarbeitern an öffentlich-rechtlich verfaßten Standesvertretungen (Kammern), Berufs- und Ehrengerichten fehle, die in der Lage seien, berufliche Verschwiegenheit zum Standesgebot zu erheben, ihre Beachtung zu überwachen und ihre Verletzung mit den Mitteln des Disziplinarrechts zu ahnden.

Aus alledem ergebe sich folgerichtig, daß die Sozialarbeiter auch keine mit strafrechtlichen Sanktionen bewehrte Geheimhaltung treffe, sie nicht schweigepflichtig nach dem Strafgesetzbuch seien. Das Bundesverfassungsgericht hat somit in seiner damaligen Entscheidung im Ergebnis den Interessen der Strafverfolgungsbehörden den Vorrang gegenüber dem Vertrauensverhältnis zwischen Sozialarbeiter und Klient eingeräumt (ebd.).

Fast 20 Jahre nach dieser grundlegenden Entscheidung zum Zeugnisverweigerungsrecht für Sozialarbeiter und Sozialpädagogen ist die Rechtslage komplexer und schwieriger geworden. Es ist zu bezweifeln, ob das höchste deutsche Gericht mit der gleichen Unbefangenheit - jedenfalls den beratenden Berufen, bei aller notwendigen Differenzierung im einzelnen - das strafprozessuale Zeugnisverweigerungsrecht mit dieser Begründung auch heute noch verwehren würde.

Eckpfeiler der jüngsten Entwicklung, die zu einer erhöhten Sensibilität im Umgang mit dem Persönlichkeitsrecht beigetragen haben, sind:
- die am 1.1.1975 in Kraft getretene Neuregelung der strafrechtlichen Schweigepflicht (§ 203 StGB);
- die tragenden Entscheidungsgründe des Bundesverfassungsgerichts zum Volkszählungsgesetz 1983;
- die Einführung umfangreicher datenschutzrechtlicher Regelungen - vor allen Dingen des Sozialdatenschutzes - im Sozialgesetzbuch X sowie im Kinder- und Jugendhilferecht (KJHG).

Geheimhaltungspflichten und Offenbarungsbefugnisse beruhen in der sozialen Arbeit zum jetzigen Zeitpunkt auf unterschiedlichen aber verzahnten Rechtsgrundlagen - mit noch teilweise ungeklärten sowie ungelösten Rechtsproblemen.

3.2 Die strafrechtliche Schweigepflicht nach § 203 StGB

Durch die Erweiterung der Schweigepflicht ist der strafrechtliche Schutz der Berufsgeheimnisse in der sozialen Arbeit erheblich erweitert worden. Nunmehr unterliegen dieser Strafvorschrift über die Verletzung von Privatgeheimnissen:
- Berufspsychologen mit staatlich anerkannter wissenschaftlicher Abschlußprüfung;
- Ehe-, Erziehungs- oder Jugendberater sowie Berater für Suchtfragen in einer Beratungsstelle, die von einer Behörde oder Körperschaft, Anstalt oder Stiftung des öffentlichen Rechts anerkannt ist;
- Mitglieder oder Beauftragte einer anerkannten Beratungsstelle nach § 218 StGB;
- staatlich anerkannte Sozialarbeiter wie staatlich anerkannte Sozialpädagogen.

Dieser Personenkreis wird mit *Freiheitsstrafe* bis zu einem Jahr oder mit *Geldstrafe* belegt, wenn er unbefugt ein fremdes Geheimnis, namentlich ein zum persönlichen Lebensbereich gehörendes Geheimnis oder ein Betriebs- oder Geschäftsgeheimnis offenbart, das ihm anvertraut oder sonst bekannt geworden ist.

Ebenso werden im Prinzip nach § 203 Abs. 2 StGB auch bestimmte öffentliche Funktionsträger bestraft, wenn sie ein Geheimnis unbefugt offenbaren. § 203 Abs. 2 Satz 2, 2. Halbsatz StGB privilegiert die für den öffentlichen Dienst besonders Verpflichteten insofern, daß sie *straffrei* bleiben, wenn sie Geheimnisse oder Einzelangaben über persönliche oder sachliche Verhältnisse anderen Behörden oder sonstigen Stellen für Aufgaben der öffentlichen Verwaltung bekanntgeben und das Gesetz dies nicht untersagt.

Ob nun staatlich anerkannte Sozialarbeiter und Sozialpädagogen, die zugleich als Amtsträger im öffentlichen Dienst tätig sind, also z.B. die Mitarbeiter im Jugend- oder Sozialamt, auch unter diese Privilegierung fallen, ist kontrovers. (Vgl. zu diesem Problemkreis SCHÖNKE & SCHRÖDER 1988, Anmerkung 13 zu § 203 StGB.)

Nach überwiegender Auffassung gilt die nach § 203 Abs. 2 StGB erlaubte Weitergabe von Einzelangaben über persönliche und sachliche Verhältnisse an andere Behörden nicht für die behördliche Sozialarbeit. Anderenfalls käme man zu dem grotesken Ergebnis, daß der Vertrauensschutz der Klienten bei den staatlich anerkannten Sozialarbeitern und Sozialpädagogen im öffentlichen Dienst geringer zu bewerten sei, als in der freien Wohlfahrt. (Ebenso u.a. KAUFMANN 1990, S. 3 ff.; FROMMANN 1985, S. 173; MÖRSBERGER 1985, S. 64; vgl. auch MAAS 1988, S. 18f.)

Mit der Ausdehnung der Schweigepflicht sollte das "allgemeine Vertrauen in die Verschwiegenheit der Angehörigen bestimmter Berufe, der Verwaltung usw., ohne welches diese ihre im Interesse der Allgemeinheit liegenden Aufgaben nicht oder nur unvollkommen erfüllen könnten" (SCHÖNKE & SCHRÖDER 1988, Anmerkung 3 zu § 203 StGB.), hergestellt bzw. erhöht werden. Der strafrechtliche Schutz des Vertrauensverhältnisses zwischen Klienten und professionellen Helfern und Beratern, das bislang den helfenden und beratenden klassischen Professionen, wie z.B. den Ärzten, Rechtsanwälten und den wirtschafts- und steuerberatenden Berufen vorbehalten war, ist auf diejenigen ausgedehnt worden, die - in Not oder psychische Konfliktsituationen geratene Menschen - auf unterschiedlichste Art und Weise betreuen und beraten. Anders formuliert: *Die selbstverständliche Respektierung der Sphären Gesundheit und Eigentum ist gleichsam auf den Bereich "soziale und psychische Autonomie" ausgedehnt worden.*

Allerdings gilt dies *nicht unbeschränkt*. Zu den zur strafrechtlich sanktionierten Verschwiegenheit Verpflichteten gehören u.a. nicht die staatlich anerkannten Erzieher, Kindergärtnerinnen u.a., die weder Sozialarbeiter noch Sozialpädagogen sind. (Ebd., Anmerkung 40 zu § 203 StGB; zur geänderten Rechtslage in der öffentlichen Jugendhilfe vgl. weiter unten.)

Die einzelnen *Tatbestandsmerkmale* der strafrechtlich bewehrten Schweigepflicht sind teils unproblematisch, teils umstritten.

a) Der *Begriff Geheimnis* ist weit auszulegen. Nach der Rechtsprechung sind Geheimnisse solche Tatsachen, die nur einem beschränktem Personenkreis bekannt sind und nach dem verständlichen Interesse des Geheimnisträgers nicht weiter bekannt werden sollen. (MÖRSBERGER 1985, S. 61 f.) Das Geheimnis muß zum persönlichen Lebensbereich gehören und umfaßt z.B schon den Namen eines Klienten oder allein den Umstand des Besuchs einer Beratungsstelle. (KÜHNEL u.a. 1985, S. 162; SCHÖNKE & SCHRÖDER 1988, Anmerkung 5 zu § 203 StGB)

b) Weitgehendst Einigkeit besteht auch darüber, unter welchen Umständen ein *Geheimnis anvertraut oder sonst bekannt geworden* ist. Das ist im allgemeinen dann der Fall, wenn es in einem inneren Zusammenhang mit der Ausübung des Berufes mitgeteilt oder wenn es der Geheimnisträger auf andere Weise, jedoch gleichfalls in innerem

Zusammenhang mit der Ausübung seines Berufes erfahren hat. (So SCHÖNKE & SCHRÖDER 1988, Anmerkung 13 ff. zu § 203 StGB.) Die Berufsfelder der sozialen Arbeit und ihre Binnendifferenzierung sind jedoch vielfältiger als bei Ärzten oder Anwälten. Folgerichtig ist etwa in der behördlichen Sozialarbeit nach den jeweiligen Funktionen zu unterscheiden: Erhält ein Sozialarbeiter oder Sozialpädagoge Informationen, die z.B. als Entscheidungsgrundlage für Geld- und Sachleistungen dienen, so ist auch für den Klienten einsichtig, daß diese Daten innerbehördlich weitergegeben werden müssen. Dies gilt indessen nicht, wenn es sich um Daten handelt, die im Zusammenhang mit persönlicher und erzieherischer Hilfe, also bei beraterischen, erzieherischen oder therapeutischen Leistungen anvertraut wurden. (Vgl. KAUFMANN 1990, S. 4; MAAS 1988, S. 18 f.; für das neue KJHG und den besonderen Vertrauensschutz bei den persönlichen und erzieherischen Leistungen s. MÜNDER 1991, Anmerkung 4 ff. zu § 65 KJHG.)

c) Das *Geheimnis ist offenbart*, wenn es in irgendeiner Weise an einen anderen gelangt ist. Unerheblich ist dabei, ob der Dritte selbst schweigepflichtig ist oder ob es sich um einen Angehörigen handelt. (SCHÖNKE & SCHRÖDER 1988, Anmerkung 19 zu § 203 StGB)

d) Allerdings stellen sich doch erhebliche Probleme im Zusammenhang mit der *befugten Offenbarung*, wann und unter welchen Bedingungen und Voraussetzungen Informationen weitergegeben werden dürfen oder gar müssen. (Hierzu allgemein SCHÖNKE & SCHRÖDER 1988, Anmerkung 53 e sowie 54 zu § 203 StGB sowie KLINGER & KUNKEL 1990, S. 33 ff.)

- Im allgemeinen ist davon auszugehen, daß im Strafrecht die Einwilligung bzw. die *mutmaßliche Einwilligung* des Betroffenen die Offenbarung zuläßt bzw. erforderlich macht. (Zu den Einzelheiten, insbesondere zur Frage der Einwilligung durch Minderjährige vgl. MAAS 1988, S. 11f.)
- Eine Strafbarkeit nach § 203 StGB kommt ferner nicht in betracht, wenn der Schweigepflichtige auf Grund besonderer Gesetze *zur Offenbarung verpflichtet* ist.

In den sozialen Berufsfeldern stellt sich häufig das Problem, unter welchen Bedingungen man rechtlich gezwungen ist, bestimmte Sachverhalte zur Anzeige zu bringen. Zu denken ist etwa an *sexuellen Mißbrauch oder Kindesmißhandlungen* in Familien. Es bestehen erhebliche Mißverständnisse über die Reichweite der gesetzlichen Anzeigepflichten. (POLLÄHNE & SCHÄFER-EIKERMANN 1988, S. 2 ff.) Das bundesrepublikanische Strafrecht kennt nur in sehr begrenztem Umfang die Pflicht, Straftaten den Behörden oder dem Bedrohten anzuzeigen.

Bei geplanten Straftaten besteht eine *Anzeigepflicht* nur im Rahmen des § 138 StGB. Diese Vorschrift bestimmt, daß lediglich bei den dort genannten Straftaten die Nichtanzeige bestraft wird. Nur wenn jemand von der Vorbereitung eines Angriffskrieges, eines Hochverrates, eines Menschenhandels, Mordes, Totschlages, Völkermordes, Raubes, einer räuberischen Erpressung etc., also einer schwersten Straftat erfährt, ist er zur Anzeige verpflichtet. Das Vorliegen nur weniger Gerichtsentscheidungen verweist darauf, daß diese Strafbestimmung nur selten zur Verurteilung führt.

Falls die Voraussetzungen des § 138 StGB gegeben sein sollten, geht er den unterschiedlichsten Geheimhaltungsvorschriften nach dem Strafgesetzbuch oder den datenschutzrechtlichen Bestimmungen vor.

Inwieweit bei im öffentlich Dienst Beschäftigten eine Anzeigepflicht für abgeschlossene Straftaten besteht, richtet sich nach der Funktion der Behörde. Bei vollendeten Delikten besteht zunächst für Privatpersonen keine Pflicht, die Straftat zur Anzeige zu bringen. Wegen einer unterlassenen Strafvereitelung macht sich nur derjenige strafbar, der den Straftäter aktiv unterstützt, z.B durch Gewährung von Unterschlupf oder durch eine falsche Aussage gegenüber der Polizei (vgl. BGH 1984, S. 135 ff.). Dabei liegt es auf der Hand, daß die Polizei und Staatsanwaltschaft, also die Strafverfolgungsbehörden und deren Beamte verpflichtet sind, Straftaten, die ihnen dienstlich bekannt geworden sind, zur Anzeige zu bringen; §§ 160, 163 Strafprozeßordnung (StPO).

Darüber hinaus trifft die Strafprozeßordnung keine Aussage, ob andere öffentliche Bedienstete verpflichtet sind, den Strafverfolgungsbehörden Mitteilungen über ein ihnen amtlich bekannt gewordenes Delikt zu machen. Es ist aber unbestritten, daß der öffentliche Dienst in diesem Zusammenhang nicht anders behandelt wird, als Privatpersonen. Es besteht daher im allgemeinen auch für vollendete Delikte keine behördliche oder dienstliche Anzeigepflicht. (Zu Anzeigepflichten auf Grund von Dienstvorschriften s. SCHEU 1983, S. 1707)

Eine entsprechende *Dienstvorschrift*, die vorschreibt, daß einschlägige Erkenntnisse des Jugendamtes den Strafverfolgungsbehörden zu übermitteln sind, ist daher *keine ausreichende Rechtsgrundlage*. (KÜHNEL u.a. 1985, S. 163 f. sowie SCHÖNKE & SCHRÖDER 1988, Anmerkung 53e zu § 203 StGB.) Sie führte nämlich dazu, daß Bedienstete des öffentlichen Dienst umstandslos zu Hilfsorganen der Staatsanwaltschaft gemacht würden. Auf diesem Wege würde der je eigene Behördenauftrag - z.B. die Realisierung der Ziele des Kinder- und Jugendhilferechts - untergraben.

In diese Richtung weist auch eine Entscheidung des Landesarbeitsgerichts Hamm: "Das Direktionsrecht des Arbeitgebers kann sich nicht auf die Art und Weise der Handhabung der dem Arbeitnehmer auferlegten Schweigepflicht erstrecken. Er darf dem Arbeitnehmer nicht ein bestimmtes Verhalten in Bezug auf die Schweigepflicht aufzwingen. Die Verantwortung für die sachgerechte Handhabung seiner Schweigepflicht trägt alleine der Arbeitnehmer, so daß der Arbeitgeber ihm auch die Handhabung dieser seiner Verpflichtung selbst überlassen muß." (LAG HAMM, zit. nach MÖRSBERGER 1987, S. 325; vgl. auch Urteil des BAG, S. 333.)

Von der Frage nach der Pflicht, Straftaten im Sinne des Strafgesetzes anzuzeigen, ist zu unterscheiden die Frage, ob es in bestimmten Fällen *pädagogisch sinnvoll* ist, eine *Anzeige* bei den Strafverfolgungsbehörden zu erstatten, um beispielsweise Kinder vor weiteren Straftaten zu schützen.

Rechtlich stellt sich die Lage folgendermaßen dar: Eine Strafanzeige kann von jedem erstattet werden, der von einem Straftatbestand Kenntnis erlangt hat, auch von Kindern und Handlungsunfähigen. Sie ist an keine besondere Form gebunden, kann schriftlich, mündlich oder telefonisch im Regelfall gegenüber der Staatsanwaltschaft, den Beamten des Polizeidienstes und des Amtsgerichtes erklärt werden, so § 158 Abs. 1 StPO. Die Anzeige kann vertraulich erfolgen.

Anders ist diese *Rechtslage bei den nach § 203 StGB Verpflichteten* zu beantworten. Durch die Weitergabe von anvertrauten oder sonst bekannt gewordenen Geheimnissen an die Strafverfolgungsbehörden kann sich der Verpflichtete strafbar machen. Gemäß § 34 StGB, dem rechtfertigenden Notstand, ist aber eine Offenbarung vor allem dann gerechtfertigt, wenn es um die Abwendung ernstlicher Gefahren für Leib und Leben geht. (SCHÖNKE & SCHRÖDER 1988, Anmerkung 32 ff. zu § 203 StGB.) In derartigen Fällen hat der Verpflichtete im Wege der Güterabwägung zu entscheiden. (Zur Frage der Kindesmißhandlung und des Sozialdatenschutzes ausführlich KAUFMANN 1990, S. 4 ff., mit dem Hinweis, daß auch § 69 SGB X eine entsprechende Befugnis zur Offenbarung enthalte.)

Zu beachten ist indessen: Haben Polizei oder Staatsanwaltschaft erst einmal Kenntnis von einem Straftatbestand müssen diese Behörden von Amts wegen weiter ermitteln.

Eine einmal erstattete Anzeige kann nicht zurückgezogen werden. Das Ermittlungs- und gegebenenfalls das Strafverfahren werden unabhängig vom Willen des Anzeigenden durchgeführt.

§ 203 StGB hat zweifelsohne dazu beitragen, das Vertrauensverhältnis zwischen den staatlich anerkannten Sozialarbeitern und Sozialpädagogen und ihren Klienten zu stärken. - Für diejenigen Sozialarbeiter und Sozialpädagogen, die z.B. als Jugendgerichtshelfer eng mit den Justizbehörden zusammenarbeiten, muß hier differenziert werden: Die Jugendgerichtshilfe wird von den Jugendämtern im Zusammenwirken mit den Vereinigungen der Jugendhilfe ausgeübt. Sie hat eine eigenständige Verfahrensrolle, sie ist weisungsfreier Gehilfe für das Gericht (vgl. OSTENDORF 1987, Anmerkung 6 zu § 38 JGG, MÜNDER 1991, Anmerkung 1 zu § 52 KJHG sowie LANDGERICHT FRANKFURT 1984, S. 435f.). Sie hat die Aufgabe, die erzieherischen, sozialen und fürsorgerischen Gesichtspunkte im Verfahren vor den Jugendgerichten zur Geltung zu bringen. Sie unterstützt zu diesem Zwecke die beteiligten Behörden durch Erforschung der Persönlichkeit, der Entwicklung und der Umwelt des Beschuldigten und äußert sich zu Maßnahmen, die zu ergreifen sind. Soweit nicht ein Bewährungshelfer dazu berufen ist, wachen sie darüber, daß der Jugendliche Weisungen und Auflagen nachkommt. Erhebliche Zuwiderhandlungen teilen sie dem Richter mit.

Allerdings ist umstritten, wieweit ihre Berichtspflicht gegenüber dem Gericht geht. Diese Zweifel können nur beseitigt werden, wenn die gesetzlichen Aufgaben der Jugendgerichtshilfe im Auge behalten werden. Sie bestehen darin - auf Grund des spezifischen Fachwissens -, die erzieherischen und sozialen Gesichtspunkte im Verfahren zur Geltung zu bringen und den Jugendlichen zu beraten. Die Aufklärung der Tat ist demgegenüber nicht Sache der Jugendgerichtshilfe, sondern der Polizei und der Staatsanwaltschaft. Die Jugendgerichtshilfe ist keine Strafverfolgungsbehörde und abgesehen von § 138 StGB (für geplante schwerste Straftaten) ist sie nicht verpflichtet, die vom Probanden neu begangenen Straftaten dem Gericht zu melden. Der Jugendgerichtshelfer ist mithin in seiner Berufsrolle gegenüber dem Gericht berichtspflichtig soweit die erzieherischen und sozialen Aspekte in das Verfahren einzubringen sind, aber gem. § 203 StGB ansonsten zum Schweigen verpflichtet (wie hier auch KAUFMANN 1990, S. 8).

Ein führender Strafrechtskommentar kommt im Hinblick auf die *behördliche Schweigepflicht* zum Ergebnis: “Während die Verwaltung früher mit fremden Privatgeheimnissen aus der Sicht des Strafrechts verhältnismäßig sorglos umgehen konnte, zwingt § 203 II jetzt zu erheblicher Vorsicht, und zwar auch im alltäglichen Verkehr zwischen den Behörden. Soweit ein Einverständnis des Betroffenen nicht vorliegt, von einer mutmaßlichen Einwilligung nicht ausgegangen werden kann und auch eine spezielle Rechtsgrundlage für die Mitteilung fehlt, bleibt im wesentlichen nur der allgemeine Grundsatz der Güter- und Interessenabwägung, dessen Konkretisierung bei den Geheimnisschutzdelikten jedoch noch in den Anfängen steckt”. (SCHÖNKE & SCHRÖDER 1988, Anmerkung 54 zu § 203 StGB)

3.3 Das Zeugnisverweigerungsrecht

Aus der strafrechtlich gebotenen Schweigepflicht ergibt sich aber nun keineswegs automatisch das Recht, auch vor den Gerichten das Zeugnis zu verweigern, also zu schweigen. Ein derartiges Recht muß vielmehr ausdrücklich in den jeweiligen Prozeßordnungen verankert sein. Die Zivilprozeßordnung § 383 Abs. 1 Nr. 6 bestimmt, daß all denjenigen, die *über § 203 StGB* zum Schweigen verpflichtet sind, ein Zeugnisverweigerungsrecht zusteht. Auf diese Bestimmungen nehmen alle anderen Verfahrensordnungen - außer der Strafprozeßordnung - Bezug.

Das bedeutet, daß staatlich anerkannte Sozialpädagogen und Sozialarbeiter in Zivilprozessen, Ehe- und Kindschaftssachen, Sozial- und Arbeitsgerichtsverfahren sowie Verwaltungsprozessen ein *Schweigerecht* haben, soweit von ihnen Informationen, die mit ihrer Berufsausübung im Zusammenhang stehen, erfragt werden sollen. -

Eine derartige Regelung enthält die Strafprozeßordnung indessen nicht. Der Gesetzgeber hat insoweit die Interessen an der Strafverfolgung höher eingestuft als den Schutz des Vertrauensverhältnisses zwischen Klient und Sozialarbeiter. Dies gilt aber auch nur eingeschränkt.

a) Ein strafrechtliches Zeugnisverweigerungsrecht haben zunächst aus beruflichen Gründen nach § 53 Abs. 1 Zi ff. 3a StPO Mitglieder oder Beauftragte einer anerkannten *Schwangerschaftsberatungstelle* über das, was ihnen in dieser Eigenschaft bekanntgeworden ist. Dies gilt selbstverständlich auch für die dort tätigen Sozialarbeiter und Sozialpädagogen. (Über die Notwendigkeit, eine derartige Vorschrift auch für die Drogenberatung einzuführen, s. ausführlich KREUZER 1990; vgl. auch ENDRISS 1989, S. 45 ff.)

b) Für *Angehörige des öffentlichen Dienstes* bedarf es zu einer Zeugenaussage nach § 54 StPO der Aussagegenehmigung durch den Dienstherren. Nach den Beamtengesetzen muß die Genehmigung versagt werden, wenn die Aussage für das Wohl des Bundes oder eines Landes nachteilig wäre oder wenn sie die Erfüllung öffentlicher Aufgaben ernstlich gefährden oder erheblich erschweren würde. (Vgl. für die Jugendgerichtshilfe OSTENDORF 1987, Anmerkung 10 zu § 38 JGG; zur Verweigerung der Aussagegenehmigung durch den Dienstherren siehe OLG KÖLN 1986, S. 708f.; MÜNDER 1991, Anmerkung 15 zu Vorb. Schutz personenbezogener Daten.) Das Vertrauensverhältnis zwischen Klient und Sozialarbeiter also die Funktionstüchtigkeit staatlicher Administration, kann - auch angesichts des § 203 StGB und der Datenschutzgesetze - als gemeinwohlorientiert geschützte Sphäre interpretiert werden. Insoweit ist eine *Aussagegenehmigung nur in Ausnahmefällen* zu erteilen. (Zur Aussagegenehmigung eines Beamten im öffentlichen Dienst siehe BVerwGE 66, S. 39 ff. sowie BAYERISCHES OBERLANDESGERICHT 1990, S. 1857.)

c) Unter bestimmten Voraussetzungen kann sich ein Zeugnisverweigerungsrecht auch aus § 53 a StPO ableiten lassen, wenn Angehörige sozialer Berufe als *Berufshelfer* von Ärzten - z.B. in Beratungsstellen - fungieren. (KREUZER 1990, S. 25 sowie SCHLIEWIENSKY 1988, S. 1507.)

d) Darüber hinaus kann sich ein Zeugnisverweigerungsrecht unmittelbar *aus der Verfassung* ergeben. So hat das Bundesverfassungsgericht 1977 für Drogenberater ein Zeugnisverweigerungsrecht aus dem Grundgesetz abgeleitet. Dabei ging es um die Durchsuchung und Beschlagnahme der Klientenakten einer Drogenberatungsstelle der Caritas in Aachen. Das Bundesverfassungsgericht entschied, daß weder dem staatlichen Strafverfolgungsinteresse noch dem staatlichen Interesse an einer effektiven Gesundheitsvorsorge generell der Vorzug einzuräumen sei. Maßgebend sei dagegen eine Abwägung in jedem Einzelfall. “Bei der gebotenen Abwägung steht auf der einen Seite das Interesse der Allgemeinheit an Gewährleistung einer funktionstüchtigen Strafrechtspflege, zu deren Aufgaben auch die Verfolgung und Ahndung von Straftaten nach dem Betäubungsmittelgesetz gehört ... Auf der anderen Seite sind die Belange der ebenfalls im Gemeinwohlinteresse erforderlichen Gesundheitsfürsorge zu berücksichtigen, zu deren Aufgabe die wirksame Hilfe für Suchtkranke und Suchtgefährdete gehört ...” (BVerfGE 44, 353)

Aufgrund der Aachener Entscheidung des Bundesverfassungsgericht ist der weit gediehene Versuch, Drogenberatern ein Zeugnisverweigerungsrecht einzuräumen, gescheitert. (Vgl. hierzu KÜHNEL u.a. 1985, S. 183.) Die Bundesregierung erklärte damals, es solle erprobt werden, inwieweit sich die Grundsätze der Aachener Entscheidung - insbesondere das Prinzip der Güterabwägung - bewähren würden. Zwischenzeitlich haben Gerichte wiederholt *Ordnungsgelder* gegen Sozialarbeiter festgesetzt, die Aussagen über personenbezogene Daten von Klienten der Drogenberatungstellen verweigerten. So entschied auch 1983 das Landgericht Hamburg. Eine Drogenberaterin sollte als Zeugin von der Staatsanwaltschaft vernommen werden. Sie hatte sich lediglich bereit erklärt, allgemeine Angaben über die Arbeitsweise ihres Anstellungsträgers zu machen, nicht jedoch über den Ablauf und Erfolg der von ihr durchgeführten Therapie. Das Landgericht war der Auffassung, Mitarbeitern von Drogenberatungsstellen könne zwar im Einzelfall ein Zeugnisverweigerungsrecht aus verfasssungsrechtlichen Gesichtspunkten zustehen. Es bestehe aber dann kein überwiegendes schutzwürdiges Interesse des Betroffenen an der Geheimhaltung von "Rahmendaten der Therapie" (Beginn, Umwandlung in eine andere Therapieform, Ende und Nachbetreuung), wenn er mit Einverständnis der Strafverfolgungsbehörde eine Therapie aufnehme und deren Verlauf nach übereinstimmender Beurteilung aller Beteiligten für das Schicksal des Ermittlungsverfahrens ausschlaggebend sei (LG HAMBURG 1983, S. 182 ff. - mit Anmerkung DAHS; vgl. auch LG MAINZ 1988, S. 177 ff. sowie den Beschluß des BVerfG 1988, S. 2945, wonach auch bei alltäglicher Eigentumskriminalität Drogenberater als Zeugen gegen ihre Klienten aussagen müssen.)

Halten wir fest: Auch nach den jüngeren Entscheidungen zu dem strafprozessualen Zeugnisverweigerungsrecht für staatlich anerkannte Sozialpädagogen und Sozialarbeiter kann nur ausnahmsweise ein derartiges Recht aus der Verfassung abgeleitet werden. (Zur Diskussion über das Zeugnisverweigerungsrecht in der sozialen Arbeit und dem Stand der Rechtsprechung in Frankreich s. HÖRZ 1983, S. 295 ff.)

3.4 Datenschutz und das Urteil des Bundesverfassungsgerichtes zum Volkszählungsgesetz 1983

Die Entwicklung im Bereich des Datenschutzes, die erhöhte Sensibilität im Umgang mit Daten aller Art - auch und gerade in den Berufsfeldern der sozialen Arbeit - hat erhebliche Auswirkungen auf das Verhältnis zwischen den Angehörigen sozialer Berufe und den Klienten.

Am 10.11.1976 verabschiedete der Deutsche Bundestag das Gesetz zum Schutzes des Mißbrauchs personenbezogener Daten bei der Datenverarbeitung. Er folgte damit der Rechtsprechung des Bundesverfassungsgerichts, das kontinuierlich die Reichweite des Persönlichkeitsrechtes ausgedehnt hatte.

Eine weitere Etappe auf dem Wege zur *Konkretisierung des Schutzes der Persönlichkeitssphäre* stellt das Urteil des Bundesverfassungsgerichts zum Volkszählungsgesetz (1983) dar. Das Bundesverfassungsgericht erklärte Teile des Volkszählungsgesetzes für verfassungswidrig, weil sie gegen das allgemeine Persönlichkeitsrecht verstießen:

"Unter den Bedingungen der modernen Datenverarbeitung wird der Schutz des einzelnen gegen unbegrenzte Erhebung, Speicherung, Verwendung und Weitergabe seiner persönlichen Daten von dem allgemeinen Persönlichkeitsrecht des Art. 2 I iVm Art. 1 I GG umfaßt. Das Grundrecht gewährleistet insoweit die Befugnis des Einzelnen grundsätzlich selbst über die Preisgabe und Verwendung seiner persönlichen Daten zu bestimmen. Einschränkungen dieses Rechts auf 'informationelle Selbstbestimmung' sind nur im überwiegenden Allgemeininteresse zulässig. Sie bedürfen einer verfassungsgemäßen gesetzlichen Grundlage, die dem rechtsstaatlichen Gebot der Normenklarheit entsprechen muß." (BVerfGE 65, 1)

Dieses Urteil des Bundesverfassungsgerichtes hat denjenigen, die auf eine unbegrenzte Möglichkeit der Informationsverarbeitung gesetzt haben, eine deutliche Absage erteilt. Es hat festgeschrieben, daß der Mensch nicht zum bloßen Informationsobjekt degradiert werden darf. *Das in dem Urteil festgeschriebene Recht auf "informationelle Selbstbestimmung"* garantiert dem Einzelnen, grundsätzlich selbst über die Verwendung und Preisgabe seiner Daten zu bestimmen. Das Gericht hat damit dem Datenschutz Verfassungsrang eingeräumt.

Im Hinblick auf die präzisen Vorgaben des Bundesverfassungsgerichtes, die die informationstechnischen Entwicklungen berücksichtigen, hat der Bundestag ein neues Bundesdatenschutzgesetz verabschiedet, das am 1.6.1991 in Kraft getreten ist. (Die Bundesländer Hessen, Bremen und Nordrhein-Westfalen haben bereits 1987 die Landesdatenschutzgesetze an die Rechtsprechung des Bundesverfassungsgerichtes angepaßt.)

Die Neufassung beinhaltet vor allen Dingen die Klarstellung, daß das Datenschutzrecht nicht darauf beschränkt ist, den Bürger vor Mißbrauch seiner Daten zu schützen. Das Gesetz hat vielmehr die Erhebung, Speicherung, Verwendung und Weitergabe von Daten unabhängig davon, ob ein Mißbrauch zu befürchten ist, geregelt. (Zu den wichtigsten Veränderungen vgl. BÜLLESBACH 1991, S. 293 ff.)

3.5 Bereichspezifischer Datenschutz: Das Sozialgeheimnis nach dem Sozialgesetzbuch

Bereits am 1.1.1981 ist die Neuregelung des Sozialgeheimnisses § 35 SGB I und des Sozialdatenschutzes §§ 67 ff. SGB X in Kraft getreten. Gemäß § 35 Abs. 1 SGB I hat jeder einen Anspruch darauf, daß Einzelangaben über seine persönlichen und sachlichen Verhältnisse (personenbezogene Daten) von den Leistungsträgern als Sozialgeheimnis gewahrt und nicht unbefugt offenbart werden. § 35 Abs. 2 SGB I sieht vor, daß eine Offenbarung nur unter den Voraussetzungen der §§ 67 ff. SGB X zulässig ist und, soweit sie nicht statthaft ist, weder eine Pflicht zur Auskunft, zum Zeugnis noch eine Pflicht zur Vorlage oder Auslieferung von Schriftstücken, Akten, Dateien oder sonstigen Datenträgern besteht.

Während § 203 StGB sich u.a. an staatlich anerkannte Sozialarbeiter und Sozialpädagogen und an die im öffentlichen Dienst Beschäftigten wendet, richtet sich § 35 SGB I an die öffentlich-rechtlichen Leistungsträger, mithin keineswegs an alle im sozialen Bereich tätigen Institutionen.

a) Der Schutzbereich des § 35 SGB I: "Der Gesetzgeber hat mit der Regelung im SGB vorweggenommen, was durch das Volkszählungsurteil des Bundesverfassungsgerichts zu einem Prinzip des Datenschutzes geworden ist: Die Zulässigkeit jeder Informationsverarbeitung unterliegt einem Begründungsvorbehalt." (MÖRSBERGER 1985, S. 92) Mit anderen Worten, Klientendaten dürfen nur auf Grund besonderer gesetzlicher Befugnisse offenbart werden. - Als *personenbezogene Daten* sind alle Einzelangaben über die persönlichen und sachlichen Verhältnisse einer natürlichen Person geschützt, also bereits die Tatsache, daß eine Person Leistungen der Jugendhilfe oder Sozialhilfe bezieht. (Nach KAMMERGERICHT BERLIN (KG) 1985, S. 52 ff. unterfällt der Aufenthalt eines Sozialleistungsempfängers in einer Sozialbehörde dem Begriff der in § 35 SGB I geschützten Sozialdaten; zum Umfang der Zulässigkeit der Offenbarung von Sozialdaten auf Überweisungsträgern s. VG DÜSSELDORF 1985, S. 1794.)

Ein Datum ist auch dann personenbezogen, wenn der Name des Betroffenen nicht angegeben ist, aber auf Grund der anderen Merkmale auf seine Identität geschlossen werden kann.

b) Die Leistungsträger: Normadressat des § 35 SGB I sind die Leistungsträger, die sich aus § 12 SGB I ergeben. Für die Krankenkassen, die Rentenversicherungsträger, Arbeitsämter, Allgemeine Ortskrankenkassen etc. steht damit fest, daß alle Mitarbeiter an die datenschutzrechtlichen Vorschriften des SGB gebunden sind.

Für die Mitarbeiter in der *Jugend- und Sozialhilfe* ist die Situation komplizierter. Leistungsträger der Jugend- und Sozialhilfe sind die Gebietskörperschaften, also die Kreise und kreisfreien Städte. Eine solche, ausschließlich organisationsrechtliche Bestimmung des Begriffs "Leistungsträger" hätte zur Folge, daß Sozialgeheimnisse erst dann geschützt wären, wenn sie den Bereich der Gebietskörperschaft verlassen würden; d.h., innerhalb der Gebietskörperschaften könnten zwischen allen Ämtern ungehindert Daten fließen (KUNKEL 1985, S.50). Es gilt daher der *funktionale Behördenbegriff*: Jedes Amt, das Leistungen nach dem KJHG oder dem Bundessozialhilfegesetz erbringt, ist zum Schutz "seiner" Daten verpflichtet. (Vgl. auch MÖRSBERGER 1985, S. 92 ff. - mit dem Hinweis auf das Volkszählungsurteil 1983 und die "informationelle Gewaltenteilung".) Diese Auffassung ist nunmehr auch nachdrücklichst durch das KJHG bestätigt worden. Gem. § 61 Abs. 1 S. 2 KJHG gilt der Datenschutz in der Jugendhilfe für alle Stellen des Trägers der öffentlichen Jugendhilfe, soweit sie Aufgaben nach dem KJHG wahrnehmen. Damit ist klargestellt, daß innerhalb einer Gebietskörperschaft als Rechtsträger eine freie Datenzirkulation unzulässig ist. (Vgl. hierzu MÜNDER 1991, Anmerkung 14 ff. zu § 61 KJHG.)

Zu den Leistungsträgern nach dem SGB I gehören nicht die Organe der Justiz, so daß Bewährungs- und Gerichtshelfer nicht unter die datenschutzrechtlichen Bestimmungen des Sozialgesetzbuches fallen.

c) Der Begriff der Offenbarung: "Offenbaren" ist die vorsätzliche Weitergabe personenbezogener Daten an Dritte. Dritte sind hierbei nicht nur andere Ämter, Stellen oder Personen außerhalb des Amtes, sondern auch Personen innerhalb des Amtes, wenn diese mit der Fallbearbeitung nicht befaßt sind. (Zum Begriff "Offenbaren" vgl. auch KG BERLIN 1985, S. 52 ff. sowie KLINGER & KUNKEL 1990, S. 23 ff.)

d) Die Offenbarungsbefugnisse nach dem SGB X: Nach dem bisher Gesagten könnte der Eindruck entstehen, daß nunmehr die Sozialdaten absolut, d.h. gegen jedermann geschützt sind, zwischen Behörden untereinander keine Daten mehr zirkulieren dürfen, die sozialen Berufe ihre Tätigkeit hermetisch abschotten können, und daß eine funktionsgerechte Verwaltung unter dem Verdikt des Datenschutzes nicht mehr möglich ist. Dem ist nicht so. Die Offenbarungsbefugnisse nach dem Sozialgesetzbuch gehen recht weit. Die §§ 67 - 77 SGB X enthalten die unterschiedlichsten Offenbarungstatbestände. Man kann grob drei verschiedene *Regelungstatbestände* unterscheiden:

- Ob die Information vom Sozialleistungsträger an dritte Stellen weitergegeben werden soll. Für eine solche Situation (etwa gegenüber der Polizei oder Ordnungsbehörden) sind die Hemmschwellen verstärkt worden, vgl. § 71 SGB X. Dies gilt nicht für die Standarddaten des § 68 SGB X.
- Ob die Information innerhalb des Bereiches des Sozialleistungsträgers verbleibt. Für diesen Informationsfluß gilt insbesondere als Zulässigkeitsmaßstab das Prinzip der "Erforderlichkeit".
- Ob die Information von einer nach § 203 StGB schweigepflichtigen Person weiter gegeben werden soll. In diesem Fall hat der Sozialleistungsträger sich zusätzlich an

den Kriterien der Schweigepflicht zu orientieren. Im Prinzip muß hier die Einwilligung des Betroffenen vorliegen.

Im Einzelnen: § 67 SGB X bestimmt, daß ein Offenbarung von personenbezogenen Daten nur zulässig ist - soweit der Betroffene eingewilligt hat oder - soweit eine gesetzliche Offenbarungsbefugnis nach den §§ 68 bis 77 SGB X vorliegt.

Die Einwilligung nach § 67 SGB X: Die Einwilligung muß schriftlich, im vorab und nicht pauschal, sondern für den konkreten Einzelfall gegeben werden. Das Erfordernis der Schriftform belegt aber auch, daß weder eine stillschweigende noch eine mutmaßliche Einwilligung wie im Strafrecht zulässig ist. (Vgl. KLINGER & KUNKEL 1990, S. 31 f.) Minderjährige können nur dann einwilligen, wenn sie das 15. Lebensjahr vollendet haben. Nach § 36 SGB I werden sie zu diesem Zeitpunkt sozialrechtlich handlungsfähig. Daraus folgt das Recht der persönlichen Inanspruchnahme des Sozialgeheimnisses. (Hierzu LG BRAUNSCHWEIG 1986, S. 2586 und 1987, S.37 ff. - mit Anmerkung BARTH; vgl. ferner MAAS 1988, S. 11f.)

Die Amtshilfe nach § 68 SGB X: In § 68 SGB X ist die sog. einfache Amtshilfe geregelt, d.h., es dürfen nur die dort genannten Daten, die Standarddaten Vor- und Familienname, Geburtsdatum, Geburtsort, derzeitige Anschrift des Betroffenen sowie Name und Anschrift seines derzeitigen Arbeitsgebers offenbart werden. Um zu verhindern, daß diese - an sich nicht sehr weitgehende - Offenbarungsbefugnis doch mißbraucht wird, sind zwei *Gesichtspunkte zu berücksichtigen:* Über ein entsprechendes Offenbarungsersuchen entscheidet der Leiter der ersuchten Stelle, sein allgemeiner Stellvertreter oder ein besonders bevollmächtigter Bediensteter. Darüber hinaus dürfen die schutzwürdigen Belange des Betroffenen nicht beeinträchtigt werden.

Rechtswidrig wäre es daher, wenn ein Mitarbeiter des Jugendamtes nach § 68 SGB X einer anderen Behörde - z.B den Drogenkonsum eines Klienten oder dessen Aufenthalt in einer Justizvollzugsanstalt - mitteilen würde. (Vgl. KLINGER & KUNKEL 1990, S. 33f.)

Um aber keine Mißverständnisse aufkommen zu lassen: Gem. § 68 SGB X sind die Leistungsträger auch den Strafverfolgungsbehörden zur *Amtshilfe* verpflichtet; sie beschränkt sich aber auf die Offenbarung der genannten *Standarddaten*, der übrige Akteninhalt ist von der Offenbarung strikt ausgeschlossen.

Die Erfüllung sozialer Aufgaben nach § 69 SGB X: Nach § 69 Abs. 1 SGB X ist eine Offenbarung personenbezogener Daten zulässig, soweit sie für die Erfüllung einer gesetzlichen Aufgabe nach diesem Gesetzbuch durch eine in § 35 SGB I genannte Stelle oder für die Durchführung eines damit zusammenhängenden gerichtlichen Verfahrens - einschließlich eines Strafverfahrens - erforderlich ist.
§ 69 SGB X will erreichen, daß die Sozialleistungsträger nach "außen" hin datenschutzrechtlich gesichert werden, im Binnenverhältnis aber im wesentlichen keine Beeinträchtigung der Arbeit durch eine restriktive Behandlung der Sozialdaten erfolgt. In der Tat ist es notwendig, daß zur Erfüllung der Aufgaben der Leistungsträger Daten ausgetauscht werden.

Allerdings sind auch hier *zwei Grenzen* zu beachten. Die Weitergabe von Daten muß:

- der Erfüllung der eigenen Aufgabe oder der eines anderen Leistungsträgers dienen und
- sie muß erforderlich sein. Da die Weitergabe von Sozialdaten grundsätzlich in die verfassungsrechtlich geschützte Privatsphäre des einzelnen eingreift (Art. 2 Abs. 1 i.V.m. Art. 1 Abs. 1 GG), ist weiterhin der Grundsatz der Verhältnismäßigkeit zu berücksichtigen. Dies bedeutet, daß durch Abwägung der sich gegenüberstehenden In-

teressen zu ermitteln ist, welche Belange im konkreten Einzelfall überwiegen. (Hierzu ausführlich KAUFMANN 1990, S. 5 f.)

Offenbarungsbefugnisse bei Vergehen und Verbrechen nach § 73 SGB X: Gem. § 73 SGB X ist ein Offenbaren personenbezogener Daten nur zulässig, soweit sie auf richterliche Anordnung für die darin bezeichneten Zwecke erforderlich ist. Dem Offenbarungsersuchen muß daher sowohl im polizeilichen als auch im staatsanwaltschaftlichen Ermittlungsverfahren eine richterliche Prüfung und Anordnung vorausgehen. Dies gilt aber nicht für alle Straftaten.

Eine *Sonderregelung* besteht, wie erwähnt, *nach § 68 SGB X für die Standarddaten.* (So bereits schon das KG BERLIN 1985, S. 52: "Der Senat hat keine Bedenken, auf § 68 neben bzw. statt § 73 zurückzugreifen ... Es wäre geradezu abwegig, Polizei und Staatsanwaltschaft ausschließlich auf § 73 zu beschränken und ihnen demzufolge Informationsmöglichkeiten zu verweigern, die anderen Amtsträgern bei Erfüllung jeder beliebigen öffentlichen Aufgabe zur Verfügung stehen.") Benötigen daher die Strafverfolgungsbehörden lediglich die in § 68 SGB X genannten Daten, ist ihr Offenbarungsgesuch zulässig.

Für Straftaten, die im Zusammenhang mit Sozialleistungen stehen, also insbesondere den *Leistungsbetrug*, genügen die einfacheren Voraussetzungen des § 69 SGB X. (Vgl. hierzu KLINGER & KUNKEL 1990, S. 45 ff.)

Ansonsten gilt § 73 SGB X, der im Hinblick auf den Datenschutz noch einmal differenziert. Eine *umfassende* Offenbarungsbefugnis erfordert, daß es sich um ein Verbrechen handelt, also eine rechtswidrige Tat, die im Mindestmaß mit Freiheitsstrafe von einem Jahr oder darüber hinaus bedroht ist, § 12 Abs. 1 StGB. Bei einem Vergehen dagegen ist die Offenbarungsbefugnis lediglich auf die in § 72 SGB X genannten Angaben beschränkt.

Der Schutz besonders sensibler Daten: § 76 SGB X regelt den Umgang mit besonders schutzwürdigen personenbezogenen Daten. Der Schutzbereich dieser Vorschrift umfaßt die Sozialdaten, die einer in § 35 SGB I genannten Stelle von einem Arzt oder einer anderen in § 203 Abs. 1 und 3 StGB genannten Stelle zugänglich gemacht wurden. § 76 SGB X bestimmt, daß eine weitere Offenbarung nur unter den in § 203 StGB genannten Voraussetzungen zulässig ist. Leitet z.B. ein Arzt Daten eines Patienten an das Sozialamt weiter, so darf dieses die Daten einem Dritten nur dann offenbaren, wenn es auch der Arzt nach der ärztlichen Berufsordnung dürfte

3.6 Der Datenschutz nach dem KJHG

In das KJHG sind erstmals eigenständige Datenschutzregelungen für die Jugendhilfe aufgenommen worden. (Zur Neuregelung des Datenschutzes im KJHG siehe u.a. Münder 1991, Anmerkung zu §§ 61 ff.; MAAS 1990, S. 215 ff.; MÖRSBERGER 1990, S. 365 ff.; MÖRSBERGER 1991, S. 114 ff.; KUNKEL 1991b, S. 111ff.; KUNKEL 1991a, S. 459 ff.) Diese Regelungen gehen über den Sozialdatenschutz hinaus und erfüllen die Anforderungen des Bundesverfassungsgerichtes an den Gesetzgeber, für jeden Eingriff in das informationelle Selbstbestimmungsrecht des Bürgers eine eindeutige gesetzliche Grundlage zu schaffen. Durch die §§ 61 bis 68 KJHG ist der Datenschutz nicht nur als Datenmißbrauchsschutz, sondern als aktiver Persönlichkeitsschutz normiert. (MÜNDER 1991, Vorbemerkung 6 ff. zu Kap. 4 KJHG.)

Für den hier interessierenden Zusammenhang ist vor allen Dingen wichtig, daß *Beratungskontakte* in *der Jugendhilfe besonders geschützt* sind.

Im Gesetzgebungsverfahren hat der Bundesbeauftragte für Datenschutz darauf verwiesen, "daß Erkenntnisse aus der Beratungstätigkeit nicht bei der sonstigen Aufgabenerfüllung der Jugendämter verwertet und möglicherweise gegen die Beratenden verwendet werden." (BUNDESBEAUFTRAGTER 1990, S. 63)

$ 65 KJHG sieht vor, daß personenbezogene Daten, die dem Mitarbeiter eines Trägers der öffentlichen Jugendhilfe zum Zwecke persönlicher und erzieherischer Hilfe anvertraut worden sind, einem *gesteigerten Vertrauensschutz* unterworfen sind. Diese Informationen dürfen prinzipiell nur mit Einwilligung dessen, der die Daten anvertraut hat, offenbart werden. Darüberhinaus dürfen sie nur offenbart werden, wenn zur Abwendung einer Gefährdung des Wohles eines Kindes oder Jugendlichen eine Entscheidung des Familien- oder Vormundschaftsgerichts erforderlich ist, um Leistungen der Jugendhilfe gewähren zu können. Schließlich kommen noch die im Rahmen des § 203 StGB geltenden Offenbarungsbefugnisse zur Anwendung. (MAAS 1990, S. 219 sowie MÜNDER 1991, Anmerkung 15 zu § 65 KJHG)

Nach § 65 KJHG ist nunmehr jeder Mitarbeiter, sind also auch die nicht unter § 203 Abs. 1 StGB fallenden Diplompädagogen und Erzieher, dem *erhöhten Sozialdatenschutz* unterworfen. Dies gilt nicht nur bezüglich des Außenverhältnisses, sondern auch für das behördeninterne Offenbaren. (MÜNDER 1991, Anmerkung 3 zu § 65 KJHG)

3.7 Zusammenfassung

Das Vertrauensverhältnis zwischen "professionellen Helfern" und "Klienten" ist - jedenfalls in einigen Berufsfeldern der sozialen Arbeit - rechtlich anerkannt und abgesichert. Die Entwicklung vom Urteil des Bundesverfassungsgerichtes (1972) bis zur Einführung datenschutzrechtlicher Vorschriften im KJHG (1990) zeigt, daß der Schutz der Sozialdaten eine neue rechtliche Qualität gewonnen hat.

Die Neuinterpretation und Erweiterung des Sozialgeheimnisses unterstreicht die Grundüberlegung, wonach die Sozialdaten einem erhöhten, dem Steuergeheimnis vergleichbaren Schutz unterliegen sollen. Das Finanzamt kann vom Steuerpflichtigen eine offene Darlegung seiner Verhältnisse nur verlangen, wenn es zugleich eine diskrete Handhabung dieser Information zusichert. Im sozialen Rechtsstaat muß diese "Umgangsform" auch für die Empfänger von finanziellen Leistungen, von Beratung und psycho-sozialen Hilfen gelten.

Im einzelnen sind aber noch erhebliche Fragen *klärungsbedürftig*. Einige seien angesprochen:

Während Anwälte und Ärzte im wesentlichen freiberuflich praktizieren, sind Sozialarbeiter und Sozialpädagogen überwiegend bei öffentlichen oder privaten Institutionen angestellt. Das berufliche Verhalten der Mitglieder der "old established professions" wird durch deren Berufskammern und durch Marktmechanismen gesteuert. Unfähige Mitglieder der Profession verlieren entweder ihre Mandanten oder werden von den Kammern zur Rechenschaft gezogen. Sozialarbeiter und Sozialpädagogen unterliegen dagegen hinsichtlich ihrer Leistungsbereitschaft und -fähigkeit keinem unmittelbar wirkenden marktförmigen Konkurrenzdruck. Die Schweigepflicht und der Sozialdatenschutz dürfen nun nicht dazu führen, daß Sozialarbeiter ihren Arbeitsbereich gegen fachliche oder rechtliche Überprüfung oder gar öffentliche Kritik abzuschotten versuchen.

Das Spannungsverhältnis zwischen den Strafverfolgungsbehörden einerseits und den Sozialbehörden andererseits ist noch nicht abschließend geregelt. Zwar wird mittlerweile mit personenbezogenen Daten und der Schweigepflicht allgemein verantwortungsbewußter umgegangen; allerdings sind nach Urteil des "Bundesverfassungsgerichtes zum Volkszählungsgesetz" wieder Stimmen laut geworden, die dem Staat vermehrt Kompetenzen zur Datenbevorratung und den Strafverfolgungsbehörden ein Plus an Kompetenzen einräumen wollen. (Vgl. etwa SCHOLZ & PITSCHAS 1984.)

Die schlichte Feststellung jedoch, der Sozialarbeiter sei ausschließlich Vollzugsorgan seines Arbeitgebers, er übe keinen Beruf aus, für dessen Gesamtbild die Begründung höchstpersönlicher Vertrauensverhältnisse kennzeichnend wäre, ist so nicht mehr haltbar. Vielmehr lassen die rechtlichen Veränderungen den Schluß zu, daß die soziale Arbeit sich zu einer Profession - vergleichbar mit den "old established professions" - weiter entwickeln wird. Das zunehmende Recht und die Pflicht, über das Binnenverhältnis zu einem Hilfesuchenden zu schwiegen, sind ein deutliches Indiz.

4. Selbstgefährdung und Selbsttötung von Klienten und strafrechtliche Verantwortung der Berater

Bei familiären oder individuellen Krisen ist häufig der letzte Ausweg der Suizid. Polizei, Sozialarbeiter und Sozialpädagogen, aber auch Theologen, Psychotherapeuten und Ärzte sind dann mit der Frage konfrontiert, welche rechtlichen Anforderungen an sie gestellt sind. (Vgl. u.a. WEGENER 1980, S. 590 ff.; SCHREIBER 1986, S. 337ff.; WOLFSLAST 1986, S. 127ff.; HOHMANN & KÖNIG 1989, S. 304 ff.; HERZBERG 1989; S. 559 ff.)

Die Selbsttötung ist nach dem deutschen *Strafrecht* prinzipiell nicht unter Strafe gestellt. Schutzzweck bei Straftaten gegen das Leben ist immer das Leben eines anderen Menschen. Dem Strafrecht ist daher auch - teilweise im Gegensatz zu ausländischen Rechtssystemen - weder die Strafbarkeit der Selbsttötung noch die Verleitung oder Beihilfe zu letzterer bekannt. *Straflos* sind also Anstiftung und Beihilfehandlungen zur Selbsttötung.

Auch die *fahrlässige Mitverursachung* einer freiverantwortlichen Selbsttötung, z.B. durch das Herumliegenlassen einer schußbereiten Waffe, ist nicht strafbar. Aus diesem Grunde können Verfasser von Anleitungsbüchern zum Suizid nicht strafrechtlich belangt werden. (SCHÖNKE & SCHRÖDER 1988, Anmerkung 35 zu Vorbemerkung § 212 ff.)

Alle Teilnahmeformen am Suizid sind indessen nur bis zu dem Zeitpunkt straflos, solange sie nicht in die sog. *täterschaftliche Fremdtötung* übergehen und die Selbsttötung nicht oder nicht mehr auf eine freiverantwortliche Willensentschließung zurückzuführen ist. Die Abgrenzung im einzelnen ist schwierig und wird kontrovers diskutiert. Insbesondere das *Problem der "aktiven Sterbehilfe"* hat zu umfangreichen Auseinandersetzungen in der Rechtswissenschaft geführt. - Im weiteren soll vereinfacht und schematisiert von den vier Fallgruppen ausgegangen werden:

1. § 216 StGB Tötung auf Verlangen: Eine strafbare Tötung auf Verlangen liegt gem. § 216 StGB vor, wenn jemand durch das ausdrückliche und ernstliche Verlangen des Getöteten zur Tötung bestimmt worden ist. Sie ist mithin erfüllt, wenn einem gelähmten Patienten oder einem lebensmüden Klienten eine tödliche Injektion verabreicht wird.

2. Straflose Teilnahme: Die Teilnahme - also insbesondere Anstiftung und Beihilfe - an einer freiverantwortlichen Selbsttötung sind straflos. Sie liegt nur dann vor, wenn bei dem Suizidenten "keinerlei Anzeichen für psychische Störungen oder Zwangsvorstellungen erkennbar sind, aufgrund derer die natürliche Einsichts- oder Urteilsfähigkeit hinsichtlich der Tragweite und Unwiderruflichkeit dieses Schrittes ausgeschlossen oder wesentlich beeinträchtigt sein könnte." (SCHÖNKE & SCHRÖDER 1988[23.], Anmerkung 36 zu Vorbemerkung §§ 212 ff.)

3. Strafbare Teilnahme: Eine Teilnahme an der Selbsttötung wird indessen dann strafbar, wenn Anhaltspunkte für das *Nichtvorliegen der freien Verantwortlichkeit* vorhanden sind. Zur Abgrenzung können die §§ 20-21 StGB dienen. Danach kommen krankhafte seelische Störungen, tiefgreifende Bewußtseinsstörungen, Schwachsinn oder schwere andere Abartigkeiten in Betracht. Liegen sie vor, fehlt die Einsichtsfähigkeit. Darunter fallen auch Formen der schweren Trunkenheit und aktuellen Drogenabhängigkeit. Die erforderliche Einsichtsfähigkeit fehlt auch regelmäßig bei Kindern und Jugendlichen. Allerdings hat der Bundesgerichtshof bei einem 16jährigen Mädchen die Einsichtsfähigkeit bejaht (Nachweis ebd.).

- Liegt also keine Freiverantwortlichkeit des Betroffenen vor und ein Dritter, der dies erkennt, veranlaßt oder unterstützt die Selbsttötung, so macht er sich eines Tötungsdeliktes strafbar.
- Hat er die mangelnde Verantwortlichkeit des Suizidenten fahrlässig nicht erkannt, so kann er wegen fahrlässiger Tötung bestraft werden. Dieser Tatbestand kann eine Rolle bei fehlerhafter Therapie spielen, wenn ein Klient sich nach einer Therapiesitzung umbringt und der Therapeut diesen Zustand hätte erkennen müssen. Allerdings liegt, soweit ersichtlich, zu diesem Problemkreis bisher noch keine Rechtsprechung vor.
- Darüber hinaus ist für die Fälle der mangelnden freiverantworteten Suizidentscheidung geklärt, daß für denjenigen, der den Suizid auch nur geschehen läßt, Strafbarkeit anzunehmen ist. Diejenigen, die eine Garantenstellung für das Leben des Gefährdeten innehaben - also Ärzte, Angehörige etc. - machen sich des Totschlags durch Unterlassen schuldig. Für diejenigen, die keine derartige Garantenstellung besitzen, kommt eine Bestrafung wegen unterlassener Hilfeleistung gem. § 323c StGB in Betracht.

Nochmals: Diese Verhinderungpflicht besteht jedoch in all den Fällen nicht, in denen von einem frei verantwortetem Handeln ausgegangen werden kann. Bei einem echten "Bilanzselbstmord" oder einer Selbsttötung bei schwerer Erkrankung besteht keine strafrechtlich erzwingbare Pflicht zu handeln. Dies hat der Bundesgerichtshof in einer Entscheidung aus dem Jahre 1987 hervorgehoben und betont, daß das Gericht dazu neigt, "einem ernsthaften, freiverantwortlich gefaßten Selbsttötungsentschluß eine stärkere rechtliche Bedeutung" (BGH 1988, S. 1532) beizumessen, als das bisher geschehen ist.

4. Sinneswandel und Bewußtlosigkeit: Nun gibt es aber Geschehensabläufe, die sich weder der freiverantwortlichen Selbsttötung noch dem nicht frei-verantwortlichen Suizid zuordnen lassen und die *gesteigerte Rettungspflichten* hervorrufen.

- Zunächst handelt es sich um diejenigen Fälle,in denen ein Sinneswandel des Selbsttöters sichtbar wird, er also zu erkennen gibt, daß er seinen Entschluß rückgängig machen will.
- Äußerst umstritten ist es, ob eine frei verantwortete Selbsttötung dann *Rettungspflichten* begründet, wenn der Betroffene im bewußtlosen Zustand gefunden wird. Während die Rechtsprechung für diejenigen, die eine Garantenstellung besitzen, eine Lebenserhaltungspflicht bejaht, ist die rechtswissenschaftliche Literatur zurückhaltender. Auf dem 56. Deutschen Juristentag wurde 1986 beschlossen, daß die Tendenz in der Rechtsprechung, selbst einen erkennbar wohlüberlegten und menschlich nachvollziehbaren Selbsttötungswillen in der Regel für unbeachtlich zu

halten, wenn der frei verantwortlich handelnde Suizident in Ausführung seines Entschlusses bewußtlos wird, keine Zustimmung verdient.

Literatur

ARNDT, K., Heilpraktikerrecht. Frankfurt 1985.

BLANKE, TH.; SACHSSE, CH.: Wertewandel in der Sozialarbeit. In: OLK, TH.; OTTO, H.-U. (Hrsg.): Soziale Dienste im Wandel. Band 1. Darmstadt 1987, S. 260.

BUNDESARBEITSGERICHT. In: Nachrichtendienst des Deutschen Vereins für öffentliche und private Fürsorge, 1987, S. 333.

Bundesbeauftragter für den Datenschutz: 12. Tätigkeitsbericht. BT-Drucksache 11/6458 vom 14.2.1990, S. 63.

BUNDESGERICHTSHOF. In: Neue Juristische Wochenschrift, 1984, S. 135 ff.

BUNDESGERICHTSHOF. In: Neue Juristische Wochenschrift, 1987, S.2928.

BUNDESGERICHTSHOF. In: Neue Juristische Wochenschrift, 1988, S. 1532.

BUNDESSOZIALGERICHT 48, 258; 59, 119.

BUNDESVERFASSUNGSGERICHT 33, 367 ff.

BUNDESVERFASSUNGSGERICHT 44, 353.

BUNDESVERFASSUNGSGERICHT 65, 1.

BUNDESVERFASSUNGSGERICHT 65, 1.

BUNDESVERFASSUNGSGERICHT. In: Neue Juristische Wochenschrift, 1988a, S. 2290 ff.

BUNDESVERFASSUNGSGERICHT. In: Neue Juristische Wochenschrift, 1988b, S. 2292 ff.

BUNDESVERFASSUNGSGERICHT. In: Neue Juristische Wochenschrift, 1988c, S. 2293 ff.

BUNDESVERFASSUNGSGERICHT. In: Neue Juristische Wochenschrift, 1988d, S. 2945.

BUNDESVERWALTUNGSGERICHT. In: Neue Juristische Wochenschrift, 1984, S.1414.

BÜLLESBACH, A.: Das neue Bundesdatenschutzrecht. In: Neue Juristische Wochenschrift, 1991, S. 293 ff.

DER BUNDESMINISTER FÜR Jugend, Familie, Frauen und Gesundheit (Hrsg.): Achter Jugendbericht. Bonn 1990.

EBERHARDT, L. In: Neue Juristische Wochenschrift, 1985, S. 664.

ENDRISS, R.: Zeugnisverweigerungsrecht für Drogenberater. In: Zeitschrift für Rechtspolitik, 1989, S. 45 ff.

FROMMANN, M.: Schweigepflicht und Berufsauftrag des Sozialarbeiters. Ein Beitrag zur sozialrechtlichen Funktion des § 203 Abs. 1 Nr. 5 StGB. In: FROMMANN, M.; MÖRSBERGER, TH.; SCHELLHORN, W. (Hrsg.): Sozialdatenschutz. Frankfurt am Main 1985.

HAHN, B.: Urteilsanmerkungen. In: Neue Juristische Wochenschrift, 1984, S. 1827.

HERZBERG, R.: Straffreies Töten bei Eigenverantwortlichkeit des Opfers? In: Neue Zeitschrift für Strafrecht, 1989, S. 559 ff.

HOHMANN, R.; KÖNIG, P.: Zur Begründung der strafrechtlichen Verantwortlichkeit in den Fällen der aktiven Suizidteilnahme. In: Neue Zeitschrift für Strafrecht, 1989, S. 304 ff.

HÖRZ, A.: Die Rechtsstellung des Sozialarbeiters in Frankreich. Berlin 1983.

KAMMERGERICHT BERLIN. In: Nachrichtendienst des Deutschen Vereins für öffentliche und private Fürsorge, 1985, S. 52 ff.

KAUFMANN, F.: Die Jugendhilfe im Spannungsfeld zwischen Strafverfolgung und Erziehungshilfe. Rechtsfragen im Zusammenhang mit Straftaten, an denen Minderjährige als Täter und Opfer beteiligt sind. In: Zentralblatt für Jugendrecht, 1990, S. 1ff.

KLINGER, R.; KUNKEL, P.-CH.: Sozialdatenschutz in der Praxis. Stuttgart, München 1990.

KREUZER, A.: Drogenberatung und Justiz im Konflikt. Hamburg 1990.

KUEHNEL, R.; RANDZIO, J.; ROSCHER, F.: Dienstrecht für die soziale Arbeit. Weinheim, Basel 1985

KUNKEL, P.: Probleme des Sozialdatenschutzes in der Praxis der Sozialämter. In: Zeitschrift für Sozialhilfe und Sozialgesetzbuch, 1985, S.50.

KUNKEL, P.: Datenschutz "pervers"? Anmerkungen zum Beitrag von Mörsberger "Datenschutz kontrovers". In: Zentralblatt für Jugendrecht, 1991a, S. 459 ff.

KUNKEL, P.: Die zusätzlichen Regelungen des Sozialdatenschutzes im KJHG (SGB VIII). In: Zentralblatt für Jugendrecht, 1991b, S. 111 ff.

LANDESARBEITSGERICHT HAMM. In: MÖRSBERGER, T.: Schweigepflicht intern. In: Nachrichtendienst des Deutschen Vereins für öffentliche und private Fürsorge, 1987, S. 325.

LANDGERICHT BERLIN. In: Neue Juristische Wochenschrift, 1988, S. 780.

LANDGERICHT BRAUNSCHWEIG. In: Neue Juristische Wochenschrift, 1986, S. 2586.

LANDGERICHT BRAUNSCHWEIG (mit Anmerkung BARTH). In: Zentralblatt für Jugendrecht, 1987, S. 37 ff.

LANDGERICHT FRANKFURT. In: Zentralblatt für Jugendrecht, 1984, S. 435f.

LANDGERICHT HAMBURG (mit Anmerkung DAHS). In: Neue Zeitschrift für Strafrecht, 1983, S. 182 ff.

LANDGERICHT MAINZ. In: Neue Juristische Wochenschrift, 1988, S. 177 ff.

MAAS, U.: Datenschutz in der sozialen Arbeit. Karlsruhe 1988.

MAAS, U.: Die Regelungen zum Schutz personenbezogener Daten im Kinder- und Jugendhilfegesetz (KJHG). In: Nachrichtendienst des Deutschen Vereins für öffentliche und private Fürsorge, 1990, S. 215 ff.

MEYER, A.-E.; RICHTER, R.; GRAVE, K.; SCHULENBURG, Graf von J.-M.; SCHULTE, B.: Forschungsgutachten zu Fragen eines Psychotherapeutengesetzes. Hamburg 1991.

MÖRSBERGER, T.: Verschwiegenheitspflicht und Datenschutz. Freiburg 1985.

MÖRSBERGER, T.: Perspektive "Neues Jugendamt". Zur Bedeutung der Datenschutzbestimmungen im neuen Kinder- und Jugendhilfegesetz. In: Zentralblatt für Jugendrecht, 1990, S. 365 ff.

MÖRSBERGER, T.: Datenschutz kontrovers. Anmerkungen zum Beitrag von Kunkel über den Sozialdatenschutz. In: Zentralblatt für Jugendrecht, 1991, S. 114 ff.

MÜNDER, J.: Beratung, Betreuung, Erziehung und Recht. Münster 1990.

MÜNDER, J.: Frankfurter Lehr- und Praxiskommentar zum KJHG. Münster 1991.

OBERLANDESGERICHT KARLSRUHE. In: Wettbewerb in Recht und Praxis, 1990, S. 364.

OBERLANDESGERICHT KÖLN. In: Zeitschrift für das gesamte Familienrecht, 1986, S. 708 f.

OBERLANDESGERICHT MÜNCHEN. In: Neue Juristische Wochenschrift, 1984, S. 1826.

OBERVERWALTUNGSGERICHT BREMEN. In: Neue Juristische Wochenschrift, 1988, S. 1545 f.

OSTENDORF, H.: Kommentar zum Jugendgerichtsgesetz. Neuwied, Darmstadt 1987.

POLLÄHNE, H.; SCHÄFER-EIKERMANN, R.: "... soll man denn zu Verbrechen schweigen?" In: Recht und Psychiatrie, 1988, S. 2 ff.

RICHTLINIEN ZUR DURCHFÜHRUNG DES HEILPRAKTIKERGESETZES vom 06.02.1984. In: Hessischer Staatsanzeiger, 1984, S. 546.

SCHEU, U.: Anzeigepflicht von Verwaltungsbediensteten bei Umweltverstößen. In: Neue Juristische Wochenschrift, 1983, S. 1707.

SCHLIEWIENSKY, H.: Das Zeugnisverweigerungsrecht des Berufshelfers und seine Bedeutung im Rahmen des § 203 StGB. In. Neue Juristische Wochenschrift, 1988, S. 1507.

SCHOLZ, R.; PITSCHAS, O.: Informationelle Selbstbestimmung und staatliche Informationsverantwortung. 1984.

SCHÖNKE; SCHRÖDER: Kommentar zum Strafgesetzbuch. München 1988[23].

SCHREIBER, H.L.: Das Recht auf den eigenen Tod - zur gesetzlichen Neuregelung der Sterbehilfe. In: Neue Zeitschrift für Strafrecht, 1986, S. 337ff.

TAUPITZ, J.: Der Heilpraktiker aus der Sicht des Haftungsrechts: "Arzt", "Mini-Arzt" oder "Laie" ? In: Neue Juristische Wochenschrift, 1991, S. 1505ff.

VERWALTUNGSGERICHT DÜSSELDORF. In: Neue Juristische Wochenschrift, 1985, S. 1794.

VERWALTUNGSGERICHT STADE. In: Neue Juristische Wochenschrift, 1960, S. 798.

VERWALTUNGSGERICHTSHOF MÜNCHEN. In: Neue Juristische Wochenschrift, 1988, S. 2967 ff.

WEGENER, M.: Die strafrechtliche Verantwortung des Psychotherapeuten - dargestellt am Beispiel des Klientensuizids. In: Juristenzeitung, 1980, S. 590 ff.

WESCHE, H.: Allgemeine Familienförderung. In: GERNERT, W. (Hrsg.): Freie und öffentliche Jugendhilfe. Stuttgart, München, Hannover 1990, S.51.

WOLFSLAST, G.: Ärztliche Pflichten zur Verhinderung des Suizids aus rechtlicher Sicht. In: Recht & Psychiatrie, 1986, S. 127ff.

Anschrift des Verfassers

Prof. Dr. jur. Friedrich Barabas
dienstlich: Fachhochschule Frankfurt am Main, Fachbereich Sozialpädagogik
Limescorso 5, 6000 Frankfurt am Main 50
privat: Baustraße 7, 6000 Frankfurt am Main 1

GERT-WALTER SPEIERER

Medizin, Ökologie, Klientenzentrierte Psychologie und Krisenintervention

Zusammenfassung

Im ersten Teil dieses Beitrags werden paradigmatisch das - mehrdimensionale - bio-öko-psychosoziale Krankheitskonzept und die - eindimensionale - traditionelle, biologistische Krankheitsdefinition in der Medizin dargestellt. Daran schließt sich die Vorstellung zweier Konzeptionen psychosomatischen Krankheitsverständnisses an: der Paradigmen der Bedeutungszuschreibung und der kritischen Lebensereignisse.
Im zweiten Teil folgen krankheits- und (psycho)therapiebedeutsame Erkenntnisse aus einer ökologischen Sicht, als deren Paradigmen die Selbstorganisation, die Vernetzung und die Koexistenz herausgestellt werden.
Im dritten Teil wird das Krankheitsverständnis der klientenzentrierten Psychotherapie bei ROGERS und seine Weiterentwicklung dargestellt. ROGERS' ursprünglich eindimensionales Paradigma, die psychosozial entstandene Inkongruenz, wird heute mehrdimensional, i.E. dispositionell, psychosozial und lebensereignisbedingt gesehen.
Nach jedem der drei Abschnitte werden mögliche Konsequenzen der jeweiligen Ergebnisse für eine personzentrierte Beratung und Krisenintervention angegeben.
Im vierten Teil wird die Integration des Wissens aus den medizinischen , ökologischen und klientenzentrierten Paradigmen an dem Transkript einer gesprächspsychotherapeutischen Krisenintervention exemplarisch verdeutlicht.

1. Eine paradigmatische Annäherung an Krankheitsdefinitionen und Krankheitskonzepte

1.1 Die bio-öko-psycho-soziale und die biologistische Krankheitsdefinition

1.1.1 Das mehrdimensionale Krankheitsmodell

In der Medizin hat sich durchgesetzt, Krankheit und Kranksein mehrdimensional zu definieren.

Das mehrdimensionale Krankheitsmodell, das ich auch als das ökologische bezeichnen möchte, hat *vier Dimensionen*.

Erstens: Die individuelle biologische Dimension von Krankheit. Sie umfaßt die ererbten und erworbenen anatomischen physiologischen und biochemischen individuellen Reaktionsweisen, die zur Krankheit führen und im Krankheitsgeschehen zum Ausdruck kommen. Beispiele von Krankheiten, die durch diese Dimension dominiert werden, sind angeborene krankheitswertige Form- und Funktionsanomalien, etwa die sog. Mißbildungen und Stoffwechselstörungen, die auf individuell angeborener Grundlage von Geburt an bzw. im Laufe des Lebens im Zusammenhang mit bestimmten Umweltereignissen auftreten können.

Zweitens: Die überindividuelle ökologische Dimension von Krankheit. Sie umfaßt alle biologischen, physikalischen und chemischen Umweltfaktoren, die Krankheit verursachen und Krankheit beeinflussen. Beispiele für derart dominierte Erkrankungen sind die Infektionskrankheiten, die orts- und klimagebundenen, umweltbelastungsinduzierten sowie die meisten beruflich bedingten Erkrankungen.

Drittens: Die individuelle psychologische Dimension von Krankheit. Sie beinhaltet die anlagebedingten und erworbenen psychischen und psychologisch zu erklärenden Fähigkeiten und Reaktionen jedes einzelnen Menschen, die Krankheit verursachen, die individuelle Ausprägung von Krankheiten und des Krankseins bestimmen sowie den Verlauf von Krankheiten mitbeeinflussen. Beispiele von Krankheiten, die durch diese Dimension dominiert werden, sind vor allem die psychogenen Erkrankungen, i.E. psychoreaktive Störungen, Neurosen und psychosomatische Erkrankungen.

Viertens: Die überindividuelle soziale oder gesellschaftliche Dimension von Krankheit. Sie beinhaltet die sozialen und gesellschaftlichen Einflüsse, denen der Einzelne ausgesetzt ist, einschließlich der Art der Vorschriften und der Vorgehensweisen durch das System der sozialen Sicherung, das eine Gesellschaft für den Umgang mit ihren Kranken bereit hält. Beispiele für Krankheiten, die durch diese Dimension dominiert werden, sind - kulturspezifisch - etwa Rentenneurosen und besondere Formen der mit bestimmten religiösen Überzeugungen zusammenhängenden Neurosen und Formen der soziopsychosomatischen Krankheiten. Die besondere Bedeutung dieser Dimension liegt jedoch nicht nur in der Verursachung von Krankheiten im engeren Sinne, sondern auch in der Art und Weise, wie sich Menschen mit - aus anderer Ursache entstandenen Krankheiten - verhalten, d.h. welche "Krankenkarriere" sie unter bestimmten gesellschaftlichen und politischen Bedingungen entwickeln, z.B. in Folge von Unfällen, Arbeitslosigkeit, Drogengebrauch, Mangelernährung, mangelhafte Hygiene, Flüchtlingsdasein, Zugehörigkeit zu einer diskriminierten Minderheit. Schließlich gehören hierzu auch die kultur- und zeitgeistgebundenen Inhalte psychotischen Wahn- und Beziehungserlebens.

Nach diesem ökologischen Krankheitsmodell werden Gesundheit und Krankheit immer durch das Zusammenspiel dieser vier Dimensionen bestimmt. Deren Gewicht ist im jeweiligen Einzelfall festzustellen und bei den therapeutischen Bemühungen zu berücksichtigen.

1.1.2 Die biologistische Krankheitsdefinition

Es soll nicht verschwiegen werden, daß auch heute noch die Medizin in ihrer Praxis, mit Ausnahme der Betrachtung psychoneurotischer, psychosomatischer und teilweise psychiatrischer Störungen im engeren Sinne, weitgehend einer biologistischen Krankheitsdefinition anhängt. Krankheit wird als "das Vorliegen von Symptomen und/oder Befunden bezeichnet, welche als Abweichungen von einem physiologischen Gleichgewicht interpretiert werden können und welche auf definierte Ursachen (innere oder äußere Schädigungen) zurückgeführt werden können." (SIEGRIST 1988, S. 183) Für Krankheiten wird teilweise in Übereinstimmung, teilweise in Abgrenzung der Begriff Syndrom gebraucht. "Syndrome sind Symptom- bzw. Befundkomplexe, für die eine definierte Ursache (noch) nicht bekannt ist bzw. die mehrere Ursachen haben können." (ebd., S. 184)

1.1.3 Leitfragen für eine personzentrierte Beratung und Krisenintervention

Aus dem mehrdimensionalen, ökologischen Krankheitsmodell ergeben sich u.a. Leitfragen für eine personzentrierte Beratung und Krisenintervention:
- Schon am Anfang einer personzentrierten Beratung und/oder Krisenintervention sollte immer auch der Versuch stehen, von den Betroffenen und ggf. ihren Angehörigen bzw. anderen bedeutungsvollen Bezugspersonen sowie nötigenfalls auch aus anderen vorhandenen Datenquellen Informationen zu bekommen; sie dienen der Beantwortung der Frage, ob und welches Gewicht jeder der vier Dimensionen, also

der individuellen biologischen Dimension, der überindividuellen biologischen Dimension, der individuellen psychologischen Dimension und der sozialen bzw. gesellschaftlichen Dimension für die Entstehung und Aufrechterhaltung des gegenwärtigen Problems bzw. kritischen Zustands zukommt.
- Wie beeinflussen die vier Bereiche einander?
- Welche Ressourcen besitzen die Betroffenen bzw. ihre Bezugspersonen für erstrebte Änderungen in den einzelnen Bereichen?
- Welche Ressourcen bzw. Optionen für erwünschte Änderungen in den vier Bereichen können im Rahmen der Beratung und Krisenintervention mobilisiert bzw. eingesetzt werden?
- In welcher der vier Dimensionen kann und muß der Schwerpunkt der Beratung und Krisenintervention liegen (eindimensionale vs. mehrdimensionale Beratung und Krisenintervention)?
- Ist ein mehrdimensionales Vorgehen notwendig? Welche Möglichkeiten der Delegation an andere außerhalb des eigenen Kompetenzbereichs bzw. welche Möglichkeiten der Zusammenarbeit mit anderen Institutionen bestehen?

1.2 Psychosomatische Krankheits- und Gesundheitskonzepte

Die psychosomatische Medizin erforscht die Zusammenhänge und Wechselwirkungen zwischen den individuellen biologisch-körperlichen Erkrankungen und psychischen Verarbeitungsweisen sowie den psychosozialen, den sozialpsychologischen und den gesellschaftlichen Einflüssen.

Praktische Bedeutung gewinnen die psychosomatischen Konzepte des Krankheitsverständnisses dadurch, daß sie helfen können, die Frage zu beantworten, ob und wie der Zustand von Hilfesuchenden bzw. Hilfsbedürftigen durch körperliche, seelische und soziale Ursachen bedingt ist - mit der Konsequenz, daß differenzierte, schwerpunktmäßig unterschiedliche Hilfsangebote gemacht werden können.

Aus den verschiedenen psychosomatischen Konzepten, die das Zusammenspiel von körperlichen, seelischen und gesellschaftlichen Faktoren nicht nur bei den psychosomatischen Krankheitsbildern im engeren Sinne, sondern bei jeder Art von Störung und Erkrankung erklären, habe ich das Situationskreismodell (UEXKÜLL 1979, S. 30) und das Konzept der kritischen Lebensereignisse (Critical Life Events) ausgewählt.

1.2.1 Das Situationskreismodell und die Bedeutungszuschreibung

Das Situationskreismodell geht davon aus, daß Gesundheit vor allem die Fähigkeit und Erfahrung des Menschen bedeutet, Aufgaben, die seine dingliche und psychosoziale Umwelt an ihn stellen, in subjektiv befriedigender Weise zu lösen bzw. als lösbar zu erkennen. Krankheit entsteht entsprechend aufgrund einer Störung der Problemlösefähigkeit.

Die Problemlösefähigkeit, bei UEXKÜLL als das Vorhandensein von Lösungsprogrammen bezeichnet, ist z.T. angeboren und muß z.T. im Laufe der Lebensentwicklung aus der gesellschaftlichen Umgebung übernommen oder aber neu entwickelt werden. Die Programme bzw. Problembewältigungsstrategien (Coping-Strategien) helfen Situationen und Ereignisse zu meistern, die die Integrität, d.h. die Unversehrtheit der körperlichen, seelischen und sozialen Existenz bedrohen. Von diesem Bedrohungspotential einer Situation und den verfügbaren Programmen zu ihrer Bewältigung hängt es ab, inwieweit Situationen zum krankheitsauslösenden Ereignis werden oder zur Verschlechterung bzw. kritischen Zuspitzung eines bereits bestehenden Krankheitszustandes beitragen. So kann jede Veränderung in der Umgebung zum belastenden Lebensereignis werden. Dies wird es jedoch nur dann, wenn den Betroffenen Programme zu ihrer Lösung fehlen, und sie sich infolge dessen als hilflos erleben; dann also, wenn die Betroffenen einer Situation oder Situationsänderung die Bedeutung zuschreiben, sie sei bedrohlich für ihre Existenz bzw. für ihr Selbst(konzept) bedrohend.

1.2.2 Kritische Lebensereignisse

Die Bedeutung von lebensverändernden Ereignissen für das Auftreten bzw. eine krisenhafte Verschlechterung von Krankheiten ist der Gegenstand der Life-event-Forschung. Ihr Ausgangspunkt sind epidemiologische Daten über eine ungleichmäßige Krankheitsverteilung. Sie zeigen, daß in großen Kollektiven die Mehrzahl der körperlichen und psychosomatischen Krankheiten (über 50%) nur einen kleineren Prozentsatz der Menschen (etwa 25%) treffen. Die epidemiologischen Daten zeigen auch, daß die Krankheiten nicht gleichmäßig über den Lebenslauf verteilt sind, sondern in kurzen Zeitabständen gehäuft auftreten.

In den klassischen Untersuchungen zum Life-event-Konzept von HINKLE & WOLFF (1957, S.442 ff) erlebten die häufiger Erkrankenden ihre Umwelt als bedrohlicher und frustrierender, während die weniger Erkrankenden ihre Lebensverhältnisse als ausgeglichener beschrieben, auch wenn ihre durchgemachten Lebensereignisse objektiv von denen der häufiger Erkrankenden nicht verschieden waren.

Als Folge dieser und weiterer Untersuchungen entwickelten HOLMES & RAHE (1967, S. 213 ff) einen Life-event-Fragebogen. Er ist in einer deutschen Übersetzung übernommen. Er enthält zugleich relative Punktwerte (Gewichte) für die durchschnittlich gefundene Beurteilung der Belastung durch die einzelnen Ereignisse.

Life-Event«-Fragebogen nach HOLMES & RAHE (1967)

(Übersetzt in SCHÜFFEL 1975; entnommen aus: UEXKÜLL 1979, S. 181)

Biographische Ereignisse		Adaptionsleistung in Punktwerten
1.	Tod des Ehepartners	100
2.	Scheidung	73
3.	Eheliche Trennung	65
4.	Gefängnis	63
5.	Tod eines nahen Angehörigen	63
6.	Persönliche Verletzung/Krankheit	53
7.	Heirat	50
8.	Kündigung	45
9.	Eheliche Wiederversöhnung	45
10.	Pension	45
11.	Geänderter Gesundheitszustand eines Familienmitgliedes	44
12.	Schwangerschaft	40
13.	Sexuelle Schwierigkeiten	39
14.	Hinzukommen eines neuen Familienmitgliedes	39
15.	Geschäftliche Neuorientierung	39
16.	Veränderung im finanziellen Status	38

17.	Tod eines nahen Freundes	37
18.	Geänderte Arbeitsinhalte	36
19.	Veränderte Häufigkeit der Auseinandersetzung mit dem Ehepartner	35
20.	Darlehen über 25.000,- DM	31
21.	Vorzeitige Kündigung eines Darlehens	30
22.	Veränderte Verantwortung bei der Arbeit	29
23.	Sohn oder Tochter verlassen Heim	29
24.	Schwierigkeiten mit Verwandten	29
25.	Außergewöhnliche persönliche Erfolge	28
26.	Ehefrau beginnt oder beendet Arbeit	27
27.	Beginn oder Ende von Schule	26
28.	Veränderte Lebensbedingungen	25
29.	Revidieren persönlicher Einstellungen	24
30.	Schwierigkeiten mit Chef	23
31.	Veränderte Arbeitszeiten oder -bedingungen	20
32.	Veränderungen des Wohnsitzes	33
33.	Veränderungen in der Schule/Ausbildung	20
34.	Veränderte Form der Erholung	19
35.	Veränderung in kirchlichen Aktivitäten	19
36.	Veränderung in sozialen Aktivitäten	18
37.	Darlehen weniger als 25.000,- DM	17
38.	Veränderte Schlafgewohnheiten	16
39.	Geänderte Häufigkeit familiärer Zusammentreffen	15
40.	Veränderte Eßgewohnheiten	13
41.	Ferien	13
42.	Weihnachten	12
43.	Kleinere Gesetzesübertretungen	11

Mit dem Life-Event-Fragebogen konnte in prospektiven Untersuchungen die Beziehung zwischen als psycho-sozial belastend empfundenen Umweltänderungen und dem Auftreten bzw. dem Verlauf von Erkrankungen vorhergesagt werden. Dabei bestimmte die subjektiv erlebte Bedrohlichkeit der Ereignisse mehr die individuelle Krankheitsreaktion als der intersubjektiv gewonnene, durchschnittliche Belastungsstellenwert derselben.

1.2.3 Leitlinien für eine personzentrierte Beratung und Krisenintervention

Das Situationskreismodell mit seiner Betonung der Bedeutungszuschreibung und das Konzept der kritischen Lebensereignisse führen, konsequent gehandhabt, zu folgenden für eine personzentrierte Beratung und Krisenintervention bedeutsamen Erkenntnissen, Leitlinien:

- Das objektivierbare Ausmaß eines Problems, einer Belastung, einer Anforderung ist allein kein hinreichender Grund zur Erklärung und zum Verständnis von Menschen im Zustand der Überforderung bzw. der Krise.
- Die objektivierbaren Probleme müssen im Lichte der angeborenen und im Laufe des Lebens erworbenen Bewältigungsstrategien der Betroffenen gesehen werden, d. h. ihrer Problemlösefähigkeiten.
- Das subjektive Ausmaß der situativen Überforderung einer Person mit Problemen bzw. in der Krise wird erheblich durch die Bedeutungszuschreibung bestimmt, die Problemunlösbarkeit, Hilflosigkeit und Ausweglosigkeit sowie der Bedrohung ihrer psychischen, physischen und sozialen Existenz, vornimmt.
- Durch die individuelle Bedeutungszuschreibung wird das Belastungspotential von allgemein als hoch oder niedrig eingestuften kritischen Lebensereignissen relativiert.

2. Ökologische Konzepte zum Verständnis von Gesundheit und Krankheit

Die ökologische Sicht der Welt enthält wertfreie und werthafte Voraussetzungen, Annahmen und Forderungen zur realen und metaphysischen Existenz des Menschen als Einzel- und soziales Wesen sowie für seine Beziehungen zur belebten und unbelebten Natur. Drei ökologische Paradigmen sollen hier vorgestellt werden:
Die Selbstorganisation, die Vernetzung und die Koexistenz. Sie sind, wie ich glaube, von besonderer Bedeutung für ein ökologisches Krankheits- und Therapieverständnis.

2.1 Das Prinzip der Selbstorganisation

Dazu gehört die Auffassung, daß die belebte und unbelebte Natur ein System ist, das Konstanz und Wandel selbst zu organisieren in der Lage ist. Jedes System besitzt eigene Programme zum Umgang mit Veränderungen in und Aufgaben aus der Innen- und Umwelt. Natürliche Systeme sind fehlerverzeihend, belastbar - und ausgestattet mit eigenen Hilfs- und Heilungskräften zur Wiederherstellung eines positiv bewerteten status quo ante oder zur möglichen positiven Umwandlung. Zur Selbstorganisation des Menschen gehört die Fähigkeit, Erkenntnis aus sich selbst durch Verinnerlichung und Kontemplation zu gewinnen.

2.2 Das Prinzip der Vernetzung

Es beinhaltet die Auffassung, daß die natürlichen Systeme voneinander abhängig sind und sich gegenseitig beeinflussen. Daraus erwächst die Notwendigkeit einer gegenseitigen Achtung, der pfleglichen Behandlung und der Anerkennung des Solidaritätsprinzips. Der zwischenmenschliche Bereich erfordert danach eine brüderliche Einstellung, partnerschaftliche Haltung, gegenseitige Hilfe, Leistung durch Freude an der Arbeit und kooperativen Wettbewerb, familienübergreifende Wohn- und Lebensformen, prinzipiell kleine Netze und das Teilhabeprinzip. Das Ideal der Einzelnen wird neu definiert als das solidarischer, gleichwertiger und gleichberechtigter PartnerInnen im Geflecht zwischenmenschlicher Beziehungen.

Angestrebt wird der *homo apertus*, der sich durch Offenheit auszeichnet. Zum Prinzip der Vernetzung gehört ferner eine Seinsorientierung an konvivalen lebensbejahenden Werten: Sinnlichkeit, Gefühl, Willen und Verstand werden gleichbedeutsam eingeschätzt und gleichermaßen kultiviert. Erziehung erfolgt zu einer individuell optimalen und so zugleich am meisten gemeinschaftsdienlichen Entfaltung der individuellen Anlagen: Kreativitätsförderung, ästhetisches Erfahren und Handeln, gesellige Selbstverwirklichung und ein nicht durch Wissenschaft ersetzbares, also ausschließlich real wissenschaftliches Weltverständnis. Dies alles bedeutet auch Offenheit gegenüber außerwissenschaftlichen Erfahrungen.

2.3 Das Prinzip der (friedlichen) Koexistenz

Es beinhaltet die Anerkennung von Sinnsystemen jenseits "naturwissenschaftlicher Erklärbarkeit", die Anerkennung von mehreren Formen der Rationalität, d.h. von Erkenntnisformen, aus denen Kriterien und Maßstäbe oberster Sinngebung gewonnen werden können. Es enthält ferner die Anerkennung der Gleichwertigkeit und Gleichberechtigung aller kulturellen Sinnwelten, die Bevorzugung friedlicher, gewaltfreier Kompromißlösungen bei Konflikten sowie die Achtung und den Abbau von Feindbildern.

Nach ökologischen Erkenntnissen ergibt sich Gesundheit aus und als (fortwährende) Aktivität sowie Wandel in der Auseinandersetzung mit der Innen- und Umwelt. Krise und Krankheit dagegen sind durch Aktivitätseinschränkung und Stagnation gekennzeichnet. Die individuelle, soziale und ökologische Ebene sind bei gesunden Menschen ausgeglichen und im Einklang miteinander. Gesunde können sich selbst instandhalten. Sie zeichnen sich durch rhythmische sowie situative Fluktuation und Flexibilität aus. Sie haben das Bewußtsein von Freiheit im Sinne von Optionen und gelingender Selbstverwirklichung sowie von Daseinsbewältigung, und sie sind belastbar gegenüber Streßfaktoren. Sie sind sich im Krankheitsfalle der Wirkung eigener organismischer Hilfs- und Heilungskräfte bei der Wiederherstellung eines positiv bewerteten Gesundheitszustandes und einer möglichen positiven Selbstumwandlung gewiß. Sie glauben an die Möglichkeit der Selbsttranszendenz und haben die Gewißheit von Selbstbestimmtheit, Anpassungs- und Integrationsfähigkeit. Krankheit und Krankheitsreaktion werden aus der Abwesenheit eben dieser gesunden Fähigkeiten verstanden.

Besondere Bedeutung im ökologischen Krankheitsverständnis hat das Konzept der Selbstheilung. Es besteht in der Anerkennung, daß Klienten und Patienten bzw. Klientinnen und Patientinnen Krankheitsverursachung sowie Krankheitsheilung mitverantworten. Es beinhaltet auch den Glauben an die Möglichkeit der Selbstheilung - ohne Placebos - durch positive Einstellung, Vertrauen, Optimismus, eigenes Tun - unter Einschluß von psychologischen und psychophysiologischen Übungen, durch Änderung der Lebensweise sowie den Einsatz der eigenen Weltanschauung.

2.4 Leitlinien für eine personzentrierte Beratung und Krisenintervention

Aus den ökologischen Prinzipien der Selbstorganisation, der Vernetzung und der friedlichen Koexistenz sowie dem ökologischen Gesundheits- und Krankheitsverständnis ergeben sich für eine personzentrierte Beratung und Krisenintervention u.a. folgende Leitlinien:

- Die Konzepte einer mehrdimensionalen Beratung und Krisenintervention integrieren zusätzlich zu den vier vorgenannten Dimensionen des ökologischen Krankheitsmodells die existentielle und die transpersonale Ebene.
- In der Beratung und Krisenintervention können nicht nur, sondern sollen die Hilfesuchenden die eigenen Hilfspotentiale zur Korrektur bisheriger Fehler und Möglichkeiten zur Wiederherstellung eines subjektiv erträglichen status quo ante bzw. einer von ihnen auch selbst definierten Veränderung mobilisieren, nutzen und sich als belastbar erleben und begreifen.

- Menschen in der Krise soll mit Achtung, Teilhabe, Solidarität und Respekt begegnet werden, auch wenn sie nicht mit den gesellschaftlichen Normen, Werten und Sinnwelten konform gehen.
- Aktivitätseinschränkung, Rigidität und Stagnation als Eigenschaften von Menschen in kritischen Situationen und unter Problemdruck dürfen nicht als deren unveränderliche Eigenschaften verkannt, sondern dürfen gelassen auch als zustandsbedingt und vorübergehend angesehen werden.
- In der konkreten Beratungssituation darf die persönliche Mitverantwortung der Klienten an der Krise, etwa durch die Bedeutungszuschreibung (s.o.), nicht vernachlässigt werden. Es soll stets versucht werden, sie an der Überwindung der kritischen Situation weitmöglichst zu beteiligen.

Aus den ökologischen Positionen ergeben sich auch Veränderungen hinsichtlich des Rollenverständnisses für die BeraterInnen und die HelferInnen bei Kriseninterventionen. Von Machern werden sie zu Katalysatoren, Erleichterern, Facilitatoren. Es geht i.E. um die Schaffung eines hilfreichen Klimas. Es geht darum, persönliche Wege aus Stagnation, Resignation und Verzweiflung zu eröffnen. Es geht um Hilfen, die den Klienten ermöglichen, selbst Erfahrungen machen, Hindernisse selbst angehen und überwinden zu können, Symptome in Erleben, Handeln und Erfahrungen umzuwandeln. Es geht ferner darum, blockierte Selbstheilungspotentiale freizusetzen, rigide Erfahrungsstrukturen zu verflüssigen, die Aufmerksamkeit zu lenken auf gesellschaftliche Gegebenheiten - genauso wie auf innere und zwischenmenschliche Kommunikationsstrukturen, Körperreaktionen und psychophysische Zusammenhänge; Ziel dabei ist das bewußte Erleben zu schärfen und zu erweitern, die Erfahrungsgestalt des Selbst zu vervollständigen. Dabei kann auch das Angebot das Erleben aktivierender Methoden helfen.

Aus der ökologischen Sicht werden auch neue Eigenschaften der BeraterInnen und KrisenhelferInnen wichtig. Nicht nur eine wissenschaftliche, theoriebezogene Ausbildung und technisch-organisatorische Interventionskenntnisse sind entscheidend, sondern auch bestimmte Persönlichkeitsmerkmale; i.E. Achtung und Wertschätzung, Aufrichtigkeit, Fähigkeit zum Zuhören und zum Ein- und Mitfühlen. Gefordert sind auch vorurteilsfreie Offenheit gegenüber jeder Art von neuen, bizarren und schmerzlichen Erfahrungen. Vertrauen in die, wenn auch teilweise begrenzten Selbstgestaltungskräfte des Organismus (wieder)zugewinnen, muß ermöglicht werden. - Voraussetzungen zur Entwicklung dieser neuen TherapeutInneneigenschaften sind ein breites Spektrum eigener Lebens- und Selbsterfahrung und Selbstverwirklichung, ein weites eigenes Bewußtseinsspektrum, Offenheit und Risikobereitschaft auch gegenüber Unerklärbarem, das das gegenwärtige eigene Wissen irritiert.

3. Krankheit und Gesundheit bei ROGERS und in der klientenzentrierten Psychotherapie

3.1 ROGERS' Uniformitätsannahmen und ihre Grenzen

Das biologistisch reduzierte Krankheitsverständnis der Medizin hielt ROGERS zeitlebens für ein gänzlich ungeeignetes Konzept für im psychologischen Sinne leidende oder von der Norm abweichende Personen. ROGERS' Alternative zum medizinischen Krankheitsverständnis der Psychotherapie war seine von ihm selbst in seiner letzten autorisierten Darstellung der klientenzentrierten Psychotherapie (ROGERS & SANFORD 1985, S. 1374 ff.) als klarste und vollkommenste Abhandlung seiner Therapietheorie hervorgehobene Arbeit aus dem Jahre 1959: Eine Theorie der Therapie, der Persönlichkeit und der zwischenmenschlichen Beziehungen. Sie ist erst 1987 auf deutsch in der Schriftenreihe der GwG erschienen. In ihr werden seelische Gesundheit und Krankheit subjektbezogen definiert.

Gesundheit wird als natürliches Ergebnis der unbehinderten Entfaltung einer angeborenen Aktualisierungstendenz im Laufe der Lebensentwicklung des Menschen postuliert. (Seelische) Krankheiten werden nicht als abgegrenzte und abgrenzbare Einheiten mit jeweils eigener Pathologie und darauf abzielender spezifischer Therapie beschrieben.

Krankheit wird stattdessen als je individuelles Resultat der behinderten Aktualisierung, also einer behinderten Selbstentfaltungstendenz, hauptsächlich infolge bestimmter sozialer und kommunikativer Einflüsse aufgefaßt. Sie verweist auf Mängel an genauem empathischem Verstehen (accurate empathic understanding), Mängel an unbedingtem positivem Achten, Sorgen für, Sich-kümmern-um (caring or unconditional positive regard) sowie Echtheit und Aufrichtigkeit (genuineness or congruence) gegenüber dem anderen Menschen. Als psychopathogene Folge dieser Mängel postulierte ROGERS eine wenigstens am Rande der Gewahrwerdung bewußt erlebte Inkongruenz, d.h. Nichtübereinstimmung zwischen den Erfahrungen und dem Selbstkonzept.

Entsprechend blieb ROGERS bei der Auffassung, diese drei Beziehungsmerkmale (Triasvariable) seien in der therapeutischen Beziehung die notwendigen und hinreichenden Bedingungen psychotherapeutischer Wirksamkeit bei "allen Menschen, unabhängig von ihrer diagnostischen Zuordnung als psychotisch, neurotisch oder normal" (ROGERS & SANFORD 1985, S. 1374 ff.). Seine Sicht der klientenzentrierten Psychotherapie als Sonderfall aller konstruktiven interpersonellen Beziehungen führte ROGERS schließlich zu der Annahme einer Verallgemeinerbarkeit allen Wissens, das im Felde der Psychotherapie gewonnen werden könne. (Ebd. S. 1375)

ROGERS selbst konnte diese Position im Gegensatz zu seiner immer wieder betonten Forderung nach kontinuierlicher Forschung in der Psychotherapie und empirischer Begründung jedweder Therapietheorie bis zu seinem Lebensende nicht relativieren, obwohl in der Psychotherapieforschung gewonnene Fakten dies nahelegten. - Darin liegt, so scheint mir, die persönliche Tragik des späten ROGERS.

Ein Grund dafür ist sicher ROGERS Ausstieg aus der universitären klinischen Psychologie und sein damit verbundener Verzicht auf eigene Forschungstätigkeit an klinisch definierten Klienten- bzw. Patientengruppen, nachdem er sich um 1970 in Kalifornien niedergelassen hatte. So unterließ er sowohl eine Weiterentwicklung und Differenzierung der klientenzentrierten Therapietheorie als auch die Spezifizierung ihres Anwendungsbereiches und die Entwicklung störungsspezifischer Modifikationen.

Stattdessen hat ROGERS mit größtem Engagement nach 1970 die Anwendung der klientenzentrierten Trias zur Verbesserung der individuellen Zufriedenheit und der Persönlichkeitsentfaltung sowie der zwischenmenschlichen Beziehungen außerhalb des Psychotherapiebereiches propagiert und erprobt. So wurde u.a. gerade unter Bezugnahme auf ROGERS die klientenzentrierte Psychotherapie in den USA und die Gesprächspsychotherapie in der Bundesrepublik Deutschland als eigenständige und spezifische psychotherapeutische Heilmethode kritisiert. Gegenteilige empirische Beweise ihrer - im Vergleich zu tiefenpsychologischen und verhaltensmodifikatorischen Psychotherapieformen - therapeutischen Wirksamkeit bei krankheitswertigen Störungen, die gerade in der Bundesrepublik, den Niederlanden und der früheren DDR erarbeitet wurden, fanden jahrelang, wenn nicht keine, so allenfalls geringe Aufmerksamkeit.

3.2 Das differentielle Inkongruenzkonzept

Ich halte daher die Zeit für gekommen zu zeigen, daß ROGERS psychotherapietheoretische Ansätze durch die neuen Forschungsergebnisse zur Gesprächspsychotherapie und durch neue Erkenntnisse aus der Persönlichkeitspsychologie, der Entwicklungspsychologie, der Kognitionsforschung und der Psychosomatik modifiziert und ergänzt werden müssen.

Als Ergebnis kann jetzt eine eigenständige Krankheitslehre der Gesprächspsychotherapie vorgelegt werden, die der klinischen Wirklichkeit unterschiedlicher Störungen, einschließlich der als Krankheiten definierten, gerecht wird.

Ich beschränke mich hier darauf, die nach meiner Auffassung zentrale These der Krankheitslehre der Gesprächspsychotherapie vorzustellen, weil sie auch für die personzentrierte Beratung und Krisenintervention Bedeutung hat. - *Die zentrale These* der Krankheitslehre der Gesprächspsychotherapie ist:

Psychotherapierbare neurotische, psychosomatische und teilweise psychiatrische Erkrankungen sind ebenso wie persönliche Überforderungs- und Krisensituationen Folgen von Inkongruenz zwischen den Erfahrungen und dem Selbst(konzept) einer Person.

Was ist Inkongruenz? -
Inkongruenz ist die zumindest am Rande der Gewahrwerdung bewußte Unvereinbarkeit von Erfahrungen und deren Bedeutungen mit dem Selbst. - Das Selbst eines Menschen beinhaltet die Vorstellungen, Wertmaßstäbe, Erinnerungen, Verhaltensregeln, die jemand als zu sich selbst gehörend betrachtet und an denen seine Selbstidentität und seine Selbstachtung hängen (Selbstkonzept).

So könnte zum Beispiel bei einem Menschen, dessen Selbstachtung eng an Erfolg bei jeder Aufgabe und in jeder Beziehung geknüpft ist, Inkongruenz gegeben sein durch die Erfahrung des Scheiterns an einer Aufgabe oder des Scheiterns einer Beziehung mit der Bedeutung, ich bin ein Versager bzw. ich bin nicht liebenswert.

Derartige Inkongruenz hat zum ersten unangenehme Erlebnisqualitäten. Inkongruenz hat zum zweiten körperliche, d.h. psychosomatische Begleiterscheinungen. Inkongruenz zeitigt zum dritten Verhaltensreaktionen. Alle drei Arten von Inkongruenzfolgen bilden in unterschiedlicher Mischung und Betonung die subjektive und objektive Symptomatik psychogener Störungen von Menschen in akuten Überforderungs- und Krisensituationen.

Was sind die häufigsten Inkongruenzsymptome? -
Die häufigsten Identifizierbaren Folgesymptome der Inkongruenz sind im einzelnen:

1. Gefühle der psychophysischen Anspannung.
2. Gefühle von Verletzlichkeit bzw. Verletztheit.
3. Gefühle von Minderwertigkeit, Mutlosigkeit, Hoffnungslosigkeit und Depression.
4. Angstgefühle und Versuche zur Angstminderung durch Erfahrungseinschränkung in Form von Vermeidung bestimmter Gedanken, Gefühle, Verhaltensweisen und Situationen.
5. Abrupte Verwirklichungen selbstinkongruenten Verhaltens, die als leidvoll und persönlichkeitsfremd erlebt werden.

6. Im Erleben zerfällt die Einheit der eigenen Persönlichkeit. Denken, Fühlen und Handeln werden nur zeitweise im Einklang mit dem Selbst erlebt. Zeitweise dominieren die Inkongruenz erzeugenden Handlungen und Verhaltensreaktionen gleichsam als verselbständigte.

Zeitweise werden auch ein rascher Wechsel und Mischungen von selbstkong- und selbstinkongruenten Verhaltensanteilen verwirklicht. Sie erzeugen Angst, Spannung und Verwirrung, mit entsprechenden vegetativen Begleiterscheinungen.

7. Die PatientInnen berichten in diesem Zusammenhang oft über das Gefühl, sie seien "nicht mehr Herr im eigenen Haus".

Wie entsteht Inkongruenz? -
Inkongruenz hat neben dispositionellen und lebensereignisbedingten Ursachen sozial-kommunikativ vermittelte Bewertungskategorien zur Voraussetzung. ROGERS nennt sie Wertintrojekte.

Sie entstehen neben und zusätzlich zu angeborenen Bewertungsschemata. ROGERS nennt letztere organismische Werte. *Wertintrojekte* werden durch Bewertungen und Bewertungsvorgaben potentiell lebenslang erzeugt und auch verändert.

Ein vitales Bedürfnis nach Wertschätzung bewirkt, daß dann, wenn wichtige Bezugspersonen z.B. das Verhalten eines Kindes nur teilweise wertschätzen, dieses Kind selbst auch nur Teile seines Verhaltens positiv bewerten wird. Andere Verhaltensanteile werden von den Bezugspersonen - im Gegensatz zu einer bisher positiven Eigenbewertung des Kindes - negativ bewertet. Aus Angst vor Liebesentzug seitens der Bezugspersonen übernimmt das Kind deren negative Bewertung als Wertintrojekt und lehnt damit Teile seines eigenen Verhaltens ab. So werden eigene Verhaltenserfahrungen unvereinbar mit dem Selbstkonzept, z.B. mit dem Selbstkonzept "ich bin ein liebenswerter Mensch". Können die mit dem Selbstkonzept unverträglichen Verhaltenserfahrungen nicht vermieden werden, erzeugen sie Inkongruenz. Bereits ab der frühesten Kindheit können so Teile des kindlichen Verhaltens durch die Bezugspersonen - im Gegensatz zum ursprünglichen Erleben des Kindes - für negativ und unvereinbar mit Wertschätzung und Selbstwertschätzung nicht nur erklärt, sondern tatsächlich gemacht werden.

Diese 'inkongruent gemachten' Verhaltensanteile werden meist mit Verbot belegt und zum Teil aktiv - ggfs. durch Androhung und Praktizierung seelischer oder körperlicher Gewalt - unterdrückt, obwohl sie für das Kind erlebbar von den Bezugspersonen selbst inkongruent ausgeübt werden. Also, um beim Beispiel des Kindes zu bleiben: die Mutter verbietet zu streiten oder zu naschen, hält sich jedoch selbst nicht daran.

Die Verwirklichung der inkongruent zum Selbst gemachten Verhaltensweisen durch das Kind wird mit einer als generalisiert ausgedrückten bzw. erlebten Verminderung der Wertschätzung durch seine Bezugspersonen beantwortet; z.B. "weil du das gemacht hast, taugst du überhaupt nichts" oder "mag ich dich gar nicht mehr".

Werden die Inkongruenz erzeugenden Wertmaßstäbe und Bedeutungen durch ein mangelhaftes Einfühlungsvermögen der Bezugspersonen verstärkt, d.h. erfüllen die Bezugspersonen die vitalen und m.a.W. organismischen Bedürfnisse des Kindes und später von Heranwachsenden und Erwachsenen nach Selbstentfaltung und liebender, umsorgender sowie kommunikativer Zuwendung nicht, dann sind nach der Theorie der Gesprächspsychotherapie alle Voraussetzungen erfüllt, daß der soziokommunikative Anteil der Neurose, psychosomatischen oder psychiatrischen Störung maximal wirksam wird.

In diesem Krankheitsentstehungsmodell der Gesprächspsychotherapie sind zugleich die Bedingungen für die Psychotherapierbarkeit von psychogenen Erkrankungen sowie die Prinzipien zu deren kausaler Psychotherapie enthalten: therapeutische Kongruenz, Wertschätzung und Empathie zwecks Verbesserung der Klientenselbstkongruenz, -selbstwertschätzung und -selbstempathie als Voraussetzung für den Abbau krankmachender Inkongruenz bzw. zur Vermehrung gesunder Kongruenz.

Ausdrücklich muß gesagt werden, daß nicht jede Inkongruenz psychopathogen wirkt; im Gegenteil: es wird davon ausgegangen, daß das Bewußtwerden von Inkongruenz und ihre psychologisch gesunde Bewältigung (coping) ohne neurotische und psychosomatische Konsequenzen häufiger vorkommen, als krankmachende und zugleich psychotherapierbare Inkongruenz (bezogen etwa auf eine repräsentative Bevölkerungsstichprobe). Ferner wird zusätzlich postuliert, daß nicht jede psychopathogenetisch wirksame Inkongruenz zugleich psychotherapierbar ist. Dafür habe ich die Begriffe der "nicht sozialkommunikativ bedingten" oder "dispositionellen" Inkongruenz und der lebensereignisbedingten oder "live-event"-bedingten Inkongruenz eingeführt. Die von mir favorisierte klientenzentrierte Krankheitslehre bezieht sich somit auf die psychoreaktiven, neurotischen, psychosomatischen und psychiatrischen Krisenreaktionen und Störungen, soweit sie ihre Ursache in sozial-kommunikativ bedingter und dadurch auch psychotherapierbarer Inkongruenz haben. Der Omnipotenzanspruch auf Erklärung und Behandlung aller psychoreaktiven, neurotischen oder gar psychotischen Störungen wird nicht gestellt. -

Und etwas Weiteres möchte ich hier betonen. Inkongruenz ist verschiedentlich nur als intrapsychischer Konflikt und die Gesprächspsychotherapie als Therapie internaler Konflikte bezeichnet worden.

Die Definition von Inkongruenz als innerseelischer Konflikt im Selbstkonzept einer Person aus unvereinbaren angeborenen organismischen Bewertungen und erworbenen "Wertintrojekten" ist sicher eine Möglichkeit, das Krankheitskonzept der Gesprächspsychotherapie im Rahmen der experimentellen bzw. sozialpsychologischen Konfliktforschung zu definieren. Eine Verhaltenserfahrung aktualisiert dann den internen *Appetenz-Aversions-Konflikt*. Er wird ausgelöst durch ein Verhalten und als Inkongruenz bewußt, z.B. in Form des Erlebens innerer Zerrissenheit. Das Verhalten, das muß hier betont werden, ist dabei selbst nicht immer konflikthaft.

Andererseits ist von psychoanalytischer Seite die Möglichkeit der Inkongruenz aus der Unvereinbarkeit organismischer Bewertung und Wertintrojekten m.E. zu unrecht als Ambivalenzkonflikt zwischen Es und Über-Ich interpretiert worden; entsprechend sei die Krankheitslehre der Gesprächspsychotherapie eine mangelhafte Kopie der psychoanalytischen - ohne Eigenständigkeit. Eine derart verkürzte Definition der Inkongruenz vernachlässigt das derzeitige Wissen der klientenzentrierten Psychotherapie über den therapeutischen Prozeß, über seinen Stellenwert für eine gesunde bzw. psychopathogene Entwicklung und die Wirksamkeit ihres Therapieangebotes.

Die organismische Bewertung (und die organismische Aktualisierung) ist nicht mit dem FREUD'schen Es identisch. Die Gesprächspsychotherapie kennt keine Trennung zwischen Es, Ich und Über-Ich. In dem von ihr favorisierten organismischen Selbst ist mehr als das Es zu sehen. Bereits in der organismischen Bewertung wirkt ein, zumindest begrenzt autonomes Selbst, das Überlebensprogramm des Organismus. Es kann in sich konfliktfrei sein und ist dennoch inkongruenzfähig in Form von als bedrohlich eingestuften Erfahrungen. In Bestätigung dieser klientenzentrierten Therapietheorie werden auch psychosomatische Erkrankungen durch Gesprächspsychotherapie auf dem Wege der Verringerung von bewußtem Inkongruenzerleben der Patienten erfolgreich behandelt. Die Gesprächspsychotherapie behandelt also Störungen, die auch nach psychoanalytischer Auffassung bereits verursacht sind, bevor die intrapsychischen Es- und Über-Ich-Konflikte des psychoanalytischen Strukturmodells überhaupt auftreten können. Es ist also nicht richtig zu sagen, Grundlage des klientenzentrierten Krankheitskonzepts sei lediglich ein Konflikt zwischen Es und Über-Ich.

Das Inkongruenzkonzept der Gesprächspsychotherapie geht aus meiner Sicht - und entsprechend einer letzten diesbezüglichen Stellungnahme von ROGERS - erheblich über konflikttheoretische Inkongruenzen hinaus, d.h. es bietet mehr. Dieses Mehr soll mit dem Begriff der Inkongruenz ausgedrückt werden. Inkongruenz umfaßt jenseits des Konfliktkonzepts eine Inkongruenz zwischen dem organismischen Selbst und dem Amalgam zwischen organismischem Selbst und sozial introjeziertem Selbst auf der einen Seite und individuellen, sozialen und nicht sozialen Erfahrungen auf der anderen Seite; Erfahrungen, die also nicht indirekt über Aktualisierung eines Konflikts aus unvereinbaren Strebungen im Selbst dieses bedrohen, sondern Erfahrungen, die in direkter Weise das aktuelle Selbstkonzept in Frage stellen. Die Ursachen dieser zweiten Art der Inkongruenz sind in neueren entwicklungspsychologischen Ergebnissen zu erkennen (PETERS 1986, S. 233 ff.). Sie haben die klientenzentrierten Vorstellungen über ein von Anfang an mit Autonomie ausgestattetes Selbst und das gesprächspsychotherapeutische Beziehungskonzept bestätigt. Sie machen die Formulierung einer klientenzentrierten Entwicklungspsychologie möglich (SPEIERER 1990, S. 86 ff.).

*Die Ursachen nicht konflikthafter Inkongruenz s*ind einerseits frühe Sozialisationsdefizite und andererseits spätere mangelhafte zwischenmenschliche Beziehungen in Bezug auf die unbedingte Wertschätzung, Kongruenz und Empathie seitens wichtiger Bezugspersonen. Sie bewirken psychopathogen bedeutsame Mängel an Selbstempathie - in Form von Rigidität und mangelnder Flexibilität im Denken, Erleben und Verhalten - sowie mangelhafte Bewältigungsstrategien gegenüber Inkongruenz. Sie führen ferner zu geringer und vorzugsweise negativer Selbstkommunikation sowie Selbstabwertung, zu inakkuraten Symbolisierungen, intensionalen generalisierenden Strukturierungen der Wahrnehmung sowie zu einer Betonung externer Wertungen und mangelnder Selbstverantwortlichkeit. Sie konstellieren so häufige Inkongruenzerfahrungen, niedrige Kongruenzfähigkeit bzw. niedrige Inkongruenztoleranz. - Im Vergleich zu Personen mit durchschnittlicher Kongruenzfähigkeit bzw. Inkongruenztoleranz erleben sie bei so vielen Anlässen des alltäglichen Lebens Inkongruenz, daß sie diese weder durch Verhaltensvermeidung, noch durch andere psychologische Bewältigungsstrategien gegenüber Inkongruenz kompensieren können. Daraus entstehen jenseits eines Konfliktmodells psychoreaktive, neurotische und psychosomatische Störungen mit Krankheitswert sowie akute Krisenreaktionen.

Das Ergebnis der bisherigen Überlegungen :
Die Gesprächspsychotherapie wirkt entsprechend ihrer Krankheitslehre spezifisch, weil sie psychosozial entstandene Inkongruenz von Erfahrungen mit dem Selbstkonzept vermindert bzw. aufhebt.

3.3. Das Basisvariablen-, Aktualisierungs- und Beziehungskonzept

Die Gesprächspsychotherapie vermag deshalb spezifisch zu wirken, weil das gesprächspsychotherapeutische Beziehungsangebot die psychosozialen Bedingungen, die soziokommunikative Inkongruenz entstehen lassen und sie aufrecht erhalten, relativiert. - Dies geschieht durch:

1. Wertschätzende Anerkennung des gegenwärtigen Soseins der PatientInnen und ihrer bisherigen psychosozialen Entwicklung.

2. Kongruenz, d.h. Aufrichtigkeit der TherapeutInnen in der persönlichen Begegnung.

3.*Einfühlsame und empathische Arbeit* am Denken, Erleben und Verhalten soweit es mit der Inkongruenz in Beziehung steht.

Diese *Basisvariablen* ermöglichen, d.h. erleichtern eine verbesserte Selbstwertschätzung, Selbstkongruenz und Selbsteinfühlung bzw. ein besseres Selbstverständnis der KlientInnen - als Voraussetzung von Inkongruenzabbau bzw. Kongruenzvermehrung. Dieser Therapieansatz der klientenzentrierten Psychotherapie ist nicht deterministisch wie die Therapieansätze von Psychoanalyse und Verhaltenstherapie. Die Krankheitslehre der Gesprächspsychotherapie wird am besten durch ein evolutionstheoretisches bzw. entwicklungspsychologisches Konzept der Aktualisierung in ihren Wirkungen erklärbar. Der Gesprächspsychotherapeut bzw. die Gesprächspsychotherapeutin sind also nicht "die Macher" einer Inkongruenz- bzw. Kongruenzveränderung ihrer Klienten und Klientinnen. Sie sorgen dafür, daß eine evolutiv angelegte Selbstentfaltungsmöglichkeit autopoetisch den eigentlich therapeutischen Schritt in Richtung von mehr Kongruenz bzw. weniger Inkongruenz bringt. Dies ist der von GENDLIN (1981, S. 40) beschriebene "shift" im Klientenerleben. Dieses Bedingungskonzept von Beziehungsangebot, Basisvariablen und Selbstentfaltungspotential für den therapeutischen Erfolg ist für mich ein weiteres Argument für die Eigenständigkeit der klientenzentrierten Krankheitslehre.

Aus den klientenzentrierten Definitionen von Gesundheit und Krankheit, aus der Überwindung der ROGERS'schen Uniformitätsannahme in der klientenzentrierten Krankheitslehre durch das differentielle Inkongruenzkonzept sowie aus den Basisvariablen-, Aktualisierungs- und Beziehungskonzepten der gesprächspsychotherapeutischen Behandlung lassen sich für die personzentrierte Beratung und Krisenintervention u.a. folgende Erkenntnisse ableiten:

- Krise wird auch als Ergebnis einer behinderten bzw. stagnierenden Selbstentfaltung gesehen; die mangelhafte Selbstentfaltung ist begründet in dispositionell-, sozialkommunikativ- und lebensereignisbedingt eingeschränkten gesunden Inkongruenzbewältigungsstrategien und - damit einhergehend - einer erlebten Bedrohung des Selbstkonzepts und/oder des eigenen Daseins.
  Eine kritische Situation entsteht dadurch, daß äußere oder innere Veränderungen die psychischen Inkongruenzbewältigungsstrategien einer Person übersteigen. Inkongruenz wird bewußt in der Form, daß die (neue) Situationserfahrung als bedrohlich für das Selbst(konzept) erlebt - mit anderen Worten gedeutet wird.
- Die Ziele personzentrierter Beratung und Krisenintervention sind demnach auch eine Verringerung der - wenigstens am Rande der Gewahrwerdung - bewußt erlebten Inkongruenz zwischen dem Selbstkonzept und der Situations-, Umwelt- und/oder Selbsterfahrung sowie der dadurch bewirkten Wiedergewinnung von Eigeninitiative (Selbstaktualisierung), Selbständigkeit und Selbstbestimmung, die mit dem Selbstbild wenigstens in Grenzen im Einklang (Kongruenz) stehen.
- Bereits am Anfang einer personzentrierten Beratung und Krisenintervention dienen die Basisvariablen Wertschätzung, empathisches und kongruentes Verhalten der BeraterInnen auch der Erkennung der Inkongruenzen, die die KlientInnen wenigstens am Rande der Gewahrwerdung - bewußt zwischen ihren Erfahrungen und ihrem Selbstkonzept (aufgrund ihrer Zuschreibungen s.o.) erleben.
- Dabei darf das Wissen um die gesunden Inkongruenzbewältigungsstrategien und krankmachenden Inkongruenzfolgesymptome nicht unberücksichtigt bleiben.
- Nach Möglichkeit werden auch das Ausmaß und die Bedeutung der drei Inkongruenzformen (dispositionelle, sozialkommunikative und lebensereignisbedingte) für den jetzigen Zustand bestimmt.

- Entsprechend müssen auch andere als nur psychotherapiespezifische Handlungsoptionen für die Beratung und Krisenintervention angeboten werden können.
- KlientInnenbezogene Kriterien des Erfolgs einer Beratung und Krisenintervention sind die Wiedergewinnung von Selbstwertschätzung, Selbstkongruenz und Selbstverstehen (Selbsteinfühlung bzw. Selbstempathie). Sie stehen gleich bedeutsam neben objektivierbaren Außenerfolgskriterien - wie z.B. Selbständigkeit der Lebensführung, Arbeitsfähigkeit, Verminderung oder Aufgabe von individuellem und/oder sozialem Problemverhalten und von Körpersymptomen.

4. Die Integration des medizinischen, ökologischen und klientenzentrierten Wissens in einer exemplarischen klientenzentrierten Krisenintervention

Mit den Transkriptausschnitten aus einer gesprächspsychotherapeutischen Krisenintervention soll nun gezeigt werden:

1. Wie - auf der Grundlage des mehrdimensionalen ökologischen Krankheitsmodells - bei einer depressiven Störung mit Krankheitswert, unter Beibehaltung der medikamentösen Behandlung die Indikation für eine zusätzliche psychotherapeutische Krisenintervention gestellt und dieselbe durchgeführt wird.

2. Wie erkennbar wird, daß Bedeutungszuschreibungen (hier "ich bin angesichts meiner Krankheitserfahrung hilflos, Hilfe kann nur von außen oder der Chemie kommen") den Krankheitszustand verstärken und eine psychologische Hilfe erschweren, wenn nicht sogar unmöglich machen. Erst die Relativierung dieser zugeschriebenen Bedeutungen und die Bereitschaft, an deren Stelle neue Bedeutungen treten zu lassen, hier: "ich bin selbst für mich und meinen Zustand wenigstens mitverantwortlich und kann deshalb auch etwas für mein Befinden und eine selbstkongruente Selbstverwirklichung tun", geben der Option der psychotherapeutischen Hilfe eine Chance.

3. Wie kritische Lebensereignisse und deren möglicher Stellenwert für den jetzigen Zustand herausgearbeitet werden können (hier Nachkriegsereignisse, psychiatrische Krankheitserfahrung sowie das Erleben der Angst als psychisch Kranker ausgegrenzt und diskriminiert zu werden).

4. Wie sich im Ergebnis dieser Krisenintervention die Gültigkeit der ökologischen Prinzipien der Selbstorganisation, der Vernetzung und der friedlichen Koexistenz zeigt; hier: wie aufgrund der Anregung durch den therapeutischen Helfer der Patient die therapeutische Option als eigene Erkenntnis in Besitz nimmt und in die Tat umsetzt, wie der Patient Überforderungsmaximen des eigenen Selbstkonzepts relativiert und so zu selbstkongruenten Erfahrungen kommt. Der Patient wird gelassener und kann sich Fehler selbst verzeihen. Er erkennt die Vernetzung bzw. Interdependenz zwischen der psychotherapeutischen Intervention und seinem dadurch veränderten Denken, Erleben und Verhalten sowie seinem depressiven Befinden. Er erfährt die Interdependenz und die Möglichkeit der friedlichen und nützlichen Koexistenz von medikamentösen und psychologischen Behandlungsoptionen.

5. Wie das für die Gesprächspsychotherapie spezifische Krankheitskonzept einer Patientenpsychodynamik aus bewußt erlebter Inkongruenz zwischen dem Selbstkonzept und den Erfahrungen erarbeitet wird.

6. Wie die Folgen des Inkongruenzerlebens, hier: Erfahrungseinschränkung und Wahrnehmungsverzerrungen ebenso deutlich werden wie Selbstabwertung und mangelhafte Selbstempathie. Die blockierten und durch die therapeutische Krisenintervention mobilisierbaren positiven Selbstaktualisierungs- und Selbstorganisationspotentiale des Patienten werden erkennbar. Das Ergebnis ist eine beispielhafte

Selbstentwicklung in Richtung des Konzepts der Fully Functioning Person, das heißt, des gesunden Menschen im Sinne der Gesprächspsychotherapie.

4.1 Transkript einer gesprächspsychotherapeutischen Krisenintervention: Erstgespräch (Teil 1)

Klient 884, 52 Jahre, Erstkontakt (Wiedergabe von Anfang an nach der Begrüßung)

Th.: Ich möchte Sie bitten, daß Sie mir vielleicht zunächst erzählen, warum Sie sich mit der Überlegung, es jetzt mal mit der Psychotherapie zu versuchen, vertraut gemacht haben, was aus Ihrer Sicht da dafür spricht. Wenn Sie mir so frei von der Leber weg all das sagen, was bei Ihnen zu dem Entschluß beigetragen hat.

1. *Kl.*: Ja, den Anstoß hat Dr. ... gegeben.

Th.: Ja.

2. *Kl.*: Nachdem sich da ... eine neue Situation ergeben hatte.

Th.: Hm.

3. *Kl.*: Nämlich daß ich ja bereits vor 33 Jahren in ... in Behandlung war ...

Th.: Ja.

4. *Kl.*: ... das habe ich erst nicht gesagt, weil ich das ja verdrängt habe, muß ich sagen.

Th.: Ja, ja. Darf ich das so verstehen, daß Sie es vergessen hatten oder daß Sie es aus einem bestimmten Grund nicht sagen wollten?

5. *Kl.*: Nicht vergessen, aber ich habe es aus einem bestimmten Grund nicht gesagt, weil ich der festen Meinung war, daß das mit dem Zustand, also mit den Depressionen nichts zu tun haben könnte und vielleicht auch bloß auf 'ne falsche Fährte führen könnte. So waren da meine Überlegungen da, ich habe das also weggelassen.

Th.: Ja.

Kommentar: Die Äußerungen 4 und 5 zeigen, daß das, was der Klient als "verdrängt" bezeichnet, nicht dem psychoanalytischen Konzept des Verdrängten als etwas Unbewußtem entspricht. Vielmehr verschweigt der Patient die ihm bewußte Erfahrung eines psychiatrischen Klinikaufenthalts mit Elektroschockbehandlung, weil sie inkongruent zu einem Teil seines Selbstkonzepts, hier seines Selbstverständnisses als Mensch mit Depressionen ist.

6. *Kl.*: Und nachdem ich also monatelang in Behandlung war und die Therapie ... also die Medikamente nicht viel gebracht haben, dann habe ich es mir dann doch überlegt und habe das gesagt, daß ich damals bereits oben war. Und da meinte Dr. ..., das könnte also ursächlich, also mein ganzes Leiden könnte ursächlich mit damals in Verbindung stehen.

Th.: Und wie? Können Sie mir das ein bißchen genauer schildern?

7. *Kl.*: Was meinen Sie jetzt?

Th.: Wie diese Ursache, wie das sein könnte, daß ich das verstehen kann, daß das irgendwie entscheidend wäre, das habe ich jetzt noch nicht verstanden.

8. *Kl.*: Ach so, naja, ich habe ... eben erklärt, daß ich auch wegen Depressionen bereits mit 19, 20 Jahren in Behandlung war und daraufhin hat Dr. ... gesagt, daß diese weitere Behandlung wenig Sinn hat, da müßte man, also seiner Meinung nach, eine Gesprächstherapie führen, aber er macht das nicht.

Th.: Ja.

9. *Kl.*: Dr. ... macht das nicht. Und ich war dann bei Dr. ... in Behandlung wegen der Herzgeschichte. Und Dr. ... hat mir dann eben Sie empfohlen. Und so kam ich dann zu Ihnen.

Th.: Gut. Das wäre jetzt mal die Seite von Dr. ... und jetzt, wenn Sie für sich selber mal überlegen, was spräch' denn Ihrer Meinung nach, jetzt nach Ihrem Gefühl irgendwo vielleicht für Psychotherapie? Was könnte denn für Sie irgendwo dafür sprechen, das mal zu probieren? Was ...?

10. *Kl.*: Wissen Sie, also ich kann Ihnen da schwer eine Antwort geben, weil ich von mir aus eigentlich gar nicht auf die Idee gekommen wäre, daß in meinem Fall eine Gesprächstherapie notwendig wäre. Ich war bisher der Meinung, ich müßte das alleine schaffen, gell.

Th.: Ja, ja ... was müßten Sie alleine schaffen?

11. *Kl.*: Naja, daß ich mal von den Depressionen wegkomme.

Th.: Ja, mhm ...

Kommentar: Die Äußerungen 10 und 11 zeigen das Selbstkonzept des Patienten in Form seiner Forderung an sich selbst: "Ich muß das alleine schaffen" ... ", daß ich mal von den Depression wegkomme". Durch diese Äußerungen wird die Inkongruenz von psychiatrischer Erfahrung mit Elektroschockbehandlung und seinem Selbstkonzept transparent.

12. *Kl.*: Und eigentlich hat mich ja nur Dr. ... da drauf hingestoßen ...

Th.: Ja ... ja ...

13. *Kl.*: ...und ich weiß natürlich, ich will nicht sagen, daß ich nicht überzeugt bin, daß eine Gesprächstherapie nichts bringt, das muß sich erst einmal rausstellen, ich weiß es nicht.

Th.: Eben ... Jetzt wenn wir mal davon ausgehen, es könnte was bringen, wenn wir das mal als Arbeitsgrundlage, als vorläufige Überlegung anstellen, was von Ihrer Sicht aus könnte denn dafür sprechen, daß Ihnen das helfen könnte.

14. *Kl.*: Ja, gut. Wie mir Dr. ... nach dem letzten Telefongespräch sagte, wären also die Symptome vor 33 Jahren ähnlich oder gleich gewesen.

Th.: Hm ... wie war denn das für Sie selber?

15. *Kl.*: Ich kann mich da nicht mehr so erinnern.

Th.: Das wissen Sie nicht mehr, wie das damals war.

16. *Kl.*: Das liegt ja doch schon zu lange zurück. Ich kann das nicht mehr schildern. Ich weiß bloß, daß ich ziemlich down war und sehr deprimiert und in jeder Hinsicht abgeschlagen, daß ich also nicht mehr aus noch ein wußte. Aber so im Detail kann ich mich nicht mehr ...

Kommentar: In Äußerung 16 erläutert der Klient mit Bezug auf die vorher aufgezeigte Inkongruenz, wie er sich in und nach der Behandlung fühlte. Die Inkongruenz von Behandlungserfahrung und Selbstkonzept wird - zusammen mit ihrer Beeinträchtigung des Selbstverständnisses - deutlich durch die Worte "down", "in jeder Hinsicht abgeschlagen" und "nicht mehr aus noch ein wußte". Der Klient erlebte sich gewissermaßen, als sei er nicht mehr Herr im eigenen Haus.

Th.: Sehen Sie zu der Zeit damals, zu dem Erleben einen Bezug zu dem, wie Sie es jetzt erleben? Gibt es da für Sie selber irgend etwas, was da miteinander zu tun haben könnte, vielleicht von irgendwas her? Sehen Sie irgendeinen Bezug, irgendeine Verbindung?

17. *Kl.*: Ich sehe jetzt keinen Bezug, ich könnte nur vermuten, daß da vielleicht sich da irgendetwas durch die Jahre verschluckt hat.

Th.: Ja, was könnte das sein?

18. *Kl.*: Ja, das - wenn ich wüßte, ich weiß es nicht.

Th.: Das ist für Sie im Moment ganz ... ganz ... keine Ahnung?

19. *Kl.*: Ich weiß auch nicht, ich kann mir auch nicht denken, wie es zu dieser Geschichte damals, den Depressionen gekommen ist. Ich kann das nur vermuten. Das waren wahrscheinlich die Nachkriegsereignisse, die da eine Rolle mitgespielt haben.

Th.: Ja, ganz bestimmte Ereignisse vielleicht?

20. *Kl.*: Ganz bestimmte nicht, naja schon bestimmte, damals die Aussiedlung, ich komme aus dem Osten. Wir sind dann 1946 nach . ausgesiedelt worden. Das war also eine ziemlich schlimme Zeit auch, und daß das vielleicht mit beigetragen hat zu der ganzen Geschichte, ich weiß es nicht, ich weiß es nicht.

Th.: Das ist irgendwo für Sie ... ich meine, Sie erzählen das, aber wenn Sie nachdenken, inwieweit könnte das wirklich mit meinem Leiden, mit meinem, auch mit dem jetzt, mit dem "sich nicht wohl in seiner Haut fühlen", könnte das irgendwo eine Beziehung haben?
21. *Kl.*: Also ich kann mir jetzt nicht mehr vorstellen, daß die Geschichte, also sagen wir mal, daß die Ursachen, die vielleicht damals zur Depression geführt haben, daß die jetzt noch eine Rolle spielen sollten, denn ich hab' irgendwie, ja diese Zeitläufe, die habe ich ja verdaut ...
Th.: Das ist so, Sie erleben das, wie wenn Sie das eigentlich hinter sich hätten?
22. *Kl.*: Jaja, genau, genau. Ich hab' also da keine Probleme mit.
Th.: ... daß Ihnen das noch zu schaffen macht?
23. *Kl.*: Nein, keineswegs. Das hab' ich verdaut, längst verdaut und verarbeitet.
Th.: Ja, so, daß das doch irgendwo eigentlich ruht.
24. *Kl.*: Ja.
Th.: Aber trotzdem ist es so, daß Sie sich jetzt nicht gut fühlen? Gibt es irgendwas, was es jetzt sein könnte, was jetzt das ausgelöst hat?
25. *Kl.*: Eben, da kann ich mir nicht denken, was das ist. Ich habe in dienstlicher Hinsicht keine Probleme und auch in privater Hinsicht keine Probleme. Ich habe da lange genug nachgedacht, aber ich komme zu nichts.
Th.: Und daß Sie sich irgendwo unter Druck gesetzt fühlen, daß Sie was machen müssen, was Sie nicht sind oder daß Sie ...
26. *Kl.*: Nein.
Th.: ... eben wir müssen, wenn wir Psychotherapie machen wollen, müssen wir irgendwo was rausfinden, was Sie belastet, was Sie bedrückt, wo Sie nicht so können, wie Sie wollen, und daß das irgendwo dazu führt, daß Sie sich nicht wohl in Ihrer Haut fühlen. Da müssen wir irgendwo drüber nachdenken.
27. *Kl.*: Ja, schauen Sie her. Ich war da also vor 33 Jahren in - ..., ich habe da also Elektroschocks bekommen, ein paar, und ich war also anschließend, ich kann gar nicht sagen, wie lange das gedauert hat, wie lange ich da oben war, schon etliche Wochen, und als ich dann draußen war, war es also noch eine relativ schlimme Zeit. Ich war also 2 Jahre lang überhaupt nicht leistungsfähig, also ich war nicht in der Lage, irgendeine Arbeit aufzunehmen, gell.
Th.: Ja ... ja ...
28. *Kl.*: Und es war also, die Folge war, daß ich dann in der Zeit keinen Kontakt auch hatte mit Gleichaltrigen.
Th.: Hm, hm, daß Sie sich irgendwie ...
29. *Kl.*: Ich habe mich irgendwie geniert. Wir sind dann also auch umgezogen ...
Th.: Warum geniert? Warum geniert?
30. *Kl.*: Eben, weil ich keine Arbeit hatte und weil ich wußte, daß bekannt war, daß ich da in einer Nervenklinik war. Das hat irgendwie, hab' ich mich da abgesondert auch dann.
Th.: So die Angst, die anderen könnten das irgendwo wissen ...
31. *Kl.*: Die anderen könnten das wissen, die würden mich dann nicht für voll nehmen und so weiter, ich habe mich also da abgesondert.
Th.: Und für sich selber ... konnten Sie sich denn selber für voll nehmen? Wie war denn das für Sie selber?
32. *Kl.*: Ja, das war 'ne eigenartige Situation. Ich bin also da von ... entlassen worden und war seit dem nicht mehr in ärztlicher Behandlung. Ich bin also ganz allein auf mich gestellt worden, ja bis vor 24 Jahren.
Th.: Praktisch so lange, 9 Jahre lang, ja. Und warum waren Sie so, daß Sie nie mehr in Behandlung gegangen sind?
33. *Kl.*: Ja, passen Sie auf. Wir haben also in ... gewohnt, auf so einem Bauerndorf. Da war weit und breit kein Psychiater oder ein Nervenarzt.
Th.: Ja, ja ...

Kommentar: Die Äußerungen 28 bis 33 zeigen als charakteristische Inkongruenzfolgen, wie der Patient seine Erfahrungen einschränkt, um einem dadurch befürchteten Verlust an Wertschätzung seitens anderer Personen zu entgehen, genauso wie er weitere Inkongruenzerfahrungen dadurch zu minimieren versucht, daß er weitere ärztliche Behandlung vermeidet.

34. *Kl.*: Und ich war halt der Meinung, das müßte sich irgendwie von selbst geben, und ich habe jetzt dann eines gemacht, ich habe da einen richtigen Verdrängungsprozeß gemacht. Ich war dann der Meinung, daß das Leben bis dato irgendwie zu meinen Depressionen geführt hat und jetzt müßte ich ein neues Leben beginnen und müßte alles, was vorher war, müßte ich verdrängen. Ich habe also alles verdrängt, sogar die Tatsache, daß ich damals in der Klinik zur Behandlung war. Alles, was vorher war, habe ich verdrängt. Jahrelang habe ich da an mich hingearbeitet. Sagen wir mal, die ganze Zeit vorher richtig verdrängt, idiotisch. Das ist mir erst nach vielen Jahren aufgegangen, aber es war so.
Th.: Wenn Sie sagen idiotisch, warum erleben Sie das jetzt heute ...
35. *Kl.*: Weil, ich bin der Meinung, man kann ja nichts verdrängen, das kann ja auf Dauer nicht gut gehen, daß man irgendwie was verdrängt. Das kommt ja doch wieder an die Oberfläche.
Th.: Dann hätten Sie das Gefühl gehabt, daß da so was wie 'ne Leiche im Keller in Ihnen rumort hat, und daß das irgendwie das ist, was sie nicht zur Ruhe kommen läßt? Was Sie auch jetzt noch beeinträchtigt?

Kommentar: Mit den Äußerungen 34 und 35 zeigt sich erneut "Verdrängung" im Erleben des Patienten als bewußte wie gleichwohl vergebliche Leistung - und nicht als unbewußtes Geschehen. Das sein Selbstkonzept in Frage stellende Therapieerleben bleibt immer am Rande der Gewahrwerdung! Der Patient denkt zwar nicht dauernd daran, kann sich jedoch bei Bedarf stets daran erinnern, nicht nur, daß da etwas Belastendes gewesen ist, sondern auch, was es war. Mit dem Wort "idiotisch" in Äußerung 34 zeigt er auch, daß er versucht, Inkongruenz zu kompensieren, und wie er sich selbst negativ bewertet.

36. *Kl.*: Da muß ich Ihnen also sagen, ich war also dann, erst vor 24 Jahren bin ich dann zum Arzt wieder gegangen, da war ich bei der Bundeswehr, ich war freiwillig. Und da kamen also wieder die Depressionen, ich war also wieder nur zum Bruchteil leistungsfähig, ich war unkonzentriert.

Kommentar: Äußerung 36 verdeutlicht, wie es zum erneuten Krankheitsausbruch kommt; dann, wenn die depressionsbedingte Inkongruenzerfahrung wieder größer als die Inkongruenztoleranz wird, die noch eine Bewältigung entsprechend dem Selbstkonzept (alleine fertig werden) erlaubt. Die Motivation zu dem erneuten Arztbesuch wird durch die Hilflosigkeit angesichts des - für den Patienten unerklärlichen - Auftretens der Symptome (Äußerung 38: "wie aus heiterem Himmel") erzeugt.

Th.: Gab's da irgendwas, warum sie plötzlich wieder angefangen haben, die Depressionen?
37. *Kl.*: Nein, eben nicht.
Th.: So wie aus heiterem Himmel?
38. *Kl.*: Wie aus heiterem Himmel ging das wieder an. Und da bin ich ins Revier marschiert, ins Krankenrevier, und hab' dem Arzt eben gesagt, daß ich depressiv bin usw., und da hat der mich sofort überwiesen ins ... Krankenhaus nach ... in die Neurologie ...
Th.: Ja ... ja ...
39. *Kl.*: Und da war ich ungefähr ein Vierteljahr dort, und die haben mir dann halt Tabletten gegeben und Ruhe usw. ...
Th.: Und wie ist das dann gegangen, nach dem Vierteljahr?
40. *Kl.*: Nach 'nem Vierteljahr ist es wieder besser gewesen, da waren also die Depressionen wieder ziemlich weg, und naja, nach einigen Jahren kamen sie wieder. Das hat monatelang gedauert. Und die Abstände sind also im Laufe der Zeit immer kürzer geworden.
Th.: Kürzer ... und der jetzige Zustand, wann hat der angefangen?

41. *Kl.*: Ach, der jetzige Zustand, der hat angefangen im ... ach Gott vor zwei Jahren.
Th.: Zwei Jahren?
42. *Kl.*: Sagen wir mal, nicht permanent, nicht permanent, sondern auf und ab. Aber jetzt, seit 11 Monaten kann man sagen ziemlich gleichmäßig.
Th.: Seit 11 Monaten (*Anm.:* vor dem jetzigen Gespräch).
43. Kl.: 11 Monate, ja.
Th.: Und wie ist das, das Gleichmäßige? Wie erleben Sie das?
44. *Kl.*: Wie erlebe ich das, ja?
Th.: Wie fühlen Sie sich dabei?
45. *Kl.*: Saumäßig muß ich sagen. Ja ich bin also körperlich abgeschlafft, muß ich sagen. Ich habe mich also gründlich untersuchen lassen, Blutproben sind gemacht worden, zig Mal, es war also kein Befund. Dann ...
Th.: Und wie fühlen Sie sich körperlich abgeschlafft? Wie fühlt sich das an? Beschreiben Sie mir das bitte ein bißchen genauer.
46. *Kl.*: Ich steh also in der Früh auf und bin groggy.
Th.: Wie ist das groggy? Geht es ein bißchen anschaulicher, daß ich es besser verstehen kann.
47. *Kl.*: So richtig zerschlagen.
Th.: Und wo? Können Sie das irgendwo im Körper lokalisieren?
48. *Kl.*: Nicht nur körperlich, sondern auch geistig irgendwie, seelisch.

Kommentar: Die Äußerungen 45 bis 48 verdeutlichen die Inkongruenz der Krankheitserfahrung mit dem Selbstkonzept.
Die Äußerung 48 und die nun folgenden Äußerungen 49, 57, 70, 73, 80, 81, 82 und 88 zeigen ein generalisiertes Insuffizienzerleben als vorrangige Inkongruenzquelle des Patienten. Die Tendenz, vor allem im Sinne des Selbstkonzepts negativ bewertete Erfahrungen zu generalisieren, ist einer der bedeutsamsten psychopathogenen Faktoren bei psychogenen Störungen.
Die therapeutischen Interventionen in der Gesprächspsychotherapie zielen daher auf eine Differenzierung und Relativierung der Bedeutung einzelner Erfahrungen mit dem Ziel, daß auch der Patient eine solche Differenzierung und Relativierung vornehmen kann, was in den Äußerungen 51, 55, 75, 77 und 87 deutlich wird.

Th.: Ja und wie? Wenn Sie es mit normal vergleichen oder so, wie sie sich normal vorstellen, wie anders ist es dann, was ist anders?
49. *Kl.*: Ja, was ist anders? Ich müßte es mal anders sagen, ich müßte erst mal mit dem Primären anfangen, mit den primären Schwierigkeiten. Ich bin geistig nur ganz bedingt leistungsfähig. Ich kann mich miserabel konzentrieren.
Th.: Auf alles oder nur auf bestimmte Sachen?
50. *Kl.*: Auch auf Sachen, die mich sehr interessieren, genauso. Beispiel, wenn ich ein Buch lese, oft nach zwei, drei Seiten, dann bin ich derart übermüdet, daß ich also nichts mehr aufnehme.
Th.: Dieses Ermüdetsein, dieses irgendwo das Gefühl haben, es geht nichts mehr in mich rein, das ist ... egal welches Buch das ist?
51. *Kl.*: Egal welches Buch das ist, ja. Es ist nicht immer, bitte das ist nicht immer. Ich glaube, es sind auch Tage darunter, wo das nicht der Fall ist, wo ich also schon sagen wir mal 'ne halbe Stunde oder Stunde lesen kann, aber ...
Th.: ... daß es manche Tage doch besser geht ...
52. *Kl.*: An manchen Tagen geht es besser, ja, aber ...
Th.: Und jetzt haben Sie aber gesagt ... aber?
53. *Kl.*: Aber wie ich vor zwei Jahren zu Dr. ... bin ...
Th.: Das war vor zwei Jahren?
54. *Kl.*: Nein, nein, vor einem Jahr.
Th.: Letztes Jahr?

55. *Kl.*: Ja, da war es also ganz schlimm. Ich muß sagen, es hat sich schon etwas gebessert durch diese Therapie.
Th.: Und jetzt wollen wir mal ... Sie haben gesagt, manchmal geht's doch besser und manchmal geht's nicht so gut. Und was..ich meine, das wird wahrscheinlich jedem so gehen, daß es an manchen Tagen besser und an manchen ...
56. *Kl.*: Sicher ...
Th.: Aber Sie erleben es irgendwo ...
57. *Kl.*: Ich erleb's dauernd und dann habe ich also so das Gefühl, ich steh vor einem Berg. Ich schaff's einfach nicht.
Th.: Ja. Könnten Sie mal probieren, den Berg anzugucken. Wie sieht denn der Berg aus? Was sehen Sie denn an dem Berg? Was ist denn das oder was für Gedanken sind das, die Ihnen angesichts dieses Berges kommen? Können Sie mal versuchen, sich auf den Berg zu konzentrieren? Was Ihnen da einfällt?
58. *Kl.*: Ja. Ich habe also das Gefühl, ich komme nicht über den Berg, ich schaff es nicht.
Th.: Ja ... das ist irgendwie steil so ...? Versuchen Sie das mal zu beschreiben. Wie schaut der Berg aus? Wenn Sie das versuchen ...
59. *Kl.*: ... wie eine Wand, eine Steilwand.
Th.: Und aus was ist die Wand? Wie ...
60. *Kl.*: Aus was ist die Wand? Eine richtige Felswand.
Th.: Wie ein Fels, ja ... und irgendwo haben Sie den Impuls, da müßten Sie drüber?
61. *Kl.*: Da möchte ich drüber, ja.
Th.: Daß irgendwas ... ja, und warum müssen Sie da drüber?
62. *Kl.*: Warum muß ich da drüber? ... Das ist jetzt eine schwierige Frage, ja .... Jaja, ich müßte drüber oder ich müßte daneben irgendeinen Weg finden, um da raus zu kommen, denn irgendeinen Grund, stell ich mir vor, muß das ja haben.
Th.: Eine Möglichkeit, wenn so ein Berg da ist, ist drüber zu gehen, aber der ist sehr steil, und Sie merken, das schaff' ich nicht.
63. *Kl.*: Ich schaff' das irgendwie nicht ...
Th.: Und irgendeine andere Möglichkeit, mit dem Berg umzugehen? Fällt Ihnen da noch was ein, was man da machen könnte?
64. *Kl.*: Da fällt mir eigentlich nichts ein.

Kommentar: Die Äußerungen 59, 60 und 61 verdeutlichen die zweite bedeutungsvolle Inkongruenzquelle des Klienten, seine beispielhafte neurotische Selbstüberforderung aufgrund eines unrealistischen Perfektionsideals. Zur Selbstwertstabilisierung will der Klient etwas oder glaubt es zu sollen, von dem er genau weiß, daß es unüberwindlich und unmöglich zu schaffen ist. (Äußerung 64 "ich schaffe es nicht").
Trotz der richtigen, aber offenbar doch erst am Rande der Gewahrwerdung vorhandenen Erkenntnis "daß ein anderer Weg möglich wäre" (Äußerung 62), ist sein Denken, Erleben und Verhalten fixiert auf das Schema "mit dem Kopf durch die Wand". "Da fällt mir eigentlich nichts (anderes) ein" (Äußerung 64).

Th.: Das ist irgendwo wie so eine feste Idee, es geht nur drüber, anders geht's nicht?
65. *Kl.*: Hm, das müßte ich mir jetzt direkt einmal überlegen, da habe ich mir weiter noch keine Gedanken gemacht. Ich habe halt das Gefühl, ich steh hier irgendwie vor einem Berg und komm da nicht drüber.
Th.: Sie wollen irgendwo drüber, wollen Sie?
66. *Kl.*: Ja sicherlich will ich das, sicher.
Th.: Wer oder was drückt Sie denn, daß Sie drüber wollen?
67. *Kl.*: Naja ...
Th.: Wer fordert denn von Ihnen, daß Sie drüber müssen?
68. *Kl.*: Ich selbst, ich selbst fordere mich. Ich meine, das ist ja für mich auch nicht gerade schön, wenn man dauernd eben nur eingeschränkt leistungsfähig ist und wenn man sich zu allem zwingen

muß etwas zu tun, und wenn man etwas tun will, dann Schwierigkeiten hat, das zu schaffen. Das ist nicht nur im Dienst, das ist auch privat, wenn man da irgendwas zu erledigen hat. Es fällt mir derart schwer, geistig zu arbeiten, daß ich mich frage, wo kommt das her, denn ich konnte das ja früher auch, gell.

Th.: Aber es ist irgendwo schon das Erleben so, daß es zu allem ist, daß es beruflich, Sie sagen privat.

69. *Kl.*: Ja, genau.

Th.: ... daß Sie denken, da ist irgendwo ein Loch, aber das ist nicht offen. Sie erleben es nicht, daß da irgendwo ein Schlupfloch ist.

70. *Kl.*: Nein, nein, das ist nicht beschränkt, sagen wir mal, nur auf den Beruf. Da könnte man sagen, daß ich vielleicht im Unterbewußtsein anti eingestellt bin, nein, sondern das ist in allen Bereichen so, privat, beruflich, daß ich also hier Schwierigkeiten habe, da mit mir und mit meiner Arbeit klar zu kommen. Ich habe das Gefühl, ich brauche irgendetwas, ein Medikament oder was, um wieder voll leistungsfähig zu sein und wieder klar denken zu können, um wieder auch frisch zu sein, um wieder Initiative zu haben, Antrieb zu haben, da fehlt's bei mir.

Th.: Ja, ja ... irgendwo das ... ja nicht irgendwo aus sich selber heraus den Anlauf nehmen zu können, da drüber zu springen, sondern daß Sie irgendwo denken, allein schaff' ich das irgendwie nicht, es muß irgendwas von außen kommen.

71. Kl.: Es muß irgendwas von außen kommen, ja.

Kommentar: Die Äußerungen 70 und 71 zeigen wie durch das Konzept der Hilfe von außen der Patient seine eigenen gesunden Selbstaktualisierungs- bzw. Selbsthilfepotentiale blockiert.

Die Intervention des Therapeuten nach der Klientenäußerung 64 erleichtert dem Patienten, von seiner Fixierung loszukommen, zumindestens auf der gedanklichen Ebene. Die Interventionen des Therapeuten erleichtern dem Patienten ferner die Erkenntnis, daß er selbst - wenigstens teilweise - die Quelle seiner Überforderung und damit seiner Inkongruenz ist (Äußerung 68). Der spezifische Ansatzpunkt für die Gesprächspsychotherapie ist somit gegeben: Der als selbstverantwortet erkannte Teil der Inkongruenzverursachung, der zur Verminderung der Selbstwertschätzung, der Erfahrungseinschränkung und zu verminderter Selbstempathie führt.

Mit den Äußerungen 57, 58, 59, 61, 62, 63, 64, 65, 68 sind wir also beim kritischen Punkt der Diagnose in der Gesprächspsychotherapie angelangt, einem als persönlich verantwortet erlebbaren Teil der Inkongruenz - zusammen mit der Erkenntnis, daß die eigene Aktualisierungstendenz, mit anderen Worten das Selbsthilfepotential noch nicht ausgeschöpft ist sowie auch dessen Ausschöpfung selbst blockiert wird.

Mit der Erkenntnis, daß die in Äußerung 71 vom Patienten gezogene Konsequenz, "es muß irgendetwas von außen kommen", falsch ist in dem Sinne, daß er damit seine nicht ausgeschöpften Selbstheilungskräfte blockiert, ist der Patient "reif", vom Therapeuten mit der neurotischen Verzerrung (Fehlwahrnehmung) seiner inneren Wirklichkeit, daß nur die Hilfe von außen etwas bringen könne (Äußerungen 70 und 71) und "es ist (im Kopf) überhaupt nichts drin" in Form eines "wie wenn da nichts drin wäre" und nach Äußerung 73 mit der selbstgemachten Inkongruenzquelle, dem Bild des unübersteigbaren Berges als Auslöser seiner leidvollen Versagensgefühle, konfrontiert zu werden, ohne aus dem Selbstexplorationsprozeß auszusteigen, und sogar darüber hinaus noch seine zuvor generalisierten Versagensgefühle erstmals positiv zu relativieren, einzuschränken und damit auch zu verringern, wie dies die Äußerungen 74, 75 und 77 zeigen. Dadurch wird die blockierte Selbstaktualisierungstendenz wieder frei. Der Patient bekommt wieder Mut, selbst aktiv zu werden (Äußerung 76).

Hier ist die klientenzentrierte Krisenintervention für's erste beendet. Der Patient hat mit Hilfe der therapeutischen Interventionen für sich eine mit seinem Selbstkonzept kongruente Erfahrung gemacht. Er hat nämlich, so wie es GENDLIN als "shift" beschrieben hat, eine für ihn entscheidende Erkenntnis gewonnen, daß er selbst Mitverursacher seiner Inkongruenz ist, an der er leidet: Die vorgestellte Steilwand, über die er sich zwingen will, ohne Hoffnung, dies schaffen zu können. Er hat weiter erkannt, daß er den Sinn oder Unsinn eines solchen vergeblichen Unterfangens nicht hinterfragen konnte, als Voraussetzung dafür, einen anderen Weg - als den hinauf und hinüber - auch nur erwägen zu können.

Th.: Und jetzt mal umgekehrt. Wenn wir jetzt denken, von außen kommt nichts. Die Erfahrung jetzt in den 20 Jahren Therapie zeigt ja, daß eigentlich die Hilfe, die von außen bisher gekommen ist, ja eigentlich so viel nicht gebracht hat.

72. *Kl.*: So viel nicht gebracht hat, ja.

Th.: Und jetzt innen, haben Sie gesagt, ja ich hab' verdrängt, und jetzt wenn wir Psychotherapie machen, dann müßte der Gedankengang sein, eben mal auszuloten, warum erleben Sie denn jetzt so von innen, daß es so aussieht, wie wenn da nichts wäre. So wie wenn also innen irgendwo ...

73. *Kl.*: Ja ... ich habe auch, um da fortzufahren, ich habe oft das Gefühl, der Kopf ist leer, es ist überhaupt nichts drin.

Th.: Ja ... nichts drin ... . (Schweigen) ...

Th.: Und wenn Sie irgendwo das mit dem Berg, das will ich noch mal aufgreifen, daß Sie .. ja ... ich meine, warum müssen Sie es sich denn so steil machen? Ich meine, Sie machen sich ja irgendwie den Berg, Sie fordern von sich irgendwas, was Sie nicht bringen können. Warum muß das denn so sein? Warum können Sie mit dem nicht zufrieden sein, was Sie bringen können? Warum müssen Sie eigentlich mehr von sich verlangen, als Sie wirklich können, jetzt auch aus der Erfahrung in den vergangenen 20 Jahren?

74. *Kl.*: Nein, ich verlang' also von mir selbst nichts Unmögliches. Ich hab' keine irgendwie Ambitionen, da weiß Gott was bringen zu müssen, sondern mir geht's eigentlich nur darum, daß ich beruflich und auch im privaten Bereich, daß ich normal leben kann.

Th.: Sie erleben sich beruflich und auch privat irgendwie so als Versager? Ist das richtig?

75. *Kl.*: Das möchte ich nicht einmal sagen, daß ich mich als Versager fühle.

Th.: Ja und trotzdem ist es nicht genug, auch wenn Sie sich nicht als Versager fühlen? Das verstehe ich nicht ganz.

76. *Kl.*: Ja, ich müßte da mal nachdenken, ich müßte da mal nachdenken.

Th.: Ich weiß nicht, ob Sie das ... da ist irgendwie ein Widerspruch. Sie sagen auf der einen Seite, eigentlich erleb' ich mich doch nicht so als der Versager, dem nichts gelingt. Und auf der anderen Seite sagen Sie mir, ich erleb' mich aber so wie einer, dem nichts gelingt.

77. *Kl.*: Ja ja, ich verstehe, nein ich hab' das jetzt ... die Frage mit dem Versager, das habe ich jetzt also hier in Bezug auf das, was ich beruflich erreicht habe, gesehen, und da fühl ich mich durchaus nicht als Versager so, also eingeschränkt, gell. Aber jetzt natürlich ... fühl ich mich in gewisser Weise schon als Versager, aber als Versager, wo ich praktisch nichts dazu kann, meiner Meinung nach, daß ich nicht so leistungsfähig bin.

Th.: Ja was sollten Sie denn noch leisten in Ihrem Beruf? Ich meine, ich stell' mir vor ...

78. *Kl.*: Nein, ich meine leistungsfähig ... nein, nein ... leistungsfähig, das ist jetzt nicht bezogen auf den Beruf, sondern überhaupt, leistungsfähig im Denken und ...

Th.: Ja was möchten Sie denn gern noch mehr leisten. Es ist irgendwo ... das kommt mir so vor, wie wenn irgendwo ein ganz starker Wunsch oder ein ganz starkes Bedürfnis da ist, mehr zu machen, als ich kann. Wenn ich Sie frage, was können Sie denn, dann sagen Sie, ich kann eigentlich gar nicht so schlecht, beruflich bin ich eigentlich ... ja so und so weit bin ich gekommen, ich brauch' mich da nicht als Versager fühlen, und trotzdem kann ich mit dem nicht zufrieden sein, mit dem was ich hab'. Ich kann's nicht gut sein lassen, sondern im Gegenteil, irgendwo ...

79. *Kl.*: Ja ... nein, aber passen Sie auf, wenn man so abgeschlagen ist, wie ich, und das seit vielen Monaten, wenn man sich zwingen muß zu einer Arbeit und ...

Th.: Wer zwingt Sie denn? Warum zwingen Sie sich denn? Müssen Sie sich denn zwingen?

80. *Kl.*: Ich muß mich ..., es ist tatsächlich so, daß ich mich zwingen muß, eisern konzentrieren ..., weil sonst geht überhaupt nichts voran.
Th.: Was würde denn passieren, wenn Sie sich mal nicht zwingen würden? Was würde dann passieren? Wenn Sie sich das einmal vorstellen, sie würden sich einmal nicht zwingen, was würden Sie dann ...
81. *Kl.*: Ja, dann würde ich überhaupt nichts machen.
Th.: Was täten Sie dann machen?
82. *Kl.*: Dann würde ich überhaupt nichts machen.
Th.: Was heißt das?
83. *Kl.*: Ja dann würde ich im Sessel sitzen und vor mich hindösen, wenn ich mich nicht zwinge.
Th.: Ja ... haben Sie das schon mal gemacht, daß Sie im Sessel gesessen sind und vor sich hingedöst haben?
84. *Kl.*: Das habe ich sicherlich gemacht, das mach' ich oft genug, zu Hause, in der Freizeit.
Th.: Ja ... und nach dem ... Wie ist es dann nach dem Dösen, wenn Sie so ein, zwei oder vielleicht drei Stunden gesessen sind und gedöst haben?
85. *Kl.*: Nicht besser, es ist nicht besser. Ich bin also keineswegs erfrischt nach dem Dösen.
Th.: Ja ...
86. Kl.: Das bringt mir nichts.
Th.: Es ist irgendwie so, daß Sie also ..., ich streng' mich an und habe das Gefühl, es ist nicht genug, und wenn ich mich aber nicht anstrenge, dann bin ich auch mit mir nicht zufrieden, daß ich jetzt ausgespannt habe. Ich kann das Sich-nicht-anstrengen, das Ausspannen kann ich irgendwo nicht genießen, ich kann nicht irgendwo mich dessen freuen, daß ich mich mal entspannen kann oder ...
87. *Kl.*: Naja ... so sehe ich das wieder nicht.
Th.: Sondern?
88. *Kl.*: Daß ich mich nicht freuen kann, wenn ich mich entspanne, nur wenn ich mich nicht energisch zwinge, etwas zu tun, dann habe ich von innen heraus überhaupt keinen Antrieb zu irgendwas. Ich meine normalerweise, wenn man doch ...
Th.: Sie hätten die Erwartung, ich soll doch irgendwie spontan das Bedürfnis haben, etwas zu tun. Und das hab' ich irgendwo nicht; also wenn ich mich nicht zwinge, dann mach' ich gar nichts, dann setze ich mich einfach hin ...
(Ende des Transkripts aus dem ersten Kontakt.)

4.2 Transkript einer gesprächspsychotherapeutischen Krisenintervention: Ergebnisse (Teil 2)

Das zweite Transkript zeigt das Ergebnis dieser klientenzentrierten Krisenintervention: die Inkongruenz und die blockierte Selbstaktualisierung des Klienten konnten nicht nur diagnostiziert, sondern auch verringert bzw. mobilisiert werden.
Ferner zeigt dieses Transkript die Bedeutung der individuellen psychologischen Dimension im mehrdimensionalen ökologischen Krankheitsmodell, den Wandel von Bedeutungen, die Meisterung neuer, kritischer Lebensereignisse durch neue Inkongruenzbewältigungsstrategien und ein mehr den klientenzentrierten und ökologischen Prinzipien entsprechendes Selbstkonzept genauso wie ein entsprechend verändertes Erleben und Verhalten.

Klient 884, zweites und letztes Gespräch, 2 Monate später, (Vollständige Wiedergabe von Anfang bis Ende)
Th.: Bitte.
1. *Kl.*: Ja also ich muß berichten, bei mir schaut's recht erfreulich aus.
Th.: Das freut mich für Sie.

2. *Kl.*: Ich habe also seit unserem letzten Gespräch nachgedacht über einige Bemerkungen von Ihnen. Sie machten die eine Bemerkung, daß ich wahrscheinlich über mich selbst stolpere ...
Th.: Hm.
3. *Kl.*: ... und ich meine, da haben Sie recht. Ich habe, so vermute ich, etwas zu hohe Selbstansprüche an mich gestellt.
Th.: Ja.
4. *Kl.*: Ich wollte also alles immer hundertprozentig oder hundertfünfzigprozentig machen, das ist so eine Art Vollkommenheitstick oder ich weiß nicht, wie ich das ausdrücken soll. Das war also das Ergebnis meines Nachdenkens, und ich handele jetzt entgegengesetzt etwas anders, und seitdem geht's mir auch besser.
Th.: ... daß Sie merken, daß Sie da drüber stehen ...
5. *Kl.*: Ich merke, das ist mir irgendwie bewußt geworden bin nach unserem Gespräch, daß hier evtl. ein Ansatzpunkt sein könnte.
Th.: Ja, ja, zwischen dem hohen Ideal einerseits, was dann ...
6. *Kl.*: ... ja, den persönlichen Anforderungen, die ich da an mich gestellt habe, schon Jahre und Jahrzehnte, daß da doch ein Zusammenhang bestehen muß und daß daraus sich wahrscheinlich auch Depressionen entwickelt haben.
Th.: Aus dem Gefühl heraus, irgendwo dem nie zu genügen, immer irgendwo was nicht ganz zu packen ...
7. *Kl.*: Ich glaube auch, daß die Versagensangst irgendwo in einem ursächlichen Zusammenhang damit steht, die ich da auch hatte.
Th.: Ja, eben ...
8. *Kl.*: ... die mir oft genug gar nicht bewußt war, aber die ich mir jetzt irgendwie bewußt gemacht habe.
Th.: Ja, ja.
9. *Kl.*: Und seit ich mir das so bewußt gemacht habe muß ich sagen, geht's mir besser.
Th.: Ja, ja ... prima ...
10. *Kl.*: Gottseidank, ja.
Th.: Das ging ja gut und schnell, ja.
11. *Kl.*: Ich meine, ich merke, daß ich manchmal noch leicht im Stolpern begriffen bin, aber dann vermag ich, indem ich mir das bewußt mache, vermag ich mich abzublocken.
Th.: Dann können Sie es irgendwo in den Griff kriegen ...
12. *Kl.*: Dann kann ich es in den Griff bekommen durch den Eindruck des Nachdenkens, durch das Bewußtmachen. Dann habe ich Ihnen das letzte Mal auch gesagt, ich stehe oft vor einer Mauer, vor einem Berg, wenn ich da ...
Th.: Ja, ja ...
13. *Kl.*: Auch das habe ich mir ... Dann sagten Sie, warum ich da nicht einfach drumrum fahre ..., darüber habe ich nachgedacht, warum eigentlich nicht. Aber ich glaube, das hing auch damit zusammen, mit diesem Komplex, mit diesem Hundertprozentigsein oder wie ich sagen soll. Und jetzt stelle ich mir das immer so vor, wenn da so eine Mauer ist, ich fahre einfach drumrum, ich laß sie links liegen und wink hinterher.
Th.: Ja, eben ..., daß Sie merken, wenn Sie das machen, dann wird's doch leichter. Ja ...
14. *Kl.*: Ich meine, ich habe mir hinterher gedacht, du hast zwar öfter schon drüber gelesen über diese Dinge, aber es ist mir doch nicht so bewußt geworden, erst durch das Gespräch mit Ihnen ist es mir so richtig aufgegangen.
Th.: Ja.
15. *Kl.*: Also ich muß sagen, ich bin mit mir zufrieden.
Th.: Prima, wenn Sie mit sich zufrieden sind, dann bin ich auch zufrieden. Ich meine, wir könnten, wenn Sie mögen, dann könnten wir vielleicht, daß Sie jetzt ungefähr wissen, wo's lang geht, wenn es noch irgendwas gibt, wo Sie vielleicht merken, es wäre vielleicht ganz gut, darüber zu reden und

halt gemeinsam drüber nachzudenken und eben vielleicht zu einer Lösung zu kommen, dann fühlen Sie sich frei, aber wenn Sie das Gefühl haben, ja eigentlich ...

16. *Kl.*: Ich meine mir ist klar, ich muß jetzt an mir arbeiten, da komm' ich nicht drum rum, ich erwarte mir keine Wunder ...

Th.: Das ist es, so daß Sie das merken, die Hilfe kommt in dem Fall nicht von mir, sondern Sie selber sind ganz mitbeteiligt, sie haben es doch ein bißchen in der Hand, daß es Ihnen auch besser geht.

17. *Kl.*: Sie haben mir erst den Anstoß gegeben, Sie haben mir das irgendwie ... naja den Punkt gegeben, wo ich nachgedacht habe, mir irgendwie den Weg gezeigt.

Th.: Sie müssen lernen, wie Sie mit dem, was Ihr Teil ist, wie Sie damit halt umgehen können, so daß Sie mit sich selber besser umgehen können.

18. *Kl.*: Ja. Ich habe also jetzt wesentlich mehr Initiative und Auftrieb wieder, ich tu wieder was, gell. Ich habe jetzt auch wieder angefangen Sport zu treiben, Joggen und Radfahren und so, was ich ja überhaupt nicht mehr gemacht habe seit langer Zeit, ja.

Th.: Irgendwo, daß Sie merken, es ist ein Stück mehr Leben und doch mehr Möglichkeiten drin, um mehr ... man muß es nicht einfach so treiben lassen. Sie können noch was in Angriff nehmen, es auch machen und erleben da ...

19. *Kl.*: Ja richtig, ja. Ich steh also nicht mehr vor dieser Mauer.

Th.: Eben, hm.

20. *Kl.*: Ich umfahr' sie jetzt.

Th.: Genau.

21. *Kl.*: Also ich hätte noch eine Bitte, vielleicht könnten Sie mir noch irgendwie 'nen Tip geben, wie ich da ...

Th.: Noch besser wo drumrum fahre (Lachen) oder schneller fahre (Lachen)? Vielleicht sollten wir drüber nachdenken, in welche Richtung es gehen sollte, was Sie sich noch erwarten.

22. *Kl.*: Ja wissen Sie, ich hab' jetzt ... erwarten? Erwarten tue ich ja eigentlich weiter nichts, ich möchte nur vernünftig leben.

Th.: Ja sicher.

23. *Kl.*: Ich habe keine Hirngespinste irgendwie, keine Dinger, die ich da erreichen will.

Th.: Haben Sie da irgendwo das Gefühl, ein bestimmter Tip, in welche Richtung, ich meine, ich bin ja kein Hellseher ...

24. *Kl.*: Ja, ja, jetzt versteh' ich schon, ja. Nein ich mein' jetzt, wie ich das jetzt noch leichter in den Griff bekommen kann, das machen könnte. Meinen Sie mit Autosuggestion oder so in dieser Richtung, daß ich da noch arbeiten könnte an mir, das meine ich.

Th.: Ist es so, daß Sie irgendwie so merken, daß es vielleicht ganz gut wäre, wenn Sie, ja eben, daß Sie sich halt den Rücken eben noch ein bißchen mehr stärken könnten selber, vielleicht in ganz bestimmten, so kritischen Momenten, oder daß es so Momente gibt, die Sie noch ganz kritisch erleben, wenn es so etwas gäb', dann könnten wir natürlich über das Autogene Training dann mit so Selbstsuggestion, da könnten wir dann so was machen.

25. *Kl.*: Obwohl, ich hab' eigentlich gar kein Bedürfnis nach Autosuggestion, weil ich mir jetzt sage, wenn irgendwas nicht so klappt, naja du bist ja nicht hundertprozentig, du brauchst es ja nicht, du lebst auch so. Wenn es auch mal schief geht, das ist jetzt meine Einstellung.

Th.: Ja genau, daß Sie merken, daß Sie auch freier seien können, wenn sie sich nicht so unter Leistungsdruck setzen, und daß sie sich nicht irgendwo schlecht oder als Versager fühlen müssen, wenn auch mal was nicht funktioniert.

26. *Kl.*: Ja genau.

Th.: Und daß es irgendwo ..., eben daß Sie zweifeln, soll ich es jetzt wirklich wieder auf die Spitze treiben, soll ich sozusagen wieder sagen, jetzt ist es zwar ganz gut, aber es muß noch besser werden, das wäre ja fast so ein bissel wieder der alte Weg.

27. *Kl.*: Nein, das möchte ich nicht, nein. Weil ich habe ja erkannt, das es verkehrt ist.

Th.: Eben, eben, daß Sie merken, daß man sich fast in allem auch überfordern kann.

28. *Kl.*: Man kann sich in allem überfordern, ja, in allen Bereichen praktisch.
Th.: Eben, genau, und vielleicht eben, daß Sie das merken, daß das die Gefahr ist, oder die Gefahr gewesen ist, daß Sie so mit dem Perfektionsanspruch an sich selber, da sich immer wieder, ja ...
29. *Kl.*: ... wie Sie gesagt haben, irgendwie selbst geschadet haben. Das ist mir alles bewußt geworden, ja. Und ich meine, ich habe auch letztens im Urlaub bloß eine Sache zu erzählen, wo ich über mich gestolpert bin. Wir waren also in ... und da sind wir irgendwo eingekehrt, da habe ich gemerkt, daß die mich über's Ohr haut, das Mädchen. Ich war aber nicht ganz hundertprozentig sicher, hab' aber nicht gefragt, was es kostet, habe bezahlt. Hinterher ist mir klar geworden, ich habe die Preise studiert, daß die mich um's Ohr gehauen hat, es waren bloß 2 Mark, aber das hat mich irgendwie dann so gefuchst, da habe ich gedacht, ja Menschenskind noch mal, da fragt man doch und so weiter, und dann ging's wieder los, es war ein dauerndes Gedankenkreisen, ununterbrochen, ich konnte nicht abschalten , stundenlang, und am nächsten Tag auch, und dann ist mir wieder bewußt geworden, halt, du gehst ja wieder in die alte Richtung, wieder dieser Perfektionsdrang, du hast das Gefühl, du warst also nicht perfekt genug, du hast es nicht richtig gemacht. Dann ist es mir bewußt geworden und dann war es wieder vorbei.
Th.: Hm, dann haben Sie es gepackt.
30. *Kl.*: Das war jetzt nur, um mal ein Beispiel zu nennen.
Th.: Ja eben, daß Sie das merken, halt wie dann aus so einem vermeintlichen Versagenszustand, wie Sie dann nicht mehr loslassen können, ja, ja, eben. Ja, das versteh' ich gut, aber eben, daß Sie das merken, daß noch 'ne gewisse Gefahr ist für Sie, daß Sie eben, wenn Sie ..., daß das wieder anfängt.
31. *Kl.*: ... daß das wieder anfängt zu kreisen, ja.
Th.: Eben, eben.
32. *Kl.*: Ja ich wüßte also im Moment nicht, was ich Ihnen da ... wo's da irgendwo klemmt bei mir im Moment.
Th.: Eben halt so ... ich kann Ihnen nicht auf den Kopf zusagen, wo's bei Ihnen klemmt ...
33. *Kl.*: Nein, ist klar ...
Th.: Wir können es nur gemeinsam erkennen, wenn Sie halt erzählen, was so passiert oder wo Sie das Gefühl haben, da bin ich wieder in die Falle getreten, oder das ist etwas, da merk' ich noch nicht, wie ich reintrete und warum, oder da ist noch was.. wo ich mir unsicher bin, was das für mich bedeutet, wenn das und das ist, aber was das ist, das ist das Material, mit dem wir dann zusammen arbeiten.
34. *Kl.*: Ja, verstehe ...
Th.: ... aber das produziere ich nicht, das ist es, wo Sie selber ...
35. *Kl.*: Aber wie ich schon sagte, ich vermute, daß hier der Hund begraben war.
Th.: Jaja, daß da der Knopf aufgegangen ist, wie man so schön sagt.
36. *Kl.*: Ja.
Th.: Ja. Und daß Sie so, wenn ich's recht verstanden habe, so wie Sie es jetzt erreicht haben, eigentlich schon ein ganz schönes Stück besser leben können so in der Zwischenzeit. Es war ja auch ein ganz schönes Stück Zeit dazwischen, daß Sie da gemerkt haben, ich kann schon ganz schön was erreichen.
37. *Kl.*: Ja, das ist ganz richtig. Ich bin ein ganz anderer Mensch jetzt seitdem. Ich fühl' mich nicht mehr so gefangen, so eingesperrt.
Th.: Ja eben ...
38. *Kl.*: Ich weiß gar nicht, wie ich das sagen soll ...
Th.: ... mehr Luft, und irgendwo so wie der Kasten irgendwo, daß der mal auf ist, die Tür.
39. *Kl.*: Ja richtig, ja.
Th.: Ja. (Lachen) Von mir aus gibt's dann keine weiteren Forderungen. Für mich ist ... ich glaube, es ist ein guter Schritt erreicht, wo man sagen kann, wenn Sie mögen, dann können wir's stehen lassen.

40. *Kl.*: Ja. Sie sagten, ich solle mir's aufschreiben, wenn ich was träume oder so weiter, ich solle Ihnen das erzählen ...
Th.: Eben halt einfach ...

41. *Kl.*: Ich träume zwar, aber ich kann in der Früh nicht mehr sagen, was ich geträumt habe.

Th.: Das ist ja auch nicht entscheidend, ich wollte es Ihnen ja auch nur als 'ne Anregung geben, um möglichst halt alles, was irgendwo, eben etwas drüber sagen könnt, was das ist, was eben dieses berühmte Stolpern über's eigene Bein macht, weil Träume sind halt manchmal auch Hinweise, aber jetzt haben wir's nicht gebraucht, das ist auch gut, man muß nicht alles ausnutzen.

42. *Kl.*: Ja, ist klar.

Th.: Man muß nicht jedes bißchen bis in die Tiefe ausloten, das entscheidende ist, daß Sie wieder ein Gleichgewicht gefunden haben, wo Sie merken, ja so kann ich leben, ich pack's wieder, ich bin zuversichtlich, ich habe Tritt gefaßt, ich glaube, ich komm' mit mir und den meinen, komm ich soweit aus.

43. *Kl.*: Ja, das glaube ich schon.

Th.: Ja, prima.

44. *Kl.*: Ich nehm' jetzt noch Medikamente, allerdings ... reduziert auf 50%, nur eine Tablette noch in der Früh von dem ..., manchmal vergeß ich's auch, muß ich sagen. Ich werde es jetzt langsam abbauen.

Th.: Ja, ich glaube, das können Sie auch, so ganz langsam tun Sie es mal, die Hälfte, halbieren Sie es vielleicht, und dann sehen Sie selber, wie's hinkommt, ob's langt oder ob's nicht langt, und halt, wie gesagt, ich meine, was ich Ihnen anbieten kann, ist halt das, wenn Sie das Gefühl haben, Sie stecken mal wieder drin in der Falle, dann rufen Sie an, dann vereinbaren wir einen Termin und dann sehen wir, dann brauchen Sie ... Sie entfalten die Initiative.

45. *Kl.*: Ja, das wäre nett,ja.

Th.: Ich laufe Ihnen nicht nach.

46. *Kl.*: (Lachen) In Ordnung. Ich bedanke mich jedenfalls für das Gespräch, es hat mir unheimlich viel gebracht.

Th.: Prima, das freut mich, das es so schnell gegangen ist, das hätte ich jetzt nicht gedacht. Ich bin überrascht.

47. *Kl.*: Ich habe das wahrscheinlich gebraucht, gell, ich bin bisher bloß auf Medikamenten abgefahren ...

Th.: Eben, das ist oft, daß es manchmal nur noch den richtigen Anstoß braucht, und dann läuft's von selber. Ich glaube, das ist ganz wichtig, daß Sie das Gefühl haben, ich kann mit meinen Sachen wieder umgehen, ich hab' wieder 'ne Perspektive, ich leb' wieder sozusagen.

48. *Kl.*: Ja, das kann ich schon behaupten.

Th.: Dann bin ich ganz froh, daß es so gut und so schnell geklappt hat. Ja, wenn Sie mögen, dann können wir unser Gespräch beenden und ganz zwanglos, wenn Sie eben das Bedürfnis haben, wenn Sie merken, es wäre mal wieder gut, melden Sie sich.

49. *Kl.*: Das ist gut.

Th.: Dann arrangieren wir was.

50 *Kl.*: Ja, ist recht. Dank schön.

Th.: Ja, ich bedanke mich bei Ihnen.

(Ende des Gesprächs.)

Literatur

GENDLIN, E.T.: Focusing - Technik der Selbsthilfe bei der Lösung persönlicher Probleme. Salzburg 1981, S. 40.

HINKLE, L.E. & WOLFF, H.G.: The nature of men's adaptation to his total environment and the relation of this to illness. In: AMA Arch. Intern. Med. 99, 1957, p. 442-460.

HOLMES, T.H. & RAHE, R.H.: The social readjustment rating scale. In: J. Psychosom. Res.,11, 1957, p. 213-218.

PETERS, M.: Frühe Mutter-Kind-Interaktion und klientenzentrierter Ansatz. In: Zeitschrift für personenzentrierte Psychologie und Psychotherapie, 1986, S. 233-242.

ROGERS, C.R.; SANFORD, R.C.: Client-centered psychotherapy. In: KAPLAN, H.J.; SADOCK, B. (Eds.): Comprehensive textbook of psychiatry/IV. Baltimore/London 1985, pp. 1374-1388.

ROGERS, C.R.: A theory of therapy, personality, and interpersonal relationship, as developed in the client-centered framework. In: KOCH, S. (Ed.): Psychology, a study of a science. New York 1959, pp. 184-256. Deutsch: Schriftenreihe der GwG. Köln 1987.

SCHÜFFEL, W.: Arbeitsansätze in der heutigen Psychosomatik: Angst, Streß u. körperliches Geschehen. In: Zeitschrift für Psychotherapie und Medizinische Psychologie, H. 1975, S. 1-15.

SIEGRIST, J.: Medizinische Soziologie. München 1988[4], S. 181-207.

SPEIERER, G.-W.: Ökologische Philosophie als Metapsychologie der klientenzentrierten Psychotherapie. In: Zeitschrift für personenzentrierte Psychologie und Psychotherapie, H. 2, 1985, S. 215-221.

SPEIERER, G.-W.: Eine klientenzentrierte Krankheitstheorie für die Gesprächspsychotherapie. In: MEYER-CORDING; G.; SPEIERER, G.-W. (Hrsg.): Gesundheit und Krankheit in Theorie, Forschung und Praxis der klientenzentrierten Psychotherapie heute. Köln 1990, S. 86 - 114.

UEXKÜLL, T.v. (Hrsg.): Lehrbuch der Psychosomatischen Medizin. München 1979, S. 30.

UEXKÜLL, T.v. et. al. (Hrsg.): Psychosomatische Medizin. München 1986 [3], S. 18-30, 131-134, 137.

Anschrift des Verfassers

Prof. Dr. med., Diplom-Psychologe G.-W. Speierer
dienstlich: Medizinische Psychologie, Universität Regensburg
Universitätsstraße 31, 8400 Regensburg,
privat: Eifelstraße 55a, 8400 Regensburg,

WOLFGANG M. PFEIFFER

Gesundheitsförderung, Vorsorge und Begleitung im Rahmen der Sozialarbeit

Zusammenfassung

Das Ungenügen einer bloß kurativen Medizin führte zu einer Betonung der Prävention. Hier stellen sich Aufgaben, die nach interdisziplinärer Teamarbeit und nach Aktivierung der Selbsthilfe verlangen. Aber auch eine solche präventive Arbeit vermag - als letztlich doch krankheitsorientiert - nicht zu genügen. Es bedarf einer auf positive Entfaltung gerichteten "Gesundheitsförderung". In Anlehnung an die "Diätetik" der alten Medizin werden ihre verschiedenen Aspekte aufgezeigt: Verhältnis zur physischen Umwelt und Gestaltung des Lebensraumes; Ernährung und Kultivierung des Alltags; der Kräftehaushalt und der Wechsel von Aktivität und Muße; die Pflege und Kultur des Körpers; der Umgang mit Emotionalität und Sexualität. Abschließend werden Fragen der praktischen Umsetzung, aber auch die Gefahren präventiver Arbeit erörtert.

1. Orientierung an der Gesundheit

1.1 Das Ungenügen einer bloß kurativen Medizin

Es steht außer Frage, daß die Medizin in den letzten Jahrzehnten auf wissenschaftlichem Gebiet und in ihren therapeutischen Möglichkeiten sensationelle Fortschritte gemacht hat. Betrachtet man aber die Auswirkungen auf die gesundheitliche Situation der gesamten Bevölkerung, dann sind die Ergebnisse unbefriedigend. Mit AIDS ist eine neuartige Viruskrankheit aufgetreten, deren bedrohliches Anwachsen uns lehrt, daß das Problem der Infektionskrankheiten noch lange nicht gelöst ist. Die Zahl der Unverträglichkeitsreaktionen auf Umwelteinflüsse (Allergien), die Zahl der Gefäß- und der Aufbrauchkrankheiten sowie anderer chronischer Leiden ist rapide angewachsen. Dem cerebralen Abbau vom Typ der Alzheimerschen Krankheit steht die Medizin hilflos gegenüber. Und selbst dort, wo die eindrucksvollsten Erfolge der operativen Medizin liegen (z.B. Organtransplantationen), ist das Ergebnis meist nicht Genesung, sondern fortdauernde Behandlungsbedürftigkeit. So wächst die Zahl kranker und hilfebedürftiger Menschen ständig an und mit ihr die Kosten des auf Diagnose und Therapie ausgerichteten Gesundheitswesens; auch steigen all die anderen Kosten, die sich als Auswirkungen des Krankenstandes ergeben. Bei gleichbleibender Fortentwicklung drohen sie, das gesamte Volkseinkommen in absehbarer Zukunft aufzuzehren.

Damit sollen Wert und Bedeutung unseres Gesundheitswesens keinesfalls in Abrede gestellt werden. Wohl ist es aber an der Zeit, die Akzente anders zu setzen. Und zwar gilt es, die Bemühungen nicht mehr so einseitig auf die Reparation krankhafter Zustände zu richten, sondern in erhöhtem Maße die Erhaltung und Förderung der Gesundheit voranzutreiben. Nun ist die Parole, man müsse sich von der kurativen Medizin zur vorbeugenden hinwenden, längst zu einem Gemeinplatz geworden, ohne daß bislang überzeugende Ergebnisse zu erkennen wären. Die Ärzte allein sind mit einer solchen Aufgabe augenscheinlich überfordert. In ihrer Praxis bekommen sie ganz überwiegend "Patienten" zu Gesicht, also "Leidende", die in ihrem Befinden bereits gestört sind. Selbst dann, wenn Ärzte präventiv tätig werden, ist ihr Blick auf Krankheit fixiert, sei es auch im Sinne der Vorbeugung und Früherkennung. Wenn dagegen die Gesundheit in den Blickpunkt rückt, verschiebt sich das Schwergewicht auf andere Berufsgruppen, wobei denen der Sozialpädagogik und der Sozialarbeit besonderes Gewicht zukommt.

1.2 Der Gesundheitsbegriff

Um uns unserem Thema anzunähern, müssen wir zunächst über den Gesundheitsbegriff Rechenschaft abgeben. Nach der bekannten Definition der WHO, der World Healthy Organization, ist Gesundheit ein "Zustand vollständigen körperlichen, geistigen und sozialen Wohlbefindens und nicht nur das Freisein von Krankheit und Gebrechen". Wenn man gegen diese Definition auch eine Menge einwenden kann, so ist doch als besonders wichtig festzuhalten, daß der Gesundheitsbegriff nicht etwa auf die Abwesenheit körperlicher Störungen beschränkt wird, sondern daß er eine positive Erfüllung in allen Lebensbereichen bezeichnet. Eine bloß somatisch und kurativ orientierte Medizin vermag dem nicht gerecht zu werden. Dagegen ist die Verwendung des Begriffs "vollständiges Wohlbefinden" in Frage zu stellen. Ein zahnender Säugling hat oft unter beträchtlichen Beschwerden zu leiden; gerade sein Mißbefinden ist aber Ausdruck gesunder Entwicklung. Ähnlich wird geistige Unzufriedenheit oder soziale Auflehnung oft viel besser einer gesunden Dynamik entsprechen, als sattes Wohlbefinden es täte. *"Gesundheit" würde also eher das Vermögen benennen, auch mit Mißbefinden und Behinderungen konstruktiv umzugehen.*

Weiter ist hier anzumerken, daß Gesundheit nicht einfach das Gegenteil von *Krankheit* ist; beides durchmischt sich vielfach; es gibt kaum einen Menschen, der frei ist von jeglichen Mängeln und Beeinträchtigungen, doch muß er deshalb nicht gleich "krank" sein. Vielmehr kann er mit diesen Störungen ein erfülltes und produktives Leben führen; die Beeinträchtigungen können sogar zur Reifung der Persönlichkeit und damit zu einer "höherwertigen Gesundheit" beitragen. Demgemäß finden wir unter behinderten und kränklichen Menschen eine große Zahl, die in ihrer Persönlichkeit und ihrem Werk als besonders gesund und kraftvoll imponieren (z.B. Lichtenberg, Kant, Jaspers).

1.3 Gesundheitsgefährdung und Prävention

Die Pflege und Entfaltung der (ungestörten) Gesundheit ist sinnvollerweise auch der Bezeichnung nach deutlich von der Prävention abzusetzen, die ja - und sei es auch vorbeugend - auf Krankheit bezogen ist. Da die Gesundheitsförderung in zunehmendem Maße einen Schwerpunkt von Sozialpädagogik und Sozialarbeit bilden dürfte, soll hier besonders ausführlich auf dieses Thema eingegangen werden.

Primäre Prävention richtet sich zwar auch an den gesunden Menschen, sie beschäftigt sich aber damit, Risikofaktoren zu definieren und auszuschalten.

Sekundäre Prävention zielt darauf, riskante Funktionsstörungen und erste Anzeichen von Krankheit zu erkennen und einer möglichst frühzeitigen Behandlung zuzuleiten.

Tertiäre Prävention bezieht sich auf Personen, die bereits in Behandlung standen, bei denen also krankhafte Veränderungen vorliegen, sei es jetzt auch in kompensiertem Zustand. Nunmehr geht es darum, Rückfälle bzw. Verschlimmerungen zu vermeiden, die *Kompensationsmöglichkeiten* zu erweitern (Rehabilitation) und Patienten im *Bewältigen* (Coping) von fortdauernden Behinderungen und Krankheitserscheinungen zu unterstützen.

Die pflegerische und fürsorgliche Begleitung bei chronischen und fortschreitenden Leiden ist ebenfalls in diesem Zusammenhang zu berücksichtigen.

2. Gesundheitsförderung: Prinzipien gesunder Lebensführung

Gesundheit ist ein Gut, das weitaus den meisten Menschen von Geburt an gegeben ist. Doch genügt es nicht, sie zu erhalten; vielmehr muß sie - entsprechend der Entwicklung des Organismus und den wechselnden Anforderungen des Lebens - zunehmend entfaltet und immer aufs Neue ausbalanciert werden. Hierzu bedürfen wir einer *Kultur der Lebensführung*, welche die vielfältigen Beziehungen zur Welt berücksichtigt und alle Dimensionen des Lebens umfaßt. In Anlehnung an die "Diätetik" der Antike und des Mittelalters haben SCHIPPERGES & MITARBEITER (1987, 1988) eine Reihe von Prinzipien der Lebensordnung dargestellt - samt den entsprechenden "Regelkreisen" der Lebensführung. Es handelt sich - in geringfügiger Abänderung - um die folgenden:

- das Verhältnis zur physischen Umwelt und die Gestaltung des Lebensraumes;
- die Ernährung, die Kultivierung der Lebensmittel;
- Lebensrhythmen, die zeitliche Ordnung des Alltags;
- den Kräftehaushalt und den Wechsel von Tätigkeit und Muße;
- die Pflege und Kultur des Körpers;
- der Umgang mit Emotionalität und Sexualität.

2.1 Das Verhältnis zur physischen Umwelt und die Gestaltung des Lebensraumes

Wir haben es hier mit einer *Ökologie des Alltags* zu tun, einer Kultur des Wohnens und der Bekleidung. Sie umfaßt die Qualität von Luft, Licht, Wasser und Boden (im einzelnen vgl. den vorangehenden Beitrag von SPEIERER). Als besonders wichtiger Gesichtspunkt für die Sozialarbeit sei hier die Bedeutung des Wohnraums für die körperliche und die psychische Gesundheit herausgestellt. Feuchte, lichtarme Räume, evtl. noch mit unzureichender Heizung und mit Schimmelbildung sind eine Brutstätte von Krankheiten (Tbc., Bronchitis, Allergien, Rheuma). Überbelegung begünstigt nicht nur die gegenseitige Infektion und das Auftreten von Unfällen, sondern ist häufig die Quelle von Konflikten, Verhaltensstörungen und schulischem Versagen. Dagegen bietet ein wohnliches Heim Geborgenheit, damit Ausgleich für die Belastungen des Berufslebens und Möglichkeiten zur Regeneration.

Des weiteren sei darauf hingewiesen, daß der Mensch auf eine lebendige Beziehung zur Welt angelegt ist, also auch auf die Teilhabe an Klima und Wetter. Der Rückzug in die abgeschotteten Glashäuser moderner Städte bedeutet nicht nur eine Verarmung des Erlebnisfeldes, sondern führt auch zu einem Absinken der Vitalität und der Abwehrkräfte; Extremreize in Freizeit und Urlaub (z.B. Bergtouren, Skilauf, übermäßige Sonnenbäder) können das nicht ausgleichen, vielmehr bringen sie die Gefahr der Dekompensation des bereits geschwächten Regulationsvermögens.

2.2 Die Ernährung und die Kultivierung der Lebensmittel

Wie durch die Atmung, so ist der Mensch auch durch die Ernährung unlösbar in die Welt eingefügt. Im Stoffwechsel nimmt er Welt in sich auf, um das Verbrauchte samt Stoffwechselprodukten seines Körpers wiederum auszuscheiden. Dieses Geschehen wäre entsprechend seiner vitalen Bedeutung in den Ablauf des Tages einzufügen. Als wesentlichen Akzenten der Lebensordnung gebührt den Mahlzeiten besondere Beachtung in Vorbereitung und Ablauf: Sie sollten mit Muße und Freude begangen werden, wobei auch ihre Bedeutung als soziales Geschehen Aufmerksamkeit verlangt. Was Menge und Zusammensetzung der Nahrung betrifft, so ist daran zu erinnern, daß wir von Natur aus ein Gefühl für das rechte Maß und die erforderlichen Bestandteile besitzen; allerdings ist uns dieses Gefühl schon weitgehend verloren gegangen, auch kann es durch krankhafte Prozesse verzerrt werden. Es wäre wichtig, daß wir wieder lernen, die Bedürfnisse unseres Organismus wahrzunehmen und uns von ihnen leiten zu lassen: von Hunger und Durst wie auch von qualitativen Hinweisen des Appetits. Zugleich bedarf es freilich der vernünftigen Orientierung an längerfristigen Erfahrungen, daran, was uns in bestimmten Situationen gut tut, wie auch an ernährungswissenschaftlichen Erkenntnissen.

Im einzelnen sollten die *Nahrungsmittel* möglichst frisch und wenig denaturiert sein; dementsprechend hätten die Mahlzeiten reichlich ungekochte oder nur kurz gegarte Speisen zu enthalten. Es wäre wohl auch günstig, sich in erster Linie auf am Ort erzeugte Nahrungsmittel zu stützen; doch verlangen diese unter den gegebenen Bedingungen nach Ergänzung (z.B. durch Südfrüchte als Vitaminträger). Da das zugeführte Nahrungsvolumen bei Menschen, die sich körperlich nicht ausarbeiten, recht gering ist, bedarf es zusätzlicher Zufuhr von Mineralien (z.B. für den Knochenaufbau) und von Ballaststoffen (zur Förderung der Verdauung). Zurückhaltung ist gegenüber Eiweiß und Fetten tierischer Herkunft geboten (Cholesterin!), ebenso hinsichtlich des Kochsalzgebrauchs.

Vor allen *Einseitigkeiten* in der Ernährung ist zu warnen. Das gilt hinsichtlich der von Gesundheitsaposteln vorgetragenen Ernährungsideologien ebenso wie der auf wissenschaftlichen Teilerkenntnissen gegründeten Programme. Ernährung nach Kalorientabelle ist nur in Ausnahmefällen angezeigt, bei gestörtem Eßverhalten mit hohen Graden an Über- oder Untergewicht. Auch ist von einzelnen, isolierten Korrekturen wenig zu erwarten. Stattdessen ist es angebracht, daß der Mensch eine ihm persönlich gemäße Form der Ernährung aufbaut, die wiederum in den gesamten Tagesablauf sinnvoll eingeordnet ist, und die sich sensibel an den jeweiligen Bedürfnissen orientiert.

2.3 Lebensrhythmen - die zeitliche Ordnung des Alltags

Der Ablauf des Lebens erfolgt nicht gleichmäßig, sondern in rhythmischer Bewegtheit. Diese Rhythmen sind physiologisch vorgegeben ("innere Uhr"), wobei dem vegetativen Nervensystem steuernde Funktion zukommt, nämlich die "ergotrope" Funktion des *Sympathicus* (ergon = Werk, Aktivität) und die *"trophotrope" Funktion des Parasympathicus* (trophé = Ernährung). Die verschiedenen Rhythmen sind aufeinander bezogen (z.B. Stoffwechsel und Schlaf), auch stehen sie in naher Verbindung zu den kosmischen Rhythmen (Tag und Nacht, den Jahreszeiten). Hieraus ergibt sich die Empfehlung, den natürlichen Zusammenhang zwischen den verschiedenen Rhythmen so weit wie möglich zu bewahren (etwa das Verhältnis der Nahrungsaufnahme zu den Aktivitäten sowie diese wieder im Verhältnis zu Ruhe und Schlaf); denn jede Verschiebung der Rhythmen gegeneinander führt zu Schwierigkeiten (z.B. die ungünstige Auswirkung einer größeren Nahrungsaufnahme vor längerer Autofahrt; Wechselschicht; "jet-lag").

Wohl besitzt der Mensch auch hinsichtlich der biologischen Rhythmen ein ansehnliches *Kompensationsvermögen*. In traditionsorientierten Kulturen sind sogar Festzeiten mit Umstellung der gewöhnlichen rhythmischen Ordnung verbreitet (z.B. der Fastenmonat Ramadan). Dabei gelingt es im allgemeinen rasch, derartige Störungen auszugleichen und die zeitliche Ordnung der physiologischen Abläufe wiederherzustellen. Voraussetzung ist allerdings, daß ausreichende Ruhezeiten zur Verfügung stehen, wobei einem ungestörten Tiefschlaf besondere Bedeutung zukommt (Kultur des Schlafraumes; Ausschaltung von Störungen wie Lärm, von emotionalen Spannungen u.a.). Ständige Verstöße gegen die Ordnung der Lebensrhythmen führen aber zu anhaltenden *Regulationsstörungen*. Sie werden damit zur Grundlage körperlicher Erkrankungen und psychischer Erschöpfungszustände. Zudem kann mit den Jahren das Anpassungsvermögen nachlassen, so daß u.U. ein Wechsel des Arbeitsplatzes nötig wird.

2.4 der Kräftehaushalt und der Wechsel von Tätigkeit und Muße

Eng mit der Lebensrhythmik ist der Wechsel von Tätigkeit und Muße verbunden. *Arbeit* ist ein konstitutiver Bestandteil des menschlichen Lebens; hierdurch macht der Mensch die Welt nicht nur für sich bewohnbar, sondern er verwirklicht sich selbst in seinem Werk. Die Arbeit muß aber ihr Gegengewicht in der *Muße* finden. Damit ist nicht bloß ein Ausruhen, ein Sammeln von Kräften zum Zweck erneuten Einsatzes gemeint (also Muße als Mittel zum Zweck der Leistung). Vielmehr geht es um eine *ausgewogene Rhythmik*, in der beide Pole - Tätigkeit und Muße, Anspannung und Entspannung - ihre je eigene Bedeutung besitzen und sich zu einer *ganzheitlichen Lebenshaltung* ergänzen. Wo der Mensch aber von seiner Tätigkeit unausgefüllt oder entfremdet ist, wird er kaum noch wirkliche Muße finden; die Flucht in einen angespannten, anstrengenden Freizeitbetrieb läßt dies erkennen.

Es geht auch in der *Freizeit* um eine Balance: Wer im Beruf einseitig geistig belastet ist, soll nun Gelegenheit zur körperlichen Betätigung finden; fremdbestimmt-mechanische Arbeit verlangt den Ausgleich durch selbstbestimmt-kreatives Tun; Anspannung muß durch Entspannung abgelöst werden, ein Pendeln ist zu realisieren, in dem beide Pole zusammenwirken. Es liegt nahe, das Wechselspiel des vegetativen Nervensystems (ergotrop - trophotrop) oder das der chinesischen Prinzipien Yin und Yang zum Vergleich heranzuziehen.

2.5 Pflege und Kultur des Körpers

Das Verhältnis zu unserer Körperlichkeit ist ein zweifaches: Einmal haben wir den Körper als ein Objekt, dem wir betrachtend gegenübertreten, mit dem wir umgehen können. Zum anderen sind wir dieser Leib (also der beseelte Körper), sind identisch mit ihm, erleben, erfahren Freude und Leid auf ganz elementare Weise durch ihn. Und durch ihn wenden wir uns dem anderen Menschen zu; er ist die *Brücke zur Welt*.

Dieser Organismus ist ein offenes System, das sich ständig den Bedingungen seiner Umwelt von sich aus anpaßt; aber er verhält sich nicht nur *reaktiv*, sondern zugleich "*proaktiv*", er wächst und entfaltet sich, wirkt spontan und schöpferisch auf die Umwelt ein. So ergibt sich ein Zirkel gegenseitiger Bedingtheit.

Beide Einstellungen zum Körper sind zum vollen Leben nötig. Immer wieder bedarf es der objektivierenden Distanzierung, besonders auch zum verständigen Umgang mit Krankheit. Probleme ergeben sich heute aber besonders aus der Entfremdung vom eigenen Körper: Man beobachtet seine Funktionen mittels Apparaten (etwa den Pulsschlag beim Laufen) und nimmt seine Sprache nicht mehr unmittelbar wahr. Der Körper gilt lediglich als Mittel zum Zweck, als Instrument, das zu funktionieren hat, und das nötigenfalls einer Reparatur unterzogen wird. Tatsächlich aber sind wir selbst dieser Leib.

Damit der Organismus die vielfältigen Aufgaben wahrnehmen kann, von denen die Rede war, bedarf es einer neu zu entfaltenden "*Körperkultur*" hinsichtlich
- Reinigung und Pflege des Körpers sowie
- Übung durch Gymnastik und andere Aktivitäten.

Voraussetzung für einen "gebildeten" Umgang mit dem Körper ist, daß man mit dessen Bedürfnissen und Signalen vertraut wird und gegenüber den Suggestionen der Mode und einer profitorientierten Industrie einen kritischen Standpunkt findet.

Die Pflege des Körpers umfaßt die angemessene Form von Kleidung und Heizung, die Ernährung und die Sorge für geregelte Ausscheidung. Mit der Reinigung ist die Pflege der Haut sowie das Setzen von Hautreizen verbunden (Wärme, Kälte, Bürsten). Es gilt, eine *Badekultur* zu entfalten, da wir in diesem Bereich weit hinter die römische Antike zurückgefallen sind.

Angesichts des Mangels an körperlicher Ausarbeitung und der Einseitigkeit körperlicher Aktivitäten (z.B. ständiges Sitzen, stereotyp wiederholte Handgriffe) kommt ausgleichenden Übungen besonderes Gewicht zu. Gerade hierbei sind Freude und Selbstbestimmtheit wesentlich sowie harmonische, ganzheitliche Bewegungsabläufe, allerdings auch Regelmäßigkeit und angemessene Belastung. Für gesunde Menschen unproblematisch sind Spaziergänge, Wanderungen, Schwimmen, mit Maßen auch Laufen in der Natur. Besonders beim Laufen wird deutlich, wie sehr es darauf ankommt, die *Ganzheitlichkeit* der Bewegung und die Signale des Körpers zu beachten. In dieser Hinsicht können Bewegungsübungen zu einer wirklichen Schulung werden. Manches freilich, was unter dem Etikett "Gymnastik" dem menschlichen Organismus auferlegt wird, ist ein eher schädliches Zerrbild. Das Training einzelner Muskelgruppen mit Hilfe von Trimmgeräten macht den Körper vollends zum Instrument. Gymnastik soll aber viel mehr sein, nämlich ein *Vertrautwerden mit dem Körper, zugleich ein elementares Erfahren unserer Beziehung zur Welt*. In den fließenden Bewegungsabläufen von Tai Chi, Aikido und Eutonie übt man sich ein in den rhythmischen Wechsel von Spannung und Entspannung, Ausgriff und Zurücknahme, Öffnung und Schließung. In diesem Zusammenhang ist auch an Tanz und Pantomime zu denken.

2.6 Emotionalität und Sexualität

Für alle bisher angeführten Bereiche kommt einer *Kultur des Gefühlslebens* derartige Bedeutung zu, daß man sie als zentral-verbindende Funktion ansehen kann. Anhaltende Mißstimmungen (familiäre und berufliche Spannungen, Enttäuschungen, Unerfülltheit) sind wichtige Faktoren bei der Entstehung von Krankheit; die Life-event-Forschung hat gezeigt, wie eng vitale Entgleisungen mit Schicksalsschlägen verbunden sind (Partnerverlust, Verlust der beruflichen Stellung, Gefängnisstrafe etc.). Sicher stellt das Leben jeden von uns vor die Aufgabe, den rechten Umgang mit den alltäglichen Belastungen zu entwickeln: dem Wechsel zwischen Arbeit und Muße, zwischen Spannung und Entspannung, der Entfaltung der eigenen Kreativität. Zu diesem Ziel können Entspannungsübungen und die verschiedensten Aktivitäten von Nutzen sein, z.B. die Beschäftigung mit dem Garten und der Natur. Mit fortschreitendem Alter und angesichts einschneidender Lebensereignisse stellt sich immer gebieterischer die Frage nach dem Sinn des Daseins und fordert zu religiöser Auseinandersetzung heraus. All das sind Gesichtspunkte einer individuellen Psychohygiene.

Doch erscheint eine derart auf das Individuum zentrierte Sicht zu begrenzt. Der einzelne bedarf einer *lebendigen Beziehung* zu anderen Menschen. Es gilt, im Gespräch mit anderen, was einen bewegt, Wort werden zu lassen - und sich zugleich verstehend anderen zu öffnen. Ebenso geht es um die Bereitschaft, anderen Menschen Hilfe zu geben und selbst Hilfe zu empfangen. Gerade hierzu sind aber viele von sich aus nicht fähig. So erweist sich die Bereinigung häuslicher Differenzen und die Förderung der Kontakte in Nachbarschaft und Stadtteil als eine wichtige Unterstützung bei der Entfaltung eines gesunden Lebens.

Als Zugang zur Welt kommt der *Sexualität* entscheidendes Gewicht zu. In der gelebten Sexualität erfährt sich der Mensch nachdrücklich in seiner leib-seelischen Ganzheit, zugleich öffnet sie ihn für die partnerschaftliche Beziehung zum anderen Menschen.

Dabei geht es um mehr als um individuelle Erfüllung oder auch mehr als um die Ergänzung des einen Geschlechtes durch das andere: In der Liebesbeziehung lernen wir, den anderen in seinem Anderssein anzunehmen, und gelangen wir selbst zur Hingabe an den anderen. Damit bricht Sexualität das Einzelsein auf, eröffnet neue Dimensionen des Lebens und verweist auf Familie und weitere gesellschaftliche Zusammenhänge.

3. Primäre und sekundäre Prävention

3.1 Risikofaktoren und Risikogruppen

Ging es bisher um die Pflege und Entfaltung der ungestörten Gesundheit, so bedeutet primäre Prävention, schon bei ungestörtem Befinden Risikofaktoren und Risikogruppen zu identifizieren sowie die Risiken zu beseitigen oder wenigstens einzugrenzen.

Krankheiten sind meist durch das Zusammentreffen verschiedenartiger pathogener Faktoren ("multifaktoriell") bedingt. Solche Faktoren, die für sich allein genommen nicht unbedingt krankmachend sind, wohl aber im Verein mit anderen Faktoren, nennt man Risikofaktoren. Ein Teil von ihnen entzieht sich unserer Einflußnahme, so z.B. die Anlage, auch im frühen Leben erlittene körperliche und seelische Traumen. Andere lassen sich nur *kollektiv* bekämpfen (Schadstoffe in Luft, Wasser, Boden). Zahlreiche Risikofaktoren sind aber der *individuellen* Vorsorge zugänglich.

Hier einige Beispiele:
- Rauchen (Wirkung des Nikotins auf die Gefäße, besonders die Herzkranzgefäße; Wirkung der Teerstoffe auf Bronchien und Magen).
- Alkohol (Abhängigkeit, Wirkung auf Leber, Magen, Gehirn und andere Organe; neurologische und psychische Schäden).
- Übergewicht (Gefäß- und Kreislaufschäden, Diabetes).
- Erhöhter Cholesteringehalt des Blutes (Gefäßsklerose mit vielfältigen Auswirkungen, z.B. auf Herz und Gehirn).
- Unmäßige Sonnenbäder (Provokation latenter Infektionen, z.B. Tbc., Begünstigungen von Hautkrebs).
- Riskante Sportarten (z.B. Hochleistungssport, Drachenfliegen, Klettern und Skifahren von Ungeübten, Boxen).
- Chronischer Gebrauch von Schmerz- und Schlafmitteln (Abhängigkeit, Schäden an inneren Organen, neurologische und psychische Schäden).

Beispiele für Gruppen mit erhöhten Gesundheitsrisiken:
- Berufe, die vermehrten Umgang mit Schadstoffen haben.
- Berufe mit anhaltenden psychischen Belastungen (Daueranspannung bei Flugüberwachung, permanente Rhythmusstörungen durch Arbeit in Wechselschicht).
- Berufe mit ständigem Ortswechsel.
- Berufe mit besonderer Infektionsgefährdung.
- Personen ohne festen Wohnsitz.
- Personen, die nach Verlust eines nahen Angehörigen allein stehen, was besonders im höheren Lebensalter problematisch ist.
- Personen, die nach Migration in der Fremde allein stehen.
- Kinder ohne stabiles Zuhause.
- Kinder in fortwährend traumatisierender Umgebung (Mißhandlung, sexueller Mißbrauch).
- Kinder mit Hirnschäden, besonders auch mit leichten, nicht erkannten.

3.2 Ausschalten und Eingrenzen von Risiken

Schon mit dem Aufzählen von Risikofaktoren und Risikogruppen drängt sich die Frage nach einer Ausschaltung oder wenigstens Einschränkung von Risiken auf. Sicher ist sachliche *Aufklärung* wichtig, doch lehrt die Erfahrung, wie wenig bloße Information bewirkt. Gerade angesichts von Genußmitteln wie Alkohol und Nikotin wird deutlich, daß Voraussetzung einer erfolgreichen Bekämpfung ist, die Bedürfnisse zu analysieren, die durch den Gebrauch dieser Mittel befriedigt werden, und für diese Bedürfnisbefriedigung Ersatz zu schaffen (z.B. preiswerte Getränke, die den männlichen Geschmack treffen). Weiter sind hier die *Leitbilder* von großer Bedeutung; so geht von Sportlern, die sich zur Enthaltsamkeit bekennen, eine positive Wirkung aus. Andererseits beachte man die raffinierte Zigarettenwerbung, welche im Großformat solche Leitbilder verkünden läßt: “Ich rauche gern”. Endlich ist auf die negativen Auswirkungen hinzuweisen, die sich ergeben, wenn einflußreiche Kreise (z.B. die Industrie, der Handel, der Staat) wegen hoher Einnahmen an einem ausgedehnten Gebrauch von Genußgiften interessiert sind.

Als ein besonders wichtiger Zweig der primären Prävention ist noch die *Unfallverhütung* zu nennen. Hier ließe sich schon durch Geschwindigkeitsbegrenzungen, Schaffung sicherer Spielstraßen und Spielplätze viel erreichen. Im Haushalt, dem anderen besonders unfallträchtigen Lebensbereich, lassen sich die Risiken wesentlich verringern durch Aufklärung über den rechten Umgang mit Geräten und Chemikalien sowie deren angemessene Verwahrung (letztere setzt freilich ausreichenden Wohnraum voraus); weiter durch die Beseitigung schadhafter Geräte und durch die ausreichende Beleuchtung.

3.3 Früherkennung von Krankheiten

Die Feststellung von Risikofaktoren fordert zur besonderen Aufmerksamkeit heraus, damit bereits erste Anzeichen einer krankhaften Entgleisung wahrgenommen werden und Frühbehandlung möglich wird. Für eine solche frühzeitige Wahrnehmung ist einmal nötig, daß die Betroffenen selbst über die Gefahr informiert sind und daß sie im Hinblick auf etwaige Symptome sensibilisiert wurden (z.B. Ertasten von Knoten in der Brust; Erkennen von Blut im Stuhl und Urin; Anzeichen von Herzenge; Ernstnehmen bronchitischer und gastritischer Erscheinungen). Alle derartigen Symptome sollten zur rechtzeitigen Konsultation des Hausarztes führen - vor allem bei Menschen im besonders gefährdeten Lebensalter. Weiterhin ist auf die Vorsorgeuntersuchungen zu verweisen, die auch ohne wahrgenommene Symptome durchgeführt werden (vgl. Gesundheitsreformgesetz 1988).

Sobald Krankheitszeichen erkannt sind, spricht man im allgemeinen nicht mehr von Prävention, doch sind natürlich auch weiterhin präventive Aufgaben gestellt. Sie richten sich einmal gegen eine Verschlimmerung des erkannten Leidens, gegen Komplikationen von Seiten anderer Organe und Funktionen. Dabei erhalten die vorstehend besprochenen Aspekte der Gesundheitspflege eher noch gesteigerte Bedeutung. Endlich ist bei Vorliegen einer Krankheit auch zu beachten, daß die Gesundheit anderer Personen nicht in Mitleidenschaft gezogen wird (Infektion, Überforderung).

3.4 Aufgaben der Sozialarbeit bei akuten Erkrankungen

Sicher steht bei aktuellen Erkrankungen die ärztliche Behandlung im Vordergrund. Dabei möchte ich die besondere *Bedeutung des Allgemein- und Hausarztes* hervorheben; von ihm wäre zu erwarten, daß er nicht auf die spezielle Symptomatik fixiert bleibt, sondern die Lebensgeschichte des Patienten und seine Situation in der Familie und am Arbeitsplatz bei Diagnosestellung und Therapieanweisung berücksichtigt.

Daneben ist aber die *soziale Hilfe* keineswegs nebensächlich. Hier geht es um Aufgaben wie: Entlastung von akuten materiellen und beruflichen Sorgen, Versorgung der Kinder und des Haushaltes, Einkäufe, Vermittlung angemessener häuslicher Pflege. Bei derartigen Hilfestellungen kommen Sozialarbeiter notwendig auch mit Fragen der Therapie in Berührung. Nun ist es gewiß nicht deren Aufgabe, missionarisch für eine bestimmte Behandlungsmethode zu werben, stamme sie aus der Schulmedizin oder der alternativen Szene. Auch wenn der Patient von Methoden Gebrauch macht, die nach unserer Meinung abwegig sind oder dem Aberglauben entstammen, haben wir das grundsätzlich als seine Angelegenheit zu respektieren. Wir müssen bedenken, daß die Beiziehung eines Hoça oder eines Gesundbeters irgendeiner Sekte, daß das Auflegen eines Amuletts oder gar die Durchführung eines Abwehrzaubers für den Kranken eine entscheidende Stützung darstellen kann und psychischen und sozialen Aspekten gerecht wird, die wir allzu leicht vernachlässigen. Freilich müssen wir offensichtlich schädlichen Einwirkungen entgegentreten und uns dafür einsetzen, daß neben der Volksmedizin vital indizierte Anwendungen der wissenschaftlichen Medizin nicht versäumt werden.

4. Tertiäre Prävention

Nach Behandlung der akute Krankheitserscheinungen bestehen häufig noch Einschränkungen und Funktionsstörungen. Der Patient ist nicht mehr krank, aber doch weiterhin beeinträchtigt. *Aufgabe* der tertiären Prävention ist nun

- erneuten Verschlechterungen des noch labilen Gesundheitszustandes vorzubeugen,
- die Beeinträchtigungen durch geeignete Lebensführung und gezielte Aktivitäten zu beseitigen,
- den Patienten zu befähigen, verbleibende Resterscheinungen zu kompensieren, so daß er wieder ein erfülltes Leben führen kann.

4.1 Festigung des erreichten Gesundheitszustandes, Vorbeugung gegen erneute Verschlechterung

Auch im Rahmen der tertiären Prävention kommt den Prinzipien gesunder Lebensführung und der Beachtung von Risiken in erhöhtem Maße Bedeutung zu. Hinzu tritt nun die Auseinandersetzung mit fortbestehenden Beeinträchtigungen. Zu einem wesentlichen Teil beruhen diese nicht auf pathologischen Veränderungen, sondern sind lediglich Folge längerer Inaktivierung und daher durch gezieltes Training zu beseitigen. Sofern aber bleibende Schäden vorliegen (z.B. bei einem eingestellten Diabetes), gilt es, sie auf solche Weise zu bewältigen ("Coping"), daß nicht mehr von "Krankheit" zu sprechen ist, sondern von "*bedingter Gesundheit*", die sehr wohl die Grundlage für eine aktives und erfülltes Lebens bilden kann.

Die dafür notwendige Auseinandersetzung überfordert häufig die Kräfte eines einzelnen Menschen. Um sich in der für ihn tiefgreifend veränderten Welt zurechtzufinden, bedarf es der Stützung und Ermutigung durch die Angehörigen, durch Nachbarn und Mitarbeiter. Vor allem ist er auch auf Verständnis und Hilfsbereitschaft bei Behörden und Betriebsleitung angewiesen. Hierbei wird häufig der Sozialarbeiter helfend oder vermittelnd eingreifen müssen.

4.2 Rehabilitation

Als Rehabilitation bezeichnet man die Gesamtheit der Maßnahmen, die der Wiedereingliederung von Erkrankten bzw. Behinderten in ihre Umwelt dienen. Sie soll der Gefahr vorbeugen, daß die Beeinträchtigung bzw. ihre weiteren Auswirkungen zu einem bleibenden Handikap werden. Dabei kann die Schädigung den körperlichen, den geistig-seelischen Bereich oder die Sinnesorgane betreffen. Folgende *Rehabilitationsbereiche*, die freilich eng miteinander verknüpft sind, lassen sich unterscheiden:

- medizinische Rehabilitation,
- berufliche und schulische Rehabilitation,
- psychosoziale Rehabilitation.

Für die *medizinische* Rehabilitation sind vor allem die Rentenversicherungsträger zuständig; sie müssen sich aber auf Leistungen beschränken, die zur Erhaltung und Wiederherstellung der Erwerbsfähigkeit beitragen. Zu diesem Zweck steht ein breit gefächertes Angebot rehabilitativer Maßnahmen zur Verfügung, meist im Rahmen stationärer Aufenthalte in Rehabilitations- und Schwerpunktkliniken, in denen Experten der verschiedensten Professionen zusammenarbeiten, nicht nur aus dem eigentlich medizinischen, sondern gerade auch aus dem psychologischen und sozialen Bereich; zum Regelangebot gehören auch arbeits- und beschäftigungstherapeutische Maßnahmen.

Der *beruflichen* Rehabilitation dienen die Berufsbildungswerke (Erstausbildung behinderter Jugendlicher) und die Berufsförderungswerke (Ausbildung und Umschulung behinderter Erwachsener). Die vorschulische und schulische Rehabilitation erfolgt in Sondereinrichtungen, die ein gut ausgebildetes und differenziertes System darstellen, das allerdings vom übrigen Schulwesen getrennt ist. Demgegenüber gibt es in den letzten Jahren zunehmend Bemühungen um eine *integrative Förderung*, die darauf zielt, die soziale Ausgrenzung zu überwinden.

Anders als die medizinische und berufliche Rehabilitation ist die *psychosoziale* bisher wenig entwickelt. Ihre Aufgabe liegt darin, die Betroffenen derart zu unterstützen, daß sie wieder - sozial eingebunden - einen angemessenen Platz einnehmen und sich in einem für sie befriedigenden Leben einrichten können. Dazu gehört besonders auch, das Verständnis und die Anteilnahme in der Öffentlichkeit zu fördern, Diskriminierungen abzubauen und die Umweltbedingungen so zu gestalten, daß sie den Bedürfnissen der Behinderten entsprechen (rollstuhlgerechte Straßen, Türen, Aufzüge, Verkehrsmittel).

5. Umsetzung präventiver Konzepte in die Praxis

5.1 Gesundheitserziehung

Zur praktischen Umsetzung der präventiven Konzepte bedarf es des Zusammenwirkens der einschlägigen Berufsgruppen. Die Voraussetzungen für eine gesunde Lebensführung wie für ein nicht ernstlich gestörtes Gesundheitsverhalten des Erwachsenen werden bereits in der frühen Kindheit, in der Beziehung zwischen Mutter und Kind geschaffen, und sind von der familialen Lebensführung abhängig. Dies ist bei der Mütterberatung zu bedenken und unterstreicht die Notwendigkeit von Elternseminaren.

Kindergarten und Schule bieten Gelegenheit zur Korrektur und zur weiteren Entwicklung gesundheitsbewußten Verhaltens; hier müßte eine "Gesundheitserziehung" erfolgen, für die nun in erster Linie die Pädagogen zuständig sind. Zunächst sind spielerisch Körpererfahrungen aufzubauen und gesundheitsbegünstigende Gewohnheiten einzuüben, dann aber auch zunehmend Wissen und Einsichten zu vermitteln. Es kommt darauf an, daß schon das Kind sich der Möglichkeit und damit auch der Verantwortung bewußt wird, sein Leben in körperlicher wie in geistiger Hinsicht selbst zu gestalten. Dabei ist es ratsam, den Blick nicht vorrangig auf Krankheit zu richten (das provoziert eher Desinteresse oder Vermeidung), sondern auf die Entfaltung eines gesunden, erfüllten Lebens, etwa gemäß der *Devise "Lebensfreude contra Krankheit"* (VESCOVI 1987). All die Prinzipien gesunder Lebensführung, die bereits unter 2. erörtert wurden, sind für die Erreichung dieses Ziels von Wichtigkeit.

Entsprechend gilt dies auch für Jugendliche und Erwachsene; doch kann natürlich beim mündigen Bürger nicht mehr von Gesundheitserziehung gesprochen werden, sondern von "*Gesundheitsbildung*", welche auf die persönliche Entwicklung einer "Kunst der Lebensführung" hinausläuft.

Wo sich bereits gesundheitliche Schäden abzeichnen, wird individuelle *Beratung* vordringlich, sowohl zur Behebung der schon bestehenden wie zur Verhütung drohender weiterer Schäden. Gewiß ist das an erster Stelle Sache des Arztes, doch wird auch der Sozialarbeiter bei der Erfüllung fürsorgerischer Aufgaben immer wieder mit solchen Fragen in Berührung kommen, so wie er bei seiner Tätigkeit ohnehin ständig den gesundheitlichen Gesichtspunkt vor Augen haben muß. Dies unterstreicht die Notwendigkeit, daß er nicht nur über die Prinzipien gesunder Lebensführung informiert ist, sondern darüber hinaus Austausch und Kooperation mit dem Arzt bzw. den anderen im Gesundheitsdienst engagierten Berufen pflegt. Wünschenswert wäre, daß sich in den einzelnen Stadtteilen *Teams* bilden, in denen interessierte Bürger mit Angehörigen der einschlägigen Professionen zusammenarbeiten.

5.2 Gesundheitsbildung durch Gruppenarbeit

Gleich ob sich die Klienten im Zustand voller Gesundheit befinden oder ob gesundheitliche Schäden vorliegen, in jedem Fall stellt die Arbeit mit Gruppen ein wichtiges Hilfsmittel dar. Das gilt nicht nur, weil auf diese Weise ein größerer Kreis von Interessenten erreicht wird, sondern vor allem, weil die Gruppenarbeit in mancher Hinsicht der Einzelberatung überlegen ist, wie im folgenden deutlich wird.

Die auf Gesundheitsbildung hin orientierte Gruppenarbeit ist im wesentlichen themenbezogen. Nachstehend eine Auswahl von *Themen*, von denen jedes hinreichend Stoff für eine ganze Veranstaltungsreihe bietet:

- Sexualität;
- Gesunde Lebensführung in der Schwangerschaft;
- Gesundes Leben im höheren Alter;
- Risiken wie Übergewicht, Nikotin- oder Medikamentenabhängigkeit;
- Gesundes Leben bei Vorliegen bestimmter Schäden (tertiäre Prävention bei Diabetes, Zustand nach Herzinfarkt, bei HIV-positivem Blut).

Bei jedem der genannten Themen wäre dann die ganze Reihe der besprochenen Prinzipien gesunder Lebensführung durchzugehen. Die Zusammensetzung der Gruppen kann sich auf persönlich Betroffene beschränken. Oft ist aber die *Einbeziehung von Angehörigen* angebracht. Denn beispielsweise funktioniert bei einem Diabetiker die Diät am ehesten dann, wenn die Ehefrau an den Übungen beteiligt ist. Endlich gibt es auch spezielle Angehörigengruppen, besonders bei psychiatrischen Erkrankungen wie chronischen Psychosen, geistiger Behinderung, Alkohol- und Drogenabhängigkeit.

Die Bearbeitung der Themen beruht auf der *Dreiheit Information - praktische Übungen - Gruppengespräch*. Oft ist es günstig, die Veranstaltung mit *Informationsangeboten* einzuleiten, wozu kurze Referate, Filme, besonders auch Videospots geeignet sind. Wichtig ist eine Sammlung einschlägiger Literatur, die sowohl für die Vor- wie für die Nachbereitung den Gruppenteilnehmern zur Verfügung steht. Entscheidend ist natürlich, daß die Informationen nicht nur wissenschaftlich verläßlich sind, sondern didaktisch kompetent vermittelt werden. Auch hierzu bedarf es des Zusammenwirkens der unterschiedlichen Berufsgruppen des Fürsorge- und Rehabilitationsbereichs.

Bei den *praktischen Übungen* geht es um das Erlernen von Fertigkeiten und deren Umsetzung in das alltägliche Leben. Hierzu gehören:

- Kochkurse (gesunde Ernährung allgemein - spezielle Diäten)
- Entspannungsübungen
- Gymnastik, körperliches Training
- Badeanwendungen.

Weiter ist hier das Einüben von Kontrollmethoden zu erwähnen, z.B. das Errechnen des Kalorien- und Kohlehydratgehalts der Speisen, Kontrolle des Körpergewichts, evtl. auch von Blutdruck oder Blutzucker; endlich das Führen von Verlaufstabellen.

Nun ist der Einfluß bloßer Information auf das Verhalten im Alltagsleben bekanntlich gering. Und selbst bei praktischen Übungen pflegt der Eifer rasch nachzulassen. Es ist nötig, daß sich der einzelne im *Gespräch* mit anderen persönlich mit der Thematik auseinandersetzt und Konsequenzen für die Behebung der eigenen Schwierigkeiten zieht. Die praktische Umsetzung ist bereits in der Gruppe vorzubereiten und dann im Alltagsleben zu vollziehen; Erfolge und Schwierigkeiten sind erneut in die Gruppe einzubringen. Ein solches Vorgehen durchbricht die Einsamkeit und Wortlosigkeit des Gestörtseins, vermittelt die Stützung und Anregung durch gleichfalls Betroffene, aktiviert das eigene therapeutische Potential. Damit schafft es die Voraussetzung für eine andauernde Mitarbeit, die für einen Erfolg notwendig ist. Eine *methodische Orientierung* für solche Gruppengespräche bietet die "Themenzentrierte Interaktion" nach RUTH COHN (1975).

5.3 Selbsthilfegruppen

Gruppenarbeit ist um so positiver zu werten, je stärker die Selbstbeteiligung der Gruppenteilnehmer ist, denn um so nachhaltiger ist die Aktivierung des einzelnen und der Transfer in den Alltag. Als Ziel sind daher Selbsthilfegruppen zu sehen, in denen die Betroffenen auch langfristig Begleitung finden. Doch bedürfen auch diese in eigener Initiative und Verantwortlichkeit arbeitenden Gruppen immer wieder der *Unterstützung* durch Fachpersonal, sei es zum Zweck der Informationsvermittlung oder bei Schwierigkeiten mit dem Gruppenzusammenhalt.

Selbsthilfegruppen sind nach Zielsetzung und Arbeitsweise sehr vielfältig. Einmal gibt es solche, bei denen die introspektive Bearbeitung persönlicher Probleme im Vordergrund steht. Hierzu gehören Gruppen vom Typ der Anonymen Alkoholiker (Overeaters-, Suicide-, Emotions-Anonymous). Demgegenüber liegt bei anderen Vereinigungen der Akzent auf dem Umgang mit körperlichen Beeinträchtigungen und auf der Wahrung gemeinsamer Interessen. Hier kommt es auch zu institutionellen Zusammenschlüssen wie Deutsche Ilco e.V. (Stomaträger), Bundesverband für Kehlkopflose e.V., Frauenselbsthilfe nach Krebs e.V., Deutsche Rheumaliga e.V. u.a. Diese Organisationen bieten nicht nur im täglichen Leben wertvolle Hilfe für die einzelnen Betroffenen, sondern haben auch auf lokaler und überregionaler Ebene entscheidende Verbesserungen in der sozialen und rechtlichen Situation für die Betroffenen bewirkt.

Es sind also zwei gegensätzliche Tendenzen zu beobachten: die *introspektive*, auf eigene Veränderung zielende Haltung und die *auswärtsgewandte* Aktivität, die auf eine Veränderung der Verhältnisse zielt, wobei auch Entwicklungen in Richtung von Bürgerinitiativen und Protestbewegungen naheliegen. Diese gegensätzlichen Tendenzen führen nicht selten zu Konflikten, doch schließen sie einander keineswegs aus. Tatsächlich werden Selbsthilfegruppen ihr Potential für den einzelnen wie für die Gesellschaft nur dann voll entwickeln, wenn beide Tendenzen - Reflexion und Handlung - zusammenkommen (MOELLER 1978). In beiden Richtungen bedürfen Selbsthilfegruppen immer wieder der Unterstützung durch Fachpersonal, sei es in Form von institutionalisierter oder informeller Mitarbeit.

5.4 Die Bedeutung der Teamarbeit für eine wohnortnahe Betreuung

Die übliche Praxis für eine kurze Zeit "etwas für die Gesundheit zu tun", etwa in Gestalt eines Kuraufenthaltes, erweist sich nur dann als sinnvoll, wenn sie zu einem angemessenen Gesundheitsverhalten im Alltag und möglichst in allen Lebensbereichen führt. Ebenso wird sich aus einer Krankenhausbehandlung am ehesten dann ein bleibender Erfolg ergeben, wenn sie durch Nachbehandlung und angemessene Lebensgestaltung ergänzt wird. Um das zu erreichen, sind wohnortnahe Angebote erforderlich, die sich ohne übermäßigen Aufwand in das tägliche Leben einfügen. Das gilt sowohl für die Gesundheitsförderung wie für die Prävention und die Betreuung chronisch Kranker. Dabei ist wichtig, daß nicht nur ein einzelner Sektor, sondern die gesamte Lebensführung Aufmerksamkeit findet, und daß bei Bedarf für ganz unterschiedliche Probleme Rat und Unterstützung verfügbar sind. Mit so vielseitigen Aufgaben wäre freilich eine einzelne Berufsgruppe überfordert. Daher ist es nötig, in interdisziplinären Teams zusammenzuwirken.

Wie solche Teamarbeit aussehen könnte, zeichnet sich in einer Reihe von Modellversuchen ab, die zum Thema "Wohnortnahe Versorgung von Rheumakranken" in den letzten Jahren an mehreren Orten Westdeutschlands durchgeführt wurden. Offensichtlich kommt es nicht nur darauf an, daß die schon vorhandenen Einrichtungen (Arztpraxen, Krankenhäuser, Badeanstalten) frühzeitiger und zuverlässiger genutzt werden, als das bisher der Fall ist. Darüber hinaus müßten Krankengymnastik, Physiotherapie und Ergotherapie viel häufiger und gezielter eingesetzt werden. Zudem ist es nötig, daß die Betreuung durch Psychologen und Sozialarbeiter einen viel höheren Stellenwert erhält, nicht zuletzt um den Patienten und ihren Familien zu helfen, ihr eigenes Bewältigungspotential zu mobilisieren. (Im einzelnen s. GRUNOW u.a. 1990)

Zweifellos besteht bei so vielseitiger Betreuung die Gefahr, daß vor lauter Teilaufgaben der Patient als Person aus dem Blick gerät und daß die Einzelaktivitäten zusammenhanglos oder gar widersprüchlich verlaufen. Für das Gelingen wohnortnaher Gesundheitsarbeit ist daher die gute Zusammenarbeit in Teams entscheidend - eine Aufgabe, für die wir noch recht wenig vorbereitet sind. Dabei ergeben sich Fragen der Organisationsstruktur und der Kommunikation. Nicht zuletzt verlangen die unterschiedlichen Betrachtungsweisen und Umgangsstile der verschiedenen Berufsgruppen *Verständigungsbereitschaft und Geduld*. Dabei könnte gerade den sozialen Berufen eine vermittelnde und koordinierende Funktion zukommen.

6. Gefahren präventiver Arbeit

Gewiß sind Risikovermeidung und positive Gesundheitspflege für das Wohl des einzelnen wie das der Gesellschaft notwendig. Trotzdem haben einschlägige Überlegungen und Maßnahmen nachdrücklichen Widerspruch hervorgerufen (kritische

Darstellung bei RIDDER 1987). und zweifellos ist es nötig, die berechtigten Bedenken sehr ernst zu nehmen und den Blick für die Gefahren zu schärfen.

Das gilt bereits angesichts der Risikovermeidung (WAMBACH 1983). Menschliches Leben ist notwendig mit Risiken verbunden; jede neue Erfahrung, jede Erweiterung unserer technischen Möglichkeiten geht mit Risiken einher. Wer kann aber festsetzen, was ein Risiko ist, und vor allem auch, welche gesundheitlichen Risiken vertretbar sind? - Hier besteht offensichtlich die Gefahr normativer Einschränkung und Gängelung, die im Namen des gesundheitlichen Wohls die Freiheit und Kreativität des einzelnen beschneidet und sein Verhalten zu standardisieren versucht.

Noch größere Gefahren ergeben sich bei der Pflege der Gesundheit, wo es weniger um das Vermeiden von Schäden als um die Entwicklung von Potentialen geht. Wer dürfte hier vorgeben, welche Richtungen und Ziele anzustreben wären, welche dagegen zu meiden? Hier könnte es zu einer künstlichen Medikalisierung völlig gesunder Menschen kommen. Und je mehr an Lenkung erfolgt, um so mehr wird dem einzelnen sein persönliches Eigentum - sein Körper, seine Gesundheit - entfremdet. Je ganzheitlicher er aber von einer solchen "Fürsorge" erfaßt wird, um so totaler wird seine Vereinnahmung.

Hinsichtlich der Risikovermeidung liegt folgende *Empfehlung* nahe: Die Behörden haben die Aufklärung über Risiken sicherzustellen (wie das etwa bei Medikamenten und Operationen geschieht). Die Entscheidung aber, ob und in welchem Umfang man ein solches Risiko eingehen will, muß in den Händen des Betroffenen bleiben. Tatsächlich ist die Lösung des Problems aber nicht so einfach, wie - bezüglich des gewählten Beispiels - die Verbreitung der Medikamentenabhängigkeit zeigt. Wenn gar das Wohlbefinden anderer Personen berührt wird, muß die Gesellschaft mitsprechen (geläufiges Beispiel: die Gefährdung von Nichtrauchern durch rauchgesättigte Luft).

Auch die wirtschaftlichen Interessen anderer Personen verlangen Berücksichtigung. So ist es sicher gerechtfertigt, wenn bei unfallträchtigen Sportarten erhöhte Versicherungsbeiträge verlangt werden. Endlich erläßt der Staat zur Unfallverhütung zunehmend gesetzliche Bestimmungen, wofür die Verpflichtung, im Straßenverkehr Schutzhelme und Gurte zu verwenden, ein Beispiel ist. Augenscheinlich ist doch nicht ohne staatliche Direktiven auszukommen. In mancher Hinsicht wären sogar viel weitergehende Beschränkungen zu wünschen (z.B. hinsichtlich der Verfügbarkeit von alkoholischen Getränken und Tabakwaren); doch wird hier zugleich die Gefahr einer zu stark eingreifenden Regulierung der individuellen Lebensführung erkennbar: Alkoholische Getränke sind ein wichtiges Kulturgut; die Unterdrückung ihres Gebrauchs während der amerikanischen Prohibitionszeit oder heute in Indien und im Iran bedeutet Freiheitsverlust, führt zu Auflehnung, Kriminalität und bewirkt nur eine Verheimlichung des Konsums, aber nicht eine Beseitigung gesundheitlicher Folgeschäden. Die Kontrolle, ob und durch wen Verstöße erfolgen, läßt vollends destruktive Formen der Bespitzelung und Korruption entstehen.

Wenn sich die *staatliche Kontrolle als "kollektive Daseinsfürsorge"* auch auf die positive Gesundheitspflege ausdehnt, wird Gesundheit zur Pflicht des Bürgers; er hat sie im Interesse der volkswirtschaftlichen Produktivität zu erhalten und zu steigern, wobei die Medizin als Instrument der Planung, Steuerung und Kontrolle eingesetzt wird. Zudem wird die "körperliche Ertüchtigung" zum Übungsfeld der Disziplinierung und widerspruchslosen Eingliederung des Individuums in den Ablauf der Apparate. Man erinnere sich, wie sie zum militärischen Drill nach den Signalen einer Trillerpfeife entartete. Damit wird die Spontaneität und die individuelle Gestaltung des Bewegungsablaufs getilgt und der Körper stattdessen in die Zwangsjacke eines von außen auferlegten Bewegungsschemas gezwängt. So wird eine vorgebliche Körperkultur zum Mittel der Herrschaft, die zunehmend die verschiedenen Lebensbereiche durchdringt, wie sich für die Zeit des Nationalsozialismus in Deutschland aufzeigen läßt und wie auch weiterhin in Diktaturen zu beobachten ist. Eine solche 'Körperkultur' stellt eine völlige Pervertierung der auf Befreiung und Selbstverfügung zielenden Gesundheitspflege dar.

Auch hier vermag die naheliegende Antwort, eine solche Gesundheitspflege müsse eben völlig in die freiwillige Verfügung jeder einzelnen Person gestellt sein, nicht wirklich zu befriedigen. Gegenüber passiver Konsumhaltung und den problematischen Einflüssen von Mode, Gewinn- und Genußstreben bedarf es der Aufklärung, der Anregung und öfters auch der Lenkung. Dabei müssen wir uns bewußt sein, daß derartige Unternehmungen - trotz des besten Willens - nie ganz auf objektiver Richtigkeit gegründet sind, sondern stets von Interessen und Ideologien beeinflußt werden. Gerade in der Gesundheitspflege gilt es, zwischen den Polen eines entmündigenden Dirigismus und eines gleichgültigen, Verwahrlosung duldenden Laissez-faire den jeweils angemessenen Weg zu finden, der dem Bürger die Anregungen und Hilfen gibt, deren er zur Entfaltung einer gesundheitsförderlichen Lebensführung bedarf; dabei sind aber seine Freiheit und individuellen Besonderheiten zu respektierten sowie das Gefühl zu fördern, für das eigene gesundheitliche Wohl wie für das der Mitmenschen verantwortlich zu sein. Besondere Bedeutung kommt hierbei dem eigenen Beispiel zu, denn es gibt Impulse, ermutigt, ohne die Freiheit des individuellen Weges zu nehmen.

Literatur

BLOBEL, R.; TÖLLE, R. (Hrsg.): Gesundsein - gesund bleiben. Ärzte und Wissenschaftler informieren über präventive Medizin. München u.a. 1975. *

BUNDESVEREINIGUNG FÜR GESUNDHEITSERZIEHUNG (Hrsg.): Gesundheitserziehung als Auftrag sozialer Arbeit - Möglichkeiten und Grenzen. Bonn 1982 .*

COHN, R.: Von der Psychoanalyse zur themenzentrierten Interaktion. Stuttgart 1975. *

DIEM, L.: Aktiv bleiben. Lebenstechniken ab 40. Stuttgart 1974.*

GRUNOW, D.; HÄTTICH, A.; REUTER, R.; WOHLFAHRT, N.: Wohnortnahe Versorgung von Rheumakranken. Modellhafte Erprobung, Wirksamkeitsprüfung und Verankerung im Versorgungssystem. Integrierter Bericht des Forschungsverbundes. Duisburg, München 1990 (Konferenzfassung).

KOCH, U.; LUCIUS-HÖHNE, G.; STEGIE, R. (Hrsg.): Handbuch der Rehabilitationspsychologie. Berlin u.a. 1988. *

MOELLER, M.: Selbsthilfegruppen. Reinbek 1978. *

MOELLER, M.: Anders Helfen. Selbsthilfegruppen und Fachleute arbeiten zusammen. Stuttgart 1981.

OPPL, H.; WEBER-FALKENSAMMER, H. (Hrsg.): 'Ganzheitliche' Arbeit im Gesundheitswesen. Ansätze, Aufgaben, Rahmenbedingungen. Band 3 von: Lebenslagen und Gesundheit. Hilfen durch soziale Arbeit. Frankfurt 1986. *

PFEIFFER, W.M.: Psychologie des kranken Menschen. Stuttgart u.a. 1986. *

PFEIFFER, W.M.: Stichwort 'Beratung'. In: ESER, A.; LUTTEROTTI, M.v.; SPORKEN, P. (Hrsg.): Lexikon Medizin, Ethik, Recht. Freiburg 1989.

RIDDER P.: Kritische Übersicht über das Begriffsfeld. In: SCHAEFER, H. u.a. (Hrsg.): Präventive Medizin. Berlin u.a. 1987.

SCHAEFER, H.; SCHIPPERGES, H.; WAGNER, G. (Hrsg.): Präventive Medizin. Aspekte und Perspektiven einer vorbeugenden Medizin. Berlin u.a. 1987. *

SCHIPPERGES, H.; VESCOVI, G.; GEUE, B.; SCHLEMMER, J.: Die Regelkreise der Lebensführung. Köln 1988. *

VESCOVI, G.: Medicus poeta. Aufsatzsammlung und Bibliographie. Gerhard Vescovi zum 65. Geburtstag. Hrsg. von SCHIPPERGES, H.; SCHLEMMER, J. Karlsruhe 1987.

WAMBACH, M.M. (Hrsg.): Der Mensch als Risiko. Frankfurt 1983.

ZENTRALE FÜR VOLKSGESUNDHEITSPFLEGE (Hrsg.): Gesundheit für alle bis zum Jahr 2000. Primäre Gesundheitsversorgung als Gemeinschaftsaufgabe. Frankfurt 1982. *

Werke, die zur Weiterbildung empfohlen werden, sind durch einen * gekennzeichnet.

Anschrift des Verfassers

Prof. Dr. Wolfgang M. Pfeiffer, Rennestraße 13 A, 8520 Erlangen

WOLFGANG M. PFEIFFER

Psychische Abweichungen als Aufgabenbereich der Sozialarbeit

Zusammenfassung

Am Beispiel des Alkoholismus wird die multifaktorielle Bedingtheit eines Krankheitsbildes dargestellt und besonders auf die Bedeutung kultureller und gesellschaftlicher Einflüsse eingegangen. Eine solche komplexe Betrachtungsweise wird dann auf andere psychische Beeinträchtigungen angewandt (Abbauprozesse, Lernbehinderung, Persönlichkeitsstörungen, Psychosen). Entsprechend der multifaktoriellen Bedingtheit bedarf es eines mehrdimensionalen therapeutischen Vorgehens, was interdisziplinäre Zusammenarbeit verlangt. Hierzu gehört, daß man die Denk- und Arbeitsweise der anderen Berufsgruppen kennt und sich - unter Wahrung der eigenen Gesichtspunkte - darauf einstellt. Zu diesem Zweck wird auch ein Überblick über die verschiedenen Gruppen der Psychopharmaka gegeben.

1. Kooperation hinsichtlich der beruflichen Blickweisen und Interventionen

1.1 Hilfsbedürftigkeit - ein Wesensmerkmal des Menschen

Zum Wesen des Menschen gehört, daß er nicht nur am Anfang und am Ende seines Lebens auf andere angewiesen ist, sondern daß er immer aufs Neue der Hilfe bedarf. Krankheit und Gebrechlichkeit sind ein selbstverständlicher Teil des menschlichen Lebens. Natürlich ist es Aufgabe der helfenden Berufe, nach Kräften zur Überwindung oder wenigstens Linderung solchen Leidens beizutragen. Neben den Geheilten aber steht die große Zahl der chronisch Kranken, der mit bleibenden Schäden Behafteten. Es erwies sich als eine gefährliche Täuschung, als man meinte, man könne den schmerzhaften Anblick des Leidens und der Beschädigung aus unserer Alltagswelt entfernen. Das nämlich führt - aufgrund der unausweichlichen Gebrechlichkeit menschlichen Daseins - zur Aussonderung oder gar Vernichtung der Betroffenen. Demgegenüber beweist eine Gesellschaft ihre Menschlichkeit eben dadurch, daß sie den chronisch Kranken, den Gebrechlichen und gerade auch den geistig Behinderten als Person annimmt, ihn ohne weiteres am täglichen Leben teilhaben läßt; und daß sie ihm die Möglichkeit eröffnet und den Grad an Autonomie sichert, deren er zu seiner Entfaltung bedarf.

1.2 Die multifaktorielle Bedingtheit der Krankheitsbilder

Psychische Krankheit erwächst wohl nie aus einer einzigen Bedingung, sondern ist ein komplexes Geschehen. Allerdings sind die einzelnen Berufsgruppen geneigt, das Bedingungsgefüge allein aus dem *Blickwinkel* ihres Arbeitsbereiches zu betrachten. Der somatisch orientierte Mediziner sieht an der Krankheit vor allem die Auswirkung von Anlagefaktoren und von pathologischen Veränderungen körperlicher Vorgänge, wie z.B. der Hirndurchblutung und des Hirnstoffwechsels. Für den Psychologen steht die individuelle Lebens- und Lerngeschichte samt ihren Beeinträchtigungen im Vordergrund. Das Interesse des Sozialwissenschaftlers ist dagegen in erster Linie auf gesellschaftliche Vorgänge gerichtet; so sieht er statt einer "innerpsychischen" Störung eine Veränderung der zwischenmenschlichen Beziehungen, und was der Arzt als "Krankheit" bezeichnet, wird ihm zur "gesellschaftlichen Konstruktion".

All diese Blickweisen haben ihre Berechtigung und eröffnen hinsichtlich der Vorbeugung und der Therapie wichtige Möglichkeiten, sei es auch - je nach Art der Störung - mit unterschiedlicher Gewichtung. Doch bleibt jede der angeführten Betrachtungsweisen - für sich allein genommen - einseitig und damit unzureichend. Schon die allgemeine Problematik eines Krankheitsbildes (etwa der Drogenabhängigkeit) verlangt, daß die Vertreter der einzelnen Berufsgruppen den Blick auch auf die jeweils anderen Aspekte ausweiten. Um aber dem Menschen, der im konkreten Einzelfall unserer Hilfe anvertraut ist, gerecht zu werden, bedarf es der Zusammenarbeit der zuständigen Berufsgruppen. Über die genannten hinaus sind hier weiter die Heilpädagogen und Seelsorger anzuführen, zudem die Angehörigen und die Selbsthilfegruppen. Im Zentrum aber steht die Person des Betroffenen selbst, dessen Potential und verantwortliche Mitarbeit es zu wecken und zu fördern gilt - gerade auch dort, wo sie verschüttet und beschädigt sind.

Wie gesagt: *Krankheit* ist in ihrer Entstehung, ihrem Verlauf und ihren Auswirkungen durch eine Vielzahl von Faktoren bestimmt ("multifaktorielle Bedingtheit"). Anlage, Lebensgeschichte, aktuelle Einflüsse (in körperlicher wie in psychischer Hinsicht), die soziale Situation und nicht zuletzt die persönliche Stellungnahme: all das wirkt im Krankheitsgeschehen zusammen.

2. Alkoholismus als Beispiel multifaktorieller Bedingtheit von Krankheit

2.1 Der gesellschaftliche Aspekt

Besonders augenfällig ist ein solches Zusammenspiel bei dem psychischen Krankheitsbild, welches in unserer Gesellschaft gegenwärtig die schwersten sozialen Auswirkungen zeigt, nämlich beim Alkoholismus. Stärker als bei anderen psychischen Störungen macht sich hier der *Einfluß der Kultur* geltend: Während zahlreiche Völkerschaften unter dem Einfluß des Alkohols zugrundegegangen sind (z.B. Indianerstämme) und bei uns nahezu 3 % aller Erwachsenen alkoholabhängig sind, gibt es weite Gebiete der Erde, wo Alkoholismus unbekannt ist, zum Teil der Gebrauch von Rauschmitteln überhaupt gemieden wird, z.B. Westjava. (PFEIFFER 1986) Hierdurch wird belegt, daß Alkoholmißbrauch nicht einfach etwas Naturgegebenes ist, womit man sich abfinden dürfte. Vielmehr lehrt das Beispiel verschiedener Mittelmeerländer, daß die Kultur einen mäßigen Alkoholgebrauch bei geselligen und festlichen Gelegenheiten durchaus zu integrieren vermag und damit einer Entgleisung ins Deviante entgegenwirkt.

2.2 Weitere Bedingungsfaktoren

Wie durch die Zwillingsforschung belegt ist, sind beim Alkoholismus auch Erbfaktoren von Einfluß. Weiterhin kommt lebensgeschichtlichen Faktoren Bedeutung zu, etwa den Vorbildern in der Familie, besonders auch dem Umstand, ob erlernt wurde, Frustrationen und Mißstimmungen zu ertragen oder sie durch Drogengebrauch zu überdecken. Offensichtlich ist auch der Einfluß der *aktuellen Situation*: allgemein befriedigende Lebensverhältnisse oder gar chronische Unzufriedenheit, Überforderung in Beruf und Familie, Verführung durch Gelegenheit und Mitarbeiter. Von entscheidendem Gewicht für den weiteren Verlauf einer Alkoholerkrankung ist die Bereitschaft, sich der Realität (z.B. der Tatsache der eigenen Gefährdung) zu stellen und die Auseinandersetzung unterstützt eigenverantwortlich aufzunehmen. Endlich müssen wir die toxischen Auswirkungen des chronischen Alkoholgebrauchs beachten, die nicht nur zu vielfältigen Organschädigungen führen, sondern auch eine fortschreitende Wesensänderung bedingen, welche jede Einsicht und verläßliche Mitarbeit in

Frage stellt. Psychotische Erscheinungen wie Delirium tremens, Halluzinose und Wahnbildung seien nur am Rande erwähnt, ebenso das Auftreten epileptischer Anfälle. (TÖLLE 1988).

2.3 Das Krankheitsbild

Der Vielfalt der Bedingungsfaktoren entspricht, daß es *keinen* bestimmten Persönlichkeitstyp gibt, der zum Alkoholismus prädisponiert. Auch ist mit einer ganzen Reihe verschiedener Verlaufsformen und Stadien zu rechnen, wie sie JELLINEK (1960) beschrieben hat. Immerhin bestehen eine *Anzahl typischer Züge*, von denen hier einige erwähnt seien.

Beim Alkoholismus liegt schon insofern eine "Krankheit" vor, als der Betroffene nicht in der Lage ist, sich aus eigener Kraft aus seinem Leiden zu befreien. Zudem bedarf der Alkoholiker auch wegen des Schadens, den er sich selbst und der Gesellschaft zufügt, der Behandlung. Hilfe sucht er am ehesten wegen sozialer und familiärer Notlage oder wegen somatischer Beschwerden, kaum aber wegen seines eigentlichen Leidens. Vielmehr vermeidet er, darüber zu sprechen, weshalb es nötig ist, daß der Helfer an diese Möglichkeit denkt, die Problematik zur Sprache bringt und zu klären sucht.

Vorwürfe und Ermahnungen erweisen sich als sinnlos, da der Alkoholiker ohnehin schon ein Übermaß an Beschämung und Demütigung erfahren hat. Er muß vor allem wieder Selbstvertrauen und Selbstachtung finden. Vollends abwegig ist es, auf den häufig geäußerten Wunsch nach "kontrolliertem Trinken" einzugehen; denn Alkoholismus bedeutet ja die Unfähigkeit zur Kontrolle, und die einzige Alternative liegt in der völligen Abstinenz.

2.4 Therapeutische Konsequenzen

Die besonderen Schwierigkeiten während der ersten Tage der Abstinenz (Entziehungserscheinungen, körperliche Behandlungsbedürftigkeit) lassen eine stationäre Aufnahme wenigstens für kürzere Zeit ratsam erscheinen. So wichtig bereits zu diesem frühen Zeitpunkt eine Stützung und Motivierung des Patienten durch verstehende Gespräche ist, kann die eigentliche *Psychotherapie* allerdings erst dann beginnen, wenn der verdeckende Schleier des Alkohols beseitigt ist und die Probleme zutage treten. Allzu oft wird Psychotherapie vom Abhängigen als Alibi benutzt (und zwar gegenüber den anderen wie gegenüber der eigenen Person), daß ja etwas geschehe und alles bald besser werde. Tatsächlich gilt aber für den Alkoholismus wie für jede andere Form der Abhängigkeit (einschließlich der Anorexie), daß Psychotherapie im strengen Sinne erst bei grundsätzlicher *Abstinenz* möglich wird. (SWILDENS 1991, S. 156 f.)

In diesem Zusammenhang wird geltend gemacht, daß die Psychotherapie den angenehmeren und erfolgversprechenderen Teil der Arbeit für sich reserviere, während die eigentlich mühsamen und menschlich fordernden *Aufgaben der Sozialarbeit* oblägen, das Aufsuchen von unmotivierten Süchtigen in ihrem Milieu, die Begleitung durch die sozialen Krisen hindurch; als ob es nicht erst recht eine therapeutische Leistung sei, Menschen in solcher Bedrohung Halt zu geben, ihre soziale Stabilisierung zu fördern, vielleicht auch die Motivation für den "sauberen" Teil der Arbeit zu schaffen, der dann den angesehenen Namen "Psychotherapie" trägt.

Begriffliche Klarheit ist hier gefordert. Wir müssen uns bei der Verwendung des Begriffs "Psychotherapie" an den Richtlinien des Gesundheitswesens orientieren; und es ist wichtig, die Sozialarbeit in ihrer Eigenständigkeit auf theoretischem und methodischem Gebiet sowie in ihrer großen gesellschaftlichen Bedeutung von dieser Psychotherapie im engeren Sinn abzugrenzen. Eine präzise Formulierung für die einschlägige Tätigkeit sozialer Berufe könnte lauten: *"therapeutisch orientierte psychosoziale Beratung und Begleitung"*.

Hat sich der Patient aufgrund solcher Hilfe zur Abstinenz durchgerungen, ist individuelle Psychotherapie für sich allein aber kaum einmal ausreichend; entsprechend der Vielzahl der Einflußfaktoren bedarf es mehrseitiger Einwirkung. Durch soziale Hilfen und familientherapeutische Maßnahmen gilt es, pathologische Beziehungsmuster umzustrukturieren. Zur weiteren Stabilisierung kommt *Selbsthilfegruppen* große Bedeutung zu. Aufs Ganze gesehen bedarf es aber auch gesundheitserzieherischer und politischer Aktivitäten, um den gesellschaftlichen und kulturellen Hintergründen der bedrohlichen Entwicklung der Suchtkrankheiten entgegenzuwirken. Zumindest vorläufig müssen wir uns jedoch darauf einstellen, daß eine große Zahl von Alkoholkranken fortschreitendem körperlichen und psychischen Verfall ausgeliefert ist. Daß auch diese Menschen Verständnis und Hilfe finden und ein einigermaßen *menschenwürdiges Dasein* führen können, darin liegt eine der großen Aufgaben der Sozialarbeit.

So läßt das Beispiel des Alkoholismus nicht nur die Vielfalt der Bedingungsfaktoren erkennen, sondern auch die entsprechende Vielfalt der Anforderungen an die helfenden Berufe und damit die Notwendigkeit der Zusammenarbeit aller zuständigen Stellen. Entsprechendes gilt ebenfalls für andere Formen psychischer Erkrankung.

3. Die psychischen Abbauprozesse

3.1 Verschiedene Krankheitsbilder

Die psychischen Abbauprozesse stellen ein anderes Hauptproblem unserer Gesellschaft dar, dessen Bedeutung mit wachsender Lebenserwartung und schwindenden Möglichkeiten familiärer Pflege rapide zunimmt. Bei cerebralen Gefäßprozessen und Durchblutungsstörungen bieten sich Ansatzpunkte für eine medizinische Behandlung (Förderung von Kreislauf, Durchblutung und Hirnstoffwechsel), vor allem aber auch für eine Vorbeugung (Kontrolle von Blutdruck- und Blutfettwerten). Hinsichtlich der *senilen und präsenilen Demenzen* (Alzheimer) ist uns dagegen nur wenig über Ursachen und über effektive Behandlungsmethoden bekannt. Augenscheinlich müssen wir uns darauf einstellen, daß mit zunehmendem Lebensalter eine immer größere Anzahl von Menschen in einen Zustand der Hilfs- und Pflegebedürftigkeit gerät.

3.2 Therapeutische Aufgaben

Trotz der sehr begrenzten Möglichkeiten medikamentöser Therapie wäre es abwegig zu meinen, daß bei diesen Prozessen "nichts mehr zu machen" sei. Freilich liegt der *Schwerpunkt* auf gesellschaftlichem und pflegerischem Gebiet. In erster Linie gilt es, dem alternden Menschen, so lange wie es irgend geht, zu ermöglichen, daß er in seinem vertrauten Milieu lebt, und zwar ohne materielle Not, ohne zu vereinsamen, ohne körperlicher und geistiger Verwahrlosung anheimzufallen. Bei Verschlechterung des Befindens genügt vielfach ein kürzerer Krankenhausaufenthalt, um eine Kompensation der körperlichen Störungen und damit auch des psychischen Zustandes zu erreichen. Zudem läßt sich ein erheblicher Teil der Beeinträchtigungen durch körperliches und geistiges Training ("Gehirnjogging") ausgleichen. (FISCHER & LEHRL 1983)

Häufig ist aber bei vielen Menschen die bleibende Aufnahme in ein *Alters- oder Pflegeheim* eines Tages nicht mehr zu umgehen. Hier ginge es nun darum, den Betroffenen neben der Versorgung das jeweils noch zugängliche Maß an Identität, Privatheit und Autonomie zu bewahren und darüber hinaus den mitmenschlichen Kontakt, die Beziehung zur Welt zu fördern (zu Familie, Natur, Jahresablauf). In dieser Hinsicht bedarf der Mensch um so größerer Unterstützung, je mehr seine Eigendynamik und seine Fähigkeit zur Selbstbehauptung nachlassen. In einem Teil der Einrichtungen sind diesbezüglich gute Ansätze zu erkennen, in anderen sind die Verhältnisse aber bedrückend, wenn nicht gar entwürdigend. Das liegt nicht nur am Mangel an Personal und Hilfsmitteln; vielmehr müssen wir eingestehen, wie unzureichend unsere Kenntnisse auf dem Gebiet des Alterns noch sind. Und sicher ist ein einzelner Berufszweig (etwa die Altenpflege) durch die schwierige Problematik überfordert. Auch hier bedarf es des Zusammenwirkens von Sozialarbeitern, Medizinern und Psychologen in Teams. Ganz besonders geht es aber um die Mitarbeit der Familie, die freilich auf diese ihre schwierige Aufgabe vorbereitet werden muß.

Dabei stellt sich die Frage, wo eigentlich die Grenze liegt zwischen (pathologischer) Senilität und einem normgemäßen reifen Alter. Wir werden dem *Prozeß der Alterung* keinesfalls gerecht, wenn wir ihn am Leitbild des leistungsorientierten Menschen mittleren Lebensalters messen. Hier gelten andere Werte und Maßstäbe. Wir sollten berücksichtigen, wie in traditionsorientierten Agrargesellschaften Asiens alte Menschen ihren Ort im Alltagsleben finden, wobei das Nachlassen der Aktivität, des Interesses, der Merk- und Orientierungsfähigkeit nicht als etwas Abnormes betrachtet werden, sondern als die natürliche Eigenart des Alters, in der sich die Ablösung von dieser Welt ankündigt. Jedenfalls ist auch das im geistigen Abbau dahinschwindende Leben eine gültige Form menschlichen Daseins.

4. Intellektuelle Beeinträchtigungen

4.1 Unterschiedliche Formen

Als weitere Gruppe psychischer Abweichung von hoher gesellschaftlicher Relevanz ist die der intellektuellen Beeinträchtigungen hervorzuheben. Doch ist es nicht angemessen, hier von "Krankheit" zu sprechen, sondern eher von einer *Variante menschlichen Daseins, die "Krankheitswert" annehmen kann*. Es dürfte auf etwa 3 % der Bevölkerung zutreffen; die Abgrenzung bleibt freilich schwierig und fragwürdig. Zur groben Orientierung lassen sich 3 Schweregrade unterscheiden.

- *Leichte Formen* (Lernbehinderung): Hierbei reicht die Intelligenz nicht zu einem regulären Volksschulbesuch und nicht zum Erlernen eines Berufes aus, doch kann die Lebenstüchtigkeit ordentlich sein. Mitunter scheint es geradezu, als ob sich die intellektuelle Beeinträchtigung auf die Schulstunden beschränke.
- *Mittlere und schwere Formen* (geistige Behinderung): Geistig Behinderte sind weder zu selbständiger Lebensbewältigung noch zu regulärer Erwerbstätigkeit fähig. In schweren Fällen ist weder Spracherwerb noch sonstige Bildung möglich; die Betroffenen sind dauernd pflegebedürftig.

Freilich beschränkt sich die Anomalie nicht auf die Intelligenz. Schwierigkeiten ergeben sich gerade auch aus Störungen der emotionalen Steuerung (JANTZEN 1980).

Weiter ist zu berücksichtigen, daß es bei milieugeschädigten Kindern zur *Pseudodebilität* kommen kann. Hier liegt also kein wirklicher Intelligenzmangel vor, sondern er wird durch Wissenslücken und Entmutigung vorgetäuscht; häufig ist weiterhin eine Flucht in eine Haltung der Hilflosigkeit oder auch des trotzigen Aufbegehrens zu finden. Derartige Entwicklungen sieht man besonders häufig bei Kindern, die durch ihre Herkunft aus einem sprachfremden Milieu (z.B. Gastarbeiterfamilien) benachteiligt sind. Zur Klärung bedarf es spezieller psychologischer Untersuchungen.

Eine häufige *Ursache* des Schwachsinns liegt in der Erbanlage. Zahlreich sind auch Beeinträchtigungen, die durch Hirnschäden, entstanden bei der Geburt oder während der Schwangerschaft, bedingt sind; hierzu kommt es gehäuft in sozial unterprivilegierten Schichten. Vom Erscheinungsbild her lassen sich solche symptomatischen Schwachsinnszustände kaum von den erblichen Formen unterscheiden. Sehr charakteristisch ist dagegen das Downsche Syndrom (Mongolismus), dem eine nicht-erbliche Anlagestörung, nämlich eine Chromosomenanomalie, zugrunde liegt.

4.2 Therapeutische Fragen

Nur wenige Schwachsinnsformen (einige Stoffwechselanomalien und hormonale Störungen) sind einer medizinischen Therapie zugänglich. Doch gilt wenigstens für die leichteren Formen, daß auf das Persönlichkeitsbild und die Lebensbewährung entscheidend durch *Erziehung und Milieu* Einfluß genommen werden kann. In traditionsorientierten Agrargesellschaften sind leichtere Schwachsinnsformen oft so gut integriert, daß sie gar nicht bemerkt werden. Erst mit Schulpflicht, Militärdienst, Fabrikarbeit werden sie auffällig. Auch ein höherer Grad von Intelligenzmangel kann als eine lustige Eigenheit (etwa wie eine große Nase) akzeptiert werden, braucht den Platz in der Gesellschaft nicht zu gefährden. (DENTAN & NOWAK 1980)

Allerdings ist gerade das leichter hirngeschädigte bzw. intellektuell beeinträchtigte Kind gegenüber ungünstigen Milieueinflüssen besonders anfällig und wird leicht zum Opfer von Entmutigung und Fehlentwicklungen.

Zur Korrektur solcher Fehlentwicklungen und zur Entfaltung des latenten Potentials kommt der *Heilpädagogik* entscheidende Bedeutung zu. Dabei geht es nicht etwa um ein herabgesetztes Lernpensum, sondern um Unterrichtsformen, die den speziellen Begabungen bzw. Beeinträchtigungen angepaßt sind. Wichtig ist, daß eine derartige Betreuung zeitig einsetzt (etwa im Kindergarten) und daß eine verständnisvolle Mitwirkung des Elternhauses sowie der Kontakt zu gesunden Kindern gesichert werden. Das verlangt eine schwierige Balance zwischen Sonderförderung und sozialer Eingliederung sowie ein ganz individuelles Eingehen auf jeden Fall. Auch für diese Aufgabe gilt, daß eine einzelne Berufsrichtung - die Heilpädagogik - überfordert wäre. Es bedarf des Zusammenwirkens mit anderen Fächern, insbesondere Psychologie, Medizin und Sozialarbeit, am günstigsten im festen Rahmen eines Teams.

5. "Endogene" Psychosen

5.1 Multifaktorielle Bedingtheit

Die Psychosen ("Geisteskrankheiten" im engeren Sinne) werden gemäß psychiatrischer Gepflogenheit nach dem Vorwiegen bestimmter Bedingungsfaktoren eingeteilt in:
- exogene (d.h. körperlich begründbare, wie z.B.infektiöse, toxische, gefäßbedingte Psychosen);
- reaktive (erlebnisbedingte Verwirrtheits- und Dämmerzustände);
- endogene (hier kommt Anlagefaktoren besondere Bedeutung zu, vor allem in Gestalt von Störungen des Hirnstoffwechsels).

Auch wenn man an einer solchen Einteilung festhält, ist für jeden dieser Bereiche die multifaktorielle Bedingtheit zu beachten. Das bedeutet, daß bei den endogenen Psychosen - auf deren Besprechung wir uns hier beschränken müssen - neben den Anlagefaktoren auch lebensgeschichtliche Ereignisse, körperliche Vorgänge, die soziale Situation und die je individuelle Stellungnahme Berücksichtigung verlangen.

Schizophrenien, Depressionen, Manien kommen in allen Kulturen, Rassen und Gesellschaftsschichten vor, und sie lassen sich überall durch Medikamente, die in den Hirnstoffwechsel eingreifen (Neuroleptika und Thymoleptika), günstig beeinflussen. Dadurch wird belegt, daß es sich um *allgemein-menschliche Krankheitsbilder* handelt. Wie aber kulturvergleichende Untersuchungen zeigen, wird wohl schon die Häufigkeit des Auftretens, auf jeden Fall aber Ausformung und Verlauf und damit auch die individuelle und soziale Auswirkung des Leidens *weitgehend von Lebensgeschichte und Milieu beeinflußt*. (PFEIFFER 1971; GIEL 1980)

5.2 Schizophrenie

Wegen der merkwürdigen produktiven Symptomatik (Sinnestäuschungen, Wahn, befremdliche Störungen der Motorik und des Gedankenablaufs) hat die Schizophrenie in besonderem Maße das Interesse der Öffentlichkeit auf sich gezogen. Die suggestive Benennung (= Spaltungsirresein) hat freilich auch zu vielerlei Mißverständnissen geführt: Die "zwei Seelen in der Brust" des Menschen oder die Widersprüche zwischen Worten und Handlungen (die vielgenannte "Schizophrenie der Gesellschaft") haben allerdings nicht das geringste mit der Krankheit zu tun.

Welche *gesellschaftliche Bedeutung* schizophrenen Erkrankungen zukommt, wird dadurch beleuchtet, daß Schizophrene weltweit den Großteil der chronisch erkrankten Insassen psychiatrischer Anstalten bilden. Etwa 1 % der Bevölkerung erkrankt wenigstens einmal im Leben an Schizophrenie. Zur Prognose läßt sich aufgrund langfristiger Verlaufsstudien folgendes sagen: Bei etwa 25 % der Erkrankten heilt die Schizophrenie völlig aus; bei etwa 50 % bleiben in unterschiedlichem Ausmaß Resterscheinungen bestehen bzw. kommt es zu erneuten Krankheitsschüben; und bei den restlichen nahezu 25 % zeigen sich dauerhafte schwere Beeinträchtigungen. Kulturübergreifende Vergleichsstudien lassen annehmen, daß gerade diese Chronifizierung mit ihrer defizienten Symptomatik (Antriebs- und Affektverarmung, Verlust des Kontaktes zu anderen Menschen) in hohem Maße von den Milieubedingungen abhängig ist.

Diese Einsicht hat dazu geführt, daß neben die Therapie mit *Psychopharmaka* (durch die sich die produktive Symptomatik gut beeinflussen läßt) in zunehmendem Umfang *soziotherapeutische, psychotherapeutische und rehabilitative Maßnahmen* getreten sind. Auch hierzu bedarf es der Zusammenarbeit einer ganzen Reihe spezialisierter Berufsgruppen: den Medizinischen Berufsgruppen, der Sozialarbeit, der Beschäftigungstherapie, Heilgymnastik und der Psychologie.

In Zusammenhang mit dieser umfassenderen, aktiveren Therapie kam es zu einer radikalen Verringerung der Zahl dauernd asylierter Patienten und ebenso zu einer Verkürzung der Verweilzeiten in psychiatrischer Behandlung. Allerdings bedarf es bei einem Großteil der Patienten einer langfristigen Fortsetzung der medikamentösen Therapie. Zudem ist wenigstens für die Übergangszeit, oft aber auch auf Dauer Stützung und Begleitung der Patienten und ihrer Familien erforderlich. (KATSCHNIG 1984) Dabei fällt der Sozialarbeit meist die Hauptaufgabe zu.

Nun wäre es für ein effektives soziotherapeutisches Vorgehen entscheidend zu wissen, welche gesellschaftlichen bzw. lebensgeschichtlichen Umstände provozierend und welche integrierend auf schizophrene Prozesse und Restzustände wirken. Hierzu hat MURPHY (1982, S. 88 ff.) bei seiner Analyse epidemiologischer Untersuchungen Überlegungen angestellt, die Beachtung verdienen:

Danach ist es einmal wichtig, daß der *Schizophrenie-Gefährdete* nicht überfordert wird, was gerade auch in emotionaler Hinsicht gilt (eine Belastung, die aufgrund des besonders engen Kontaktes in der Kleinfamilie gegeben ist), und daß er nicht widersprüchlichen Anforderungen und Erwartungen ausgesetzt ist (etwa vom Typ der "Doppelbindung"). Auch ist er Situationen nicht gewachsen, für die Verhaltensregeln fehlen oder sehr komplexe Verhaltensregeln gültig sind. Diese Belastungsfaktoren erweisen sich als besonders gefährlich, da sie beim Schizophrenie-Gefährdeten auf Zonen besonderer Verletzlichkeit treffen, nämlich auf seine geringe Ambiguitätstolerenz und auf seine verminderte dynamische Belastbarkeit. Eine Aufgabe der Sozialarbeit würde nun darin liegen, dem Schizophrenie-Gefährdeten - unter Einbezug des sozialen Umfeldes (insbesondere der Familie) - zu helfen, sein Leben entsprechend den Erfordernissen einzurichten, die sich aus seiner spezifischen Gefährdung ergeben.

In den letzten Jahrzehnten sind vor allem durch die amerikanische *Familienforschung* eine Reihe von *Hypothesen* zur Entstehung der Schizophrenie entwickelt worden, die auch bei uns große Popularität erlangten. So wertvolle Ergebnisse die Familienforschung auch in anderer Hinsicht erbrachte, blieben ihre Thesen zur Entstehung der Schizophrenie doch unbestätigt. Insbesondere sind Schuldzuweisungen, etwa nach dem Muster der "schizophrenogenen Mutter", abzulehnen. Die Solidarität der Familie bedeutet nämlich für den chronisch Beeinträchtigten im allgemeinen den wichtigsten und tragfähigsten Rückhalt. Deshalb gilt es, eine verständnis- und vertrauensvolle Zusammenarbeit mit und in der Familie aufzubauen. Dazu gehört, ihre bisherigen Mühen und Verletzungen anzuerkennen und darüber hinaus Selbstvertrauen und Zuversicht zu stärken. Auch ist es nötig, sie auf die zukünftigen Aufgaben vorzubereiten und ihr Unterstützung zu bieten. Hierbei können Selbsthilfegruppen betroffener Familien zu einer wichtigen Hilfe werden.

5.3 Depression

Über die Häufigkeit krankhafter Depressionen etwas auszusagen, fällt schwer, denn gerade bei den leichten Formen gelingt es kaum, eine *Abgrenzung* zwischen normalpsychologischen und pathologischen Verstimmungszuständen zu treffen. Man kann wohl annehmen, daß bis zu 10 % aller Menschen ein- oder mehrmals in ihrem Leben depressive Zustände von mehrwöchiger (aber auch wesentlich längerer) Dauer durchmachen. Zur stationären Aufnahme kommt es freilich nur bei einer kleinen Zahl, während der Großteil - nach eigenem Urteil und dem der Umgebung - nicht als psychisch gestört angesehen wird, sondern eher als erschöpft oder auch als körperlich krank.

Desweiteren läßt sich feststellen, daß Depressionen - entgegen früheren Annahmen - in allen Gesellschaften und Rassen häufig sind. Allerdings wird gerade beim Vergleich deutlich, wie sehr das Krankheitsbild - abgesehen von der konstitutionellen Bereitschaft - durch die anderen Bedingungsfaktoren in Symptomatik, Auswirkung und Verlauf bestimmt wird. (PFEIFFER 1990)

So fiel schon seit langem auf, daß die große Melancholie, die durch Selbstabwertung, Schuldgefühle und hohe Suizidgefahr gekennzeichnet ist, am ehesten im *europäischen Bürgertum* vorkommt. Augenscheinlich ist sie an eine bestimmte Persönlichkeitsstruktur (Typus melancholicus im Sinne von TELLENBACH 1988[8] gebunden, die wiederum mit einem bestimmten kulturellen Verhaltensmuster in einer bestimmten historischen Situation in Zusammenhang steht, nämlich dem "innengeleiteten Typ" und dem leistungsorientierten Leitbild unserer Gesellschaft.

Dagegen kommt es *im afrikanischen Raum* häufiger als bei uns zu Beeinträchtigungs- und Verfolgungsideen. Zudem lebt eine Anzahl depressiver Patienten ihr Verstimmtsein auf elementare Weise aus, sei es in motorischer Erregung oder in Erstarrung bis hin zum Stupor. Die große Zahl der Depressionen zeigt aber ein symptomares Erscheinungsbild (und das gilt auch für unsere Kultur), wobei neben der gedrückten Stimmung vegetative Störungen im Vordergrund stehen.

Gerade auch im Interesse einer effektiven Behandlung ist es wichtig, das gesamte Bedingungsgefüge eines Verstimmungszustandes zu berücksichtigen. Treten äußere Einflüsse gegenüber der Anlage zurück ("endogene Depression"), dann kann man von einer Behandlung mit antidepressiven Medikamenten (Thymoleptika) guten Erfolg erwarten. Körperlich begründete Depressionen (bei chronischen Leiden, hormonalen Umstellungen, Ernährungsschäden) verlangen eine entsprechende somatische Therapie. Lebensgeschichtliche Fehlentwicklungen ("neurotische Depression" und depressive Erlebnisreaktionen) sind psychotherapeutischen und verhaltenstherapeutischen Bemühungen zugänglich. Häufig bedarf es soziotherapeutischer Hilfen, etwa um beim älteren Menschen die Vereinsamung und das Gefühl der Ausweglosigkeit oder Sinnlosigkeit zu überwinden. Doch lehrt der Vergleich mit anderen Kulturen, wie wichtig die *Entlastung* vom Leistungsdruck und eine verständnisvolle *Stützung* für den Verlauf jeder Form der Depression sind, gerade auch für die endogene.

Auf andere Formen von Psychosen (Manien, atypische periodische Psychosen und körperlich begründete Psychosen wie z.B. arteriosklerotische Psychosen oder Delirium tremens) kann hier aus Raumgründen nicht eingegangen werden. Im einzelnen sei auf die einschlägigen Lehrbücher verwiesen (z.B. TÖLLE 1988).

5.4 Anmerkungen zur Therapie der Psychosen mit Psychopharmaka

In der indischen und afrikanischen Medizin sind antipsychotische Drogen (nämlich Rauwolfia-Zubereitungen) seit alters bekannt. In der abendländischen Medizin wurde 1952 das erste Neuroleptikum entdeckt, worauf sich in kurzer Zeit das neue Wissenschaftsgebiet der Psychopharmakologie entwickelte. (PICHOT & MÜLLER 1987)

Neuroleptika

Nach der chemischen Struktur gehören sie zwei sehr unterschiedlichen Familien an, nämlich den Phenothiazin-Derivaten bzw. ähnlichen tricyclischen Verbindungen oder aber den Butyrophenon-Derivaten. Für den klinischen Gebrauch ist die *Wirkung* entscheidend, welche sie auf die produktive Symptomatik der Psychosen haben (also auf Halluzinationen und Wahnerlebnisse). Zudem dämpfen sie die psychotische Erregung, ohne aber die Bewußtseinslage und die intellektuellen Funktionen wesentlich zu beeinträchtigen. Die defizitäre Symptomatik (Antriebsmangel, emotionale und kontaktmäßige Verarmung) wird durch Neuroleptika kaum gebessert. Eher kommt es zu weiterer Beeinträchtigung des Antriebs und nicht selten auch der Stimmungslage.

Begleitwirkungen betreffen die vegetativen Funktionen (z.B. die Blutdruckregulation), vor allem aber die extrapyramidale Motorik. Hierzu gehören anfängliche Dystonien (z.B. Blick- und Zungenkrämpfe), später das Parkinsonsyndrom (motorische Verarmung bei Erhöhung des Muskeltonus = Rigor) sowie eine eigentümlich motorische Unruhe (Akathisie). Diese Begleiterscheinungen können durch Anpassung der Dosierung und durch Gabe von Antiparkinsonmitteln weitgehend beherrscht werden. Immerhin ist das Allgemeinbefinden doch häufig beeinträchtigt. Da aufgrund der Medikamente die Krankheitserscheinungen oft schon geschwunden sind, neigen die Patienten zum vorzeitigen Abbruch der Medikation, was Rückfälle zur Folge hat. Demgegenüber wurden zur Sicherung einer gleichmäßigen Wirkstoffzufuhr Depotpräparate entwickelt, die in ein- bis mehrwöchigen Abständen injiziert werden. Zur Zurückhaltung hinsichtlich der Dauer und der Menge der Medikation mahnt aber der

Umstand, daß es bei langjähriger, hochdosierter Gabe von Neuroleptika - besonders bei älteren Menschen - zu bleibenden extrapyramidalen Hyperkinesen kommen kann.

Antidepressiva (Thymoleptika)

Die Antidepressiva leiten sich chemisch von den bereits als neuroleptisch gekennzeichneten Phenothiazinen ab, und es gibt eine ganze Reihe von Stoffen, die neuroleptische und thymoleptische *Wirkung* miteinander verbinden. Durch thymoleptische Medikation wird die depressive Verstimmung oft so weit gemildert, daß die Patienten praktisch beschwerdefrei sind, häufig sogar ihre Tätigkeit wieder aufnehmen können. Doch ist es möglich, daß die endogene Schwankung im Hintergrund bis zu ihrem eigengesetzlichen Ende latent weiterläuft. Bis dahin wäre also die Medikation fortzusetzen. Übrigens werden Antidepressiva bei Psychosen des schizophrenen Formenkreises häufig in Kombination mit Neuroleptika angewandt, um Antrieb und Stimmungslage zu beeinflussen.

Auch die Antidepressiva sind nicht frei von *Begleitwirkungen*. Sie betreffen vor allem das Vegetativum, nicht aber die extrapyramidale Motorik. Der antriebssteigernde Effekt kann zu agitierter Unruhe führen und Hemmungen beseitigen, was mitunter eine erhöhte Suizidgefahr bedeutet. Gelegentlich werden durch Antidepressiva hypomanische Nachschwankungen provoziert, die freilich ohnehin zum Bild des manisch-depressiven Krankseins gehören.

In Zusammenhang mit den Antidepressiva ist noch die *Lithiumprophylaxe* zu nennen. Wenn bei der Depression auch grundsätzlich mit völligem Abklingen der einzelnen Phase zu rechnen ist, wurde die Prognose doch öfters durch häufige Neuerkrankungen getrübt, was mitunter so weit ging, daß depressive und manische Phasen fast ohne Intervall aufeinander folgten. In diesen Fällen brachte die Dauerbehandlung mit Lithiumpräparaten einen entscheidenden Fortschritt; die Phasen werden seltener und kürzer, verlaufen zudem leichter.

Tranquilizer

Die Tranquilizer, besonders die aus der Gruppe der Benzodiazepin-Derivate, haben in kurzer Zeit eine enorme Verbreitung erlangt. Durch ihre harmonisierende und angstlösende *Wirkung* sowie durch den schlaffördernden Effekt sind sie zweifellos eine wichtige Hilfe bei psychischen Krankheiten und in kritischen Lebenssituationen. Zur Behandlung von Psychosen reicht ihre Wirkung aber im allgemeinen nicht aus. Erst recht ist von der Verwendung bei bloßer Nervosität oder Überbelastung abzuraten, denn es besteht - ähnlich wie bei anderen Schlaf- und Beruhigungsmitteln - die Gefahr des Abhängigwerdens. Zudem täuscht das künstlich herbeigeführte Wohlbefinden ("Sonnenbrille der Seele") eine Harmonie vor, welche eine wirkliche Auseinandersetzung mit den vorhandenen Spannungen und Problemen - in der Psychotherapie - verhindert.

Hiernach läßt sich sagen, daß es sich bei den *Psychopharmaka keineswegs* um *problemlose Medikamente* handelt. Einerseits ist meist langfristige (oft jahrelange) Aufnahme in hinreichend hoher Dosierung erforderlich; andererseits sind Begleitwirkungen zu beachten, zudem die Gefahr des Abhängigwerdens (bei Tranquilizern) und bleibenden motorischen Störungen (bei langjähriger Verabreichung von Neuroleptika). Doch wäre es verhängnisvoll, angesichts solcher Schwierigkeiten eine ablehnende Haltung gegenüber der Pharmakotherapie einzunehmen. Die großen Fortschritte in der Behandlung psychischer Krankheiten, und das heißt auch, die weitgehende Befreiung der Patienten aus den Anstaltsmauern, waren nur auf der Grundlage der modernen Pharmakotherapie möglich.

Um *Dauererfolge* zu erreichen, genügt freilich nicht die ärztliche Betreuung allein. Es ist wichtig, daß auch die Familienangehörigen sowie die in der Gemeindearbeit tätigen Sozialarbeiter und Pflegekräfte Einblick in die Probleme der Pharmakotherapie gewinnen und den Patienten auf verständnisvolle Weise stützen und ermutigen. Darüber hinaus ist zu betonen, daß die Pharmakotherapie nur ein Sektor (freilich ein unverzichtbarer) im Rahmen eines umfassenden Therapie- und Rehabilitationsprogramms der Psychosen sein kann. Nicht minder wichtig sind die Aufgaben auf sozio- und psychotherapeutischem Gebiet (s. BINDER & BINDER in diesem Band).

6. Persönlichkeitsstörungen

6.1 Zur Typologie

Aus räumlichen Gründen verbietet sich auch eine Beschäftigung mit den Neurosen und abnormen Erlebnisreaktionen. Wegen der besonderen Bedeutung für die Sozialarbeit soll aber noch auf eine Problemgruppe näher eingegangen werden, nämlich auf die "abnormen" Persönlichkeiten. Mit "Persönlichkeitsstörungen" bezeichnet man abweichende Charakterstrukturen. Sie bringen den Betroffenen immer wieder in Schwierigkeiten, sei es im Verhältnis zur Umwelt, sei es mit sich selbst. Andere Bezeichnungen wie "Psychopathie" oder "abnorme Persönlichkeit" sind wegen des abwertenden Beiklangs besser zu meiden. Früher führte man derartige Persönlichkeitsstörungen einseitig auf Anlagefaktoren zurück. Heute weiß man, daß häufig auch leichten frühkindlichen Hirnschädigungen Bedeutung zukommt. Vor allem aber verdienen ungünstige Milieueinflüsse, besonders in der frühen Kindheit, Beachtung. Unter diesem Gesichtspunkt kann man auch von "Charakterneurosen" sprechen. Aufgrund des Stellenwertes von Milieueinflüssen ergeben sich Ansatzpunkte für sozio- und psychotherapeutische Bemühungen sowie für vorbeugende Maßnahmen.

Anders als bei den Psychosen handelt es sich bei den Persönlichkeitsstörungen weniger um qualitative Abweichungen als um einseitige und ungewöhnlich starke Ausprägungen auch normalerweise vorhandener Eigenschaften, also um *Varianten des Normalen* mit fließenden Übergängen. Übrigens brauchen diese Abweichungen keineswegs ständig ins Auge zu fallen; oft manifestieren sie sich erst unter Belastungen, auch pflegen sie mit fortschreitendem Lebensalter zurückzutreten.

Angesichts der Vielfalt solcher Varianten sucht man sich dadurch den Überblick zu erleichtern, daß man verschiedene *Typen* hervorhebt. In fürsorgerischer Hinsicht spielen *asthenische* Persönlichkeiten eine wichtige Rolle, da sie zu Erschöpfungszuständen neigen und in belastenden Situationen rasch versagen. Daher bedürfen sie häufig der Stützung und Ermutigung; oft sind Kuraufenthalte angezeigt, vielfach kommt es zu frühzeitiger Invalidität. Für *depressive* Persönlichkeiten ist die gedrückte, alles schwernehmende Stimmungslage kennzeichnend. In stabilen Lebensverhältnissen vermögen sie sich auf solide und unauffällige Weise zu halten. Bei Verlust der Geborgenheit, besonders auch bei Brüchen im persönlichen Beziehungsgefüge (Tod der Eltern, Trennung vom Partner) kann es aber zu ernsten Krisen kommen. Nicht selten suchen solche depressiven Persönlichkeiten in Zeiten der Verstimmung Zuflucht beim Alkohol.

Weitere psychiatrisch bedeutsame Varianten sind *sensitive, zwanghafte und hysterische Persönlichkeiten*. Wegen der besonderen Bedeutung für die Sozialarbeit soll nachstehend auf die Soziopathie näher eingegangen werden. Zuvor sei aber noch darauf hingewiesen, wie sehr es von den sozialen Erwartungen und der gesellschaftlichen Position des Betroffenen abhängt, ob ein bestimmtes Persönlichkeitsbild als normgerecht oder abweichend beurteilt wird. So mag ein spontaner und impulsiver Mensch, der Freude an Selbstdarstellung hat, ein gesuchter Conferencier sein, während er in der auf akribische Genauigkeit ausgerichteten Atmosphäre eines Bankinstitutes als untauglich und störend betrachtet würde. Umgekehrt könnte am gleichen Büroplatz ein Mensch wegen besonderer Sorgfalt und Verläßlichkeit geschätzt sein, der anderenorts als zwanghafte Persönlichkeit auffällig wäre. Zu erwähnen bleibt, daß auch eine Kultur ein bestimmtes Persönlichkeitsbild zum Leitbild erheben und den Normalbürger in dieser Richtung formen kann.

6.2 Soziopathien (antisoziale Persönlichkeiten)

Bei den Soziopathien stehen die ständigen Konflikte mit der Gesellschaft im Vordergrund, und das bedeutet auch häufige Kontakte mit Justiz, Psychiatrie und Sozialarbeit. *Auffällig im Verhalten* ist zunächst ein rücksichtsloses Verfolgen der eigenen Interessen bei Gleichgültigkeit gegenüber den Empfindungen und Interessen anderer Personen. Ganz auf die momentane Bedürfnisbefriedigung ausgerichtet, sind solche Menschen kaum fähig, aus Erfahrung zu lernen sowie sich mit der Zukunft planend und verantwortlich auseinanderzusetzen. Es mangelt an dem Vermögen und auch der Bereitschaft, tragfähige Beziehungen von partnerschaftlichem Charakter einzugehen. Wohl aber besteht oft ein erstaunliches Geschick, einen vorteilhaften Eindruck hervorzurufen, andere an ihrer schwachen Stelle zu packen, sie emotional abhängig zu machen und für die eigenen Zwecke zu gebrauchen. So nimmt es nicht wunder, daß derartige Personen immer wieder Ablehnung erfahren und leicht in Isolation geraten.

Macht man sich die Mühe, die psychosozialen Hintergründe einer solchen Persönlichkeitsentwicklung aufzudecken, dann trifft man meist auf *schwere Milieuschäden* schon in der frühen Kindheit: Ablehnung durch die Eltern, Vernachlässigung und Mißhandlung, Heimaufenthalte, häufiger Wechsel der Bezugspersonen. Infolge dessen konnte sich ein Grundvertrauen in die Welt, in die anderen Menschen nicht ausbilden; statt dessen kommt es zu einer (verdeckten) *Grundstimmung der Angst und des Mißtrauens*; ebensowenig war es möglich, die Fähigkeit zur emotionalen Bindung und zur mitfühlenden Zuwendung und Anteilnahme zu entwickeln, wenn auch oft ein Verlangen nach symbiotischen Beziehungen (als Ersatz für das in der Kindheit Vermißte) besteht, das allerdings wegen seiner Maß- und Rücksichtslosigkeit solche Beziehungen rasch scheitern läßt, womit wiederum Gefühle der Enttäuschung und Feindseligkeit weiter verstärkt werden.

Gerade das Gefühl des Bedrohtseins und der Unkalkulierbarkeit der Zukunft führt zu einer Bereitschaft, bedenkenlos momentane Gelegenheiten zu nutzen, gleichsam als Überlebensstrategie. Soweit auch die gegenwärtige Situation durch Ängste, Spannungen und negative Erfahrungen bestimmt ist, schützt sich dieser Mensch, indem er sich in vielfältige Aktivitäten flüchtet, sich emotional abkapselt (gleichsam anästhetisch wird) oder die Mißstimmung durch massive Reize bzw. durch Alkohol/Drogen betäubt.

Es handelt sich also um im Grunde höchst unglückliche Menschen. Sie fühlen sich mißverstanden, zu kurz gekommen, ungerecht behandelt, verspüren maßlose Wut, sind von diffusem Unlustgefühl erfüllt und machen die - durchaus zutreffende - Erfahrung, von anderen Menschen abgelehnt zu werden.

Hinsichtlich der Möglichkeiten und Probleme einer Therapie (wie auch bezüglich der vorherigen Darlegungen) sei auf die Publikation von DE HAAS (1991) verwiesen, der in diesem Bereich über besondere Erfahrung verfügt. Wir teilen mit ihm die Auffassung, daß auch diese Menschen, die ja Leidende und zudem Stiefkinder der Gesellschaft sind, Anspruch auf optimale Hilfe gegenüber ihrem psychosozialen Fehlfunktionieren haben; damit ist auch der Gesellschaft am besten gedient.

7. Abschließende Überlegungen

Die Beschäftigung mit psychischen Krankheiten und Abweichungen öffnet uns den Blick für die *komplexe Bedingtheit* solcher Störungen. Entsprechend den zahlreichen Faktoren, die das jeweilige Krankheitsbild bestimmen, *bedarf* es auch *eines mehrgleisigen therapeutischen Vorgehens*, wobei das Hauptgewicht oft nicht auf der medikamentösen Therapie, sondern auf pädagogischen, rehabilitativen und sozialen Hilfen liegen sollte. Ein derartig umfassendes Angebot kann nicht von einer einzelnen Berufsgruppe geleistet werden. Vielmehr ist eine enge Zusammenarbeit, ein interdisziplinär abgestimmtes Vorgehen erforderlich, bei dem jeder wissen und verstehen sollte, was der andere tut.

Eine solche Kooperation ist sicher nicht leicht zu erreichen. Sie verlangt, daß sich die Angehörigen der verschiedenen Berufsgruppen auf einer Ebene treffen, daß sie lernen, ihre unterschiedlichen Sprachen und Betrachtungsweisen zu begreifen und zu respektieren. Besonders kommt es aber darauf an, daß der *Patient* nicht zum bloßen Objekt fürsorgerischer Maßnahmen wird, sondern zum *aktiv und verantwortlich* Mitwirkenden. Es geht also um eine an der Person orientierte Einstellung im Sinne von ROGERS.

Schwieriger wird die Aufgabe dort, wo dem Patienten die Einsicht oder die Fähigkeit zur Mitarbeit fehlen. Sofern er sich selbst oder seiner Umgebung schadet bzw. Gefahr bringt, erwächst der Gesellschaft die Verpflichtung, auch ohne oder sogar gegen seinen Willen helfend einzugreifen. Hier haben wir von den Instrumenten der *Unterbringung* in geschlossenen Einrichtungen *und* der *Behandlung ohne Einwilligung des Betroffenen* Gebrauch zu machen. Damit geraten wir freilich in das Spannungsfeld zwischen der Fürsorgepflicht und der Achtung vor der Selbstbestimmung des Betroffenen. Doch geht es hierbei weniger um ein Entweder-Oder; vielmehr ist ständiges Abwägen nötig, um dem Patienten den Grad an eigenständiger Willensbildung zu ermöglichen, dessen er fähig ist. Es bedarf des ständigen Bemühens um eine möglichst weitgehende verantwortliche Einschaltung des Betroffenen selbst, zudem der Beratung und der vertrauensvollen Zusammenarbeit mit den Juristen. Das gilt um so mehr, als gegenwärtig die Gesetzgebung zur Vormundschaft, Pflegschaft und zur Unterbringung neu bedacht und überarbeitet wird. (Im einzelnen sei auf den Beitrag von Barabas in diesem Band verwiesen.)

Doch geht es längst nicht immer nur um Heilung, Rehabilitation des Betroffenen, Linderung oder Verhütung von Schaden für ihn. Oft genug haben wir mit Problemlagen zu tun, bei denen nicht mehr nur der Patient, sondern auch seine *Umgebung*, weil sie sich in ihren Erwartungen enttäuscht, weil sie sich gestört, ja belastet fühlt, nach *Hilfe verlangt*. Man denke in diesem Zusammenhang an mißgestaltete oder aufsässige Schwachsinnige, an verschrobene Geisteskranke, an heruntergekommene, verwahrloste Alkoholiker. Nun dürfen die Angehörigen gewiß nicht überfordert werden; vielmehr muß ihnen die Gesellschaft mit Verständnis und Hilfsbereitschaft entgegenkommen; auch kann auf Pflegeheime und andere unterstützende Einrichtungen nicht verzichtet werden.

Doch ist zu betonen, daß eine Gesellschaft, die sich als *human* versteht, auch für Menschen Raum bieten muß, die vom allgemeinen Standard abweichen, vielleicht sogar einige Störung verursachen. Sie haben gleichfalls Anspruch darauf, ein Leben zu führen, das in seiner besonderen Art lebenswert und erfüllt ist. Ihnen die Möglichkeit eines solchen Lebens zu sichern, das ist vor allem eine Aufgabe von Sozialarbeit und Psychiatrie, deren enge Zusammenarbeit hier ganz besonders gefordert ist.

Literatur

BARABAS, F.: Recht und Krisenintervention (in diesem Band, S. 29 - 54).

BINDER, U.; BINDER, J.: Überlegungen zum störungsspezifischen Umgang im Bereich der psychosozialen Versorgung (in diesem Band, S. 115 - 130).

BÖHLAU, V. (Hrsg.): Altern: Körperliches und geistiges Training - medizinische Therapie. Stuttgart u.a. 1984. *

BRÄUTIGAM, W.: Reaktionen, Neurosen, Psychopathien. Stuttgart 1972 ^{2}. *

DE HAAS, O.P.: Prozeßorientierte Gesprächspsychotherapie bei Klienten mit psychopathischen Verhaltensstörungen. In: SWILDENS, H.: Prozeßorientierte Gesprächspsychotherapie. Köln 1991.

DENTAN, R.K.; NOWAK, B.: Die soziale Stellung des Minderbegabten. In: PFEIFFER, W.M.; SCHOENE, W. (Hrsg.): Psychopathologie im Kulturvergleich. Stuttgart 1980.

ESER, A.; LUTERROTTI, M. v.; SPORKEN, P. (Hrsg.): Lexikon Medizin, Ethik, Recht. Freiburg 1989. *

FEUERLEIN, W.: Alkoholismus - Mißbrauch und Abhängigkeit. Stuttgart 1975. *

FISCHER, B.; LEHRL, S. (Hrsg.): Gehirn-Jogging. Tübingen 1983.

GIEL, R.: Grundsätzliche Überlegungen zum epidemiologischen Vergleich. Neuere Untersuchungen zum epidemiologischen Vergleich. In: PFEIFFER, W.M.; SCHOENE, W. (Hrsg.): Psychopathologie im Kulturvergleich. Stuttgart 1980.

GROND, E.: Praxis der psychischen Altenpflege. Betreuung körperlich und seelisch Kranker. München 1982. *

JANTZEN, W.: Geistig behinderte Menschen und ihre gesellschaftliche Integration. Bern 1980. *

JELLINEK, E.M.: The disease of alcoholism. New Haven 1960.

KATSCHNIG, H. (Hrsg.): Die andere Seite der Schizophrenie. - Patienten zu Hause. München. 1984. *

LUDERER, H.J.: Schizophrenien. Stuttgart 1989. *

MURPHY, H.B.M.: Comparative Psychiatry. The international and intercultural distribution of mental illness. Berlin u.a. 1982.

PFEIFFER, W.M.: Transkulturelle Psychiatrie. Stuttgart 1971.

PFEIFFER, W.M.: Transkulturelle Aspekte zur Theorie von Mißbrauch und Abhängigkeit. In: FEUERLEIN, W. (Hrsg.): Theorie der Sucht. Berlin u.a. 1986.

PFEIFFER, W.M.: Beitrag der vergleichenden Psychiatrie zum Problem der Unterteilung endogener Psychosen. In: SIMHANDEL, C.; BERNER, P.; LUCCIONI, H.; ALF, C. (Hrsg.): Klassifikationsprobleme in der Psychiatrie. Wien 1990.

RAFAELSEN, O.J.; HELMCHEN, H.: Depression, Melancholie, Manie. Stuttgart 1989. *

RINGEL, E. (Hrsg.): Selbstmordverhütung. Berlin u.a. 1975. *

SPORKEN, P.: Begleitung in schwierigen Lebenssituationen. Freiburg 1987. *

SWILDENS, H.: Prozeßorientierte Gesprächspsychotherapie. Einführung in eine differenzielle Anwendung des klientenzentrierten Ansatzes bei der Behandlung psychiatrischer Erkrankungen. Köln 1991. *

TELLENBACH, H.: Melancholie, Problemgeschichte, Endogenität, Typologie, Pathogenese, Klinik. Berlin u.a. 1974.

TÖLLE, R.: Psychiatrie. Berlin 1988[8] *

Werke, die zur Weiterbildung empfohlen werden, sind durch einen * gekennzeichnet.

Anschrift des Verfassers

Prof. Dr. Wolfgang M. Pfeiffer, Rennestraße 13 A, 8520 Erlangen

UTE UND JOHANNES BINDER

Überlegungen zum störungsspezifischen Umgang im Bereich der psychosozialen Versorgung - am Beispiel von Schizophrenien, neurotischen Depressionen und passiv-aggressivem Verhalten

Zusammenfassung

Die Autoren gehen von der besonderen und zunehmenden Bedeutung sozialarbeiterischer und sozialpädagogischer Arbeit bei der Betreuung psychisch gestörter Menschen aus. Sozialarbeiter und Pädagogen sind Anlaufs-, Beratungs- und Verteilerstelle für diesen Personenkreis. Dies erfordert umfangreiches professionelles Wissen und Erfahrung im Umgang mit psychisch kranken Menschen. Auf der Basis des personzentrierten Konzepts wird an drei Krankheitsbildern prototypisch erläutert, wie mit einer störungsorientierten Umgangsempathie ein angemessenes Verstehen und Handeln entwickelt werden kann.

1. Einführung

Sozialpädagogen und Sozialarbeiter haben in Bezug auf den Umgang mit psychisch Kranken insofern eine Schlüsselposition, als sie häufig Anlaufstelle für diesen Personenkreis sind, sei es vor bzw. bei Ersterkrankungen, sei es nach psychiatrischer Erfassung und Behandlung sowie bei in der Folge stattfindendem sozialen Abstieg. D.h., Sozialpädagogen und Sozialarbeiter müssen in der Lage sein, sich im Umgang mit psychisch Kranken begleitend und beratend konstruktiv zu verhalten.

Wir gehen davon aus, daß *begleitend konstruktives Verhalten* im Umgang mit psychisch Kranken sich zum Teil nach denselben Kriterien vollzieht wie begleitend konstruktives Verhalten mit Menschen überhaupt. Wir glauben aber, daß die Verwirklichung konstruktiven Verhaltens bei psychisch schwer gestörten Personen auch empathisch gut begabten Menschen nicht ohne Kennen und Verstehen der jeweiligen Störung ausreichend gelingt.

Die Verwirklichung der ROGERS-Variablen setzt voraus, daß wir unser Gegenüber in seinen Gefühlen, Bedürfnissen, Kommunikationsabsichten und -inhalten zumindest bis zu einem gewissen Grad verstehen. Ein gewisses Ausmaß an Verstehen ist Voraussetzung für die Vermittlung von Akzeptanz und die Verwirklichung von Kongruenz. Niemand gelingt es in jeder Bewußtseins- und Stimmungslage, in jeder Situation und zwischenmenschlichen Beziehung das gleiche Ausmaß an Kongruenz zu verwirklichen. Die Verwirklichung dieser Variablen erfordert eine relative Angstfreiheit und Sicherheit in der Beziehung sowie eine angemessene Abgegrenztheit.

Das jeweilige Ausmaß von Angstfreiheit in sozialen Beziehungen ist abhängig von der Vertrautheit, Interpretierbarkeit und damit Vorhersehbarkeit des Geschehens. Psychisch schwer gestörte Personen empfinden in sozialen Situationen tendenziell wenig Vertrautheit und sind eher weniger in der Lage, über ein atmosphärisch intuitives Erfassen hinaus ihr Gegenüber angemessen interpretieren und sein Verhalten vorhersagen zu können. Ihre daraus resultierende Angespanntheit und Ängstlichkeit kann, wenn wir uns nicht genügend abgrenzen können, ansteckend destruktive Wirkung entfalten.

Menschen tendieren dazu, auf die Fremdartigkeit psychisch kranken Verhaltens mit Anspannung und Angst zu reagieren. Ein solcher *Hexenkreis gegenseitiger Angstübertragung* und damit Verminderung von Kongruenz kann in dem Ausmaß durchbrochen werden, wie uns das Verhalten und Erleben von psychisch Kranken vertraut, verständlich und vorhersagbar wird.

Die Erwartung, nicht akzeptiert zu werden, sowie die hieraus resultierende Verletzlichkeit nehmen im allgemeinen mit dem Ausmaß der psychischen Gestörtheit zu. D.h., die Vermittlung von Akzeptanz ist um so wichtiger und um so schwerer, je gestörter die betreffende Person ist.

Die *positive Wirkung von Akzeptanz* liegt sowohl in absenderspezifischen als auch in empfängerspezifischen Qualitäten, allerdings mit je anderen Effekten. Die absenderspezifische Akzeptanz ist wohltuend. Der Absender signalisiert, daß er ein unbedrohlicher Mensch ist, und er wirkt so angstmindernd. Die empfängerspezifische Qualität von Akzeptanz bedingt die Wahrnehmung, für akzeptabel gehalten und verstanden zu werden; sie bewirkt daher eher eine Erhöhung der Selbstakzeptanz. D.h., wenn wir beide Formen vermitteln wollen, muß unsere Akzeptanz auch als spezifisch gebunden an die Persönlichkeit unseres Gegenübers erlebbar sein. Dies ist nur möglich, wenn ein gewisses Ausmaß von Verstehen und erlebtem Verstandenwerden gegeben ist.

Unser empathisches Verstehen orientiert sich an Ausdruckssignalen, Situation, Kommunikationsinhalt, Persönlichkeit unseres Gegenübers - und daraus resultierenden Bedeutungen. Das empathische Verstehen vollzieht sich um so leichter und präziser, je stimmiger die Signale und je vertrauter sie sind. Untersuchungen zeigen, daß Übereinstimmung zwischen Therapeut und Patient hinsichtlich soziokulturellem Hintergrund, ethnischer Zugehörigkeit etc. sich förderlich auf den therapeutischen Prozeß auswirken. D.h. übertragen, empathisches Verstehen von psychisch schwer gestörten Personen ist um so eher möglich, je erfahrener wir im Umgang mit ihnen sind und je vertrauter sie uns dadurch geworden sind. Da ihre Signale häufig wenig stimmig und schwer zu entschlüsseln sind, kann uns Hintergrundwissen über die je spezifische Problematik helfen, einen empathischen Zugang zu finden. In diesem Zusammenhang hat auch die berufsbezogene *Supervision* einen zentralen Stellenwert. Sie kann ganz entscheidend dazu beitragen, über die Förderung angemessener Problemwahrnehmung Angst abzubauen und empathisches Verstehen zu erhöhen.

Gehen wir davon aus, daß Verstandenwerden, Sich-Akzeptiert-Fühlen und echte zwischenmenschliche Kontakte die psychische Gesundheit fördern, und daß psychisch schwer Gestörte aufgrund ihrer Erkrankung tendenziell weniger Verständnis, Akzeptanz und Kongruenz in Beziehungen erfahren, so bedeutet das, daß die Krankheit, indem man sie hat, selbstverstärkend aufrecht erhalten wird. Gehen wir weiter davon aus, daß psychisch schwer Gestörte aufgrund ihrer destruktiven Erfahrungen besonders verletzlich auf das Fehlen von Verständnis, Akzeptanz und Kongruenz reagieren, so heißt das, daß wir diesen Personen sehr leicht schaden und sehr schwer helfen können.

Wir wollen im folgenden durch die Beschreibung der störungsspezifischen Problematiken bei einigen psychischen Erkrankungen dazu beitragen, einen angstfreien, konstruktiver begleitenden Umgang - im Sinne einer *Umgangsempathie* - mit diesem Personenkreis zu ermöglichen.

Weiterhin sollen die folgenden Äußerungen dazu helfen, jeweils angemessene Handlungsstrategien im Beratungsbereich zu entwickeln, die an den störungsspezifischen Bedürfnissen, Defiziten und Problembereichen orientiert sind.

2. Störungsspezifität in der Beziehung

Psychische Störungen sind im Zusammenhang mit Beziehungen entstanden, sie werden im Zusammenhang von Beziehungen aufrecht erhalten, und sie verändern sich im Rahmen von interpersonellen Beziehungen (ANCHIN & KIESLER 1982; BINDER & BINDER 1981). Gleichgültig, ob wir im engeren Sinne psychotherapeutisch arbeiten oder ob der Umgang mit psychisch Kranken in einem anderen professionellen Kontext steht, der Umgang ist nicht in einem beziehungsfreien Raum möglich. Eine professionelle Beziehung ist immer *mehrdimensional*. Gleichgültig, wie klar umrissen der jeweilige Arbeitsauftrag auch immer sein mag, so existiert ein Umgang von Menschen untereinander nicht ohne persönliche Ebene der Beziehungsgestaltung und Beziehungswirkung. Hierbei gehen in jede Beziehung repetitive und aktuelle Elemente von Seiten der Beteiligten ein. Unter repetitiven Elementen verstehen wir die Aspekte der Beziehungsgestaltung und des Beziehungserlebens, die sich aus früheren Erfahrungen und daraus entstandenen Erwartungen, Haltungen und Bedürfnissen herleiten lassen. Daneben hat aber jede Beziehung aktuelle und neue Aspekte, die wesentliche Erlebnisqualitäten und Entwicklungs- und Veränderungswirkungen haben.

Wir haben in "Klientenzentrierte Psychotherapie bei schweren psychischen Störungen" *Störungsspezifität* in der Beziehung folgendermaßen definiert (BINDER & BINDER 1981, S. 264):

"Ein störungsspezifisches Beziehungsangebot des Therapeuten besagt, daß der Therapeut neben dem Verständnis der aktuellen Gefühlslage und der aktuellen emotionalen Bedeutung von Klientenäußerungen übergreifend zentriert ist auf das spezifische Beziehungsbedürfnis, das der Klient an ihn hat. D.h., der Therapeut muß sensibel sein für das jeweilige spezifische emotionale Defizit im Beziehungserleben des Klienten. Störungsspezifität des therapeutischen Beziehungsangebotes ist wesentlich, wenn man bedenkt, daß die Wirksamkeit konstruktiver Beziehungsvariablen nicht nur abhängig von dem Ausmaß ihrer Verwirklichung durch den Therapeuten ist, sondern wesentlich von dem Ausmaß ihrer Wahrnehmung durch den Klienten abhängt. Inwieweit, in welcher Ausprägung, in welcher Gewichtung und mit welcher emotionalen Bedeutung in Richtung Entwicklungs- und Veränderungsmöglichkeiten das therapeutische Beziehungsangebot vom Klienten wahrgenommen wird, ist mitbedingt durch Beziehungserwartungen, -erfahrungen und spezifische Defizite."

Störungsspezifisches Therapeutenverhalten kann z.B. bedeuten, daß jeweils eher Ruhe oder intensive Beanspruchung im Vordergrund stehen, daß *Caring* - im Sinne von besorgtem Sich-Kümmern - Akzeptanz und Wertschätzung am spürbarsten werden läßt oder aber durch intellektuell ernstnehmendes Fördern angemessen transportiert wird.

Und weiter: "Störungsspezifisch adäquates Therapeutenverhalten ist keine reine Technik oder ein stets gezielt oder bewußt eingesetztes Lernprogramm. Unsere Beispiele sind nicht als Rezept für den Umgang mit Klienten mit verschiedenen Krankheitsbildern gemeint. Störungsspezifität ergibt sich aus einer Beziehung mit spezifischen Gefühlen, d.h. aus einer Beziehung, die personenspezifisch sensibilisiert ist für die jeweiligen emotionalen Ebenen und Bedeutungen im Beziehungsgeschehen.

Wir sehen darin eine konsequente Umsetzung der Forderung nach Vermittlung von Commitment, nach Intensitätssteigerung und nach Nähe. Störungsspezifität gewährleistet das Erkennen und Erfühlen des spezifischen emotionalen Defizits, es ermöglicht entwicklungs- und veränderungsfördernde Neuerfahrung im Beziehungserleben, und es macht Nähe emotional und intensiv erlebbar durch Übereinstimmung der Therapeuteninteraktion mit der jeweiligen Erlebnis- und Beziehungsebene. Nichtgleichgültigkeit, Nichtaustauschbarkeit ist für den Klienten spürbar gegeben, indem sich die Beziehungsgestaltung an der von ihm vorgegebenen Ebene, an seinen Bedürfnissen und Ansprüchen orientiert, ohne aber so einseitig von ihm bestimmt zu sein, daß seine Beziehungserfahrungen und sein Beziehungsverhalten repetitiv fortgesetzt würden." (Ebd., S. 270 f.)

Kenntnisse über - gehäuft auftretende oder typisch erscheinende - störungsspezifische Defizite bei verschiedenen Krankheitsbildern, dienen uns nicht als Erklärung der Krankheit, als Diagnosekriterien oder Handlungsanweisungen, sondern lediglich als Verstehens- und Handlungshilfe; ähnlich etwa, wie Wissen und Erfahrung helfen, Menschen verschiedener Altersstufen oder aus verschiedenen Kulturkreisen adäquater zu verstehen - mit der Folge, sich ihnen gegenüber konstruktiver verhalten zu können.

Wir glauben, daß eine *personzentrierte Grundhaltung und eine empathisch orientierte Vorgehensweise* uns ausreichend davor schützen können, in den alten Fehler zurückzufallen, uns am Störungsbild anstatt an der Person des Patienten zu orientieren. Das Sammeln von Erfahrungen über Erlebnisweisen und spezifische emotionale Defizite bei verschiedenen Störungsbildern kann uns helfen, besser zusammenzuarbeiten und voneinander zu lernen. Unsere Wahrnehmung wird sensibler und präziser, solange wir uns darüber im klaren bleiben, daß diese Erfahrungen so etwas wie Hintergrundwissen, Verstehenshilfen und Anregungen darstellen.

Wir haben *prototypisch* drei Störungsbilder skizziert, die jeweils sehr unterschiedliche Anforderungen an die beratende, betreuende Person stellen. Dabei ist die Grundidee, die Wahrnehmung für die jeweilige erlebte Eigenwelt der Klienten zu schärfen und zu einem genaueren Verstehen der Klienten, ihrer Schwierigkeiten und Ausweglosigkeiten, in die sie geraten sind, zu kommen sowie angemessene störungsspezifische Hilfen zu geben und zu koordinieren.

Die Auswahl erfolgte unter dem Gesichtspunkt der Bedeutung der Störungen für die sozialarbeiterische und sozialpädagogische Tätigkeit sowie dem der Störungsspezifität, d.h., es sollten auch Störungen aus ganz verschiedenen Bereichen besprochen werden, um einen Einstieg in unterschiedliche Störungsgruppen zu bekommen. (Zur Klassifikation von Störungen siehe die Beiträge von W. PFEIFFER und G.-W. SPEIERER in diesem Band. Wer sich vertiefend über Krankheitsbilder und klientenzentrierte Psychotherapie informieren möchte, sei auf BINDER & BINDER 1991 verwiesen.)

3. Psychosen aus dem schizophrenen Formenkreis

3.1 Wie man sie erkennt

Sozialarbeiter und Sozialpädagogen müssen nicht in der Lage sein, die Diagnose Schizophrenie zu stellen oder zu erkennen, ob es sich um eine Psychose dieses Formenkreises handelt oder nicht. Untersuchung, Diagnoseerstellung und Behandlung gehören in den Aufgabenbereich des Arztes und ggfs. des Psychotherapeuten. - Indem es sich aber bei schizophren Erkrankten um Menschen handelt, die aufgrund ihrer Erkrankung häufig einen sozialen Abstieg durchlaufen und aufgrund vielfältiger sozialer Inkompetenzen oft auch nicht nur ärztliche und psychotherapeutische Hilfe beanspruchen, gehören sie zur Klientel von Sozialarbeitern und Sozialpädagogen. Von daher ergibt sich für diese Berufsgruppen die Notwendigkeit, diese Erkrankung soweit zu kennen und zu erkennen, daß sie im Rahmen ihres Aufgabenbereiches konstruktiv damit umgehen können, um z.B. bei bestimmten Auffälligkeiten ärztliche Hilfe einleiten zu können.

Sowohl das Erkennen als auch das Einleiten entsprechender notwendiger Maßnahmen ist bei Schizophrenen dadurch erschwert, daß oft keine Krankheitseinsicht besteht. Zwangskranke, Angstneurotiker und Depressive können ihre Symptome zwar meist auch nicht erklären oder verstehen, aber sie können sie sehr klar benennen und beschreiben. Sie haben durchaus ein Problembewußtsein dafür, daß sie Hilfe brauchen. Dies ist bei Schizophrenen durchaus nicht immer der Fall. Von daher brauchen wir Kenntnisse, Kriterien und Erfahrungen, um diese Erkrankungen erkennen und spüren zu können, auch ohne daß der Betreffende uns aktiv dabei hilft bzw. helfen kann. Die ausgesprochene Vielfalt der Symptomatik erleichtert dies nicht gerade.

Die *Symptomatik* kann in akuten Fällen sehr auffällig und eindeutig "psychisch krank" sein, sie kann aber auch recht unauffällig und nur bei bestimmten Themen auftreten. Ein erstes Kriterium ist, wenn wir den Betreffenden in diffuser Weise als befremdend, als nicht unmittelbar verständlich in seinen Äußerungen, in Mimik, Motorik, Reaktionsweisen etc. erleben.

Es gibt relativ klar umschriebene Diagnosekriterien, und es gibt auch eine Fülle von Hypothesen in Bezug auf die Ursachen der Erkrankung, die sicher multifaktoriell sind. Was die Symptome angeht, so möchten wir hier auf M. BLEULER (1987) verweisen, der unserer Meinung nach immer noch die brauchbarste Beschreibung der Symptome liefert; aber wir glauben, daß, da es wenig ergiebig und konstruktiv ist, die Symptome gewissermaßen abzufragen, der beste *Schlüssel* in einem aufmerksamen Pendeln zwischen Zuhören, Erfassen und Wahrnehmen des Klienten und unserer intuitiven Reaktion auf ihn liegt.

Hierbei begegnet uns auf Seiten des Kranken oft ein verwirrender Wechsel zwischen durchaus verständlichem, einfühlbarem, geordnetem Denken und Fühlen und spürbar Andersartigem - vor allem: Zerfahrenheit und Verwirrung im Denken; assoziatives Springen oder Kleben; scheinbare emotionale Unerreichbarkeit, die oft als Stumpfheit beschrieben wird; Widersprüchlichkeit zwischen Affekt und Affektausdruck; Klagen über vielfältige Entfremdungs- und Wahnerlebnisse wie Stimmenhören, sonderbare Körperempfindungen, Beeinflussungsideen.

Was das Erkennen und entsprechende Handeln angeht, so ist es im Berufsalltag von Sozialpädagogen und Sozialarbeitern vor allem relevant, beginnende *akute Psychosen* als solche einzuschätzen. Zu Beginn eines psychotischen Zusammenbruchs steht oft eine merkwürdige Verschiebung des Zeiterlebens in Richtung Gegenwart. Das Erleben vollzieht sich in rasendem Tempo mit enormer Intensität und Schärfe und ohne jede Relativierung oder Selektion - und ist voll von überspitzten Bedeutungszusammenhängen. Diese Übergegenwärtigkeit im Erleben hat zu Anfang manchmal noch eine emotional positiv erlebte Rauschhaftigkeit, führt aber bald zu einer völligen Unfähigkeit, das eigene Verhalten realitätsgerecht zu steuern oder zu planen. Es kommt in solchen Zuständen zu zunehmender Verwirrtheit oder auch Erregung; die Betreffenden finden sich in sich und ihrer Umwelt nicht mehr realitätsentsprechend zurecht, ohne aber im eigentlichen Sinne desorientiert zu sein.

In solchen Zuständen sind die Kranken nur noch sehr begrenzt in der Lage, für sich Entscheidungen zu treffen oder Verantwortung zu übernehmen. Hier müssen wir also manchmal entgegen unserer Überzeugung von Eigenverantwortung und Selbstbestimmung *aktiv schützend eingreifen* und Entscheidungen wie Verantwortung übernehmen. Dies müssen wir, da der aktuell notwendige Schutz die Priorität hat, notfalls, wenn es uns gar nicht anders gelingen will, auch mit Zwang tun; aber auch wie wir den Zwang ausüben ist Teil der Beziehung und kann sehr unterschiedliche Auswirkungen auf den Kranken haben.

3.2 Wie man mit ihnen umgeht

Ein Mensch, der in einem Zustand der Verwirrung und Erregung ist, auf den Gedanken, Wahrnehmungen und Gefühle mit großer Intensität und ohne Selektion oder Ordnung einstürmen, der keinen roten Faden im Erleben hat, der nicht mehr so recht unterscheiden kann, was schon passiert ist und was passieren könnte, und der von widersprüchlichen, nicht integrierbaren emotionalen Erlebnissen überflutet wird, hat zunächst vor allem ein Defizit an Klarheit, Ruhe, Ordnung, zeitlicher Strukturierung und Realitätskontrolle. Er befindet sich in einem Zustand extremer Hilflosigkeit und Hilfsbedürftigkeit, wobei er, da ihm die eigene Fähigkeit zur Steuerung und Umweltkontrolle weitgehend abhanden gekommen ist, große Angst hat, sich auszuliefern, da er sich auch nicht mehr imstande fühlt, sicher zu erkennen, wem er vertrauen kann und wem nicht. Gleichzeitig befindet er sich aber auch in einem Ausnahmezustand erhöhter Verletztlichkeit und Sensibilität für die Affekte, die man ihm entgegenbringt bzw. in der Situation hat. D.h., wir müssen davon ausgehen, daß diese Patienten, auch wenn sie emotional völlig unerreichbar scheinen und uns keine verständliche Rückmeldung geben können oder mit ihrer Interpretation der Geschehnisse außerhalb der uns vertrauten, verbindlichen Realität liegen, sehr wohl registrieren, was wir fühlen, sagen und tun, so daß unsere Haltungen und Handlungen durchaus destruktive oder konstruktive Wirkungen haben können bzw. haben.

Gehen wir von der unerfreulichsten und in sich gewissermaßen immer destruktiven, aber nicht immer zu vermeidenden Situation aus, daß wir einen Patienten zu seinem Schutz auch *gegen seinen Willen* in eine Klinik einweisen müssen, so sollten wir uns bemühen, auch dabei störungsspezifisch empathisch vorzugehen. Unsere Gefühle, Worte und Handlungen sollten von einem Höchstmaß an Klarheit, Eindeutigkeit und Transparenz geprägt sein.

Eine Zwangseinweisung ist Gewalt und als solche destruktiv, und das kann und muß man weder beschönigen noch wegreden. Was man aber durchaus kann, ist, dem Betreffenden, dem man das antun muß, in seinen Gefühlen empathisch zu verstehen und ihm das auch mitzuteilen sowie zu versuchen, die selbstverständliche Angst zu reduzieren, indem man soviel Selbstbestimmung und Umweltkontrolle wie möglich bestehen läßt, und indem man die zu erwartenden Geschehnisse klar, ehrlich und so genau wie möglich erklärt, und zwar unabhängig davon, ob der Betreffende zuzuhören scheint oder nicht. Wir können bei diesen Patienten davon ausgehen, daß immer - auch in den schwersten Zuständen - gesunde, *einsichtsfähige Anteile* erhalten sind, auf die wir uns, auch wenn kein diesbezüglicher Hinweis für uns wahrnehmbar ist, beziehen können. Ebenso sollte man die verständliche Empörung empathisch einfühlen, dies auch mitteilen und versuchen, dem Betreffenden auf der Beziehungsebene Gleichrangigkeit und Wertschätzung zu vermitteln.

Schizophrene Patienten haben auch in weniger dramatischen Zuständen und Situationen störungsspezifische Defizite, Problembereiche und Besonderheiten, denen wir im Umgang mit ihnen Rechnung tragen sollten. Es sind meist Personen mit wenig Selbstsicherheit und Selbstbewußtsein, die sich überhaupt schwer im Leben tun, die in bezug auf eine aktive Beziehungsgestaltung über wenig soziale Kompetenzen verfügen, die oft hilflos und unselbständig in der Alltagsbewältigung sind, für die die selbstverständlichen Dinge des Alltags oft überhaupt nicht selbstverständlich sind. Sie gehen meist recht verloren und einsam mit großer Anstrengung durchs Leben.

Vieles spricht dafür, daß ihre früheren Beziehungserfahrungen dergestalt waren, daß sie ihre Umwelt und ihre emotional relevanten Bezugspersonen als wenig vorhersehbar und steuerbar erlebt haben und sich eher als passives Opfer vielfältiger, widersprüchlicher, verwirrender Eindrücke und Erfahrungen von innen und außen erlebt haben. Gleichzeitig sind ihnen Autonomie, Steuerung und Stärke sehr hohe Werte. Sie nehmen an, daß andere in sehr hohem Maße darüber verfügen. Schizophrene Patienten sind in ihrer erlebten Schwäche, Wehrlosigkeit und Unfähigkeit zur aktiven Einflußnahme auf Beziehungen extrem damit beschäftigt, 'wer ihnen was will' und 'wer ihnen wie gesonnen ist'. D.h., sie reagieren seismographisch auf die Affekte ihres Gegenübers und pflegen diese tendenziell immer auf der Beziehungsebene zu deuten. So interpretieren sie z.B. Unkonzentriertheit im Zuhören kaum einfach als Müdigkeit, sondern vielmehr im Sinne von "ich mache Menschen müde, ich bin langweilig".

Es ist für keinen von uns möglich, die Vielfalt der Quellen, aus denen sich unterschwellige Affekte und eigene Befindlichkeiten speisen, die uns Ablehnung oder Verletzung oder Verwirrung erleben lassen, vollkommen zu kontrollieren. Aber es ist hilfreich, sich stets darüber im klaren zu sein, daß dies so ist, und stets zu versuchen, in einem möglichst offenen und präzisen Kontakt zu den eigenen Gefühlen zu bleiben und diesen Patienten möglichst emotionale Transparenz und Klarheit zu vermitteln. - Sicher heißt das nicht, daß wir sie ständig mit der Mitteilung unserer Gefühle überfahren sollen, sondern vielmehr, daß es wichtig ist, daß wir uns - im Sinne von Kongruenz - darüber im klaren sind, was in uns vorgeht und welche Signale wir dadurch möglicherweise geben. Aufgrund der bei diesen Patienten meist gegebenen geringen Selbstachtung und spezifischen repetitiven Beziehungserwartungen besteht bei ihnen grundsätzlich die Tendenz, unklare Signale negativ zu bewerten und als Ablehnung, Desinteresse oder Mißachtung zu interpretieren.

Die meisten dieser Patienten haben störungsspezifische Defizite in bezug auf Abgrenzung von innen und außen, im Bereich der Handhabung von Nähe und Distanz, in bezug auf Macht- und Ohnmachtserleben, im Erleben von Geschichtlichkeit und in der Strukturierung des Zeiterlebens.

Unter *Abgrenzungsschwierigkeiten* verstehen wir Phänomene wie - 'Sich von Wahrnehmungsreizen überschwemmt fühlen' und 'Sich nicht mehr davon lösen können'; 'Nicht unterscheiden können, was Phantasien, Befürchtungen und Erwartungen sind und was Realität ist'; 'das Verlagern eigener Impulse und Gefühle in andere'; und vieles Ähnliches mehr. Für einen professionellen konstruktiven Umgang, nicht im eigentlichen psychotherapeutischen Sinne, halten wir es für sinnvoll, diese Phänomene freundlich einfühlend zur Kenntnis zu nehmen, sich klar davon zu distanzieren und sich bloß nicht - interpretierend - einbinden zu lassen. Gleichzeitig ist das Auftreten dieser Phänomene immer auch Hinweis darauf, daß der Betreffende gerade jetzt eine strukturierende Verankerung in der Realität und vor allem eine sichere, angstfreie Einbindung in die Beziehung braucht.

Etwa dasselbe gilt, wenn die Patienten *Wahnideen* äußern: geduldiges, freundliches Zuhören, empathisches Verstehen der damit einhergehenden Gefühle und klare Abgrenzung bezüglich des Wahninhaltes - ohne Minderung der vermittelten Akzeptanz auf der Beziehungsebene. Die "gesunden Anteile" der Patienten 'wissen' zwar, daß es sich um eine Wahnidee handelt; aber wenn in der (beginnenden) akuten Psychose das Erleben so intensiv und plastisch wird, so mit den eigenen Augen und Ohren erlebt wird, gewinnt es für den Psychotiker Realitätscharakter; wenn wir uns dann auf Diskussionen einlassen und versuchen, ihm sein eigenes Erleben auszureden, so wirkt dies eher verschärfend auf seine Problematik.

Schwierig ist auch der adäquate Umgang mit dem *Nähe- und Distanzproblem*. Natürlich ist angstfreie Nähe in einer akzeptierenden, gleichrangigen Beziehung genau das, was diesen meist hochgradig sozial isolierten, innerlich einsamen Menschen gut tut. Aber das Ausmaß an Nähe zu treffen, das für sie - konstruktiv - nicht angstmobilisierend wirkt, nicht als bedrohliche Vereinnahmung und Verschmelzung erlebt wird, ist mit großer Vorsicht auszuloten. Da zuviel Nähe als äußerste Bedrohung erlebt wird und heftige psychotische Reaktionen auslösen kann, ist es sinnvoll, sich im Zweifelsfall eher zu sehr zurückzunehmen und im übrigen zu versuchen, sich für die jeweils vom Patienten gewünschte Nähe zu sensibilisieren. Je mehr wir ihm das Gefühl vermitteln können, daß er das Ausmaß an Nähe bestimmen und kontrollieren kann, um so mehr wird er seine Näheangst reduzieren können.

Die störungsspezifischen Probleme im Bereich *Macht/Ohnmacht* gehen insofern immer in die Beziehung ein, als diese Patienten meist übermäßig damit beschäftigt sind, Machtpositionen und Machtbedürfnisse auszutesten. Sie lieben, achten und brauchen Stärke; ihre eigene Schwäche ist das, wofür sie sich am stärksten verachten - und sie hassen und fürchten Dominanz. D.h., wenn wir als schwach erlebt werden, ist Vertrauen und Achtung verwirkt, wenn wir als dominant erlebt werden, sind wir furchterregende Feinde. Unseres Erachtens ist es am sinnvollsten, hier Sicherheit zu vermitteln, indem wir uns in der Beziehung freundlich zugewandt, als stark im Sinne von unabhängig fühlen und zeigen, sowie gleichzeitig auf unbedingte Gleichrangigkeit achten.

Die Defizite im *Erleben von Geschichtlichkeit* und das Durcheinander im Zeiterleben verlangen von uns im Umgang mit diesen Patienten, daß wir uns um größtmögliche Zuverlässigkeit, Kontinuität und Klarheit bemühen.

Schizophrene sind in ihrem psychischen Gleichgewicht sehr davon abhängig, wie sie sich in der jeweiligen Beziehung fühlen, wobei sich die negativen Auswirkungen leider meist schneller, deutlicher und nachhaltiger vollziehen als die positiven. Auch wenn es uns gelungen ist, eine relativ konstruktive Beziehung mit ihnen aufzubauen, sie von ihrer gesünderen Seite her zu kennen und zu erleben, können wir nicht unbedingt darauf schließen, daß sie in anderen sozialen Zusammenhängen ebenso geordnet und stabil sind.

Sich hierüber im klaren zu sein und gegebenenfalls dahingehend zu beraten, ist wichtig, wenn es um Entscheidungen für eine berufliche Wiedereingliederung, eine Veränderung der Wohnsituation usw. geht.

Bei solchen Entscheidungen sollten wir stets versuchen, mit den Patienten gemeinsam herauszufinden, welche spezifischen Streßfaktoren bzw. Streßsituationen für sie unzuträglich - und wie sie zu vermeiden sind. Dabei gilt: Aus Vorsicht und ängstlichem Pessimismus unter den erreichbaren Möglichkeiten zu bleiben ist nicht nur eine Einschränkung der Selbstentfaltungsmöglichkeiten, sondern auch eine verletzende Selbstwertkränkung für die Patienten. Demgegenüber können zu optimistische Einschätzungen zu Überforderungen führen, die Rückfälle gewissermaßen vorprogrammieren.

4. Neurotische Depressionen

Bei neurotischen Depressionen handelt es sich insofern um ein recht vielfältiges Krankheitsbild, als depressive Verstimmungen zunächst eher ein Zustand sind als ein einheitliches Krankheitsbild. Depressive Zustände begegnen uns bei den sogenannten endogenen Depressionen (auf die wir in diesem Zusammenhang nicht weiter eingehen wollen), bei depressiven Entwicklungen als Erschöpfungsreaktion, als Reaktion auf Trennungen, Überforderungen, als prämenstruelle Verstimmungen, als Begleitsymptom bei schweren Krankheiten und oft bei Menschen hohen Alters.

Akute depressive Zustände sind auf Anhieb unmittelbar einfühlbar, unabhängig von ihrer Genese; jeder kennt Stimmungen der Trauer und Verzweiflung, der Lebensunlust und des Verlustes von Antrieb und Vitalität; bloß Ausmaß, Dauer und Verhältnis zum Anlaß scheinen oft über die uns selbst vertrauten Reaktionsweisen hinauszugehen. Weiterhin können Depressive - ob sie nun das Wort gebrauchen oder nicht - sehr klar mitteilen, wie sie sich fühlen. Ob sie uns nun tapfer sachlich mit großer Anstrengung sagen, daß nichts mehr geht, oder wortreich weinend und klagend, ob Angst und Verzweiflung im Vordergrund stehen oder lähmende Leere, ob sie endlos jammern oder hilflos still sitzen, wie es ihnen geht, sieht man, hört man und spürt man. Wenn wir empathisch mit eintauchen in diese düstere Welt, so ist das sicher sinnvoll und konstruktiv; geduldiges Zuhören und akzeptierendes Verstehen werden dankbar als wohltuend empfunden; dennoch besteht stets die Gefahr, daß man gemeinsam an einen Punkt absoluter Hilflosigkeit gelangt. Um die Gefahr der depressiven Ansteckung zu vermeiden, können Einfühlung und Wissen über Dynamik und zugrundeliegende Strukturen dieses Krankheitsbildes helfen.

Der depressive Zustand ist unter anderem eben dadurch gekennzeichnet, daß das *Erleben nicht mehr im Fluß* ist. Indem das Erleben nicht mehr prozeßhaft ist, sondern gewissermaßen stillsteht, kann ein empathisches Verstehen dieses Zustandes allein auch keine prozeßinduzierende Wirkung haben. -

Das endlose "was soll ich machen, was muß ich machen, so geht es doch nicht" etc. ist vom Ansatz her - auch wenn real keine Leistung oder effektive Handlung mehr zustandekommt - leistungs- und handlungszentriert und nicht vom selbstexplorativen Interesse an der eigenen Person und dem eigenen Erleben getragen.

Wir glauben, daß die entwicklungsgeschichtlich entstandene Zentrierung auf die Erfüllung aller Anforderungen emotional relevanter Bezugspersonen ein entscheidender Faktor bei der Entstehung depressiver Entwicklungen ist. Die depressive Wertwelt ist durch etwas gekennzeichnet, was wir *Omnipotenzpflicht* nennen. Darunter verstehen wir den Anspruch an sich selbst, in jeder Situation so sein, handeln und fühlen zu können, wie es der jeweilige Beziehungspartner wünscht und braucht. D.h., der Anspruch an sich selbst und die Wertwelt ist wenig an den eigenen Stimmungen, Fähigkeiten, Interessen, Zielen, Wünschen und Gefühlen orientiert, sondern in die geäußerten oder angenommenen Erwartungen der Umwelt projiziert, external bestimmt.

Das Destruktive hierbei ist, daß das anspruchsentsprechende Rechtmachen und Erwartungenerfüllen keineswegs mit das Ich stärkenden Erfolgsgefühlen einhergeht, sondern eher selbstwertschädigend als Abhängigkeit und Schwäche erlebt wird, da es vorrangig der Aufrechterhaltung von Harmonie, Beliebtheit und Frieden dient. Die Erwartungen nicht zu erfüllen ist extrem angstbesetzt und mit Schuldgefühlen verbunden, da es erlebnismäßig bedeutet, nicht mehr gebraucht und damit nicht mehr geliebt zu werden.

Dieses 'Immer im Sog der Erwartungen der anderen Sein', dieses 'Immer um der Aufrechterhaltung einer als lebensnotwendig empfundenen Basisharmonie willen brave Gehorchen und Erfüllen' führen zu Kränkungen, Selbstwertschädigung und Ich-Schwächung. Vor lauter Müssen, Sollen und Funktionieren-Wollen geht der Bezug zu sich selbst als autonomer Persönlichkeit - mit eigenen Zielen, Motiven und Bedürfnissen - verloren; damit versiegen auch die eigenen Energiequellen zunehmend.

Hinzu kommt, daß das "*Wollen*" für Personen mit depressiven Strukturen oft ein extrem konflikthaftes Thema darstellt. Sie können nicht "nein" sagen und sie können auch kein "nein" ertragen. Indem sie ein "nein" tendenziell als Ablehnung ihrer Person und damit als Hinweis auf ihren Minderwert in der Beziehung interpretieren, fällt es ihnen extrem schwer aktiv Forderungen stellen. Wenn man sich weder imstande fühlt, seine eigenen Wünsche durchzusetzen noch ihre Nichterfüllung zu ertragen, ist es gewissermaßen am sichersten, nichts zu wollen. Indem "Nein"-Sagen immer beziehungsrelevant erlebt wird, wird es auch immer zu einem aggressiven Akt, der nur vermieden werden kann, wenn Nicht-Wollen erlebnismäßig verschoben wahrgenommen wird als Nicht-Können und in den selbstwertschädigenden Kontext von Unfähigkeit und Schwäche gestellt wird.

Das *Defizit im voluntativen Bereich* ist nicht nur im Sinne einer Abwehrfunktion gegenüber Ohnmachtserlebnissen zu sehen. Der gesamte voluntative Bereich scheint oft gar nicht im Sinne von weiterreichenden eigenen Zielen der Lebensgestaltung entwickelt zu sein. Das permanente Bemühen um die Reduzierung aller Wünsche und Bedürfnisse, die im weitesten Sinne als mit sozialer Abhängigkeit verbunden empfunden werden, führt bei Depressiven oft dazu, daß Wollen bzw. Nicht-Wollen nur dann wahrgenommen werden, wenn sie sich im Erleben in Form dranghafter, unüberwindlicher Impulse durchsetzen; und d.h., sie werden nicht aktiv erlebt, sondern widerfahren einem.

Wollen im Sinne von übergreifenden eigenen Zielen zu empfinden und zu akzeptieren bedeutet Realisierung von Eigenverantwortung - und damit Aufgabe der beharrlichen Sehnsucht nach einem Beziehungsparadies, in dem sich die Partner jeweils gegenseitig emotional optimal versorgen.

Die Lebensgestaltung über Müssen, Sollen, Brauchen, Funktionieren klappt oft solange ganz gut, wie ein soziales Umfeld gegeben ist, das hierfür ausreichende emotionale Gratifikationen liefert, die als Antriebsquelle dienen und an denen entlang sich Motivationsketten, Lebensziele und Lebensgestaltung orientieren.

In depressiven Zuständen geht diese Gleichung nicht mehr auf. Der Mangel an eigenständigen und selbstwertfördernden Antriebsquellen und Erlebenszusammenhängen bricht durch.

Wenn man erlebnismäßig nicht mehr imstande ist, etwas zu wollen, verliert man den Bezug zu sich selbst - mit den geschilderten Gefühlen der Sinnlosigkeit; und es fällt schwer, sich für sich selbst zu interessieren oder sich um sich - um seiner selbst willen - zu kümmern.

Ein Mensch, der spürt, daß er gepflegt aussehen will, weil er weiter dieses und jenes will, hat im allgemeinen wenig Mühe damit, sich entsprechend zu verhalten. Sich z.B. zu kämmen wird nicht Inhalt des Tages an sich, sondern ist selbstverständlich eingebettet in eine Kette von Aktivitäten, zu denen ein erlebnismäßiger Bezug besteht. Für einen Menschen aber, der gar nichts will, kann es zu einer unendlich qualvollen Anstrengung werden, sich kämmen und waschen zu müssen; er schiebt diese Anstrengung, weil er auch gar nicht weiß, was er danach wollen soll, unendlich lange vor sich her.

Der Antriebsverlust, das 'Sich selbst nicht mehr positiv besetzen Können', führt oft dazu - vor allem bei alleine lebenden Personen, für die auch das Motiv 'Für die anderen Funktionieren' wegfällt -, daß eine depressive *Verwahrlosung* stattfindet, die sich krankheitsverstärkend auswirkt. Obgleich diese Patienten sich selbst so unangenehm und egal sind, sind doch weiterhin normative Wertmaßstäbe erhalten, so daß die Verwahrlosung sowohl selbstwertschädigend wirkt als auch insofern destruktiv, als die ohnehin gegebenen Tendenzen zu sozialem Rückzug aus Gründen der Scham noch zunehmen. Darüber hinaus wird ein zunehmendes Ausmaß an Schmutz und Chaos - bei ohnehin gegebenem Antriebs- und Energieverlust - als nicht mehr zu bewältigende Anforderung erlebt. Die verwahrloste Umgebung als ständigen Spiegel der eigenen Unfähigkeit bedrohlich vor Augen sind diese Patienten nicht - wie manche Süchtige oder verwirrte Personen - dazu in der Lage, sich an diese zu gewöhnen und mit ihr einzurichten, sondern sie leiden sehr darunter.

Um das Phänomen der Verwahrlosung zu wissen und darauf zu achten, ist im Umgang mit Depressiven wichtig, da dieses Problem manchmal *aktive Hilfe* erforderlich macht. Indem Depressive nicht verwirrt und auch oft in der Lage sind, sich mit großen Anstrengungen zu gewissen Aktivitäten zu zwingen, und neben ihrem desolaten Klagen über Antriebsverlust, Verzweiflung und Unfähigkeit bei der Alltagsbewältigung oft durchaus einen vernünftigen, fähigen und tüchtigen Eindruck machen, besteht leicht die Gefahr, daß man die Realität ihrer Einschränkung in der Alltagsbewältigung unterschätzt und ihre Klagen für nicht so ernstzunehmende Appelle hält. Diese Gefahr besteht unter anderem auch deshalb, weil viele dieser Patienten ihre Unfähigkeit tatsächlich subjektiv viel krasser empfinden, als es der Realität entspricht.

D.h., wir können uns nicht unbedingt darauf verlassen, daß unsere Wahrnehmung und Einschätzung und auch das, was uns die Patienten mitteilen, uns einen klaren Hinweis liefern, ob aktiv helfendes Eingreifen notwendig ist, weil die Versorgung wirklich nicht mehr klappt, oder ob wir damit gerade der erlebten Hilflosigkeit und Passivität noch Vorschub leisten.

Bei diesem Problembereich geht es also nicht um ein psychotherapeutisches Vorgehen im eigentlichen Sinne, sondern um die *Frage der Notwendigkeit pflegerischer Maßnahmen.* Von daher ist diese Frage auch nicht unbedingt einfühlend therapeutisch zu klären, sondern mittels konkreter Informationen darüber, wie der Alltag jeweils tatsächlich aussieht.

Eine noch schwierigere Frage ist das Thema *Suizid*.

Von unserer Grundhaltung her, die der Eigenverantwortung und Selbstbestimmung einen so hohen Wert beimißt, sind wir der Meinung, daß jeder Mensch selbstverständlich das Recht auf eine freie Entscheidung hat, ob er leben will oder nicht. Da wir aber im Einzelfall nie sicher sein können, ob es sich um eine freie Entscheidung handelt oder nicht, haben wir die Pflicht, alles zu tun, was wir sinnvollerweise tun können, um eine Selbsttötung zu verhindern. In dieser Grundhaltung bestätigt uns unter anderem die große Anzahl von Personen, die sehr ernst gemeinte Selbstmordversuche überleben und nicht wiederholen. Sichere, zuverlässige Kriterien, wie hoch die Suizidgefahr jeweils einzuschätzen ist, gibt es leider nicht.

Das wesentliche Kriterium ist immer noch, ob der Betreffende derartige Absichten und Gedanken äußert bzw. sie auf Befragen zugibt. Alle Volksmundweisheiten, wie etwa, “Wer davon spricht, tut es sowieso nicht” oder “Wenn demonstrative oder erpresserische Komponenten spürbar sind, ist es nicht ernstzunehmen”, stimmen nicht. Es ist vielmehr so, daß wir auf lange Sicht gesehen - nur solange Ambivalenzen bestehen - erfolgreich helfen oder eingreifen können.

Weiterhin ist es keineswegs immer so, daß eher halbherzig gemeinte Selbstmordversuche nicht tödlich enden und daß sehr ernst gemeinte es immer tun. Der Zusammenhang zwischen Gefährlichkeit der Mittel und Ernsthaftigkeit der Absicht ist nicht unbedingt linear.

Es besteht auch kein zuverlässiger Zusammenhang zwischen Schwere der depressiven Verstimmung und Suizidalität.

Suizidabsichten kommen sogar eher häufiger vor bei depressiven Reaktionen, in denen die Verzweiflung heftig ist, aber der Antrieb noch erhalten. In solchen Fällen kann aktives Verhindern - durch z.B. stationäre Unterbringung - notwendig und sinnvoll sein, da es auch darum geht, Zeit für die Verarbeitung des auslösenden Ereignisses zu gewinnen. Und, hart anmutende Maßnahmen können auch einen konstruktiven Realitätsschock bei den Betreffenden und ihrer sozialen Umwelt auslösen.

Bei schweren Depressionen ist die Gefahr eines Suizids oft dann besonders groß, wenn es den Patienten etwas besser geht, so daß das entsprechende Handeln, Planen, Entscheiden wieder Bestandteil ihres psychischen Funktionsniveaus ist. Die Möglichkeiten der aktiven Verhinderung eines Suizids, sind dann, wenn sie unvermeidbar werden, häufig nicht von psychotherapeutischem Nutzen im eigentlichen Sinne.

Solange die Patienten unmittelbar bei uns sind und mit uns über ihre Selbstmordabsichten sprechen, tun sie es wohl nicht. D.h., wir haben die Möglichkeit, uns mit ihnen darüber auseinanderzusetzen und die gegebenen konstruktiven Veränderungswirkungen des Gespräches auszuschöpfen.

Im allgemeinen löst die Äußerung von Suizidabsichten allerdings beim Gesprächspartner in einem Maße Angst und Schrecken und damit eine Aktivierung der Handlungsebene aus, daß das Gespräch nur noch von der beabsichtigten Tat und deren Verhinderung mittels aller möglichen Beeinflussungs- und Überredungsversuche geprägt ist. D.h., Menschen wird selten die Möglichkeit gegeben, sich mit diesem Thema selbstexplorativ und angstfrei in einer akzeptierenden Beziehung intensiv zu beschäftigen.

Um dies zu ermöglichen, ist es wichtig, daß wir bei aller verantwortungsvollen Ernsthaftigkeit nicht a priori defensiv oder mit Panik und Abwehr reagieren und geäußerte Selbstmordabsichten als Erpressung, Drohung oder unbedingt "kranke", "falsche" Gefühle betrachten, bewerten oder interpretieren, sondern daß wir uns ihnen mit derselben wertfreien, akzeptierenden empathischen Haltung verstehend zuwenden wie anderen Äußerungen auch.

Indem wir die Auseinandersetzung auf der Ebene einer Entscheidungsfindung für oder gegen Suizid zunächst verlassen und uns vielmehr einem intensiven Ausloten der mit dem Thema Suizid zusammenhängenden Gefühle zuwenden, erreichen wir oft eine andere - nämlich eine innerpsychische nicht handlungsorientierte reversible - Erlebnis- und Auseinandersetzungsebene, in der Veränderung, Erlebnisfluß, Selbstexploration und Erkenntnis - und damit wieder ein Ansatz von Interesse an sich selbst - möglich werden. Wenn einem Menschen z.B. in einem solchen Gespräch klar wird, daß er sich umbringen möchte, um *sein Leben* endlich gründlich zu verändern, so wird diese Sichtweise zu der Suche nach anderen Lösungsmöglichkeiten führen.

5. Passive Aggressivität

Erforschung und Verständnis dieses Störungsbildes stehen noch in den Anfängen. Wir behandeln es, weil es bei Berufs- und Arbeitsschwierigkeiten sowie bei der Entwicklung gestörter sozialer Beziehungen eine wichtige Rolle spielt. Auch auf Drogen-, Alkoholmißbrauch und die Tendenz zu depressiven Entwicklungen wird bei dieser Störung hingewiesen. In der Berufs- und Arbeitswelt werden Formen der passiven Aggressivität wichtiger, je erschwerter die Bedingungen des Zugangs zum und der Behauptung im Arbeitsleben sind.

Durch strukturelle Erschwernisse der externalen Welt können im Zusammenspiel mit personimmanenten Voraussetzungen problematisches Verhalten im Berufsbereich, aufgrund zirkulärer Kausalitäten sogar Entwicklungen in Richtung existentieller Katastrophen wie Entlassung und Arbeitslosigkeit gefördert werden. Ähnliches gilt für den Beziehungsbereich, indem, bedingt durch äußere Belastungen (Arbeitslosigkeit, Wohnungsnot, kulturelle Fremdheit etc.), Beziehungsprobleme - auf der Basis von passiver Aggressivität - zu, von den Beteiligten nicht kontrollierbaren Verhaltensweisen, führen können.

Das Thema ist äußerst sensibel und sicher auch oft prototypisch für die Situation des Beraters, wenn z.B. bei Arbeitsproblemen die Wahrnehmungen des Klienten und des Beraters im Hinblick auf destruktive Arbeitsbedingungen oder aussichtslose Arbeitsmarktbedingungen deckungsgleich sind. Eine angemessene *empathische Wahrnehmung* der Gefühlsdynamik, der kognitiven Verfassung und der Motivations- und Handlungsdefizite des Klienten ist hier eine wichtige Voraussetzung für den Berater, *um nicht Teil des passiv-aggressiven Systems des Klienten zu werden* und mit ihm gemeinsam in eine Sackgasse zu geraten.

Die zwischenmenschlichen Prozesse, die in die Verflechtung mit dem Klienten führen, verlaufen oft ganz leise, undramatisch. Wie alles gekommen ist - zur Droge, zum Alkohol, zu dem Geschlagenwerden, zum Berufsversagen - ist gut nachvollziehbar und einfühlbar. Und das es so gekommen ist, hat ja reale Gründe, und es ist für den Berater selbstverständlich notwendig, diese zu verstehen. Aber von genauso wichtiger, helfender Bedeutung ist es, einen Zugang zu den wenig sichtbaren zirkulären Kausalitäten, der Wechselwirkungen zwischen der externalen Welt und den Gegebenheiten, die der Klient in diese Wechselwirkung einbringt, zu finden.

Zur allgemeinen *Annäherung* an das, was man unter passiver Aggressivität versteht, übersetzen wir die Beschreibung aus dem DIAGNOSTIC AND STATISTICAL MANUAL OF MENTAL DISORDERS, Third Edition-revised (abgekürzt: DSM-III-R, 1987, S. 356 f.):

“Das wesentliche Merkmal dieser Störung ist ein im frühen Erwachsenenalter beginnendes und in unterschiedlichsten Zusammenhängen auftretendes vorherrschendes Muster passiven Widerstandes auf Anforderungen nach angemessenem sozialen und beruflichem Tun. Der Widerstand wird eher indirekt als direkt ausgedrückt und resultiert in durchdringender und anhaltender sozialer und beruflicher Erfolglosigkeit, selbst wenn ein selbstbewußtes und erfolgreiches Verhalten möglich ist. Der Name Störung basiert auf der Annahme, daß diese Menschen passiv verborgene Aggressionen ausdrücken.”

Diese allgemeine Definition, macht keine Aussagen darüber, ob es sich hier um eine überdauernde Persönlichkeitsstörung, um ein situationsbezogenes adaptives Verhalten, um systembezogene Reaktionsweisen o.ä. handelt; sie macht auch keine Aussagen zur Ätiologie. Damit schließen wir uns der Auffassung von PARSONS & WICKS (1983) an, die diese Fragen für offene Forschungsfragen halten.

Um zu einem erweiterten, konkreten Verständnis zu gelangen, wollen wir die Beschreibungen von A.R. MAHRER (1983) heranziehen, der von einem humanistisch-erlebnisorientierten Störungsansatz ausgeht. Einige *typische passiv-aggressive Arten des Seins und Verhaltens* sind nach MAHRER (S. 100; Übers. d. Verf.):

“1) Die Person verhält sich in einer Art und Weise, die hilflos und bedürftig ist. Diese Verhaltensweisen können ergänzt werden durch Wutanfälle, und diese ereignen sich im allgemeinen im Zusammenhang von Hilflos- und Bedürftig-Sein.

2) Die Person verhält sich auf passiv wütend machende Arten, die von kaum verhülltem Ärger bis zu offenkundig hilfreicher Kooperation reichen. Diese Arten sind eingekleidet in unschuldige Passivität, und die Ergebnisse sind schädigend und machen wütend.

3) Die Person ist negativistisch, verhindernd, unkooperativ und starrköpfig auf passive, indirekte und verantwortungslose Art. Spezifische Verhaltensweisen schließen Trödeln, absichtliche Unfähigkeit und Aufschieben ein.

4) Die Person verhält sich auf Arten, die oberflächlich willfährig und einwilligend sind - mit Untertönen von Jammern, Sich-beklagen und Nörgeln."

Diese zweifelsohne sehr offensiv formulierten Beschreibungen, die dem herausfordernden therapeutischen Stil von MAHRER entsprechen, wollen wir ergänzen mit weiteren Präzisierungen aus dem DSM-III-R (S. 356 f.; Übers. d. Verf.):

"Menschen mit dieser Störung nehmen gewohnheitsmäßig Beanspruchungen, ein gegebenes Niveau das Funktionieren zu erhöhen oder aufrechtzuerhalten, übel und opponieren dagegen. Dies passiert meist am klarsten in Arbeitssituationen, aber es ist auch in sozialen Funktionen evident. Der Widerstand wird indirekt ausgedrückt durch Manöver wie 'Auf die lange Bank schieben', Trödeln, Halsstarrigkeit, absichtliche Unfähigkeit und 'Vergeßlichkeit' ... Sie protestieren oft bei anderen, wie unvernünftig die Forderungen, die an sie gestellt werden, sind, und nehmen nützliche Vorschläge vom anderen, wie sie produktiver sein könnten, diesen übel ... Oft sind Menschen mit dieser Störung abhängig und haben wenig Selbstbewußtsein. Typischerweise sind sie pessimistisch über die Zukunft, aber realisieren nicht, daß ihr Verhalten für ihre Schwierigkeiten verantwortlich ist."

Der letzte Punkt ist besonders wichtig, weil der Bezug auf die eigene Person, die Wahrnehmung des eigenen Anteils an Problemen eine Voraussetzung für konstruktive Veränderungen ist. Die "entschlossene" Umdeutung der Realität, die "üblichen blinden Flecken" in der Wahrnehmung - bei zugleich genauester, sensibler Wahrnehmung von Ansatzpunkten für passiv-aggressives Verhalten gegenüber anderen - formuliert MAHRER (1983, S. 102; Übers. d. Verf.) folgendermaßen:

" ... Um passiv-aggressives Erfahren geschehen zu lassen, muß es eine angemessene äußere Welt dafür geben, z.B. muß es jemanden geben, der die angemessene Rolle des aggressiv kontrollierten Opfers, des provozierten Aggressors oder der kontrollierenden Autorität übernimmt. Manchmal ist der externale Partner viel zu bereit, verfügbar; und dazu antwortet die Person mit passendem Verhalten und Erleben. Zu anderer Zeit muß der externale Partner konstruiert und gestaltet werden, um zu passen; dies hervorzubringen ist die Funktion des richtigen Verhaltens, das dann eingesetzt wird und angemessenes Erleben bringt."

Passive Aggressivität ist eine *unmittelbar interpersonell* bezogene Störung. Sie manifestiert sich immer anderen gegenüber in einer Direktheit, wie dies etwa bei psychosomatischen Störungen, Zwängen, Depressionen etc. nicht der Fall ist: die interpersonelle Relevanz ist dabei unmittelbar - und es besteht nicht nur bei Menschen, die das passiv-aggressive Muster leben, sondern auch bei denjenigen, die darin verwickelt werden, wenig Wahrnehmung für die Dynamik der Abläufe.

In den unterschiedlichsten Arbeitsbereichen sozialarbeiterischen und sozialpädagogischen Handelns wird man mit Erlebens- und Verhaltensweisen, die diesem skizzenhaften Bild näherkommen, konfrontiert. Und der *Berater wird unmittelbar Teil der passiv-aggressiven Kommunikations- und Erlebnissysteme* sein. Hier steht, anders als bei der Begegnung mit psychotischem Erleben, nicht die oft mit Angst verbundene Fremdheit im Zentrum der Eigenerfahrung bei der Beziehungsaufnahme und -gestaltung, sondern das eigene Erleben bei der Auseinandersetzung mit wesentlichen Aspekten der externalen Welt in ihren sozialen Bezügen und Leistungsanforderungen.

Viele Arbeitsbereiche sind sozio-kulturelle Milieus, die *passiv-aggressive Coping-Techniken* nähren. Dazu R.D. PARSONS (1983, S. 176;Übers. d. Verf.):

“Passiv-aggressives Verhalten kann man wahrscheinlich in jedem Verhaltensmuster zu der einen oder anderen Zeit sehen. Als ein vorübergehender Modus kann solch indirekter Ausdruck von Ärger ganz produktiv und sogar sozial tolerabel sein. Jedoch kann das kulturelle Milieu, in dem jemand operiert, solchen indirekten Ausdruck als den hauptsächlichsten oder einzigen Weg zum Ausdruck negativer Gefühle ermuntern.” Es wäre sicher faszinierend, den eigenen Arbeitsbereich unter dem Aspekt der Förderung passiv-aggressiven Erlebens zu untersuchen.

Die *Thematik des “Opfer-Seins”* von aversiven, kontrollierenden Bedingungen kann ein empathisches Verwickeltsein und akzeptierende Übereinstimmungen mit Klienten bedingen, die den Zugang zu einem konkreten mehrdimensionalen Verstehen sehr erschweren können. Die Technik des ’Auf die lange Bank Schiebens’ ist oft so nah dem eigenen Arbeitsverhalten und so unmittelbar einfühlbar, daß aus Verstehen *hilfloses Mitfühlen* werden kann. Um hier zu konstruktivem Arbeiten zu kommen, ist es unabdingbar, die Nähe zur eigenen Erfahrung als Ausgangspunkt einer genauen kognitiven Orientierung zu nehmen.

Die *Auslösung aggressiver Empfindungen* beim Berater ist von eher noch größerer Bedeutung. Da der Klient im Gespräch und in seinem Verhalten über ein breites Spektrum von hilfreicher Bereitschaft, kooperativen Angeboten über Verzögern, Vergessen bis hin zu mehr oder weniger deutlichem Opponieren verfügt, ist diese eigene wachsende Aggressivität nicht unmittelbar begründbar. Das Repertoire, (in der Sprache von MAHRER) das eines kleinen, passiven Kindes, des Opfers, des Mißhandelten, des Verletzten, des Schwachen und Gehandikapten ist durchaus geeignet, den Berater für sich zu gewinnen; Widerstand gegen kontrollierende, unvernünftige Autorität kann leicht Zustimmung finden. Die damit wenig korrespondierende, oft nur verschwommen wahrzunehmende Aggressivität und Ablehnung des Klienten durch den Berater bleibt unverständlich und unverstanden. Eine sorgfältige, mit dem Klienten vorgenommene Klärung seiner sozialen Beziehungen bezüglich der Problemschwerpunkte, etwa der Arbeitswelt, kann ein wichtiger Schritt sein, um aus dem gefühlsverwirrenden mitfühlenden Einbezogensein und der aggressiven Ablehnung herauszutreten und zum inneren Bezugsrahmen des Klienten vorzudringen. Eine Umstrukturierung der Wahrnehmungswelt des Klienten von “Was wird mit mir gemacht” zu “Was mache ich mit wem” und “Wer macht was mit mir” ist oft hilfreich.

Aus dem beschriebenen Erleben und Verhalten wird deutlich, welche spezifischen Beziehungsmöglichkeiten in der Beratungssituation enthalten sind. Thematiken wie Kontrolle und Widerstand, Aggressor und Opfer, Leistungsforderungen und Leistungsversagen sind Teile alltäglicher Lebenserfahrungen - von der Bewältigung über abgestufte Erfahrungen bis zur Nicht-Bewältigung.

Aber, und dies ist ein zentrales Defizit in der Selbstwahrnehmung und der Umweltwahrnehmung bei passiv-aggressiver Lebensthematik, es handelt sich eben dabei nicht um polare Strukturen, sondern um abgestufte Handlungs- und Erlebensmöglichkeiten mit eigener Qualität, die nicht von den Enden her definierbar sind.

Wir haben in dieser Skizze das Thema nur angerissen mit dem Ziel, Anregungen zu geben, Schritte zu tun, sich einem Störungsbild zu nähern, das in seiner schillernden Alltäglichkeit und seiner wenig greifbaren Selbstdestruktivität gewiß Erkenntnismühen verdient. Langsames Scheitern im Arbeitsleben und in der Gestaltung befriedigender persönlicher Beziehungen ist vom Ergebnis her dramatisch, der dorthin führende Weg bleibt oft im Verborgenen. “Dazu sagt er: Dieser Sturz oder Abstieg, den ich für dich voraussehe, ist von besonderer Art - eine besonders furchtbare Art von Sturz. Der Abstürzende selbst fühlt oder hört sich nicht unten aufschlagen. Er fällt und fällt nur.

Das gilt für alle die Menschen, die zu irgendeiner Zeit ihres Lebens etwas gesucht haben, das ihre Umwelt ihnen nicht bieten konnte. Oder etwas, wovon sie dachten, daß es ihnen die Umwelt nicht bieten könne. Infolgedessen gaben sie die Suche auf. Sie gaben es auf, bevor sie überhaupt wirklich angefangen hatten." (SALINGER 1989, S. 137 f.).

Literatur

ANCHIN, J.C.; KIESLER, D.J. (Hrsg.): Handbook of Interpersonal Psychotherapy. New York 1982.

BINDER, U.; BINDER, J.: Klientenzentrierte Psychotherapie bei schweren psychischen Störungen. Frankfurt 1981.

BINDER, U.; BINDER, J.: Studien zu einer störungsspezifischen klientenzentrierten Psychotherapie. Schizophrene Ordnung, Psychosomatisches Erleben, Depressive Leiden. Eschborn 1991.

BLEULER, E.: Lehrbuch der Psychiatrie. Berlin 1969.

DIAGNOSTIC AND STATISTICAL MANUAL OF MENTAL DISORDERS, Third Edition-revised (DSM-III-R). Washington 1987.

MAHRER, A.R.: An Existential-Experimental View and Operational Perspective on Passive-Aggressiveness. In: PARSONS et al. New York 1983.

PARSONS, R.D.; WICKS, R.J.: Passive-Aggressiveness. New York 1983.

SALINGER, J.D.: Der Fänger im Roggen. Hamburg 1989.

Anschrift der Verfasser

Dipl.Psych. Ute Binder und Dipl.Psych. Dr. Johannes Binder
Böhmerstraße 13, 6000 Frankfurt am Main

WIEBKE WÜSTENBERG

Sexueller Mißbrauch an Mädchen und Jungen und die Aufgaben der Sozialarbeit und Sozialpädagogik

Zusammenfassung

Der Artikel definiert, was sexueller Mißbrauch ist und wo Unterschiede und Ähnlichkeiten zur physischen Mißhandlung liegen. Er geht auf das Ausmaß des sexuellen Mißbrauchs ein und auf die Aussagekraft statistischer Daten. Er vermittelt Grundinformationen über Opfer und TäterInnen, verschiedene Erklärungsansätze, mögliche Erkennungszeichen sowie Folgen des sexuellen Mißbrauchs für die Identitätsentwicklung bei Jungen und Mädchen. Der Beitrag fordert zur Auseinandersetzung mit eigenen (Vor-) Urteilen heraus und verfolgt das Ziel, die psychosoziale Situation der Opfer während und nach dem sexuellen Mißbrauch zu verstehen sowie daraus Handlungshilfen zum Schutz des Opfers - möglichst ohne Amtsgewalt gegen sie - zu entwicklen. Die Aufgabenteilung zwischen Case-Management und parteilicher Beratung/Begleitung und Therapie für die Opfer werden ebenso thematisiert wie die Beratung der nicht-mißhandelnden Erwachsenen und die Konfrontation mit der mißhandelnden Person bzw. die Übergabe der Verantwortung für den sexuellen Mißbrauch an sie. Krisenintervention und Hilfen bei sexuellem Mißbrauch werden im Rahmen beruflicher Netzwerkbedingungen für professionelle HelferInnen diskutiert.

Einleitung

Der 8. Internationale Kongreß über Kindesmißhandlung und Vernachlässigung in Hamburg (1990) hat in seiner Abschlußerklärung deutlich gemacht, Kinder und Jugendliche werden in der ganzen Welt getötet, mißhandelt, geschlagen, ausgenutzt und in ihren elementaren Rechten beschnitten; sexueller Mißbrauch scheint hinter den anderen Mißhandlungsformen zu verschwinden. Das Tabu, über sexuellen Mißbrauch an Mädchen und Jungen zu sprechen und differenzierte Informationen an die Öffentlichkeit zu bringen, ist noch nicht wirklich durchbrochen worden.

Diese Tatsache ist auch in der Sozialarbeit spürbar:
- Das Problem des sexuellen Mißbrauchs wird erst von einigen SozialarbeiterInnen und SozialpädagogInnen angegangen;
- es bestehen bisher noch keine klaren, unter den verschiedenen geforderten Trägern und Institutionen abgesprochene Strategien und Erfahrungswerte, wie auf sexuellen Mißbrauch von Mädchen und Jungen angemessen zu reagieren ist - vor allem auch präventiv.

Die Erfahrungen, die professionelle HelferInnen machen, zeigen, daß, sowie sie sich intensiver mit sexuellem Mißbrauch auseinandersetzen, Betroffene aus den beruflichen und privaten Zusammenhängen sich als "Opfer" zu erkennen geben. Mädchen, Jungen, weibliche und männliche Jugendliche, Frauen und Männer, die in ihrer Kindheit sexuell mißbraucht wurden, haben ein gutes Gespür dafür, wer die Beschäftigung mit den Problemen der sexuellen Ausbeutung eher abwehrt bzw. wer sich als AnsprechpartnerIn verständnisvoll zur Verfügung stellt.

Ich gehe davon aus, daß SozialarbeiterInnen und SozialpädagogInnen die *berufliche Pflicht* haben, sich als AnsprechpartnerInnen für Opfer, Survivers (so der amerikanische Begriff) von sexuellem Mißbrauch zu verstehen. Wie sie darauf antworten können bzw. welche Aufgaben sie in der Kinderschutzarbeit im Interesse der sexuell mißbrauchten Kinder und Jugendlichen haben, soll im folgenden entwickelt werden.

Zur Krisenintervention in der Sozialarbeit gehört die Reaktion auf sexuellen Mißbrauch deshalb, weil die *charakteristischen Gegebenheiten* bei sexuellem Mißbrauch - Macht- und Vertrauensmißbrauch, Zwang zur Geheimhaltung, Aussprechen von emotionalen und körperlichen Drohungen, Anwendung von physischer Gewalt, Wiederholungstat, Strafbarkeit der Handlung, schwere Identitätskrisen auf Seiten der Opfer, Tabuisierung von "Sexualität und Gewalt" in unserer Gesellschaft - die ganze Familie zutiefst betreffen und bei Offenlegung in eine schwere Krise stürzen sowie für das Opfer in der Regel eine starke körperliche und emotionale Gefährdung darstellen.

Um als SozialarbeiterIn und SozialpädagogIn durch die Offenlegung von sexuellem Mißbrauch nicht selber in eine "professionelle Krise" zu geraten, sondern kompetent handeln zu können, muß Fachwissen in Kooperation mit KollegInnen zu Strategien des professionellen Handelns verarbeitet werden. Dazu soll der Artikel anregen.

1. Theoretische Informationen zum sexuellen Mißbrauch an Mädchen und Jungen

1.1 Was ist sexueller Mißbrauch? - Definition, Analysekriterien und Abgrenzung zur physischen Mißhandlung

Zum Problem des sexuellen Mißbrauchs werden die meisten Aspekte kontrovers diskutiert: das Ausmaß von sexuellem Mißbrauch, wieviele Mädchen und Jungen betroffen sind, was alles zum sexuellen Mißbrauch gehört, Erklärungsansätze, ob sexueller Mißbrauch angezeigt werden muß oder nicht, und auch, welcher Begriff die Straftat adäquat beschreibt.

Überlegungen zur Begrifflichkeit
Die am häufigsten verwandten Begriffe für den Tatbestand der sexuellen Mißhandlung sind: sexueller Mißbrauch, sexuelle Ausbeutung, sexuelle Mißhandlung, sexuelle Gewalt, sexuelle Übergriffe, sexuelle Nötigung, Vergewaltigung, Inzest. Jeder dieser Begriffe betont einen spezifischen Aspekt dieses Deliktes; z.B. bezeichnet der Begriff *Inzest*, wie er heute im englischsprachigen Raum verwendet wird, nicht nur die engere Straftat nach dem § 173 unseres Strafgesetzbuches, der den "Beischlaf zwischen Verwandten" meint, sondern darüber hinaus betonend, daß sexueller Mißbrauch am häufigsten in der Familie geschieht.

Im bundesdeutschen Strafgesetzbuch gehört der § 173 zum 12. Abschnitt: Straftaten gegen den Personenstand, die Ehe und die Familie - und nicht zum 13. Abschnitt: Straftaten gegen die sexuelle Selbstbestimmung. Das heißt im § 173 tritt das Opfer in den Hintergrund, was auch durch das vorgeschlagene Strafmaß deutlich wird:

Im § 173 wird Freiheitsstrafe bis zu drei Jahren oder Geldstrafe angedroht für denjenigen, der mit einem leiblichen Abkömmling den Beischlaf vollzieht, während nach dem § 176 Freiheitsstrafe von einem Jahr bis zu zehn Jahren vorgeschlagen wird, "wenn der Täter mit dem Kind (unter 14 Jahren, W.W.) den Beischlaf vollzieht". Der Begriff Inzest stiftet also bei uns im besten Fall Verwirrung, hauptsächlich verharmlost er den sexuellen Mißbrauch in der Familie und dessen Folgen für das Opfer; er ist deshalb ungeeignet, den wirklichen Sachverhalt des sexuellen Mißbrauchs zu erfassen.

Manche Leute benutzen den Begriff *sexuelle Mißhandlung*, um eine Ähnlichkeit zwischen physischer Mißhandlung und sexuellem Mißbrauch zu betonen (siehe weiter unten zu den Unterschieden). Häufig wird auch noch der Begriff sexuelle Ausbeutung benutzt; er betont das Zum-sexuellen-Objekt-Machen, die Ausnutzung des Kindes, und zwingt gleichzeitig darüber nachzudenken, wo diese sexuelle Ausbeutung bereits beginnt. Sie ist notwendigerweise mit einer über die Strafgesetzparagraphen (§ 176) hinausgehenden Ausweitung des Tatbestandes verbunden.

In der Begriffswahl kommen darüber hinaus auch sprachlich-gesellschaftliche Vereinbarungen zum Ausdruck; z.B. scheint es so, daß sich in der BRD der Begriff *sexueller Mißbrauch* durchgesetzt hat.

Die Begriffswahl spiegelt aber auch individuelle Erfahrungen und Einstellungen wider, die sich im Sprachgefühl und damit in der Bevorzugung eines Begriffes niederschlagen. Deshalb ist es sinnvoll, für sich selbst zu klären, zu welchem Begriff man oder frau selbst tendiert - und vor allem, warum andere eher abgelehnt werden.

Noch wichtiger als die Begriffswahl ist in meinen Augen die Verständigung über *Charakteristika* der sexuellen Ausbeutung von Mädchen und Jungen, wie sie z.B. in der Definition nach SGROI (1982) bei SALLER (1987, S. 4) deutlich werden; danach ist sexueller Mißbrauch eines Kindes, "eine sexuelle Handlung eines Erwachsenen mit einem Kind, das aufgrund seiner emotionalen und intellektuellen Entwicklung und aufgrund des ungleichen Machtverhältnisses zwischen Erwachsenen und Kindern nicht in der Lage ist, dieser sexuellen Handlung informiert und frei zuzustimmen. Bei der sexuellen Ausbeutung nutzt der Erwachsene seine Machtposition und seine Autorität oder die Abhängigkeit des Kindes aus, um das Kind zur Kooperation zu überreden oder zu zwingen. Ein zentrales Moment sexueller Ausbeutung und Gewalt ist die Verpflichtung zur Geheimhaltung. Sie verurteilt das Kind zur Sprachlosigkeit, Wehrlosigkeit und Hilflosigkeit." (Hervorhebungen im Original)

Analytische Aspekte zur Beurteilung von sexuellem Mißbrauch sind demnach:
- die Absicht des Täters, ein Kind für die eigenen sexuellen Interessen und Wünsche zum Objekt zu machen,
- das Ausnutzen von Macht-, Autoritäts- und Vertrauenspositionen,
- die Verpflichtung zur Geheimhaltung (mittels Überredens bis hin zur Gewaltandrohung),
- die direkte Handlung am Kind, aber auch exhibitionistische Handlungen und Pornographie,
- das Gefühl des Opfers, sexuell ausgebeutet zu werden, z.B. wenn ein Kind sich durch Blicke ausgezogen und seine Intimität verletzt fühlt,
- entwicklungspsychologische Kriterien bzgl. Alter und Einsicht des Kindes in physische, emotionale und soziale Folgen der sexuellen Handlungen,
- Verletzung des Rechtes auf sexuelle Selbstbestimmung, auf Intimität, auf altersentsprechende Autonomie.

Es gibt Ähnlichkeiten und einige *wichtige Unterschiede zwischen sexuellem Mißbrauch und physischer Mißhandlung*, die im folgenden benannt werden sollen, weil sie für das Verständnis der Dynamik des sexuellen Mißbrauch von Bedeutung sind.

a) Die *Geplantheit* des Vorgehens beim sexuellen Mißbrauch steht dem überwiegenden Affekthandeln bei physischer Mißhandlung gegenüber. Täteruntersuchungen zeigen, daß in den meisten Fällen von sexuellem Mißbrauch länger geplante Strategien des Täters vorliegen, sich ins Vertrauen von ausgewählten (häufig sozial wenig integrierten) Opfern (und deren betreuenden Personen) zu schleichen. Interviews mit Tätern zur Art und Weise wie sie ihre Opfer ausgesucht und in den sexuellen Mißbrauch hineingedrängt haben, haben das gezielte, langfristig geplante Vorgehen der Täter deutlich gemacht. (Siehe auch CONTE & WOLF & SMITH 1989, S. 293-301). Ähnlichkeiten zwischen sexuellem Mißbrauch und physischer Mißhandlung bestehen hinsichtlich der Wiederholung der Tat und darin, daß sie selten willentlich beendet werden können.

b) Von großer Bedeutung ist auch, daß physische Mißhandlungen meistens *sichtbare Verletzungen* - "Beweise" - hinterlassen; aufgrund dessen wird einem geschlagenen Kind eher geglaubt, und es kann eher auf Mitleid und Hilfe von außen rechnen. In solch einem Fall kann das Kind die Wahrnehmung durch die Umwelt, die eigene Wahrnehmung und ihm zugefügte Schmerzen in Übereinstimmung erfahren und muß sie nicht anzweifeln.

Dies ist beim sexuellen Mißbrauch anders: Äußere Anzeichen sind selten vorhanden, was es schwierig macht, sich verständige Hilfe und Unterstützung zu holen; das Opfer zweifelt oft, ob die sexuelle Ausbeutung wirklich stattgefunden hat (besonders bei nächtlichen sexuellen Übergriffen oder wenn ihm gesagt wurde, "das bildest du dir nur ein"). Um zu überleben, muß ein Kind seine Gefühle verleugnen, es lernt seiner eigenen Wahrnehmung und den Erfahrungen mit anderen zutiefst zu mißtrauen.

c) Unterschiede bestehen auch in der *Geheimhaltungsverpflichtung* und der öffentlichen Umgangsweise mit dem Thema. Zwar wird auch geschlagenen Kindern befohlen, Ausreden für Blutergüsse und andere sichtbare Verletzungen gegenüber Fremden zu finden; aber die Familienmitglieder wissen in der Regel davon; und körperliche Verletzungen werden öffentlich geächtet. Beim sexuellen Mißbrauch besteht der Geheimhaltungszwang gerade auch den Familienmitgliedern gegenüber; und: das Thema wird in der Öffentlichkeit einerseits äußerst stark tabuisiert, auf der anderen Seite findet gleichzeitig eine Sexualisierung des Alltags statt; diese Doppelmoral unterstützt das Verhalten der Täter indirekt. Symptomatisch dafür ist auch die mit Sexualität verbundene Sprache, die häufig Verbindungen zu Gewalt und zur Diskriminierung von Mädchen und Frauen zeigt. Für Kinder und Jugendliche, die sexuell mißbraucht wurden, heißt das, daß sie mit dem ihnen auferlegten Zwang zur Geheimhaltung sowie ihrer Verwirrung und Angst, ihren Zweifeln, ihrer Scham usw. völlig isoliert und überfordert werden.

d) Sexueller Mißbrauch kann auch *von physischer Gewaltanwendung begleitet* sein und auch durch diese vertuscht werden; nach Angaben der Bundeskriminalstatistik wird bis etwa zum 13. Lebensjahr der Kinder gewalttätiges Verhalten der Täter selten beschrieben; statt dessen benutzen sie Versprechungen, Bestechungen und verbale Drohungen, und sie nutzen die Tatsache aus, daß die Kinder ihnen vertrauen und ihnen gegenüber ohnmächtig sind.

1.2 Die Sprache für sexuellen Mißbrauch

Die oben genannten Begriffe für sexuellen Mißbrauch sind abstrakt und distanzierend; Kinder können in der Regel wenig damit anfangen. Es ist deshalb wichtig, daß Professionelle sowohl für die Äußerung emotionale Zuwendung und positive Sexualität als auch für die Formen des sexuellen Mißbrauchs eine Sprache entwickeln, die ihnen selbst angenehm, nicht peinlich und für die Kinder verständlich ist. Peinlichkeit und Sprachlosigkeit stärken die Tabuisierung des sexuellen Mißbrauchs. Sie wirken als weitere Barriere für Opfer; denn diese haben oft noch keine Sprache für den Mißbrauch und/oder konnten aufgrund der vom Erwachsenen vollzogenen sexualisierten resp. sexuellen Umdeutung ihrer Zuwendungswünsche nicht lernen zu beschreiben, was ihnen passiert ist. Spüren sie die Hilflosigkeit von professionellen HelferInnen, werden sie sich hüten, das Thema anzusprechen.

Sexueller Mißbrauch an Kindern kann meinen:

- Zungenküsse, Brust anfassen oder zwischen die Beine greifen;
- Vorschläge in diese Richtung machen;

- an einem Kind masturbieren, ein Kind masturbieren;
- an der Vagina oder dem Penis reiben, lecken, saugen oder die Kinder dazu zwingen;
- oralen, analen oder vaginalen Geschlechtsverkehr;
- exhibitionistische Handlungen;
- Pornografie im Beisein des Kindes oder Kinder beim Ausziehen anstarren, sie photographieren;
- verbale Angriffe, permanent sexuelle Bemerkungen machen und dadurch eine sexualisierte Atmosphäre herstellen.

In Kindersprache werden oft die verharmlosenden Ausdrücke der Täter wiedergegeben: "Er hat mit mir Zaubern gespielt" (masturbieren); dies muß u.U. professionelle HelferInnen hellhörig machen.

1.3 Statistische Daten und ihre Aussagekraft

In der Bundesrepublik liegt noch keine Untersuchung mit zuverlässigen statistischen Zahlen über das Ausmaß des sexuellen Mißbrauchs an Mädchen und Jungen vor. Eine entsprechende Statistik müßte von der Durchschnittsbevölkerung als Sample ausgehen, z.B. nach dem Zufallsprinzip 10.000 Menschen auswählen und sie fragen, ob sie als Kinder sexuell mißbraucht wurden. Dabei müßte vorher genau definiert werden, was als sexueller Mißbrauch verstanden wird.

In der Regel werden bei uns Schätzungen genannt, die Zahlen des Bundeskriminalamtes zugrundelegen. Danach sind 1981 in der BRD und West-Berlin der Polizei 12.146 Fälle sexuellen Mißbrauchs von Kindern (§ 176 StGB) bekannt geworden (BAURMANN 1985);

1984 allein in der BRD ebenfalls über 10.000 Fälle (ANTWORT DER BUNDESREGIERUNG 1985);

1988 waren es 11.404 Fälle mit 13.179 Opfern (BUNDESKRIMINALAMT 1989, S. 99).

Nicht berücksichtigt wurden dabei exhibitionistische Kontakte (§ 183 StGB), Vergewaltigungen (§ 177) und sexuelle Nötigungen (§ 178), für die in der Statistik nicht nach betroffenen Erwachsenen und Kindern als Opfern unterschieden werden. Es ist wohl nicht zu hoch gegriffen, wenn wir pro Jahr von 15.000 Straftaten gegen die sexuelle Selbstbestimmung von Kindern (bis 14 Jahre !) ausgehen, die der Polizei bekanntgeworden sind bzw. werden.

Experten gehen von einer *Dunkelziffer* im Verhältnis von 1:18 oder 1:20 aus; d.h., auf jede der Polizei bekanntgewordene Straftat kommen 18 bis 20 Straftaten, die nicht bekannt werden. Mit anderen Worten: Experten gingen davon aus, daß in der vormaligen BRD und West-Berlin pro Jahr 270.000 bis 300.000 Kinder sexuell mißbraucht wurden.

Betrachten wir die Beziehungen zwischen Opfern und Tatverdächtigen, wie sie in der Polizeistatistik erhoben wurden, dann ergibt sich folgendes Bild:

4,8 % der Opfer waren mit dem Täter verwandt
13,4 % der Opfer waren Bekannte des Täters
5,9 % hatten eine flüchtige Vorbeziehung
66,0 % der Täter waren den Opfern fremd (ebd., S. 102).

Aufgrund der Tatsache, daß erstens die Bereitschaft, Anzeige zu erstatten, sinkt, je näher die Beziehung zwischen Opfer und Tatverdächtigem ist, und zweitens der Anteil innerfamilialen sexuellen Mißbrauchs überall in der Welt weit größer ist als der durch

Fremde, können wir auch hier schlußfolgern, daß die Anzahl der Fälle sexuellen Mißbrauchs an Kindern enorm viel höher sein muß, als in der Polizeistatistik ausgewiesen.

Daten aus anderen Ländern bestätigen das: ARAJI & FINKELHOR (1986, S. 19-20), werteten amerikanische Untersuchungen auf Community-Basis aus, an denen Frauen oder Frauen und Männer beteiligt waren; es wurde deutlich, daß zwischen 6 und 62 % der Frauen und zwischen 3 und 31 % der Männer in ihrer Kindheit bzw. bis zum Alter von 18 Jahren sexuell mißbraucht worden waren. Die folgende Tabelle soll das Problem der Datensammlung bzw. des Datenvergleichs bezüglich Stichprobe, Alter der Opfer und Definition des sexuellen Mißbrauchs veranschaulichen.

Die Unterschiede in den Ergebnissen könnten zustandegekommen sein:

- durch die Auswahl der untersuchten Personen;
- durch die breite oder engere Auslegung dessen, was als sexueller Mißbrauch zu gelten hat;
- aufgrund der verschiedenen Alterszusammensetzung in den Befragungen;
- aufgrund verschiedener Untersuchungsmethoden (Fragebogen, Interview);
- aufgrund regionaler Unterschiede;
- aufgrund der Untersuchung von Personen aus verschiedenen sozialen Schichten;
- aufgrund kultureller Unterschiede;
- aufgrund verschieden fortgeschrittener Aufklärungserfolge;
- usw.

Zusammenfassend kann gesagt werden, daß die am häufigsten genannten Zahlen, jede 4. Frau und jeder 11. Mann seien bis zum 18. Lebensjahr sexuell mißbraucht worden, nach derzeitigen Erkenntnissen mit großer Wahrscheinlichkeit richtig sind.

1.4 Wer sind die Opfer, von wem werden sie sexuell mißbraucht?

Mädchen und Jungen sind von sexuellem Mißbrauch betroffen, Mädchen jedoch entschieden in der Überzahl; gemäß des derzeitigen Standes der internationalen Erkenntnisse kann *statistisch gesichert* gesagt werden, daß die Opfer sexuellen Mißbrauchs zu 70 % Mädchen und zu 30 % Jungen sind.

In New South Wales (NSW), Australien ergaben sich nach 1 1/2 Jahren Anti-Inzest-Kampagne als Anteile: 75 % der Opfer waren Mädchen und 25 % Jungen (vgl. WÜSTENBERG 1988, S. 40-45); der Kinderschutzbund Frankfurt gab für 1988 als Opfer etwas mehr als 30 % Jungen an, die um Hilfe beim Kinderschutzbund nachsuchten; 1989 waren es 30 %.

Unterschiede zwischen Mädchen und Jungen als Opfer sexuellen Mißbrauchs untersuchte FALLER (1989, S. 281-291) an 313 gemeldeten Fällen zwischen 1979 und 1986 in Michigan, USA. Die Ergebnisse waren zusammengefaßt:

Sample: 87 Jungen und 226 Mädchen

Nationalität (ethnische Zugehörigkeit nicht eindeutig angegeben, W.W.): ca. 90 % weiß, ca. 10 % nicht-weiß

Die Verbreitung von sexuellem Mißbrauch, Community Samples (ARAJI & FINKELHOR 1986, S. 20f., Ausschnitt aus der Gesamttabelle)			
Untersuchung	**Art des sexuellen Mißbrauchs**	**Verbreitung in %** **Frauen** w	**Männer** m
BADGLEY et al. (1984): Zufallsstichprobe von 1006 w + 1002 m aus 210 Communities in Canada	unerwünschte sexuelle Handlung vor dem 18. Lebensjahr einschließlich exhibitionistischer Handlungen	34	13
BADGLEY & RAMSAY (in press): Zufallsstichprobe von 401 Frauen in Calgary	schwerwiegender sexueller Mißbrauch (vor dem 16. Lebensjahr	22	—
BURNAM (1985): Zufallsstichprobe von 1623 w u. 1459 m in Los Angeles	sexueller Übergriff (vor dem 16. Lebensjahr)	6	3
FINKELHOR (1984): Zufallsstichprobe von 334 w u. 187 m in Boston (Metropolitan area)	sexuelles Erlebnis mit älteren Personen (vor dem 17. Lebensjahr)	15	6
KECKLEY MARKET RESEARCH (1983): Zufallsstichprobe von 603 Erwachsenen in Nashville u. Umgebung	sexueller Mißbrauch (in der Kindheit)	11	7
KERCHER & MCSHANE (1984): Zufallsstichprobe von 593 w u. 461 m in Texas	sexueller Mißbrauch (in der Kindheit)	11	3
LEWIS (1985) / TIMNICK(1985a 1985b): Nationale Zufallsstichprobe von 1374 w u. 1252 m	sexueller Mißbrauch (in der Kindheit)	27	16
MILLER (1976): Zufallsstichprobe: 3185 Jugendliche 14-18 Jahre	sexuelle Belästigung	14	8
MURPHY (1985): Zufallsstichprobe: 415 w u. 403 m in Central Minnesota	erzwungene, unerwünschte sexuelle Handlung durch Erwachsene (vor dem 18. Lebensjahr)	13	3
RUSSELL (1983): Zufallsstichprobe: 930 Frauen in San Francisco	inner- und außerfamiliärer sexueller Mißbrauch einschl. sexueller Handlungen ohne Berühren (vor dem 18. Lebensjahr)	54	—
WYATT (1985): Stichprobe entsprechend dem verhältnismäßigem Anteil (soziale Schicht): 248 w in Los Angeles Land	sexueller Mißbrauch (vor dem 18. Lebensjahr)	62	—

Soziale Schicht:
Jungen: 46,0 % Mittelschicht, 54,0 % Unterschicht
Mädchen: 20,5 % Mittelschicht, 79,5 % Unterschicht
Aufgrund der Tatsache, daß ein größerer Teil der Mädchen innerhalb der Familie sexuell mißbraucht wurde und erfahrungsgemäß "ärmere Familien" eher bei Kinderschutzstellen gemeldet werden, kann diese Differenz teilweise erklärt werden.

Durchschnittliches Alter bei Beginn des sexuellen Mißbrauchs:
Jungen: 6,3 Jahre, Mädchen: 5,5 Jahre; diese Zahl widerspricht den Ergebnissen anderer Studien, evtl. weil zwischen der Offenlegung und der ersten Mißhandlung häufig nicht ausreichend differenziert werden konnte. FINKELHOR (1984, S. 161) gibt an, daß Jungen zum Zeitpunkt des sexuellen Mißbrauchs durchschnittlich erheblich jünger sind als Mädchen.

Mißbrauch innerhalb und außerhalb der Familie:
Jungen:
63,2 % innerfamilialer Mißbrauch und
36,8 % außerfamilialer Mißbrauch,
Mädchen:
89,1 % innerfamilialer Mißbrauch,
7,4 % außerfamilialer Mißbrauch und
3,5 % inner- und außerfamilialer Mißbrauch.

Beziehung zwischen Opfer und TäterIn, getrennt nach Jungen und Mädchen:

Rolle	Jungen Anzahl , %	Mädchen Anzahl , %		
Biologischer Vater	34	26,2	121	37,8
Stiefvater	21	6,2	72	22,5
Biologische Mutter	13	10,0	16	5,0
Stiefmutter	3	2,3	2	0,6
Andere Verwandte	7	5,4	4,3	13,4
Nicht Verwandte	15	11,5	33	10,3
Professionelle	37 (!)	28,5	33 (!)	10,3

In FALLERs Studie (1989) wurden Jungen häufiger als Mädchen außerhalb der Familie sexuell mißbraucht (40 % gegenüber 20,6 %).

FINKELHOR (1984, S. 160) gibt an, daß Jungen häufiger als Mädchen (24 gegenüber 14 %) von Nicht-Familienmitgliedern sexuell mißbraucht werden; dennoch werden auch Jungen überwiegend innerhalb der Familie mißbraucht, und wenn es Personen außerhalb der Familie sind, dann handelt es sich nicht um Fremde, sondern um Lehrer, Erzieher, andere Professionelle, Jugendgruppenleiter, Babysitter usw.

Der sexuelle Mißbrauch von Jungen durch *professionelle Helfer* steht mit 28,5 % in der FALLER-Studie an erster Stelle. SozialarbeiterInnen und SozialpädagogInnen müssen ihre Bereitschaft prüfen, sich mit dieser Tatsache zu konfrontieren. Sie müssen sich fragen, ob sie auch dann die Partei der Kinder ergreifen würden, wenn der Kollege in der eigenen Dienststelle sich als Täter herausstellen sollte. Sie müßten überlegen, ob sie im Vorfeld Hinweise auf sexuellen Mißbrauch registriert, aber sie nicht offen zur Sprache gebracht haben. - Gibt es eine offene Auseinandersetzung zum sexistischen Verhalten unter KollegInnen?

FINKELHOR hat mehrere Studien in Bezug auf *Risikofaktoren* für sexuellen Mißbrauch analysiert; übereingestimmt haben sie in folgenden Ergebnissen:
- "Mädchen sind stärker gefährdet als Jungen;
- Mädchen in der Vorpubertät scheinen stärker gefährdet zu sein als jüngere oder ältere;
- Mädchen mit wenigen FreundInnen berichten häufiger über sexuellen Mißbrauch."

In bezug auf familiale Risikofaktoren heißt es bei FINKELHOR weiter:

"Mädchen, die Opfer sexuellen Mißbrauchs geworden sind,
- haben eher ohne ihren biologischen Vater gelebt;
- haben eher Mütter gehabt, die erwerbstätig waren;
- haben eher behinderte oder kranke Mütter gehabt;
- haben eher Konflikte zwischen ihren Eltern erlebt;
- haben eher über schlechte Beziehungen zu einem ihrer Elternteile berichtet;
- Mädchen, die mit einem Stiefvater lebten, waren ebenfalls stärker betroffen; ..." (FINKELHOR & ASSOCIATES 1986, S. 79-80).

Soziale Schicht und ethnische Gruppenzugehörigkeit haben sich nicht als größeres Risiko erwiesen, d.h., sexueller Mißbrauch tritt entsprechend des jeweiligen prozentualen Anteils an der gesamten Bevölkerung auf.

Aufgrund dessen, daß *Mädchen stärker gefährdet* sind als Jungen, und aufgrund der Tatsache, daß in allen Ländern die Frauenbewegung entscheidend die (sexuelle) Gewalt gegen Frauen bekämpft und auf die Enttabuisierung des sexuellen Mißbrauchs von Mädchen hinwirkt, steht die Auseinandersetzung mit dem sexuellen Mißbrauch von Mädchen im Vordergrund.

Daß die *Meldequote von Jungen* im Verhältnis zu ihrer statistischen Betroffenheit geringer ist als bei Mädchen, könnte darüber hinaus folgende Gründe haben:

Erstens: Jungen werden dazu erzogen, sich selbst zu wehren, keine Schwäche zu zeigen. Sich Hilfe zu holen oder zuzugeben, daß man unterlegen war, ist für sie Schwäche zeigen.

Zweitens: In der Bevölkerung lebt der Glaube, daß sexuell mißbrauchte Jungen später Homosexuelle würden. Bei sexuellem Mißbrauch von Jungen haben sich die Jungen und deren Angehörige mit der stigmatisierten Homosexualität auseinanderzusetzen, was sie von einer Meldung abhalten könnte.

Drittens: Die Art der Beratungsdienste und das Faktum, daß sie hauptsächlich von Frauen aufgesucht werden, könnten evtl. miterklären, warum Jungen in deren Statistiken weniger auftauchen.

Viertens: Wenn es stimmt, wie FINKELHOR (1984, S. 156 ff.) angibt, daß Jungen häufiger (zu 24 %) von Nicht-Familienmitgliedern sexuell mißbraucht werden als Mädchen (zu 14 %), so kann auch die derzeitige öffentliche Diskussion, die sich vor allem um den Mißbrauch innerhalb der Familie kümmert, die Meldung für Jungen erschweren.

Daß Jungen ebenfalls in hohem Ausmaß sexuell mißbraucht werden, macht eine andere Zahl deutlich: alle Untersuchungen über Täter scheinen darin übereinzustimmen, daß 20-60 % der Täter als Kinder sexuell mißbraucht wurden.

Es ist wichtig, daß wir Mädchen und Jungen als Opfer sexuellen Mißbrauchs in Betracht ziehen, damit wir nicht für einen Teil der Opfer ein Tabu aufrecht erhalten, statt es abzuschaffen.

Nach dem bisherigen Stand der Forschung werden Mädchen zu ca. 95 % von Männern und zu 5 % von Frauen sexuell mißbraucht und Jungen zu ca. 80 % von Männern und 20 % von Frauen (zu Täterinnen: siehe unten).

Sexueller Mißbrauch kommt *in allen sozialen Schichten* vor, unabhängig von der wirtschaftlichen Situation, der Konfession, der Bildung und ethnischen Zugehörigkeit - und auch in Pflegefamilien und in Pflege- und Erziehungseinrichtungen. Kinder in allen Altersstufen können von sexuellem Mißbrauch betroffen sein. Da TäterInnen am häufigsten vertraute Personen sind, die leicht arrangieren können, mit dem Kind allein zu sein, wird der Mißbrauch meistens wiederholt, und er erstreckt sich oft über Jahre.

Eine australische Studie

Als Beispiel für die *vielfältigen Aspekte* des sexuellen Mißbrauchs soll im folgenden eine australische Studie textnah vorgestellt werden (Übersetzung W.W.):

Grundlage sind alle 90 Fälle sexueller Mißhandlung von Kindern, die in drei Vororten von Sydney (Liverpool, Fairfield, Cabramatta) in den entsprechenden Abteilungen des Jugend- und Gemeindedienstes vom 1.1.-30.6.1986 bearbeitet wurden; d.h., es sind nicht alle bekanntgewordenen Fälle ausgewertet worden; und das heißt auch, daß die Auswertung der 90 Fälle keine Aussage über das Ausmaß des Inzest-Problems in dieser Region ermöglicht.

Sozio-ökonomische Daten für das Gebiet:

Einwohnerzahl	1983:	235.550
	1986:	ca. 250.000

Weiteres schnelles Wachstum wird erwartet.

Altersprofil der Einwohner:

Fast 40 % der Einwohner der westlichen Metropolitan Health Region sind unter 20 Jahre alt = ca. 100.000 Personen; davon wiederum 21.500 unter 5 Jahre.

Ethnizität: Fast 1/3 (28 % der Einwohner) stammen aus nicht englischsprechenden Ländern = ca. 70.000 Personen.

Aborigines: 0,4% = ca. 1.000 Personen

Einkommensprofil: 1983 haben 72.6 % der Einwohner dieses Gebietes ein niedriges Einkommen - unter 12.000 A$ pro Jahr - oder weit darunter.

Wenn man die Verschlechterung der derzeitigen ökonomischen Lage berücksichtigt, ist es berechtigt zu sagen, daß 181.500 Personen ein niedriges oder sehr niedriges Einkommen haben.

Untersuchungsergebnisse

1. Allgemein

88 % der Opfer sexuellen Mißbrauchs sind weiblichen Geschlechts, 12 % männlichen Geschlechts (Anfang der Regierungskampagne 1986).

Die mißhandelnden Personen waren zu 99 % männlichen Geschlechts.

2. Untersuchungsergebnisse in Bezug auf die mißbrauchten Opfer

a) Alter bei der Aufdeckung der sexuellen Mißhandlung (d.h., sie kann auch schon Jahre vorher begonnen haben):

0-4 Jahre	16.6 %
5-9 Jahre	20.0 %
10-12 Jahre	18.0 %
13-15 Jahre	34.4 %
16-18 Jahre	11.0 %

Diese Daten zeigen deutlich, daß der Mythos, Teenager seien am stärksten betroffen, nicht stimmt.

b) Das Alter der Kinder bei der ersten sexuellen Mißhandlung (Ausgangsbasis zwei Drittel der Fälle): 7-9 Jahre waren 27 %, 80 % der Kinder waren jünger als 13 Jahre.

c) Ethnizität: 29 % aller Kinder hatten nicht englischsprachige Eltern; sie kamen zu mehr als die Hälfte aus europäischen, 27 % aus asiatischen und der Rest aus arabischsprechenden und südamerikanischen Ländern.

d) Die Art der sexuellen Mißhandlung:

- In fast 60 % der Fälle bezog der sexuelle Mißbrauch unzüchtige Berührungen mit ein.
- In 33 % der Mißbrauchsfälle von Mädchen wurden eine oder mehrere der folgenden Methoden angewandt: Küssen, vaginale Penetration;
- in 33 % des Mißbrauchs von Jungen wurden eine oder mehrere der folgenden Methoden angewandt: Masturbation, Mundverkehr, anale Penetration;
- insgesamt scheinen die Methoden des Mißbrauchs bei Mädchen vielseitiger zu sein; sie schließen außer den oben genannten Methoden Lecken und Saugen der Vagina, Mundverkehr, Pornographie, Voyeurismus ein sowie den Zwang, andere Kinder zu mißbrauchen, bei der Mißhandlung anderer Kinder zuzusehen usw.

e) Die Häufigkeit der sexuellen Mißhandlung war nur für 2/3 der Fälle bekannt:
30 % der Kinder wurden 2-7 mal mißbraucht;
38,6 % der Kinder wurden 8 mal und häufiger mißbraucht.
Fast die Hälfte der männlichen Opfer wurden einmal mißbraucht, was für die weiblichen Opfer nur in einem Drittel der Fälle zutraf. Mädchen wurden regelmäßiger mißbraucht als Jungen.

f) Dauer des sexuellen Mißbrauchs: Allgemein wurden Mädchen gegenüber Jungen eine längere Periode mißbraucht: 48 % über Jahre hinweg, 21 % über Monate. (Aus dieser Angabe geht nicht hervor, ob sie für Mädchen oder für Mädchen und Jungen gilt. - W.W.)

Zusammenfassung: Mädchen wurden nicht nur in vielseitigeren Formen, sondern auch regelmäßiger und über längere Zeitspannen hinweg mißhandelt.

3. Untersuchungsergebnisse in bezug auf die sexuell mißbrauchenden Personen

a) Anzahl der Straftätigen bei der sexuellen Mißhandlung:

Es mißhandelten in 90 % der Fälle eine Person, in 8 % der Fälle 2 Personen und einmal 4 Personen.

b) Verwandtschafts-, Beziehungsverhältnis zum Opfer:
Bei den *männlichen* Opfern sind die Täter ungefähr gleichmäßig verteilt - je ca. 23 % auf: entweder den Vater (bzw. Vaterersatz) oder Verwandte (wie Geschwister, Onkel, Großvater) oder Freunde der Eltern oder Fremde.
Bzgl. *weiblicher* Opfer:
Täter sind in 28.0 % der Fälle der Vater, in 15.3 % der Stiefvater, in 10.6 % Nachbarn, in 8.2 % ein Onkel, in 5.9 % der Großvater, in 8.0 % ein Freund des Kindes, in 7.1 % ein Freund der Eltern und in 2.4 % der Fälle ein Fremder.

c) Weitere Opfer in der Familie (N = 79 Fälle = 100 %):
In 40 % der Fälle war mindestens noch ein anderes Mitglied in der Familie sexuell mißbraucht worden; davon in 50 % eine Schwester, in 40 % die Mutter.
Die Straftäter waren zu: 34.0 % der Vater, 15.6 % Onkel, 15.6 % Freunde des Opfers, 9.4 % der Großvater, 9.4 % Freunde der Eltern, zu 6.3 % die Brüder sowie zu 6,3 % der Stiefvater.
In 59 % der Fälle, in der es weitere Opfer in der Familie gab, war der Straftäter die gleiche Person wie im Ausgangsfall dieser Untersuchung.

d) Alter des Täters:
10 % waren über 50 Jahre, 20 % zwischen 41 und 50 Jahre, 33 % zwischen 31 und 40, 12 % zwischen 25 und 30,
0 % zwischen 19 und 24 sowie 25 % zwischen 0 und 18 Jahre alt.

e) Gewaltanwendung:
in 63 % der Mißbrauchsfälle fand keine, in 37 % Gewaltanwendung statt, davon 22 % in Form von physischer Gewalt und sonstigen Drohungen.

f) Zugang zum Kind: 41 % hatten noch weiteren Zugang zum Kind; davon: 59 % täglich, 10 % wöchentlich, 3 % 14tägig, 10 % monatlich und 18 % gelegentlich.

g) Reaktionen der Familie auf die sexuelle Mißhandlung:
Allgemein kann gesagt werden, daß je enger der Verwandtschaftsgrad war (z.B. Vater-Tochter Inzest), je größer war die Wahrscheinlichkeit, daß die Familie dem Inzestopfer nicht glaubte und ihm weder Hilfe noch Schutz gab.
In 60 % der Fälle wurde dem Kind geglaubt, davon wurden dem Kind in 33 % der Fälle Hilfe und Schutz gegeben.
In 20 % der Fälle dachten die Verwandten, das Kind lüge, in 11 % der Fälle wurde dem Kind die Schuld zugeschoben.

4) Gesetzlich-amtliche Eingriffe bei sexuellem Mißbrauch von Kindern

a) Wer benachrichtigte das Amt?
Zu 32 % die Eltern, zu 23 % das Schulpersonal, zu 11 % Verwandte, zu 7 % andere Beratungsdienste, zu 2 % das Polizeirevier und zu 1 % der Hausarzt.

b) Medizinische Untersuchung:
Ergebnisse einer medizinischen Untersuchung lagen für 62 % der Fälle vor; davon wurde ein Drittel von Stellen untersucht, die nicht zu einem anerkannten Zentrum zur Unterstützung von sexuell mißhandelten Kindern gehörten.

c) Eingriffe der Polizei:
In 51 % der Fälle führte die Polizei ein Verhör des Kindes durch. Die Zahlen ergaben nicht, ob auch gerichtliche Schritten eingeleitet wurden (Anklage).

Wie oft das Vormundschaftsgericht eingeschaltet wurde und ob es zu einer Anklage kam, wurde über die Untersuchung nicht deutlich. (CAMPBELL 1987)

Bemerkenswert erscheint mir die Angabe der Sozialarbeiter im Amt für Jugend- und Community-Services zu sein, daß ihrer Meinung nach *58 % der Fälle nur durch Zufall enthüllt* wurden; dabei schienen LehrerInnen eine bedeutende Rolle zu spielen, was insofern einsichtig ist, da sie die Kinder regelmäßig täglich sehen und daher Entwicklungen und Veränderungen beobachten können. Das war u.a. der Grund dafür, daß LehrerInnen in NSW, Australien gesetzlich meldepflichtig (gegenüber dem Jugendamt) wurden und ein Präventionsprogramm in allen Klassen aller Schulen eingeführt wurde.

Wichtig ist auch zur Kenntnis zu nehmen, daß nicht-mißhandelnde Eltern sich an die Familienfürsorge wendeten, was zeigt, daß dringend Hilfen und ermutigende Kampagnen für nicht-mißhandelnde Eltern (meistens Mütter) geschaffen werden müssen. Weiterhin ist auffällig an der Studie, daß viele Kinder *vor dem 13. Lebensjahr* sexuell mißhandelt wurden - und das über eine lange Zeit hinweg - von jemandem, den sie gut kannten. Das macht es notwendig, daß alles getan werden muß, um eine frühe Entdeckung der Mißhandlung zu fördern. Insofern ist es wichtig, daß sehr jungen Kindern schon ein grundsätzliches Verständnis ihrer Rechte vermittelt wird und für Kinder schon außerhalb der Familie möglichst früh kontinuierliche und zuverlässige Vertrauensbezüge geschaffen werden. In kleinen Gruppen in Krippen, Kinderhäusern, Kindertagesstätten und Schulen müssen Kinder unter Gleichaltrigen und mit Professionellen erfahren können, was es heißt, diese ihre Rechte ernst zu nehmen und achtungsvolle, helfende und schützende Beziehungen zu unterhalten. Von größter Bedeutung ist auch, daß die sozialen Netze in der Nachbarschaft erhalten, gefördert bzw. aufgebaut werden.

Insgesamt sollen die Ergebnisse der Community-Studie deutlich machen, mit welchen Fragestellungen, Problemlagen, Differenzierungen und Zusammenhängen professionelle HelferInnen bei sexuellem Mißbrauch rechnen müssen; z.B. damit, daß der Mißbrauch meistens über Jahre geht, daß häufig auch andere Geschwister mißbraucht werden, daß oft auch die Mütter in der gleichen Familie Gewalt seitens des (Ehe-)Mannes ertragen und teilweise bereits in ihrer Kindheit sexuell mißbraucht wurden usw.

Wenn im Ausmaß auch nicht annähernd von so großer Bedeutung wie der sexuelle Mißbrauch von Mädchen und Jungen durch eine Vaterfigur oder einen anderen dem Kind bekannten männlichen Erwachsenen, so sind doch *andere sexuelle Mißbrauchskonstellationen* ebenfalls eine Realität, mit der wir uns auseinandersetzen müssen. Frauen und Mütter können Täterinnen sein, ebenso Jugendliche und bereits Kinder. Differenzierte Untersuchungsergebnisse hierzu stehen noch auf sehr wackeligem Erkenntnisboden; sie können deshalb nur angetippt werden.

Frauen und Mütter als Täterinnen

Bereits oben haben wir darauf hingewiesen, daß Mädchen durchschnittlich zu 5 % (zwischen 0 und 10 %) und Jungen durchschnittlich zu 20 % (zwischen 14 und 27 %) von Frauen, meistens Müttern sexuell mißbraucht werden. Das heißt, auch Frauen (nicht nur Männer) müssen bereit sein, sich mit der sexuellen Gewalt, die von den GeschlechtsgenossInnen ausgehen kann und d.h. auch, sich mit eigenen Gewaltanteilen zu konfrontieren.

In den wenigen Untersuchungen zu Frauen als Täterinnen wurde deutlich, daß die Hälfte der sexuellen Mißbrauchsfälle in Kooperation mit einem Mann, meistens dem

Vater oder einer Vaterfigur der Kinder erfolgte, daß die Täterinnen zu 76-100 % in ihrer Kindheit selbst innerfamiliär sexuell mißbraucht worden waren, und daß sie selten Schuldverschiebungen auf die Kinder vornahmen. (Siehe hierzu auch: MC CATHY 1986; MATHEWS et al. 1988; BANNING 1988; WELLDON 1988)

Es ist für SozialarbeiterInnen und SozialpädagogInnen wichtig, die Möglichkeit des sexuellen Mißbrauchs von Kindern auch durch Frauen in Betracht zu ziehen, damit sie nicht gegenüber einem Teil der Opfer ein Tabu aufrechterhalten, anstatt ihnen AnsprechpartnerIn zu sein und Hilfe anzubieten sowie sich um ein differenziertes Bild über die Bedingungen und Zusammenhänge des sexuellen Mißbrauch durch Frauen zu bemühen.

Zurückgewiesen werden aber muß eine Akzentverschiebung in der Diskussion, die dadurch zustande kommt, daß vage Vermutungen ausgestreut werden, die sexuellen Mißbrauch durch Mütter - "durch Pflegehandlungen kaschiert" - als sehr viel höher annehmen. Höhere als die oben angegebenen Zahlen sind bisher nicht haltbar. Sie sind nach FINKELHOR eher niedriger, weil sie u.a. durch Untersuchungen zustandegekommen sind, die bei innerfamiliärem Mißbrauch nicht differenziert haben zwischen den männlichen Mißbrauchern und den Müttern, die es bewußt oder unbewußt "zugelassen" haben, daß ihr Kind sexuell mißbraucht wurde.

Sexueller Mißbrauch durch männliche Jugendliche

Der sexuelle Mißbrauch jüngerer Kinder oder schwächerer Gleichaltriger (Geschwister, Cousinen/Cousins, andere Kinder aus der Schule oder der Heimgruppe) durch männliche Jugendliche wird immer häufiger als Problem registriert. Dabei kann keiner sagen, ob der sexuelle Mißbrauch seitens der männlichen Jugendlichen zugenommen hat oder, was ich eher vermute, ob die Bereitschaft von Professionellen gewachsen ist, sexualförmiges aggressives Verhalten gegen andere als Problem im Zusammenhang mit sexuellem Mißbrauch (mit Opfer und Täter) anzusehen.

Auffällig ist, daß es in der frühen Biographie solcher männlichen Jugendlichen fast immer sexuellen Mißbrauch und eine längere Geschichte nach außen agierter, sich steigender Aggressivität in sexuellem Gewande gibt, die von der Umgebung als "normale männliche Sozialisation" interpretiert oder sogar gestützt, auf jeden Fall aber verharmlost und ignoriert wurden. Häufig geben die Biographien ein erschütterndes Zeugnis davon, was männliche Kinder und Jugendliche anstellen mußten, um Aufmerksamkeit dafür zu bekommen, daß sie die Balance zwischen Schutz/Hilfe suchen und altersadäquater Kompetenzzunahme verloren haben, was ihnen als Jungen zu entwickeln sowieso schwer gemacht wird .

Für Jugendliche, die sexuellen Mißbrauch an Kindern verüben, heißt die Überlebensstrategie, sich nicht als Opfer zu erkennen zu geben (auch nicht vor sich selbst) und statt dessen Macht über andere zu gewinnen - dort, wo sie einem nicht streitig gemacht und wo sie mit Erfolg sichergestellt werden kann - gegenüber Schwächeren. Therapieberichte stimmen darin überein, daß männliche Jugendliche, die Kinder sexuell mißbraucht haben, eher lernen können, für den sexuellen Mißbrauch die Verantwortung zu übernehmen, aber enorme Schwierigkeiten haben, ihre eigene Viktimisierung, ihr eigenes Opfersein, als ursächliches - zugleich auch entlastendes Element - ihrer Tat zu sehen und anzunehmen.

Jungenerziehung (SCHNACK & NEUTZLING 1990), nicht-sexistische Erziehung, Jungengruppen in der Jugendarbeit (SIELERT 1989), die Auseinandersetzung von Männern (in anderer Weise natürlich auch von Frauen), welche Identifikationsmuster sie Jugendlichen anbieten, Sexualerziehung und die Signale, die auf mögliche männliche Opfer und Täter sexuellen Mißbrauchs hinweisen, sind die Themen, mit denen sich Professionelle verständnisvoll und öffentlichkeitswirksam auseinandersetzen müssen.

Sexueller Mißbrauch durch Kinder

Es sind auch Fälle bekannt, in denen Mädchen und Jungen zwischen 5 und 13 Jahren, z.T. auch zu mehreren jüngere Kinder und Babys sexuell mißbraucht haben. In allen bekanntgewordenen Fällen handelte es sich dabei um eine Reaktion dieser Kinder auf selbst erlittenen sexuellen Mißbrauch, physische Mißhandlung und verwahrloste Lebensverhältnisse. Insofern ist sexueller Mißbrauch durch Kinder eines der deutlichen Erkennungszeichen dafür, daß sexueller Mißbrauch an ihnen verübt wurde. Opfer wie kindliche TäterInnen müssen als von sexueller Mißhandlung Betroffene *verstanden* werden (s.o. auch die Erkennungszeichen von sexuellem Mißbrauch).

Die bisherigen Erfahrungen professioneller HelferInnen zeigen, daß die Auseinandersetzung mit diesem traurigen Kapitel viel Engagement, Energie, viel Zeit, psychische Kraft und Mut braucht, andererseits aber die Verarbeitung sexuellen Mißbrauchs, des Erlebten, die neu gewonnenen differenzierten Kenntnisse wie eine gesteigerte aktuelle eigene Bereitschaft die große Chance bieten, persönliche biographische Verletzungen, tradierte Einsichten, Vorurteile, Wünsche usw. zu hinterfragen.

1.5 Erklärungsansätze zum sexuellen Mißbrauch an Kindern

Warum Personen Kinder und Jugendliche sexuell mißbrauchen, ist schwierig zu erklären. Das Bedürfnis, die alles erklärende Theorie dafür zu finden, ist überall groß und auch sehr verständlich, denn dann wäre das komplexe und verbreitete Problem überschaubarer und kalkulierbarer. Eine entsprechende Theorie und Forschung, die den Anspruch erheben kann zu erklären, warum hauptsächlich Männer und wenige Frauen Kinder sexuell mißbrauchen, existiert jedoch bisher noch nicht. Einigkeit scheint es lediglich darin zu geben, daß es sich bei sexuellem Mißbrauch vorrangig um ein Problem von Macht- und Vertrauensmißbrauch handelt, das auf sexueller Ebene ausgetragen wird, und nicht vorrangig um ein sexuelles Problem.

In der Regel setzen *Erklärungsansätze* auf drei Ebenen an:

- auf der Ebene der gesellschaftlichen Machtstrukturen, die sich in Gesetzen, institutionellen Strukturen, Arbeits- und Lebensbedingungen usw. niederschlagen und bis in die Familie hineinreichen;
- auf der Ebene der Interaktionen im familialen und außerfamilialen Bereich;
- auf der Ebene der biographischen, d.h. körperlichen, intellektuellen, emotionalen und sozialen Entwicklung des Individuums.

Die Diskussionen haben sich bisher stark um die kontroversen Positionen gerankt, die als feministische, familientherapeutische und psychoanalytische Erklärungsansätze charakterisiert werden:

Die feministische Position hat in der patriarchalischen Gesellschaftsstruktur, in der die Vormachtstellung des Mannes in öffentlichen (Politik, Gewerkschaft, Betriebe) und privaten Positionen (Familie, Beziehungen) und in der Diskriminierung von Frauen (rechtlich, sozial, als Arbeitskraft, in der geschlechtsspezifischen Sozialisation) die Begründung dafür gesehen, daß (sexueller) Machtmißbrauch von Seiten der Männer an Kindern und Frauen möglich ist; die Frage, welche Rolle die Frauen in der Gestaltung von Politik und Gesellschaft sowie auch in Familien und Beziehungen eingenommen und offensiv beansprucht haben, bleibt dabei ebenso offen, wie die Frage nach der individuellen Entscheidungsverantwortung der Männer. Denn sie sind eben nicht nur ein Rädchen im Getriebe der patriarchalisch strukturierten Gesellschaft!

Die systemische familientherapeutische Position sucht die Gründe für den innerfamiliären sexuellen Mißbrauch in der Art der (vielleicht schon über Generationen bestehenden) Rollenwahrnehmung und der mangelhaften Konfliktbewältigung der Eltern im Gesamtsystem Familie, in der die Subsysteme (Ehepartner-System, Eltern-Kind-System, Geschwister-System) einschließlich ihrer Funktionen unklar geworden sind, in ihren Verantwortlichkeiten vertauscht, bzgl. der Autonomiegrenzen der Mitglieder verwaschen und nach außen stark abgeschottet sind. Abgesehen davon, daß uns damit eher die sehr wichtige Zustandsbeschreibung (keine Ursachenbeschreibung) einer "inzestuösen Familie" geliefert wird, ist es schwierig nachzuvollziehen, wo und wie im systemischen Modell der Familie gesellschaftliche Einflüsse von Klasse, Geschlechterverhältnis und Machtstrukturen zum Tragen kommen. Gleichzeitig bleibt unklar, wie mit der individuellen Entscheidungsfähigkeit und Verantwortung der einzelnen Personen (z.B. Verantwortung des Vaters als Täter für den sexuellen Mißbrauch, Verantwortung der nicht-mißhandelnden Mutter für die Beziehung zu ihrer mißhandelten Tochter etc.) umgegangen wird.

In der psychoanalytischen Theorie ist als normales Stadium der Entwicklung angesehen worden, daß Mädchen ihren Vater, Jungen ihre Mutter sexuell begehren ("Ödipuskomplex") und entsprechende Phantasien entwickeln. In der Konfrontation mit der Realität und den kulturellen Normen (Realitätsprinzip) lernen sie jedoch, daß sie dieses Begehren aufgeben müssen, und bewältigen so den "Ödipuskomplex". - Vor dem Hintergrund dieser Theorie konnte sich denn auch die Annahme verbreiten, daß Mädchen phantasieren, wenn sie den sexuellen Mißbrauch durch den Vater offenlegen, oder als "Verführerin" des Vaters gelten, womit ihnen die Verantwortung für den sexuellen Mißbrauch zugeschoben wird. Das macht diesen Theorieteil in meiner Sicht für den Opferschutz bei sexueller Ausbeutung unannehmbar.

Weniger klar ist für mich z.Zt., welche anderen Elemente der psychoanalytischen Theorie für die Erklärung oder die Bearbeitung der Folgen von sexuellem Mißbrauch hilfreich sind. Ich denke dabei u.a. an die Wirkungsweise von traumatischen Erlebnissen in der Kindheit, die Folgen für die Geschlechtsidentität von Mädchen oder Jungen, die die gleich- oder gegengeschlechtlichen Eltern als sexuell ausbeutenden Erwachsenen erleben usw.

Ich will die Kritik an diesen Positionen hier nicht weiter ausführen; das ist von anderer Seite bereits gemacht worden (siehe dazu: RIJNAARTS 1988; MILLER 1981; SORNIG 1989; WINDAUS-WALSER 1988). Ich möchte betonen, wie wichtig mir gerade die kontroversen Aspekte sind, um die Komplexität der möglichen Formen und die Hintergründe für sexuellen Mißbrauch besser begreifen zu können sowie die Notwendigkeit zu sehen, nicht vorschnell zu beurteilen, sondern jedem "Fall" - individuell - neu in seiner einmaligen Qualität und Komplexität zu begegnen, dabei jedoch immer auch die Erfahrungen mit anderen Fällen einzubeziehen.

1.6 Exkurs zur Mehrfaktorenanalyse der Ursachen von sexuellem Mißbrauch an Kindern

Die verschiedenen theoretischen Positionen in ihrem Beitrag zur Erklärung von sexuellem Mißbrauch zu hinterfragen, haben vornehmlich FINKELHOR & ASSOCIATES (1986) geleistet. Sie begründen die Notwendigkeit einer Mehrfaktorenanalyse und -erklärung der Ursachen von sexuellem Mißbrauch an Kindern. Sie gehen davon aus, daß die vertretenen Erklärungsaspekte sich eher ergänzen als miteinander konkurrieren und wahrscheinlich viele weitere Fragen auslösen, die allerdings noch nicht beantwortet werden können.

Sie plädieren dafür, die Einzelaspekte aus den feministischen, lerntheoretischen, familiensystemischen und psychoanalytischen Erklärungsansätzen unter vier Fragestellungen neu zu ordnen:

“1. warum eine (erwachsene) Person ein emotionales Bedürfnis hat und es befriedigend findet, sich sexuell auf ein Kind zu beziehen.” (ARAJI & FINKELHOR 1986, S. 92)

Darunter fallen Studien, die Aspekte zur “emotionalen Kongruenz” (zwischen Täter und Kind) untersucht haben, also empirisch zu beweisen zu versuchen, ob Personen Kinder sexuell mißbrauchen,

- “weil es ihnen an Durchsetzungsvermögen gegenüber Erwachsenen fehlt,
- weil sie in ihrer Entwicklung gehemmt und unreif sind,
- weil sie ein geringes Selbstwertgefühl haben,
- weil sie ein selbst erlebtes Trauma durch Wiederholung am Kind zu bewältigen suchen,
- weil sie sich mit dem Aggressor identifizieren,
- aus narzißtischen Bedürfnissen (wurde nicht überprüft),
- weil sie männlich, d.h. zu dominieren sozialisiert wurden (wurde nicht überprüft)."

“2. warum eine Person sich durch ein Kind sexuell erregt fühlen kann”. Empirisch untersucht werden sollten folgende Aspekte:

- “Allgemein höhere Erregung durch ein Kind,
- Konditionierung durch frühe Kindheitserfahrungen,
- Lernen von Vorbildern in früher Kindheit,
- hormonelle Abweichungen,
- Mißverständnis über die Ursachen der sexuellen Erregung (wurde nicht überprüft),
- Sozialisation durch Kinderpornographie oder entsprechend orientierte Medien (wurde nicht überprüft)."

“3. warum eine Person sich frustriert und unfähig fühlt, Anstrengungen zu unternehmen, um sexuelle und emotionale Befriedigung von normativ anerkannten Quellen zu erhalten.” Empirisch untersucht wurden folgende Aspekte:

- “Schwierigkeiten, sich auf erwachsene Frauen zu beziehen,
- unterentwickelte soziale Kompetenz,
- sexuelle Ängste,
- unbewältigte ödipale Dynamik,
- Störungen in sexuellen und romantischen Beziehungen mit Erwachsenen,
- repressive Normen im Sexualverhalten."

“4. warum eine Person nicht durch konventionelle, soziale Einschränkungen und Verbote, mit einem Kind sexuelle Beziehungen aufzunehmen, abgeschreckt wird.” Empirisch untersucht werden sollten folgende Aspekte:

- “Gestörtheit, sexuelle Impulse zu kontrollieren,
- Senilität (negatives Ergebnis),
- Retardierung (negatives Ergebnis),
- Alkoholeinfluß,
- Fehlverhalten, Inzest zu vermeiden,
- situativer Stress,
- (soziale) und kulturelle Toleranz (wurde nicht überprüft; z.B. wenn Vergewaltiger nur halbherzig verurteilt werden, W.W.),
- patriarchalische Normen (wurde nicht überprüft) (z.B. alles, was sexuellen Mißbrauch und Vergewaltigung entschuldigt und das Opfer verantwortlich macht, W.W.)."

Ergebnisse:

- "Die Untersuchungen geben am deutlichsten Beweise dafür, daß Personen, die Kinder sexuell mißbrauchen, ein ungewöhnlich erregtes Verhalten bei Kindern zeigen, aber es existiert bisher keine Theorie, die die Ursachen dafür angeben könnte.
- Einige Untersuchungen stimmen darin überein, daß Täter in ihren sozialen und heterosexuellen Beziehungen gehemmt sind.
- Es ist ausreichend nachgewiesen, daß Alkohol in vielen Fällen eine Rolle gespielt hat, das Verbot des sexuellen Mißbrauchs zu übertreten.
- Eine Studie weist nach, daß Kinder aufgrund ihrer untergeordneten Rolle für Mißbraucher wichtig sind.
- Und es gibt ausreichend Beweise, daß viele Personen, die Kinder sexuell mißbraucht haben, als Kind selber sexuell mißbraucht wurden."

(ARAJI & FINKELHOR 1986, S. 92-94)

Das zuletzt genannte Ergebnis, mit dem in der Öffentlichkeit häufig argumentiert wird, muß sehr viel differenzierter als bisher betrachtet werden, um praktisch hilfreich werden zu können. Abgesehen davon, daß alle Untersuchungen zu diesem Gesichtspunkt bisher ohne adäquate Kontrollgruppen durchgeführt wurden, d.h. die Ergebnisse nicht verallgemeinert werden können, ist z.B. unklar, welche Faktoren dazu beitragen, daß entweder die eigene Mißbrauchserfahrung umschlägt in sexuelle Ausbeutung eines Kindes oder gerade nicht. Außerdem ist zu berücksichtigen, daß ein Vorurteil produziert werden könnte, daß sexuell mißbrauchten Jungen unterstellt, ein potentieller Mißbraucher zu sein. Letzteres könnte für sexuell ausgebeutete Jungen und ihre Familien ein zusätzliches Argument sein, den Mißbrauch zu verschweigen, statt sich Hilfe zu holen.

Insgesamt wird deutlich, wie "mager" die Ergebnisse sind, d.h. wie wenig wir bisher über die Ursachen von sexuellem Mißbrauch wissen.

FINKELHOR warnt ausdrücklich davor, eines dieser Ergebnisse allein als entscheidende Erklärung für sexuellen Mißbrauch zu nehmen. Sein Plädoyer für einen multitheoretischen Erklärungsansatz von sexuellem Mißbrauch verdeutlicht er an dem theoretisch vernachlässigten, aber von der feministischen Seite immer wieder eingebrachten geschlechtsspezifischen Aspekt des sexuellen Mißbrauchs an Kindern, daß es nämlich vorwiegend Männer sind, die Kinder sexuell ausbeuten. - Das, so FINKELHOR, sei bisher eher als Tatsache hingenommen worden, als daß es empirisch und theoretisch differenziert untersucht worden wäre.

Es müsse jede der für die vier verschiedenen Ebenen auf- und dargestellten *Hypothesen (s.o.) unter dem Gesichtspunkt von "Gender" (Geschlecht)* erneut überprüft werden. Zum Beispiel müßte geklärt werden:

"(1) im Falle, daß eine gehemmte Entwicklung bei Männern zu sexuellem Interesse an Kinder führen sollte (um eine dominante Position zu erreichen), warum das nicht auch für Frauen zutrifft;

(2) im Falle, daß beherrschende sexuelle Erfahrungen in der Kindheit bei Männern zu sexuellem Interesse an Kindern führen sollten, warum dann nicht auch bei Frauen;

(3) im Falle, daß Mangel an sexuellen Gelegenheiten Männer dazu bringt, sich Kinder auszusuchen, warum dasselbe nicht bei Frauen passiert;

(4) im Falle, daß Impulsivität und Alkohol bei Männern dazu führen sollten, das Verbot, Kinder sexuell zu mißbrauchen, zu mißachten, warum das bei Frauen nicht so ist."

Überlegungen FINKELHORs, warum vorwiegend Männer und nur wenige Frauen Kinder sexuell mißbrauchen, sollen hier wieder entlang seinen vier Fragestellungen referiert und zur Diskussion gestellt werden:

"(1) In einer dominanten Rolle zu sein oder eine Position von Autorität ist widersprüchlich zur Rolle, die Frauen in Beziehungen einnehmen und mit sexuellem Verhalten assoziieren. Frauen sind sozialisiert, Partner zu bevorzugen, die älter, größer und mächtiger sind als sie selbst.

Frauen ergreifen bei sexuellen Beziehungen in der Regel nicht die Initiative, ..., deshalb sind entsprechende Kontakte unwahrscheinlicher.

(2) Männer scheinen stärker an einer größeren Anzahl von sexuellen PartnerInnen interessiert zu sein als Frauen.

Männer scheinen eher sexuell erregt - unabhängig vom Gesamtkontext - zu werden, was u.a. ihr Interesse an Pornographie zeigt. Das macht es naheliegender für sie, Kinder als Sexualobjekt zu mißbrauchen.

Frauen scheinen besser zwischen sexueller und nicht-sexueller Zuneigung unterscheiden zu können. Männer interpretieren eher als Frauen emotionale Zuwendung in sexuelle um.

Jungen haben in der Kindheit mehr sexuelle Erfahrungen als Mädchen. Vorausgesetzt, daß diese Erfahrungen für späteres Interesse von Bedeutung sind, sind Jungen davon stärker beeinträchtigt als Mädchen.

(3) Männer und Frauen scheinen unterschiedlich auf einen Mangel an sexuellen Gelegenheiten zu reagieren. Männer scheinen emotional stärker abhängig davon zu sein als Frauen und wenden sich Kindern zu, um ihr Selbstwertgefühl zu erhalten.

(4) Aufgrund der Vorbereitung, mütterliche Verantwortung zu übernehmen, scheinen Frauen sensibler für das Wohlbefinden von Kindern zu sein und scheinen eher von sexuellen Kontakten zu Kindern abgehalten zu werden, weil diese dem Kind schaden könnten.

In ähnliche Richtung geht die Überlegung, daß Frauen, oft selber in verschiedener Weise sexuell ausgebeutet, eher in der Lage sein könnten, die potentielle Schädigung zu antizipieren, und deshalb davon abgehalten werden.

Sexueller Kontakt mit Kindern könnte in der männlichen Subkultur eher entschuldigt werden als in der weiblichen." (FINKELHOR 1986, S. 124-130)

Um es nochmals zu verdeutlichen: FINKELHOR wählt bewußt vorsichtige Formulierungen, wenn er begründet, daß aufgrund öffentlich gesellschaftlicher Machtverteilung eine allgemeine *Tendenz zu unterschiedlichem Handeln bei Frauen und Männern* festzustellen sei, sofern diese Macht, Frustration, bestimmte Rollenerwartungen auf der sexuellen Ebene ausagieren. Mit anderen Worten: Damit soll nicht geleugnet werden, daß auch Frauen Aggressionen und Machtgelüste haben, die sie an Schwächeren ausagieren (z.B. physische und emotionale Mißhandlungen), aber sie werden eher nichtsexuelle Ebenen dafür suchen. Vergewaltigung in der Ehe oder sexueller Mißbrauch in der Familie sind vorrangig männliche Strategien, um die eigene Macht oder das Bedürfnis nach Dominanz über eine schwächere, abhängige Person (Kinder, Frau) zu demonstrieren.

Dennoch gibt es Frauen - aber viel weniger als Männer -, die sich über die sexuelle Ausbeutung von Kindern Macht verschaffen - oder Kinder zu Partnersubstituten auch mit sexuellen Intentionen machen - oder die ihre eigenen traumatischen Mißbrauchserlebnisse durch Wiederholungen am Kind zu bewältigen suchen - oder ausblenden müssen, wie es ihren Kindern geht, wenn sie sexuell ausgebeutet werden (siehe auch 2.3).

Noch ein anderer Aspekt muß im Zusammenhang von sexuellem Mißbrauch *innerhalb der Familie* mitüberlegt werden: die Bedeutung der Familie für die Entwicklung von Kindern einerseits und die Reproduktion und Bedürfnisbefriedigung der Erwachsenen anderseits. In den letzten Jahrzehnten hat sich die Distanz zwischen Sozialstruktur und Familie als Primärgruppe enorm vergrößert, was die Familie strukturell und in ihrer Funktion stark verändert hat. Die Familien sind kleiner geworden und haben in größerem Ausmaß sehr verschiedene Formen angenommen (Ein-Kind-Familie, Mehr-Kind-Familie, Eltern-Kind(er)-Familie, Mutterfamilie, Vaterfamilie, neu zusammengesetzte Familie, ausländische Familie, nationale Mischfamilie, "vollständige" Mittelschichtfamilie, sozial benachteiligte Familie, Familien mit Erwerbslosigkeit, Familie mit kranken oder behinderten Mitgliedern, Adoptivfamilien, Pflegefamilien ...), zudem: die informellen und formellen Kontakte sind stark zurückgegangen, was die Familienmitglieder in stärkere Abhängigkeit zueinander gebracht und den Druck erhöht hat, die Aufgaben und zusätzlichen Belastungen familienintern zu lösen.

Insgesamt entstehen Balanceprobleme, die sich auch auf die Primärkontakte auswirken. Es besteht die Notwendigkeit, für alles eine individuelle Entscheidung treffen zu müsssen, was die Gestaltung einer Partnerschaft und auch die Betreuung und Erziehung von Kindern nicht nur zu einem anstrengenden lebensfüllenden Programm macht, sondern zugleich dessen Einlösung mit höchster individueller Verantwortung belegt.

Mit dem Trend zu immer stärker personbezogenen Paarbeziehungen und mit der Entwicklung einer überzogen individualisierten Identität kann die Unfähigkeit zu angemessenem Konfliktaustrag, zu Kompromiß und Kompatibilitätsbereitschaft wachsen, was zur Folge hat, die Auflösung der Beziehungen zu betreiben, um gleichzeitig nach noch stärkeren Primärkontakten zu suchen.

Zusammenfassend kann man sagen, Beziehungen in der Kleinfamilie haben eine Tendenz,
- von der Dynamik her konfliktträchtig zu sein,
- aufgrund der "freiwillig" eingegangenen Abhängigkeit, mit hohen Erwartungen belegt zu werden,
- bezüglich der Verantwortung, zur Überlastung der Mitglieder zu führen,
- als Ort der Privatheit, zugleich sozial einengend zu wirken.

Die Autoritäts- und Vertrauensverhältnisse schaffen einerseits einen entwicklungsfördernden und schützenden Rahmen und andererseits die Bedingungen für die sexuelle Ausbeutung und deren Geheimhaltung.Die strukturellen Veränderungen der Primärgruppe Familie geben also auch den perfekten Rahmen für Willkür und sexuellen Mißbrauch von Kindern in der Familie ab.

Fazit: Sexuellen Mißbrauch an Mädchen und Jungen verhindern zu wollen , heißt Handlungsstrategien zu entwickeln, die die ursächlichen Zusammenhänge auf der gesellschaftlichen und familialen und biographischen Ebene aufnehmen.

Insofern sind Maßnahmen gegen (sexuelle) Gewalt auf der Straße, am Arbeitsplatz und in der Ehe, Strategien für die Herstellung der Gleichberechtigung von Frauen und Männern und eine nicht-sexistische Erziehung genauso relevant wie eine familiale Arbeitsteilung zu erkämpfen, die Körperstrafe für Kinder abzuschaffen und deren Rechte auf Selbstbestimmung und Autonomie in Familien und Institutionen zu sichern.

In der professionellen Reaktion auf sexuellen Mißbrauch an Kindern müssen die Ansprüche auf umfassende Hilfe am *Kriterium einer autonomen Lebensplanung* für die Opfer gemessen und gegenüber allen Familienmitgliedern, besonders gegenüber den Tätern vertreten und unterstützt werden. Dieses zu verwirklichen heißt oftmals, über gerichtliche Maßnahmen Druck auf den ausbeutenden Erwachsenen auszuüben, die familiale Rollenteilung neu zu erarbeiten und Sozialisationserfahrungen von Tätern und nicht-mißhandelnden Erwachsenen (auch Verletzungen aus deren Kindheit) zu reflektieren.

Insgesamt sehe ich die Notwendigkeit, daß sich Frauen unter Frauen, Männer unter Männern und Frauen mit Männer sowie Männer mit Frauen - in privaten und beruflichen Bezügen - zu den Fragen auseinandersetzen müssen, wie Macht- und Vertrauensverhältnisse innerhalb und außerhalb der Familie zur Zeit strukturiert sind bzw. wie sie zugunsten einer autonomen Lebensplanung ihrer Mitglieder verändert werden können.

1.7 Phasen des sexuellen Mißbrauchs

Eine wichtige Voraussetzung, um als SozialarbeiterIn und SozialpädagogIn mit den Folgeproblemen von sexuellem Mißbrauch kompetent umgehen zu können, ist das Wissen um regelmäßig auftretende fünf Phasen, die ein Kind bei sexueller Ausbeutung erlebt. Sie sollen im folgenden in Anlehnung an SGROI & PORTER & BLICK (1982, 1987, S. 9-37) erklärt werden.

Einleitungsphase

In der Einleitungsphase wirbt der Erwachsene um das Vertrauen des Kindes (und seiner Bezugspersonen), spielt mit ihm, geht auf Wünsche und Vorlieben ein und gibt dem Kind in der Familie eine besondere Stellung. Das macht deutlich, daß sexueller Mißbrauch eine gut geplante Aktion ist. Konkret hängt sein Vorgehen ab:

a) vom Zugang zum Kind (z.B. regelmäßige Betreuung und Pflegedienste);

b) vom Verwandtschaftsgrad (z.B. Vater, Stiefvater, Mutter, Großvater, Onkel, Nachbarn, Pastor, Jugendgruppenleiter, BetreuerIn im Heim);

c) vom Macht- und Vertrauensverhältnis zum Kind (Familienmitglied, Autoritätsperson, ältere, stärkere Person).

In dieser Phase sorgt der Erwachsene in der Regel dafür, daß das Kind gerne auf die Vorhaben eingeht und glaubt, besondere Zuwendung zu bekommen.

Die Phase der sexuellen Übergriffe

Von den "Spielen" gibt es meistens einen gleitenden Übergang zu sexuellen Übergriffen, so z.B. beim Toben und Kitzeln zum plötzlich zwischen die Beine fassen. Kinder merken in der Regel, "daß da etwas nicht stimmt", sind aber häufig verwirrt und wissen nicht, was sie davon halten sollen, oder glauben auch erst einmal den Erklärungen bzw. Ausreden der ausbeutenden, älteren Person. Die Erfahrung zeigt, daß die sexuellen Übergriffe meistens schwerwiegender werden und oft auf oralen, analen oder vaginalen Geschlechtsverkehr zusteuern. Letzteres hängt vom Alter und Geschlecht des Kindes ab. Sexueller Mißbrauch ist selten ein einmaliger Übergriff, sondern dauert eher Wochen und häufig sogar Jahre.

Die Geheimhaltungsphase

Mit den sexuellen Übergriffen beginnt auch die Überredung zur oder das Erzwingen der Geheimhaltung durch den Täter. Er weiß genau, daß er Verbotenes tut und will mit dem "Geheimnis" die Fortsetzung seiner sexuellen Aktivitäten sichern. Es besteht weitgehend Einigkeit bei Fachleuten, daß der Täter mit den sexuellen Übergriffen auf ein Kind vorrangig nicht-sexuelle Bedürfnisse befriedigt, nämlich Bedürfnisse nach Dominanz, Macht und Kontrolle über andere, danach, für jemanden wichtig zu sein,

Zuwendung zu bekommen, jemanden abhängig zu machen, aus narzißtischen Wünschen heraus, um mit eigenen traumatischen Erlebnissen fertig zu werden usw. Die Befriedigung dieser Bedürfnisse scheint mit einem Kind einfacher zu sein als mit ebenbürtigen PartnerInnen. Sie wird mit Geschenken und Belohnungen, mit psychischem Druck, mit Strafen, mit Androhung oder Ausführung von physischer Gewalt gegen Dritte oder gegen das sexuell mißbrauchte Kind durchgesetzt. Häufig gehört zu diesen Strategien auch, die Mutter in Mißkredit zu bringen, Mißtrauen zwischen Mutter und Kind und zwischen den Geschwistern zu säen. Oft wird das Kind in die Rolle des sorgenden Erwachsenen (Elternrolle) oder in die Partnerersatzrolle geschoben, oder es wird in Mitleid für den mißbrauchenden Vater verwickelt.

Die öffentliche Tabuisierung der sexuellen Ausbeutung, die über Sprache transportierte offene (sexuelle) Erniedrigung von Frauen und die Diskriminierung von Homosexualität unterstützen das Geheimhaltungsverlangen des Täters.

Die Offenlegung des sexuellen Mißbrauchs

Die Offenlegung kann geplant oder zufällig passieren; dies zu unterscheiden ist wichtig.

Zufällig kann der sexuelle Mißbrauch entdeckt werden, wenn er durch Dritte beobachtet wird, wenn das Ausagieren altersuntypischer sexueller Erfahrungen beim Kind beobachtet werden, wenn körperlich eindeutige Symptome wie Geschlechtskrankheiten durch ärztliche Untersuchungen entdeckt oder wenn eine Schwangerschaft bei einem sexuell mißbrauchten Mädchen diagnostiziert werden. Bei einer zufälligen Entdekkung des sexuellen Mißbrauchs ist keine der beteiligten Personen darauf vorbereitet. Vor allem die Opfer geraten dadurch in eine *schwere Krise*, die von den SozialarbeiterInnen verstanden und sehr ernst genommen werden muß; es geht also immer um eine äußerst schwierige Krisenintervention.

Dabei sollten sie die Verantwortung klar übernehmen und als erstes eine Situation herstellen, in der auf die Angst und Verwirrung des sexuell mißbrauchten Kindes eingegangen und ihm beruhigend versichert werden kann, daß es keine Schuld am sexuellen Mißbrauch trage, daß, was immer geschehen sei, der Erwachsene dafür verantwortlich sei, und daß sie nun gemeinsam in Ruhe überlegen würden, was zu tun sei (s.u. 2. zu Beratung und Begleitung der Opfer).

Auch andere evtl. anwesende Personen (z.B. die Mutter) sollten emotional unterstützt werden. Wie eine solche Situation verläuft, wird für die Vertrauensbildung den professionellen HelferInnen gegenüber und damit für die weitere Kooperation ausschlaggebend sein.

Bei einer *geplanten* Offenlegung des sexuellen Mißbrauchs haben meistens das Mädchen oder der Junge entschieden, das Geheimnis preiszugeben und eine außenstehende Person vom sexuellen Mißbrauch zu unterrichten. Häufig müssen Kinder mehrere Versuche machen, bis es ihnen gelingt, jemanden zu finden, der ihnen glaubt. Die Gründe, warum Mädchen oder Jungen den sexuellen Mißbrauch offenlegen, sind sehr verschieden: Die physische Gewalt kann zugenommen haben, das Leben des Kindes, der oder des Jugendlichen akut bedroht sein, kleinere Geschwister sollen geschützt werden, die familiale Situation ist unerträglich geworden und das Mädchen oder der Junge wollen von zu Hause fort.

Es ist wichtig davon auszugehen, daß direkte wie indirekte Hilfesuche nicht zufällig sind und die angesprochene Person bewußt oder unbewußt "gewählt" wurde. Diese sollte sich daher von Anfang an als Vertrauensperson des Kindes, des oder der Jugendlichen verstehen, zumindest solange, bis eine andere Vertrauensperson gefunden und weitere klare Schritte abgesprochen sind.

Bei der gezielten Offenlegung des Mißbrauchs eines jugendlichen Mädchens ist es wichtig, den Grund der Offenlegung zu erfahren, um auf ihn und die daran geknüpften Erwartungen eingehen und Enttäuschungen möglichst auffangen zu können. Anschließend sollte eine überlegte ruhige Fallorganisation erfolgen, die den Schutz, die emotionale und praktische Unterstützung durch eine bzw. mehrere vertraute Personen sowie die Klärung und Planung der nächsten gemeinsamen Schritte sichert.

Die wichtigsten Richtlinien dafür sind:

- Klare Botschaften über den sexuellen Mißbrauch und die Verantwortung dafür geben;
- nicht über den Kopf des Mädchens oder des Jungen hinweg entscheiden und nicht gegen den Willen der Jugendlichen handeln, denn sie sind in der ganzen Zeit des Mißbrauchs als Objekt behandelt worden, ihre Gefühle und Einwände wurden nicht gehört;
- für Schutz sorgen, nach Wunsch z.B. das Mädchens bei Freundinnen, anderen Vertrauenspersonen oder in einer Mädchenzuflucht unterbringen, damit es nicht unter Entscheidungsdruck kommt und Zeit für weiteres geplantes Vorgehen gewonnen wird (das ist ohne Einverständnis der Eltern für 48 Stunden möglich);
- das Mädchen oder den Jungen nicht nur als Opfer behandeln, sondern als Person mit vielfältigen Fähigkeiten und möglicherweise weiteren Problemen, die beachtet werden müssen, weil sie für die weitgehende Aufrechterhaltung des normalen Alltags wichtig sind. In der Regel haben Opfer bzw. Surviver eine gute Einschätzung davon, was passieren wird, wenn sie z.B. nicht zum Schlafen nach Hause gehen, wie die zu erwartenden Reaktionen sein werden usw. Mitüberlegt werden muß also, daß die Offenlegung auch eine *Krise bei den anderen betroffenen Personen der Familie* auslösen wird. Die Reaktionen können sehr unterschiedlich sein.

Täter werden zunächst einmal alle Register für ihren eigenen Schutz ziehen, den sexuellen Mißbrauch abstreiten oder abschwächen und allen Einfluß aufwenden, die Unglaubwürdigkeit des Opfers und der unterstützenden Personen herauszustellen. In der Regel wird ein Täter alle Familienmitglieder unter Druck setzen, den sexuellen Mißbrauch abzustreiten, und sich als das arme Opfer von Verleugnungen hinstellen. Eine Konfrontation des Täters mit der Tat muß in Erwartung dessen gut vorbereitet werden; sie darf nicht geschehen, bevor nicht der Schutz des Mädchens oder des Jungen sichergestellt ist.

Eine Studie über *sexuell mißhandelnde Frauen* (MATHEWS, KINDER MATHEWS & SPELTZ 1988) zeigte dagegen, daß TäterInnen ihre Tat meistens zugeben und ihren Kindern keine Schuld am sexuellen Mißbrauch geben.

Nicht-mißhandelnde Mütter glauben ihren Kindern oft zuerst und sorgen sich um sie, was aber nicht heißt, daß sie dabei bleiben und konsequent Partei für sie ergreifen. Ohne emotionale Unterstützung und kontinuierliche Hilfe ziehen sie sich oftmals zurück, verweigern jegliche Kooperation und die Verantwortungsübernahme, ihr Kind zu schützen. Die Gründe dafür können wiederum sehr verschieden sein: Die Mutter kann sich von der Tochter wie vom Täter betrogen fühlen; sie fühlt sich emotional und ökonomisch total abhängig; wie kann sie der Hilfe der SozialarbeiterInnen trauen, wenn sie nicht einmal dem eigenen Mann trauen kann; sie entscheidet sich für den Mann statt für die Tochter; sie stimmt in die Verleugnung ein, um den sexuellen Mißbrauch so schnell wie möglich vergessen zu können; sie wird möglicherweise an eigene kindliche Verletzungen oder an sexuellen Mißbrauch in der eigenen Kindheit erinnert und will dies nicht wahrhaben; usw.

Auch bei *außerfamilialem* sexuellem Mißbrauch sind die Eltern häufig nicht bereit, die Bearbeitung des Traumas kontinuierlich zu unterstützen. Auch sie möchten oftmals das Geschehene schnell vergessen und so tun, als hätte es nicht stattgefunden.

Geschwister von sexuell mißbrauchten Kindern sind ebenfalls stark in Mitleidenschaft gezogen und können sich solidarisch oder ablehnend verhalten. Abgesehen davon, daß sie selber Opfer sein könnten und dann entsprechende Hilfe bräuchten, sind sie und bleiben sie weiterhin abhängig von den Eltern und ergreifen entsprechend Partei. Sie haben Angst vor den Konsequenzen, sind oftmals wütend auf das Opfer, weil es die Familiensituation gestört habe, weil es die Schuld trage, daß der Vater wütend sei, die Familie stigmatisiert sei usw.

Die Verleugnungsphase

Selbst wenn der sexuelle Mißbrauch bewußt offengelegt wurde, muß mit widersprüchlichen Gefühlen und wechselndem Verhalten beim Mädchen oder Jungen gerechnet werden. Das trifft um so mehr zu, wenn nach der Offenlegung verschiedentlich Druck ausgeübt wird, die Anschuldigung zurückzunehmen. Die Überlegungen der Opfer, "hätte ich nur nichts gesagt", sind angesichts der nicht-antizipierbaren Folgen meistens nur zu verständlich. Es ist für SozialarbeiterInnen wichtig, den Druck, den das Kind empfinden mag, immer wieder anzusprechen, immer wieder Orientierung über die nächsten Schritte zu geben, die Verleugnungen als Selbstschutz der Opfer zu verstehen, auf keinen Fall sie als Lüge oder bewußt versuchte Irreführung zu interpretieren.

Hintergründe für die Verleugnung des sexuellen Mißbrauchs können sein:

- daß die Interventionen aufhören sollen;
- daß der Täter versprochen hat, sich zu ändern, wenn die Beschuldigungen zurückgezogen werden;
- daß die ganze Familie Druck auf das Kind ausübt und droht, es zu isolieren;
- daß sie das Kind als verlogen oder als krank beschimpfen und es bedrohen.

1.8 Sexueller Mißbrauch und mögliche Folgen für die Identitätsentwicklung

Sexuellen Mißbrauch erfahren zu haben, belastet die Entwicklung des Selbstkonzeptes und das Selbstwertgefühl, prägt nachdrücklich die Geschlechtsidentität und Sexualität sowie die Art und Weise, wie Beziehungen und Partnerschaften gestaltet werden.

MALTZ & HOLMAN (1987, S. 41-42) beschreiben die Auswirkungen von Inzest auf das Selbstkonzept der kindlichen Opfer:

"Wenn Kinder unterstützt, gelobt, ermutigt werden, Fehler machen dürfen usw., bekommen sie die Botschaft, daß sie es wert sind. Ein Kind aber, dem gezeigt wird, was es empfinde, zähle nicht, wird glauben, daß es nicht liebenswert sei. Es wird entmutigt und könnte glauben, daß es die Fürsorge des anderen nicht verdient habe.

Daraus kann sich ein Grundkonzept entwickeln, sensibel für die Bedürfnisse der anderen Familienmitglieder zu werden, jedoch nicht für die eigenen. Für die Bedürfnisse der anderen sensibel zu sein, bringt ihm Lob von der Familie ein und hilft ihm, Unstimmigkeiten zu vermeiden, was es sehr belastet. In diesem Prozeß, eine empfindliche Antenne für die Gedanken und Gefühle der anderen zu entwickeln, dürfte es lernen, die eigenen Bedürfnisse herabzusetzen und zu entwerten. Ein Kind, das keine Hilfe bekommt, könnte anstreben, in den Augen der Familie "perfekt" zu sein. Es könnte fälschlicherweise glauben, daß alle Misere, die es selbst erlebt, sein eigener Fehler sei. ...

Inzest-Opfer werden systematisch gezwungen, ihre eigene Wahrnehmung der Realität anzuzweifeln. Normalerweise entwickeln Kinder ein Bild über die Realität, indem sie die eigene Wahrnehmung, die eigenen Gefühle mit den Urteilen der Erwachsenen zusammenbringen. Wenn auch andere ihnen glauben, lernt das Kind seiner eigenen Wahrnehmung zu vertrauen. Erst dadurch wird ihm ermöglicht, nach eigenem Wissen und Gewissen zu handeln. Beim sexuellen Mißbrauch ist der Täter so mit der Verdrängung seiner eigenen Handlung beschäftigt, daß die Wahrnehmung des Inzest-Opfers projektiv als unglaubwürdig hingestellt und verleugnet wird." (ebd.)

SANDY SALOMON, eine Therapeutin, sagt hier: In Inzestbeziehungen "werden Kinder von ihren Eltern belogen und betrogen ... und wenn ein Kind glaubt, die Lügen der Eltern seien die Wahrheit, dann muß es glauben, daß die von ihm erfahrene Wahrheit eine Lüge ist." (Zitiert bei MALTZ & HOLMAN, S. 42) - MALTZ & HOLMAN kommentieren: "Es ist schmerzhaft und schwierig, die eigenen Eltern als Lügner zu erfahren, die gesamte Vertrauensbildung ist davon schwer belastet. ... Wenn einem Opfer gesagt wird, es sei seine Schuld oder bei Protest erwidert wird, es finde Inzest doch schön, es ziere sich doch nur, dann wird die Sicherheit, den eigenen Gefühlen zu trauen, grundlegend zerstört." (S. 42f.)

HEINZ BOTT hat beschrieben, in welchem "Dilemma von Gefühlsambivalenzen und Loyalitätskonflikten, Allmachtsphantasien und Ohnmachtsgefühlen sich sexuell ausgebeutete Kinder und Jugendliche befinden:

ich werde ausgenutzt	ich werde bevorzugt
ich werde mißhandelt	ich bekomme besondere Zuwendung
ich werde erniedrigt	ich werde aufgewertet
ich werde bedroht	ich muß mich schützen
ich bin isoliert	ich stehe im Mittelpunkt
ich muß schweigen	ich möchte schreien
ich mache mit	ich möchte mich wehren
ich bin klein und hilflos	ich bin groß und trage Verantwortung
ich werde verleumdet	ich werde verklärt
ich schütze andere	ich brauche Schutz
ich möchte zerstören	ich muß erhalten
ich erlebe Ekel	ich erlebe angenehme Gefühle."

(BOTT 1987, S. 9f.)

Um zu überleben, spalten Kinder häufig den Teil ihrer Gefühle und Erlebnisse, der mit dem Mißbrauchsprozeß und der Geheimhaltungsverpflichtung zusammenhängt, gänzlich von sich ab und wenden viel Kraft und Energie auf, ihn verdrängt zu halten und dafür zu sorgen, daß er mit den anderen Lebensanteilen nicht in Berührung kommt. Insofern ist verständlich, wenn Kinder und Jugendliche auf sexuellen Mißbrauch mit Leistungsabfall, Konzentrationsschwierigkeiten im Alltag, Rückzug, Verwirrung, totaler Anspannung oder Anpassung reagieren und wenig Chancen haben, ihre körperliche, intellektuelle und emotionale sowie soziale Identität zu entwickeln.

Womit Mädchen in der Pubertät sich bezüglich ihrer Geschlechtsrollenidentität und ihrer sexuellen Orientierung beschäftigen, und wie diese Auseinandersetzungen durch sexuellen Mißbrauch zusätzlich belastet werden, haben MALTZ & HOLMAN (1987, S. 52) in der folgenden Tabelle hilfreich dargestellt:

Gefühle	**Worüber sich die meisten Mädchen Sorgen machen**	**Zusätzliche Ängste von Mädchen, die sexuell mißbraucht wurden**
Verwirrung, Unsicherheit	Wie sie Zuneigung in Körpersprache ausdrücken und annehmen können, ohne die persönlichen Werte und Grenzen zu verraten oder ihr gutes Ansehen zu schädigen	ob jegliche von anderen, besonders von männlichen Personen in Körpersprache ausgedrückte Zuneigung sexuell gemeint sei
Ängste	daß sie nicht attraktiv sein könnten, daß sie von Jungen nicht beachtet würden, daß die anderen entdecken könnten, daß sie sich selbst befriedigen, daß sie sexuellen Kontakt haben, menstruieren usw.	daß die Forderungen des Täters sich fortsetzen oder eskalieren; Angst, die Forderungen zu verweigern; Angst, was in diesem Fall passieren oder Angst, was Leute über sie denken könnten, wenn sie davon erführen.
Schuldgefühle	bzgl. sexueller Wünsche, Phantasien, Verhaltensweisen und Selbstbefriedigung	daß sie beim sexuellen Mißbrauch mitgemacht haben, und daß sie ihn nicht längst beendet haben
Sich-allein-fühlen	aufgrund der Unfähigkeit, sexuelle Gefühle, Erfahrungen und Gedanken auszutauschen	durch die Verpflichtung zur Geheimhaltung sich von anderen isoliert fühlen
Sich-abhängig-fühlen	von Freunden, Eltern, Ärzten, Lehrern, um Informationen über ihren Körper zu bekommen, welch sexuelles Verhalten und welche Gefühle akzeptiert werden und welche nicht	vom Täter, um das Wohlergehen der Familie zu sichern; die Beteiligung am sexuellen Mißbrauch wird als Notwendigkeit angesehen, das Überleben der Familie zu sichern
Machtlosigkeit		den sexuellen Mißbrauch beenden zu können
Hoffnungslosigkeit		daß sie dazu verurteilt sind, sich sexuell unterzuordnen, daß für sie Sexualität immer eine negative Erfahrung sein wird.

MALTZ & HOLMANN machen deutlich, daß es angesichts unseres kulturbedingten Tabus, der Geheimniskrämerei und der Schamhaftigkeit, Sexualität zur Sprache kommen zu lassen, generell für Mädchen in der Pubertät schwierig ist, Selbstbewußtsein und weibliche Sexualität zu entdecken und zu leben. Für Mädchen, die sexuell ausgebeutet werden, ist es noch viel schwerer möglich, selbstbestimmte sexuelle Erfahrungen zu machen. Ihnen ist die Chance genommen worden, daß sie Erotik und erste sexuelle Erfahrungen selbstinitiiert, auf die eigene Entwicklung und die eigenen Wünsche abgestimmt erleben dürfen. Insgesamt wird ihre Fähigkeit, für das eigene körperliche, emotionale und soziale Wohlbefinden zu sorgen, stark herabgesetzt.

Tiefe Narben hinterlassen auch Beschimpfungen des weiblichen Opfers wie Nutte, Flittchen, sexy, verführerisch; im Bett bist du gut, sonst taugst du nichts; wenn du das nicht magst, wirst du nie einen Mann bekommen. Solche Urteile sinken meistens tief ins Bewußtsein. Ein negatives Gefühl für ihren Körper, Selbsthaß sind häufige Antworten. Ausdruck davon kann sein: Prostitution, Drogenmißbrauch, Eßstörungen, sich in große Gefahren begeben usw.; der Körper wird für das Opfer selbst zum Objekt. Mit solcher, unbearbeiteten Ausgangslage wird es leicht erneut die Beute von erwachsenen Mißhandlern.

Die immer wieder zu hörende Einschätzung, daß "die sexuelle Mißhandlung der Tochter durch ihren Vater die perfekteste Konditionierung für die Opfer-Frauenrolle sei, die es gäbe", kann präziser nicht ausgedrückt werden.

Über die *Folgen* von sexuellem Mißbrauch *bei männlichen Opfern* sagen MALTZ & HOLMAN (1987), daß "männliche und weibliche Opfer unter ähnlichen sexuellen Belastungen (leiden). Wie bei den weiblichen Opfern hat der sexuelle Mißbrauch eine entscheidende Wirkung auf die männliche psychische und soziale Entwicklung in der Kindheit. Die inzestuösen Taten repräsentieren einen extremen Vertrauensbruch und Machtmißbrauch seitens des mißhandelnden Familienmitgliedes gegenüber dem Opfer; es verletzt die physischen und emotionalen Grenzen und vermindert oder zerstört die Intimität des Opfers. Jungen, die zu frühreifen sexuellen Aktivitäten verführt oder gezwungen wurden, ist die Chance genommen worden, ein die unverfälschte Übereinstimmung suchender Partner zu werden. Konsequenterweise produziert der sexuelle Mißbrauch Gefühle von niedrigem Selbstbewußtsein, Angst, Verwirrung, Schuld und Erniedrigung, Gefühle, die die soziale und psychische Entwicklung in vielfältiger Weise behindern. Das Geheimnis des Mißbrauchs bewahren zu müssen und in der Angst weiterer Mißhandlung zu leben, kann ein ständiges Gefühl von Anspannung und Ambivalenz erzeugen; es fordert einen hohen Preis von dem Jungen.

Wenn bei ihm möglicherweise auch angenehme Gefühle während des Mißbrauchs aufgekommen sind, empfindet er den sexuellen Mißbrauch als widersprüchlich. Ein Teil von ihm mag sich nach Wiederholung des sexuellen Kontaktes sehnen. Wenn das passiert, sind Schuldgefühle und Verwirrung umso größer. Er mag ein hohes Maß an Selbstverachtung empfinden. Die Anspannung kann sich in Schwierigkeiten in der Schule, bei traditionell männlichen Aktivitäten und in Freundschaften manifestieren. Medizinische Probleme können sich entwickeln, Selbstzerstörungstendenzen oder Probleme, die sich in psychischen Symptomen zeigen wie Depression, Rebellion oder Feindseligkeit gegenüber anderen. Er kann mit Drogen und Alkohol versuchen, bestimmte Gefühle zu unterdrücken." (Ebd., S. 139f.)

Als *Unterschiede zwischen Frauen und Männern* stellen MALTZ & HOLMAN heraus, daß sich "als Folge vom sexuellen Mißbrauch in der Familie ... der innere Konflikt der betroffenen Männer auf die Geschlechtsrolle und ihre sexuelle Orientierung zu fokussieren (scheint). Während betroffene Frauen mit Opfermerkmalen wie Passivität, Rezeptivität, Unterwürfigkeit psychologisch sozusagen in der Linie bleiben können, ohne das Gefühl für Weiblichkeit umzuwerfen, erfahren die männlichen Opfer ihre Mißbrauchserfahrungen als Infragestellen der Männlichkeit. Zwei Antworten sind häufig: die Männlichkeit ablehnen oder mit ihr prahlen." (Ebd., S. 143)

Ersteres kann bedeuten, daß männliche Opfer versuchen, asexuell oder homosexuell zu leben oder sich aus Beziehungen zurückzuziehen, sowie diese intim werden. Das Zweite kann bedeuten, daß sie ununterbrochen ihre Männlichkeit, ihre Macht und Kontrolle über andere beweisen müssen. Dem entspricht auch, wie mehrere Forscher und Therapeuten festgestellt haben, daß männliche Opfer die Verletzungen durch den sexuellen Mißbrauch nur schwer zugeben können, sondern sie abschwächen oder umdeuten, weil sie sich sonst in ihrer männlichen Identität gefährdet fühlen. MALTZ & HOLMAN sagen: "Wenn ein männlicher Surviver in der Lage ist zu akzeptieren, daß seine Verführung in Wirklichkeit ein Mißbrauch war, dann ist die entscheidende Wende in der Therapie erreicht." (Ebd.)

Ich möchte an dieser Stelle ausdrücklich betonen, daß es für SozialarbeiterInnen und SozialpädagogInnen unerläßlich ist, daß sie Betroffenenberichte (z.B. GARDINER-SIRTL 1983; GLÖER & SCHMIEDESKAMP-BÖHLER 1990) lesen. Sie vermitteln, wie keine theoretische Studie das kann, die individuell sehr unterschiedlichen Leidens- und Bewältigungsgeschichten von Opfern, zeigen aber in der Regel auch deutlich, wie das Verhalten der Umwelt auf Opfer - häufig verletzend und abweisend - wirkt.

Für professionelle HelferInnen ist es unerläßlich, die eigenen Reaktionen in den verschiedenen Stadien der Auseinandersetzung mit sexuellem Mißbrauch sowie die unterschiedlichen Reaktionen in bezug auf Mädchen, weibliche Jugendliche und Frauen als Opfer, Jungen und männliche Jugendliche und Männer als Opfer sowie auf Männer als Täter und Frauen als nicht-mißhandelnde Mütter, aber auch als Täterinnen - zusammen mit anderen vertrauten Personen - zu reflektieren. Auch hier trifft wieder zu: je mehr Klarheit wir über eigene Gefühle und Reaktionen haben, je kompetenter sind wir, mit den Problemen des sexuellen Mißbrauch umzugehen.

1.9 Erkennungszeichen - oder wie Opfer versuchen, sich Hilfe zu holen

Die Ergebnisse der Sydney-Untersuchung (s.o.) erbrachten u.a., daß die Offenlegung von sexuellem Mißbrauch häufig "zufällig" geschieht, was für das Opfer bedeutet, daß es abrupt vor den Folgen der Offenlegung steht und dringend Hilfe und Orientierung braucht angesichts der Frage, was weiter passieren wird. -

Ich werte die sogenannten möglichen Erkennungszeichen von sexuellem Mißbrauch als Signale oder sogar offene Hilferufe an die Umwelt. Für professionelle HelferInnen ergeben sich daraus zwei Verpflichtungen; erstens die Signale zu kennen, und zweitens sie immer als möglichen Hinweis auf sexuellen Mißbrauch in die Überlegungen mit einzubeziehen.

Es gibt mittlerweile in jedem Buch über sexuellen Mißbrauch hilfreiche Zusammenstellungen von (möglichen) Erkennungszeichen von sexuellem Mißbrauch. (z.B. ENDERS 1990, S. 75-88) Im folgenden möchte ich die kurze Zusammenstellung von physischen Verletzungen, psychosomatischen Symptomen und psychischen Symptomen von URSULA WIRTZ übernehmen (Hervorhebungen, Semikolons und Punkte sind Einfügungen d. Red.) und dann auf altersspezifische Verhaltensweisen eingehen:

"*Physische Symptome*

Verletzungen an den Geschlechtsorganen; Hämatome (Blutergüsse) im Abdominalbereich; Schmerzen beim Urinieren; Schmerzen im Genitalbereich; Blutungen, äußerliche Verletzungen an der Vagina oder im Analbereich (Risse, Beißspuren); Juckreiz, ungewöhnlicher Geruch im Genitalbereich; Schwierigkeiten beim Sitzen oder Laufen; Fremdkörper in Harnröhre, Blase, Vagina, Anus; Infektion der Harnwege; Anzeichen einer sexuell übertragbaren Krankheit.

Psychosomatische Symptome

Einnässen, Einkoten; Unterleibsschmerzen, Schwindelanfälle; Kopfschmerzen; Ernährungsstörungen; Schlafstörungen, Erstickungsanfälle; Konversionssymptome (Lähmungen, plötzlicher Sprachverlust).

Psychische Symptome

Unsicherheit, Ängste; Rückzug von Gleichaltrigen; Präokkupation mit Sexualität; Übermäßiges Masturbieren; Auffallender Gebrauch von sexuellen Ausdrücken; Leistungs-und Konzentrationsabfall; Weigerung, allein zu bleiben; Lethargie, Gefügigkeit; Verlust von Selbstvertrauen und Zutrauen; Selbstzerstörerische Handlungen; Rückzug auf kleinkindliches Verhalten". (WIRTZ 1989, S. 76f.)

Die Beratungsstelle für sexuell mißbrauchte Kinder in Pittsburgh, USA hat eine altersspezifische Zusammenstellung von emotionalen und Verhaltensreaktionen herausgegeben, die überall Verbreitung gefunden hat, und die wir hier auch übernehmen wollen (s. Abb. auf S. 160 f.).

Erfahrungen zeigen, daß es hilfreich ist, die Zusammenstellung im eigenen Team zu besprechen, stärker zu differenzieren und sich sozusagen eine auf das eigene Berufsfeld *abgestimmte "Beobachtungsliste"* zu machen.

Viele von den oben genannten Symptomen können auch Signale für andere Probleme von Kindern und Jugendlichen sein; insofern ist es notwendig, erste Beobachtungen so umfassend und genau wie möglich zu ergänzen, schriftlich festzuhalten und mit KollegInnen vertrauensvoll zu besprechen, wie es gegenüber gravierenden Problemen bei Kindern und Jugendlichen angebracht ist. Gleichzeitig aber ist es für das betreffende Kind, die Jugendliche oder den Jugendlichen wichtig, daß die jeweilige Vertrauensperson für das Mädchen oder den Jungen ihr Beziehungsangebot bewußter lebt und möglicherweise intensiviert, auf jeden Fall für das Wohlbefinden der Betroffenen in der Einrichtung sorgt.

Fazit

Forschung und Erfahrungen zeigen, welch vielfältige Gesichtspunkte von professionellen HelferInnen berücksichtigt werden müssen, wenn es um Reaktionen auf sexuellen Mißbrauch an Kindern geht. Dabei ist sowohl die *immer wiederkehrende Dynamik* des sexuellen Mißbrauchs als auch die *Einmaligkeit eines jeden Falles* zu sehen.

Die Tatsache, daß sexueller Mißbrauch *meistens kein einmaliger sexueller Übergriff* ist, sondern häufig über Monate und Jahre stattfindet bzw. stattgefunden hat, bedeutet, daß die durch den sexuellen Mißbrauch inganggesetzte Dynamik mit ihren Aspekten - Macht- und Vertrauensmißbrauch, Mißtrauen und Konkurrenz unter den Familienmitgliedern, Zwang zur Geheimhaltung, Tabuisierung von Sexualität, Erfahrungen von Sexualität und Gewalt, Sexualisierung von Sprache und Atmosphäre, Isolation, Identitätskrisen usw. - sich im Alltag und in den Beziehungen fest etabliert hat.

Die Opfer, die Survivers, haben sich eine Überlebensstrategie geschaffen, die nicht einfach zerstört, sondern mit Hilfe von psychosozialer Beratung sorgfältig ersetzt bzw. modifiziert und ergänzt werden muß.

Die nicht-mißhandelnden Erwachsenen müssen die "Welt nach dem Mißbrauch" für sich neu ordnen und sich entscheiden, ob sie das Opfer zu schützen und zu unterstützen bereit sind, und welche Konsequenzen sie für ihr Leben und die Beziehung zu ihrem Kind aus dem Mißbrauch und ihrem Verhalten dabei ziehen wollen bzw. können.

TäterInnen sind meistens - selbst, wenn sie bei Offenlegung zunächst willens sind - nicht ohne rechtlichen Druck und therapeutische Beratung in der Lage, die sexuelle Ausbeutung zu unterlassen bzw. für ihre Tat Verantwortung zu übernehmen. Sie finden immer wieder Entschuldigungen und (projektive) Schuldzuweisungen an das Opfer, die Partnerin, die Umstände.

Emotionale und Verhaltensreaktionen auf sexuellen Mißbrauch (Zusammenstellung der Beratungsstelle für sexuell mißbrauchte Kinder (PAAR) in Pittsburgh, PA USA, 1984. Aus: Gyne (März 1985)		
	Gefühlsebene	Verhaltensebene
Frühe Kindheit (bis 3 Jahre)	Angenehme und unangenehme Empfindungen Angst Verwirrung	Schlaf-, Essensstörungen Tendenz zu Verhaltensextremen Angst vor Fremden, Rückzug Altersunangemessenes sexuelles Spielen
Vorschulalter (3-6 Jahre)	Angenehme und unangenehme Empfindungen Angst Verwirrung Scham Schuldgefühle Wut Gefühl der Schutz- und Hilflosigkeit Angst beschädigt und verdorben zu sein	Regressives Verhalten Babysprache, Einnässen Daumenlutschen, Festklammern Rückzug Schlafstörungen (Alpträume) Aggressives Verhalten Willfähriges Verhalten Häufiges und andauerndes sexuelles Spielen Öffentliches und andauerndes Masturbieren
Schulalter (6-9 Jahre)	Ambivalente Gefühle Erwachsenen gegenüber Verwirrung über die Geschlechtsrollenverteilung und Rollenverteilung innerhalb der Familie Angst Scham Schuldgefühle Unruhe und Unsicherheit Wut Angst, schmutzig und beschädigt zu sein Mißtrauen	Sozialer Rückzug Somatische Beschwerden wie Kopf- und Bauchschmerzen Schlaf- und Eßstörungen Aggressives Verhalten Plötzliches unerklärliches Schulversagen Probleme, Grenzen einzuhalten Willfährigkeit Zwangshandlungen wie exzessives Baden und Waschen Sexuelles Ausagieren mit Gleichaltrigen und jüngeren Kindern Sexuell provozierendes Verhalten, keine adäquaten sozialen Beziehungen mit Gleichaltrigen

Schulalter (9-13 Jahre)	Ambivalente Gefühle Erwachsenen gegenüber Wut Angst Scham Schuldgefühle Depression Angst, beschädigt zu sein Gefühl der Inkompetenz Mißtrauen Selbstmordgedanken	Sozialer Rückzug Keine adäquaten sozialen Beziehungen mit Gleichaltrigen Schuleschwänzen Manipulatives Verhalten anderen gegenüber Sexueller Mißbrauch an jüngeren Kindern Promiskuöses Verhalten
Adoleszenz (13-18 Jahre)	Wut Scham Schuldgefühle Sich betrogen fühlen Mißtrauen Ambivalente Gefühle Erwachsenen gegenüber Konflikte bzgl. Sexualität, Geschlechtsrolle und Rollenverteilung innerhalb der Familie Gefühle, beschädigt und schmutzig und verdorben zu sein Selbstmordgedanken	Selbstdestruktives Verhalten Drogenkonsum Von zu Hause weglaufen Aggressives Verhalten Ausbeutung anderer Übernehmen der Rolle als Opfer Vermeiden von körperlicher und emotionaler Intimität Promiskuöses Verhalten Selbstmordversuche

Das Opfer schützen, heißt deshalb in der Regel auch, familiale Lebensbedingungen zu verändern - ggfs. durch Trennung von Opfer und TäterIn, eventuelle auch außerfamiliale Unterbringung des Opfers - und Interventionen zu planen und zu realisieren, die die Verantwortungsübernahme der nicht-mißhandelnden Erwachsenen für den Schutz des Kindes und die Beendigung des sexuellen Mißbrauchs durch den Täter oder die Täterin dauerhaft sichern.

2. Die professionelle Aufgabe von SozialarbeiterInnen und SozialpädagogInnen in der Kinderschutzarbeit

2.1 Allgemeine Aufgaben

Grundsätzlich vertrete ich die Meinung, daß SozialarbeiterInnen und SozialpädagogInnen sich bewußt für oder gegen die Aufgabe entscheiden können sollten, nicht verpflichtet werden sollten, weibliche oder männliche Kinder und Jugendliche, die sexuell mißbraucht worden sind, durch das Kinderschutzsystem zu begleiten. Das heißt, daß Formen von Arbeitsteilung in allen Bereichen des sozialen Hilfesystems entwickelt werden müssen. Im Allgemeinen Sozialen Dienst (ASD) z.B. könnten Fälle von sexuellem Mißbrauch an bestimmte KollegInnen, die sich darauf vorbereitet haben, delegiert werden.

Aber auch wenn sich professionelle HelferInnen gegen die kontinuierliche Begleitung von sexuell Mißbrauchten entscheiden, sind sie - unabhängig von ihren beruflichen Tätigkeitsbereichen - verpflichtet, sich kompetent zu machen, um:

a) sexuellen Mißbrauch erkennen zu können,

b) als AnsprechpartnerIn für Opfer und HelferInnen vorbereitet zu sein,

c) für Hilfe sorgen, d.h. sie organisieren, und

d) präventiv arbeiten zu können.

Zu a): Sexuellen Mißbrauch erkennen
Sexuellen Mißbrauch erkennen zu können, heißt nicht nur mögliche physische, psychische und soziale Symptome zu identifizieren, sondern generell sexuellen Mißbrauch als Hintergrund bei Problemen, mit denen Sozialarbeit zu tun hat, mitzudenken - z.B bei Mädchenprostitution, gegenüber Strichjungen, Trebegängern, bei Suchtverhalten, plötzlichem Schulversagen, Magersucht, sozialer Isolation, Überanpassung, übersteigertem sexuellen Interesse, psychosomatischen Störungen usw. Die Tatsache, daß die bisherige Auseinandersetzung in der BRD sich besonders um Mädchen als Opfer und Männer als Täter gedreht hat, macht eine besondere Sorgfalt erforderlich, auch die Situation von sexuell mißbrauchten Jungen erkennen und verstehen zu lernen, um ihnen ebenfalls Offenheit und Hilfe entgegenbringen zu können. Das heißt auch, die Täterschaft von Frauen und Müttern als psychosoziales Faktum einzubeziehen, damit keine neuen Tabus errichtet werden, und zu erforschen, warum Sozialarbeit an der Tabuisierung des Themas teilgenommen hat bzw. immer noch teilnimmt.

Zu b): AnsprechpartnerIn
Persönlich AnsprechpartnerIn für Opfer von sexuellem Mißbrauch zu werden, heißt für deren sensible Antennen glaubwürdige Signale zu setzen, daß die dabei berührten Themen - Liebe und Sexualität, Geborgenheit und Schutz, Sexualität und Ausbeutung, Macht- und Gewaltverhältnisse in unserer Gesellschaft, Gewalt in der Familie, Ambivalenz von Gefühlen, Akzeptanz von Personen, Rechte von Mädchen und Jungen, weiblichen und männlichen Jugendlichen usw. - nicht auf Vorurteile und Überheblichkeit, Zurückweisung und Mißtrauen, Hilflosigkeit, Angst und Ohnmacht treffen, sondern auf Informiertheit, Akzeptanz der individuellen Person und ihrer Gefühle, auf Solidarität, Ehrlichkeit sowie den festen Willen zu einer menschlichen Umgangsweise mit den Betroffenen. Das beinhaltet auch die Notwendigkeit (Ermutigung), sich bewußt und eindeutig für oder gegen die konkrete, kontinuierliche Arbeit mit von sexuellem Mißbrauch Betroffenen zu entscheiden.
Prinzipiell müssen professionelle HelferInnen dafür sorgfältig ausgebildet bzw. weitergebildet und kontinuierlich kollegial unterstützt werden.

Zu c): Hilfe organisieren
Für Hilfe sorgen heißt nicht, sie selber geben zu müssen. Allerdings muß in einem Mißbrauchsfalle eine unterstützende, direkte und informierte Weitervermittlung geleistet werden. Das heißt, jede Mitarbeiterin und jeder Mitarbeiter sind nicht nur verpflichtet zu überprüfen, ob jemand anderes besser Hilfe leisten könnte, sondern sie müssen sich darüber hinaus auch die notwendigen Informationen aneignen, um sofort und konkret an die richtige Stelle oder Person, die auch einverstanden sein muß, vermitteln zu können. Klienten dürfen nicht hin- und hergeschoben werden (s.u. "Hilfen aus einer Hand").
Das erfordert institutionelle Kreativität, eine offene Diskussion über Möglichkeiten und Grenzen institutionellen Handelns sowie personzentriertes bzw. opferbezogenes, nicht amtsbezogenes Denken. Sich auf regionaler Ebene um ein konkretes berufliches Netzwerk zu bemühen, ist die Voraussetzung dafür. Auseinandersetzungen um bessere Arbeitsbedingungen, geringere Fallzahlen, lebendige Zusammenarbeit, alternative Projekte, neue Kooperationsformen usw. sind dringend notwendig. Sie erst sichern die Kinderschutzarbeit bzw. ermöglichen, sie weiter zu entwickeln.

Zu d): Präventiv arbeiten
Angesichts der ersten aus den USA importierten Präventionsprogramme, z.B. des CAPP - Child Abuse Prevention Project (s. NELSON & CLARK 1986, SALLER 1989b), muß die Verpflichtung zur präventiven Arbeit erklärt werden. Präventiv arbeiten heißt in unserem Verständnis, das eigene professionelle Handeln daraufhin zu überprüfen, ob es:

- den Tabus und Mythen zum sexuellen Mißbrauch entgegenarbeitet;
- das Problem des sexuellen Mißbrauchs offen diskutiert;
- die Rechte von Kindern vertritt (bei der Sicherstellung materieller Bedingungen, Öffnung der Institutionen, im Verkehr, bei Umweltfragen, beim Leistungsstreß in Schulen, bei der Selbstbestimmung von Aktivitäten ...);
- die Interessen von Jugendlichen auf eigene Lebensräume vertritt (z.B. Jugendwohngemeinschaften oder Jugendhotels), ohne sie zu Klienten zu machen;
- Kinder und Jugendliche autonomer, nicht abhängiger macht;
- sich für gezielte Hilfen einsetzt, die traditionellen Rollen von Mädchen und Jungen reflektiert, je spezifische Jungen- und Mädchenarbeit fördert;
- sich für alle Hilfen einsetzt, die die autonome Lebensplanung von Frauen und Mädchen fördern (z.B. öffentliche, qualitativ gute Kleinkinderziehung, Jobsharing, Stadtteilzentren, Mädchenwohngemeinschaften, Quotierung für Frauen in allen Ämtern, auch in den leitenden Funktionen der Sozialarbeit, eigene Aufenthalts- und Arbeitsrechte von ausländischen Frauen, Verbot von Sextourismus und die Werbung dafür ...);
- Gesetzesänderungen zuarbeitet, die die Gleichstellung der Frau fördern (Antidiskriminierungsgesetz, Gesetz gegen die Gewalt in der Ehe, "lack of consent" statt "erkennbarer Widerstand" als Kriterium für die sexuelle Selbstbestimmung von Frauen ...);
- sich nicht nur auf Frauen, sondern auch auf Männer richtet;
- keine Problemverschiebung vornimmt;
- Amtsgewalt vermeidet;
- Probleme nicht entpolitisiert. Usw. -

2.2 Die Aufgabenteilung zwischen Case-Management, Beratung/Begleitung und Therapie

Aufgrund der Tatsache, daß sexuell mißbrauchende männliche Erwachsene sehr selten ihre Tat zugeben und bereit sind, kontinuierliche Selbstveränderungsarbeit zu leisten, sondern vielmehr in der Regel mit allen rechtlichen Druckmitteln dazu gebracht werden müssen, den Schutz der Opfer nicht zu boykottieren bzw. zu erschweren und Kinder nicht weiter unter Druck zu setzen oder sexuell auszubeuten, müssen alle am Fall beteiligten HelferInnen - SozialarbeiterInnen im Amt, psychosoziale und therapeutische BeraterInnen und PädagogInnen in Schulen, Wohngruppen, Jugendhäusern, Kindergärten, BeraterInnen der Familie, der Berater des Täters, Anwältin oder Anwalt des Kindes - ihr Vorgehen planen, mit klarer, übersichtlicher und einsichtiger Kompetenzteilung für den Opferschutz sorgen und die Einhaltung jeglicher Vereinbarungen konsequent kontrollieren.

Mit anderen Worten: für jeden Fall von sexuellem Mißbrauch sollten die relevanten Personen in *Fallkonferenzen* zusammentreten, eine strikte *Arbeitsteilung* untereinander - natürlich entsprechend ihren beruflichen Kompetenzen und institutionellen Möglichkeiten -, die notwendigen Kooperationen und gegenseitigen Informationen sowie den weiteren Verlauf der Intervention besprechen. Das ist einerseits notwendig, um gemeinsam für den Schutz eines sexuell mißbrauchten Kindes sorgen zu können, und andererseits um sich nicht - vom Täter oder den anderen Familienmitgliedern - gegeneinander ausspielen zu lassen.

Die doppelte Funktion von *SozialarbeiterInnen im Allgemeinen Sozialen Dienst (ASD)*, qua Amt die Klienten beraten, aber auch kontrollieren zu müssen, macht eine Teilung der Funktionen sinnvoll. Da sie Sanktionen initiieren können, Kontrollinstanz sind, die Kinder aus der Familie nehmen, Auflagen machen und einen Sorgerechtsentzug durchführen und sogar zur Strafanzeige greifen können, wenn das Wohl des Kindes nicht anders zu gewährleisten ist, werden sie schwerlich gleichzeitig das nötige Vertrauensverhältnis für eine beratende oder therapeutische Tätigkeit (SALLER 1989a) sicherstellen können, derer das mißhandelte Kind aber dringend bedarf.

Das heißt, daß die Arbeit der SozialarbeiterInnen des ASD in sexuellen Mißbrauchsfällen ohne psychosoziale Beratung/Begleitung der Opfer wenig aussichtsreich - im Sinne wirklicher Hilfe - ist.

Auf der anderen Seite können *BeraterInnen und TherapeutInnen* auch nicht ohne die SozialarbeiterInnen im ASD auskommen, wenn sie einen erfolgreichen Opferschutz vor sexuellem Mißbrauch leisten wollen. Denn eine Therapie, die nicht gleichzeitig den Schutz des Opfers mit allen zur Verfügung stehenden rechtlichen Mitteln durchsetzt und kontrolliert, wirkt anti-therapeutisch (FÜRNISS 1990), provoziert eine immer größer werdende Diskrepanz zwischen Therapie und Realität und bringt ein sexuell mißbrauchtes Kind in eine große seelische Zwickmühle, aus der irgendwann vielleicht nur noch der Selbstmord als Ausweg möglich erscheint.

Case-Management bei sexueller Ausbeutung heißt also, die Intervention von TherapeutInnen, psychosozial Beratenden und SozialarbeitInnen im Amt (einschließlich der Initiierung von rechtlichen Maßnahmen) klar und deutlich zu planen, aufeinander abzustimmen und dafür Methoden (Arbeitsteilung im Amt, Fallkonferenzen) und interinstitutionelle Strukturen zu entwickeln (s. hierzu folgende Skizze).

2.3 Die Fallorganisation – Case-Management bei sexuellem Mißbrauch

Die Bereiche, in denen sich SozialarbeiterInnen u.a. auskennen müssen, um eine kompetente Fallorganisation erreichen zu können, sind:

- der Allgemeine Soziale Dienst (Familienfürsorge, die Arbeit auf der Sozialstation...);
- Kooperationen und Kompetenzabgrenzungen mit und gegenüber der Polizei, dem Strafgericht, der Bewährungshilfe;
- Kooperationen und Kompetenzabgrenzungen mit und gegenüber dem Vormundschafts- und Familiengericht;
- ärztliche Betreuung;
- lokale Ressourcen für ökonomische, rechtliche, psychosoziale und therapeutische Hilfen.

In der Regel übernehmen die SozialarbeiterInnen im Allgemeinen Sozialen Dienst die Fallplanung und -organisation (Case Management). Von ihnen hängt hauptsächlich ab, ob im Sinne des Kinderschutzes erfolgreich gehandelt werden kann oder nicht.

Die Fallorganisation kann in folgende *Schritte* zerlegt werden:

a) Die Meldung - durch Dritte - *entgegennehmen*; wenn möglich weitergehenden Kontakt aufnehmen, das Motiv zur Meldung klären; den Kontakt möglichst erhalten, beruhigen und bitten, die Meldung nicht weiterzusagen; ansonsten deutlich machen, daß die Verantwortung (vom Amt) übernommen wird.

Case-Management im interinstitutionellen Netzwerk

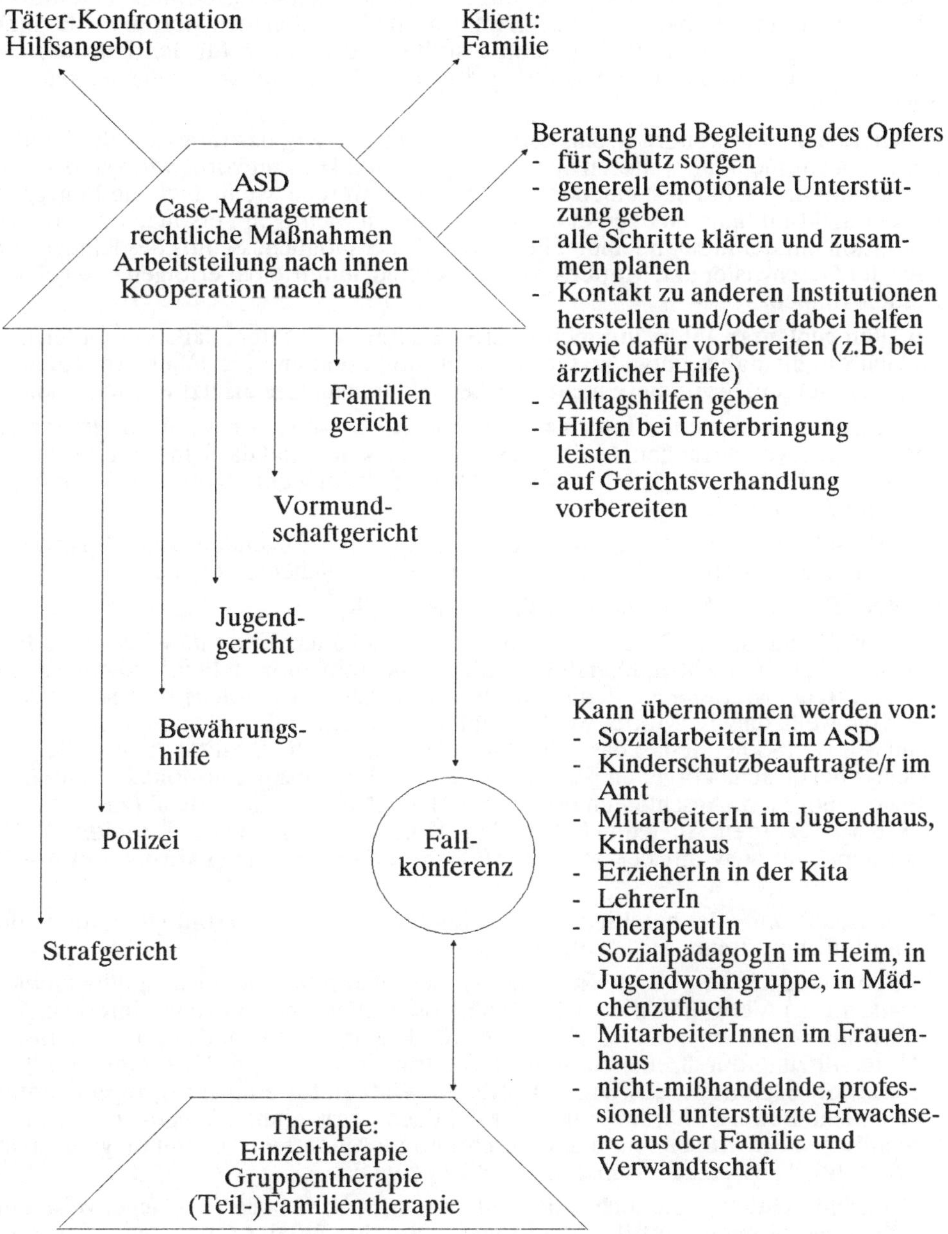

b) Je nach Vereinbarung im Amt, den vermuteten *Mißbrauchsfall an die Oberfürsorgerin melden*, eine bestimmte Kollegin oder einen bestimmten Kollegen hinzuziehen, die Möglichkeiten der weiteren Untersuchung, Gespräche, Interviews, Beobachtungen, Kooperationen usw. gemeinsam überlegen und planen;

eine Arbeitsteilung zwischen Opferberatung/-begleitung und Case-Management sollte bereits generell vereinbart sein, jedoch im Einzelfall von den involvierten KollegInnen nochmals abgesprochen werden; ebenso sollten Regelungen für den Fall getroffen sein, daß die Opferberatung/-begleitung von einer Person außerhalb des Amtes übernommen wird;

gesichert sein muß weiterhin, daß keine Intervention - z.B. das Interview des Kindes - erfolgt, bevor nicht die weiteren Schritte geplant und konkret vorbereitet sind; ein Interview mit dem Kind darf erst dann durchgeführt werden, wenn auch die Begegnung mit der nicht-mißhandelnden Person sowie anderen wichtigen Personen und die Konfrontation mit der mißhandelnden Person sowie der mögliche Schutz des Kindes - und auch der Geschwister und Mutter - vorbereitet sind, unmittelbar erfolgen und geleistet werden können;

bei allen geplanten Interventionen ist streng darauf zu achten, daß dem Opfer nicht einfach die bis dahin entwickelten und funktionierenden Überlebensstrategien genommen werden, bevor diese nicht zuverlässig durch andere ersetzt worden sind.

c) Wenn die gesammelten Informationen zu dem begründeten Verdacht geführt haben, daß man von sexuellem Mißbrauch ausgehen kann, und das Kind interviewt werden soll, muß klar sein, daß der Prozeß der Offenlegung eine Krise auslöst und eine *Krisenintervention* verlangt;

von der sorgfältigen Planung und Durchführung aller folgenden Schritte sowie der emotionalen Begleitung hängt der weitere Verlauf entscheidend mit ab.

FÜRNISS (1990) erklärte die Vorgehensweise wie folgt:

Wichtig sei, zuerst das Opfer zu hören! Sinnvoll sei auch, wenn möglich schon beim Erstinterview die nicht-mißhandelnde Mutter dorthin zu bestellen, und das Kind in Gegenwart der Mutter die Offenlegung machen (oder wiederholen) zu lassen.("Damit das Kind weiß, daß die Mutter weiß..." und die Mutter die Offenlegung nicht leugnen kann. FÜRNISS nennt das, das "Übergabe-Treffen, um die Realität zu installieren!") Wichtig bei diesem Vorgehen ist, der Mutter eine Person zur emotionalen Unterstützung beizuordnen. Anschließend können evtl. noch andere Betroffene (z.B. Geschwister) befragt werden. Auf jeden Fall muß die Konfrontation mit dem Täter unmittelbar nach dem Interview mit der Mutter erfolgen und entsprechend vorbereitet worden sein.

d) Die Kooperation der beteiligten professionellen HelferInnen sollte über die Fallorganisation abgestimmt werden, bezüglich:

- Interview durchführen und Schutz des Kindes sichern (mit der nicht-mißhandelnden Mutter oder Verwandten oder Freunden; oder über eine sofortige Unterbringung, im Kinder- und Jugendnotdienst, einer Mädchenzuflucht) und für die emotionale Unterstützung durch eine zusätzliche Vertrauensperson (in Abstimmung mit der Beraterin/Begleiterin des Opfers) sorgen; eventuell für eine ärztliche Behandlung (mögliche Beweissicherung mitberücksichtigen) sorgen und die dafür notwendigen rechtlichen Schritte einleiten und durchführen (Aufenthaltsbestimmungsrecht vorübergehend aussetzen lassen, Sorgerechtsentzug usw.).
- Beratende Hilfe für die nicht-mißhandelnde Mutter sichern (möglicherweise auch selbst übernehmen), auf ihre emotionale Situation bei der Offenlegung eingehen,

klären, ob sie - unterstützt - bereit und in der Lage ist, sich auf die Seite des Kindes zu stellen; wenn sie dem Kind nicht glaubt oder Angst hat, selber geschlagen, mißhandelt zu werden, kann sie das Kind nicht schützen); Möglichkeiten des weiteren Handelns aufzeigen, emotionale Unterstützung, Alltagshilfen, rechtliche Vertretung usw. geben bzw. vermitteln.

- Konfrontation mit Täter oder Täterin planen, delegieren oder herbeiführen: Forderungen bzgl. Schonung und Trennung vom Opfer stellen; sonstige Möglichkeiten bzgl. der Trennung von Opfer und Täter überlegen und vorbereiten; Therapiehilfe erklären; TäterIn über die Folgen des Mißbrauchs aufklären.

e) Beurteilung der Vorfälle - zusammen mit einer Vertrauensperson besprechen; weitergehende Fallplanung vornehmen; Fallkonferenz vorbereiten, einberufen, leiten ... .

f) Weitere Informationen sammeln, eine Liste aller für das Opfer auftauchenden Probleme erstellen, das gleiche für die anderen Familienmitglieder; Problemlösungsschritte festlegen; Realisierung überprüfen.

g) Gesamtsituation beurteilen, evtl. Revision der Fallorganisation vornehmen und entsprechend in einer Fallkonferenz besprechen und absprechen; die Aufgaben und die Art der gegenseitigen inter-institutionellen Information und Kooperation den KlientInnen erklären; die KlientInnen genau über Absprachen informieren und darüber, was passiert, wenn Vereinbarungen nicht eingehalten werden.

h) Handlungsschritte und Ergebnisse im kontinuierlichen Kontakt mit allen beteiligten Instanzen ständig *überprüfen*; evtl. Vorgehen revidieren, andere Schritte einleiten; evtl. neue Fallkonferenz einberufen usw.

i) Im Falle, daß es zu einem Strafgerichtsprozeß kommt, absprechen, durch wen das Mädchen vorbereitet wird. Hierzu ist anzumerken, daß SozialarbeiterInnen nicht anzeigepflichtig sind. Ob sie anzeigen sollten, ist nur im Einzelfall und unter dem Kriterium von Schutz und Wohlergehen für das Opfer zu beantworten. (Siehe dazu ENDERS 1990, S. 182-206; WILDWASSER NÜRNBERG 1988; MOHRBACHER 1989, S. 85-93)

j) Die Intervention beenden.

2.4 Beratung und Begleitung des sexuell mißbrauchten Mädchens, Jungen

Zunächst möchte ich klarstellen, daß ich von einer je unterschiedlichen Situation und emotionalen Verfassung der bei sexuellem Mißbrauch betroffenen Personen ausgehe, was in der Konsequenz heißt, daß die einzelnen Personen getrennte Beratung, Therapie, Selbsthilfegruppen usw. brauchen.

SozialarbeiterInnen und SozialpädagogInnen, die sich für eine solche Arbeit entschieden haben - im folgenden soll von der Arbeit mit Opfern ausgegangen werden, müssen:

a) sich in der Beratung und Hilfe der Opfer kompetent machen;
b) differenziert tatsächlich gegebene Kooperationsmöglichkeiten recherchieren und diese zum Wohle der Klientin bzw. des Klienten und im Sinne von "Hilfe aus einer Hand" aktivieren;
c) zur Entwicklung und Sicherung der eigenen Kompetenz und zur persönlichen Entlastung ein berufliches Netzwerk knüpfen.

Zu a): Sich kompetent machen

Für Beratung und Hilfe der Opfer sich kompetent machen, heißt im einzelnen zu klären:

- welche Hilfen für Kinder und Jugendliche möglich sind, wenn der berechtigte Verdacht auf sexuellen Mißbrauch besteht;
- wie herausgefunden werden kann, ob es sich um sexuellen Mißbrauch handelt, ohne über den Kopf der Kinder und Jugendlichen hinweg zu handeln;
- wie durch meine oder anderer Instanzen Intervention der Schutz des Kindes gewährleistet werden kann (Kooperation mit ASD, z.B. bzgl. Offenlegung des sexuellen Mißbrauchs, Interview des Kindes, der Mutter, Konfrontation des Täters);
- wer die Fallberatung und Fallorganisation übernimmt;
- welches zuverlässige Hilfsangebot ich machen kann;
- welche Begleitung und Unterstützung das Opfer braucht;
- wie die Kooperation mit anderen Stellen zum Schutz des Opfers und ohne Amtsgewalt gesichert werden kann (dazu siehe b)).

Zu b): Kooperationsmöglichkeiten recherchieren

Sich differenziert und konkret über Kooperationsmöglichkeiten informieren, diese suchen und zum Wohle der Klientin oder des Klienten und im Sinne von "Hilfe aus einer Hand" einsetzen, heißt im einzelnen zu klären:

- wie das Kind vor weiterem sexuellen Mißbrauch geschützt werden kann;
- wo BündnispartnerInnen zu finden sind;
- wie das soziale Netz der Betroffenen aktiviert werden kann;
- ob institutionelle flankierende Hilfen möglich sind (Krippe, Kindergarten, Schule, Freizeitinstitutionen, Familienhilfe usw.);
- welche medizinische Hilfen möglich bzw. nötig sind;
- ob eine Strafanzeige zum Schutz des Kindes notwendig bzw. z.B. von Jugendlichen oder nicht-mißhandelnden Erwachsenen geplant wird;
- wie eine Nebenklage oder rechtliche Beratung gesichert werden kann;
- wie die Vorbereitung auf einen Gerichtsprozeß und der größtmögliche Schutz des Opfers geleistet werden kann;
- wie die weitere Lebensplanung unterstützt werden kann - z.B. durch Kindertagesstätten- und Schulbesuch, berufliche Orientierungshilfen, Selbsthilfegruppen usw.;
- welche therapeutischen Hilfen notwendig erscheinen und angeboten werden können u.a.m.

Zu c): Berufliches Netzwerk knüpfen

Zur Absicherung der eigenen Kompetenz und zur persönlichen Entlastung ein berufliches Netzwerk knüpfen, heißt im einzelnen zu klären:

- mit welcher Kollegin, welchem Kollegen ich mich bei Verdacht oder Offenlegung von sexuellem Mißbrauch sofort beratend austauschen kann;
- daß Teambesprechungen regelmäßig stattfinden;
- daß Fallsupervisionen und Weiterbildung möglich sind;
- daß Berufsgruppen zur Lösung des Problems des sexuellen Mißbrauchs entstehen;
- daß berufspolitische Forderungen diskutiert und an die Öffentlichkeit getragen werden;
- daß Arbeitsbedingungen für einen effektiven und sinnvollen Kinderschutz gefordert werden;
- wie ich mein privates Netzwerk persönlich sichern und meine berufliche Arbeit von meinem privaten Bereich abgrenzen kann.

In der Situation der Offenlegung von sexuellem Mißbrauch bestimmt das Gespräch bzw. Interview mit dem Opfer weitgehend, ob ein Vertrauensverhältnis zwischen dem Mädchen oder dem Jungen und der professionellen Helferin oder dem professionellen

Helfer entsteht oder nicht. Sein Verlauf wirkt sich entscheidend auf den weiteren Fortgang aus. Die wichtigsten Aspekte, die bei einem entsprechenden Interview beachtet werden müssen, sollen im folgenden benannt werden. Sie müssen entsprechend diskutiert, ergänzt und ihre Umsetzung in die Praxis geübt werden.

Interview mit dem Opfer

Je nachdem welche Vorgeschichte dem Interview vorausgeht, muß das Kind bzw. die oder der Jugendliche ermutigt werden zu erzählen, was in bezug auf den sexuellen Mißbrauch vorgefallen ist. Dabei ist es häufig notwendig, Ausdruckshilfen zu geben; die Opfer schämen sich auszusprechen, was ihnen angetan wurde.

Wichtig ist, die eigenen Emotionen zurückzuhalten und auf die emotionale Verfassung des Gegenüber einzugehen, d.h. zu helfen, die Emotionen auszudrücken (Angst, Scham, Schuldgefühle; das Gefühl, nichts wert zu sein; Loyalitätskonflikte ...) sowie besonders auch auf ambivalente Gefühle einzugehen (es ist wichtig für das Kind auszudrücken, daß es möglicherweise den Täter/die Täterin liebt und nicht verlieren will, aber bzgl. des Mißbrauchsaktes haßt; daß es Angst hat, daß sich nichts ändert, aber auch jede Veränderung fürchtet usw.; - und, daß die Gefühle wechseln können).

Das sexuelle mißbrauchte Kind braucht *klare "Botschaften"*. Darum ist es angezeigt, das ich als Helferin z.B. dem Mädchen deutlich sage,

- daß ich es mutig und gut finde, daß es über den Mißbrauch gesprochen hat, (die emotionale Stärke der Offenlegung anerkennen, aber auch die Unsicherheit darüber ansprechen);
- daß sexueller Mißbrauch auch anderen Kindern und Jugendlichen passiert, daß es nicht das einzige sei (Kinder haben in der Regel das Gefühl, daß es ihre Schuld sei, daß etwas an ihnen verkehrt sei, und es darum zum sexuellen Mißbrauch gekommen ist: "Warum ausgerechnet ich?");
- daß ich ernst nehme und in der Regel glaube, was Opfer mir erzählen, also auch ihm glaube (Kinder lügen in der Regel nicht, wenn sie den Mißbrauch benennen, höchstens um ihn abzuschwächen; sie haben häufig schon mehrere Versuche hinter sich, Teilinformationen zu geben oder Offenlegungen zu machen, ohne daß ihnen geglaubt wurde);
- daß die Verantwortung beim mißbrauchenden Erwachsenen liege, was immer auch vorgefallen sein mag, und nicht bei ihm (das Kind entlasten); und daß auch alle weiteren Schritte (Teilung der Familie, möglicherweise ein Gerichtsprozeß, Wut der Geschwister, Enttäuschung der Mutter ...) durch den Täter zu verantworten seien, als durch den sexuellen Mißbrauch entstandene;
- daß ich Verantwortung für Hilfen übernehme (das Kind entlasten; die vermeindliche Verantwortung für den Mißbrauch, die emotionale Verfassung von Täter oder Täterin, die Sorge, daß er bzw. sie angezeigt werden und ins Gefängnis kommen, die sich selbst zugeschriebene Verantwortung für die Existenz der Familie und deren Zusammenhalt sind eine schwere Bürde für das Kind);
- was ich von der Verpflichtung zur Geheimhaltung halte (die Kinder brauchen Hilfestellung, um zu verstehen, warum die Geheimhaltung den Täter schützt und für das Opfer eine Falle ist; was Drohungen bewirken, daß es für die Konsequenzen aus der Geheimhaltung ebenso wenig verantwortlich ist wie für wahrgemachte Drohungen) und warum es richtig und wichtig war, das Geheimnis zu brechen.

Überlegungen zum Schutz des mißbrauchten Kindes

Diese sind immer dringlich; sie werden mit dem Ziel angestellt, möglichst den Täter vom Kind zu trennen und nicht umgekehrt, sowie das Kind in der gewohnten Umgebung zu lassen. Wenn das nicht möglich ist, muß sich um die Erhaltung der wichtigen, gewohnten Kontakte bemüht werden. Was heißt das im einzelnen? -

Die Gefährdung des Kindes klären (nach SGROI 1982; 1987, S. 91 ff.):

- Das Kind fragen, wie es sich nach der Offenlegung fühlt, ob es Angst hat oder sich sicher fühlt und ob es zu wissen glaubt, wie die ausbeutende Person und die anderen Familienmitglieder reagieren werden. Ein Kind, das Angst hat nach Hause zu gehen oder das um Schutz bittet, ist hierin sehr ernst zu nehmen; es muß für eine vom Täter getrennte Unterkunft gesorgt werden.
- Das Kind fragen, welche Strafen, Gewalterfahrungen, Drohungen es bisher innerhalb und außerhalb der Familie und in Zusammenhang mit dem sexuellen Mißbrauch gemacht hat. Was ist bisher in welchem Zusammenhang passiert? Welche Personen waren beteiligt? Wurden gefährliche Gegenstände benutzt?

Die Unterstützungsmöglichkeiten durch andere klären:

- Sind unterstützende Personen in der Familie oder im Alltag des Kindes vorhanden? Es kann allerdings von keiner dieser Personen als selbstverständlich erwartet werden, daß sie Partei für das sexuell mißbrauchte Kind ergreifen; hier ist genaue und aktuelle Abklärung erforderlich.

Fragen bezüglich der möglichen Unterstützung/Nicht-Unterstützung sind:

- Wurde schon ein Versuch gemacht, der Person vom Mißbrauch zu erzählen? Wie hat sie reagiert?
- Falls ihr der sexuelle Mißbrauch bereits bekannt war, wie hat sie reagiert? Was wurde gesagt? Wie wurde Sympathie, Hilfe oder Unglauben ausgedrückt? Wie wurde auf andere Personen reagiert?
- Welche sonstige individuelle Erfahrung gibt es mit der jeweiligen Person? Welche Hilfe wurde angeboten und realisiert? Wie wurde Verständnis signalisiert? Als wie zuverlässig bzw. unzuverlässig wurde die Person erlebt?
- Wie ist die augenblickliche Einstellung zum Kind? Und zum Mißbrauch? Glaubt sie ihm? Hat sie versucht zu trösten, Verständnis gezeigt, geholfen? Mißtraut sie dem Opfer oder beschuldigt sie es gar? Wendet sie sich ab? Hält sie vielleicht alles für erfunden?
- Wie ist der Verwandtschaftsgrad und die Einstellung zum sexuell ausbeutenden Erwachsenen?

Professionelle HelferInnen müssen sich stets der Gefahr bewußt sein, daß sie selber leicht ein Opfer der Dynamik des Mißbrauchs werden, zu MitspielerInnen im sozialen und psychodynamischen Geschehen werden können. Sie *dürfen die Dynamik nicht mitagierend weiter anheizen*. D.h., sie dürfen:

- sich nicht von der Krisensituation überwältigen lassen und das Kind, die Mutter u.a. mit ihrem Entsetzen, ihrer Wut, Angst, ihren Emotionen, mit Mißtrauen und u.U. mit Panik überschütten; die Betroffenen ziehen sich dann schnell zurück, nehmen die Offenlegung zurück, verstummen;
- sich nicht zur Geheimhaltung verpflichten lassen;
- nicht über den Kopf des Kindes oder des Jugendlichen hinweg entscheiden,
- das Kind, die Mutter, die Geschwister nicht nur als Opfer oder Mitbetroffene ansprechen, sondern als Persönlichkeiten, die mehr sind als nur Opfer und Surviver, die

auch Freunde haben, Verwandte, zur Schule gehen, andere Interessen haben, andere Ängste usw.

Teamsupervision, Teambesprechungen und berufliche Unterstützungssysteme sollten das professionelle Handeln in solchen Fällen begleiten, um zu den Betroffenen die Nähe herstellen bzw. die Distanz halten zu können, die für eine wirkungsvolle Hilfe unabdingbar sind.

2.5 Strategien für den Umgang mit den Folgeproblemen sexuellen Mißbrauchs an Mädchen und Jungen

Wie bereits erwähnt, ist in der BRD die öffentliche Diskussion um den sexuellen Mißbrauch an Mädchen und Jungen erst in den letzten Jahren in Gang gekommen. Initiativen von Regierungsseite, umfangreiche sozialpolitische Maßnahmen und eine offiziell erklärte Politik gegen den sexuellen Mißbrauch an Mädchen und Jungen gibt es nicht.Für im psychosozialen Dienst Tätige heißt das, im Wirrwarr von theoretischen und praktischen Überlegungen, Kompetenz- und Zuständigkeitsfragen individuell einen Weg zum Schutz von Kindern suchen zu müssen. Mit anderen Worten: SozialarbeiterInnen und andere helfende Professionelle sind weitgehend mit ihrem eigenen beruflichen Anspruch, Kinder vor sexueller und anderer Gewalt - auch Amtsgewalt - schützen zu wollen, alleingelassen. Ohne offiziell abgesprochene und unterstützende Strategie aber geraten sie leicht in Gefahr, selber Opfer unklarer Gesetzesauslegungen, Amtsstrukturen und Handlungsstrategien zu werden.

Diskutiert werden in der Regel zwei gegensätzliche Strategien resp. Konzeptionen - vor allem im Bereich der Beratungsstellen des Kinderschutzbundes und der "Wildwasser"-Beratungsstellen. Die erste kann unter dem Stichwort *"Hilfe statt Strafe"* gefaßt werden; sie zielt auf das Angebot an Opfer, Familie und TäterIn beratend helfen zu wollen, ohne Strafanzeige zu erstatten. Demgegenüber vertritt eine zweite Konzeption die Notwendigkeit zur sofortigen *Zusammenarbeit von beratenden und strafverfolgenden Instanzen* (Polizei, Vormundschaftsgericht, Staatsanwalt); dies wird vorrangig damit begründet, daß es sich bei sexueller Mißhandlung von Kindern um den Machtmißbrauch eines Erwachsenen unter Ausnutzung seiner Vertrauens- und Autoritätsstellung handele, was nur mit "mehr Macht als sie der Täter hat" unterbunden werden könne; außerdem handele es sich um eine Straftat, bei der der Staat das Recht und die Verpflichtung zum Schutz der Opfer und zur Bestrafung der Täter habe. Darüber hinaus gehen diese Überlegungen von einer in der internationalen Fachwelt anerkannten These aus, daß bei der Verfolgung von sexuellem Mißbrauch an Kindern keine Institution allein effektiv arbeiten kann: "...ohne die Arbeit und Handlungsorientierung der Institutionen zu koordinieren und ihnen eine gemeinsame Zielsetzung zu geben, können Täter und ihre Verbündeten die Opfer manipulieren, verwirren und isolieren." (New South Wales Child Protection Council 1986, S. 7)

Tatsächlich scheint es äußerst selten zu sein, daß Täter ohne Druck von außen geständig, reumütig, therapiewillig und therapeutisch zu beeinflussen sind. Wiederholungstaten dagegen kommen sehr häufig vor. Die Erfahrung in der Arbeit mit Fällen sexueller Mißhandlung von Kindern hat gezeigt, daß die helfenden Instanzen in der Regel nur unter Einsatz aller zur Verfügung stehender rechtlichen Mittel und in sehr gut abgestimmter Kooperation ausreichend für die Opfer und deren Familie sorgen können.

In der Praxis haben sich allerdings beide konzeptuellen Positionen längst angenähert: die MitarbeiterInnen vom *Kinderschutzbund* vertreten weitgehend, daß sie Therapie ohne kontrollierende Sozialarbeit (alle rechtlichen Maßnahmen außer Strafanzeige) nicht durchführen können; und auch die Mitarbeiterinnen von *"Wildwasser"* stellen nicht einfach Strafanzeige und sehen darin die Lösung, sondern richten ihr Handeln am Wohl des Kindes und dem Willen der weiblichen Jugendlichen aus. Sie wollen, wie auch der Kinderschutzbund, unter allen Umständen vermeiden, Mädchen zum Objekt von Entscheidungen anderer oder von Amtsgewalt werden zu lassen. Außerdem ist das Mißtrauen in den Umgang mit und die Rechtsprechung gegenüber Opfern sexueller Gewalt groß.

Ein anderer kontroverser Gesichtspunkt ist, inwieweit und in welchem Rahmen mit den Opfern, den nicht-mißhandelnden, von der sexuellen Ausbeutung Betroffenen und mit den mißhandelnden Personen beratend und therapeutisch gearbeitet werden sollte. Der Kinderschutzbund vertritt die Meinung, daß die ganze (zum Teil auch erweiterte) Familie, in der sexueller Mißbrauch stattgefunden hat, Hilfe braucht, weil der Macht- und Vertrauensmißbrauch und der Zwang zur Geheimhaltung der sexuellen Ausbeutung die Atmosphäre in der Familie und alle Beziehungen zwischen den Familienmitgliedern (zwischen Täter und Opfer, nicht-mißhandelnden Personen und Opfer, zwischen den Erwachsenen, Opfer und Geschwistern) sehr belastet und verändert hat. Die einzelnen Beratungsstellen aber gehen unterschiedlich damit um; einige holen die ganze Familie in die Beratungsstelle und arbeiten mit allen zusammen, andere dagegen arbeiten in ihrer Beratungsstelle mit den Familienmitgliedern je einzeln, weil deren Betroffenheit von sexuellem Mißbrauch sehr verschieden sei - und daher unterschiedliche individuelle Hilfestellung nötig mache; wieder andere trennen auch institutionell deutlicher zwischen der Hilfe für die Opfer und nicht-mißhandelnden Personen sowie der Haltung gegenüber den Tätern; so ist letzteren der Zutritt zur Beratungsstelle verboten; ihnen wird aber möglichst eine Beratung außerhalb vermittelt; ggfs. sollen sie mit den möglichen rechtlichen Mittel zur Kooperation gezwungen werden.

Feministische Beratungsstellen beraten ausschließlich Mädchen (selten unter 12 Jahre), weibliche Jugendliche und Frauen. Von ihrem Ansatz aus ist das konsequent und für diejenigen, die Hilfe suchen, überschaubar und ein wichtiger Schutz. Feministinnen haben mit dem sogenannten "ganzheitlichen Ansatz" ihrer Beratung und mit ihren Forderungen nach Mädchen- und Frauenräumen u.a. verdeutlicht, daß Opfer sexuellen Mißbrauchs einen sicheren Raum brauchen, um den Mißbrauch überhaupt offenlegen zu können; und: daß sie zwar Hilfe brauchen, aber nicht ausschließlich Opfer sind, sondern *auch Survivers*, die jeder Fremdbestimmung mit größtem Mißtrauen begegnen und Möglichkeiten brauchen, nach selbstbestimmten Lebensperspektiven suchen zu können.

Unterschiede innerhalb der feministischen Beratung beziehen sich darauf, welche Bezugspunkte in der Beratung mit antizipiert werden: ob die Auseinandersetzung und die Konflikte in der Familie sowie die Beziehungen zum Täter bzw. zur Täterin bearbeitet werden oder nicht; ob Parteiergreifen für die Opfer auch einschließt, sich als HelferIn mit der Konfrontation und mit offensiven Forderungen an die Täter auseinanderzusetzen; ob die Parteinahme für die weiblichen Opfer/Surviver als eine Art "Arbeitsteilung" unter Beratungsinstitutionen und/oder unter Frauen und Männern verstanden wird oder als allgemeines Konzept, in dem die Täter ausgeblendet werden und Beratung oder therapeutische Hilfe für sie nicht vorgesehen ist.

Abgesehen davon also, daß es in den "Kinderschutzbundpositionen" und "Wildwasserpositionen" in einigen Aspekten Annäherungen gegeben hat, möchte ich die Diskussion im folgenden in eine andere Richtung lenken. Meine *Fragestellung* ist, ob es sich bei den beiden, theoretisch und praktisch miteinander konkurrierende Konzeptionen auch um sich gegenseitig ergänzende Modelle handeln könnte.

Ausgangspunkt dieser Betrachtungsweise ist folgende *Hypothese*: Die Betroffenen von sexuellem Mißbrauch (Opfer wie TäterInnen) gehören verschiedenen Sozialschichten an und mehrheitlich anderen als die in den Beratungseinrichtungen, den Sozialen Diensten Tätigen und die juristischen Repräsentanten; damit zeigen sich nicht nur Unterschiede bezüglich der für sie gültigen Normen und Werte, sondern sie haben auch in sehr unterschiedlicher Art und Weise Zugang zum wohlfahrtsstaatlichen Kontroll- und Beratungssystem.

Sie unterscheiden sich aber auch durch eine andere Gewichtung der Positionen im Geschlechterverhältnis (Mann-Frau, Mann-Mädchen, Frau-Mädchen, Frau-Junge) und im Generationenverhältnis (Eltern-Kind, Vater-Tochter, Vater-Sohn, Mutter-Tochter, Mutter-Sohn, Onkel-Nichte, Großvater-Enkelin usw.); damit sind wiederum unterschiedliche Werte und Normen verbunden, geprägt durch Macht- und Vertrauensverhältnisse sowie die Stellung in der Gesellschaft, der Familie, die den einzelnen Personen wie diese sich selbst bestimmte Rechte und Pflichten zuweisen, einfordern lassen usw.

Hinzu kommt, wie wir weiter oben zur Mehr-Faktoren-Analyse ausgeführt haben, daß die Ursachen dafür, warum jemand Kinder sexuell mißbraucht, nicht geklärt sind und als sehr vielschichtig und mit gravierenden individuellen Unterschieden, welche u.U. auch in den kontroversen Modellen zum Ausdruck kommen, angenommen werden müssen.Zu prüfen ist deswegen, ob die verschiedenen professionellen Handlungsansätze gegenüber sexuellem Mißbrauch hinlänglich die Widersprüchlichkeiten, die aus der verschiedenen Schichtzugehörigkeit von Klienten sowie von Klienten und Beratern, den Widersprüchen und Unterschieden im Geschlechter- und Generationenverhältnis von Opfern und TäterInnen und dem unterschiedlichen Verhältnis von Privatheit und Öffentlichkeit resultieren, reflektieren.

Eine solchermaßen *differenzierte Betrachtungsweise* müßte sich auch in der Hypothesenbildung niederschlagen - und zwar in bezug auf:

- die Sichtweise der Konfliktsituation für das Opfer,
- die Fallorganisation mit rechtlichen Sanktionen,
- die Therapiepläne für Opfer und nichtmißhandelnde Personen,
- den Therapieerfolg - im Hinblick auf eine autonome Lebensführung für weibliche und männliche Opfer/Survivers,
- den Behandlungserfolg bei Täter und Täterinnen - in bezug auf die Abwendung von Wiederholungstaten,
- langfristige Strategien zur Reduzierung von sexuellem Mißbrauch an Mädchen und Jungen,
- den gesellschaftlichen Auftrag der helfenden Einrichtungen und Instanzen.

Mit Blick auf die oben formulierte Hypothese heißt das, daß die verschiedenen Ansätze in der Beratungsarbeit bei sexuellem Mißbrauch an Mädchen und Jungen den Versuch darstellen, auf die unterschiedliche Beschreibung und Einschätzung des gesellschaftlichen Normensystems, in dem die Opfer/Surviver, die nicht-mißhandelnden Erwachsenen und die Täter/Täterinnen, aber auch die beratenden Männer und Frauen ihren Platz einnehmen bzw. sich suchen, zu reagieren.

Literatur

ANTWORT DER BUNDESREGIERUNG AUF DIE GROSSE ANFRAGE DER GRÜNEN IM BUNDESTAG. Bonn 1985.

ARAJI, Sharon; FINKELHOR, David: Abusers: A Review of the Research. In: FINKELHOR, D. and ASSOCIATES: A Sourcebook on Child Sexual Abuse. California 1986.

BANNING, Anne: Mother-son incest: confronting a prejustice. In: Child Abuse and Neglect, 4, 1989, S. 563-569.

BAURMANN, Michael, C.: Sexualität, Gewalt und die Folgen für das Opfer. Wiesbaden 1985.

BOTT, Heinz: Methodische und fachliche Hilfen für in der Praxis direkt betroffene Mitarbeiterinnen und Mitarbeiter. Karlsruhe 1987.

BUNDESKRIMINALAMT WIESBADEN (Hrsg.): Polizeiliche Kriminalstatistik 1988. Wiesbaden 1989.

CAMPBELL, Cat: Sexueller Mißbrauch von Kindern - wie gehen wir damit um? Auszüge eines Untersuchungsberichts anläßlich eines Seminars im South West Women's Child Sexual Assault Resource Centre mit dem Thema: "Die Lücken identifizieren." Sydney 1987. Übersetzung W. Wüstenberg.

CONTE, Jon R.; WOLF, Steven; SMITH, Tim: What sexual offenders tell us about prevention strategies. In: Child Abuse and Neglect, 2, 1989, S. 293-301.

ENDERS, Ursula (Hrsg.): Zart war ich, bitter war's. Köln 1990.

FALLER, Kathleen C.: Characteristics of a clinical sample of sexually abused children: How boy and girl victims differ. In: Child Abuse and Neglect, 2, 1989, S. 281-291.

FINKELHOR, David: Child Sexual Abuse: New Theory and Research. New York 1984.

FINKELHOR, David and ASSOCIATES: A Sourcebook on Child Sexual Abuse. California 1986.

FÜRNISS, Tilman: Multiprofessionelle Kooperation bei sexuellem Mißbrauch von Kindern. Vortrag am 22.2.1990 auf dem Internationalen Kongreß in Berlin: Sexueller Mißbrauch von Kindern und Jugendlichen in der Familie. Persönliche Mitschrift W. Wüstenberg.

GARDINER-SIRTL, Angelika (Hrsg.): Als Kind mißbraucht. Frauen brechen das Schweigen. München 1983.

GLÖER, Nele; SCHMIEDESKAMP-BÖHLER, Irmgard: Verlorene Kindheit. Jungen als Opfer sexueller Gewalt. München 1990.

MALTZ, Wendy; HOLMAN, Beverly: Incest and Sexuality. Canada, USA 1987.

MATHEWS, Ruth; KINDER MATHEWS, Jane; SPELTZ, Kate: Female Sexual Offenders: An Exploratory Study. Unveröffentlichtes Manuskript. 1988.

MC CATHY, L.M.: Mother-child incest: Characteristics of the offender. In: Child Welfare, 5, 1986, S. 447 -459.

MILLER, Alice: Du sollst nicht merken. Frankfurt/M. 1981.

MOHRBACHER, Regina: Vorgehensweise bei Kenntnis von sexuellem Mißbrauch an Mädchen. In: WILDWASSER WIESBADEN E.V.: Dokumentation eines Öffentlichkeitsprojektes: Sexueller Mißbrauch an Mädchen ist Gewalt. Wiesbaden 1989, S. 85-93.

NELSON, Mary; CLARK, Kay (Hrsg.): The Educator's Guide to Preventing Child Sexual Abuse. Santa Cruz, CA 1986.

NEW SOUTH WALES PROTECTION COUNCIL: Philosophy, Goals, Objectives of the NSW-Child Sexual Assault Programme. St. James, Sydney 1986, S. 5-8.

RIJNAARTS, Josephine: Lots Töchter. Düsseldorf 1988.

SALLER, Helga: Sexuelle Ausbeutung von Kindern. In: PRO FAMILIA Magazin, 5, 1987, S. 4-8.

SALLER, Helga: Ohne Vertrauen geht gar nichts. In: Kinderschutz aktuell, 2, 1989a.

SALLER, Helga: Prävention von sexueller Ausbeutung von Kindern - Möglichkeiten und Grenzen. Dokumentation der Fachtagung: Sexuelle Mißhandlung von Kindern. Kiel 1989, S. 24- 1b.

SCHNACK, Dieter; NEUTZLING, Rainer: Kleine Helden in Not. Jungen auf der Suche nach Männlichkeit. Hamburg 1990.

SGROI, Suzanne M.: Handbook of Clinical Intervention in Child Sexual Abuse. Toronto 1987[15]

SGROI; PORTER; BLICK: A Conceptual Framework for Child Sexual Abuse. In: SGROI, Suzanne M.: Handbook of Clinical Intervention in Child Sexual Abuse. Toronto 1987[15], S. 9-37.

SIELERT, Uwe: Jungenarbeit. Weinheim, München 1989.

SORNIG, Nicole: Familientherapie bei sexuellem Mißbrauch? Neue Gedanken zu einem alten Streit. In: Päd. extra und Demokratische Erziehung, 5, 1989, S. 38-41.

WELLDON, Estela V.: Mother, Madonna, Whore. London 1988.

WILDWASSER NÜRNBERG: Gegen sexuellen Mißbrauch an Mädchen. Juristischer Leitfaden für Helferinnen. Nürnberg 1988. Bezug: Wildwasser Nürnberg, Roritzerstraße 22, 85 Nürnberg 90, Tel.: 0911-331330 (8,-DM).

WINDAUS-WALSER, Karin: Nicht nur die Väter sind die Täter. Eine Kritik an der Hilfe für sexuell mißbrauchte Mädchen. In: Sozial extra, 1, 1988, S. 30-32.

WIRTZ, Ursula: Seelenmord. Zürich 1989.

WÜSTENBERG, Wiebke: Regierungskampagne gegen sexuellen Mißbrauch. In: Sozial extra, 11/12, 1988, 40-45.

Anschrift der Verfasserin

Wiebke Wüstenberg
dienstlich: Fachhochschule Frankfurt am Main, Fachbereich Sozialpädagogik
Limescorso 9, 6000 Frankfurt/M. 50
privat: Hartmann-Ibach-Straße 105, 6000 Frankfurt/M. 60

MARGRIT BRÜCKNER

Frauenarbeit zwischen Gewaltverhältnissen und Aufbruchschancen

Zusammenfassung

Der Beitrag fragt nach Ursachen und Hintergründen von Gewalt gegen Frauen. Diese werden erst dann in ihrem vollen Ausmaß deutlich, wenn sowohl gesellschaftliche Strukturen als auch kulturelle Muster von Beziehungen zwischen den Geschlechtern in die Analyse einbezogen werden. In unserer Gesellschaft gibt es weder ein familiales Konzept körperlicher Unversehrtheit für alle Familienmitglieder noch ein Recht der Frauen auf ihren Körper. Frauen werden eher als Teil der Familie denn als eigenständige Individuen wahrgenommen und sind somit in mütterlicher Selbstlosigkeit mehr ihren Aufgaben anderen gegenüber verpflichtet als sich selbst.
Dieses Bild weiblicher Selbstlosigkeit wird durch ein Bild besitzergreifender Männlichkeit komplementiert, so daß ein gängiges Beziehungsmuster das einer Einheit und nicht das eines Zusammenschlusses zweier Individuen ist. Dennoch wagen Frauen immer wieder - wie an Beispielen aus der Frauenarbeit belegt wird - den Aufbruch aus diesen kulturellen Mustern und aus dem gängigen weiblichen Selbstbild. Weibliche Identität erscheint häufig als gebrochen und schwankend zwischen Lebensstärken und Beziehungsschwächen.
Diese Bindung von Frauen an traditionelle Selbstbilder und die Schwierigkeiten der Loslösung führen auch in der Zusammenarbeit unter Frauen zu Momenten der Enttäuschung, die nur dann, wenn sie erkannt und gezielt bearbeitet werden, überwunden werden können. Schritte in diese Richtung werden an den Auseinandersetzungen in Frauenprojekten diskutiert und es wird gefragt, wie das Konzept der Selbstwerdung bzw. der Selbstaneignung die Beratungspraxis in der Sozialarbeit befruchten kann.

1. Gesellschaftliche Gewaltstrukturen

1.1 Körperliche Unversehrtheit und 'normale' Grenzüberschreitungen

Viele Frauen, die Gewalt erleiden, sind erst nach geraumer Zeit in der Lage, ihre Erfahrungen als gewalttätige einzuordnen. Sie sind sich unsicher darüber, was Gewalttätigkeit eigentlich ist, vor allem, wo sie beginnt. Diese Unsicherheit ist auf das tradierte Verhältnis von Gewalt und Familie sowie von Gewalt und Sexualität in unserer Gesellschaft zurückzuführen: Weder unserer Vorstellung von Familien- noch unserer Vorstellung von Liebesbeziehungen liegt ein allgemein akzeptiertes Konzept der Unversehrbarkeit des eigenen Körpers - und damit des Körpers des jeweils anderen zugrunde. *In der Familie und in der Ehe sind Überschreitungen der Intimitäts- und Unversehrtheitsgrenzen durchaus gestattet und in gewissen Grenzen 'normal'.* Diese 'normalen' Überschreitungen körperlicher Unversehrtheitsgrenzen sind geregelt und generations- und geschlechtsspezifisch festgelegt: Eltern haben ein generelles Zugriffsrecht auf den Körper ihrer Kinder und Männer auf den Körper ihrer Frauen. Frauen haben ihrer sozialen Stellung gemäß das sehr viel weniger eingreifende, aber dennoch effektive Recht des ordnenden Zugriffs auf den Körper des Mannes. Das heißt, daß das herrschende familiale und eheliche Körperkonzept, je nach Machtstellung in der jeweiligen Hierarchie, dem Einzelnen mehr oder weniger tiefgreifende Zugriffsrechte auf den anderen - ohne dessen Einwilligung - gestattet.

Vor dem Hintergrund dieses Kontextes wird die Unsicherheit vieler Frauen und Mädchen darüber, wie weit körperliche Übergriffe gehen dürfen, verständlich. Sie sind hilflos gegenüber der Frage, wieviel sie erdulden müssen, und ob die erfahrene Gewalt noch im Rahmen des 'Normalen' liegt; diese Unsicherheit ist bei sexuellen Gewalttätigkeiten am größten. Eine wichtige Aufgabe von Beratung sehe ich darin, Frauen in ihrer Einschätzung von Gewalt und Gewalterfahrungen zu größerer Sicherheit zu verhelfen. (BENARD & SCHLAFFER 1978; BRÜCKNER & KIEPER-WELLMER 1985; VAN STOLK & WOUTERS 1987).

1.2 Das mangelnde Recht der Frauen auf ihren Körper

Für Frauen und Mädchen ist oftmals ungeklärt, welches Recht sie auf sich selbst, ihre Fähigkeiten und ihren Körper und welches Recht andere auf sie haben (Mann, Kinder, Eltern). Daß Frauen diese Rechte bestritten werden, machen nicht nur gewalttätige Ehemänner qualvoll deutlich, sondern zeigt sich im verbreiteten Bild der Frau und Mutter, die ihre Rolle dann erfüllt, wenn sie sich für die Familie aufopfert, sich ihrem Mann hingibt, wann immer *er* es will; zudem gehört deren Leibesfrucht dem Staat und der Kirche - und nicht ihr selbst. Daraus ergibt sich, daß Frauen sich das Recht auf sich selbst in einer besonderen Anstrengung - gegen diese traditionellen Vorstellungen - nehmen müssen. Dieser Enteignungsprozeß oder besser gesagt, diese Unmöglichkeit der Selbstaneignung des eigenen Körpers beginnt für Frauen in der frühen Kindheit und schließt eine spezifisch weibliche Begrenzung der Entfaltung ein. Da Männer vielleicht zu früh auf sich selbst verwiesen sind in ihrer Selbstaneignung, insbesondere in der Aneignung ihrer Männlichkeit, zu früh abgenabelt werden, lernen sie zeitig, ihren eigenen Körper *und* den Körper von Frauen zu (be-)nutzen.

Ein zentrales Moment der Identitätsentwicklung und der Selbstwerdung ist die frühkindliche, angstfreie Besetzung unseres eigenen Körpers sowie die damit verbundene Akzeptierung der Mutter als getrennte Person; dieser Prozeß wird vor allem bei Mädchen behindert. Die Rolle des Mädchens und der künftigen Frau ist die der Verbundenheit mit anderen, des 'Daseins' für die Familie. Die Verbundenheit und das Umsorgen und nicht die Getrenntheit und Eigenständigkeit gelten entwicklungsgeschichtlich zu allererst für den weiblichen Körper. Bedingung für die Entwicklung eines reifen Körper-Ichs ist die entwickelte und bewußte Sicherheit, die Gewißheit, wer ich bin und was zu mir gehört.

Insbesondere Frauen sprechen bzw. protestieren mit ihrem Körper. Die Körpererfahrung und das daraus entwickelte *Körperbild* sind nicht nur Grundlage des Selbst, sondern auch des Verhältnisses zu anderen; denn die Entwicklung des Ich und des Nicht-Ich gehen notwendigerweise miteinander einher. Voraussetzung für eine positiv bewertete leiblich-personale Selbstrepräsentanz ist die positive Spiegelung der Körperlichkeit des Mädchens, einschließlich des nicht sichtbaren, aber spürbaren weiblichen Geschlechtsraums. Allerdings ist die wesentlich häufigere Erfahrung des kleinen Mädchens die Negierung und die Fremdbeherrschung seiner weiblichen Geschlechtlichkeit und Geschlechtsorgane. So kann sich weder ein Vertrauensverhältnis zum eigenen Körper und zu den Körperprozessen noch eine positive Besetzung seiner Gestalt und seiner Funktionen entwickeln. (CHODOROW 1985; GAMBAROFF 1984; EICKE-SPENGLER 1988; PINES 1988)

1.3 Frauen gehören nicht sich selbst, sondern ihren Familien

Die mangelhafte Aneignung der eigenen Leiblichkeit schlägt sich später in der mangelhaften Fähigkeit zur Herstellung eines befriedigenden eigenen Lebensraumes nieder: Die ursprünglich äußere Verhinderung ist inzwischen zu einem inneren Verbot geworden. Weder mein Körper noch mein Leben gehören mir; das Verfügen über beide steht mir nicht als unumstößliches Recht zu, sondern bleibt zur Beherrschung durch andere, die scheinbar ein Recht darauf haben, offen. Daraus entsteht eine *prinzipielle Schwierigkeit* sich selbst als eigenständig Handelnde zu erleben, als eine, die - wenn auch nicht alles - doch etwas bewirken kann. Diese Schwierigkeit bildet wiederum die innerpsychische Grundlage dafür, durch andere sehr schnell beeinflußbar zu sein, z.B. durch Schuldzuschreibungen. Wenn ich mir nie sicher sein kann, was ich selbst bewirkt habe, bewirken kann und niemals bewirkt haben kann, kann ich mir auch keine Sicherheit darüber verschaffen, welche Vorwürfe anderer richtig und/oder statthaft und welche falsch und/oder unberechtigt sind. Es bleibt unklar, was und wieviel ich mir rechtmäßig nehmen und herausnehmen darf und was nicht, ebenso wie unklar bleibt, was ich von anderen erwarten darf und was nicht.

Das schafft ein großes Einfallstor für männliche und familiale Ansprüche aller Art. Daher neigen Frauen dazu, sich gleichzeitig zu unter- und zu überfordern. Die *Überforderung* sehe ich z.B. darin, daß viele mißhandelte Frauen von sich verlangt haben, noch die schwierigsten Alltags- und Ehesituationen zu managen, Normalität noch unter Bedingungen (wieder-)herzustellen, die längst von der Frau allein nicht mehr (oder schon von Anfang an nie) herzustellen möglich war: Geldsorgen, Schläge, Alkohol, zunehmende Probleme der Kinder, Wahrung des Scheins am Arbeitsplatz und in der Nachbarschaft. Die Frauen haben das alles in ihre Verantwortung genommen und eine Zeitlang mit ungeheurer Kraft gemeistert; damit haben sie aber die Männer aus der Verantwortung entlassen, die diese für ihr eigenes Handeln und als 'erwachsene' Familienväter schon längst an die Frauen abgetreten - oder noch nie übernommen - hatten. Von dem Anderen nichts zu verlangen, von sich selbst aber alles, auch das Unmögliche, ist jedoch nichts, was die Frauen für sich 'erfunden' hätten, sondern etwas, das dem Weiblichkeitsmuster - der durch Liebe alle Probleme lösenden Frau und Mutter - entspricht.

Dieser familialen Überforderung steht eine ebenso eklatante *Unterforderung* gegenüber, die sich zumeist auf die Wahlmöglichkeiten im eigenen Leben bezieht: die Wahl des Mannes, die Wahl eines Berufes, die Wahl sexueller Aktivitäten, die Wahl der Kinderzahl und vieles mehr. Hier haben Frauen eher das Gefühl, daß sie an diesen Wahlen wenig oder gar nicht beteiligt sind und sich auch nicht aktiv beteiligen dürfen, sondern daß sie, die Augen fest geschlossen, auf die Entscheidungen anderer, die sich diese Entscheidungen auch herausnehmen - erst die Eltern, dann der Mann -, warten müssen. Das eigene Leben erscheint nur wenig als Folge bewußt getroffener Entscheidungen, mit allen Risiken, die Entscheidungen in sich bergen, sondern als mehr oder minder schicksalhaft oder zufällig. So berichten z.B. ehemalige Frauenhausbewohnerinnen immer wieder von wichtigen Lebensereignissen, die stattgefunden haben, weil andere, häufig der Mann, sie wollten: Abbruch der Ausbildung, Sexualität.

Das phantasierte Selbstbild schwankt zwischen großer Mutter und abhängiger Tochter, zwischen einer, die 'alles' und einer die 'nichts' vermag, d.h., es schwankt zwischen Größen- und Ohnmachtsphantasien hin und her. An seine Stelle könnte mittels längerfristiger Beratung das Selbstbild einer Frau treten, die 'einiges', aber weder 'alles' noch 'nichts' vermag, und die weder 'alles' noch 'nichts', aber 'etwas' von anderen verlangen kann. Dieser Prozeß ist schmerzhaft und ernüchternd, erleichternd und befreiend zugleich; er fällt vielleicht deshalb so schwer, weil wir das Ensemble unserer Fähigkeiten und Grenzen, unseres Könnens und unserer Mängel so wenig als Ganzes wertschätzen können. (BRÜCKNER 1988; NUNNER-WINKLER 1988)

1.4 Gewalt gegen Frauen und das kulturelle Ideal von Weiblichkeit

Wie groß das Problem der Gewalt gegen Frauen in unserer Gesellschaft ist, läßt sich am Beispiel mißhandelter Frauen und der Überfüllung von Frauenhäusern erahnen. In die wachsende Zahl von autonomen und nichtautonomen Frauenhäusern (derzeit knapp 200) fliehen nach Schätzungen der Bundesregierung jährlich 24.000 Frauen und ihre Kinder. Wobei berücksichtigt werden muß, daß nur ein kleiner Teil der Frauen, die Gewalt erleiden, Frauenhäuser aufsuchen. In der Öffentlichkeit, aber auch in den Frauenhäusern selbst stehen die weiblichen Opfer im Zentrum des Interesses und der Aufmerksamkeit, nicht die männlichen Täter. Nicht selten erscheint in der Öffentlichkeit die Frau als die 'Schuldige', die nicht rechtzeitig weggegangen ist, die ihre Qual erduldet hat - und die eventuell gar als Masochistin abgestempelt wird.

Die Brisanz in der *Frage, warum eine Frau nicht eher oder gar nicht weggeht*, liegt in ihrer Vielschichtigkeit, die dazu angetan ist, nach bequemen, verkürzten und damit falschen Antworten zu suchen. Der Sachverhalt wird in seinen verschiedenen Dimensionen allerdings erst konkret, wenn zu seiner Erklärung sowohl die ökonomischen Verhältnisse und die Rechtsprechung, als auch die patriarchale Geschlechterstruktur, das Bild der Frau und die Rolle der Ehefrau und Mutter sowie die sozial geprägten Persönlichkeitsstrukturen befragt werden. Die Vernachlässigung von nur einer dieser Dimensionen verfälscht die Analyse und führt zu entsprechend verkürzten politischen, sozialarbeiterischen oder therapeutischen Antworten bzw. Maßnahmen. Die Frage nach den Gründen, warum Frauen oftmals so lange duldend in gewaltförmigen Beziehungen bleiben, stellt sich in beunruhigender Weise auch für die betroffenen Frauen selbst; sie können sich ihr Ausharren oft selbst nicht recht erklären. Ebenso verhält es sich mit der Frage, weshalb so viele Frauen zu ihren Männern zurückkehren. Neben den gesellschaftlichen Ursachen sehen die amerikanischen Psychologinnen GILBERT & WEBSTER (1982) den Grund darin, daß das Dulden, im Extremfall auch das Erdulden von Gewalt, Teile der Frauenrolle sind - sozusagen die Inkarnation von Weiblichkeit.

Weiblichkeit ist in unserer Kultur verwoben mit der Möglichkeit von Mißhandlung, weil Frauen sich unabhängig von ihrem eigenen Wohlergehen - bis zur Selbstaufgabe - zu einem Dasein für andere, für ihre Familie, ihren Mann verpflichtet fühlen. Es gehört zu ihren Aufgaben, sich für die Familie zu opfern, zu verzeihen und sich in ihr Los zu schicken. Familiales Glück - und damit aber auch familiales Unglück - ruhen scheinbar in den Händen der Frau. Es ist ihre Aufgabe, für eine glückliche Familie zu sorgen. Wenn sich dieses Glück nicht einstellt, hat also *sie* versagt und niemand sonst.

In dieser Zuweisung von *Liebe und Liebesfähigkeit - im Sinne von Aufopferung* - an die Frauen ist Passivität, Ausharren, Übernahme von Schuldgefühlen und im nicht seltenen Extremfall Gewalterduldung angelegt. Weggehen, das Leben, soweit es die Gesellschaft zuläßt, in die eigene Hand zu nehmen bedeutet, die traditionelle Frauenrolle zu verlassen; das schließt ein: Kritik von anderen, ein Leben in Armut als Alleinerziehende und das Eingeständnis des Scheiterns der eigenen Ehe.

Frauen sind aufgrund ihrer derzeitigen gesellschaftlichen Lage als ökonomisch und sozial Abhängige - und damit auch in ihrer Rolle als Frau - schnell zu verunsichern; sie können unter den gegebenen Zwängen weder frei noch selbstbestimmt darüber befinden, was sie z.B. in einer Ehe ertragen, wieviel Fremdbestimmung, eheliche Vergewaltigung und Mißhandlung sie hinnehmen wollen, können und müssen. Hingegen sind Männer in der Lage, ihre Rolle als Familienoberhaupt unter Umständen auch mit Zwang und Gewalt durchzusetzen.

Männer, die Gewalt gegen Frauen anwenden, sind mit keinem Einzelmerkmal klassifizierbar, weder durch Schichtzugehörigkeit, noch durch gewalttätige Sozialisationserfahrungen, Alkoholmißbrauch etc. Das bestätigt die These der autonomen Frauenbewegung, daß die Ursache für Gewalt gegen Frauen in der Ehe in der Unterordnung der Frau allgemein zu suchen ist und in allen Schichten, unabhängig von Bildung und Einkommen, vorkommt. Allerdings wird Gewalt gegen Frauen schichtspezifisch unterschiedlich öffentlich sichtbar. (BRÜCKNER 1987a; HAGEMANN- WHITE 1988)

1.5 Frauen als Opfer oder Mittäterinnen?

Bisher wurden Frauen in unserer Gesellschaft von der Frauenbewegung vorwiegend als Opfer patriarchaler Strukturen wahrgenommen, bis vor einigen Jahren CHRISTINA THÜRMER-ROHR die These von der weiblichen Mittäterschaft aufstellte. Beiden Sichtweisen - der Frauen als Opfer und der Frauen als Mittäterinnen - liegt ein Handlungskonzept zugrunde, das sehr zur Identifikation reizt, da das eigene Tun bzw. die Unfähigkeit etwas zu tun erklärt wird - und sich die Möglichkeit der befreienden Umkehr, des Ausstiegs aus der Opferhaltung oder der Mittäterschaft eröffnet.

Nicht das Eingebundensein in gesellschaftliche (Zwangs-)Verhältnisse, nicht die in sich widersprüchlichen sozialen Strukturen und Wünsche stehen im Vordergrund, sondern die handelnden Personen in ihrem als eindeutig begriffenen Tun. Das verleiht selbst den Ohnmächtigen noch eine gewisse Macht, denn sie müssen sich jetzt nur noch lossagen von ihrer Unterordnung.

Ob Opfer oder Mittäterin, *Täter bleibt der Mann, die Frau ist lediglich eine MitÜberlebende*, ohne eigenes Interesse an ihrer Situation, an den herrschenden Strukturen, ohne eigene Ziele und Aggressivität. Der Weg vom Opfer zur Mittäterin, so verlockend und erst einmal befreiend er ist, beinhaltet letztlich noch keinen Perspektivenwechsel, noch kein Verstehen dessen, was Frauen in ihrer traditionellen Rolle nicht nur äußerlich, sondern auch innerlich festhält. Mir scheint es hingegen wichtig, herauszufinden, einmal wie Frauen an traditionelle Lebensmuster gebunden sind, zum anderen aber auch, welche Möglichkeiten sie haben, sich aus inneren und äußeren Festlegungen zu lösen. (THÜRMER-ROHR 1983; 1987)

2. Weibliche Selbstbilder und Beziehungswünsche

2.1 Weibliche Liebe und mütterliche Selbstlosigkeit

Zum Verständnis weiblicher Lebensentwürfe und weiblicher Lebenszusammenhänge ist das Verhältnis von Phantasie und Realität von großer Bedeutung, da Frauen das Ausleben ihrer Wünsche stärker verwehrt wird als Männern. Das Resultat ist eine vermehrte Unwirklichkeit der Wunschstrukturen, eine bunte Fülle von mit starken Gefühlen und Sehnsüchten belegten Bildern, die den Kontrapunkt zum eigenen grauen Alltag darstellen, und die sich wechselseitig bestärken und rechtfertigen. Die von Entsagung geprägten weiblichen Lebenszusammenhänge und die erbrachten Opfer bestimmen das Ausmaß des notwendigen Trostes aus der Welt der Phantasien. Diese spezifisch weibliche Verknüpfung von Phantasie und Realität trägt zur Aufrechterhaltung traditioneller Lebenszusammenhänge bei: zum Glauben an die große Liebe und zur klaglosen Ergebenheit in den Ehealltag. Dabei geht es mir um die weibliche Wunschproduktion und ihre Auswirkung auf das wirkliche Leben der Frauen und nicht darum, ob es sich in ihren Ehen um Liebe handelt oder nicht. Im Gegenteil scheint es eher der weniger häufige Fall zu sein, daß eine Frau ihren Mann deswegen geheiratet hat, weil sie spezifisch an seiner Person, an ihm als Mensch interessiert war, sondern sie hat ihn genommen und ist bei ihm geblieben, weil er es wollte, weil sie schwanger war oder einfach weil er 'da' war.

Die *Selbstbilder* von Frauen kreisen häufig um die traditionellen weiblichen Themen von grenzenloser Mütterlichkeit und unersetzbarem Gebraucht-Werden. Sie teilen das Bild von der alles gebenden und nichts fordernden Mutter mit ihrem Mann. Ein Bild, das sich in einer gewalttätigen Beziehung gegen sie richtet, da es die grenzenlosen Ansprüche und das Besitz- und Herrschaftsdenken des Mannes bestärkt.

Am Beispiel von Wilma, einer über Jahre hinweg schwer geschlagenen und sexuell gequälten ehemaligen Frauenhausbewohnerin wird die starke Verantwortlichkeit, die die Frauen in ihren gewalttätigen Ehen festhält, deutlich. Ebenso deutlich wird die große Bedeutung der Frauenhausmitarbeiterin, die Wilma als konfrontierend und als Entscheidungshelferin noch vier Jahre später lebhaft in Erinnerung hat. Sie brauchte diese klare und eindeutige Rückendeckung und Stärkung, daß es vernünftig und moralisch einwandfrei sei, sich zu trennen, um ihre Trennungsentscheidung aufrechterhalten zu können. Wilma ist nie zu ihrem Mann zurückgekehrt:

> "Ich weiß heute nicht mehr, wie die Dame geheißen hat, sie hat in einem Verlag gearbeitet, sie war hauptberuflich in einem Verlag und hat sich - ich will nicht sagen nebenberuflich, sondern eben in ihrer Freizeit - da um's Haus gekümmert. Und ich habe die angerufen und ich habe das (ihre schrecklichen Gewalterfahrungen, M.B.) der so etwa geschildert. Und da hat die gesagt: 'Jetzt passen Sie mal auf ' - und da habe ich gesagt: 'Ich kann den doch nicht ganz alleine lassen, der geht doch vor die Hunde, der geht doch kaputt, wenn ich weggehe.' Und da hat sie gesagt: 'Jetzt hören Sie mal, so wie ich das jetzt höre und sehe fangen Sie schon wieder an: Der geht kaputt! Bei euch gehen sie scheinbar alle kaputt. Und den können Sie nicht mehr retten. Retten Sie die Kinder und retten Sie sich. Ihrem Mann können Sie nicht mehr helfen.'
>
> Und ich habe gesagt: 'Wenn ich fortgehe, was soll der denn dann machen? Dann geht er dir ganz kaputt.' Und da sagte sie: 'Das hat jetzt alles nichts zu sagen, das ist dann seine Sache, er ist ja erwachsen. Und kommen Sie.' Und da habe ich gesagt: 'Ja, wann könnte ich denn dann mal kommen?' Und da war ich ja ganz schockiert und da hat die gesagt: 'Morgen.' Und ich kann das heute nicht mehr - die Gefühle - so ausdrücken. Ich weiß nur noch, daß das für mich wie so ein Schlag ins Gesicht war, wie so ein Erwachen: Mein Gott - Morgen! Ich wollte, eigentlich wollte ich darüber mal vierzehn Tage schlafen, mal vierzehn Tage denken, mich mal entscheiden.
>
> Aber heute weiß ich, daß es keine andere Möglichkeit gegeben hat. Wenn ich vierzehn Tage gehabt hätte, hätte ich den Entschluß nicht fertiggebracht. Dann hätte ich wieder ..., dann wär' er vielleicht mal wieder ..., wenn er vielleicht das geahnt hätte oder so, vielleicht mal einen Moment, vielleicht mal fünf Minuten netter gewesen wäre oder irgendwie, weil ich immer mich verantwortlich gefühlt habe, auch für ihn. Es wäre mit Sicherheit irgendein Fünkchen gewesen, an das ich mich geklammert hätte, und ich wäre wieder nicht gegangen.
>
> Und so hat diese Frau gesagt: 'Entweder morgen oder gar nicht, denn das kennen wir, Sie können sich das nicht überlegen. Wie lange ist das denn schon?' Ich sagte, 'soviel Jahre.' Und da sagte sie: 'Und wie oft haben Sie schon daran gedacht wegzugehen?' Ich habe gesagt: 'Schon tausend Mal und mehr als tausend Mal.' Sagte sie: 'Sie sind aber nie gegangen.' Sagte ich: 'Nein.' Sagte sie: 'Dann gehen Sie die nächsten vierzehn Tage auch nicht. Sie sind eine von denen, die Angst hat wegzugehen. Die schon so an jemand gewöhnt ist, daß sie immer wieder denkt: 'Nee, also ganz weggehen kannste nicht.' Habe ich gesagt: 'Ja, ich muß sagen, Sie haben recht, stimmt. Ich kann doch nicht einfach ganz weggehen.'

> Und da sagte sie: 'Das ist aber die einzige Möglichkeit, halb weggehen können Sie nicht, Sie müssen, Sie müssen radikal weggehen, - abbrechen.' Ich sagte: 'Ich muß -', 'Nee -', sagte sie 'das können Sie nicht, dann ist alles gelaufen. Wenn Sie jetzt erst mit ihm sprechen wollen, dafür ist kein Frauenhaus da. Das bringt nichts, sprechen Sie gar nicht, sind Sie ganz normal, nicht netter, nicht schlechter, genau wie Sie die ganze Zeit waren, er darf absolut nichts merken. Und kommen Sie.'
> Ich dachte, einen Verbündeten brauchste ja, mit irgendwem mußte ich ja sprechen. Und da bin ich zu der Frau gegangen, wo ich da nachts geschlafen hatte (eine Nachbarin, M.B.) und da habe ich das der gesagt und da sagt sie: 'Wissen Sie was, die Frau hat recht. Je länger Sie denken, je mehr Zweifel kriegen Sie, Gewissensbisse: der ... und so, was wird dann später, wo komme ich dann hin und, und, und. Die Frau hat recht, nicht denken, am besten noch heute, gar nicht erst morgen, am besten noch heute.'"
> (BRÜCKNER 1987b, S. 125f.).

Das Dilemma vieler mißhandelter Frauen - wie Wilma's - ist, daß ihre Männer, die äußerst brutal werden können, zeitweilig verletzlich und hilflos sind. Diesem widersprüchlichen Verhalten der Männer entsprechen die paradox erscheinenden Gefühle der Frauen, die trotz der Mißhandlungen ihren Männern gegenüber mütterliche Gefühle hegen. Beide, Frau und Mann, teilen das Bild der Frau als omnipotenter Mutter, die, wenn sie nur will, einen anderen Menschen vollkommen befriedigen kann. Dieses Bild der Frau als Liebesgöttin richtet sich in einer gewalttätigen Beziehung besonders gravierend gegen die Frau, da sie es in der Hand zu haben scheint, ob er glücklich ist oder nicht. Die von beiden geahnte Macht, die eine Frau in einer derartigen Beziehungskonstellation über ihren Mann gewinnt, schützt sie jedoch nicht vor seinen Wutanfällen, sondern erhöht sogar seine Aggressivität. Ihre Selbstlosigkeit, ihre Aufopferung für die Familie ist Teil der herrschenden Familienideologie, die beide bestätigt. (BRÜCKNER 1983)

2.2 Der Mann als Beschützer und als Peiniger

Gängige Formen besitzergreifender Männlichkeit haben für Frauen nicht nur eine abstoßende, sondern durchaus auch eine attraktive Seite, denn oftmals verschwimmen die Grenzen zwischen Fürsorge und Kontrolle.

Eine Amerikanerin berichtet über ihre Ambivalenz gegenüber dem besitzergreifenden Verhalten ihres Mannes:

> "Morgens fuhr er mich immer zur Arbeit, mittags holte er mich zum gemeinsamen Mittagessen ab und dann holte er mich wieder nachmittags um fünf Uhr ab, so daß wir zusammen nach Hause fahren konnten. Ich konnte keine Freunde haben am Arbeitsplatz, außer denen, die ich während der Arbeitszeit sprechen konnte. Ich konnte nie die Mittagspause mit Freunden verbringen oder nach der Arbeit noch einen Trinken gehen. Bob war immer da. Zuerst mochte ich das gerne. Es gab mir ein Gefühl der Sicherheit. Nach einer Weile jedoch ist es mir richtig auf die Nerven gegangen, weil es meine Freiheit eingeschränkt hat."
> (WALKER 1979, S. 83)

Frauen wollen von Männern beschützt werden, aber dabei übersehen sie häufig, daß sie damit nach herrschender Definition auch in seinen Besitz übergehen; sie gehören dann nicht mehr sich selbst, sondern ihm. Das Verführerische dieser Verhältnisse gründet in der weiblichen Angst vor Eigenständigkeit und Eigenverantwortlichkeit, auch dann noch, wenn der anfängliche Schutz immer deutlicher in Kontrolle umschlägt. Zudem entsteht dann eine neue Aufgabe, der Frauen sich gemäß ihrer Rolle widmen: Sie spüren die hinter der Kontrolle stehende Bedürftigkeit - jetzt werden sie noch mehr gebraucht.

Das Bedürfnis des Mannes nach totaler Liebe gerät zur absoluten Machtübernahme, das Bedürfnis der Frau nach totaler Liebe gerinnt zur völligen Abhängigkeit. (BRÜCKNER 1983)

2.3 Zu-Zweit-Sein oder Eins-Sein?

Viele Beziehungswünsche von Frauen lassen sich in zwei zentralen Bildern zusammenfassen: *Ineinander-Aufgehen und geteilte Größe*. In gewalttätigen Beziehungen wird das Scheitern des Wunsches nach Verschmelzung in tragischer Weise sichtbar. Beide, Frau und Mann, verlieren ihr getrenntes Selbst, aber nicht in dem erträumten Hochgefühl von Glück, sondern sie in erstarrter Abhängigkeit und er in explodierender Gewalttätigkeit. Wenn das eigene, getrennte Selbst verloren geht, dann verkehrt sich die Suche nach Einheit in die Angst vor Selbstauflösung, der beide gemäß geschlechtsspezifisch vorgegebener Muster zu entrinnen suchen.

Wie Frauen zwischen dem Wunsch nach und der Angst vor dem Ineinander-Aufgehen schwanken, macht eine Schweizerin deutlich, die von ihrem früheren Mann immer wieder geschlagen wurde.

> "Ich bin jetzt in einer so hin- und hergerissenen Lage. Jetzt bin ich in so einer Beziehung drin. Einerseits habe ich eine Riesenangst, mich ganz darin aufgehen zu lassen, andererseits den dringenden Wunsch, mich wieder einfach hineinfallen zu lassen, mich anzukuscheln."
> (PLETSCHER 1977, S. 32)

In dem Bild von der geteilten Größe drückt sich das Bedürfnis der Frau und des Mannes nach *seiner* Größe aus. Das folgende Paar bietet ein Beispiel für die Unwirklichkeit und gleichzeitig für die Wirksamkeit dieser Dynamik:

> Während die junge Frau aus der Arbeiterschicht stammend unter schwierigen Bedingungen über den zweiten Bildungsweg ihren Universitätsabschluß gemacht und eine gute Stellung gefunden hatte, studierte ihr von seinen Eltern unterstützter Mann unter guten finanziellen Bedingungen und ohne äußere Erschwernisse immer noch und schrieb seit Jahren an seiner Examensarbeit mit einem theoretisch sehr anspruchsvollen Thema, allerdings ohne sichtbaren Erfolg. Dennoch blieb er für beide ohne Zweifel "der Intellektuelle" in der Beziehung, der von ihr bewundert und umsorgt wurde.
> (PERSÖNLICHER BERICHT)

Dem liegt eine *gemeinsame Omnipotenzphantasie* zugrunde, die die Frau auf den Mann, dieser hingegen auf sich selbst richtet. Der Wunsch der Frau ist, daß ihr Mann in ihren Händen wachsen möge, ihm und ihr zur Ehre; ein Bedürfnis, das sich in der Volksweisheit ausdrückt "hinter jedem Mann steht eine Frau". Daß sie hinter ihm steht, nicht neben ihm und schon gar nicht vor ihm, entspricht dem Bild beider Geschlechter von der Aufgabe der Frau. Er baut seine Unabhängigkeit, seine Größe auf ihren Schultern auf, was sie zum heimlichen Fundament seines Selbstbewußtseins und seiner Selbstdarstellung macht. Daraus entsteht ein Beziehungsgeflecht, das beide nicht unbeschadet verlassen können; auch sie nicht, solange sie Größe nur bei ihm, nicht aber bei sich selbst akzeptieren kann. Ihr Wert und Selbstwert steigt und fällt mit seiner Größendarstellung, nicht mit ihrer eigenen. Beide helfen sich dabei, den Aspekt vor sich selbst und voreinander zu verleugnen, vor dem sie jeweils die größte Angst haben: er vor Abhängigkeit, sie vor eigener Größe, die Unabhängigkeit ermöglichen würde. (MOELLER 1990; WILLI 1975; WILLI 1978)

2.4 Wendepunkte und Aufbruchsversuche

Scheinbar unabhängig davon, wie tief eine Frau in eine gewalttätige Beziehung verwickelt war oder ist, gibt es für eine ganze Reihe von Frauen einen Zeitpunkt, an dem sie beginnen, aus ihrem alten Selbstbild aufzubrechen und sich auch nach Jahren schwerster Unterdrückung aus ihrer schicksalhaft scheinenden Abhängigkeit zu lösen. Der erste Schritt dieses Aufbruchs ist die innere Entscheidung zu gehen: eine Entscheidung, die ihnen oft das Gefühl vermittelt, nicht zu wissen, woher sie die Kraft dazu nehmen sollen, zumal sie sich oft schon aufgegeben hatten. Diese *"Bruchstelle" im Lebenszusammenhang und Lebensentwurf* einer Frau ist ein bedeutender Zeitpunkt für eine *unterstützende Beratung*; denn für die Frauen sind diese inneren und äußeren Wendepunkte ihres Lebens Momente, in denen sie viel Kraft freizusetzen vermögen, um Neues zu wagen; aber häufig verfügen sie noch über zu wenig ertragsfähige Perspektiven - sowohl innere wie äußere.

Lebenswendepunkte sind oftmals gekennzeichnet von großem Leid, aber auch von Glücksgefühl über den Neuanfang und von Phantasien darüber, was jetzt alles möglich und wie schön es sein wird. Das Maß der - den Neuanfang begleitenden - Enttäuschung über die Schwierigkeiten, die den Frauen in den Weg gelegt werden, wie der Eingewöhnungsschwierigkeiten und Einsamkeitsgefühle, das ertragen werden muß, ist leider gleichfalls erheblich. Hier können sowohl professionelle Beratung als auch *Selbsthilfegruppen* stabilisierend wirken.

Beispielhaft ist der Bericht einer früheren Bewohnerin eines Hamburger Frauenhauses:

> Ilona ist 31 Jahre alt, hat einen Sohn und hat sich mit einem kleinen Tabakladen selbständig gemacht. Von ihrem ersten Mann, der sie mißhandelt und vergewaltigt hatte, ist sie geschieden; sie hat einen festen Freund. Nachdem sie ihren Mann verlassen hatte, traf sie sich noch einmal mit ihm: "Er kam ... nach Hamburg und wollte ganz selbstverständlich bei mir wohnen. Da kannte ich meinen neuen Freund schon, und den wollte ich auf keinen Fall aufgeben. Mir war es viel sicherer mit ihm. Und trotzdem - ich weiß es noch genau: Er saß im Sessel, und ich kniete vor ihm, und wir haben geredet. Er saß da und tat mir schon wieder so leid, daß ich kurz davor war, ihm was zu essen zu machen. Er war so kaputt, und ich kniete vor ihm, und da hat es bei mir"Krach" gemacht. Da habe ich gedacht: 'Was machst du da eigentlich? Nein, das machst du nie mehr!' - Ich habe ihn dann rausgeschmissen."
> WENDEPUNKTE o.J., S. 16)

Ilona schildert, wie sehr sie sich zu ihrem eigenen Erstaunen - auch nach der Trennung von ihrem Mann - noch in seinen Bann gezogen fühlt und wie das Bedürfnis, ihn aufgrund seiner Schwäche mütterlich zu versorgen, wieder hochkommt. Äußerlich drückt sie ihr Gefühl der Abhängigkeit und ihr Bedürfnis nach Nähe dadurch aus, daß sie sich vor ihn kniet. Bis es in ihr 'Krach' macht und sie sowohl innerlich für sich selbst als auch nach außen vernehmbar zu ihm "nein" sagen kann, d.h. der Faszination, unbegrenzte Versorgung zu gewähren, nicht länger nachgibt. Ihre Gründe nennt sie nicht, sie bleiben wahrscheinlich auch ihr selbst unklar. Vielleicht kann sie sich in diesem Moment die erlittenen Demütigungen und Zurückweisungen in ihrer Ehe - sicherlich nicht zuletzt aufgrund ihrer neuen Beziehung - vor Augen halten. Jedenfalls durchzuckt sie ein Gefühl, ein Gedanke, der es ihr möglich macht, ihrem aufkommenden Bedürfnis nicht nachzukommen und ihn zurückzuweisen.

Charakteristisch für die Darstellungen von derartigen Lebenswendepunkten ist die Vehemenz, die Plötzlichkeit und die Überzeugungskraft dieser Erfahrung, einer psychischen Erfahrung, die die Frauen selbst oft nicht für möglich gehalten hätten. Brachliegende oder vielleicht besser bisher - in der Aufrechterhaltung von Ehe und Normalität - gebundene Energie und Willenskraft, werden sichtbar freigesetzt.

Ein weiteres Beispiel dafür gibt eine langjährig mißhandelte Amerikanerin:

> "Eines Morgens wachte ich auf und entschied, daß es genug war, daß ich absolut genug hatte. Ich hatte noch Schmerzen von der Mißhandlung in der Nacht zuvor und ich war erschöpft,

> weil ich die halbe Nacht von ihm gequält wurde. Ich weiß nicht, warum dieser Vormittag anders war als andere Vormittage, aber ich entschied zu dem Zeitpunkt, daß ich etwas aus mir machen mußte, sonst würde ich für immer mit ihm zusammen bleiben, oder ich würde tot sein. Ohne mir noch weiter mögliche Konsequenzen zu überlegen, entschloß ich mich, mich für eine Ausbildung anzumelden ... Ich meldete mich in der Schule (eine medizinisch-technische Fachschule, M.B.) noch am Nachmittag an und es gefiel mir sehr gut dort. Dadurch rettete ich meinen Verstand."
> (WALKER 1979, S. 136)

Jenseits der Hinnahme der Unterdrückung findet sich eine den Frauen selbst verborgene Fähigkeit der Selbstbefreiung und der Aufkündigung weiblicher Ergebenheit. Im Bruch mit dem alten Selbstbild offenbart sich ein Moment weiblicher Stärke, der zeigt, daß das Verharren in dumpfer Gebanntheit in einer unerträglichen Situation nur *eine* der vorhandenen Lebensmöglichkeiten war. Auch wenn die Erkenntnis, daß wir - alle Frauen - eine Wahl treffen können und in jedwedem Fall (natürlich außer bei direkter Gewaltanwendung) eine Wahl getroffen haben, schmerzhaft ist, weil sie ein neues Licht auf die erlittene Qual wirft, erweist sie sich doch als Aufbruchschance und damit als Hoffnung. In diesem Moment des Aufbruchs kristallisiert sich der Beginn eines menschenwürdigen Lebens, auch wenn er begleitet ist von Gefühlen der Wut und der Trauer, von materieller und sozialer Not. (BRÜCKNER 1984; BÖSEL 1989)

2.5 Weibliche Identität zwischen Lebensstärke und Beziehungsschwäche

Viele Frauen, die Erfahrungen der Selbstaufgabe in einer Beziehung und Erfahrungen mit der Herauslösung aus dieser Bindung durchgemacht haben, erleben sich als zwei völlig verschiedene Personen: während der Beziehung als unsicher, wertlos und unfähig, nach der Trennung als selbstbewußt, durchsetzungsfähig und mit neuen Lebensperspektiven ausgestattet. Eine Frau drückt diese verwirrende Erfahrung mit sich selbst so aus: Ich frage mich, wer diese Frau war, die all diese Jahre soviel Leid und Demütigungen ertragen hat.

Die hier deutlich werdende Spanne zwischen starken und schwachen Persönlichkeitsanteilen scheint nach unserer Untersuchung der Lebensgeschichte ehemaliger Frauenhausbewohnerinnen typisch für ein spezifisch weibliches Identitätsmuster zu sein, das eine Getrenntheit zwischen Lebensstärken einerseits und Beziehungsschwächen andererseits aufweist. Unter *Lebensstärke* verstehe ich die Selbstanteile, die der Eigenständigkeit dienen und von den Frauen positiv besetzt sind, z.B. die Bewältigung des Familienalltags und die Berufstätigkeit. Mit *Beziehungsschwäche* meine ich die Selbstanteile, die bei Eingehen einer Liebesbeziehung fortschreitende Selbstaufgabe implizieren und einen zunehmenden Verlust von Autonomiebestrebungen bewirken. Für Frauen sind damit die beiden Möglichkeiten gegeben, sich entweder als lebenstüchtig und das Leben meisternd sehen zu können oder das Gefühl zu haben, zu versagen und sich selbst zu verlieren. Eine besondere Tragik liegt darin, daß die Frauen ihre Lebensstärken so wenig festhalten können, wenn sie sich in eine Liebesbeziehung verstrickt haben. Diese Lebensstärken scheinen - außer in Zeiten des Aufbruchs aus alten Selbstbildern - kaum als eigener Wert, kaum als eigenständiges Positives im weiblichen Selbstbild verankert zu sein. Zu viel weibliche Stärke erscheint Frauen und Männern - entsprechend den Wertvorstellungen des herrschenden Geschlechterverhältnisses - noch immer als bedrohlich und ist mit einer Liebesbeziehung schwer oder gar nicht vereinbar, so daß Frauen vor der unglücklichen Wahl zu stehen scheinen: ein eigenständiges Leben zu leben oder eine Familie zu haben.

Den teilweise erstaunlichen Lebensstärken und Durchsetzungsfähigkeiten der Frauen steht ein hohes Maß von Beziehungsschwächen gegenüber. Die Organisation des Lebensalltags erscheint ihnen als beherrschbar und handhabbar, aber ihren Gefühlen und den Gefühlen des anderen sind sie hilflos ausgeliefert. So stehen sich Liebe und Selbständigkeit unversöhnbar und unvereinbar gegenüber. Am Arbeitsplatz und auch sonst außerhalb der Beziehung können sich die Frauen als wertvoll erleben, in der Beziehung nicht, da lassen sie sich schinden. An den Mann, die Beziehung zu ihm und die Dynamik zwischen ihnen beiden sind die Frauen scheinbar schicksalhaft gebunden. Sie leben miteinander die extreme Ausprägung eines *gängigen Beziehungsmusters*: Sie lebt für ihn - und er lebt auch für sich - und beide sind es zufrieden. Die Selbstaufgabe in der Ehe ist gleichsam Teil des weiblichen Selbstverständnisses.

Hingegen bleiben auf der Ebene des Alltagshandelns ihre Lebensstärken weitgehend, außer in der letzten Ehephase vor der Trennung, erhalten. Die Frauen stellen diese eigenen Stärken in der Beziehung jedoch nicht den männlichen Anforderungen gegenüber, sondern ordnen sie ihren Beziehungsvorstellungen unter. Hier spiegelt sich die Angst vieler Frauen vor Unabhängigkeit (die in der Angst der Männer vor Abhängigkeit ihre Entsprechung findet) wider. Während Grenzen zu setzen, wenn auch aus Angst vor Verschmelzung, wichtiger Bestandteil männlicher Identität ist, liegt das Hauptmerkmal weiblicher Identität in der Grenzauflösung, in der Suche nach Nähe. Aufgrund der rigorosen Gefühlsspaltung der Geschlechter bleiben dem einen Geschlecht die psychischen Fähigkeiten und die sozialen Möglichkeiten des jeweils anderen weitgehend verwehrt.

Eine *Stärkung des weiblichen Selbstwertgefühls* und die Rückversicherung, daß Trennungen richtig und nötig sein können, stellt meines Erachtens eine zentrale Aufgabe sozialarbeiterischer Intervention dar. Denn wie schwierig es für Frauen ist, eine Balance zwischen Selbsterhaltung und Beziehungswünschen herzustellen, zeigt Christianes Beispiel.

Christiane ist eine Frau von Anfang 30, die nach langjähriger, schwerer Mißhandlung durch ihren Mann, der ihr erst wie ein Gott und dann wie ein Teufel erschien, zwei Jahre in einem Frauenhaus gelebt hat. Heute wohnt sie mit ihren 3 Kindern in einer Großstadt, weit weg von "zu Hause". Sie will selbständig leben und sich von niemandem reinreden lassen. Sie hat einen Freund, will aber nicht mehr mit einem Mann zusammenziehen. Auf neue Beziehungen schaut sie voller Mißtrauen.

> "Angenommen, ich würde jetzt ein Verhältnis mit einem Mann eingehen. Ist der genauso (wie der Ehemann, M.B.)? Macht der die gleichen Spielchen mit dir? Ich bin da ganz komisch geworden."

Die Angst, daß ein Mann, in den sie sich sehr verliebt, mit ihr spielen könnte, ist groß, denn das war ihre schreckliche Erfahrung: dem einstmals geliebten Mann völlig ausgeliefert zu sein. Im Alltag hingegen hat sie eine neue Sicherheit gefunden, zieht daraus Selbstbestätigung und genießt es, etwas anzupacken und zu erledigen. Christiane fühlt sich stark und schwach zugleich, stark im Willen, ihr Leben so zu organisieren, wie sie es sich vorstellt, schwach und unsicher gegenüber einer engen Liebesbeziehung. Liebe bedeutet für sie Einengung und Aufgabe ihrer Selbständigkeit. Wünsche nach Eigenständigkeit, Selbständigkeit kommen ihr als "Sonderwunsch" vor.

> "Ich bin ja schon dabei, mir einzureden: du kannst nicht alles haben, einen Mann, der so und so ist und auf der anderen Seite noch Verständnis aufbringt für deine ganzen Sonderwünsche, wie ich die jetzt mal bezeichnen möchte. Das geht nicht, irgendwas mußt du in Kauf nehmen. Aber ich bin nicht bereit ... das so zu nehmen, ich will jetzt auch endlich leben. Leben. Frei entscheiden, frei Luft holen, ohne daß mir da einer dazwischen redet. Und wenn ich heute dahin gehen will, dann gehe ich dahin, und wenn ich da drei Stunden sitze. Und nicht, in 'ner Stunde mußte wieder zuhause sein. Nicht noch jetzt wieder auf jemand ausschließlich Rücksicht nehmen. Da bin ich nicht mehr dazu bereit. Mit der Einstellung, das ist ja keine

> Basis für 'nen Partner. Das geht ja normal nicht, da muß man Abstriche machen, man muß sie machen."
> (BRÜCKNER 1987b, S. 180-182)

So geht, zumindest zeitweise, für viele Frauen die Rückgewinnung oder gar Steigerung ihrer Tüchtigkeit und allgemeinen Lebensstärke auf Kosten ihrer Beziehungswünsche. *Typisch* für die von uns untersuchten Frauen ist, daß sie aus ihrer Lebenskrise mit einer größeren Selbständigkeit hervorgehen, als derjenigen, die sie früher hatten; und was noch wichtiger ist, diese neue Selbständigkeit ist ihnen aus ihrer Lebenserfahrung heraus wertvoll und wichtig geworden. Die andere Seite ihres neuen Lebensgefühls besteht in einem geringeren Vertrauen in Liebesbeziehungen - bis hin zu einem äußersten Mißtrauen. (BECK-GERNSHEIM 1983; BEISEL u.a. 1984; BRÜCKNER 1987b; BURGHARD 1985; HAGEMANN-WHITE 1984)

3. Frauenarbeit und Enttäuschung

3.1 Vom Umgang mit der Differenz unter Frauen

Gerade in der Frauenarbeit und in Frauenprojekten scheint mir die Thematisierung des Umgangs mit Enttäuschungen wichtig zu sein. In der Aufbruchsphase von Frauenarbeit vor etwa 10 Jahren gab es große Hoffnungen auf Schwesterlichkeit, Gleichheit und Wärme, Hoffnungen, die sich für viele neu Hinzukommende wiederholen. Der ideelle Ausgangspunkt der Arbeit, die gemeinsam erfahrene Unterdrückung als Frau und die angenommene Gleichheit der Zielsetzungen und Bedürfnisse bestärken die Phantasie, daß es keine störenden Unterschiede zwischen Frauen gebe. Die Erfahrung in Frauenprojekten, aber auch sonst in der Frauenarbeit lehrt allerdings, daß die Probleme im täglichen Umgang miteinander viel größer als erwartet sind, ein weites Feld für Enttäuschungen. Grundlage des eigenen Handelns in vielen Frauenprojekten war das Selbstverständnis, als Frau - wie alle Frauen - von männlicher Gewalt betroffen und bedroht zu sein und von daher Frauen, die unmittelbar Gewalt ausgesetzt sind, zu verstehen und unterstützen zu können. Aus dieser - alle Frauen einbeziehenden - ideellen Gemeinsamkeit heraus wurde außerdem angenommen, daß alle Frauen an ihrer Befreiung, d.h. an ihrer Verselbständigung interessiert seien, und nur von außen - von den Männern - von diesem Schritt abgehalten würden. Die Arbeit mit und unter Frauen macht indessen schmerzlich deutlich, daß diese Hoffnungen auch zunichte gemacht werden können von einer Realität, die neben Gemeinsamkeiten und Nähe auch geprägt ist von Mißverständnissen, Konkurrenz, Neid, Mißgunst und höchst unterschiedlichen Lebensvorstellungen und Zielsetzungen.

Die Arbeit mit Frauen führt uns auch die dunkle Seite von Frauen vor Augen und schafft damit die Möglichkeit der Auseinandersetzung mit Zwietracht und Streit säenden Anteilen von Frauen, die bisher nicht bewußtseinsfähig waren, verdrängt gehalten, abgespalten werden mußten. Diese abgespaltenen Seiten zu erkennen, und zu lernen, mit ihnen umzugehen, halte ich für den wichtigsten Schritt in der Entwicklung und Selbstwerdung von Frauen. Das heißt nicht, daß es einfach wäre, das eigene Unzulängliche, Unemanzipierte und Böse in sich und in anderen Frauen zu erfahren und zu verkraften. Weder die frauenbewegten Frauen (oder andere, die aufbrechen wollen) noch die Opfer patriarchaler Gewalt sind ideal. Je idealer wir uns und sie imaginiert haben, desto schmerzlicher das Erwachen, desto nötiger die Bewußtwerdung und Akzeptanz eigener und fremder Schwächen. Wesentlich scheint mir, weder der Enttäuschung und Wut einfach freien Lauf zu lassen, noch die früheren strengen Ideale hinterrücks oder bewußt, aber unhinterfragt in ihr Gegenteil zu verkehren, so daß aus Gleichheit Hierarchie und genauestens festgelegte Arbeitsteilung werden, aus

Selbstbestimmung vorgegebene Veränderungsziele, aus den guten, hilfsbedürftigen Opfern unbelehrbare Mängelwesen oder gar "Täterinnen". (SCHALLHÖFER 1980; STEINER/STRAUB 1988)

3.2 Ebenen der Enttäuschung zwischen Frauen

In vielen Projekten lassen sich unterschiedliche Ebenen von Enttäuschung unterscheiden. Die *politische* Enttäuschung beruht darauf, daß in der Arbeit mit Frauen in einem nicht vorgestellten Umfang langfristig soziale Arbeit notwendig geworden ist; d.h., daß die Fähigkeit und auch der Wunsch zur Selbstbefreiung wie die Hoffnungen auf Selbstorganisation der Betroffenen sehr viel geringer als erwartet sind. Hilfeprozesse müssen also häufig langfristig organisiert werden, sollen sie mehr als nur gutorganisierte Mittelschichtfrauen erreichen.

Die *soziale* Enttäuschung bezieht sich auf die Schwierigkeiten in der Zusammenarbeit mit Frauen und auf die Fallstricke basisdemokratischer Projektstrukturen. Es zeigen sich verschiedene Arbeitsansprüche und Teamerwartungen und schwer auf einander abzustimmende, persönliche Unterschiede unter den Mitarbeiterinnen - trotz vorhandener Gleichheitspostulate. Sowohl die Mitarbeiterinnen wie auch die betroffenen Frauen müssen lernen mit ihren Grenzen umzugehen: Den Hilfsmöglichkeiten der Mitarbeiterinnen sind subjektive und objektive Grenzen gesetzt, und die Möglichkeiten der Einflußnahme auf die betroffenen Frauen durch die Mitarbeiterinnen sind ebenfalls begrenzt.

Die *persönliche* Enttäuschung betrifft die eigenen und fremden Festlegungen und Unbeweglichkeiten, die sich offenbar nur schwer vom Bewußtsein steuern lassen. Es sind Enttäuschungen darüber, wie die betroffenen Frauen, die Klientinnen sind, und Enttäuschungen über die Mitarbeiterinnen und deren mangelnde Perfektheit, die sie sich auch selbst bewußt oder unbewußt vorwerfen, sowie über sich selbst.

Die Arbeit in Frauenprojekten ist häufig mit dem Wunsch verbunden, sich wohlzufühlen und etwas-für-sich-zu-machen - im Sinne der Selbstentfaltung und Weiterentwicklung. Daß aber gerade die Selbstfindung Selbstdistanz und das (An-)Erkennen der anderen Frau als Andere Distanz voraussetzt, wird dabei zugunsten des Wunsches nach Nähe häufig außer Acht gelassen. Die Nähe der sozialen Arbeit zu Gefühlsarbeit und zu Mütterlichkeit macht für Frauen eine Abgrenzung besonders schwierig, zumal auch große Bringschuldgefühle aktualisiert werden. Das Festhalten an Nähe kann sich dadurch bemerkbar machen, daß Frauen glauben, distanziertere professionelle Hilfeformen würden dazu führen, eigene Interessen vor die der anderen Frauen zu stellen.

Auch professionelle Frauen neigen dazu, professioneller Arbeit zu mißtrauen und spontane, lebensnahe Hilfen vorzuziehen. - Eine junge Psychologin:

> "Am besten bin ich dann, wenn ich so bin wie ich wirklich bin. Warum braucht man Theorien und Methoden, anstatt einfach unter die Leute zu gehen und zu helfen."
> (ROMMELSPACHER 1987, S. 39)

Dahinter steht die Idee, nur wenn ich nicht aus mir selbst heraus "gut" bin, muß ich zu Methoden und Theorien greifen. Das schließt oft nicht aus, daß gleichzeitig die eigene Art als "Herumwursteln" entwertet wird und Methoden und Theorien sehr hoch bewertet und nicht selten überbewertet werden. (BRÜCKNER 1990)

3.3 Abgrenzung und Selbstwerdung in der Frauenarbeit

Ein professionelles Selbstverständnis, das inzwischen die meisten Frauenprojekt-Mitarbeiterinnen aufgrund der vorhandenen Erfahrungen entwickelt haben, ermöglicht es, die eigenen Ich-Grenzen gegenüber der anderen Frau aufrechterhalten zu können. Während in der Aufbauphase von Projekten eine starke Identifikation mit den Betroffenen notwendig war, ist in der jetzigen Entwicklungsphase eine neue Beziehungskonstellation erforderlich. In der täglichen Arbeit ist sowohl für die Mitarbeiterinnen wie auch für die betroffenen Frauen *Abgrenzung* voneinander (nicht nur zwischen, sondern auch innerhalb der Gruppen) ebenso wichtig wie *Empathie* füreinander, um Raum zur individuellen Entfaltung zu schaffen. Die Fähigkeit zur Abgrenzung, die Fähigkeit, loslassen zu können, die andere Frau entlassen und gehen lassen zu können und damit selbst eine eigenständige, nicht überbeschützende oder gar umklammernde Mutter zu sein, ist derzeit das Wichtigste, aber auch Schwierigste, das Frauen in der beruflichen Begegnung voneinander lernen können. Dazu ist ein hohes Maß an Empathie gegenüber der anderen Frau in ihrer persönlichen Integrität nötig; sie darf nicht als Prothese zur Stabilisierung des eigenen instabilen Selbst dienen. Voraussetzung für eine Begegnung im tieferen Wortsinne ist, daß Frauen ihre Differenz, ihre unterschiedlichen Interessen und Bedürfnisse nicht anklagend und vorwurfsvoll zur Kenntnis nehmen, sondern darin auch eine Chance für ihre eigene Selbstwerdung sehen.

Selbstwerdung bedeutet immer auch Trennung, was des Schmerzlichen wegen häufig unterschlagen wird. Selbstwerdung hat ebenso seinen Preis wie das Verharren im Wir-Gefühl, in der Gruppenidentität. Das Problem im Umgang mit den anderen sind deren Unzulänglichkeiten und Unvollkommenheiten, die allerdings - bei klarem vergleichenden Blick auf sich selbst - eigene Mängel sichtbar werden lassen. Ein neues professionelles Ziel könnte nun sein, sich nicht länger vor diesen einerseits bekannten, andererseits innerlich sehr schwer akzeptierbaren Gegebenheiten und Zusammenhängen zu verschließen. Auf dieser Basis können professionelle, sozialarbeiterische und BeraterInnenfähigkeiten hilfreich bei der Arbeit mit Betroffenen eingesetzt werden, ohne allzu große Gefahr zu laufen, durch den Einsatz von Techniken Machtmißbrauch und Manipulation zu betreiben; letztere sind im übrigen auch ohne bewußt angewandte Techniken in der spontanen Hilfe von Frau zu Frau nicht nur möglich, sondern auch in vielen subtilen Formen Alltag. Anzustreben ist also die Fähigkeit, für sich selbst ein auf die eigene Person zugeschnittenes Maß angemessenen Handelns - jenseits omnipotenter Selbstüber- oder ebenso unangemessener Selbstunterschätzung zu finden. So widersprüchlich das klingen mag, die Voraussetzung für die Selbstwerdung ist eine klare *Selbstbegrenzung*.

Selbstaneignung ist so verstanden das *Ende der Allzuständigkeit*, die Herauskristallisierung dessen, was ich vermag und dessen, was ich nicht vermag. Der Weg dorthin führt über die Aneignung der eigenen aggressiven Regungen, der Machtgelüste, des Bedürfnisses nach Faulheit usw., die Aneignung von Regungen, die lange für Frauen verboten waren und die sie sich selbst verboten haben; und die zunächst Angst machen, wenn sie ans Tageslicht kommen. Eine derartige Aneignung bisher verbotener Regungen, ihre Integration in das eigene Selbstbild, ermöglicht Frauen eine gefestigtere Wertschätzung der eigenen Person in all ihren Facetten. Das müssen nicht nur betroffene Frauen lernen, um sich vor männlichen Zumutungen besser schützen zu können, sondern Sozialarbeiterinnen und frauenbewegte Frauen müssen dies ebenso lernen, um es auch vorleben zu können. (GEFÜHLSARBEIT 1978; LERNER 1990; OSTNER 1986)

Literatur

BECK-GERNSHEIM; Elisabeth: Vom "Dasein für andere" zum Anspruch auf ein Stück "eigenes Leben". In: Soziale Welt, 3, 1983.

BEISEL, Sylvia; KLEIN, Hildegard; MÜLLER, Ursula: "Konflikte werden uns erst bewußt, wenn wir uns es leisten können, sie zu verändern" (Maxie Wander) - Frauen sehen sich und ihre Beziehungen nach ihrem Aufenthalt im Gießener Frauenhaus. In: Psychosozial, 21, 1984.

BENARD, Cheryl; SCHLAFFER, Edit: Die ganz gewöhnliche Gewalt in der Ehe. Reinbek 1978. *

BÖSEL, Monika: Nach dem Frauenhaus - Mißhandelte Frauen berichten. Frankfurt 1989.

BRÜCKNER, Margrit: Vom schwierigen Umgang mit Enttäuschung - Frauenhäuser zwischen Selbsthilfe und Professionalisierung. In: MÜLLER, Burkhard; THIERSCH, Hans: Von der Gerechtigkeit zur Selbstverwirklichung. Freiburg 1990.

BRÜCKNER, Margrit: Frauen: Lebensstark, beziehungsschwach. In: Psychologie Heute, 12, 1988.

BRÜCKNER, Margrit: Die Entwicklung der Frauenhausbewegung im Spiegel ihrer Veröffentlichungen. In: Sozialwissenschaftliche Literatur Rundschau, 15, 1987a.

BRÜCKNER, Margrit: Die Janusköpfige Frau. Frankfurt 1987b. *

BRÜCKNER, Margrit; KIEPER-WELLMER, Marianne: Das Frauenhaus als Aufbruchchance. In: Neue Praxis, 4, 1985, S. 296-311.

BRÜCKNER, Margrit: Die Liebe der Frauen. Frankfurt 1983. *

BURKHARD, Roswitha: Mißhandelte Frauen: Verstrickung und Befreiung. Weinheim, Basel 1985.

CHODOROW, Nancy: Das Erbe der Mütter. München 1985.

EICKE-SPENGLER; Martha: Über Schuld- und Schamgefühl bei Frauen. In: Zeitschrift für psychoanalytische Theorie und Praxis, 1, 1988.

GAMBAROFF, Marina: Utopie der Treue. Reinbek 1984.

GEFÜHLSARBEIT. Sozialarbeiterinnengruppe Frankfurt. In: Sozialmagazin, 9, 1978.

GILBERT, L.; WEBSTER, P.: Bound by Love. Boston 1982

HAGEMANN-WHITE, Carol: Gleiches Recht auf körperliche Unversehrtheit? In: GERHARD, Ute; LIMBACH, Jutta (Hrsg.): Rechtsalltag von Frauen. Frankfurt 1988.

LERNER, Harriet G.: Wohin mit meiner Wut? Frankfurt 1990. *

MOELLER, Michael-Lukas: Die Liebe ist das Kind der Freiheit. Reinbek 1990.

NUNNER-WINKLER, Gertrud: Das Ich im Lebenslauf. In: Psychologie Heute, 12, 1988. *

OSTNER, Ilona: Weiblichkeit als Beruf. In: Sozial Extra, 10, 1986. *

PINES, Dinora: Wozu Frauen ihren Körper unbewußt benutzen. In: Zeitschrift für psychoanalytische Theorie und Praxis, 1, 1988.

PLETSCHER, Marianne: Weggehen ist nicht so einfach. Zürich 1977.

ROMMELSPACHER, Birgit: Mütterlichkeit und Professionalität. In: ROMMELSPACHER, Birgit (Hrsg.): Weibliche Beziehungsmuster. Frankfurt 1987.

SCHALLHÖFER, Petra: Frauen helfen Frauen - Selbsthilfe und feministische Sozialarbeit in autonomen Frauenhäusern. In: MARTINA RACKI (Hrsg.): Frauen(t)raum im Männerraum. München 1988.

STEINER, Erika; STRAUB, Ute: Interaktionsort Frauenhaus. Heidelberg 1988. *

THÜRMER-ROHR, Christina: Vagabundinnen. Berlin 1987.

THÜRMER-ROHR, Christina: Frauen in Gewaltverhältnissen - Opfer und Mittäterinnen. In: Tageszeitung v. 28.3.1983.
STOLK, Bram van; WOUTERS, Cas: Frauen im Zwiespalt. Frankfurt 1987. *
WALKER, Lenore: The Battered Woman. New York 1979.
WENDEPUNKTE. Erstellt von: Angelika EBBINGHAUS u.a.. Hamburg o.J. (1982, M.B.). *
WILLI, Jürg: Die Zweierbeziehung. Reinbek 1975.
WILLI, Jürg: Therapie der Zweierbeziehung. Reinbek 1978.

Zur Einführung und zum Überblick geeignete Texte sind mit * gekennzeichnet.

Anschrift der Verfasserin

Margrit Brückner
dienstlich:Fachhochschule Frankfurt am Main, Fachbereich Sozialarbeit
Limescorso 5, 6000 Frankfurt/M. 50
privat: Friedrichstr. 17a, 6000 Frankfurt/M. 1

HANS-VOLKER HAPPEL

Krisenintervention im Sucht- und Drogenbereich

Zusammenfassung

Zunächst werden kurz einige grundlegende Positionen in der Suchtdiskussion skizziert. Die Auswirkungen der verschiedenen Modellüberlegungen auf die Beratungs- und Therapiepraxis werden kritisch kommentiert und verschiedenen innovativen Entwicklungen gegenübergestellt. Die bei aktivem Suchtmittelmißbrauch vorhandene "Dauerkrise" wird entlang verschiedener Dimensionen (körperliche, psychische, soziale) beschrieben. Hilfs- und Interventionsmöglichkeiten - vor allem was die Qualität der Kontakt- und Beziehungsebene betrifft - werden vorgeschlagen. Es folgt eine Beschreibung des für die Suchtarbeit notwendigen Kompetenzprofils der HelferInnen. Um institutionelle Rahmenbedingungen angemessen einbeziehen zu können, wird ein Leitfaden zur Erstellung eines Organogramms der jeweils regionalen Suchthilfe vorgelegt. Abschließend wird vom Forschungsprojekt "Selbstheilung bei Drogenabhängigen" berichtet, um exemplarisch die Vielfältigkeit und Vernetzung der Gesamtkonstellation aufzuzeigen. Einstieg in, Verlauf von und Ausstieg aus Drogenabhängigkeit ist ein vom Individuum aktiv gestalteter Entwicklungsprozeß, bei dem das Handeln durch Interpretationen und Bewertungen der eigenen Person und des gesamten Umfeldes strukturiert wird.

1. Status quo und Selbstverständnis der Suchtkrankenhilfe

Erklärungs- und Ursachenmodelle für die *Entstehung von Sucht* beziehen sich allesamt auf die Trias "Gesellschaft - Individuum - Drogen". Je nach Orientierung werden in den Modellen die soziologischen, psychologischen oder biologischen Aspekte betont. Dazu einige Erläuterungen.

Gesellschaftliche und kulturelle Rahmenbedingungen bilden die Folie, auf der der Konsum von Alkohol, Medikamenten und Drogen durch einzelne gesehen werden muß. So können beispielsweise beim Alkoholkonsum grob vier Kulturformen unterschieden werden:

- Abstinenzkulturen (z.B. mohammedanische Länder)
- Ambivalenzkulturen (z.B. USA, Irland)
- permissiv-utilitaristische Kulturen (z.B. Spanien, Italien)
- permissiv-funktionsgestörte Kulturen (z.B. Frankreich, Chile).

Der *gesellschaftliche Umgang* mit dem Konsum - vor allem aber der Umgang mit Rauschzuständen - beeinflussen die im Zusammenhang mit Drogen entstehenden Probleme. So finden sich unterschiedliche Reaktions- und Sanktionsformen bei leichten, mittleren und schweren Rauschzuständen unter dem Gesichtspunkt, ob davon eine Frau oder ein Mann betroffen ist. Für den Bereich der illegalen Drogen zeigt sich, daß der prohibitive und damit kriminalisierende Umgang mit Drogenkonsumenten die Problemlagen der Betroffenen eher noch verschärft - und im Sinne einer sekundären Devianz - eine Anzahl von Störungsbereichen geradezu produziert, z.B. Therapieresistenz, antisoziales Verhalten, Isolation, Mißtrauen etc.

Das *pharmakologische Modell* erklärt den Verlauf des Krankheitsprozesses mit dem Abhängigkeitspotential der verschiedenen Drogen. Das Auftauchen körperlicher Entzugserscheinungen nach einer Phase des längeren Mißbrauchs wird als Trennkriterium für die Suchtpotenz einzelner Drogen definiert. Körperliche und psychische Abhängigkeitssymptome finden sich danach bei der Alkohol-, Barbiturat-, Tranquilizer- und

Opiatsucht, lediglich psychische Abhängigkeitssymptome dagegen bei Haschisch-, Nikotin-, Koffein- und Kokainsucht. Abgesehen davon, daß bei der Beurteilung der Suchtpotenz der einzelnen Drogen immer noch der alte medizinische Wahlspruch 'dosis venenum facit' - die Dosis machts - gilt, zeigt sich am Faktum des Placeboeffektes, daß die Substanzwirkung alleine das Gesamtbild der Abhängigkeit nicht erklären kann. Die *individuellen psychischen Verarbeitungsformen* von Suchtmittelgebrauch determinieren in entscheidender Weise die Entwicklung einer Abhängigkeit.

Die Erklärungen für *interindividuelle Anfälligkeiten* werden verschiedenen Faktoren zugeschrieben: der genetischen Anlage, frühkindlichen Störungen, fehlgeleiteten Lernprozessen und/oder problematischen Beziehungs- und Kommunikationsstrukturen im sozialen Feld.
Unter seelischen Aspekten wird, je nach psychotherapeutisch-pädagogischer Provenienz, die Abhängigkeit zum einen als Symptom einer tieferliegenden seelischen Ursache (psychoanalytischer Zugang) gesehen, oder als Ergebnis eines fehlgesteuerten Lernprozesses (lerntheoretischer Zugang) betrachtet, oder als Störung des Interaktions- und Kommunikationsgefüges (systemischer Zugang) interpretiert.

Den meisten Modellvorstellungen liegt ein *Progressionsmodell* zugrunde, nach dem ein längerer Substanzenmißbrauch irgendwann qualitativ in ein süchtiges Konsummuster umschlägt, das dann quasi linear zum typischen Bild der Abhängigkeit führt. Zentrale *diagnostische Kriterien* dabei sind u.a. körperliche Entzugserscheinungen, Dosissteigerung, Toleranzveränderungen, Unfähigkeit zu abstinieren und deutliche Zeichen körperlicher Beeinträchtigung. Neben diesen sogenannten "harten" Kriterien für eine Diagnose werden auch Veränderungen im sozialen Feld (häufiger Wechsel von Arbeitsstellen, Scheidungen, reduziertes soziales Netzwerk etc.) und psychische Auffälligkeiten (depressive Verstimmungen, Affektschwankungen, Selbstwertproblematik etc.) angeführt.
Soweit der holzschnittartig skizzierte wissenschaftliche Kenntnisstand; ausführliche Darstellungen finden sich bei FEUERLEIN (1984; 1986 und BÖLLINGER & STÖVER (1992).

Im Vordergrund der Beratungs- und Behandlungsinterventionen steht nahezu ausschließlich das abhängige Individuum selbst. Mittlerweile haben sich einige *professionelle Standards* im Umgang mit Abhängigkeitsstörungen entwickelt, die zum Teil axiomatischen Charakter haben:
- Abhängige weisen entwicklungsbedingte Persönlichkeitsstörungen auf, die professionell geheilt werden müssen;
- Ziel jeder Behandlung ist die Abstinenz;
- eine therapeutische effektive Intervention setzt erheblichen Leidensdruck beim Klienten voraus;
- Beratung und Behandlung müssen multidimensional und multiprofessionell angelegt sein.

Während diese Prämissen im Bereich des Alkoholismus ungebrochen Geltung beanspruchen, erweisen sie sich bezüglich der Drogenproblematik mittlerweile als kontraproduktiv.

Die bis weit in die 8oer Jahre hinein - zum Teil auch heute noch - gültigen *Beratungs- und Therapiekonzepte* definierten Eingangs- und Zugangsvoraussetzungen, die sich als zu hochschwellig herausgestellt haben. Die Cleanforderung sowie die alleinige Orientierung an psychotherapeutischem Umgang mit der Drogenabhängigkeit schufen Barrieren, die verhinderten, daß die Angebote der Drogenhilfe ihre Adressaten erreichten.

Entgegen dieser Entwicklung haben sich seit Mitte der 80er Jahre zunächst zögernd, mittlerweile aber doch durchgängig neue Perspektiven in der Drogenhilfe durchgesetzt.

Jugendspezifische, subjektorientierte und biographiebezogene Forschungen haben Ergebnisse gebracht, die es dringend nahe legten, konventionelle Auffassungen über Suchtverläufe zu revidieren, insbesondere für den Drogenbereich. Drogenkonsum und -abhängigkeit werden als altersspezifisches Übergangsphänomen gesehen, ja geradezu als Entwicklungsaufgabe, mit der Jugendliche im Alter zwischen 15 und 25 Jahren konfrontiert sind. Während dieser Zeit lernen die Heranwachsenden einen vernünftigen bzw. unvernünftigen Umgang mit Suchtmitteln; und je nachdem wie diese *"Suchtmittelsozialisation"* gelingt, werden sich möglicherweise sowohl unproblematische als auch chronifizierte Gebrauchsmuster entwickeln. Angesichts dieser Sachlage geht es dann auch weniger darum die vermuteten seelischen Störungsbedingungen zu bearbeiten, vielmehr bedarf es einer unterstützenden und begleitenden Hilfestellung, um drohende seelische, körperliche oder psychische Problemeskalationen zu verhindern. Die entsprechenden *Stichworte dieser neuen Konzeptionen* sind: Suchtbegleitung, niederschwellige, akzeptierende Drogenarbeit, harm reduction (Gefährdungsminderung).

Wohlgemerkt, diese Innovationen haben sich vorwiegend in der Drogenhilfepraxis durchgesetzt. Die Alkoholbehandlung dagegen wird von einem traditionellen psychopathologisierenden, zum Teil auch sehr rigiden Grundmodell beherrscht.

2. Krisenkonstellationen in der Suchtkrankenhilfe

Im neusprachlichen Gebrauch hat der *Krisenbegriff* mittlerweile einen unscharfen und vieldeutigen Inhalt angenommen. Letztlich wird mit dem aktuell gebräuchlichen Krisenbegriff ein Bedingungsmuster umschrieben, das vorwiegend durch Schwierigkeiten und Probleme charakterisiert ist und das spezifische Handlungsformen zur Überwindung dieses Zustandes erfordert.

Die Entwicklung einer Suchtmittelabhängigkeit ist geradezu ein paradigmatisches Beispiel dafür, wie Menschen (gegen) sich Probleme, Konflikte und Entscheidungen inszenieren. Das Suchtmittel ist dabei ein 'ideales' Medium, von dem das Repertoire an Bewältigungsmöglichkeiten (coping-skills) zunehmend beeinflußt wird und schließlich abhängt.Die Substanzen werden dabei funktional sehr unterschiedlich eingesetzt zur:

- Betäubung, so daß Krisen nicht mehr wahrgenommen werden können;
- Erhöhung des Selbstwertgefühls, wobei die Selbstwahrnehmung zum Teil in verzerrter Form stattfindet, um Probleme und Problembedingungen leugnen zu können;
- Schmerzlinderung, um die schmerzlichen Auswirkungen der Krise nicht spüren zu müssen;
- Aktivierung, um eigene Leistungsstandards bis zum Letzten auszuweiten etc.

Es finden sich überraschende Parallelen, wenn man den von CAPLAN (1964) vorgelegten *typischen Verlauf von Krisen* mit den von JELLINEK (o.J.) beschriebenen Phasen der Alkoholabhängigkeitsentwicklung vergleicht (s. nächste Seite). Nach CAPLAN erlebt das Individuum in der *ersten* Stufe eine Verunsicherung mit emotionalen Spannungen und partiellen Orientierungsverlusten, die es zum Teil mit gewohnten Handlungsweisen zu überwinden versucht. In der *zweiten* Phase wird - nachdem diese Bemühungen gescheitert sind - eine zunehmende Desorganisation des gesamten Verhaltens feststellbar. Auf der *dritten* Stufe zeigen sich dann zunehmend Merkmale starker seelischer und sozialer Belastung, wobei das Individuum in dieser Phase erstmals auch Hilfestellung von außen zu organisieren versucht. Schließlich eskalieren diese Phänomene auf einer *vierten* Stufe bis hin zum emotionalen Zusammenbruch.

Im *JELLINEK-Schema* (siehe nächste Seite) sind - in Erweiterung der ursprünglich nur für den Alkoholismusverlauf beschriebenen Kurve - die entsprechend assoziierten Reaktions- und Erlebnisebenen des sozialen Umfeldes mit aufgeführt. Wenn auch in Bezug auf die Linearität des Modells Kritik angebracht ist, so wird in der Kurve durchaus deutlich, daß ausgehend von akuten Alkoholproblemen (Alkoholmißbrauch im Zusammenhang mit einer konfliktgeladenen biographischen Lebenssituation) über eine krisenhafte Entwicklung des Alkohol- und Personenbezugs (Alkohol wird zum bestimmenden Element des Alltagsablaufs) die chronische Abhängigkeit sich entwikkelt; die Krisensymptomatik erweitert sich jetzt in radikalisierter Form. Ausgehend von dieser groben Skizze sollen - nach einer allgemeineren Betrachtung der Praxis der Krisenintervention am Beispiel einiger suchtspezifischer Krisenkonstellationen - die Zusammenhänge detaillierter betrachtet werden.

2.1 Praxis der Krisenintervention

Im Folgenden beziehe ich mich hauptsächlich auf das von FIEDLER (1988) in Anlehnung an BALDWIN (1979) vorgelegte *Konzept der personzentrierten Krisenintervention*. Es benennt für den Prozeß der Krisenintervention vier Phasen, wobei auf der Affektbzw. Kognitionsebene spezifische Handlungsanweisungen für die jeweilige Phase aufgezeigt werden.

In "Phase eins" (Katharsis/Diagnostik) geht es auf der Ebene "Affekt" darum, den Klienten zu ermutigen, Gefühle auszudrücken, ihn in seinen Bemühungen zu unterstützen, die emotionale Bedeutung der Krisenauslöser zu klären sowie um erste Hilfestellungen und Unterstützung von Seiten der Therapeutin oder des Therapeuten. Auf der Kognitionsebene sollen Hintergrundinformationen exploriert und eine subjektive Klärung des Krisenanlasses initiiert werden.

In "Phase zwei" (focusing/Kontrakt) geht es im Affektbereich zunächst darum, die Gefühle genauer wahrzunehmen, die eine Bewältigung der Krise verhindern oder erschweren. Zudem geht es darum, die entstandene Beziehung zu einem tragfähigen beraterischen Arbeitsbündnis weiterzuentwickeln. Auf der Kognitionsebene wird der Krisenanlaß und der Krisenverlauf nun exakter zu fassen versucht, und es werden Absprachen über Zeitraum und Ziel des Krisenlösungsprozesses abgesprochen.

In "Phase drei" (Intervention/Bewältigung) stützen der Berater bzw. die Beraterin angemessene Krisenbewältigungsversuche. Die Erweiterung und Stabilisierung neuer Fertigkeiten sowie alternative Lösungen der Probleme und Kriterien für Erfolg (wie Mißerfolg) werden im kognitiven Bereich weiter erarbeitet.

In der "Phase vier" (Beendigung/Integration) thematisieren die Beratenden die Beendigung der Krisenintervention, wobei die bisher erreichten Umstellungen gestützt und bekräftigt werden.

Ansonsten werden auf der kognitiven Ebene zukünftige Krisen und angemessene Reaktionen darauf antizipiert; zudem bedarf es der Information über weitere Möglichkeiten sozialer wie professioneller Unterstützung in einem zukünftigen Krisenfall.

Verlauf der Alkoholkr bei Abhän Mitbetr

Abhängiger

Prodromalphase

- Gelegentliches, aber zunehmendes Erleichterungstrinken
- In Gesellschaft häufig unterhaltend, spritzig, charmant
- Regelmäßiges Trinken und Steigerung der Trinkmenge
- Vorsätze, mit dem Trinken aufzuhören oder es noch besser zu kontrollieren, werden häufiger gebrochen
- Schamgefühle, weil man versagt hat, Schuld dafür wird bei anderen gesucht
- Leugnen von exzessivem Trinken
- Erste Erinnerungslücken

akute Phase

- Häufiger Kontrollverlust
- Häufiger Stimmungswandel
- Unberechenbare Großzügigkeit
- Vermeiden von Gesprächen über Alkohol
- Finden von Entschuldigungen für Versagen
- Zunehmende Unzuverlässigkeit
- Verlust von Interessen
- Gedanken kreisen häufiger um Alkohol
- Allgemeine Vernachlässigung (z. B. Ernährung, Kleidung, Hygiene)
- Aggressives Verhalten gegen Partner / Kinder
- Suchen neuer Trinkpartner
- Flucht vor Gesprächen über Alkohol
- Serviles Verhalten am Arbeitsplatz
- Geldsorgen – dennoch spontane überdimensionierte Geschenke für den Partner oder die Kinder, um Aggressionen vorzubeugen

chronische Phase

- Zunehmende Schwierigkeiten am Arbeitsplatz
- Führerscheinverlust
- Zunehmende Wesensveränderung
- Die Alkoholalibis und Erklärungssysteme brechen zusammen
- Die Machtlosigkeit gegenüber dem Alkohol wird geahnt und schließlich zugegeben
- Die vollständige Niederlage wird zugegeben

Mitbetroffener

- Erste Ahnungen, daß der Partner anders trinkt
- Problematischer Umgang mit Alkohol ist hin und wieder Gesprächsthema
- Ermahnungen, sich doch bitte zusammenzunehmen, werden vom Partner als Nörgelei und Kritiksucht abgetan
- Übernahme von Verantwortung bei alkoholbedingten Schwierigkeiten
- Entschuldigungen und Ausreden für den Partner
- Gespräche über Alkohol werden durch Kritik und Mißachtung zunehmend vergiftet
- Zweifel an der eigenen Beobachtungsgabe, Unsicherheit in der Beurteilung des Partners
- Gefühl der Angst und Spannung vor unerwarteten Ereignissen steigt
- Zeitweise Hoffnung, daß bald alles wieder so sein wird wie früher
- Verstärkte Hilfeversuche
- Tiefe Mutlosigkeit und Ohnmachtsgefühle bei Rückfällen
- Körperliche und psychische Beschwerden nehmen zu, manchmal verbunden mit Mißbrauch von Beruhigungs- und Schlafmitteln
- Todeswünsche („Wenn er / sie doch nur mal gegen einen Baum fahren würde!")
- Tiefe Verzweiflung, Resignation
- Drohungen – ohne Konsequenzen zu ziehen
- Absagen aller sozialen Anlässe, zunehmende familiäre Isolation
- Zuteilung von Alkoholrationen und Ausgießen voller Flaschen
- Angst vor Aggressionen
- Geldsorgen
- Erkennen, des Partners
- Erste Vers eine selbstä delnde Pe werden
- Aufs und mer H

Zusammenbruch

Erläuterungen zu dem Schaubild

Beide Seiten sind in Pfeilrichtung zu lesen

Mit diesem Schaubild wird eine komplizierte Entwicklung in stark vereinfachter Form dargestellt. Die einzelnen Schritte müssen nicht zwangsläufig in der beschriebenen Reihenfolge ablaufen. Ein Ausstieg ist an jedem Punkt möglich, Rückschritte beim Genesungsprozeß kommen vor, führen jedoch nicht zwangsläufig auf den Nullpunkt zurück.

Das Schaubild soll vor allem deutlich machen, daß eine Abhängigkeit nicht auf den einzelnen beschränkt bleibt, sondern daß die Beziehungen zueinander davon betroffen sind. Verhaltensweisen können sich gegenseitig ergänzen und verstärken. Das Schaubild soll das Miteinander, Nebeneinander und Gegeneinander des Abhängigen und des Mitbetroffenen deutlich machen. Unter „Mitbetroffene" sind Eltern, Ehepartner, Kinder, Freunde, Kollegen und Vorgesetzte – also das gesamte soziale Umfeld – zu verstehen.

ankheit und Genesung
gigen und
offenen

Durch das Schaubild wird auch deutlich, daß der Angehörige erst dann hilfreich wirken kann, wenn er sich nicht mehr nach außen krampfhaft um Harmonie und Ausgleich bemüht, sondern als selbständige Person handelt. Erst bei Eintritt in die Alkoholabstinenz und dem Ausstieg aus der „Co-Alkoholiker"-Rolle des Mitbetroffenen ist eine beiderseitige positive Entwicklung zu selbständigen Persönlichkeiten möglich. Diese Entwicklung verläuft beim Abhängigen und Angehörigen verschiedenartig.

Die dargestellte Entwicklung zeigt als positive Lösung eine neue gemeinsame Lebensform als Ziel der Entwöhnungs- und Familienbehandlung. Andere Wege und Lösungen sind denkbar und möglich. Bei Abhängigkeiten von anderen Suchtmitteln kann der Verlauf ähnlich sein.

Der dargestellte Kriseninterventionsverlauf impliziert, daß im Falle des Eintretens einer Krise auch tatsächlich ein zumindest mittelfristiges Kontaktarrangement getroffen werden kann. Weit häufiger bedarf es jedoch in der konkreten Krisenintervention der Klärung akuter Krisen und der Aktivierung sozialer Netzwerke und/oder der Weiterleitung an entsprechende professionelle Einrichtungen der psychosozialen Versorgung.

Diese zunächst sehr allgemein dargestellte Form von Krisenintervention wird nun durch einige spezifische Beispiele aus der Suchtkrankenhilfe ergänzt.

2.2 Krisen in der Zeit des aktiven Drogengebrauchs bzw. in der "Nassen Phase"

Auch bei älteren und routinierten Abhängigen finden sich immer wieder durch Drogeneinnahme provozierte Körper- und/oder psychische Krisen (bei Überdosierung, durch Horrortrips, in Form eingeschränkter Ansprechbarkeit usw.). Bei Überdosierung ist die sofortige Verständigung eines Notarztes erforderlich. Zwischenzeitlich sollte unter allen Umständen versucht werden, die Betroffenen wachzuhalten.

Kokain- oder Halluzinogen-Räusche werden von den KonsumentInnen häufig bedrohlich erlebt, sie entwickeln dann das Angst aktualisierende Gefühl, daß dieser Zustand nie mehr aufhört. In diesem Falle ist Entdramatisierung angesagt und begleitende Unterstützung bei verschiedenen Aktivitäten (spazierengehen, Wohnung saubermachen, malen, Briefe schreiben etc.). Die Gabe stark salzhaltiger Boullions vermag im einen oder anderen Fall die Dauer dieser Horrortrips zu verkürzen.

Bei Dauergebrauch eskalieren die sozialen und psychischen Krisenbedingungen. Die Isolation schreitet voran bzw. die sozialen Bezüge werden ausschließlich der Suchtmittelbeschaffung untergeordnet. Die Verschärfung der Suchtentwicklung und der Lebenssituation erfordern eine um so größere Aktivierung des psychischen Abwehrsystems. Die gescheiterten Versuche, das Trinken - zum Beispiel - in den Griff zu bekommen, die Niederlagen, die verlorenen Kämpfe gegen die eigenen Vorsätze, führen zu einer Traumatisierung des Selbstwertgefühls. Zur Rettung - wenn auch letztendlich zur mißlingenden - werden verschiedene *Abwehrmechanismen* aktiviert, wie z.B. *Verleugnung* ("Ich kann jederzeit mit dem Trinken Schluß machen."), *Projektion* ("Nicht ich isoliere mich, sondern die anderen isolieren und meiden mich."; "Nicht ich bin kaputt, sondern die ganze Gesellschaft, der Staat und die Kirche sind kaputt."), *Rationalisierung* ("Um in meiner Position gute Kontakte zu pflegen, ist es wichtig, daß ich wiederholt trinke."), *Verdrängung* ("Ich habe nur ganz selten zuviel getrunken.") und *Regression*. Die psychischen Reaktionsformen werden von der klassischen Psychiatrie häufig als Verlogenheit, Willensschwäche und Haltlosigkeit interpretiert. Genau diese Haltung verhindert jedoch, daß zu den KlientInnen überhaupt eine Beziehung mit beraterischer Qualität aufgebaut werden kann.

2.3 Krisen im Zusammenhang mit Ausstieg und Entzug

Heute abstinent lebende ehemalige Abhängige vermögen großteils keinen eindeutigen "clear cut" zwischen Abhängigkeit und Beginn des Ausstiegs zu benennen. Die *Motivationsentwicklung* zum Ausstieg beginnt schon früh in der Zeit der Abhängigkeit. Die mißlungenen Ausstiegsversuche haben zu entsprechenden Strategie- und auch Kompetenzveränderungen geführt. Auch wenn die Ausstiegsentscheidung anfänglich diffus und unklar bleibt, wird doch die Ausstiegsbereitschaft häufig über sozial günstige Bedingungen nachhaltig stabilisiert.

Die Krisen des Ausstiegs beschränken sich keineswegs allein auf die körperliche Ebene (Entzugserscheinungen). Der Ausstiegsentscheidung sind massive *biographische Orientierungskrisen* assoziiert. Das Abschiednehmen von einem Lebensstil, mit dem man eine Zeitlang zum Teil euphorische Erfahrungen, aber auch Erfahrungen der Linderung seelischer Krisen gemacht hat, ist mit Schmerz, höherer Verletzlichkeit und Trauer verbunden. In dieser Zeit werden die Chancen für persönliches Wachstum kaum gesehen. Es geht eher darum, diese belastende Situation in irgendeiner Form zu handhaben. "Ich weiß, was ich nicht will, ich weiß aber nicht, was ich will." - Für die Beratung heißt das, daß in dieser Phase die Unterstützung und Hilfe in Richtung der Stabilisierung der Negativ-Motivation ("Ich weiß, was ich nicht will.") gehen sollte.

2.4 Rückfallkrisen

In der Suchtliteratur finden sich keine eindeutigen *Kriterien* zur Definition des Rückfalls (s.auch KÖRKEL u.a. 1988). Einige Autoren gehen davon aus, daß eine mindestens einjährige Abstinenz vorliegen muß, bevor von Rückfall gesprochen werden dürfe. Alles andere seien Cleanphasen im Rahmen von Abhängigkeitsprozessen und somit nur Symptom der Abhängigkeit selbst. Andere fokussieren bei der Rückfallsdiskussion auf die dabei ablaufenden kognitiven Prozesse. Die bewußte Wiederaufnahme des Suchtmittelkonsums mit dem Ziel, einer psychischen Zustandsveränderung, wird unter diesem Gesichtspunkten als Rückfall bewertet.

"Der Rückfall beginnt nicht mit dem erstem Glas", ist eine bei den SuchthelferInnen gebräuchliche Formel, die auf die komplexen Zusammenhänge im Vorfeld des Rückfalls weist. Die *Rückfallgefahren* sind besonders dann groß, wenn Abhängige über keine Präventions-Strategien verfügen. Entsprechend wichtig ist es, die Selbstwahrnehmung im Zusammenhang mit den Rückfallgefahren zu verbessern. Oft finden sich vor dem Auftauchen des drängenden Wunsches nach Alkohol lange Phasen allgemeiner Unzufriedenheit mit der eigenen Person und mit dem Alltag. Damit einher geht eine größere Anfälligkeit für entsprechende situative Bedingungen. Gelingt es den Abhängigen nicht, eine einigermaßen lustbereitende, abwechslungsreiche und entwicklungsorientierte Lebensgestaltung zu organisieren, steigt das Rückfallrisiko.

Da, wo sich nach längerer Abstinenz der Gedanke an die Wiederaufnahme des Suchtmittelkonsums regelrecht zwanghaft aufdrängt und ein Rückfall droht, sind je nach Situation verschiedene *ad hoc-Strategien* angesagt. So helfen beispielsweise Bilanzdarlegungen (Vor- und Nachteile des Rückfalls), die die mit solchen Situationen verbundenen Ambivalenzen klarer auf den Punkt bringen. Die Bedingungen, unter denen die "Schußgeilheit" auftritt, sind oft für die Betroffenen selbst nicht klar benennbar; dieses Gefühl taucht in emotional labilisierten Lebenssituationen auf. Eine gemeinsame Reflexion über diesen Zustand hilft das zum Teil strukturlose ohnmächtige Ausgeliefertsein an das Suchtverlangen wieder strukturierter zu relativieren.

In einigen stationären Einrichtungen wurden mittlerweile Rückfallkonzepte entwikkelt, in denen vorwiegend mit körperlicher Aktivierung (joggen, starke körperliche Arbeit, Sauna, Wechselbäder etc.) dem Rückfallgeschehen begegnet wird.

Nach vollzogenem Rückfall ist es besonders wichtig, die häufig damit einhergehenden Dramatisierungs- und Eskalationstendenzen zu entschärfen. Zum Teil sind solche falschen Umgangsformen hausgemacht. Die Ideologie, nach der nur ein Schluck Alkohol bereits zum Wiedereinsetzen des Kontrollverlustes führe, wird dann im Sinne einer "self-fullfilling-prophecy" wirksam. Für manche Abhängige sind die mit dem Rückfall verbundenen Erfahrungen wichtige Bestandteile des gesamten Rehabilitationsprozesses. Zudem muß unterschieden werden, ob der Rückfall ein singuläres Konsumereig-

nis, ein Ausrutscher oder die Fortsetzung der Abhängigkeits-'Karriere' anzeigt. Der größte beraterisch- therapeutische Fehler in dieser Situation liegt darin, den mit Schuldgefühlen und Versagensängsten kämpfenden KlientInnen zusätzliche Vorwürfe wegen des Geschehens zu machen.
Ebenso problematisch erscheint auf Seiten der BeraterInnen auch, Rückfälle zu ignorieren bzw. nicht wahrhaben zu wollen. KÖRKEL u.a. (1989) resümieren in einer Untersuchung über das Bewältigungsverhalten von Suchttherapeuten nach einem Rückfall ihres Klienten, daß ein *angemessener Umgang* mit dem Rückfall keine Katastrophe als vielmehr ein handhabbarer Teil des Therapieprozesses darstelle.

2.5 Weitere Krisenaspekte bei Suchtproblemen

Die bisherige Darstellung ist ein erster grober Systematisierungsversuch. Letztlich ging es bisher darum aufzuzeigen, daß Sucht Krisen in Permanenz produziert; die Gesamtheit der Krisenkonstellationen im Suchtbereich ist damit jedoch nicht vollständig erfaßt.

- So wären als weitere wichtige Krisenfelder u.a. zu nennen:
- suchtbedingte Krisen in Partnerschaften bzw. Familien;
- drohende bzw. konkrete Konflikte infolge justitieller Verfolgung;
- drohende bzw. bereits bestehende HIV-Infektion bei Drogenabhängigen mit riskanten Applikationsformen (Nadeltausch);
- Probleme im Beruf bzw. in der Ausbildung (u.a. Angst vor Aufdeckung des Ex-User-Status);
- finanzielle Problemlagen, z.B. Schulden;
- im Verlauf der Suchtentwicklung häufig auftretende Suizidgedanken bzw. -versuche.

Sucht und die zugeordneten Krisen sind Teil der biographischen Entwicklung, insofern ist der Suchtmittelkonsum bzw. die Krisenhandlung auch ein *Akt der Selbsthilfe* ("Selbstheilung *durch* Drogen").

Das fatale Entwicklungsmoment in den Karrieren von Suchtmittelabhängigen ist die Tatsache, daß Krisenerfahrungen und deren Verarbeitung nicht als Chance für die Selbstkorrektur genutzt werden, sondern als weitere Katastrophe in der eigenen Biographie gesehen werden. Dieser Chronifizierungsmechanismus - der Suchtmittelgebrauch führt zu einer kurzfristigen Stabilisierung und Überwindung der mit Krisen verbundenen unangenehmen Gefühle, langfristig verschlechtert sich jedoch die objektive Lebenslage - führt auf Seiten der *BeraterInnen* häufig zu pessimistischen, resignativen Haltungen gegenüber Süchtigen. Innerhalb der Klientel verschiedener psychosozialer Institutionen finden sich zunehmend KlientInnengruppen mit massiven und komplizierten Defiziten in sämtlichen Bereichen der persönlichen Belange. Die Krisenintervention bei diesem Klientel stößt dann auch schnell an die *Grenzen von Selbstexploration auf Seiten der KlientInnen; dem korrespondieren dann häufig StellvertreterInnen-Aktivitäten und "fremdbestimmende" Bemühungen auf Seiten der BeraterInnen.*

Doch: trotz der häufig völlig desolaten Lebenssituationen Abhängiger - personzentriertes Vorgehen ist auch dann möglich und notwendig, wenn offensichtlich alles chaotisch und problematisch erscheint. Jede und jeder Abhängige haben die Hoffnung - abstinent oder kontrolliert, substituiert oder clean, für immer oder zeitweilig mit dem Suchtmittel auf andere Art und Weise umgehend - auf diese Weise einen bewußteren, selbstbestimmteren und weniger unkalkulierbaren Umgang mit sich selbst zu erreichen.

3. Anforderungen an ein Kompetenzprofil für die Suchtberatung

Nach FENGLER (1988) provoziert die Zielgruppe der Süchtigen "... in Helferinnen und Helfern die unterschiedlichsten Gefühle und Impulse: Distanzierung, Bestrafung, Neid, Konkurrenz, Zuversicht, Selbsterhöhung, Resignation, Intrige, Rücksichtslosigkeit u.a. Immer werden Helferinnen und Helfer in gewissem Umfang von den Süchtigen mit Krankem angesteckt" (S. 47). Schlußfolgernd schlägt er deshalb vor, daß beim Umgang mit Suchtmittelabhängigen folgende *Fähigkeiten* benötigt werden:

"1. Kontrolle von Übertragung und Gegenübertragung, insbesondere der eigenen Verschmelzungs- und Bestrafungsimpulse;

2. Klarheit, Konstanz und Konsequenz in der Beziehung zu den Klienten und zum eigenen Suchtverhalten;

3. Informiertheit und Humor;

4. Fähigkeit, sich in Gruppen aufzuhalten und sich aus eigener Initiative mit Unterstützung zu versorgen;

5. Fähigkeit, als Helferin und Helfer institutionelle Gegebenheiten zu verstehen und zu beeinflussen" (S. 56)

Um die in diesem Katalog angesprochenen Kompetenzen zu realisieren, ist es sinnvoll, sich das von DÖRNER & PLOG (1978) dargestellte methodisch-didaktische Konzept der *"Arbeitshaltung in der Psychiatrie"* anzueignen.

Die Autoren heben drei Elemente hervor:
Selbstwahrnehmung: Es geht darum, die bei der Konfrontation mit den KlientInnenproblemen ausgelösten Gefühle bei sich selbst wahrzunehmen; wahrzunehmen, welche eigenen Anteile eine Rolle spielen und wie die eigene subjektive Einschätzung die Beziehung beeinflußt. Daraus resultiert eine Suchhaltung, die die Wahrnehmung der eigenen Person in den Vordergrund stellt; um besser helfen zu können.

Wahrnehmungsvollständigkeit: Die Suchhaltung muß sich neben den privaten auch auf die beruflichen, neben den gesunden auch auf die eigenen kranken Anteile richten, um darüber vermittelt die Situation wie die Person (auch des Klienten) in ihrem gesamten sozialen Rahmen und ihrer psychischen Situation besser wahrnehmen zu können.

Normalisierung der Beziehung: Die Umsetzung beider Aspekte mündet dann in die Veränderung der Beziehung, dort PatientIn und Abhängige/r - hier BeraterIn und (All-zu-)Mächtige/r. Die Suchhaltung hilft einerseits die beraterische Position zu entzaubern, andererseits verlangt sie die Offenheit (Verletzbarkeit) der BeraterInnen als Person.

In einer *Grundthese* zur Bedeutung von Fort- und Weiterbildung in der Suchtkrankenhilfe postuliert ANTONS-VOLLMER (1988): "Auch professionelle Helfer müssen lernen, sich als Betroffene zu begreifen: im Sinne der Grunddimension"Abhängigkeit" ist jeder Betroffener. Es gilt, als Professioneller diese Nähe oder Ähnlichkeit zum Klienten zu integrieren mit der notwendigen anderen Seite: der Distanz und Unterschiedenheit zum Klienten. Das spezifische professionelle Hilfspotential liegt in seiner Beweglichkeit zwischen den Polen von Nähe und Distanz." (S. 113).

4. Institutionelle Rahmenbedingungen

Spötter der Szene sprechen schon von "Suchtbonus", um darauf aufmerksam zu machen, daß im Sucht- und Drogenbereich der institutionelle Ausbau, im Vergleich zu anderen psychosozialen Bereichen, optimal differenziert ist. Abgesehen von ambulanten und stationären Einrichtungen, Tages-, Nacht- und Nachsorgeeinrichtungen, werden für unterschiedliche Adressatengruppen eine Vielzahl, die Belange der jeweiligen

Gruppe berücksichtigende institutionelle Varianten feilgeboten: für jung oder alt, Mann oder Frau, Deutsche oder Ausländer, Alleinstehende oder Paare, mit oder ohne Kind, stadtnah oder auf der grünen Wiese usw.

Um diese Angebotsvielfalt für den eigenen Bereich überschaubar zu halten, erscheint es sinnvoll, für die eigenen Arbeitsbelange ein *Organogramm* zu entwerfen, das die Einrichtungen, Träger, Angebote etc. in der Region problemspezifisch vernetzt.Bei der Erstellung eines solchen Organogramms können folgende Fragestellungen behilflich sein:
Kenne ich einen Arzt in meiner Umgebung, der kompetent und verantwortlich mit Sucht umgehen kann? (Sehr wichtige Adresse, da hier oft die Weichen für den weiteren Rehabilitationsprozeß gestellt werden.) - Kenne ich ein Krankenhaus bzw. eine zuständige Institution, die schnell und unbürokratisch im Falle einer Krise eine stationäre Aufnahme ermöglicht? - Wo ist die nächste Sucht- bzw. Drogenberatungsstelle, bei der ich mir Auskunft einholen bzw. wohin ich KlientInnen weitervermitteln kann? - Welche Selbsthilfegruppen kenne ich? - Wo kann ich Auskünfte über deren ideologische und konzeptionelle Ausrichtung einholen? - Kann ich da, wo es notwendig ist, Adressen von im Umgang mit Sucht kompetenten PsychotherapeutInnen vermitteln? - Welche Möglichkeiten habe ich, außerhalb der offiziellen Öffnungszeiten in Krisensituationen? (Notarzt, Vergiftungszentrale, Drogenotruf).

Bei der Zussammenstellung des Organogramms ist es zunächst sinnvoll, sich mit einer zentralen Institution (z.B. Sucht- und Drogenberatungsstelle) zusammenzusetzen und deren Antworten auf o.g. Fragen gemeinsam zu diskutieren. Davon ausgehend läßt sich dann ein eigenes *Interventionsnetz* entwickeln. Als hilfreich hat es sich erwiesen, nicht auf die erste Krisenintervention zu warten und erst dann entsprechende Schritte vorzubereiten; vielmehr bedeutet das vorherige persönliche Kennenlernen der verschiedenen KooperationspartnerInnen, daß im Ernstfall mit einer größeren Sicherheit gehandelt werden kann.

Selbsthilfe im Suchtbereich wird unterdessen als unverzichtbarer Bestandteil der Gesamtversorgung eingeschätzt. In den letzten fünfzehn Jahren haben sich daher - vor allem im Alkoholbereich - zunehmend Selbsthilfegruppen etabliert. Und dennoch: in der Kooperation von Professionellen und Selbstorganisierten gibt es nach wie vor noch Berührungsängste und Kompetenzgerangel. Während im *Alkoholbereich* die Kooperation in Teilbereichen funktioniert (Diakonisches Werk mit Freundeskreisen, Caritas mit Kreuzbundgruppen, Guttempler-Beratungsstellen mit eigenen Gruppen), finden sich im *Drogenbereich* äußerst schwierige Konstellationen. Die Drogenhilfe hat es in ihrer nun fast zwanzigjährigen Tätigkeit versäumt - anfänglich hat sie es geradezu bekämpft - Initiativen von Drogenabhängigen in der Weise zu unterstützen, daß ihnen die Organisation von Selbsthilfegruppen gelingt. Neuerdings finden sich hier einige zarte Pflänzchen, die im Sinne "Hilfe zur Selbsthilfe" selbstorganisatorisches Engagement von Drogenabhängigen unterstützen, so z.B. die JES-Gruppen (Junkies, Ex-User, Substituierte), die mit den örtlichen AIDS-Hilfen eng zusammenarbeiten.

5. Exkurs: Selbstheilung bei Drogenabhängigen

Der Kurzbericht über eine *Studie* zur Selbstheilung bei Drogenabhängigen soll die in den vorhergehenden Kapiteln angesprochenen Zusammenhänge nochmals exemplarisch verdeutlichen. Die Studie - Forschungsprojekt Selbstheiler 1986-1990 - wurde mit Unterstützung des Hessischen Sozialministeriums an der Fachhochschule Frankfurt am Main, Fachbereich Sozialpädagogik durchgeführt.

Erste empirische Hinweise auf die Existenz des Phänomens Selbstheilung finden sich in einer großangelegten Studie Anfang der 60er Jahre (WINICK 1964). WINICK untersuchte die strafrechtliche Langzeitentwicklung von Opiatstraffälligen und fand, daß mehr als Zweidrittel der Abhängigen im Laufe der Zeit strafrechtlich unauffällig wurden. Für ihn war dies ein Indikator für die Überwindung der Sucht. Schlußfolgernd formulierte er die *maturing-out-Hypothese*, nach der Drogenabhängigkeit ein sich selbst limitierender Prozeß sei, bei dem das Drogenbedürfnis nachlasse und Widerstandspotentiale aktiviert würden.

Den entscheidenden Beleg für Selbstheilung bei Drogenabhängigen lieferten ROBINS u.a. (1975), die eine ausführliche Untersuchung der drogenabhängigen Vietnam-Heimkehrer der US-Armee durchführten. Das wichtigste Ergebnis: ein Jahr nach der Rückkehr waren 53% der behandelten abhängigen Veteranen und 83 % derjenigen, die sich keiner Behandlung unterzogen hatten, heroin-clean.

Seriöse Schätzraten für den Anteil an Spontanremissionen bei Drogenabhängigen liegen zwischen 30 und 50% (siehe SCHNEIDER 1988).
Im deutschsprachigen Raum ist der *Terminus Selbstheilung* heftig umstritten. Synonyme sind: Von-selbst-Aufhörer, selbstregulierte Therapie, selbstorganisierter Ausstieg.

Im Rahmen unseres Forschungsansatzes halten wir uns an Konzeptualisierungsversuche der Selbstkonzeptforschung (siehe dazu FILIPP 1979). Der *Selbstbegriff* wird dabei als adaptives, strukturiertes, dynamisches, objektiven und subjektiven Anteilen und Bedingungen entsprechendes Konstruktsystem umschrieben, das handlungsleitende und organisierende Qualitäten besitzt.

Aus der Fülle der *Ergebnisse* der Studie werden nachfolgend einige interessante Aspekte herausgegriffen, um zu demonstrieren, wie vielfältig und vernetzt die Gesamtkonstellationen sind. Einstieg in, Verlauf von und Ausstieg aus Drogenabhängigkeit bilden einen vom Individuum aktiv gestalteten Entwicklungsprozeß, bei dem das Handeln durch Interpretationen und Bewertungen der eigenen Person und des gesamten Umfelds strukturiert wird.

Für den Umgang mit Drogen heißt dies u.a.:
- Einschätzung eigener Entwicklungsmöglichkeiten;
- Änderung des Körperbewußtseins;
- Änderung und Aufbau sozialer Identität;
- Einstellungsänderungen;
- veränderte Wert- und Sinnorientierung;
- Aufsuchen anderer sozialer Bezugsgruppen bzw. Neubestimmung des eigenen Status in Gruppen.

Schon der *Einstieg* in den illegalen Drogenkonsum erfolgte bei keinem voraussetzungs- bzw. bewußtseinslos. Die *Erinnerungen* an den erstmaligen Gebrauch von Haschisch, Halluzinogenen, aber auch von gesnieftem Heroin, können zum Beispiel nicht mehr exakt chronologisch eingeordnet werden. Die meisten Einstiegsarrangements für diese Drogen werden als situationsbedingtes, fast zufälliges Geschehen beschrieben. Drogen sind Teil des Freizeitverhaltens und insofern vorerst nichts exzeptionell Exotisches. Sie dienen dazu gute "feelings" zu intensivieren, neue Erlebnisbereiche zu erschließen. Ein qualitativer Einschnitt erfolgt beim ersten intravenösen Gebrauch, an den sich ausnahmslos alle, zum Teil aufs Datum genau, erinnern. Vom ersten Schuß bis zum Auftauchen erster Abhängigkeitssymptome vergehen bei den Untersuchten unserer Studie durchschnittlich 1,2 Jahre. Bis auf wenige Ausnahmen wird der Heroin-Erstkonsum von ambivalenten Einschätzungen begleitet.

Ein Mann, der mit 19 Jahren erstmals Heroin intravenös gebrauchte, schreibt:

"Ich bin um das Zeug vorher schon immer rumgeschlichen wie die Katze um den heißen Brei. Dann kam der Tag, heute muß es sein. Es ist, wie wenn du das erste Mal mit 'ner Frau schläfst. Irgendwie bist du unheimlich gespannt, was da kommt, und natürlich hast du auch ein bißchen Schiß davor."

Der *Erstkonsum* erfolgt bei vollem Problembewußtsein: das Wissen um die Gefahr ist vorhanden, bei gleichzeitig subjektiv eingeschätzter Möglichkeit, ohne Schaden davonzukommen - nach dem Motto: "Mir kann das nicht passieren". Nur etwa 25 % der TeilnehmerInnen schätzen ihre Lebenssituation zum Zeitpunkt des Einstiegs in den harten Drogenkonsum als problembelastet ein. Dieser Befund widerspricht - zumindest im Bewußtsein der Drogenabhängigen - gängigen Konzepten, nach denen Drogen vorwiegend als Problemlöser eingesetzt werden. Oberflächlich betrachtet findet sich in unserer Untersuchungsgruppe eher das Prinzip, Positives noch angenehmer zu gestalten. Einige erleben den Einstieg als persönliche Weiterentwicklung, als ein eigenständig organisiertes Feld neuer Erlebnismöglichkeiten (*honey-moon-Phänomen*).

Eine für den *Verlauf* des Abhängigkeitsprozesses wichtige Rolle spielen *Partnerbeziehungen*, dabei insbesondere sexuelle Erlebnisse in der Einstiegsphase. Viele verbinden mit dem Einstieg Erinnerungen an ekstatische, orgiastische sexuelle Erlebnisse. Die Droge wird Bestandteil eines sexuellen Initiationsritus.

Mit Drogen werden auch häufig erste *Trennungs- und Autonomieschritte* assoziiert:

"Ich habe noch zuhause gewohnt. Drogen, das hieß für mich raus aus dem häuslichen Mief, da war ich ein anderer Mensch."

Bei der Schilderung der Drogenzeit fällt auf, daß nur in seltenen Fällen die Drogenbiographie als durchgängig negativ beschrieben wird. Drogen werden als wichtige Erfahrung für die eigene Identitätsentwicklung bewertet. Kontakte zur *Drogenberatung* seien häufig auch deshalb *gescheitert*, weil die BeraterInnen von ihnen verlangt hätten, die positive Qualität dieser Lebensphase zu leugnen. Sie wären deshalb auch als rückfallgefährdet bzw. "dem Drogendenken verhaftet" eingeschätzt worden.

Das Einsetzen der *Ausstiegsmotivation* wird häufig mit der Verschärfung der körperlichen Abhängigkeitsproblematik assoziiert, ohne daß deshalb die Notwendigkeit eines Ausstiegs in toto eingesehen wird. Eher geht es dabei um Runterdosieren, dem Körper eine Ruhepause gönnen. In dieser Vorphase des Ausstiegs finden sich die SelbstheilerInnen in einem diffusen, weder kognitiv noch emotional eindeutig benennbaren Zustand. Allenfalls ist eine Ahnung der entwicklungsbehindernden Widersprüche vorhanden.

Im Fortgang finden sich häufig dramatische, paradoxe und fatalistische Eskalationen, die den Konflikt um die Ausstiegsentscheidung auf die Spitze treiben. Viele steigern ihren Konsum 4 bis 6 Wochen vor dem letztendlichen Ausstieg nochmals ganz erheblich. Das gleichzeitige Vorhandensein des Wunsches aufzuhören und der Dosissteigerung ist kein Ausdruck für verlogenes, therapieresistentes Verhalten, sondern der Versuch, sich selbst so unter Druck zu setzen, daß der Ausstieg auf eine Motivationsbasis gestellt wird, die nach dem "Alles-oder-Nichts-Prinzip" organisiert ist (siehe dazu HAPPEL 1988).

Eine Drogenabhängige verabreicht sich, mit suizidaler Absicht, eine Überdosis. Die Tatsache, daß sie überlebt, wird von ihr als Zeichen zum Weiterleben interpretiert, was für sie gleichzeitig den Beginn des Ausstiegs bedeutet.

Diese Hinweise mögen genügen, um zu verdeutlichen, daß Ausstiegsprozesse nicht linear, sondern weit eher zyklisch, zum Teil auch widersprüchlich verlaufen. Zeiten des massiven Konsums wechseln sich ab mit Cleanphasen; zwischenzeitlich gelingt es, den Konsum kontrolliert auf einer niedrigen Dosis zu halten.

Die zeitliche und inhaltliche Gestaltung der unmittelbaren *Rekonvaleszenzphase* wird subjektiv unterschiedlich bewältigt. Einige entfalten einen unglaublichen Aktions- und Tätigkeitsdrang, bei anderen verstärkt sich der depressive Zustand der Entzugssituation. Der Ausstieg wird zum Einstieg in einen Lebensentwurf, bei dem Identitätsbereiche aus der Vordrogenzeit (z.B. Jugendträume erfüllen), aber auch Lernerfahrungen aus der Zeit der Abhängigkeit integriert werden.

Die Drogenzeit holt die SelbstheilerInnen bei ihrem Versuch der Neubestimmung bzw. Wiederaufarbeitung der Identität jedoch immer wieder ein. Sei es, daß noch ein hoher Schuldenstand zu tilgen ist, daß bei der Berufssuche nach den Ausfallzeiten gefragt wird, oder daß mit massiven Schuldgefühlen belastete Erinnerungen an die Drogenzeit vorhanden sind (sich verantwortlich fühlen für den Tod des Bruders, Vernachlässigung der Kinder etc.). In besonderer Art und Weise sind die HIV-Positiven durch ihre Abhängigkeitserfahrungen belastet.

Ein interessantes Phänomen findet sich bei einer Reihe von zumeist *Selbstheilerinnen*, die 2 bis 3 Jahre nach ihrem Ausstieg eine psychotherapeutische Behandlung aufsuchen. Während in der Anfangszeit nach dem Ausstieg die auftretenden persönlichen und psychischen Probleme der überstandenen Drogenzeit zugeschrieben werden, wird mit zunehmendem Abstand zur Droge deutlich, daß ein spezifischer Anteil der subjektiven Problembewältigung mit den vorhandenen Ressourcen nur unzureichend organisiert werden kann. Von einigen wird betont, daß sie an einer psychotherapeutischen Klärung zu einem früheren Zeitpunkt absolut kein Interesse gehabt hätten. Übrigens war dies auch einer der Ablehnungsgründe gegenüber professioneller Drogenhilfe. - Die veranstalteten therapeutischen Übungen würden eher zu einer Verwirrung des Ausstiegsprozesses beitragen.

Jede Einsteigerin und jeder Einsteiger kommt im Laufe der Drogenkarriere an Punkte, an denen Reduktion des Konsums oder Ausstieg angesagt sind. Wann und wo das ist, muß zuerst eine Entscheidung der Betroffenen selbst sein. Was sie dann benötigen, sind *unkonventionelle Unterstützungsformen* für ihre Eigenbemühungen. Es muß darauf geachtet werden, daß die Ambivalenz in Bezug auf Drogen, die bei der überwiegenden Mehrheit der Abhängigen vorhanden ist, nicht verwischt wird. Therapeutisch und pädagogisch definierte und legitimierte Voraussetzungen ("Ich helfe dir nur unter der Bedingung, daß ...") führen oft gerade zu paradoxen Konsequenzen und behindern damit den Selbstheilungsprozeß.

Insgesamt verändert sich im Ausstiegsprozeß die Orientierung, von dem Anspruch frei von Drogen zu leben hin zur Maxime, das eigene Leben in die Hand zu nehmen und selbst zu gestalten.

Die aus den Ergebnissen des Forschungsprojektes zur Selbstheilung bei Drogenabhängigen notwendig zu ziehenden *Konsequenzen* für das Selbstverständnis und die Praxis der Suchthilfe hat STRAUMANN (1990) in einer Rahmenkonzeption zur Qualifizierung psychosozialer Fachkräfte in allgemeiner Form für den personzentrierten Ansatz skizziert. Ausgehend davon, "... auf welche Weise materielle Bedingungen und gesellschaftliche Prozesse wahrgenommen und verarbeitet, biographische Entwicklungen erlebt und beeinflußt werden und welche Hemmungen in der Selbstentwicklung von Personen bestehen" (S.14), fordert sie eine konstruktive Beziehungsstruktur zwischen HelferInnen und Adressaten. Eine so realisierte Haltung ist am ehesten in der Lage, Erkenntnisprozesse zu fördern, "... die die im Individuum angelegten Ressourcen mobilisieren und die auf Selbstentwicklung und Selbstheilung zielenden Kräfte unterstützen" (S.15).

Literatur

ANTONS-VOLLMER, K.: Zur heutigen Bedeutung von Fort- und Weiterbildung in der Suchtkrankenhilfe. In: DHS, Hamm 1988.

BALDWIN, B.A.: Crisis intervention: A review of outcome research. The Counseling Psychologist, 8, 1979, S. 43-52.

BÖLLINGER, L.; STÖVER, H.: Drogenpraxis, Drogenrecht, Drogentherapie. Leitfaden für Drogenberater, Drogenbenutzer, Ärzte und Juristen. Materialien zur Sozialarbeit und Sozialpolitik. Band 12. Fachhochschule Frankfurt am Main 1992[3.]

CAPLAN, G.: Principles of preventive psychiatry. New York 1964.

DHS: Mitarbeit in der Suchtkrankenhilfe. Hamm 1988.

DÖRNER, K.; PLOG, U.: Irren ist menschlich oder Lehrbuch der Psychiatrie/Psychotherapie. Wunstorf 1978.

EDWARDS, G.: Arbeit mit Alkoholkranken. Weinheim 1986.

FENGLER, J.: Das Helfen und der Helfer - Besonderheiten im Bereich der Suchtkrankenhilfe. In: DHS, Hamm 1988.

FEUERLEIN, W.: Alkoholismus - Mißbrauch und Abhängigkeit. Stuttgart 1984[3.]

FEUERLEIN, W. (Hrsg.): Theorie der Sucht. Berlin, Heidelberg 1986.

FIEDLER, P.: Existentielle Krisen und Krisenintervention. In: HÖRMANN, G.; NESTMANN, F.: Handbuch der psychosozialen Intervention. Opladen 1988.

FILIPP, H.-S.: Selbstkonzeptforschung. Stuttgart 1979.

FORSCHUNGSPROJEKT "SELBSTHEILER": Ausstieg aus Drogenabhängigkeit am Beispiel der Selbstheiler. Unveröffentlichte Zwischenberichte. Fachbereich Sozialpädagogik, Fachhochschule Frankfurt am Main 1986-1990.

HAPPEL, H.-V.: Selbstorganisierte Wege aus der Drogenabhängigkeit. In: Suchtgefahren, 34, 1988, S. 491-496.

KÖRKEL, J. (Hrsg.): Der Rückfall des Suchtkranken - Flucht in die Sucht? Berlin, Heidelberg 1988.

KÖRKEL, J.; BACK, R.; GEHRING, U.: Das Bewältigungsverhalten von Suchttherapeuten nach einem Rückfall ihres Klienten. In: WATZL, H.; COHEN, R.: Rückfall und Rückfallprophylaxe. Berlin, Heidelberg 1989.

ROBINS, L.N. et al.: Narcotic use in southeast Asia and afterward. Arch.Gen. Psychiatry, 32, 1975, S. 955-961.

SCHNEIDER; W.: Zur Frage von Ausstiegschancen und Selbstheilung. In: Suchtgefahren, 6, 1988, S. 472-490.

STRAUMANN, U.: Perspektiven sozialer Arbeit und Konsequenzen für Qualifizierungsprozesse von Fachkräften. In: DETER, D.; STRAUMANN, U. (Hrsg.): Personenzentriert Verstehen - Gesellschaftsbezogen Denken - Verantwortlich Handeln. GwG-Verlag. Köln 1990.

WINICK, C.: The life cycle of the narcotic addict and of addiction. Bull. on Narcotics, 16, 1964, S. 1-11.

Anschrift des Verfassers

Prof. Dr. Hans-Volker Happel
dienstlich: Fachhochschule Frankfurt am Main, Fachbereich Sozialpädagogik
Limescorso 9, 6000 Frankfurt/Main 50
privat: Auf der Warte 62, 6367 Karben 1

AGOSTINO PORTERA

Personzentrierte Beratung und Krisenintervention im interkulturellen Setting

Zusammenfassung

Es geht um die Beratung und Krisenintervention, die sich der Probleme von Menschen unterschiedlicher soziokultureller Herkunft annimmt sowie um ihre Möglichkeiten und ihre Grenzen. Ausgehend von der aktuellen psychosozialen und gesundheitlichen Situation bei Arbeitsmigranten aus dem Mittelmeerraum werden vor allem die kulturspezifischen Besonderheiten dieser Bevölkerungsgruppen dargestellt. Dann werden die Konsequenzen für die interkulturelle Beratung und Kriseninterventionshilfe - insbesondere aus der klientenzentrierten Perspektive - gezogen. Anhand von Beispielen werden konkrete Vorgehensweisen geschildert, die den Zugang zu Menschen unterschiedlicher kultureller Herkunft verbessern oder gar erst ermöglichen. Schließlich werden die von unüberlegten Interventionsformen ausgehenden Gefahren, aber auch die persönlichen wie kollektiven Entwicklungsmöglichkeiten aufgezeigt, die die Begegnung mit fremden Kulturen bietet.

1. Einleitung

Die Notwendigkeit, sich mit dem Phänomen Migration bzw. des interkulturellen Zusammenlebens zu beschäftigen, ist offensichtlich. Denken wir nur an den zerstörischen Krieg in der Golfregion, der militärisch, aber keineswegs politisch als endgültig beendet gelten kann. Dieser Krieg hat nicht wiedergutzumachende Folgen. Er hat sehr viele Menschenleben zerstört, Schwerverletzte, Tote, Folteropfer, psychische Traumata für Kinder und Erwachsene gebracht. Er kostete viele Folgeschäden für die Umwelt: Ölpest im Meer, mit irreparablen Schäden für Flora und Fauna, riesige Brände, Beschleunigung des Treibhauseffektes und eine Vergrößerung des Ozonlochs. Er kostete viel Geld: Geld, das jahrzehntelang sowohl den Bedürftigen und in Not geratenen Bürgern der reichen und hochindustrialisierten Länder, als auch den Hungernden und Schwerstkranken in den ständig von Katastrophen und Nöten heimgesuchten Entwicklungsländern vorenthalten bleiben wird.

Und der Krieg hat schon und wird noch - was für unser Thema am wichtigsten ist - sehr viel an gegenseitigem kulturellen Verständnis kosten: Dieser Krieg säte neue und verstärkte alte Feindbilder. Auf Seiten vieler Araber in direkter Weise, aufgrund der gezielten manipulativen anti-amerikanischen und der anti-europäischen Kampagne Saddam Husseins ("Heiliger Krieg gegen Ungläubige"). Auf unserer Seite in indirekter Weise, durch das Wachsen von Mißtrauen und Feindlichkeit arabischen Menschen gegenüber. In Frankreich, aber auch in England und Italien, wo sehr viele Menschen arabischer Herkunft aus den früheren Kolonien leben, erfährt man durch die Medien von nicht selten gewalttätigen Auseinandersetzungen zwischen Einheimischen und Moslems. In vielen Städten Europas werden Menschen aus dem Krisengebiet als potentielle Attentäter oder Mörder betrachtet - und dementsprechend wird ihnen begegnet.

Dieser Prozeß des Aufbaus von Feindseligkeiten und kulturellen Mauern begleitet in den letzten Jahren eine offensichtliche Entwicklung: unsere Gesellschaften werden multiethnisch und multikulturell. So erschließt sich dem Blick auf die "Wende" in der ehemaligen DDR - gleichsam in der Sicht wie durch ein Vergrößerungsglas - die "kulturelle Wende", die derzeit in Europa und in der ganzen Welt zu beobachten ist. Nationalen Grenzen werden durchlässig und Feindbilder stehen zur Disposition. Viele Völker, die sich früher nur als *Fremde* oder *Feinde* betrachtet haben, sind nun vor die Aufgabe gestellt, friedlich und gleichberechtigt miteinander zu leben. Auch wenn unsere Geschichtsbücher nach wie vor ethnozentristisch konzipiert und geschrieben werden, erleben wir doch zunehmend die ehemaligen 'Fremden' und 'Feinde' als Einwohner unseres gemeinsamen "Europäischen Hauses". Viele Begriffe, wie etwa "Gastarbeiter" verlieren ihre Bedeutung, da die "Gäste" - nach 40 Jahren endlich - langsam zu "Mitbürgern" werden.

Die Völker Europas, aber auch der ganzen Welt, stehen im Moment vor einer großen historischen Chance: Das Zusammenleben kann uns lehren, daß es wenig Sinn macht, Menschen aufgrund ihres geografischen Geburtsortes, ihres sozialen Status oder ihrer Hautfarbe in "Bessere und Schlechtere" zu trennen und den Wert einer Kultur am wirtschaftlichen Reichtum zu messen. Dank unserer gemeinsamen Geschichte, reich an kosmopolitischen und illuministischen Prinzipien sind wir nun alle aufgefordert, die große Chance des "melting pot" zu verwirklichen, die in den klassischen Emigrationsländern in Übersee nicht realisiert werden konnte (FERRAROTTI 1988).

Gleichzeitig besteht aber auch die wachsende Gefahr, daß sich viele von uns durch die "friedliche Invasion" bedroht fühlen und, aufgrund der Angst sich zu öffnen und zu verändern, mit Aggressivität und Unterdrückung reagieren werden. Die Aktionen rechtsextremistischer Bewegungen in vielen europäischen Ländern sind Beleg dafür.

Meines Erachtens werden keine anderen Bereiche durch diese Entwicklung so stark tangiert wie der soziale und der psychische. Gerade die Berufsgruppen, die in diesen Bereichen arbeiten, könnten - als sogenannte Experten der Kommunikation - einen der entscheidendsten Beiträge dazu leisten, daß die historisch gegebene Chance zum gleichwertigen Zusammenleben, zum allgemeinen persönlichen wie gemeinschaftlichen Wachstum und zur Bereicherung aller genutzt wird. Gerade der geschützte Raum des beraterischen Settings bietet gute Möglichkeiten hierfür.

Damit dies in der Praxis verwirklicht werden kann, ist es aber notwendig, daß sich die Arbeitsmigranten, die häufiger als Einheimische auf fremde Hilfe angewiesen sind, während der Beratungssituation als gleichwertig angenommen und behandelt fühlen. Es kann also keineswegs darum gehen, den "armen Ausländern" missionarisch eifernd helfen zu wollen. Der Kontakt oder das Zusammenleben mit Menschen unterschiedlicher kultureller Herkunft soll vielmehr als Möglichkeit verstanden werden, die eigenen Verhaltensweisen zu überprüfen, zu verändern und eventuell durch neue zu ergänzen. Nur auf diese Weise kann gesichert werden, daß auch für die Zielgruppe der Intervention die Möglichkeit erhalten bleibt, ihre Probleme mittels eigener Ressourcen zu lösen und auch - der neuen Umwelt gegenüber - angemessenere Verhaltensweisen und neue Lösungsstrategien für die Alltagsbewältigung zu entwickeln.

Der Beitrag stellt einen bescheidenen Versuch dar, Besonderheiten der psychologischen Beratung von Arbeitsmigranten und der Kriseninterventtion bei besonderen Problemlagen dieser Bevölkerungsgruppe herauszuarbeiten. Es wird ausdrücklich davor gewarnt, die aufgeführten psychologischen und soziokulturellen Unterschiede als starr fixierte Gegebenheiten zu betrachten und die entwickelten Lösungsansätze als Patentrezepte zu verstehen. Genauso wie jede Kultur nicht statisch sondern nur als dynamischer Prozess erfaßt werden kann, sollten auch die interkulturellen Beratungsansätze, als *"individuell zugeschnittene Vorgehensweisen"*, die sich je nach Beziehung oder Beratungssituation verändern und entwickeln können, verstanden und angewandt werden. Die Entscheidung, welche der von mir im folgenden skizzierten Beobachtungen und Erweiterungskonzepte für je spezifische interkulturelle Setting-Situationen übernommen werden kann, bleibt also letztendlich einem jeden Berater selbst überlassen.

2. Migration und Gesundheit

2.1 Theoretische Vorüberlegungen

Daß Krankheit, psychischer und physischer Art, in der Fremde nicht nur häufiger, sondern auch schwerer verlaufend eintreten kann, können wir sowohl zahlreichen wissenschaftlichen Untersuchungen entnehmen, als auch durch einige Beobachtungen wie Reflexionen selbst entdecken.

DEVEREUX (1982, S.16 ff.) beschreibt in sehr einleuchtender Weise, wie *Streß* nur dann traumatisierend wirkt, wenn er atypisch ist: d.h., "wenn die Kultur keinerlei vorbestimmte... Abwehrmechanismen zur Verfügung stellt, die geeignet sind, den Schock zu lindern oder zu dämpfen". Für ein "Buschkind, das ins Wasser fällt, wird, da es nicht schwimmen kann, und sich höchstens durch Hilfeschreie und durch kräftiges Umsichschlagen an der Wasseroberfläche halten kann, diese Erfahrung dementsprechend mit traumatisierenden Erlebnissen verbunden sein . Dagegen würde derselbe Unfall für ein polynesisches Kind, das sehr früh Abwehrmittel (d.h. Schwimmen) entwickelt, unproblematisch verlaufen und enden".

Auf unsere Zielgruppe übertragen bedeutet dies z.B. für Bewohner der Mittelmeerländer, die fast ausschließlich auf bäuerliche Beziehungsformen zurückblicken können, wo etwa der "Familiarismus", die Solidarität und die Gruppenbezogenheit als feste Regel gelten, daß sie erhebliche Schwierigkeiten haben werden, wenn sie mit den individualistischen Prinzipien der Kompetition und der Konkurrenz in den hochindustrialisierten Ländern, wie etwa der Bundesrepublik, konfrontiert werden. Ein süditalienischer Bauer oder Arbeiter haben beispielsweise im Laufe ihrer Enkulturation gute Abwehr- und Verarbeitungsstrategien für den körperlichen Streß entwickeln können, sind aber nahezu hilflos, wenn auf sie psychischer Druck ausgeübt wird. Es fällt ihnen viel leichter, ihre Konflikte durch mehr Arbeitsaufwand oder sogar (leichte) körperliche Gewaltanwendung, wie etwa Schläge in der Erziehung der Kinder, zu lösen, als etwa über die Sprache, mittels verbaler Kommunikation. Ein Beispiel kann dies verdeutlichen.

Ein Angehöriger der süditalienischen Unterschicht, der z.B. mit einem Beamten des Einwohnermeldeamtes in seinem Geburtsort zu tun bekommt, weil er eine Bescheinigung braucht, verhält sich passiv und unterwürfig, gibt sich inkompetent und delegiert die Entscheidung an den Vertreter der "öffentlichen Macht". Er hat geschichtlich gelernt, sich nicht gegen die "Mächtigen" zu stellen, da Unterwürfigkeit und Sichanpassen die 'richtigen' Verhaltensweisen sind, die "Mächtigen" wohlwollend zu stimmen. Gelingt dies mit Blick auf unser Beispiel nicht, so kann der Antragsteller sein Ziel durch "Beziehungen" zu erreichen versuchen, indem er andere "Mächtigere" einschaltet, die den Vertreter der "öffentlichen Macht" ggfs. heimlich umstimmen können. Falls dies auch nicht funktioniert, bleibt als letzte Möglichkeit der Versuch, mit dem Beamten auf der persönlichen Ebene weiter zu kommen, entweder durch das Mitteilen des eigenen persönlichen Schicksals (Vertrauen schaffen), durch Geschenke (die meistens als symbolische Zeichen persönlicher Anerkennung gedeutet werden) oder - als allerletzte Möglichkeit - durch Beschimpfung oder körperliche Gewalt.

Diese Verhaltensweisen, so abwegig oder schwer verständlich sie z.T. erscheinen mögen, ermöglichen es vielen Süditalienern ihre Ziele zu erreichen. Wenn diese Menschen etwa in die Bundesrepublik kommen, wo die stärksten Waffen "die

Informationsvorsprünge", die "persönliche Autorität" oder - was in Süditalien als schlimmste und verräterische Maßnahme betrachtet wird - das Heranziehen von "Vorgesetzten" sind, erweisen sich ihre Strategien nicht nur als hinderlich, sondern führen meistens auch zu zusätzlichen Konflikten.

Als weiteres Beispiel können wir auch die benachbarten osteuropäischen Länder und die ehemalige DDR nehmen. Dort wurde das Leben und wird es z.T. noch in der Hauptsache von "Außen" bestimmt. Der Staat sorgte dafür, daß es keine Arbeitslosigkeit gab, viele Güter waren einfach nicht vorhanden und viele Möglichkeiten ausgeschlossen. Wenn Menschen aus diesen Ländern nun nach dem Fall der Mauer und der Eröffnung der Grenzen nach Westeuropa kommen, wo sich im Gegenteil das Individuum ständig - häufig allein auf sich gestellt - vor dem Überfluß schützen muß, so müssen sie ihre Streßverarbeitungsstrategien und ihre Verhaltensmuster neu organisieren. Sie werden gezwungen, sich *innere Grenzen* zu setzen, um sich etwa vor unsinnigem Konsum, der Werbung und auch anderen "Konkurrenten" schützen zu können.

2.2 Empirische Untersuchungen

Was die Untersuchungen über die gesundheitliche Situation der Arbeitsmigranten in der Bundesrepublik angeht, stammen die ersten Arbeiten erst aus den 70er Jahren. In der ersten Phase unmittelbar nach dem "Anwerbeabkommen" (ab 1955), waren Erkrankungen von angeworbenen Arbeitnehmern zunächst aufgrund der positiven Selektion nur kerngesunder Migrationswilliger kein so großes Problem. - Anfang der 70er Jahre dann fanden FRIESSEM (1974), RIEDESSER (1975) und BÖKER (1975) bei ihren Studien *infolge des "Kulturschocks"* ein höheres Erkrankungsrisiko bei ausländischen Arbeitnehmern. Als vorrangige Symptome zeigten sich Apathie, Resignation und Angst; und sogenannte "nostalgische Reaktionen" wie etwa Verstimmungsstörungen, Traurigkeit und Vitalitätsverlust. Allmählich entwickelten sich aus diesen Beschwerden, mit wachsender Aufenthaltsdauer und Verschlechterung der psychosozialen und gesellschaftspolitischen Situation (Wirtschaftskrise, Wohnungsnot, Anwerbestop und Ausländerfeindlichkeit), schwere psychosomatische Störungen wie etwa Asthma, Blutdruckstörungen, Herzerkrankungen und psychogene Bauchbeschwerden, insbesondere Uteruserkrankungen bei türkischen Frauen und Duodenalulcera bei türkischen Männern. Darüber hinaus wurden häufig konversionsneurotische und paranoide Syndrome mit Wahninhalten diagnostiziert.

In den letzten Jahren lassen sich bei Migrantenkindern (trotz für die gesamte Bundesrepublik fehlenden repräsentativen Erhebungen und der geschätzten hohen "Dunkelziffer") aufgrund regionaler Untersuchungen, deutlich höhere - und für bestimmte Altersgruppen gegenüber deutschen Kindern vergleichbarer Sozialschicht doppelt so hohe - Morbiditätsraten feststellen (vgl. u.a. VIEFHUES 1982; ZIMMERMANN 1983; PORTERA 1988). Als somatische Störungen werden aufgrund der sozialen Verhältnisse, der beengten Wohnsituation und der ungenügenden sanitären Einrichtungen, Infektionskrankheiten wie Turberkulose, Bronchitis, Lungenentzündungen und Infekte des Gastroindestinal- und des Urogenitaltraktes diagnostiziert. Außerdem wird bei diesen Kindern, wegen der mangelnden Beaufsichtigung, eine hochsignifikante Unfallhäufigkeit und eine längere Verweildauer im Krankenhaus festgestellt.

Besonders gefährdet sind Migrantenkinder im *psychischen* Bereich (vgl. auch RIEDESSER 1982). Dort sind bereits im Säuglings- und Kleinkindalter wegen des häufigen Wechsels der Hauptbezugsperson und der Berufsstätigkeit ausländischer Mütter (bis ca. 70 % arbeiten) schwere Bindungs-, Einfühlungs- und Steuerungsschwächen feststellbar, die sich später als Verwahrlosungssymptome äußern. Im Vorschul- und

Schulalter sind, aufgrund familiärer und soziokultureller Schwierigkeiten, psychische und psychosomatische Störungen wie primäre und sekundäre Enuresis, Enkopresis, elektiver Mutismus, Lern- und Konzentrationsstörungen, Kontaktschwierigkeiten und Leistungsverweigerung zu diagnostizieren. Während der Pubertät und der Adoleszenz sind schließlich, aufgrund der Schwierigkeiten in der Bewältigung der unterschiedlichen kulturellen Erwartungen, denen sich die Heranwachsenden konfrontiert sehen, schwere Identitätskrisen und -diffusionen feststellbar, die sich meist in Kopf- und Bauchschmerzen, Herzsensationen oder gar in psychogenen Anfällen oder Lähmungen äußern.

2.3 Kulturspezifische Besonderheiten - am Beispiel der Mittelmeerländer

Das Leben in einer neuen kulturellen Umgebung ist also für Migranten mit zusätzlichen Konflikten und Störungen verbunden. Es stellt sich nun die Frage, welche Formen von psychologischer Beratung und Kriseninterventionshilfen für diese Population angemessen sein könnten. Meines Erachtens läßt sich diese Frage nur unter Berücksichtigung der soziokulturellen Hintergründe der jeweiligen Population angemessen beantworten. Da eine genaue Analyse der kulturellen Standards der einzelnen Gruppen von Menschen, die in der Bundesrepublik als "Ausländer", "Fremde", "Gastarbeiter", "Asylanten", "Aus-und Übersiedler" oder "Mitbürger" bezeichnet leben, den Rahmen dieses Beitrags sprengen würde, werde ich kurz und beispielhaft die kulturellen Besonderheiten südeuropäischer Völker darstellen. In der Hoffnung, daß die schematische Darstellung der Inländer/Ausländer-Diskussion keine keinen alten wie neuen Vorurteilen Vorschub leistet, betrachte ich sie als Hilfsangebot, um das "Neue" und "Fremde" besser verstehen zu können; denn die z.T. 'extrem' anmutenden Verhaltensmuster, die Bewohner der Mittelmeerländer häufig zeigen, können - wenn auch in unterschiedlicher Nuancierung - auch in jeder anderen Kulturgruppe entdeckt werden (mehr dazu s. PORTERA 1987; 1990).

1. Gruppenidentität: Das Selbstbild dieser Menschen zeichnet aus, daß nicht vom "Ich" ausgegangen wird, wie es in der humanistischen Psychologie der Fall ist, sondern vom "Wir", das heißt von der Gruppe der Angehörigen mit ihren festen Beziehungsstrukturen (PFEIFFER 1989). Die Familie spielt dabei die zentrale Rolle. Sie rangiert meistens an erster Stelle, vor Karriere oder Geld. Die Loyalität, die gegenseitige Hilfsbereitschaft und die Solidarität sind feste Bestandteile dieses Familiarismus. Darüber hinaus wird auf die Gruppe der "Freunde", der "Familienangehörigen" im weitesten Sinne und auch der "Bekannten" sehr viel Wert gelegt (vgl. ZIMMERMANN 1982; AUERNHEIMER 1988).

2. Eigene Krankheitsvorstellungen: Viele Erkrankungen, die sich somato-medizinisch nicht erklären lassen, werden in den Mittelmeerländern nicht als pathologisches Geschehen betrachtet. Aus diesem Grund unterscheiden sie auch nicht zwischen Psyche und Soma, sondern verstehen Krankheit als Phänomen, das den ganzen Körper erfaßt. Entsprechend schwer fällt es dieser Bevölkerungsgruppe auch Störungen zu lokalisieren und differenziert zu beschreiben. Die Ursache für sogenannte psychische Störungen wird immer außerhalb der eigenen Person gesucht; auch wird meistens keinerlei Bezug zwischen dem eigenen Verhalten und der Erkrankung gesehen. Dementsprechend sieht die Hilfserwartung aus: genauso wie das "Unheil" in den Körper eingedrungen ist, muß es mit Hilfe von Medikamenten, Formeln, Schwitzkuren oder Amuletten wieder aus dem Körper entfernt werden. Zudem geschieht die Definition von Verhaltensauffälligkeiten oder psychischen Störungen stets im Rahmen kultureller Deutungsmuster. Die Kinder sind dementsprechend faul, böse, ungezogen, und nicht depressiv, verhaltens- oder lerngestört.

3. Magisches Weltverständnis: Eine weitere Erklärungsform von nichtorganischen Störungen sind magische Deutungsmuster. Breite Schichten der Bevölkerung in südeuropäischen Ländern glauben - oft mit religiösen Vorstellungsinhalten vermischt - fest an die Wirkung magischer Kräfte. Die wichtigsten Formen magischer Beeinflussungen (wie etwa die "Fattura" oder das "Malocchio") können in der Vorstellung der Betroffenen Hemmungen, Blockierungen, Endscheidungslosigkeit oder sogar den Tod verursachen (vgl. PORTERA 1986).

4. Somatische Interpretationen psychischer Probleme: Oft werden psychische Störungen, insbesondere wenn somatische Begleiterscheinungen festzustellen sind, rein somatisch interpretiert. Dabei erwarten die Patienten von ihren Ärzten eine medikamentöse Therapie, die die Krankheit aus ihrem Körper so schnell wie möglich wieder vertreibt. Die Kompetenz des Arztes wird dabei an der Zeit, die bis zum Eintreten der Heilung vergeht, gemessen (dies erklärt warum z.B. in Süditalien, entgegen neuer Erkenntnisse der Forschung, nach wie vor sehr viel Antibiotika verschrieben werden).

5. Spezifische Normen und Werte: Viele Kulturstandards der mediterranen Gesellschaften, die dort das Alltagsleben und die zwischenmenschlichen Beziehungen regeln, können sich hier als großes Hindernis bei jeglicher Art von Beratung und Behandlung herausstellen. Dabei denke ich z.B. an "l'onore della famiglia", die Familienehre, nach der alles, was das einzelne Familienmitglied tut, die ganze Familie, zumindest in indirekter Weise, beeinflußt und Ehre oder Schande, insbesondere für das Familienoberhaupt bringt; an den Fatalismus, der oft zu Resignation, Passivität und Initiativelosigkeit führt, da keinerlei Möglichkeiten gesehen werden, die äußeren Umstände beeinflussen zu können; oder das geschichtlich begründete Mißtrauen Fremden und Institutionen gegenüber, das oft dazu führt, daß Hilfe und Rat eher bei Verwandten und Freunden als bei "professionellen Helfern" gesucht werden.

6. Feste Rollenstrukturen: Innerhalb der Familie und der Gemeinschaft sind die Rollen sehr klar festgelegt und hierarchisch aufgeteilt. Meistens herrschen autoritäre Verhältnisse zwischen den Familienmitgliedern, zwischen Angehörigen unterschiedlicher sozialer Schichten sowie in einer "therapeutischen Beziehung", unabhängig davon, ob sie zu Ärzten, Magiern oder Heilern aufgenommen wird. Die sozialen Rollen, die Arbeitsteilung zwischen Mann und Frau sowie die Beziehungen zwischen Vätern und Söhnen und zwischen Müttern und Töchtern sind ebenfalls genau festgelegt.

Neben den zahlreichen psychischen Problemen, die sich für Arbeitsmigranten aus dem Wechsel der psychosozialen und kulturellen Situation ergeben können, treten bei ausländischen Familien in der Bundesrepublik oft zusätzlich viele konkrete materielle Schwierigkeiten auf, die ihr Leben hier entscheidend beeinflussen und deswegen in der Beratung nicht unberücksichtigt bleiben dürfen. Dabei handelt es sich meistens um Wohnungsnot, hohe Arbeitsbelastungen, finanzielle Probleme, Arbeitslosigkeit, Probleme der Integration in die Nachbarschaft, schulische Probleme der Kinder u.a.m. Viele ausländische Einwohner werden darüberhinaus in der BRD - auf Grund ihrer kulturellen Herkunft oder ihrer Staatsangehörigkeit - stigmatisiert und in bestimmten Hinsichten, z.B. bei der Wohnungs- oder Arbeitssuche benachteiligt behandelt. Sie haben kein Wahlrecht und erleben oft Ausländerfeindlichkeit. Bei vielen ausländischen Familien ist außerdem keine Planung des zukünftigen Lebens möglich. Sie pendeln oft zwischen Deutschland und dem Herkunftsland hin und her, leben in der Rückkehrillusion und haben keine klare Perspektive, weder für sich noch für ihre Kinder (mehr dazu s. AUERNHEIMER 1984; GRIESE 1985; MEHRLÄNDER 1986; PORTERA 1990b).

Eine Steigerung dieser gravierenden Situation ist darüberhinaus bei den *Flüchtlingen* feststellbar. Ihr Leben hier, zumindest bis sie als Asylberechtigte anerkannt werden, was bis zu 5 Jahren dauern kann, kann nur als Provisorium gestaltet werden. Sie leben äußerst eingeengt in Gemeinschaftsunterkünften, die keine private Rückzugsmöglichkeiten zulassen, und sind oft auch mit anderen Volksangehörigen - auch denen, die sie zuvor als ihre Feinde betrachteten - zusammen untergebracht. Sie haben kaum Rechte, unterliegen der ständigen Kontrolle durch die Behörden, dürfen ihren Wohnbereich nicht ohne Erlaubnis verlassen, sind umgeben von Diskriminierungen und Ausländerfeindlichkeit, und ihre Kinder besitzen noch nicht einmal das Schulrecht. Die "importierten" traumatischen Erfahrungen (Verfolgung, Verhaftung, Folter, Krieg) werden im "Gefängnis" Bundesrepublik reaktualisiert und auf andere Weise fortgesetzt (vgl. auch BRAND & DHAWAN 1989, S. 43ff).

Als besonders problematisch stellt sich schließlich die Situation der *ausländischen Jugendlichen* dar, die innerhalb zweier unterschiedlicher, z.T. konträrer Kulturen aufwachsen und dennoch eine eindeutige Identität finden müssen. Sie leben meist in einem Loyalitätskonflikt den Eltern und den Gleichaltrigen gegenüber; sie scheinen die unterschiedlichen kulturellen Anteile innerhalb ihres Selbstbildes nicht vereinbaren zu können (vgl. auch PORTERA 1990b). Die Entweder-Oder-Haltung, die von ihrer Umwelt erzwungen wird (zu Hause Italiener oder Türke, in der Schule 'deutscher' Schüler), wirkt meistens als Auslöser der gravierenden psychischen und psychosomatischen Störungen.

3. Konsequenzen für die klientenzentrierte Beratung und die Kriseninterventionshilfe

Folgerichtig ergibt sich nun die Frage nach einer angemessenen Form der psychosozialen Arbeit mit Menschen, die unterschiedliche Normen, Wertvorstellungen und kulturelle Deutungsmuster mitbringen. Was sind nun die Möglichkeiten und Grenzen einer Beratung und Krisenintervention in einem multikulturellen Kontext, die sich auf den klientenzentrierten Ansatz stützen? - In meinem Beispiel werde ich auf die Besonderheiten in der Arbeit mit Menschen aus dem südeuropäischen Raum eingehen. Als *Ziel der Beratung* betrachte ich in Anlehnung an LINSTER & PANAGIOTOPOULOS (1990), in einem Setting mit maximal 30 Sitzungen die Probleme zu lösen und ggfs. die Angst vor einer Psychotherapie abzubauen. Während einer Krisenintervention sollten dagegen mittels eines angst- und streßarmen Kontaktes vorwiegend Verschlechterungen und Chronifizierungen des Zustandes des Klienten vermieden sowie zusätzliche Schädigungen verhindert werden (vgl. auch BRUNNERT 1989).

Daß der *klientenzentrierte Ansatz* im interkulturellen Kontext eine der geeignetsten methodischen Grundlagen sein kann, ergibt sich bereits aus der Tatsache, daß die drei von ROGERS (1977) entwickelten Grundvariablen des einfühlenden Verstehens (Empathie), der bedingungsfreien Akzeptanz (Wertschätzung) und der Echtheit (Kongruenz), am besten den sozialen und kulturellen Unterschieden zu diesen Klienten gerecht werden können. Durch die Realisierung einer offenen, vorurteilsfreien und gleichwertigen Beziehung, bei der der Klient so akzeptiert wird, wie er sich mitteilt, d.h. ohne Einschränkungen und Urteile, und in der der Berater "er selbst" bleiben kann, ohne sich verleugnen zu müssen, kann - meines Erachtens - am besten die Chance des "melting pot" im Sinne eines sich gegenseitig und gleichwertig Annehmens, Kennenlernens und Verstehens genutzt werden. Den vielen Menschen, die sonst Diskriminierung, Mißerfolge und Isolation aufgrund ihres "Fremdseins" erleben, kann so die korrigierende Erfahrung ermöglicht werden, sich verstanden, anerkannt und respektiert zu fühlen.

3.1 Theoretische Vorannahmen

Bei der klientenzentrierten Betreuung von Einwohnern aus unterschiedlichen Kulturen stößt der deutsche Berater auf Hindernisse, gerät z.B. gegenüber Bevölkerungsangehörigen mediterraner Herkunft bereits beim ersten Kontakt in folgende Gegensätze:

1. Autoritäre versus symmetrische Beziehung: Während der ausländische Klient eine rasche externale Beseitigung seiner materiellen und psychischen Probleme erwartet, etwa durch Ratschläge oder direkte Übernahme der Problemlösung in einer asymmetrisch-autoritären "cliente-padrone-Beziehung", versucht der klientenzentrierte Berater eine symmetrische Beziehung herzustellen, den Klienten mehr Einsicht in seine inneren Probleme gewinnen zu lassen und das Prinzip "Hilfe zur Selbsthilfe" zu verwirklichen.

2. Innerliche versus externale Lokalisierung der (Konflikte und) Ursachen der Störungen: Der Berater sieht als Auslöser der psychischen Störungen einen innerlichen Konflikt, eine Verhinderung der organismischen Aktualisierungstendenz bzw. ein persönliches Versagen des Klienten. Dementsprechend versucht er bei der Betreuung die Selbstexploration der Gefühlswelt des Klienten zu fördern. Im Gegensatz dazu ist der ausländische Klient überzeugt, daß nur die äußeren Umstände (Arbeit, Wohnung, Diskriminierung) oder andere Personen aufgrund von Neid oder Feindseligkeit für sein Unheil verantwortlich sind. Er lokalisiert die Störungen "external" im sozialen Raum oder als Folge magischer Einflüsse und sucht auch dort die Gründe und die Lösungen.

3. Individualismus versus Familiarismus: Sieht der Berater als höchstes Ziel seiner Intervention die "Fully Functioning Person" nach ROGERS, d.h., das sich selbst verwirklichende Individuum, selbständig und von der Familie emanzipiert, so ist für ausländische Klienten eine Selbstdefinition nur im Bezug auf ihre Familienzugehörigkeit möglich. Das eigene "Glück" kann nur im Glück der Familie gefunden werden. Die eigene "Schande" wird erfahrungsgemäß zur Schande der Familie und beeinträchtigt deren "Ehre".

4. Motivation, Vertrauen versus Mißtrauen: Während der Berater davon ausgeht, daß Beratungsgespräche nur auf freiwilliger Basis erfolgen und dementsprechend diejenigen, die den Weg bis zu der Institution gefunden haben, ein gewisses Maß an Motivation und Vertrauen mitbringen, die er mit der Einhaltung der "Schweigepflicht" belohnen wird, ist es für den ausländischen Klienten der Regelfall, daß sie nie einer "anonymen" Institution trauen, sondern höchstens vertrauten Einzelpersonen. Sie wissen nicht von der Existenz der Schweigepflicht, haben Angst, daß andere Menschen von ihren Schwierigkeiten erfahren, und sie dadurch ihre Familienehre verlieren könnten. Sie kommen zur Beratung nur, weil sie - etwa wegen Sorgerechtsfragen, Gefahr der Sonderschuleinweisung oder schweren Erkrankungen - "gezwungen" sind, diesen Schritt zu unternehmen.

5. Materielle versus psychische Probleme: Während der Berater sich mehr auf die psychischen Erlebnisse und Konflikte des Klienten konzentriert, erwartet der Klient eine direkte Hilfe bei der Beseitigung seiner konkreten materiellen Probleme.

3.2 Konkrete Vorgehensweise

Als eine der wichtigsten Voraussetzungen für die Beratung von Menschen aus den Mittelmeerländern sehe ich die Bildung einer tragfähigen Beziehung auf einer guten Vertrauensbasis an; d.h., die erste Aufgabe des Beraters besteht in der Schaffung einer ehrlichen zwischenmenschlichen Beziehung im Sinne von BINDER & BINDER (1979), die genügend Raum bieten soll, sowohl die Erwartungen und Ängste des Klienten ans Licht kommen zu lassen, als auch die Arbeitsmethode und die Ziele des Beraters für den Klienten transparent und verständlich zu machen. In manchen Fällen kann es sich als sehr hilfreich erweisen, zu Anfang der Betreuung eine Reihe von Gesprächen im Sinne des "Fokalinterviews" nach ESSER (1985; 1987) zu vereinbaren, um die Phase des Kennenlernens zeitlich auszudehnen und besser strukturieren zu können. Das weitere Vorgehen und die Ziele der Beratung sollten genau (evtl. schriftlich) festgelegt werden. Sinnvoll ist es auch feste zeitliche Strukturen zu vereinbaren (Gesamtdauer, Uhrzeit der Treffen usw.).

Besonders positiv für die *Vertrauensbildung* auf Seiten des Klienten kann sich auswirken, daß der Berater zunächst bewußt die Rolle des Experten und Fachmanns annimmt und, wenn angebracht, auch persönlich Stellung zu bestimmten Sachverhalten nimmt und sich aktiv bei der Lösung konkreter Probleme einbringt. Damit meine ich jedoch keineswegs, daß der Berater dem Klienten den Druck ganz abnimmt und sich in (unbewußten) Identifikationen verliert.

Eine weitere Besonderheit in der Beratung stellt die Vielschichtigkeit und häufige Schwere der Probleme der Migrantenbevölkerung oder der Flüchtlinge dar: neben die konkreten sozialen, ökonomischen und politischen Schwierigkeiten treten häufig organische und psychische Störungen. Viele Ängste können realer Natur sein, wie etwa die Furcht vor Ausweisung. Viele Erfahrungen - wie etwa Diskriminierung bei der Wohnungs- und Arbeitssuche - sind keineswegs Ausdruck einer paranoiden Problematik. Viele zusätzliche Belastungen - wie etwa eine erhöhte Arbeitsbelastung, Trennungserlebnisse, veränderte Familienrollen - können den Problemdruck auf diese Menschen unerträglich verschärfen. - Als Konsequenz halte ich es für unumgänglich, die folgenden Aufgaben stets vorrangig zu beachten:

1. Eine klare Differenzierung der Probleme und Störungen für sich und die Klienten sowie klare gemeinsame Vereinbarungen darüber, welche sofort und welche zu einem späteren Zeitpunkt angegangen werden sollen; welche im Mittelpunkt der Beratung stehen sollen, und welche an weitere zuständige Fachleute oder Institutionen vermittelt werden müssen. In diesem Zusammenhang verweise ich ausdrücklich auf das *"Helfer-Syndrom"*; zu gern und unreflektiert sind Helfer bereit, den Erwartungen dieser Klienten nach einem allmächtigen Berater, der möglichst schnell alle delegierten Probleme selbständig löst, entgegenzukommen.

2. Ein sofortiges Eingehen auf die dringendsten Probleme unabhängig davon, ob sie somatischer, psychischer oder materieller Natur sind; etwa durch direkte oder indirekte Hilfe bei der Wohnungs- oder Arbeitsbeschaffung, Hortplatzbesorgung für die Kinder, Verweisen auf therapeutische Institutionen, Erläuterung der Ansprüche des Klienten auf z.B. Arbeitslosengeld/-hilfe, Sozialhilfe und Wohngeld u.a.

3. Informationslücken direkt oder durch Verweis auf zuständige Fachleute zu beseitigen suchen. In manchen Fällen kann es angebracht sein - neben der Informationsvermittlung *"psychische Überzeugungsarbeit"* zu leisten. Dabei denke ich z.B. an süditalienische Familienväter, die die Inanspruchnahme von - für sie unbekannten - Hilfsangeboten materieller Art (etwa Sozialhilfe, Arbeitslosenhilfe, finanzielle Unterstützungen caritativer Einrichtungen, Möbel- oder Kleidergeschenke u.a.) als Verlust ihrer Ehre und als starken Angriff auf ihre Rollenidentität als für die Versorgung der Familie Verantwortliche erleben. Daraus entwickeln sich nicht selten gravierende psychische Störungen.

Einen weiteren Bereich betrifft die Hilfe in psychischer (etwa Psychotherapie) oder paramedizinischer (etwa Frühförderung, Massagen, Rehabilitationsmaßnahmen) Hinsicht: Die Beratungstätigkeit könnte auch hier einschließen, neben den nötigen Informationen die Ängste der Betroffenen offen zu besprechen, sonstige Barrieren anzugehen und mit den Klienten angemessene Lösungen zu erarbeiten. In manchen Fällen kann eine solche Intervention entscheidend für die Beseitigung von Zugangsbarrieren sein, die eine medizinische Behandlung blockieren.

E. ZIMMERMANN, Medizinsoziologe an der Freiburger Universitätskinderklinik, berichtete mir z.B. von einer süditalienischen Mutter, die unter keinen Umständen davon zu überzeugen war, bei ihrem sechsmonatigen Sohn zu bleiben, der noch gestillt wurde und sich einer schweren Operation in der Klinik unterziehen mußte. In daraufhin erfolgten Klärungsgesprächen ergab sich, daß es sich keineswegs um eine "Rabenmutter" handelte, sondern daß sie überzeugt war, ihr Sohn sei in Folge einer Verhexung erkrankt. Die einzige Möglichkeit ihn zu heilen sah sie darin, mehrmals täglich in der eigenen Wohnung einige magische Gegenprozeduren zu verrichten. Erst als dies klar und die Mutter in ihrer Überzeugung respektiert wurde, fiel es nicht schwer, sie davon zu überzeugen, die Prozeduren anstatt in ihrer Wohnung in ihrer Klinikunterkunft zu verrichten.

4. Bei den dringlichen psychischen Problemen und in schweren Krisensituationen sollten stützende Gespräche angeboten werden, die es diesen Klienten ermöglichen, sich verstanden und zumindest für diese kurze Zeit entlastet zu fühlen. In manchen Fällen können sich "erlebnisaktivierende" Methoden, wie etwa das Focusing von GENDLIN (1978), ansatzweise als sehr geeignet erweisen, da sie es dem Klienten ermöglichen, Distanz zu seinen Problemen zu bekommen, sich Zeit zu lassen, Raum zu schaffen, um sie genauer und differenzierter erkennen und vielleicht ein neues Bewußtsein entwickeln zu können.

5. Eine Verstärkung der Zusammenarbeit - sowohl innerhalb der Beratungsstelle (ideal wäre ein interkulturell und interdisziplinär gemischtes Team) als auch mit anderen Institutionen - sollte hinsichtlich der gemeinsamen Besprechungen, der Aufteilung der Aufgaben und der Abstimmung der Ziele erfolgen. Allein schon der Informationsaustausch - natürlich mit Zustimmung der Betroffenen - zwischen den Fachleuten und Institutionen, die mit ausländischen Klienten arbeiten oder gearbeitet haben, wie etwa Schule, Arzt, Klinik, Hort, muttersprachliche Berater, Konsulat usw., würde häufig schon genügen, um viele immer noch bestehende Hindernisse zu beseitigen.

6. Flexibilität bei der Terminplanung ist ein weiterer wichtiger Aspekt, da es für viele Arbeitsmigranten nicht möglich ist, sich auch nur für kurze Zeit von ihrem Arbeitsplatz zu entfernen (Vorwurf der Drückebergerei, Entlassungsdrohung). Auch aufgrund der hohen Arbeitsbelastung ist es sinnvoll, Termine unter Berücksichtigung dieser Situation zu vereinbaren. Manchmal sind daher Abendtermine unumgänglich. Auch die Frage der Pünktlichkeit und der rechtzeitigen Absage sollte geklärt werden, da es für viele dieser Klienten möglicherweise nicht selbstverständlich ist, pünktlich zu sein oder abzusagen. Flexibilität bedeutet allerdings nicht, die Termine nur nach den Wünschen der Klienten auszurichten. Die Gründe für Terminverschiebungen oder Absagen sollten genau geprüft werden. Zu viel Flexibilität könnte nämlich die Motivation der Klienten negativ beeinflussen, da sie vermuten könnten, der Berater habe ein zu starkes Interesse an den Gesprächen - und möglicherweise auch versteckte Gründe.

7. *Eine weitere wichtige Besonderheit* in der Arbeit mit dieser Zielgruppe ergibt sich aus den unterschiedlichen Normen- und Wertesystemen, den unterschiedlichen Krankheitsdefinitionen, Heilungserwartungen und der Zugehörigkeit zu verschiedenen sozioökonomischen Gruppen - auf Seiten der Berater wie der Klienten. Zum Umgang damit scheint es mir nicht möglich, allgemeingültige Vorgehensweisen zu benennen. Sicher bleibt jedoch, daß das klientenzentrierte Modell, trotz der großen Vorteile, nicht in der von ROGERS entwickelten Form übernommen werden kann, weil die - in den USA gültigen - positivistischen und individualistischen Prinzipien völlig im Gegensatz zu Lebenswelt und Lebensweise der stärker traditionsgebundenen und familienorientierten Mittelmeervölker stehen (vgl. auch PFEIFFER 1989). Daß eine modifizierte Form des klientenzentrierten Ansatzes allerdings diese Besonderheiten erfolgreich berücksichtigen kann, scheint inzwischen unbestritten (vgl. auch STRAUMANN 1990).

Wie sollen aber diese Modifikationen konkret aussehen? - Ohne auf die einzelnen methodischen Erweiterungsvorschläge hier eingehen zu wollen (s. hierzu ausführlicher PORTERA 1990a), möchte ich dennoch einige konkrete Hinweise geben, die bei der *Schaffung einer möglichst vorurteilsfreien und offenen Beziehung* zwischen Berater und ausländischen Klienten, die auf gegenseitiger Akzeptierung und Respektierung beruht, hilfreich sein könnten:

- Beziehungsangebote seitens dieser Klienten, die anfangs freundschaftlich oder rein formal sein können, zuerst annehmen, um langsam ein Gleichgewicht zwischen Freund, der nicht unbedingt auf der gleichen Ebene stehen soll, und Fachmann zu erreichen.
- Offenheit für Anteile neuer und unterschiedlicher Umgangsformen (und methodische Vorgehen wie etwa aktivere, direktivere oder körperorientiertere Vorgehensweisen und Traumanalyse) zeigen und sie teilweise integrieren, aber ohne die eigene persönliche und professionelle Identität aufzugeben.
- Wenn möglich auf "Äußerlichkeiten" achten, etwa eigene Kleidung, Sitzhaltung, Gesprächsstil; das bedeutet jedoch nicht, etwa die des Klienten zu übernehmen, sondern für sich selber die Unterschiede und ihre Auswirkung auf die Beratungssituation zu klären.
- Geschenke und Einladungen gegenüber genau so wie der externalen Erzählweise nicht sofort 'verbietend' begegnen, sondern auf ihre Bedeutung hin interpretieren; bei einem Geschenk oder einer Einladung könnte es sich z.B. lediglich um Dankbarkeit handeln und nicht um einen 'Bestechungsversuch'. Das Sprechen über andere wie über scheinbar zusammenhanglose Geschichten genauer befragt, kann verborgene Gefühle oder intime persönliche Konflikte aufzeigen.

4. Möglichkeiten und Grenzen der klientenzentrierten Beratung im interkulturellen Bereich

Wenn wir nun fragen, ob die Möglichkeiten und Grenzen des klientenzentrierten Ansatzes in der Arbeit mit Menschen mediterraner Herkunft auch in der Arbeit mit anderen Kulturgruppen gelten, so läßt sich sagen, daß die Schwierigkeiten dann noch vielschichtiger werden. Ohne auf die eigenkulturlichen Besonderheiten der weiteren Bevölkerungsgruppen, mit denen wir in der Bundesrepublik konfrontiert werden - wie etwa Flüchtlingen aus Asien oder Aus- und Übersiedlern aus Rumänien u.a. - in diesem Beitrag eingehen zu können, möchte ich abschließend versuchen, einige allgemeine Aspekte herauszustellen, die für die Beratung und die Kriseninterventionshilfe, in der Angehörige unterschiedlicher kultureller Gruppen - sei es als Helfer, sei es als Klient - zusammentreffen, von Wichtigkeit sein könnten.

Zunächst einmal die Kenntnisse über die *Norm-, Wert- und Moralvorstellungen* der Klienten unterschiedlicher Herkunft: Ohne bestreiten zu wollen, daß es in vielen Situationen, etwa in der Krisenintervention, von entscheidender Wichtigkeit sein kann, die kulturelle Bedeutung von einzelnen Verhaltensweisen und Kommunikationsformen genau zu kennen, bin ich fest überzeugt, daß der geschützte Raum des beraterischen Settings, die beste Voraussetzung bieten kann, um das gegenseitige - auch kulturelle - Kennenlernen zu ermöglichen und zu begünstigen. Wenn der Berater eine *Haltung* gemäß den Prinzipien des personzentrierten Konzepts verwirklichen kann, erhält der Klient vielleicht zum ersten Mal überhaupt die Möglichkeit sich so mitzuteilen, wie er sich persönlich wirklich erlebt, und vielleicht wird ihm dies in der Beratungssituation zum ersten Mal auch wirklich bewußt möglich. Insbesondere für Bevölkerungsgruppen, die längere Zeit in unterschiedlichen kulturellen Kontexten leben müssen (kulturelle Bezüge sind keineswegs an geographische Grenzen gebunden), wie etwa die ausländischen Jugendlichen der zweiten Generation, wären solche Möglichkeiten von erheblicher Bedeutung.

Das interkulturelle Setting ermöglicht weiter, sofern in ihm das offene und vorurteilsfreie Kennenlernen realisiert wird, gerade in der multikulturellen Gesellschaft, in der wir uns alle - auch als Berater oder Klient - begegnen, Vorurteile und Stereotype zu überwinden und Gemeinsamkeiten, die DEVEREUX (1982) mit dem Begriff "Metakultur" bezeichnet, zu entdecken. Auf der Seite des Beraters ist es daher unumgänglich, daß er sich über die eigene Einstellung Fremden und Fremdheit gegenüber bewußt wird. In der beraterischen Begegnung mit Menschen unterschiedlicher kultureller Zugehörigkeit sollte sich der Berater - aufgrund gezielter Selbsterfahrungsprozesse - stets über die eigenen Ängste, Empfindungen und Gefühle Fremden gegenüber im klaren sein, um sie nicht auf den Klienten zu übertragen.

Desweiteren ist für ein interkulturelles Verstehen notwendig, daß die Beratung als *"dialogischer Prozeß"* (PFEIFFER 1990) erlebt und erfaßt werden kann. Der Klient soll die Möglichkeit erfahren, nicht nur den Inhalten der Gespräche, sondern auch die Form, den methodischen Umgang mitzubestimmen. Konkret bedeutet dies, daß der Berater als Person greifbar wird, und daß er, unter Beibehaltung seiner personzentrierten Grundhaltung, gewisse theoretische Erweiterungen vornimmt, im Sinne von mehr Aktivität, genauerer Strukturierung der Sitzungen und Respektierung der spezifischen Problemlösungsstrategien und unterschiedlichen Vorstellungen von Erziehung oder Krankheit.

Darüber hinaus sollte der Berater in der Lage sein, nicht nur die Gefühle des Klienten, sondern dessen *gesamten Lebenszusammenhang* zu erfassen. Die materiellen und existentiellen Bedingungen sollten vorrangig verbessert werden, da sie die Voraussetzung für persönliche Entfaltung und Entwicklung eines jeden Menschen sind. STRAUMANN (1990) spricht hier von einer *"ganzheitlichen Problembewältigungsstrategie"*, in deren Rahmen schicht- und geschlechtsspezifische Problemlösungen erarbeitet werden.

Um dies zu verwirklichen, ist es jedoch notwendig, auf die mehrdimensionalen und multikulturellen Probleme eine Antwort - durch die Kooperation zwischen Fachkräften unterschiedlicher Kulturen und Disziplinen - zu finden. Eine systemische Betrachtungsweise der Probleme und Störungsbilder (PAVEL 1985) könnte ferner helfen, sich von festgefahrenen Mustern, Definitionen und Kategorien zu lösen und *das "Anderssein" zu schützen.*

5. Schlußfolgerungen

Der von ROGERS entwickelte Ansatz der zuerst "nondirektiven" und später "klientenzentrierten" Gesprächsführung orientiert sich vorwiegend an den Werten der amerikanischen Kultur, die auf optimistischen und individualistischen Idealen basieren. Wenn wir diesen Ansatz auf andere, traditionsgebundene und aufgrund des geschichtlichen Hintergrundes (Diktaturen, Kriege, große existentielle Nöte) 'pessimistischere' (oder realistischere?) Bevölkerungsgruppen anwenden möchten, dann scheint eine *theoretische Erweiterung unumgänglich.* -

Daß der von ROGERS als "wachstumsorientiert" betrachtete personzentrierte Ansatz sehr viele Entwicklungsmöglichkeiten bietet, wird durch seine ständige Weiterentwicklung und seine Rezeption für unterschiedliche Anwendungsräume und -felder bezeugt. CARKHUFF & BERENSON (1967) machten bereits in den sechziger Jahren auf die Notwendigkeit der Revision aufmerksam. GENDLIN (1970) befreite uns von der "Direktivitätsphobie" (WIJNGARDEN 1989) und forderte anstelle des zurückhaltenden "don't", das auf die individuelle Beziehung gerichtete "does". TAUSCH (1990) fordert kontinuierlich eine Methodenintegration, damit unsere Beziehungsform wirklich "klientenzentriert" und nicht "therapeutenzentriert" wird. Methodisch wie bezogen auf neue Anwendungsfelder - so etwa wie die Arbeit mit Träumen (GENDLIN 1986; VOSSEN 1988), mit Familien (PAVEL 1979), mit Paaren (ESSER & SCHNEIDER 1989), mit Kindern (JAEDE 1986),mit Arbeitsmigranten (PFEIFFER 1989; PORTERA 1987), an schweren psychischen Störungen (BINDER & BINDER 1979) oder mit benachteiligten Gruppen (STRAUMANN 1988) u.a. - wurden konzeptionelle Erweiterungen im Sinne von mehr Aktivität und einer "person to person"-Beziehung vorgenommen.

Die Schwierigkeit in der beraterischen Situation zwischen Menschen unterschiedlicher kultureller Herkunft sehe ich in der Tatsache begründet, daß jeder Mensch aufgrund seines Lebens in verschiedenen soziokulturellen Bereichen einer persönlichen Bereicherung ausgesetzt wird, die er allerdings vor den anderen wie auch oft vor sich selbst verstecken muß, um nicht als "diffus", "deviant" "anormal" oder gar "verrückt" gelten zu müssen.

Zweifellos bedeutet jede interkulturelle Erfahrung eine Erweiterung des eigenen Horizontes. Betrachten wir zum Beispiel die verbale Kommunikation. In der Linguistik wird behauptet, daß es in keiner Sprache Synonyme gibt, weil letztendlich jedes Wort - individuell wie sozial - etwas anderes hervorruft und vermittelt. Jedes Individuum, das auch nur kurze Zeit in verschiedenen Sprachräumen lebt, interiorisiert zusätzliche Denkformen, Sprachstrukturen und Wortgebräuche der neuen Umgebung. Das erklärt z.B. die neuen Sprachformen von "italian-americans", der nach Italien Remigrierten "italo-tedeschi" oder das "Gastarbeiterdeutsch"; diese Menschen mit bikulturellen Erfahrungen übernehmen viele Wörter der neuen Sprache in ihre verbale Kommunikation.

Im Bereich der Wissenschaften läßt sich übrigens ähnliches beobachten. Um verstanden zu werden, d.h., die wissenschaftssprachliche Bereicherung zeigen und einsetzen zu können, müssen sich die Interaktionspartner der gleichen Kodifikationsmuster bedienen. Allerdings hat dies auch seinen manchmal hohen Preis. Aufgrund der Beharrung alttradierter - nur theoretisch existierender - Monokulturen dürfen bzw. können diese Menschen damit immer nur den Teil von sich selbst mitteilen oder zeigen, der von den Mitmenschen verstanden wird. Weitere Anteile bleiben somit versteckt oder gar verdrängt, da sie - gezeigt - die "gesunde" Integration gefährden könnten.

Interkulturelle Beratungssituationen, die auf der Grundlage eines erweiterten personzentrierten Ansatzes gestaltet werden, könnten korrigierende Erfahrungen ermöglichen, die der offenen Entfaltung der Persönlichkeit - mit all ihren Anteilen - dienten. Der Klient könnte die Möglichkeit erfahren, ohne Beschränkung auf alttradierte monokulturelle Schemata sich so mitzuteilen, wie er es möchte, und dadurch seine echte, individuelle und einmalige persönliche Identität finden. Gleichzeitig könnte der Berater die eigenen Grenzen überwinden und den eigenen Horizont erweitern. Somit könnte sich die genutzte Chance des interkulturellen Kontaktes nicht nur für Berater und Klient, sondern für die gesamte Gesellschaft, in der wir leben, als Bereicherung und Wachstum herausstellen.

Literatur

AUERNHEIMER, G.: Handwörterbuch Ausländerarbeit. Basel 1984.

AUERNHEIMER, G.: Der sogenannte Kulturkonflikt. Orientierungsprobleme ausländischer Jugendlicher. Frankfurt 1988.

BINDER, U.; BINDER, H.J.: Klientenzentrierte Psychotherapie bei schweren psychischen Störungen. Frankfurt a.M. 1979.

BRAND, B.; DHAWAN, S.: Überlegungen zur therapeutischen Vorgehensweise nach Extremtraumatisierungen. In: Interkulturell, H. 2/3, 1989.

BRUNNERT, H.G.: Krisenintervention und Krisenbewältigung macht glücklich! - Eine erfundene Wirklichkeit beruflicher Helfer. GWG-Kongreß "Macht Therapie glücklich?" Köln, 20.-24.02.1989.

BÖKER, W.: Psychiatrie der Gastarbeiter. In: Psychiatrie der Gegenwart. Band III. Berlin 1975^2.

CARKHUFF, R.R.; BERENSON, B.G.: Beyond counseling and therapy. New York 1967.

DEVEREUX, G.: Normal und anormal. Aufsätze zur allgemeinen Ethnopsychiatrie. Frankfurt 1982.

ESSER, U.: Das Erstinterview in der Erziehungsberatung. In: Zeitschrift für personenzentrierte Psychologie und Psychotherapie, 4. Jg., H. 1, 1985, S.73-89.

ESSER, U.: Das Erstinterview in der Erziehungsberatung (II). Ein Beitrag zur Entwicklung des Fokalinterviews. In: Zeitschrift für personenzentrierte Psychologie und Psychotherapie, 6. Jg., H. 1, 1987, S.101-114.

ESSER, U.; SCHNEIDER, I.: Klientenzentrierte Partnerschaftstherapie als Beziehungstherapie - eine Positionsbestimmung. In: BEHR, M. u.a. (Hrsg.): Jahrbuch für personenzentrierte Psychologie und Psychotherapie. Band 1. Salzburg 1989.

FERRAROTTI, F.; Oltre il razzismo. Verso una società multiculturale. Roma 1988.

FRIESSEM, D.: Psychiatrische und psychosomatische Erkrankungen ausländischer Arbeiter in der BRD. Ein Beitrag zur Psychiatrie in der Migration. In: Zeitschrift für Psychiatrie, Neurologie und medizinische Psychologie, H. 26, 1974.

GENDLIN, E.T.: A theory of personality change. In: HART, J.T.; TOMLINSON, T.M.: New directions in client-centered therapy. Boston 1970.

GENDLIN, E.T.: Focusing. New York 1978. Deutsche Ausgabe: Focusing. Technik der Selbsthilfe bei der Lösung persönlicher Probleme. Salzburg 1981.

GENDLIN, E.T.: Let your body interpret your dreams. Wilmette III, 1986. Deutsche Ausgabe: Dein Körper - Dein Traumdeuter. Salzburg 1987.

GRIESE, H.M.: Die Situation der Kinder von Wanderarbeitnehmern. In: JUST, W.D.; GROTH, A. (Hrsg.): Wanderarbeiter in der EG. Mainz 1985.

JAEDE, W.: Brücken zwischen Kindertherapie und Elternarbeit bei ausländischen Familien. In: JAEDE, W.; PORTERA, A. (Hrsg.): Ausländerberatung. Freiburg 1986.

LINSTER H.W.; PANAGIOTOPOULOS, P.: Zur Unterscheidung von klientenzentrierter Psychotherapie und klientenzentrierter Beratung im Rahmen des klientenzentrierten Konzeptes. In: DETLEV, D.; STRAUMANN, U. (Hrsg.): Personenzentriert Verstehen - Gesellschaftsbezogen Denken - Verantwortlich Handeln. GwG-Verlag. Köln 1990.

MEHRLÄNDER, U.: Repräsentativuntersuchung 1985. Im Auftrag des Bundesministers für Arbeit und Sozialordnung. Bonn 1986.

PAVEL, F.G.: Klientenzentrierte Therapie von Systemen. In: GwG-Info, H. 59, Juli 1985, S.34-35.

PAVEL, F.G.: Therapeutische Gespräche mit Familien. In: SPECHT, F.; WEBER, E. (Hrsg.): Kinder in unserer Gesellschaft. Chancen und Risiken. Göttingen 1981.

PFEIFFER, W.M.: Klientenzentrierte Therapie im kulturellen Zusammenhang. In: BEHR, M. u.a. (Hrsg.): Jahrbuch für personenzentrierte Psychologie und Psychotherapie. Band 1. Salzburg 1989.

PFEIFFER, W.M.: Psychotherapie als dialogischer Prozeß. In. BEHR, M.; ESSER, U. (Hrsg.): "Macht Therapie glücklich?" Neue Wege des Erlebens in klientenzentrierter Psychotherapie. GwG-Verlag. Köln 1990.

PORTERA, A.: Psychotherapeutische und beraterische Interventionsmöglichkeiten bei italienischen Klienten mit magischen Vorstellungen. In: JAEDE, W.; PORTERA, A. (Hrsg.): Ausländerberatung. Kulturspezifische Zugänge in Diagnostik und Therapie. Freiburg 1986.

PORTERA, A.: Beraterische und therapeutische Arbeit mit italienischen Migranten. In: Zeitschrift für personenzentrierte Psychologie und Psychotherapie, Nr.4, 1987, S.425-434.

PORTERA, A.: Gesundheitliche Lage italienischer Migranten in der BRD. In: MORTEN, A. (Hrsg.): Vom heimatlosen Seelenleben. Bonn 1988.

PORTERA, A.: Kann durch Beratung und Therapie Arbeitsmigranten geholfen werden? In: DETLEV, D.; STRAUMANN, U. (Hrsg.): Personenzentriert Verstehen - Gesellschaftsbezogen Denken - Verantwortlich Handeln. GwG-Verlag. Köln 1990a.

PORTERA, A.; Europei senza Europa. Storia e storie di vita di giovani italiani in Germania. Catania 1990b.

RIEDESSER, P.: Psychische Störungen bei ausländischen Arbeitern in der Bundesrepublik Deutschland. In: Zeitschrift für medizinische Klinik, H. 21, 1975, S. 954-959.

RIEDESSER, P.: Die psychische Gefährdung des Gastarbeiterkindes. In: Caritas-Jahrbuch 1982, S.133-137.

ROGERS, C.R.: Therapeut und Klient. München 1977.

STRAUMANN, U.: Psychosoziale Beratung und Krisenintervention, sowie Tätigkeitsfeldbezogene Supervision. In GwG-Zeitschrift, H. 71, Juni 1988, S.45-48.

STRAUMANN, U.: Zur Weiterentwicklung und wissenschaftlichen Fundierung des personenzentrierten Konzeptes in der psychosozialen Arbeit. In: DETER, D.; STRAUMANN, U.: Das personenzentrierte Konzept - Theorie, Methodik und Umsetzung in der psychosozialen Praxis. GwG-Verlag. Köln 1990.

TAUSCH, R.: Klientenzentrierte Gesprächspsychotherapie und klientenzentriertes Psychotherapieprogramm - Fortschritte in Theorie und Praxis. Vortrag beim GwG-Kongreß "Macht Therapie glücklich?" Köln, 20.02.-24.02.1989.

TAUSCH, R.: Die Ergänzung der klientenzentrierten Gesprächspsychotherapie durch andere psychotherapeutische Methoden: eine klientenzentrierte Notwendigkeit. In: BEHR, M. u.a. (Hrsg): Jahrbuch für personenzentrierte Psychologie und Psychotherapie. Band 1. Salzburg 1989.

VIEFHUES, H. (Hrsg.): Gesundheit und Medizin. Versorgung ausländischer Arbeiterfamilien. Bochum 1982.

VOSSEN, T.: Traumtherapie klientenzentriert. In: GwG-Zeitschrift, H. 72, September 1988, S.30-43.

WIJNGARDEN, H.R.: Klientenzentrierte Therapie: Eine eigene Identität? In: BEHR, M. u.a. (Hrsg.): Jahrbuch für personenzentrierte Psychologie und Psychotherapie. Band 1. Salzburg 1989.

ZIMMERMANN, E.: Emigrationsland Süditalien. Tübingen 1982.

ZIMMERMANN, E.: Gesundheitliche Situation und Probleme der medizinischen Versorgung ausländischer Migrantenkinder. In: Weltgesundheitsbroschüre. Bonn 1983, S.211-217.

Weiterführende Literatur:

JAEDE, W.; PORTERA, A. (Hrsg.): Ausländerberatung. Kulturspezifische Zugänge in Diagnostik und Therapie. Freiburg 1986.

AUERNHEIMER, G.: Handwörterbuch Ausländerarbeit. Basel 1984.

KARSTEN, Maria, E.: Sozialarbeit mit Ausländern. München 1984.

Anschrift des Verfassers

Dr. Agostino Portera
dienstlich: Pädagogische Hochschule Freiburg, Kunzenweg 21, 7800 Freiburg i. Br.
privat: Reischstr. 11, 7800 Freiburg i. Br.

WOLFGANG SCHERER

Existenziell-materielle Absicherung - die Grundlage personzentrierter Beratung

Zusammenfassung

Erwerbslosigkeit für sich alleine genommen ist in der Regel kein Anlaß für sozialarbeiterische Intervention, wenn wir vom Tätigwerden im Interesse erwerbsloser Jugendlicher einmal absehen. Zumeist wird in der Sozialen Arbeit Erwerbslosigkeit nur dann zum Gegenstand, wenn sie mit anderen Problemen und Problemsituationen - vorhergehend, ergänzend oder folgend - verkoppelt ist.

Das Schwergewicht liegt auf der Armutsfrage, hier beschränkt auf die materielle Armut, da dieser viel mehr Beachtung eingeräumt werden muß, als dies bislang in der Sozialen Arbeit mit Erwerbslosen der Fall ist.

Im weiteren werden spezifische Problemlagen Erwerbsloser sowie - mit Blick auf Lebensbewältigung, Beratung, finanzielle Unterstützung, Überwindung der Erwerbslosigkeit und Selbsthilfe - Strategien und Lösungsansätze diskutiert.

Eine Erörterung der Qualifikationsanforderungen an Fachkräfte der Sozialen Arbeit, die mit Erwerbslosigkeit und deren krisenhaften materiellen und psychosozialen Auswirkungen zu tun bekommen, schließt sich an, wobei allerdings primär auf die existentiell-materiellen Aspekte abgehoben wird.

Zum Schluß werden die zentralen politischen Forderungen vorgestellt, um deren Durchsetzung die Erwerbslosen- und Sozialhilfeinitiativen seit Jahren - leider außerhalb der Diskussion in der Sozialen Arbeit und ohne Unterstützung durch die Sozialfachkräfte - kämpfen.

1. Problemaufriß zur materiellen Not

1.1 Das Ausmaß der Bedürftigkeit

Etwa 3,5 Millionen Menschen in Deutschland leben offiziell am Rande des Existenzminimums, sofern man die Leistungen bzw. den Bedarfssatz der Sozialhilfe (s.u. 1.2) als Definitionsmerkmal für finanzielle *Armut im Sinne des Existenzminimums* heranzieht. Angesichts des gesellschaftlichen Reichtums ist diese Festlegung wohl als unseriös und unsozial in Frage zu stellen. - Zu dieser hohen Zahl von Bedürftigen muß erfahrungsgemäß nochmals die gleiche Anzahl an Personen hinzugezählt werden, die aus Uninformiertheit, Scham oder Nichtanpassung an die Reglementierungen der Sozialämter gleichfalls Anspruch auf Sozialhilfe hätte, diesen aber nicht realisiert. Eine genauere Analyse der Situation in den neuen Bundesländern dürfte die Dunkelziffer nochmals deutlich erhöhen. Das heißt, daß z.Z. von etwa 7 Millionen Personen ausgegangen werden muß, die Anspruch auf Sozialhilfe haben.

Zu diesen 7 Millionen, d.h. annähernd 10 % der in der Bundesrepublik lebenden Menschen, muß bei der Erfassung der finanziellen Armut auch noch jener Teil der Bevölkerung hinzugezählt werden, der zwar über Lohneinkommen und/oder Transferleistungen verfügt, sich aber mit diesen Einkünften gleichfalls an der Armutsgrenze bewegt, ohne noch Anspruch auf Leistungen der Sozialhilfe anmelden zu können. Unter den statistisch durchschnittlichen Lohneinkommen von monatlich brutto ca. 3400,- DM (ohne Aufschlüsselung, wieviel Personen von diesem Einkommen leben müssen) befinden sich nicht wenige Lohneinkommen im Niedrigbereich: ca. 25 % der berufstätigen Männer und 44 % der berufstätigen Frauen fallen hierunter. Also muß die Zahl der in oder am Rande der Armut Lebenden noch um einige Millionen Personen hochgerechnet werden.

Die finanzielle Armut und ihre Folgen stellen sich sehr unterschiedlich ausgeprägt dar: Männer und Frauen erleben objektiv und subjektiv die Armut verschieden; die familiäre Situation kann unterschiedliche Folgen zeitigen; die Dauer der Armut sowie die unsicheren Zukunftsperspektiven können unterschiedliche Verarbeitungsweisen hinsichtlich der aktuellen Lebenssituation hervorrufen; das Hinzukommen anderer Armutsfaktoren (schlechte Wohnung, Gesundheit, Bildung usw.) kann das Problem der finanziellen Armut gegebenenfalls rückwirkend verschärfen u.a.m..

Ein kleines Beispiel: Rainer ROTH befragte SozialhilfebezieherInnen, wie sie das Problem der Deckungslücke, derzufolge die Sozialhilfe nicht für den ganzen Monat reicht, lösen. Mit jeweils 26 % der Nennungen waren Einladungen zum Essen durch bzw. Geldgeschenke von Eltern, Verwandten, Freunden eine Lösung, die zu niedrige Sozialhilfe zu kompensieren. (ROTH 1991) Dies setzt aber ein funktionierendes Netz voraus - sei es innerhalb der Familie oder im Freundeskreis. In den vielen Fällen, in denen dieses nicht oder nicht mehr existiert, verschärft sich der ohnehin schon bedrohliche Charakter der Armut erheblich.

Eine differenzierte Betrachtung der finanziellen Armut scheint mir notwendig, da in der Sozialen Arbeit - neben sozialpolitischen Forderungen, die nicht in dem Maße die Besonderheiten des Einzelfalles berücksichtigen müssen - die differenzierte Problemanalyse Bedingung für sachgerechtes Handeln ist.

1.2 Die Sozialhilfe als Bemessungsgrundlage der Armut und als existenzielle Absicherung

Die Leistungen nach dem Bundessozialhilfegesetz (BSHG) werden von staatlicher Seite als hinreichend zur Sicherung eines Lebens, das der Würde des Menschen entspricht, dargestellt. Es gibt keine eigentliche Definition der Armutsgrenze - gemessen an durchschnittlichen Einkommen oder ähnlichem, sondern nur den Umkehrschluß, daß, wer Sozialhilfe erhält, nicht arm ist. Und da jede/r Sozialhilfe erhalten kann, soweit der Anspruch besteht, ist auch niemand arm. (Ausnahmen von dieser Regel, wie die gelegentlich von Politikern verschiedener Couleur entdeckte Altersarmut, bestätigen diese nur.)

Die *Bemessung* des Bedarfs in der Sozialhilfe - und damit die Definition der Armutsgrenze in finanzieller Hinsicht - war und bleibt ein schwieriges Unterfangen, da sich die "Würde des Menschen" nicht quantifizieren läßt. Allerdings ließen Berechnungsverfahren wie z.B. der Warenkorb zu, daß über den *Bedarf* eine Auseinandersetzung geführt werden konnte, die sowohl quantitative als auch qualitative Aspekte umfasse. 1989/90 allerdings wurde das Bemessungssystem auf eine völlig neue Basis gestellt.

Das Bedarfssystem wurde aufgegeben und an seine Stelle trat ein statistisches Vergleichssystem, kurz *Statistikmodell* genannt. Mit diesem wird seither Bedürftigkeit in Bezug gesetzt zu unteren Lohneinkommen. Ausgangspunkt dabei ist die Unterstellung, daß untere Lohneinkommen (d.h. Ein-Personen-Haushalts-Einkommen zwischen 800, und 999, DM monatlich) zum Leben ausreichend sind. Da nun die Sozialhilfe unterhalb der unteren Lohneinkommen liegen muß ("Lohnabstandsgebot" des BSHG), wurde der Bedarf im Verhältnis zum Verbrauchsverhalten der Vergleichsgruppe so lange gedrückt, bis ein Sozialhilferegelsatz errechnet war, der den politischen Verhandlungspartnern gerade noch akzeptabel schien. Und aktzeptabel heißt hier finanzierbar. Denn letztlich ging es bei der Reform darum, die Leistungen der Sozialhilfe zu erhöhen, um der Preisentwicklung und dem geänderten Verbraucherverhalten Rechnung zu tragen - und um sozialpolitische Versäumnisse der letzten ca. 15 Jahre vom Tisch zu bekommen; allerdings sollten den Kommunen (als Trägern der Sozialhilfe) keine Mehrkosten entstehen. Die Quadratur des Kreises war zwar aktuell nicht zu lösen, die Ausgaben mußten etwas erhöht werden; aber zugleich wurde für die Zukunft die Bemessung der Sozialhilfe für die Kostenträger berechenbarer: die starre statistische Vergleichsgruppe der unteren Lohneinkommen sorgt dafür, daß die weitere Entwicklung der Sozialhilfe-Regelsätze abgekoppelt wird von der allgemeinen Entwicklung der Preise und Löhne.

Das Bündel an Ungereimtheiten, Fehlern, offenen und verdeckten weitergehenden politischen Absichten (siehe hierzu STOCK & SCHERER 1990), das mit der *Reform der Sozialhilfeberechnung* verbunden ist, kann an dieser Stelle nicht weiter aufgemacht werden, wenngleich sich erst dann realistische Vermutungen über die weitere Armutspolitik in Deutschland anstellen ließen.

Wichtig für die aktuelle Praxis ist, daß, unter Hinweis auf das neue Bemessungssystem, mehr und mehr Beihilfen nicht mehr bewilligt werden. Das heißt, daß a) nicht nur die Regelsätze der Sozialhilfe weiterhin viel zu niedrig sind, sondern b) die Leistungen weiter reduziert werden. Für die SozialhilfebezieherInnen hat dies zur Folge, daß sich an ihrer finanziellen Armut aktuell nichts ändert, und sie befürchten müssen, in Zukunft mit noch weniger Geld (sei es real oder in Relation zur Entwicklung der Kosten und des Lebensstandards) auskommen zu müssen.

Sozialpolitisch wichtig ist: für die Bemessung des Existenzminimums bewirkte die Reform der Sozialhilfe, daß die Armutsgrenze willkürlicher denn je gesetzt ist und weiter werden kann, und daß sie keinen klaren Anhaltspunkt mehr für die Feststellung des tatsächlichen Umfangs der finanziellen Armut bietet. (Diese Erkenntnis ist grundlegend für die weiteren Ausführungen und erhält besonders in den Abschnitten 4 und 5 handlungsweisende Bedeutung.)

2. Arbeitslosigkeit bzw. Erwerbslosigkeit

2.1 Zur Begrifflichkeit

Viele Personen, die nicht in einem Lohnarbeitsverhältnis stehen und beim Arbeitsamt als arbeitsuchend gemeldet sind, bezeichnen sich nicht als *arbeitslos*, sondern als *erwerbslos*. Diese Sprachfeinheit resultiert daraus, daß vielfach das Bewußtsein der Arbeitslosen - oder eben der Erwerbslosen - über ihre eigene Lage sehr viel differenzierter ist, als landläufig angenommen wird. Schließlich arbeiten diese Menschen in der Regel - sei es, sie machen (gelegentlich auch mittlerweile bei Männern anzutreffen) Hausarbeit, sei es, sie arbeiten in irgendwelchen Vereinen oder Initiativen mit; oder aber, sie geben nur dem Sachverhalt Ausdruck, daß ein Überleben mit öffentlichen Unterstützungsleistungen tatsächlich jede Menge Arbeit erfordert (Behördengänge, Bewerbungen, Aufwendungen zum Nachweis der "Arbeitswilligkeit").

Woran es den Arbeitslosen hauptsächlich mangelt, ist ein gesichertes und ausreichendes Erwerbseinkommen. Also: Sie haben Arbeit, aber keinen Erwerb. Daher sind sie erwerbslos.

Dieser Sprachgebrauch hat zwischenzeitlich auch Eingang gefunden z.B. in die Verlautbarungen der Bundesanstalt für Arbeit. Die monatlichen Statistiken werden ausdrücklich als Zählungen der Erwerbslosen ausgewiesen. Im weiteren wird daher nur von Erwerbslosen die Rede sein.

2.2 Zum Personenkreis

Die *Statistik* der Bundesanstalt für Arbeit in Nürnberg, die jeden Ersten des Monats präsentiert wird, gibt ein *falsches Bild*. Nicht, daß Zahlen falsch zusammengezählt würden. Das Problem liegt vielmehr in der Erfassung. Personen, die nach dem Programm zur Arbeitsbeschaffung (ABM) beschäftigt werden, fallen aus der Statistik; ebenso all diejenigen, die sich in Umschulungen oder ähnlichen Maßnahmen befinden, die nach dem Schulabschluß auch heute noch irgendwelche vermeintlich oder tatsächlich qualifizierenden Warteschleifen durchlaufen, die mangels Vermittlungsaussichten in den vorzeitigen Ruhestand geschickt werden; ebenso jene, die eine Sperrzeit aufgebrummt bekommen haben; ebenso jene - und hier wird das System besonders 'perfide', die sich nicht mindestens vierteljährlich beim Arbeitsamt melden.

Perfide ist diese 1989 eingeführte Regelung deshalb, weil sie jene Erwerbslosen, die keine Leistungen vom Arbeitsamt erhalten, tendenziell auch aus der Statistik aussondert. - Die Frage muß erlaubt sein: welcher vernünftige Mensch, der Erwerbsarbeit sucht und deshalb auch beim Arbeitsamt gemeldet ist, nimmt es auf sich, nur um des Augenscheins willen sich einen Vormittag auf dem Arbeitsamt abzuquälen: Arbeitsangebote sind ohnehin nicht zu erwarten, sonst hätte sich das Amt schon gemeldet.

Unter diesen Personenkreis fallen diejenigen, die entweder keine Ansprüche erworben haben oder die auf die Verpflichtung der direkten Angehörigen zur Unterhaltszahlung verwiesen wurden. Sowohl in dem einen wie auch in dem anderen Fall handelt es sich in erster Linie um Frauen; sei es, daß sie nach der sogenannten Familienphase wieder in Erwerbsarbeit gehen wollen oder müssen; sei es, daß sie vor ihrer Erwerbslosigkeit in einem der vielen ungeschützten Beschäftigungsverhältnissen standen; sei es, daß der Anspruch auf Arbeitslosenhilfe (als Sozialhilfe des Bundes) wegen eines die anrechenbare Grenze überschreitenden Einkommens eines Unterhaltsverpflichteten erlischt. (Als unterhaltsverpflichtet gelten entsprechend dem BSHG auch die Haushaltsgemeinschaften.)

Es steht zu vermuten, daß annähernd 1/3 der Erwerbslosen, die im Verlauf der Jahre 1989 und 1990 - der Zeitraum, in dem die Nürnberger Zahlen sich stark verminderten - als nicht mehr erwerbslos vermeldet wurden, ohne tatsächlich eine Arbeitsstelle zu haben; sie fielen statistischen Finessen zum Opfer.

Gleichfalls beim Thema Erwerbslosigkeit berücksichtigt werden müssen jene Personen, die eine Arbeitsstelle gefunden haben, die aber als relativ ungesichert einzustufen ist: sozialversicherungsfreie 470,- DM Stellen; vorübergehende Beschäftigung (Aushilfsarbeiten); unterbezahlte unsichere Arbeitsplätze (Niedriglohngruppen); bestimmte Bereiche des Sektors Teilzeitarbeit; ABM und anderes mehr. Alle diese Personen sind in verstärktem Maße von Erwerbslosigkeit bedroht und haben diese zumeist auch schon erlebt (Mehrfacharbeitslosigkeit mit paralleler Dequalifizierung und verminderten Chancen, jemals wieder einen sicheren Arbeitsplatz zu bekommen).

Ebenso wollen bei der Behandlung des Themas weitere Gruppen der Armutsbevölkerung mitbedacht sein: Alleinerziehende; SozialhilfebezieherInnen, die (ohnehin der Arbeitspflicht unterliegend) potentiell erwerbstätig sein könnten und wollen; Kranke und Behinderte aller Art, die potentiell oder aktuell eingeschränkt erwerbsfähig sind; Wohnungslose sowie andere Gruppen, die nicht in voller Schärfe der Arbeitspflicht bzw. dem Nachweis der Arbeitswilligkeit unterworfen sind. Und schließlich muß in der Behandlung des Themas eine Kerngruppe der Gesellschaft Berücksichtigung finden - die Frauen. Unabhängig davon, ob sie irgendwann aus dem Erwerbsleben ausgestiegen sind oder ausgegliedert wurden, und davon, ob sie aktuell auf den (Wieder-)Eintritt hoffen, sind sie eine Größe, die in vielfacher Hinsicht für die weitere Entwicklung von Erwerbsarbeit und für die Strategien zur Bewältigung von Erwerbslosigkeit von zentraler Bedeutung ist: sei es, daß sie - hochmotiviert - zur Konkurrenz für die Männer auf dem engen, wenn nicht gar inzwischen geschlossenen (Kern-)Arbeitsmarkt werden, sei es, daß die Befriedung über herkömmliche Rollenmuster ("die Frau gehört ins Haus") nicht mehr funktioniert, oder sei es, daß andere Problemkonstellationen oder Szenarien zum Tragen kommen.

Die Erwerbslosen sind *keine homogene Gruppe*. Sie unterscheiden sich, um nur einige Merkmale zu nennen, nach Geschlecht, Alter, Ausbildung, Einkommen, Familienstand, Bildung, ehemaliger Stellung im Beruf, Wohnort u.a.. Je nach Situation resp. Konstellation der verschiedenen Faktoren wie ihres Zusammenspiels unterscheiden sich die Verarbeitungsmöglichkeiten der von Erwerbslosigkeit Betroffenen, deren Probleme, deren Interessen, deren Erwartungen - auch an die Sozialarbeit.

Auf einer weniger offensichtlichen Ebene gibt es Unterschiede, die sich dem oberflächlichen Blick nicht in ihrer Vielfalt erschließen. So, wie es Personen gibt, deren ganze Existenz in der Erwerbsarbeit als Stabilitätsfaktor, Zentrum der Sinngebung, der Soziabilität usw. aufgeht, so gibt es auch Haltungen, die mit graduellen Unterschieden die Lohnarbeit, wie sie sich in diesem Gesellschafts- und Wirtschaftssystem darbietet, ablehnen. Und zwischen diesen Polen finden wir die ganze Reichhaltigkeit menschlicher Denkweisen, Haltungen, Hoffnungen, Erwartungen, Lebensbewältigungen.

Das *Resümee*: Erwerbslosigkeit ist ein vielfältiges, vielschichtiges und widersprüchliches Problem, daß nicht zwangsläufig die gleiche Betroffenheit konstituiert, unterschiedlichste Interessen aufeinanderprallen läßt, verschiedenste Umgehens- und Verarbeitungsweisen zeitigt - und der Sozialen Arbeit problemangemessene differenzierte Antworten abverlangt.

2.3 Die Soziale Arbeit in Konfrontation mit Erwerbslosigkeit und Armut

Was für eine Konsequenz haben nun die einleitenden Überlegungen für die Soziale Arbeit? - Und zwar für jene Soziale Arbeit, die nicht ausdrücklich Sozialarbeit mit bzw. für die Erwerbslosen ist, sondern die nur gelegentlich auch mit KlientInnen zu tun hat, die erwerbslos sind - unabhängig davon, wie sehr dieser Umstand das Beratungs- oder Hilfeanliegen überhaupt erst entstehen ließ.

Zuerst erscheint es mir notwendig, die *Haltungen von Sozialfachkräften* zu beleuchten.

Sozialfachkräfte sind in ihrer beruflichen Tätigkeit in der Regel von einem Kanon bestimmter Tugenden, Ordnungen usw. bestimmt - Bias', die der Überprüfung und Korrektur nur schwer zugänglich sind. Je normaler, landläufig üblich ein Zustand oder ein Verhalten erscheint, desto weniger gibt es die Notwendigkeit, alles zu hinterfragen. *Meine These ist:* Sozialfachkräfte gehen von einer Ordnung aus, in der Erwerbsarbeit notwendig und richtig ist, unabhängig von der - erfreulicherweise noch immer gelegentlich geäußerten - Kritik an den Eigentums- und Produktionsverhältnissen. Soweit es sie selbst betrifft, werden mögliche Entwürfe des Nicht-mehr-Arbeitens an der je eigenen materiellen Perspektive und psychischen Situation gemessen, als ein individueller eigenverantwortlicher Akt gesehen. Zulässig scheinen derartige Perspektiven noch für Personen aus dem Freundinnen- und Freundeskreis, soweit und solange diese nicht erkennen lassen, daß sie mit einem solchen Schritt zum Sozialfall werden könnten. Als persönliche Befreiung oder gar gesellschaftliche Utopie wird aber das - und sei es auch nur zeitweise - Aussteigen aus den Arbeitsverhältnissen nicht gedacht, am allerwenigsten mit Blick auf die KlientInnen. Hier erweisen sich SozialarbeiterInnen noch immer brilliant als normierende *Sozialisations- und OrdnungshüterInnen*.

Ohne besonders kritisch sein zu müssen, kann jede Sozialfachkraft erkennen, daß das Erwerbslos-Machen von Menschen ein Zwangsakt ist. Ob Kündigung, Betriebsschließung, keine freien Arbeitsplätze, zu hohe Anforderungen an BewerberInnen, Ungleichbehandlung oder was auch immer: es handelt sich offensichtlich um Zwangsakte, mit denen Menschen aus gesellschaftlichen Bereichen ausgesondert werden oder mit denen Menschen der Zugang zu diesen verwehrt wird. Die tiefe Ungerechtigkeit, die hier zum Ausdruck kommt, zwingt quasi naturgemäß die Sozialfachkraft, die betroffene Person zu unterstützen, alles zu tun, um ihr den Zugang zur Erwerbsarbeit zu ermöglichen.

Sofern nicht irgendwo eine offene Einrichtung besteht, die scheinbar hürdenlos zu erreichen ist (z.B. Beschäftigungsinitiativen), sind Handlungsmöglichkeiten für die Soziale Arbeit nur dort gegeben, wo sie auch tatsächlich Zugriffsmöglichkeiten hat oder Einfluß ausüben kann. Der betriebliche Bereich entzieht sich diesem Einfluß bzw. Zugriff. Somit bleibt nur der bzw. die Hilfesuchende, auf die Einfluß ausgeübt werden kann. Sie sind nach professionellem Verständnis nun soweit zu befähigen, daß sie die Hürden, die auf dem Weg in die Erwerbsarbeit stehen, nehmen können. Dieser relativ beschränkte Handlungs- und Gestaltungsrahmen bestimmt das weitere Verhältnis zwischen der Sozialfachkraft und den Hilfesuchenden.

Ein gutes Dutzend Jahre *Massenerwerbslosigkeit* haben ihre Spuren hinterlassen, nicht nur partei- und gesellschaftspolitisch; auch wissenschaftlich wurde die Erwerbslosigkeit zum Skandal erklärt. Gerade die *Wissenschaft* speist uns seit vielen Jahren mit sehr einsichtigen *Befunden*, Befunden, die wir in unserer Praxis bestätigt sehen: Die psychische Belastung von Langzeiterwerbslosen, den zunehmenden Alkohol- und Tablettenmißbrauch, überhaupt eine sich verschlechternde gesundheitliche Lage von Langzeiterwerbslosen, Familien- und Beziehungsprobleme, den besonderen Streß für die Kinder und vieles andere mehr. Unter dem Strich geraten Erwerbslose den Untersuchungen zufolge signifikant aus den Fugen.

In unseren beruflichen Kontakten mit Erwerbslosen bekommen wir diese Probleme hautnah mit. So scheint es naheliegend, daß die Beratungsprobleme und Interventionserfordernisse nur dann sinnvoll gelöst oder bearbeitet werden können, wenn gleichzeitig die Erwerbslosigkeit einer Lösung zugeführt werden kann. Ich will die Untersuchungsergebnisse in toto gar nicht in Zweifel ziehen. Ich will nur *zu bedenken geben*: Beantwortet wird, was gefragt wird. Und wenn häufig genug einige Sachverhalte erfragt und bestätigt wurden, kann daraus ein dominantes, stimmiges und durchaus auch zutreffendes Bild gefertigt werden.

Allerdings wurden bislang in der Forschung einige Zusatzfragen kaum berücksichtigt: Wie war die psychische Belastung während der Erwerbstätigkeit? - Wie sah es mit dem Alkohol- und Tablettenmißbrauch während der Erwerbstätigkeit aus? - Was war damals mit dem gesundheitlichen Befinden? - Wie gestaltete sich die Beziehung mit dem Partner, zu den Kindern? - Und bei wieviel Prozent liegt nun die signifikante Verschlechterung infolge der Erwerbslosigkeit? - Und eine weitere Zusatzfrage, die bislang kaum gestellt wurde: Welches sind eigentlich die schönen, angenehmen Seiten der Erwerbslosigkeit, welche - bei allen Brechungen - sinnstiftenden, stabilisierenden Umstände, Inhalte und Werte haben sich die erwerbslosen Menschen geschaffen? - Diese Fragen werden in der Regel nicht gestellt. Auch ihre Beantwortung ergäbe nicht das vollständige Bild. Aber sie brächte uns vielleicht der Lebensrealität näher und schüfe einen neuen Ausgangspunkt für unser berufliches Handeln.

Und schließlich: Die Ratsuchenden, die zu uns kommen, sind *nur ein Promillesatz* der Millionen von Erwerbslosen. Das heißt, daß wir zwar die oben aufgelisteten Probleme häufig bestätigt bekommen, aber nur von jenem Personenkreis, der die Probleme nicht nur hat, sondern auch benennt, sei es von sich aus oder aufgrund unserer Intervention. Was mit den anderen ist, wissen wir so gut wie nicht. Daher sollten wir vorsichtig sein mit Verallgemeinerungen beim Thema 'Belastung durch Erwerbslosigkeit'.

Die Würdigung all dieser Aspekte führt mich zu dem fatalen *Schluß*, daß bei dem Thema 'Erwerbslosigkeit und soziale Arbeit' die Fallen des 'Labeling Approach', der 'Selffullfilling-prophecy' usw. - auch auf Seiten der Fachkräfte - zugeschnappt sind. Wir haben in der Arbeit mit Erwerbslosen die *Klientisierung*. Die 'Freisetzung' hat auf den ersten Blick wirklich nichts mit Freiheit zu tun. - Und wenn vielleicht doch, dann darf dies nicht sein, weil sie zwangsweise verordnet ist. - Und trifft dies parallel auf den Vorwurf, daß die 'Freigesetzten' ja auch gar nicht arbeiten wollen, so ist es sicherlich politisch hilfreich, diese Unterstellung zurückzuweisen. - Allerdings muß jetzt die 'freigesetzte' Person auch aktiv ihren Willen zeigen, daß sie wieder in ein Arbeitsverhältnis zurück will. - Und wenn dies nicht problemlos vonstatten geht, wird begonnen, die individuellen Defizite herauszuarbeiten - gleichgültig, was die 'Freisetzung' bei den Betroffenen an ganz anderen Arten von Freisetzungen bewirkte. - Und je weiter Erwerbslosigkeit um sich griff, speziell angesichts der Jugenderwerbslosigkeit in der zweiten Hälfte der siebziger Jahre, begann die Soziale Arbeit - legitimiert über definitorische Bedeutungszuschreibungen und die Ausformulierung sozialer Probleme, wissenschaftlich begleitet und bestätigt - in diesem Feld ihren Selbstläufer zu organisieren: sicherte doch die Massenerwerbslosigkeit (ungesicherte) Arbeitsplätze für Sozialfachkräfte - bei gleichzeitiger Verfestigung des Zusammenspiels von Problemverschärfung und Pädagogisierung der Probleme.

In dem Maße, in dem berufliche Identität in einem derart überzeugenden Setting verankert werden kann, wird dieses prägend und zwar dauerhaft. - Da in der sozialen Arbeit in besonderem Maße der Sachverhalt zutrifft, daß zwar die Nachfrage das Angebot bestimmt, häufig aber nur nachgefragt wird, was angeboten wird, erhielt die Arbeit mit Erwerbslosen den nun üblichen Dreh: Einfluß auf den Arbeitsmarkt haben wir nicht, im psychosozialen Bereich sind wir aber sehr kompetent. Hilfesuchende stellen sich in der Regel darauf ein, sofern sie den Kontakt aufrecht erhalten wollen oder müssen. Was daraus folgt, läßt sich als *Zuschneiden der Probleme auf den eigenen Kompetenzbereich* bezeichnen.

Es ist an der Zeit, sich der Positionen, Definitionen und Koordinaten neu zu versichern. Im Verlauf des letzten Jahrzehnts wurden Verhältnisse der Spaltung und Ausgrenzung zementiert, (berufliche) Legitimationszwänge wurden tendenziell geringer, denn neue Problemlagen (z.B. Überschuldung, Wohnungsnot) kamen hinzu, in den Sozialwissenschaften wurden differenziertere Problemanalysen erkennbar. Die soziale Arbeit, die maßgeblich an der Gewichtung der Problemlagen beteiligt ist und gesellschaftlich vielfach akzeptierte Erklärungen liefert, die öffentliche Zuschreibungen zur Folge haben oder zumindest begünstigen, muß sich jetzt - nicht nur zum Thema Erwerbslosigkeit - wieder einmal folgenden *Fragen* stellen:

- In welchem Maße sind "individuelle Einstellungs- und Verhaltensdefizite" Ursache oder Anlaß zur Intervention - und als solche auch zu bearbeiten; und was ist gemessen woran defizitär?
- In welchem Maße besteht ein Beratungs- und Hilfebedarf bei materiellen, rechtlichen oder aus sonstigen Lebenslagen resultierenden Problemen, die konstituierend sind für die Notsituation - und deren Befriedigung als Problemlösung auch ausreicht?
- In welchem Maße können mit sozialarbeiterischen und -pädagogischen Kompetenzen, Zuständigkeiten und Instrumentarien Probleme einer Lösung zugeführt wer-

den, die sozial- oder gesellschaftspolitischer Natur sind? - Welche Orientierung muß Soziale Arbeit überhaupt suchen, finden und geben? -

Als Literatur zum Einstieg in diese Fragen - exemplarisch zum Themenkomplex 'Erwerbslosigkeit und soziale Arbeit' - empfehle ich TRENK-HINTERBERGER 1986.

3. Spezielle Problemlagen und Lösungsansätze

3.1 Strategien der Lebensbewältigung

Erwerbslosigkeit erzeugt einen Leidens- und Leistungsdruck - und sei es auch nur den, seiner Umwelt glaubhaft versichern zu müssen, daß alles unternommen würde, um wieder in Erwerbsarbeit zu kommen. Gestaltet sich die Aufnahme der Erwerbsarbeit sehr langwierig oder wird sie gar nicht realisiert, entstehen nicht zuletzt vermittelt durch den Legitimationsdruck Versagensgefühle.Soziale Arbeit, die als - immer auch kontrollierende - Instanz auf die (Wieder-)Eingliederung in Erwerbsarbeit insistiert, produziert ein gleiches Ergebnis. Es wäre daher angebracht, Erwerbslose weniger danach zu fragen, wie erfolgreich die Arbeitsplatzsuche ist, sondern wie erfolgreich die Lebensbewältigung verläuft.

Offensichtlich haben in den letzten Jahren *Veränderungen* bei Erwerbslosen stattgefunden. Die erste, die dies öffentlichkeitswirksam konstatierte, war Frau Noelle-Neumann (NOELLE-NEUMANN & GILLIES 1987). Einer ihrer wichtigen *Befunde* bei der Untersuchung von Erwerbslosen war, daß 59 % keine Arbeit annehmen wollten, die ihnen keinen Spaß machen würde; nur 26 % erklärten, daß sie auch einen freudlosen Job akzeptierten. Sie stellte darauf hin erschreckt die Frage: "Arbeit soll Freude machen, gewiß, aber kann dieser Wunsch so dominant sein, daß er Erwerbslosigkeit in Kauf nimmt?" - Ähnliche Tendenzen zeigen sich in einer Untersuchung von Langzeiterwerbslosen im Bereich des Arbeitsamtes Frankfurt/M. (KLEMS & SCHMID 1988): Für 95 % der Befragten gilt zwar, daß sie den Beruf und das beruflich-soziale Umfeld vermissen, weniger aber die Arbeit als solche.

Derartige Befunde haben lebhafte Kontroversen um die Frage ausgelöst, ob das Ende der Leistungsgesellschaft eingeläutet sei, ob ein Wertewandel mit Blick auf Arbeit und Erwerbslosigkeit stattgefunden habe usw. (siehe hierzu REUBAND 1985). Wahrheiten gibt es in dieser Diskussion nicht; sie ist zudem stark ideologisch ausgerichtet. Für die Praxis der Sozialen Arbeit gilt es darum genauer hinzusehen, wie die *Interessenlage* der erwerbslosen Hilfesuchenden wirklich ist. Ob zum Beispiel die Versicherung, sich ganz intensiv um einen Arbeitsplatz zu kümmern, nur im Hinblick auf die Erwartung der Sozialfachkraft gegeben wird, oder ob es sich um den Ausdruck eines tiefen Interesses handelt. Und die Frage bleibt, welchen Preis (Pünktlichkeit, Arbeitszeit, Lohn, (De-)Qualifikation usw.) die ratsuchende Person zu zahlen bereit ist.

Wenn Erwerbslose nicht mehr bedingungslos bereit sein sollten, jeden Preis für die Wiedererlangung von Erwerbsarbeit zu bezahlen, dann haben sie vermutlich nicht einen erlahmten Leistungswillen oder ein Bündel psychischer Defekte, sondern sich einen Alltag geschaffen, der ihnen wertvoll zu sein scheint. Dies kann das soziale Umfeld und die Kommunikation am Kiosk ebenso sein, wie die Pflege von Hobbies, das Engagement in Bürgerinitiativen, das produktive Nichtstun, Hausarbeit (die für erwerbslose Frauen ohnehin im gängigen Frauenbild angelegt ist) - eben eine Reihe von Lebensdispositionen, die sich auch anders als über Erwerbsarbeit realisieren lassen (siehe hierzu auch KRAFELD 1989). Die Frage, ob dieser neue Alltag ohne oder mit gravierenden Brüchen und Brechungen erarbeitet wurde, kann zunächst einmal getrost beiseite gelassen werden, gilt es doch erst einmal anzuerkennen, daß der Alltag eine neue Struktur und neuen Wert gewonnen hat. Und dies kann unter Umständen Ausgangspunkt für eine Lebensplanung jenseits von Erwerbsarbeit sein - nicht im Sinne einer (nachträglichen) Reaktionsbildung, einer Rationalisierung oder Legitimierung eines zwangsweisen Ausschlusses, sondern im Sinne eines Ansatzes, eines Aufbruchs zu anderen gesellschaftlichen Lebens-, Beziehungs- und Produktionsformen.

3.2 Beratungsbedarf

Für einen nicht unerheblichen Teil der Erwerbslosen besteht ein erhöhter Beratungsbedarf. Ausgangspunkt ist zumeist die finanzielle Situation und die Unerfahrenheit im Umgang mit den Ämtern und den diversen Vorschriften. Auf die finanzielle Situation wird im nächsten Abschnitt eingegangen. Was den darüber hinausgehenden Beratungsbedarf anbetrifft, so ist *ganz allgemein zu bemängeln*, daß SachbearbeiterInnen in den Verwaltungen in der Regel der Pflicht zur Beratung, Information und Auskunft (Sozialgesetzbuch I) nicht oder nur mangelhaft nachkommen. Für die Soziale Arbeit ergibt sich daraus die Anforderung, so weit und so früh wie möglich dem Rechnung zu tragen. *Fallen*, die sich für die Betroffenen auftun, sowohl vor der Erwerbslosigkeit als auch im Gefolge, sind diesen nicht bekannt; die Hilflosigkeit macht sie in der Regel zu Spielbällen des Verwaltungshandelns. Die Klärung wichtiger Sachverhalte, sowohl im Hinblick auf das Arbeitsförderungsgesetz als auch auf andere Gesetze, kam in den letzten Jahren vielfach nur - gegen willkürliches Verwaltungshandeln - durch eine intensive und sachkundige Beratung von außerhalb der Ämter zustande.

Für Sozialfachkräfte, die nicht eigentlich für die Beratungstätigkeit von Erwerbslosen angestellt sind, kann dies nur heißen: Bevor sie sich psychosozialer oder anderer, ihrer Aufgabenstellung entsprechender *Beratung* zuwenden, müssen sie abklären, welche Rechts- und Verwaltungsbereiche für die Lösung des Problems in Frage kommen. Das erfordert nicht zwangsläufig diese Bereiche sehr genau zu kennen. Die Gefahren und Nachteile, die den Hilfesuchenden drohen können, müssen aber zumindest bekannt sein und mitgeteilt werden (z.B. mögliche Ansprüche, Widerspruchsfristen, andere Rechtsmittel usw.). Ansonsten ist das A & O die Kenntnis jener Fachberatungsstellen, die Engagement und auch Parteilichkeit für die Hilfesuchenden vermuten bzw. erkennen lassen.

Hier kristallisiert sich seit Jahren immer stärker die Notwendigkeit von *Gemeinwesenorientierung und Vernetzung* heraus. Diese folgt aus der vielfach als unbefriedigend empfundenen isolierten und individualisierten Beratungssituation, die der Spezialisierung in der Sozialen Arbeit und der Parzellierung in Problem- und Beratungssegmente geschuldet ist. Auch die gesteigerten Anforderungen an die Qualifikation der Beratenden sowie die Erkenntnis, daß viele Probleme nicht mehr nur Einzelne betreffen, sondern das gesamte soziale Umfeld, lassen Verallgemeinerungen - unter Einbeziehung der Betroffenen - notwendig erscheinen.

Von Seiten der Betroffenen wird bezüglich des Beratungsbedarfs sehr genau unterschieden: Geht es um handfeste finanzielle, rechtliche oder ähnlich gelagerte Probleme, so wollen sie auch genau hier die Hilfe und Unterstützung. Auf die Psychologisierung und Pädagogisierung derartiger Problemstellungen reagiert ein Großteil der Ratsuchenden allergisch; entweder werden sie aggressiv oder sie brechen das Gespräch ab und kommen nicht mehr wieder. Soziale Arbeit mit Erwerbslosen ist zumeist von der Schwierigkeit geprägt, daß die Sozialfachkraft nicht betreuen, sondern helfen soll. Denn: Hilfe hat für Menschen, die zuvor noch nicht der staatlichen oder privaten Fürsorge unterlagen, eine konkret faßbare, ergebnisorientierte Bedeutung.

3.3 Zur finanziellen Situation

Mit der Erwerbslosigkeit ist zwangsläufig ein finanzieller Abstieg verbunden. Einige Zahlenbeispiele aus Frankfurt/Main: Das Einkommen aus Erwerbslosigkeit bei Langzeiterwerbslosen liegt zu rund 35 % unter 500,- DM, zu ca. 39 % zwischen 500,- und 1000,- DM; etwa 18 % verfügen über 1000,- bis 1500,- DM; nur weniger als 10 % liegen darüber (lt. KLEMS & SCHMID 1988; die Datenlage ist sehr schlecht, in der Regel wird mit bundesweiten Zahlen aus 1984 gearbeitet; dies sagt viel über das Interesse am Thema aus). Bei diesen Zahlenangaben ist zu berücksichtigen, daß weit mehr als 30 % der gemeldeten Erwerbslosen überhaupt keine Leistungen erhalten.

Das *Einkommen* der Erwerbslosen wird zwar durch ergänzende Sozialhilfe, Wohn- und Kindergeld sowie durch Einkünfte von Familienmitgliedern gelegentlich aufgestockt, doch kann zurecht vermutet werden, daß Erwerbslose in der Regel am Rande der Armut oder in Armut leben. Hier sei nochmals auf die willkürlich gesetzte Armutsgrenze hingewiesen, die sich immanent aus den Leistungen der Sozialhilfe ergibt. Gleichfalls sei daran erinnert, daß sich die Erwerbseinkommen, insbesondere von Frauen in bestimmten Berufssparten und bei bestimmten Arbeitszeiten, nicht sonderlich von denen der Erwerbslosen unterscheiden.

Die Leistungen nach dem *Arbeitsförderungsgesetz* wurden in den letzten Jahren (1984) gekürzt, das Arbeitslosengeld von 68 auf 63 %, im gleichen Umfang die Arbeitslosenhilfe. Die Leistungen der Sozialhilfe wurden mit der Neubemessung der Sozialhilfe nicht im erforderlichen Maße erhöht, um wenigstens die jahrelange Unterfinanzierung zu kompensieren.

BezieherInnen von Leistungen nach dem AFG-Arbeitslosenhilfe und dem BSHG unterliegen, wie bereits erwähnt, der Bedürftigkeitsprüfung. Die Abschaffung dieser Bedürftigkeitsprüfung ist seit Jahren eine zentrale Forderung der Initiativen aus dem Erwerbslosenbereich. Verbunden mit den vielen Gefahren des Ausschlusses aus den staatlichen Leistungen sowie den Unterstützungszumutungen (z.B. Haushaltsgemeinschaft) läßt sich unschwer erkennen, daß:

- die Armutsbevölkerung vorsätzlich in Armut gehalten wird;
- Lebensrisiken weitestgehend privatisiert werden;
- potentiell oder tatsächlich Leistungsverpflichtete dreimal zur Kasse gebeten werden: durch ihre eigenen Beiträge zur Sozialversicherung, durch Steuern, mit denen viele Sozialleistungen überhaupt erst finanziert werden, und schließlich durch die direkte Unterhaltsverpflichtung (gegenüber Familienangehörigen 1. Grades);
- von Aussonderung aus dem Arbeitsmarkt Betroffene gezwungen werden sollen - gleich zu welchen Bedingungen - ihre Arbeitskraft zu verkaufen, um diesem Unterstützungssystem zu entgehen bzw. es nicht zu belasten;
- durch die Aufteilung in LeistungsbezieherInnen verschiedener Kategorien, mit unterschiedlichsten Rechten und Leistungshöhen objektiv eine Spaltung der Armutsbevölkerung erreicht wird.

Soziale Arbeit hat sich diesen Problembündeln in mehrfacher Weise zu stellen: *Vordringlich* ist das zentrale Moment der finanziellen/materiellen Ausgliederung der Erwerbslosen (und aller anderen Armen und von Armut Bedrohten) - vor allen anderen spezifischen Beratungsaufgaben - anzugehen. Hierfür sind Grundkenntnisse der diversen Versicherungs-, Versorgungs- und Leistungssysteme unbedingt erforderlich. Leichtgefaßte Arbeitshilfen, die auch ohne größere Vorkenntnisse in der Beratungsarbeit verwandt werden können, sind in Abschnitt 4 erläutert.

Sowohl in der Beratungsarbeit als auch gegebenenfalls in der Rechtsdurchsetzung (und sei da die Unterstützung auch nur eine motivierende) müßten sich die Sozialfachkräfte *aktiv* an einer Verbesserung und Sicherung der finanziellen Lebensgrundlage der Betroffenen beteiligen bzw. dazu beitragen, die bisherigen Leistungsgrenzen zu deren Gunsten zu verschieben.

Und schließlich sollten sich die Sozialfachkräfte - vor dem Hintergrund ihrer spezifischen Aufgabenstellung und Kenntnis der Probleme und Lebensumstände der Betroffenen - stärker als bisher in der politischen Diskussion um eine verbesserte Sicherung vor finanzieller Armut engagieren. Es kann nicht angehen, daß die Armen nicht nur die Risiken der Armut tragen, sondern dann auch noch die Einzigen sind, die versuchen, dagegen etwas zu unternehmen (siehe hierzu Abschnitt 5). -

An Literatur zu diesem Problemkreis seien drei aktuelle Standardwerke genannt: Der Armutsbericht des DPWV (1989), ... wessen wir uns schämen müssen in einem reichen Land; RIEDMÜLLER & RODENSTEIN (1989): Wie sicher ist die soziale Sicherung?; DÖRING, HANESCH & HUSTER (1990): Armut im Wohlstand.

3.4 Überwindung des Zustandes der Erwerbslosigkeit

Bei der Frage danach, welche Hilfen überhaupt möglich und sinnvoll sind, um den Zustand der Erwerbslosigkeit zu überwinden, werden wir mit einem Bündel von Problemen konfrontiert. Sofern Hilfe und Unterstützung bei der Suche nach einem Arbeitsplatz in der Beratungssituation überhaupt nachgefragt werden, ist dies sehr ernst zu nehmen. Allerdings dürften derartige Nachfragen bei Sozialfachkräften, die nicht ausdrücklich für Erwerbslose tätig bzw. zuständig sind, eher gering sein. Treten sie allerdings ein, kann davon ausgegangen werden, daß für die Hilfesuchenden die Erwerbslosigkeit ein sehr dringliches, zugespitztes Problem darstellt. Es wäre allerdings verfehlt, aus dieser kumulierten und kulminierten Tragik Verallgemeinerungen für die Lebenssituation von Erwerbslosen generell zu konstruieren.

Auf individuelles Erfragen von Hilfe und Unterstützung muß - und dies scheint nur vordergründig selbstverständlich - auch individuell geantwortet werden.

Wie bereits festgestellt, handelt es sich bei den Erwerbslosen um eine sehr heterogene Gruppe. Und diese, nach Alter, Ausbildung, Leistungsfähigkeit usw. sehr differenzierte Personengruppe steht einem Arbeitsmarkt gegenüber, der in den letzten Jahren gleichfalls eine Ausdifferenzierung erfuhr. So können wir zum Beispiel feststellen, daß in vielen Ballungszentren immer mehr gewerbliche Arbeitsplätze verloren gegangen sind. Es wird also auch für hochqualifizierte und hochmotivierte Arbeiter immer schwieriger, einen ihren Erfahrungen, Neigungen und Fähigkeiten entsprechenden Arbeitsplatz zu finden. Die Arbeitsstellen, die angeboten werden, sind häufig entweder mit einer De-Qualifikation verbunden, oder das Einkommen liegt erheblich niedriger als am vorigen Arbeitsplatz, oder es handelt sich um relativ unsichere Beschäftigungsverhältnisse.

Die Sozialfachkräfte in ihrer Beratungs- und Hilfetätigkeit stehen somit häufig vor dem Problem, einerseits die individuelle Notlage sehr wohl einschätzen zu können, andererseits die Perspektiven genau bewerten zu müssen: Wie hoch ist der dauerhafte Nutzen, jemanden zur permanenten Arbeitsplatzsuche zu ermuntern, ohne daß absehbar ist, daß dies - angesichts der Voraussetzungen, die die Person mitbringt, oder angesichts des Arbeitsmarktes - tatsächlich von Erfolg gekrönt ist; denn: Arbeitsplatzsuchende, die 300-500 Bewerbungen im Verlauf eines Jahres verschicken, sind beileibe keine Ausnahme. Oder, wenn ein Arbeitsplatz gefunden werden könnte, der mit Mängeln behaftet ist (lange Fahrzeiten, De-Qualifikation, schlechte Bezahlung usw.), muß bei dem Ratsuchenden sehr genau eruiert werden, ob die als unabdingbar empfundene Erwerbstätigkeit unter solchen Bedingungen tatsächlich eine befriedigende Lösung ist oder ob sie nicht unter Umständen die gleichen Probleme schafft, unter denen der oder die Betroffene in der Erwerbslosigkeit bereits leiden.

Soziale Arbeit muß gegenüber den von der offiziellen Politik erzeugten Illusionen klar Position beziehen, zum Beispiel gegenüber der, daß zur Behebung der Erwerbslosigkeit alles getan, die Ansiedlung neuer gewerblicher Arbeitsplätze gefördert würde etc., obwohl die Arbeitgeber überhaupt keine Notwendigkeit sehen, derartige Produktionsstätten zu schaffen: sei es, daß die Konkurrenz im Maßstab größerer Märkte einfach zu groß ist, daß die Produkte nicht mehr ausreichend nachgefragt werden oder sei es, daß die Auflagen und Kosten für Betriebseinrichtungen in Ballungszentren einfach zu hoch sind. Sie bewegt sich auf dem schmalen Grat zwischen der Aufrechterhaltung von sozialstaatlichem Schein, der Desillusionierung der Ratsuchenden, der aufwendigen Suche nach individuellen, subjektiven Lösungsmöglichkeiten - bei gleichzeitig objektiv engen Grenzen und geringen Einflußmöglichkeiten des sozialarbeiterischen Handelns. Bei dieser Gratwanderung ist Soziale Arbeit stets in der Gefahr, daß sie den illusionären Schein politischer Verlautbarungen reproduziert.

Eine weitere Möglichkeit für die Beratung liegt darin, das Problem der Erwerbslosigkeit im Einzelfall dahingehend zu einer Lösung zu bringen, daß die ratsuchende Person an die eigentlich zuständige Stelle verwiesen wird, das Arbeitsamt, mit der Ermunterung an einer der vielen Maßnahmen (Motivationskurse, Ausbildung, Umschulung, Fortbildung usw.) teilzunehmen, um sich so seinen (Wieder-)Einstieg in die Erwerbstätigkeit selbst zu schaffen. Dieser Weg ist allerdings nur bedingt erfolgversprechend: zu häufig sind derartige Maßnahmen nur von Schikanen begleiteter Zeitvertreib, gelegentlich werden die TeilnehmerInnen auch nur als billige Arbeitskräfte verwandt; vielfach sind die Angebote zu undifferenziert, und wenn es doch zu einer gezielten Ausbildung kommt, konzentriert sich diese meist auf den Bürobereich, der nun mal nicht jedermanns bzw. jederfraus Sache ist. Das eigentliche Problem, keine Arbeit zu haben, ist damit zumeist nicht vom Tisch, sondern fürs erste nur delegiert und damit nur vertagt.

Im Gefolge der sozialen Schließung des Arbeitsmarktes entwickelten sich in den letzten gut 10 Jahren sogenannte zweite und dritte Arbeitsmärkte, Formen der Schattenwirtschaft u.ä.

Es gibt Fälle, in denen die zusätzlichen Arbeitsmärkte eine tatsächliche Hilfe oder Lösung darstellen, sowohl für Erwerbslose als auch für die Entwicklung neuer Aufgabenfelder. Allgemein gültige Aussagen lassen sich aber nicht machen. (Als Lektüre zum Einstieg: SCHULTE/TRUBE 1987.) Die Tendenz, die sich abzeichnet, zeigt folgende Aspekte:

- Viele Beschäftigungsverhältnisse sind mit Zwang verbunden (Hilfe zur Arbeit nach dem BSHG, ABM) und werden vielfach auch so empfunden;
- viele Projekte bieten nur eine vorübergehende Beschäftigung, was heißt, daß die Statusunsicherheit der Erwerbslosen erhalten bleibt;
- soweit es sich um soziale Beschäftigungsprojekte handelt, ist häufig die Gefahr der 'Beschäftigungstherapie' gegeben;
- alternative Beschäftigungsprojekte funktionieren häufig nur durch erhöhte Selbstausbeutung der dort Beschäftigten;
- Beschäftigungsprojekte und -formen des zweiten und dritten Arbeitsmarktes sind kein Ersatz für die Beschäftigung im ersten Arbeitsmarkt; sie können nur Impulsträger einer anderen Art des Wirtschaftens bzw. einer anderen Produktionsweise (sowohl hinsichtlich des Wie, als auch des Was der Produktion) sein.

Die echte Lösung des Problemes, daß alle, die (erwerbs-)arbeiten wollen, dies auch können, ist nur in der Umstrukturierung des ersten Arbeitsmarktes zu finden. Erst radikale Arbeitszeitverkürzung und Umverteilung der Beschäftigungsmöglichkeiten kann die Beteiligung aller an diesem Arbeitsmarkt bringen; die Frage, was gearbeitet bzw. produziert wird und wie dies geschehen soll, wird in Zukunft für die Sinnstiftung durch Erwerbsarbeit vordringlich zu lösen sein. Ohne daß dies die Hilfe- und Beratungsarbeit ausdrücklich und direkt tangieren muß, haben sich die Sozialfachkräfte diesem Problem zu stellen.

3.5 Selbsthilfe und Selbstorganisation der Erwerbslosen

Da Selbsthilfe als Konzept voll im Trend der sozialen Arbeit liegt, ist es für Sozialfachkräfte naheliegend, Ratsuchende nach getaner Beratung zu solchen Selbsthilfegruppen zu schicken. Es ist daher sinnvoll, über das Geschehen in und insbesondere über die Möglichkeiten der Erwerbsloseninitiativen kurz zu informieren.

Seit Ende der 70er Jahre gibt es Ansätze zur Selbstorganisation der Erwerbslosen. Diese entstehen im Regelfall über die planmäßige Schaffung von Einrichtungen durch die Träger der freien Wohlfahrtspflege (Arbeitslosen-Zentren, -Treffs u.ä.) oder spontan von Betroffenen selbstorganisiert (nicht zuletzt im Gefolge von Betriebsschließungen). Die Aufgabenstellung reicht in diesen Kontexten vom Schwerpunkt Beratungsarbeit über Gruppenarbeit (Interessengruppen), offene Zusammenkünfte zur Herstellung sozialer Kontakte bis hin zur politischen Arbeit. Anfänglich gelegentlich, nun aber immer häufiger werden Beschäftigungsmöglichkeiten geschaffen (siehe hierzu: ZWEITER BUNDESKONGRESS 1988).

Diese Organisierung der Betroffenen erreicht allerdings nur sehr wenige Erwerbslose. Dies ist darin begründet, daß Erwerbslosigkeit für einen Großteil nur ein vorübergehender Zustand ist (vorübergehend heißt 6 bis 9 Monate), oder daß, falls die Erwerbslosigkeit länger andauert oder immer wieder eintritt (letzteres trifft für eine Vielzahl der Fälle zu), die Selbsthilfegruppe letztlich doch keine sichere Zukunftsperspektive zu eröffnen scheint.

Für die Zeit von 1982, als der Erste Bundeskongreß der Arbeitslosen stattfand, bis heute läßt sich grob bilanzieren: Es gibt eine quantitative Vermehrung der Treff- und Organisierungsmöglichkeiten für Betroffene. Es gibt eine relativ große Vernetzung lokal, regional und bundesweit. Qualitativ aber hat dieser Sektor wenig Kontur entwickelt.

Weitverbreitetes Konfliktfeld innerhalb der Initiativen ist die Rolle der Sozialfachkräfte; hier findet sich die Diskussion wieder, die auch in der allgemeinen Auseinandersetzung um Selbsthilfe und Professionalität gegeben ist. Der Streit rankt sich letztlich um das Selbstverständnis der Sozialfachkraft, die "helfen" will und soll! (das Reizwort ist hier die "Betreuung"), und die Erwartung der Betroffenen, die die Sozialfachkraft funktional, entsprechend ihren jeweiligen Bedürfnissen eingesetzt sehen wollen.

Die Arbeit der Initiativen - in all ihrer Unterschiedlichkeit - läßt folgende Stärken und Schwächen erkennen:

- Die Beratungsarbeit, insbesondere im Hinblick auf die Rechtsberatung, ist von eminenter Wichtigkeit, sowohl für das Gruppenbewußtsein, als auch für die Außenwirkung. Dabei ist unerheblich, ob die Beratung durch Profis oder Laien durchgeführt wird. Beratung als Dienstleistung, wie sie in der Regel vollzogen wird, hat aber keine mobilisierende Wirkung.
- Die Initiative als Gruppe hat als sozialer Ort für jene wenigen, die sich hier einfinden, eine große Bedeutung. Sie stellt ersatzweise soziale Zusammenhänge her, die

ansonsten über den Arbeitsplatz bzw. die Betriebszugehörigkeit vermittelt werden. Die Reichweite ist jedoch nur gering und die Initiative wird zumeist ihren Ersatzcharakter nicht los. Letzteres besonders deshalb nicht, weil die Freizeitorientierung dominiert und der soziale Kontext beliebig bleibt.

- Aktivitäten der Gruppe für ihre Mitglieder, die Bildungsarbeit im weitesten Sinne beinhalten (also die ganze Spannweite von Schulung bis Töpferkurs), sind mit dem strukturellen Mangel behaftet, daß sie immer zugleich auch ausschließend sind, d.h., die Erwerbslosen bleiben unter sich. Die Integration der Erwerbslosen in das gesellschaftliche Leben wird von den Initiativen nur sehr unzureichend ins Auge gefaßt.
- Vielfach betreiben die Gruppen auch ihre soziale Abschließung in Form von Vereinsmeierei.
- Durch die heterogene Zusammensetzung der Betroffenengruppe (besonders hinsichtlich Ausbildung, Alter und Dauer der Erwerbslosigkeit) stehen die Initiativen häufig in der Gefahr, schnell wieder auseinanderzubrechen.
- Die Dauer der Teilnahme sowie die Dauer des Bestandes einer Initiative sind vielfach kurz, da Erwerbslosigkeit selten als Lebensperspektive anvisiert wird und kurzfristige Ziele überwiegen, somit zumeist wenig Anreiz gegeben ist, sehr lange in der Initiative zu verweilen.
- Die immer häufiger durch Initiativen und Einrichtungen initiierten Beschäftigungsprojekte (als der augenfälligste Ausdruck von "Selbsthilfe") sind mehr Ausdruck von Aktionismus, als daß sie einem gesellschafts- und arbeitsmarktpolitischem Kalkül folgen. Es dominieren Second-hand-Betriebe, kleine Holzwerkstätten (für den Weihnachtsbazar produzierend) und ähnliche Tätigkeitsbereiche, die keine Investitionen erfordern und keine Marktförmigkeit erreichen können.

Arbeitsprojekte, die gegebenenfalls in Zusammenarbeit mit den Kommunen oder zumeist mit finanzieller Unterstützung der öffentlichen Hände realisiert werden, sind in der Regel im Ökologiebereich angesiedelt. Und das bedeutet zumeist Müllkompostierung, Getrenntsammlung von Rohstoffen und ähnliches - Tätigkeiten, deren gesellschaftlicher Nutzen nicht in Zweifel gezogen werden soll, die aber gleichfalls nur bedingt marktförmig sind, wenig Qualifikation abfordern und in erster Linie öffentlichkeitswirksam sind: Der Initiative wird öffentlich mit Aufmerksamkeit begegnet, weil sie ja was sinnvolles macht, die

Kommune ihrerseits kann hervorheben, daß sie einen konstruktiven Beitrag sowohl zur Verbesserung der Situation der Erwerbslosen als auch zur Müllentsorgung leistet.

Es handelt sich bei den Beschäftigungsprojekten der Initiativen zumeist um eine Nischenwirtschaft, die nur begrenzt arbeitsmarktpolitisch wirksam sein kann.

- Die politische Diskussion und Einmischung der Initiativen ist sehr begrenzt. Herausragend und weit verbreitet sind folgende Themen:
- Existenzielle Absicherung: hier besonders die Diskussion um und die Forderung nach dem Existenzgeld (siehe Abschnitt 5) sowie die Forderung nach Abschaffung der Bedürftigkeitsprüfung;
- Nulltarif: Überall gibt es Forderung nach freier Fahrt auf den öffentlichen Verkehrsmitteln und nach freiem Eintritt in kommunale Einrichtungen bzw. Veranstaltungen;
- Auseinandersetzungen mit der Arbeits- und insbesondere mit der Sozialverwaltung: angesichts des hohen (und immer höher werdenden) Anteils an SozialhilfebezieherInnen unter den Erwerbslosen und des Umstandes, daß die Sozialverwaltungen als kommunale Verwaltungen direkte Auseinandersetzungsmöglichkeiten bieten, steht die - flächendeckend willkürliche - Gewährungspraxis der Sozialämter klar im Mittelpunkt der politischen Einmischung.

Diese Skizzierung der Arbeit der Initiativen und Einrichtungen für bzw. von Erwerbslosen hat den Zweck, mögliche Erwartungen an deren Leistungscharakter zu relativieren. Der Verweis der Betroffenen an die Initiativen kann gegebenenfalls nur wenig zur Problemlösung des Einzelfalles beitragen. (Zur Frage der generellen Einschätzung des Verhältnisses von Selbsthilfe, Sozialer Arbeit und Sozialstaat empfehle ich BOSSONG 1986; 1987.)

4. Kenntnisse und Hilfsmittel der Fachkräfte

Gleich in welchem Beratungs- und Hilfekontext die Sozialfachkräfte zunächst einmal stehen, empfehle ich zum Themenbereich Erwerbslosigkeit und Armut die Aneignung folgender Kenntnisse und Hilfsmittel.

Grundsätzlich sollten die Zettelkästen mit den Adressen und Informationen zu den Kompetenzschwerpunkten von Beratungsstellen, Fachleuten und insbesondere JuristInnen geöffnet, ausgetauscht - und wenn möglich, als Sammlung publiziert werden. Die Fachleute bezüglich der Probleme, die die KlientInnen in der Regel mitbringen, sind leider sehr dünn gesät. Zwar gibt es in vielen Städten bereits Adressenverzeichnisse zu speziellen Problemen bzw. Gruppen (z.B. Wohnen, Behinderte, Frauen u.a.), allerdings müßten sie für die Belange der Sozialen Arbeit ausgeweitet und vertieft informierend angelegt werden. Selbst bei sehr umfassenden Verzeichnissen fehlen häufig jene Hilfsmöglichkeiten, die vor Ort nicht vorhanden sind, aber gebraucht werden und zu fragen veranlassen: wo ist das nächste Frauenhaus, wo die nächste Schuldnerberatung? - Usw.

Ebenso fehlen darin ÄrztInnen und AnwältInnen, die auf bestimmte Probleme spezialisiert sind bzw. sich von anderen KollegInnen durch besonderes Engagement, Verständnis und Einfühlungsvermögen abheben. Auch die Frage, wohin sich Ausländer, die sich nur in ihrer Heimatsprache ausreichend ausdrücken können, mit Miet-, Sozialhilfe-, Ausländer- oder anderen Rechtsproblemen ggfs. wenden können, bedürfte ebenso einer systematischen örtlichen bzw. überörtlichen Erfassung. Hier wäre die gezielte Aktualisierung von Informationen, ihre Veröffentlichung wie die Vernetzung der Hilfen und ihrer Träger unbedingt erforderlich.

Zu eruieren wäre, inwieweit über die kostenlos arbeitenden Beratungsstellen hinaus informiert werden sollte, da ansonsten eine Reihe wichtiger Beratungsfelder außen vor bliebe, z.B. die Mieterberatung. Diese wie letztlich die ganze Rechtsberatung darf, sofern sie vereinsförmig organisiert ist, nur für Mitglieder angeboten werden, da sie andernfalls gegen das Rechtsberatungsgesetz verstößt. Vielfach wird daher Selbsthilfegruppen, besonders solchen aus dem Sozialhilfe- und Erwerbslosenbereich, die Rechtsberatung für Betroffene erteilen, die nicht Vereinsmitglieder sind, diese per Gerichtsurteil verboten; ausgenommen aus diesem unhaltbaren Zustand sind nur Beratungsstellen der Wohlfahrtsverbände. Soweit die Mitgliedschaft in einem Verein mehr als nur einen symbolischen Preis bzw. Beitrag kostet, sollte für die Verzeichnisse genau eruiert werden, wo die Grenze zwischen Hilfe und Kommerz in jedem Einzelfall verläuft.

Als Beispiel für solche Arbeitshilfen sei hier genannt SCHULTZ & SCHROLL (1989): Beratungsstellen in Frankfurt. Allerdings entspricht auch dieser Leitfaden nur bedingt den oben skizzierten Anforderungen. Vorbildlich hingegen ist die umfassende Auflistung der kostenlosen Beratungsstellen mit der sehr präzisen Beschreibung der Aufgabengebiete, Öffnungszeiten usw.

Hinzuweisen bleibt hier noch auf einen empfehlenswerten *Beratungsführer* (1990), den die Deutsche Arbeitsgemeinschaft für Jugend- und Eheberatung im Auftrag des

BMJFFG herausgegeben hat. Er informiert über die Beratungsstellen in Deutschland, ihre Leistungen, ihre Träger, ihre Anschriften.

Grundkenntnisse sollten unbedingt vorhanden sein in Verwaltungsverfahrensfragen: In welchen Fällen entstehen Ansprüche ab Tag der Antragstellung, dem Monat der Antragstellung, rückwirkend usw.; oder in welchen Fällen können Widersprüche aufschiebende Wirkung haben. Insbesondere die Abläufe, Formalien und Fristen bei Widersprüchen und Klagen müßten bekannt sein, um sicherzustellen, daß die Ratsuchenden ihre Rechtsansprüche nicht verlieren. Hilfreich, weil einfach, übersichtlich und umfassend informierend, erweist sich hier das Buch von PAPENHEIM & BALTES (1991) "Verwaltungsrecht für die soziale Praxis".

Als nächstes, prinzipielles Hilfsmittel ist die *Ausstattung mit Gesetzestexten* zu nennen. Viel Unsicherheit in der Beratungssituation hat ihre Ursache darin, daß Probleme benannt werden, die möglicherweise auch einen juristischen Hintergrund haben und für die Rechte im juristischen Sinne geltend gemacht werden könnten. Da diese Rechtsfragen vielfach "exotisch" sein können, empfiehlt es sich, am Arbeitsplatz entsprechende Gesetzestexte griffbereit zu haben, um ohne Aufwand möglichen Spuren nachgehen zu können. Hier helfen Gesetzessammlungen, da diese zumeist mehr als nur die gängigen Gesetze beinhalten. Lose-Blatt-Sammlungen erlauben zwar immer auf dem Laufenden zu sein, erfordern aber auch stets alles sorgfältig einzuordnen - und jede Nachlieferung kostet sehr viel Geld. Als Alternative sind Gesetzessammlungen zu nennen, die unterschiedlich umfassend und teuer sind sowie - je nach Anzahl und Umfang der Gesetzestexte und der Häufigkeit von Novellierungen - nur beschränkte Gültigkeitsdauer haben.

Als Beispiel für eine billige und umfangreiche Gesetzessammlung mit einer voraussichtlichen Aktualität bis mindestens 1993, die alle für die Soziale Arbeit relevanten 114 Gesetze und Verordnungen enthält, sei hier genannt: STASCHEIT 1991 (Hrsg): Gesetze für soziale Berufe.

Für die in der eigenen Praxis häufig auftretenden Problemkreise sollten zudem Kommentare zu den einschlägigen Gesetzen vorliegen. Dies meint für den Bereich Armut auf alle Fälle das BSHG und den LEHR- UND PRAXISKOMMENTAR ZUM BUNDESSOZIALHILFEGESETZ 1991; letzterer empfiehlt sich, da er sich auch für die rechtsdogmatische und rechtspraktische Fortentwicklung des Sozialhilferechts stark macht.

Bei anderen Gesetzestexten sowie Kommentaren zu diesen, sofern sie als Lose-Blatt-Sammlung erscheinen, ist für den Regelfall zu sagen: Kein Abonnement der Nachlieferungen bzw. Ergänzungslieferungen eingehen, da dieses sehr sehr teuer kommt; lieber nach zwei Jahren die vorliegende Gesetzessammlung (s.o. STASCHEIT) archivieren und die aktualisierte Neufassung kaufen; das ist weitaus billiger und nicht arbeitsaufwendig.

Wer ständig ganz aktuell auf dem Laufenden sein will oder muß, sollte regelmäßig ins Bundesgesetzblatt sehen und sich mit Fachzeitschriften behelfen - insbesondere solchen, die die Rechtsentwicklung in der Rechtsprechung berücksichtigen.

Für den Bereich des Arbeitslosenrechts und der Sozialhilfe ist, weil herausragend, die Zeitschrift INFORMATIONEN ZUM ARBEITSLOSENRECHT UND SOZIALHILFERECHT (info also) zu empfehlen; diese bemüht sich gleichfalls parteilich um die Fortentwicklung des Arbeitslosen- und Sozialhilferechts. Hilfreich zum Sozialhilferecht informiert die Sammlung "idas", herausgegeben vom Diakonischen Werk der evangelischen Kirche in Westfalen. Als ausnahmsweise billige Lose-Blatt-Sammlung dokumentiert und interpretiert sie hauptsächlich Gerichtsurteile zum BSHG, daneben zum KJHG, BGB (Familienrecht), SGB, Ausländerrecht u.a.m.

Als *weitere Arbeitshilfen zum BSHG* können wegen ihrer Qualität und Benutzerfreundlichkeit empfohlen werden:

SOLDI (Soziale Leistungen im Dialog). Es handelt sich hier um ein an der Fachhochschule Frankfurt/M. entwickeltes Computerprogramm zur Berechnung der Sozialhilfe. Das Programm kann auch von Laien leicht bedient werden. Es berechnet den Anspruch auf Sozialhilfe, unter Berücksichtigung aller Besonderheiten des Einzelfalles.

LEITFÄDEN DER SOZIALHILFE: Exemplarisch sei hier einer der ältesten und bekanntesten Leitfäden genannt: AG TUWAS, LEI*D*FADEN DER SOZIALHILFE 1991. In diesem werden alle Regelungen der Sozialhilfe in einer verständlichen und umfassenden Form erläutert, so daß sie auch von denjenigen, die in der juristischen Materie, deren Begriffen und Formulierungen nicht zu Hause sind, nachvollzogen werden können. Anspruch dieses wie einiger anderer Leitfäden ist, den Betroffenen nicht nur zu ihrem Recht zu verhelfen, sondern auch die Leistungen der Sozialämter bedarfsgerechter einzufordern. Zudem werden Veränderungen - und dies heißt zumeist Verschlechterungen - dokumentiert. Es gibt derzeit in über 3o Städten und Landkreisen Leitfäden der Sozialhilfe. Ein Verzeichnis dieser Leitfäden findet sich im genannten Frankfurter Lei*d*faden sowie im "Leitfaden für Arbeitslose"(s.u.).

Weitere Leitfäden, die sich mit speziellen Aspekten der Hilfe bei Armut befassen, gibt es zwar zuhauf, sie sind aber leider nicht systematisch erfaßt. Hilfreiche Titel (z.B. zu den Problemen von erwerbslosen Frauen, Ausländern u.a.) sowie deren Bezugsquellen können beim Frankfurter Arbeitslosen Zentrum / Archiv von unten (FALZ, Solmsstr. 1a, 6000 Frankfurt/M. 90) erfragt werden. Weitere Beratungshilfen, z.B. zur *Schuldnerberatung*, müssen bei den jeweiligen Bundesarbeitsgemeinschaften eruiert werden.

Verschiedene Themenbereiche werden auch durch Broschüren der Bundesregierung abgedeckt, so z.B. *Kindergeld und Wohngeld.* Leider gibt es auch keine Übersichten, welche computergestützten Beratungsprogramme für den sozialen Bereich im weitesten Sinne zur Verfügung stehen. Als Anhaltspunkt für die mögliche Themenspanne kann hier nur darauf verwiesen werden, daß an der Fachhochschule Frankfurt/M. ein Computerprogramm zur Berechnung von Wohngeld (analog zu SOLDI) erschienen ist. PROJEKTGRUPPE: Wohngeld-Informations-System.

Für den Beratungsbedarf für *Erwerbslose* kann uneingeschränkt das Standardwerk "Leitfaden für Arbeitslose" vom Arbeitslosenprojekt TUWAS der Fachhochschule Frankfurt/M. empfohlen werden. Hierin sind alle Regelungen des Arbeitsförderungsgesetzes derart erläutert, daß auch Laien sich durch das Labyrinth des Gesetzes, seiner Durchführungsbestimmungen sowie der Gerichtsurteile durchfinden.

Über die Initiativen und Einrichtungen der Erwerbslosen und SozialhilfebezieherInnen gibt es Verzeichnisse. Aus diesen geht zum Teil auch hervor, welche Arbeit sie leisten (Beratung, Treffen usw.). Die Basis bietet das Adreßverzeichnis im Reader "Zweiter Bundeskongreß der Initiativen gegen Arbeitslosigkeit und Armut". Ein neueres Verzeichnis der Sozialhilfeinitiativen ist abgedruckt im "Lei(d)faden der Sozialhilfe" (Fachhochschule Frankfurt/M.). Ständig aktualisierte Adreßlisten der Sozialhilfeinitiativen sind erhältlich bei der Bundesarbeitsgemeinschaft der Sozialhilfeinitiativen, Moselstr. 25, 6000 Frankfurt/M. 1. Ständig aktualisierte Verzeichnisse der Erwerbsloseninitiativen sind zu beziehen beim Frankfurter Arbeitslosen Zentrum, Solmsstr. 1a, 6000 Frankfurt/M. 90.

Zum Abschluß noch eine Anmerkung: *Lieber keine Beratung als eine schlechte oder gar falsche*. Dieser Grundsatz muß vorrangig, besonders auch in Rechtsfragen beachtet werden. Wenngleich bislang noch keine Fälle von Haftungsklagen wegen falscher Rechtsberatung gegen Sozialfachkräfte bekannt wurden, so steht doch zu befürchten, daß vielfach falsch beraten wurde und wird. Dies sollte aber niemanden veranlassen, deshalb den Problembereich finanzielle Armut bei der eigenen Fachberatung oder - hilfe auszulassen. Im Sinne der heutzutage angemahnten ganzheitlichen Hilfe ist die Unterstützung der Hilfesuchenden in diesem Bereich unabdingbar. Nur sollten auch die eigenen Wissensgrenzen nüchtern eingeschätzt und ggfs. kompetentere Fachkräfte in Anspruch genommen werden.

5. Politische Forderungen

Sowohl die Zusammenschlüsse der Erwerbsloseninitiativen als auch die der Sozialhilfeinitiativen kämpfen seit Jahren für eine Verbesserung der bestehenden Sicherungssysteme und weitergehend für eine generelle Änderung der existenziellen Absicherung. Dieser Kampf spielt sich leider außerhalb der Diskussion in der Sozialen Arbeit und ohne Unterstützung durch die Sozialfachkräfte ab. Dies ist letztlich ein unhaltbarer Zustand, da ja die finanzielle Armut nicht nur das Problem der Armen selbst sein kann und darf. Es ist an der Zeit, daß sich die etablierte Sozialarbeit und die Fachkräfte stärker in diesen Prozeß einklinken, um von allen Seiten her die Notwendigkeit besserer und gerechterer finanzieller Absicherung der Erwerbslosen wie Sozialhilfeempfänger zu unterstreichen und einzufordern.

Die Schwerpunkte des Forderungskataloges sind:

- Keine Anrechnung des Kindergeldes auf die Sozialhilfe - seit ca. Mitte der Siebziger permanent, offensiv und ergebnislos vorgetragen. Siehe hierzu SCHERER & STOCK 1988: Schluß mit dem Geschwätz, erhöht die Regelsätz.
- Abschaffung der Bedürftigkeitsprüfung. Dies ist eine Forderung, die in den Erwerbsloseninitiativen bezüglich der Arbeitslosenhilfe entwickelt wurde. Prinzipiell gilt sie auch für die Sozialhilfe. Spätestens seit dem Zweiten Bundeskongreß der Initiativen gegen Arbeitslosigkeit und Armut 1988 (vgl. gleichnamigen Reader) wird sie allenthalben offensiv vertreten; vor Gericht wurden schon einige Erfolge erstritten.
- Abschaffung des Statistikmodells in der Sozialhilfe. Die Sozialhilfereform 1990, die das Statistikmodell einführte, wurde von den Initiativen vehement (und erfolglos) bekämpft. Die Unterstützung der Wohlfahrtsverbände bei dieser Gegenwehr blieb weitgehend aus, wenngleich sich dort inzwischen mehr und mehr die Erkenntnis durchsetzt, daß die Begründungen, die die Initiativen gegen die Reform vortrugen, zutreffend waren. Siehe hierzu STOCK & SCHERER 1990: Mit dem "Statistikmodell" flexibel in die Armut.
- Einführung eines "Existenzgeldes"/Grundsicherung für alle:
  In weiten Kreisen der Initiativen werden alternative Konzepte der finanziellen Absicherung diskutiert, die ein menschenwürdiges Leben ermöglichen, die Spaltung der Armutsbevölkerung aufheben sollen, der bürokratischen Willkür entzogen sein müßten und die frei sein müßten von Zwängen - nicht zuletzt von dem der Arbeitspflicht. Spezifikum der Leistungen nach dem AFG und dem BSHG ist ja die große Arbeitsplatznähe: Im Regelfall erhält diese Leistungen nur, wer sich dem Arbeitsmarkt zur Verfügung stellt.
  Modelle zur existenziellen Absicherung gibt es zuhauf - von rechts bis links, von globalen Konzepten bei Wirtschaftsliberalen über spezifische Sicherungsbereiche (z.B. der Vorstoß zur Grundrente durch die Christlich Demokratischen Arbeitnehmer), über Entwürfe für weitergehende Sicherungsmodelle bei der SPD (nachdem sie zunächst

zurückgezogen worden waren, sind sie derzeit wieder in Arbeit) und Überlegungen in den Gewerkschaften bis hin zu (intern umstrittenen) Grundsicherungsmodellen bei den Grünen. Auch der Deutsche Paritätische Wohlfahrtsverband wird voraussichtlich im März 1992 ein Modell vorstellen.
Die Unterschiede zwischen den verschiedenen Entwürfen und Konzeptionen liegen jeweils im möglichen Empfängerkreis, in der Höhe der Leistungen und der Arbeitspflicht, die mit ihrem Erhalt verbunden ist. Die Initiativen favorisieren das sogenannte "Existenzgeld", das in ausreichender Höhe (hier sind Zahlen zwischen 1200,- und 1600,- DM in der Diskussion) und ohne den Zwang zur Arbeit an alle auszuzahlen ist. Es geht dabei nicht um eine bessere Alimentierung des Ausschlusses. Allen ist bewußt, das ein solches Sicherungsmodell wie das Existenzgeld nur dann funktionieren kann, wenn auch jede/r freien Zugang zum Arbeitsmarkt erhält, wenn die gesellschaftlich notwendige Arbeit (und hier nicht zuletzt auch die Reproduktionsarbeit) gleichmäßig auf alle Menschen verteilt wird und anderes mehr.

Als Literatur zum Einstieg kann hier empfohlen werden SCHMID 1986: Befreiung von falscher Arbeit. Der DPWV wird seinen Entwurf voraussichtlich im März 1992 in den Blättern der Wohlfahrtspflege veröffentlichen. Die Diskussion in den Initiativen gegen Erwerbslosigkeit und Armut läßt sich verfolgen in der Zeitschrift QUER; über die Bundesarbeitsgemeinschaft der Sozialhilfeinitiativen und über das Frankfurter Arbeitslosen Zentrum sind Forderungen, Beschlüsse und Papiere zu diesem Thema erhältlich. - Alle diese Materialien sind dazu angetan, die Beratung zu qualifizieren, den Standpunkt der Sozialfachkräfte zu politisieren und die dringend notwendige Unterstützungsarbeit für existenzielle Verbesserungen zugunsten der Armutsbevölkerung in der reichen Bundesrepublik Deutschland zu fördern.

Literatur

AG TUWAS: Lei(d)faden der Sozialhilfe. Fachhochschule Frankfurt/Main, Fachbereich Sozialarbeit, Limescorso 5, 6000 Frankfurt/Main 50. (DM 5,-).

ARBEITSLOSENPROJEKT TUWAS: Leitfaden für Arbeitslose. Schriftenreihe der Fachhochschule Frankfurt/Main. Band 3. 1991[9].

BERATUNGSFÜHRER. Die Beratungsstellen in Deutschland - ihre Leistungen, ihre Träger, ihre Anschriften. Unterföhring 1990. Bezug: Deutsche Arbeitsgemeinschaft für Jugend- und Eheberatung e.V. (Hrsg.), Münchner Straße 20, 8043 Unterföhring (624 S., kostenlos).

BOSSONG, H.: Können Selbsthilfegruppen den Sozialstaat entlasten? In: Theorie und Praxis der sozialen Arbeit, H. 1, 1986, S. 29-33.

BOSSONG, H.: Selbsthilfe in der Krise. Zur Handlungsrationalität von Selbsthilfegruppen und ihrer Bedeutung für die Sozialpolitik. In: Zeitschrift für Sozialreform, H. 6, 1987, S. 350-363.

BUNDESARBEITSGEMEINSCHAFT DER SOZIALHILFEINITIATIVEN: Verzeichnis der Sozialhilfeinitiativen (ständig aktualisiert). Bezug: Bundesarbeitsgemeinschaft der Sozialhilfeinitiativen, Moselstr. 25, 6000 Frankfurt/Main 1.

DEUTSCHER PARITÄTISCHER WOHLFAHRTSVERBAND: ... wessen wir uns schämen müssen in einem reichen Land (Armutsbericht des DPWV). In: Blätter der Wohlfahrtspflege, H. 11/12, 1989.

DÖRING, D.; HANESCH, W.; HUSTER, U. (Hrsg.): Armut im Wohlstand. Frankfurt/Main 1990.

FRANKFURTER ARBEITSLOSEN ZENTRUM/ARCHIV VON UNTEN: Verzeichnis der Erwerbsloseninitiativen (ständig aktualisiert). Bezug: FALZ, Solmsstr. 1 a, 6000 Frankfurt/Main 90 (DM 10,-).

IDAS. Diakonisches Werk der Evangelischen Kirche von Westfalen, Friesenring 32, 4400 Münster (erscheint viermal im Jahr, DM 20,-).

INFORMATIONEN ZUM ARBEITSLOSENRECHT UND SOZIALHILFERECHT. Nomos Verlagsgesellschaft, Baden-Baden (erscheint viermal im Jahr, DM 48,-).

KLEMS, W.; SCHMID, A.: Langzeitarbeitslosigkeit in Frankfurt am Main (Zwischenergebnis November 1988). Universität Frankfurt/Main, Institut für Polytechnik/Arbeitslehre.

KRAFELD, F.J.: Leben ohne Arbeit - wie geht das? Eine Untersuchung des Beitrags von Arbeitslosenprojekten zur Lebensbewältigung Arbeitsloser. Hochschule Bremen, ZEBB, Schriften und Materialien. Bremen 1989.

LEHR- UND PRAXISKOMMENTAR ZUM BUNDESSOZIALHILFEGESETZ. Baden-Baden 1991[3].

NOELLE-NEUMANN, E.; GILLIES, P.: Arbeitslos. Report aus einer Tabuzone. Frankfurt/Main, Berlin 1987.

PAPENHEIM, H.-G.; BALTES, J.: Verwaltungsrecht für die soziale Praxis. Frechen 1991[9] - Eigenverlag: Papenheim, Franz-Lenders-Str. 33, 5020 Frechen 4 (DM 16,- plus DM 3,- Versand).

PROJEKTGRUPPE: Wohngeld-Informations-System. Computerprogramm zur Berechnung von Wohngeld. Schriftenreihe der Fachhochschule Frankfurt/Main. Band 26.

PROJEKTGRUPPE SOLDI: Soziale Leistungen im Dialog. Computerprogramm zur Berechnung von Sozialhilfe. Schriftenreihe der Fachhochschule Frankfurt/Main. Band 21.

QUER. Überregionale Arbeitslosenzeitung. Bezug: quer, Günthersburgallee 22, 6000 Frankfurt/Main 1 (erscheint monatlich, Einzelpreis DM 1,-).

REUBAND, K.H.: Arbeit und Wertewandel - mehr Mythos als Realität? Von sinkender Arbeitszufriedenheit, schwindender Arbeitsethik und "vergiftetem" Arbeitsleben als deutscher Sondersituation. In: Kölner Zeitschrift für Soziologie und Sozialpsychologie, H. 4, 1985, S. 723-746.

RIEDMÜLLER, B.; RODENSTEIN, M.(Hrsg.): Wie sicher ist die soziale Sicherung. Frankfurt/Main 1989.

ROTH, R.: Über den Monat am Ende des Geldes. Fachhochschule Frankfurt/Main (erscheint 1992). Vorabdruck als Auszug: "Wenn das Geld nur noch für Nudeln und ein Marmeladebrot reicht". In: Frankfurter Rundschau vom 8.5.1991.

SCHMID, T.: Befreiung von falscher Arbeit. Thesen zum garantierten Mindesteinkommen. Berlin 1986 (z.Z. leider vergriffen, aber in Bibliotheken zu finden).

SCHERER, W.; STOCK, L.; AG SOZIALHILFEINITIATIVEN (Hrsg.): Schluß mit dem Geschwätz, erhöht die Regelsätz! 10 Jahre Sozialhilfebewegung. Schriftenreihe der Fachhochschule Frankfurt/Main. Band 19 und 20. Frankfurt/Main 1988.

SCHULTE, G.; TRUBE, J.: Soziale und alternative Beschäftigungsprojekte - Zaungäste am Rande einer geschlossenen Arbeitsgesellschaft? In: Jugend, Beruf, Gesellschaft, H. 4, 1987, S. 185-196.

SCHULTZ, G.; SCHROLL, R.: Beratungsstellen in Frankfurt/Main. Ein Leitfaden. Schriftenreihe der Fachhochschule Frankfurt/Main. Band 22. Frankfurt/Main 1989.

STASCHEIT, U. (Hrsg.): Gesetze für soziale Berufe. Schriftenreihe der Fachhochschule Frankfurt/Main. Band 30. Frankfurt/Main 1991.

STOCK, L.; SCHERER, W. (Hrsg.): Mit dem "Statistikmodell" flexibel weiter in die Armut. Frankfurt/Main 1990. Bezug: Bundesarbeitsgemeinschaft der Sozialhilfeinitiativen, Moselstr. 25, 6000 Frankfurt/Main 1 (DM 6,-).

TRENK-HINTERBERGER, P.: Arbeitslosigkeit als Herausforderung für die soziale Arbeit. In: Nachrichtendienst des Deutschen Vereins für öffentliche und private Fürsorge, H. 2, 1986, S. 65-69.

ZWEITER BUNDESKONGRESS DER INITIATIVEN GEGEN ARBEITSLOSIGKEIT UND ARMUT/ADRESSBUCH DER INITIATIVEN. Schriftenreihe der Fachhochschule Frankfurt/Main. Band 23. Frankfurt/Main 1988.

Anschrift des Verfassers

Wolfgang Scherer
dienstlich: Fachhochschule Frankfurt am Main, Schriftenreihe
Limescorso 5, 6000 Frankfurt/M. 50
privat: Raimundstr. 16, 6000 Frankfurt/M. 50

SIEGRID OERDER

Fatma: "Was meine Augen sehen ist schwarz" - Anstelle eines Nachworts

Zusammenfassung

Fatma, eine 23jährige türkische Immigrantin, wird seit ihrem achtzehnten Lebensjahr vom Vater sexuell mißbraucht. Mutter, Bruder und Schwester sind jahrelang Zeugen des Mißbrauchs. Die Mutter wird psychisch krank. Als Fatma sich schließlich offenbart, findet sie Zuflucht im Autonomen Frauenhaus in Frankfurt am Main. Siegrid Oerder begleitet sie auf dem schwierigen Weg der ansatzweisen Ablösung und Selbstfindung und knüpft das interpersonale und interinstitutionelle Netz der Kriseninterventionshilfe und Beratung - auch für die anderen Familienmitglieder. Der Beitrag berührt hautnah und exemplarisch alle relevanten Aspekte, Fragen und Themen, die der Alltag der Beratungs- und Kriseninterventionspraxis für SozialarbeiterInnen und SozialpädagogInnen bereit hält. Er endet im Nachklang der Frage: Was wird wohl?

Fatma

Fatma ist eine 23jährige Immigrantin. Sie kommt aus einer recht traditionellen türkischen Familie. Sie lebte mit ihren Eltern, ihrem 17jährigen Bruder und ihrer 9 Jahre alten Schwester in einer 2-Zimmer Wohnung in einer Kleinstadt in der Nähe von Frankfurt.

Fatma schlief zusammen mit ihrer Schwester und dem Vater in einem Raum, in dem sie mit dem Vater ein Bett teilen mußte. Den anderen Schlafraum teilten sich Fatmas Mutter und der Sohn. Fatma wurde seit ihrem 18. Lebensjahr von ihrem Vater sexuell mißbraucht. Sexuelle Gewalt erfuhr sie allerdings schon als kleines Mädchen durch ihren Cousin.

Die ersten 8 Jahre ihres Lebens verbrachte Fatma bei der Großmutter - väterlicherseits - in der Türkei. Sie liebt ihre Großmutter sehr und empfindet sie als ihre eigentliche Mutter. Die Umsiedlung nach Deutschland und die Trennung von ihrer Oma war für sie sehr schmerzhaft, denn sie hatte zu ihren Eltern kaum eine Beziehung.

Fatmas Mutter ist psychisch krank. Sie zieht sich laufend zum Teil gefährliche Verletzungen zu, indem sie sich mit Messer, Glas- oder Spiegelscherben die Haut aufschneidet oder sich Verbrennungen zufügt. Fatma bezeichnet dies als Selbstmord auf Raten. Sie glaubt, daß ihre Mutter einmal an ihren Verletzungen sterben wird. Als der Mutter vor einigen Jahren vom Gesundheitsamt in G. ein Aufenthalt in einer psychiatrischen Klinik vorgeschlagen wurde, schickte der Ehemann sie stattdessen in die Türkei. Sie sollte sich dort von einem Hoça behandeln lassen.

Fatma blieb mit dem Vater und den Geschwistern in Deutschland zurück. Sie übernahm die Rolle der Mutter und versorgte die Familie. In dieser Zeit begannen auch die sexuellen Übergriffe des Vaters. Als Fatmas Mutter nach einigen Jahren aus der Türkei zurückkehrte und erlebte, daß ihr Mann seine Tochter zur Frau gemacht hatte, gab sie Fatma die Schuld und beschimpfte sie als Nutte und Hure.

Durch die noch fortbestehende Krankheit ihrer Mutter blieb Fatma in der Hausfrauenrolle, obwohl sie in dieser Zeit auch eine kurze Ausbildung in der Textilbranche absolvierte und danach auch einige Monate berufstätig war. Das Mutter-Tochter-Verhältnis blieb sehr konflikthaft, die Mutter fühlte sich verdrängt, Fatma sich abgelehnt und im Stich gelassen. Es kam zu einer totalen Rollenkonfusion.

Der Inzest wurde auch weiterhin vom Vater erzwungen. Fatma war zu dieser Zeit sehr verzweifelt. Zweimal wandte sie sich an die Polizei in G. um Hilfe. Sie bat sogar in eine Zelle eingesperrt zu werden, damit sie nicht mehr zu der Familie zurückkehren müsse. Da sie aus Scham nicht über die väterlichen Vergewaltigungen sprechen konnte, sondern "nur" die Konflikte ansprach, die sonst noch in der Familie waren, befanden die diensthabenden Polizisten, daß dies eine Familienangelegenheit sei. Sie schickten sie nach Hause. Fatma wurde von beiden Elternteilen, insbesondere von ihrer Mutter körperlich mißhandelt. So hat diese ihr einmal, nach Fatmas Aussage, mutwillig den Arm gebrochen.

Trotz der sexuellen und körperlichen Gewalt war ihr Verhältnis zum Vater ambivalent. Einerseits haßte sie ihn wegen der sexuellen Übergriffe, andererseits war er trotz allem der Mensch, zu dem sie in Deutschland die engste und vertrauteste Beziehung hatte. Als traditionelle türkische Tochter versuchte sie ihm Respekt und Gehorsam entgegenzubringen, zumal sie ihn in seiner bedeutsamen Funktion als Ernährer der Familie als sehr zuverlässig erlebte.

Als der Mißbrauch dann schließlich aufgedeckt wurde, war Fatma darauf überhaupt nicht vorbereitet. Nachbarn informierten die Polizei, als sie wieder einmal geschlagen wurde und laut schrie. Fatma war so verzweifelt, daß sie ihre Scham überwinden konnte und den Beamten mitteilte, daß ihr Vater mit ihr schlafen wollte. Sie wurde daraufhin einer Richterin vorgeführt, bei der sie eine ausführliche Aussage machte. Da sexueller Mißbrauch ein Offizialdelikt ist, wurde von der Staatsanwaltschaft eine Strafanzeige gegen den Vater erhoben. Nach der richterlichen Vernehmung wurde Fatma in das ortsansässige Frauenhaus gebracht, aus dem sie zwei Tage später aufgrund von Platz- und Sicherheitsgründen in das Autonome Frauenhaus in Frankfurt umsiedelte.

Als ich Fatma kennenlernte, war sie in einem sehr verwirrten Zustand. Der jahrelang außerhalb der Familie geheimgehaltene Mißbrauch wurde plötzlich öffentlich. Fatma hatte für die neue Situation keine Bewältigungsstrategien zur Verfügung und verlor quasi den Boden unter den Füßen. Da sie abrupt aus ihrem Alltag gerissen wurde, verlor sie die Fähigkeit und Möglichkeit ihre Lebenssituation in gewohnter Weise zu bewältigen, was ihre aktuelle Krise verstärkte. Fatma hatte weder eine Vorstellung von der Stadt Frankfurt (sie fragte, ob es in dieser Stadt auch einen Arzt und einen Einkaufsladen gäbe), noch von der Einrichtung, in der sie sich befand.

Ich stellte mich zunächst vor, erklärte meine Funktion im Hause, beantwortete ihre Fragen und versuchte ihr transparent zu machen, in welcher Situation sie sich befand und was ein Frauenhaus ist. Da sie ganz durcheinander und wenig aufnahmefähig war, bemühte ich mich möglichst klar und einfach die wichtigsten Informationen zu geben. Ich sprach ihre Gefühle der Angst, Unsicherheit, Verwirrung und Fremdbestimmtheit an, sagte, daß ich ihr helfen möchte, mit ihrer augenblicklichen Situation klarzukommen und Perspektiven zu entwickeln. Das schien sie etwas zu beruhigen.

Das Thema der sexuellen Gewalt sprach ich selbst an, worüber sie einerseits überrascht, andererseits aber auch erleichtert schien. Sie vermutete, daß ich ihr den Mißbrauch wegen ihrer starken Akne ansehen würde, denn sie fühlte sich von dem Inzest äußerlich gezeichnet. Ich erklärte ihr, daß ich von einer Kollegin des Frauenhauses in G. darüber informiert worden sei, und klärte sie über meine Verpflichtung zu schweigen auf, so daß sie nicht befürchten mußte, daß die Bewohnerinnen im Haus oder Personen von außerhalb etwas über sie erfahren würden. Ich sagte ihr allerdings auch, daß wir im Frauenhaus in einem Team arbeiten und ich bestimmte Probleme mit meinen Kolleginnen besprechen und ggfs. auch, um ihr helfen zu können, andere Fachkräfte zu Rate ziehen würde.

Im weiteren Gesprächsverlauf versicherte ich ihr nochmal, daß wir alles, was von nun an zu tun wäre, zusammen planen und besprechen würden, so daß für sie alles transparent bliebe.

Ihr momentan größtes Problem war, von der Familie getrennt zu sein. Als türkische junge Frau alleine zu leben, ohne männlichen Schutz, war für sie schwer vorstellbar, und sie war sich zu diesem Zeitpunkt nicht sicher, ob sie zu ihrer Familie werde zurückkehren können. ("Lieber eine schlechte Familie, als keine Familie")

Familien- und Gruppenbezogenheit spielen in Fatmas Kultur eine wesentliche Rolle, und in diesem Rahmen lagen auch die ihr vertrauten Problemlösungsmöglichkeiten. Wir überlegten, ob wir innerhalb der Familie oder Verwandtschaft Bündnispartner finden könnten, denen sie sich anvertrauen könne und die sie unterstützen würden. Außer ihrer Oma in der Türkei, die sie aber mit dieser Problematik nicht belasten wollte, hatte sie zu keinem anderen Verwandten genügend Vertrauen. Im Gespräch wurde deutlich, daß Fatma entsprechend ihrer türkischen Familiensitten daran gewöhnt war, jemanden zu haben, der die Verantwortung für sie übernimmt. Dies war bisher der Vater. Immer wieder fragte sie, wer denn nun auf sie aufpasse. Hier merkte ich, daß anders als es im Frauenhaus üblich ist, ich zunächst die Verantwortung für sie übernehmen mußte. Ich bot ihr also an, ihr zu helfen, ihren Alltag und ihr Leben zu strukturieren sowie sie dabei zu unterstützen, Entscheidungen zu finden oder ihr gegebenenfalls Entscheidungen auch abzunehmen.

Nicht nur der kulturelle Aspekt, sondern auch die akute Krisensituation verlangten von mir die Übernahme der Verantwortung und Initiative. Fatma hatte den Halt in ihrem Leben verloren, sie befand sich zur Zeit in einem Zustand der Verwirrung, Erregung und Hilflosigkeit. Es mangelte ihr an Orientierung und Umweltkontrolle. Während es auf der einen Seite mein Ziel war, sie psychisch zu stabilisieren und ihr Orientierungshilfen für das Leben in der Großstadt Frankfurt und im Frauenhaus zu geben, mußten auf der anderen Seite existenzielle Dinge geregelt werden.

Ich begleitete sie zum Sozialamt, um dort ihren Lebensunterhalt und die Mietkosten fürs Frauenhaus zu sichern. Die Krankenversicherung und ihre Ansprüche auf Arbeitslosenhilfe mußten geklärt werden. Außerdem war es notwendig, daß sie sich polizeilich anmeldete, wobei ich einen Antrag auf Auskunftssperre bzgl. ihrer Adresse stellte. Erleichtert war ich, als ich feststellte, daß Fatma eine Aufenthaltsberechtigung besaß und damit ausländerrechtlich abgesichert war, was bei vielen ausländischen Frauenhausbewohnerinnen nicht der Fall ist und oft eine große Existenzunsicherheit mit sich bringt.

Da sie sich nicht sicher war, ob sie in der Aufregung bei der richterlichen Vernehmung nicht auch eine Privatklage gegen den Vater erhoben hatte, fand ich über die Kontakte in G. heraus, daß nur eine Anzeige durch die Staatsanwaltschaft bestand. Im Gespräch mit einer Rechtsanwältin machte ich mich über die Vorteile einer Nebenklage kundig (anwaltschaftliche Vertretung und Akteneinsicht). Die Anwältin riet mir jedoch dringend davon ab, eine Nebenklägerschaft der Klientin zu forcieren, da ihren Erfahrungen nach die Betroffenen erst nach einem längeren Therapieprozeß in der Lage sind, die Gerichtsverhandlungen psychisch durchzustehen; eine Nebenklägerschaft verschärft die Belastung nur noch.

Fatma fühlte sich körperlich krank. Sie befürchtete, daß sie AIDS oder eine seelische Erkrankung hätte; manchmal dachte sie auch, daß sie verwünscht sei und magische Kräfte von ihrem Körper Besitz ergriffen hätten. Sie klagte aber auch über konkrete Schmerzen im Unterleib sowie über Druck auf den Brustkorb, außerdem hatte sie ständig Hautreizungen und Erkältungserscheinungen.

Im Umgang mit ihr machte sich bemerkbar, daß Fatma bisher keine Erfahrung mit SozialarbeiterInnen hatte und wohl auch keine Kenntnisse über mögliche professionelle Hilfen. Es fiel ihr nämlich außerordentlich schwer, meine Zuständigkeit, meine fachlichen Kompetenzen und die Art meiner Beziehung zu ihr einzuschätzen. Sie erhoffte von mir medizinische Diagnosen und Indikationen, vor allem in der Frage einer möglichen Schwangerschaft und der Virginität; sie schilderte mir z.B. ausführlich alle Symptome und fertigte sogar nach einer Selbstuntersuchung eine Zeichnung ihrer Vagina an; anhand dieser Aussagen sollte ich beurteilen, ob sie noch Jungfrau war. Es kostete mich einige Mühe, ihr klar zu machen, daß es zur Abklärung der medizinischen Fragen notwendig sei, einen Arzt aufzusuchen. Auch die Beziehungsebene konnte sie anfangs schlecht einschätzen: sie hatte die "gute Idee", daß sie zu mir nach Hause zieht.

Im körperlich-medizinischen Bereich waren ihre Befürchtungen schwanger und aidsinfiziert zu sein sowie der Verlust der Virginität ihre größten Probleme. Für den Fall, daß sie von ihrem Vater tatsächlich geschwängert wäre, gab es für sie keine andere Alternative als sich umzubringen. Bei der Frage der Jungfernschaft hatte ich den Eindruck, daß sie zu diesem Zeitpunkt keine endgültige Gewißheit darüber haben wollte - und diese vielleicht auch nicht verkraften konnte. In einem Vorgespräch bat ich deshalb die türkische Frauenärztin ihr darüber nur dann eine Auskunft zu geben, wenn Fatma explizit danach fragen würde. Für den Fall einer Schwangerschaft vereinbarten wir, sie mit einem positiven Bescheid erst dann zu konfrontieren, wenn dies aureichend vorbereitet und für ihre Sicherheit gesorgt wäre. Schwangerschafts- und AIDS-Test fielen negativ aus, die Frage ob sie noch Jungfrau sei, blieb ungeklärt, weil Fatma sich nicht gynäkologisch untersuchen ließ.

Jungfrausein oder nicht, Frausein oder noch Mädchen, Tochter des Vaters oder seine Ehefrau, dies waren die dominierenden Themen in Fatmas Identitätskonflikt. Sie fragte sich: Wer bin ich, und wer kann ich noch sein? - Denn für sie war klar, daß sie keine normale türkische Ehefrau und Mutter mehr werden konnte. Außerdem fragte sie häufig, ob sie drinnen oder draußen sei. Das hatte ich so verstanden, daß sie nicht wußte, ob sie sich noch als Teil ihrer Familie definieren könne oder ob sie eine Identität außerhalb der Rollenzuschreibungen ihres Familienverbandes entwickeln müsse.

In den fast täglichen personzentrierten Beratungsgesprächen versuchte ich, ihr psychische Entlastung und Stabilisierungshilfen anzubieten und mit ihr gemeinsam nach Problembewältigungsschritten zu suchen. Vorrangig ging es dabei um die Themen Verantwortung und Schuld für den Mißbrauch, Trennung von der Familie, Trauer und ansatzweise auch ihre Wut über die erlebte sexuelle Gewalt, ihr körperliches Befinden sowie die Notwendigkeit des Findens einer neuen Identität.

In den Gesprächen versuchte ich, mich ganz auf ihren innerpsychischen Bezugsrahmen einzulassen und ihr Erleben nachzuempfinden, wenn sie z.B. von Schuld im Zusammenhang mit der sexuellen Gewalt sprach. Aber mehr noch als das, kam es mir darauf an, den Bedeutungszusammenhang und ihre eigene Bewertung des Geschilderten und ihrer Gefühle zu verstehen.

Um ihre Isolation zu mildern und ihr aufzuzeigen, daß ihr Schicksal nicht auf persönliches Versagen zurückzuführen sei, gab ich Teile meines Wissens um die Problematik des sexuellen Mißbrauchs an sie weiter und vermittelte ihr auch die Möglichkeiten zur Bewältigung, die ich aus der Arbeit mit anderen Betroffenen kannte oder der Fachliteratur entnommen hatte. Es war mir wichtig, ihr die gesellschaftliche bzw. die geschlechtsspezifische Dimension dieses Themas transparent zu machen, um ihr damit das Gefühl zu nehmen, ein Einzelschicksal zu sein, und sie so zu stärken - ohne dabei die Einzigartigkeit ihres Erlebens unberücksichtigt zu lassen. Ich hoffte, daß meine Informationen ihr Erleben - im Sinne von Bewältigung - positiv beeinflussen würden. Es waren selbstverständlich nur erste kleine Schritte möglich.

Während ich mich bemühte, ihr Orientierungshilfen für das neue Leben im Frauenhaus zu geben und die existenziell notwendigen Dinge mit ihr regelte, baute ich mir selbst ein Kooperationsnetz auf. Zu Beginn unseres Kontaktes hatte ich Fatma angeboten, sie zu einer Beratungsstelle für türkische Frauen und Mädchen zu begleiten, damit sie dort von einer Fachkraft in ihrer Muttersprache beraten werden konnte. Es war ihr aber zuviel, noch zu einer weiteren Person Kontakt aufzunehmen, und sie lehnte diesen Vorschlag ab. Ich hielt es jedoch für notwendig, ihre Situation auch unter kulturellen Gesichtspunkten zu betrachten. Ich sprach deshalb mit dem Team der türkischen Beratungsstelle über Fatma und meine Hilfen. Gleichzeitig zog ich eine Expertin für das Thema sexuellen Mißbrauch zu Rate, die mir dann begleitend Supervisionshilfe gab.

Um Fatma eine Verbindung mit einigen Mitgliedern ihrer Familie zu ermöglichen (ihren Vater wollte sie nicht sehen) und auch um den Schutz der Geschwister zu gewährleisten, die noch bei den Eltern waren, nahm ich über das Frauenhaus in G. Kontakt mit der zuständigen Sozialarbeiterin des Jugendamtes auf. Es stellte sich heraus, daß, veranlaßt durch die Krankheit der Mutter, schon andere Helfer in den Fall involviert waren. Ein türkischer Sozialhelfer der AWO arbeitete schon mehrere Jahre mit der Familie, ohne daß er jedoch von der sexuellen Gewalt gewußt hätte; vielleicht wollte er sie aber auch nicht wahrhaben.

Die Mutter selbst hatte sich auch schon wegen der Konflikte zwischen Fatma und ihr an das Jugendamt gewandt, wobei auch sie den Inzest nicht erwähnte. Über das Frauenhaus in G. vermittelt, hatte sich inzwischen eine Mitarbeiterin einer Gruppe gegen sexuelle Gewalt und ein Mitarbeiter einer Hilfsorganisation für Opfer von Straftaten in den Fall eingeschaltet. Wir beschlossen, eine Helferkonferenz durchzuführen, um abzuklären, wer mit wem innerhalb der Familie arbeiten sollte, und um im Interesse eines gemeinsam definierten Zieles unsere Hilfsangebote zu koordinieren. Für Fatma blieb ich in Frankfurt die einzige direkte Bezugsperson.

Die Beziehung zwischen mir und Fatma war inzwischen sehr offen, vertrauensvoll und tragfähig. Ich übernahm zwar am Anfang sehr stark die Verantwortung und Kontrolle, gab sie aber in dem Maße wieder an Fatma ab, wie sie sie selbst übernehmen konnte. Fatma maß meiner Hilfeleistung hohe Bedeutung zu. Sie lernte immer mehr den professionellen Charakter meiner Beziehung zu ihr zu verstehen und zu akzeptieren; sie bedauerte zutiefst, daß sie nicht schon früher von diesem Hilfsangebot Kenntnis gewonnen hatte, denn dann wäre für sie Vieles anders verlaufen. Manchmal wurde sie auch darüber traurig, daß ihre Mutter nicht rechtzeitig eine angemessene Hilfe erhalten hatte, denn nach Fatmas Einschätzung wäre sie dann gar nicht so krank geworden.

Trotz der tragenden und entwicklungsfördernden Beziehung, die sich zwischen uns entwickelt hatte, zeichnete sich ab, daß längerfristig das Frauenhaus für Fatma keine geeignete Unterbringung war. Das Leben im Frauenhaus verlangt mehr Eigenständigkeit und Eigeninitiative als Fatma derzeit aufbringen konnte. Sie hatte in dieser Phase kaum Energien für die Alltagsbewältigung übrig. Es gab auch einige Probleme mit den anderen Bewohnerinnen. Fatma stellte sehr hohe Anforderungen an Sauberkeit, die in diesem hohen Maße im Frauenhaus nicht immer zu gewährleisten war. Fatma hatte einen negativen Bezug zu ihrem Körper, sie fühlte sich beispielsweise innerlich beschmutzt und ekelte sich vor allem. Es fiel ihr schwer, mit den fremden Frauen und Kindern auf so engem Raum zusammenzuleben, sie brauchte viel Ruhe, so daß sie die Kontaktwünsche der anderen Frauen überforderten.

Deutlich wurde ebenfalls, daß wir in unserer Einrichtung den Betreuungsrahmen, den sie brauchte, längerfristig nicht aufrechterhalten konnten. Eine derart intensive Begleitung ist für eine kurzfristige Kriseninterventiοn möglich, es wurde aber deutlich, daß Fatma auch weiterhin einer intensiveren Lebenshilfe bedurfte. Das übliche Ziel der Frauenhausbewohnerinnen, eine eigene Wohnung zu beziehen, war für Fatma nicht anzustreben. Fatma selbst gefiel der Gedanke auch, evtl. in eine kleine betreute Mädchenwohngemeinschaft zu ziehen, in der vielleicht sogar noch andere moslemische Mädchen wohnen. Bei meiner Suche nach einer geeigneten Unterbringung, stieß ich wieder mal auf die großen Versorgungsdefizite in der Stadt Frankfurt. Für junge Frauen und Mädchen, die nicht mehr altersmäßig unter das Jugendhilfegesetz fallen und keine Drogenproblematik vorweisen können, sieht das soziale Netz so gut wie nichts vor.

Mit Fatma hatte ich schon häufiger über die Möglichkeit gesprochen, in Therapie oder in eine Selbsthilfegruppe zu gehen; auch versuchte ich sie zu motivieren, diese Hilfen für sich in Anspruch zu nehmen. Fatma war oft resigniert und meinte, jegliche Hilfe käme im Grunde zu spät, sie habe den Mißbrauch seelisch nicht überlebt, ihr Vater hätte sie ermordet. Als ich bemerkte, daß sie in eine immer traurigere, resignierte und hoffnungslose Grundstimmung fiel, sprach ich sie direkt auf mögliche Suizidwünsche an. Fatma bestätigte, daß sie sterben wolle und der Gedanke an eine Selbsttötung immer größeren Raum einnehmen würde. Sie sähe keine Chance mehr für sich, es wäre ja ohnehin nur noch der Körper, der noch leben würde. Sie befürchtete, auch seelisch krank zu sein wie ihre Mutter. Sie schilderte ihr Befinden in dem Bild, daß innen und auch um sie herum alles schwarz sei. “Was meine Augen sehen ist schwarz”. Immer wieder sagte sie, sie wolle so nicht weiterleben. Ich hielt es zu diesem Zeitpunkt für erforderlich einen Psychiater einzuschalten, nicht nur wegen ihrer suizidalen Gefährdung, sondern auch um abzuklären, ob eine manifeste psychische Erkrankung vorläge. Bei meiner Suche nach einem geeigneten Psychiater stieß ich zunächst, vermittelt über eine türkische Beratungsstelle, auf einen türkischsprachigen Internisten, der nach langer klinischer Arbeit mit ImmigrantInnen sehr erfahren im Umgang mit Suizid sein sollte. Ich schilderte ihm die Problematik am Telefon, und er fühlte sich zuständig.

Das Gespräch mit dem Arzt war für Fatma sehr wichtig, denn sie erlebte, daß ein Mann, dazu noch eine Autoritätsperson, von dem sie annahm, daß er ihre türkischen Wertvorstellungen teilte, sich auf ihre Seite stellte und ihr glaubte. Fatma konnte sich schwer von der Schuldzuweisung der Mutter lösen und fühlte sich für den Inzest mitverantwortlich. Aus der Distanz heraus konnte sie auch gar nicht begreifen, daß sie sich nicht massiver gewehrt hatte. Hier schien es mir wichtig, als BeraterIn klare Stellungnahmen und Bewertungen vorzunehmen, um ihr meine deutliche Parteilichkeit zu zeigen. Ich war froh, daß der Arzt dies auch tat. Er konnte vor allem vielmehr als ich Fatmas Empörung darüber nachempfinden, daß ihr Vater seiner Verantwortung und Pflicht nicht nachgekommen war, seine Tochter zu verheiraten. In dieser Familie war es traditionell so, daß der Vater einen passenden Mann für seine Töchter sucht; damit hatte er sie aber jahrelang vertröstet und sie stattdessen selbst zur Frau genommen.

Der Internist konnte zwar eine Psychose ausschließen, wollte aber die Verantwortung für die hohe suizidale Gefährdung doch nicht übernehmen und überwies Fatma zu einem Facharzt. Der Psychiater, der durch ein Telefongespräch von seinem Kollegen über die Sachlage bereits informiert war, verschrieb Fatma ein leichtes Antidepressivum. Obwohl ich den Arzt darüber aufklärte, daß die Betreuung im Frauenhaus nur werktags von 9.00 - 16.00 Uhr gewährleistet sei, also abends und am Wochenende die Bewohnerinnen unter sich seien, hielt er eine Psychiatrieeinweisung trotz Fatmas Selbstgefährdung nicht für indiziert. Er begründete dies damit, daß sie dort vorwiegend mit Medikamenten ruhig gestellt würde, während sie mit mir die Möglichkeit hätte, an ihren Problemen zu arbeiten. Er vertraute auf die gute Beziehung, die er zwischen mir und Fatma wahrnehmen konnte und empfahl nach erfolgreicher Krisenbewältigung eine längerfristige ambulante therapeutische Behandlung.

Ich muß gestehen, daß ich mich durch die Entscheidung des Arztes unter einem hohen Verantwortungsdruck fühlte, da Fatma nur mit Nachdruck ihre Medikamente einnahm und weiterhin häufig sehr hoffnungslos und verzweifelt wirkte. In den weiteren

Gesprächen mit mir ging es Fatma vor allem um ihre Perspektiven, in denen sie eine Alternative zu dem Leben einer normalen türkischen Ehefrau und Mutter suchte. Dabei beschäftigten sie vor allem zwei Punkte: Die Möglichkeit, ihre Partnersuche selbst in die Hand zu nehmen, und die andere Möglichkeit, als Türkin ohne Ehemann zu leben. Ich konnte ihr einen möglicherweise hilfreichen Kontakt zu einer Selbsthilfegruppe alleinlebender moslemischer Mädchen anbieten.

Obwohl sie auch in der folgenden Zeit sehr depressiv war, gab es doch auch immer wieder Tage, an denen sie sich - etwas zuversichtlicher gestimmt - u.a. auch mit beruflichen Plänen auseinandersetzte. Es kristallisierten sich folgende Ideen oder Ziele heraus: Eine bessere Unterbringung zu finden, evtl. außerhalb von Frankfurt, einen Therapieplatz zu suchen, den Hauptschulabschluß nachzumachen.

Alle unsere Überlegungen und Vorhaben wurden dadurch unterbrochen, daß Fatmas Vater die Adresse des Frauenhauses herausgefunden hatte und sie auf der Straße abpaßte. Er appellierte an ihr Mitleid und ihr Verantwortungsgefühl für die Familie und bat Fatma weinend nach Hause zurückzukehren. In der Hoffnung, daß der Vater sein Unrecht einsähe und sein Verhalten ändern würde, brach ihr anfänglicher Widerstand zusammen, vielleicht verstärkt dadurch, daß Feiertage waren und Fatma sich mit mir nicht besprechen konnte. Als ich nach den Feiertagen feststellte, daß Fatma nicht mehr im Frauenhaus war, verständigte ich meine Ansprechpartnerin beim Jugendamtes in G., da die Familie von Fatma kein Telefon besaß. Sie machte noch am selben Tag einen Hausbesuch. Sie traf Fatma alleine zuhause an. Sie war sehr unglücklich, konnte sich aber trotzdem nicht entscheiden wegzugehen. Sie schien wie gelähmt, sie wollte nicht bleiben und konnte nicht gehen. Ich selbst nahm noch mal in Form eines Briefes mit ihr Kontakt auf.

Fatma blieb drei Wochen zuhause. Dort hatte sich nichts geändert. Trotz einer Auflage des Jugendamtes, die Schlafsituation zu ändern, blieb auch hier alles beim Alten. Als der Vater wieder versuchte, seine Tochter im Schlaf zu vergewaltigen, reagierte sie diesmal mit heftiger Gegenwehr. Nachdem sie aus Wut die Spiegeltür des Schlafzimmerschrankes zerschmettert hatte, flüchtete sie alleine nach Frankfurt. Fatma hatte inzwischen soviel Selbständigkeit und Orientierung erlangt, daß sie den Weg ins Frauenhaus nach Frankfurt alleine bewältigen konnte. Von dort aus rief sie mich abends an und bat mich, ins Frauenhaus zu kommen, was ich auch tat.

Ich fand sie in einem Zustand höchster Erregung vor. Sie konnte sich diesmal sehr klar von ihrem Vater distanzieren, suchte auch nicht wie früher nach tausend Entschuldigungen und Erklärungen für sein Verhalten, sondern machte ihn für das Geschehene ganz eindeutig verantwortlich. Ich glaube, hier kam ihr zum erstem Mal die ganze Tragweite dieses Verbrechens an ihr zu Bewußtsein. Sie betonte auch diesmal wieder, daß ihr Vater einen Mord an ihr begangen hätte. Sie war voller Wut und drohte einmal damit, ihn umzubringen, dann wieder damit, sich selbst zu töten. Sie sagte, es werde bald einen Toten geben, entweder ihn oder sie selbst. Je klarer und realistischer sie erkannte, was ihr angetan worden war, um so deutlicher stellte sich auch das Gefühl ein, daß sie mit dieser Biographie nicht weiterleben können würde. Sie hatte plötzlich auch den Verdacht, daß der Mißbrauch durch den Vater schon begonnen hatte, als sie noch jünger war.

Obwohl sie im Laufe unseres mehrstündigen Gespräches zusehends ruhiger wurde, verfestigte sich aber ihr Gefühl, ihr Schicksal nicht ertragen zu können. Sie wußte mit Sicherheit zu sagen, daß sie die Nacht und die folgenden Tage nicht überleben könnte, wenn ich nicht bei ihr bliebe. Das war natürlich nicht möglich, es war bereits nach Mitternacht, meine Kräfte waren erschöpft und ich wollte nach Hause. Es war mir klar, daß ich sie so nicht zurücklassen konnte, und wir überlegten gemeinsam eine Möglichkeit des Schutzes für sie. Sie selbst bat mich, sie an einen Ort zu bringen, an dem sie vor sich selbst geschützt sei und an dem vor allem keine Alltagsanforderungen an sie gestellt würden, denn sie war restlos erschöpft.

Ich schlug ihr vor, für einige Tage in eine psychiatrische Klinik zu gehen. Wir hatten über die Möglichkeit eines Aufenthaltes dort schon im Zusammenhang mit dem Psychiaterbesuch gesprochen. Sie war damals mit einer Einweisung unter der Voraussetzung einverstanden gewesen, daß ich den Kontakt zu ihr halten würde. Dieses Versprechen gab ich auch dieses Mal. Die Notärztin, die dann die Einweisung vornahm, war zunächst ein wenig irritiert über die Ruhe, mit der wir ihr unser Anliegen vortrugen. Sie kam aber nach einem kurzen Gespräch mit Fatma selbst zu dem Schluß, daß Fatmas Selbstgefährdung zu hoch war, um sie ohne Aufsicht zu lassen. Die Ärztin setzte sich dann noch dafür ein, daß Fatma anstatt in das zuständige Waldkrankenhaus Köppern, in die Uniklinik eingewiesen wurde, damit ich den Kontakt mit ihr besser aufrecht erhalten konnte.

Im Folgenden stellte sich heraus, daß dieser Schritt richtig war. Fatma fühlte sich körperlich und seelisch krank, und dem wurde in der Klinik Rechnung getragen. Auf ihren Wunsch hin bekam sie keine Psychopharmaka. Von der Ärztin erfuhr ich, daß sich erst nach jahrelanger Therapie herausstellen würde, ob Fatmas Symptome im direkten Zusammenhang mit der erlebten sexuellen Gewalt stünden oder ob ein eigenständiges Krankheitsbild vorläge.

Ich hielt mein Versprechen und besuchte sie regelmäßig einmal in der Woche. Mit der behandelnden Ärztin, die sehr sensibilisiert für die Problematik war, hatte ich ein gutes Kooperationsverhältnis. In gemeinsamen Besprechungen klärten wir ab, wer welche Aufgaben zu übernehmen hatte. Durch die Perspektive, daß Fatma, sofern ich keine bessere Unterkunft für sie auftun würde, wieder ins Frauenhaus zurückkehren müßte, und im Rahmen unserer nachgehenden Beratung für ehemalige Frauenhausbewohnerinnen fühlte ich mich noch für sie zuständig.

Während wir mit der Suche nach einer geeigneten Therapeutin und einer Wohngruppe beschäftigt waren, wurde Fatmas Vater auch aktiv. Seinen Versuch, seine Tochter in der Klinik zu besuchen, wies Fatma ab. Er hatte seinen Einfluß auf seine Tochter eingebüßt. Um aber doch noch Fatma in die Familie zurückzuholen und damit die Familienehre zu retten, holte er die fast 79jährige Großmutter aus der Türkei, die nun zum ersten Mal in der BRD war. Er wußte, welch großen Einfluß die Großmutter auf Fatma hatte. Es lag der Verdacht nahe, daß es ihm nicht nur daran gelegen war, Fatma irgendwie wieder in die Familie zu integrieren, sondern auch daran, sie in die Türkei zu bringen, damit sie nicht in dem Strafverfahren als Zeugin gegen ihn aussagen konnte.

Obwohl Fatma diesen Schachzug durchschaute, war es ihr nicht möglich, sich gegen den Willen der Großmutter zu stellen, die nun eigens in ihrem hohen Alter die weite Reise gemacht hatte, um Fatma in die Türkei zu bringen. Fatma sehnte sich auch nach ihrer Heimat, obwohl sie sich nicht vorstellen konnte, für immer dort zu leben. Sie ließ sich aber darauf ein, mit ihrer Großmutter in die Türkei zu fliegen, und plante, dort für drei Monate zu bleiben. Da wir beide sehr mißtrauisch bzgl. ihrer Rückkehrmöglichkeiten waren, versorgte ich sie mit Adressen von frauenfreundlichen Rechtsanwälten in der Türkei, fertigte Fotokopien von ihrem Paß an, von denen ich eine in Deutschland zurückbehielt und sie eine in ihrem Gepäck versteckte.

Fatma und ich verabredeten, daß sie sich aus der Türkei bei mir melden und nach ihrer Rückkehr ins Frauenhaus als Anlaufstelle kommen sollte.

Anschrift der Verfasserin

Siegrid Oerder, Fichardstraße 45, 6000 Frankfurt am Main 1

ANHANG

Anlage 1

FACHHOCHSCHULE FRANKFURT AM MAIN

ABSCHLUSSZEUGNIS

Herr/Frau ....

geboren am .... in ....

hat in der Zeit vom .... bis .... (5 Semester)

das Weiterbildende Studium (nach § 49 HHG)

PERSONENZENTRIERTE BERATUNG UND KRISENINTERVENTION

am Fachbereich Sozialpädagogik absolviert und erfolgreich abgeschlossen.

Studieninhalte nach Schwerpunkten

1. Theorie der klientenzentrierten Psychotherapie und Beratung
2. Tätigkeitsfeldspezifische Theorie, Diagnostik und Indikation im kooperativ-interdisziplinären Bezug
3. Theorie und Praxis der systematischen Erfassung, Dokumentation und Evaluation der Praxis
4. Personenzentrierte Methodik und Didaktik/tätigkeitsfeldbezogene Reflexion und Supervision
5. Personenzentrierte Lehrberatung, Selbstreflexion und Selbsterfahrung einzeln und in der Gruppe

Studienbegleitende Praxis im Bereich ....

Thema der Abschlußarbeit ....

....

....

Kolloquium am ....

Frankfurt am Main, den ....

Der Leiter des Prüfungsamtes — Die Leiterin des Weiterbildenden Studiums

- A 1 -

Prüfungsordnung für das Weiterbildende Studium
"Personenzentrierte Beratung und Krisenintervention"
an der Fachhochschule Frankfurt am Main

Frankfurt, 01.10.91

INHALT

I. Prüfungen

§ 1 Zweck der Prüfung
§ 2 Abschlußzeugnis

II. Aufbau des Studiums

§ 3 Gliederung des Studiengangs
§ 4 Ziele und Inhalte des Studiums
§ 5 Studienleistungen

III. Zulassung und Prüfungsorgane

§ 6 Zulassung zum Studium
§ 7 Prüfungsausschuß
§ 8 Prüfungskommission

IV. Prüfungsdurchführung

§ 9 Voraussetzungen, Zulassung
§ 10 Abschlußprüfung
§ 11 Schriftliche Abschlußarbeit
§ 12 Mündliche Prüfung
§ 13 Ergebnis der Abschlußprüfung, Abschlußzeugnis
§ 14 Wiederholung der Prüfung
§ 15 Widerspruch
§ 16 Einsicht in die Prüfungsakten
§ 17 Versäumnis, Rücktritt, Täuschung

V. Schlußbestimmung

§ 18 Inkrafttreten

I.

Prüfungen

§ 1

Zweck der Prüfung

Das Weiterbildende Studium "Personenzentrierte Beratung und Krisenintervention" schließt mit einer Abschlußprüfung ab. In der Abschlußprüfung soll der Kandidat/die Kandidatin nachweisen, daß er/sie

a) auf dem Gebiet der personenzentrierten Beratung und Krisenintervention wissenschaftliche Kenntnisse, Fähigkeiten und Methoden erworben hat und

b) diese Qualifikation selbständig in die berufliche Anwendung umzusetzen versteht.

§ 2

Abschlußzeugnis

1. Nach erfolgreich bestandener Prüfung wird dem Kandidaten/der Kandidatin vom Leiter bzw. der Leiterin des Prüfungsamtes ein Abschlußzeugnis (Anlage 1) verliehen.

2. Das Abschlußzeugnis wird vom Leiter bzw. von der Leiterin des Weiterbildenden Studiums und dem Leiter bzw. der Leiterin des Prüfungsamtes der Fachhochschule Frankfurt am Main unterzeichnet und mit dem Siegel der Hochschule versehen.

II.

Aufbau des Studiums

§ 3

Gliederung des Studienganges

Das Studium wird berufsbegleitend durchgeführt. Es erstreckt sich über fünf Semester mit insgesamt 640 Stunden. Dies entspricht insgesamt 40 Semesterwochenstunden (SWS). Im Durchschnitt muß - semesterunabhängig verteilt über das gesamte Weiterbildende Studium - mit einer wöchentlichen Belastung von ca. 6 Zeitstunden gerechnet werden. Hierbei sind erforderliche Eigenleistungen und in kollegialer Verantwortung durchgeführte Veranstaltungen mit eingeschlossen.

§ 4

Ziele und Inhalte des Studiums

Das Weiterbildende Studium hat den Anspruch, Fachkräften im psychosozialen Bereich methodisch fundierte Beratungskompetenzen zu vermitteln, die sie tätigkeitsfeldspezifisch einsetzen können. Die Grundlage hierzu bilden die Prinzipien der klientenzentrierten Psychotherapie nach Carl Rogers und aktualisiertes problembezogenes theoretisches Wissen im interdisziplinären Bezug.

Ziel ist es, Fachkräfte zu befähigen, über personenzentrierte Verstehens- und Verständigungsprozesse, Probleme in ihrem subjektiven und lebensweltlichen Kontext situativ zu erfassen und unter Berücksichtigung ganzheitlich orientierter, interdisziplinär-kooperativer Arbeitsprinzipien zu deren Bewältigung beizutragen.

Durch eine Verknüpfung sozialpädagogischer und sozialarbeiterischer Handlungskompetenzen mit den methodischen Prinzipien der klientenzentrierten Psychotherapie nach Carl Rogers sollen:

- Personen und Personengruppen in schwierigen Lebens- und Problemlagen, phasentypischen Belastungssituationen oder Entscheidungsfindungsprozessen unterschiedlichster Art professionell beraten werden,

- kranke, behinderte und psychosozial benachteiligte Kinder, Jugendliche, Erwachsene und alte Menschen im interdisziplinären Team fachlich-kompetent begleitet, unterstützt und gefördert werden und

- ganz allgemein die im Rahmen von Einzelfall- und Familienhilfe, Gruppen- und Gemeinwesenarbeit angebotenen Hilfe zur Selbsthilfe methodisch differenziert und wissenschaftlich fundiert werden.

Auf diese Weise sollen gezielt gesunde Anteile im Menschen gefördert werden, präventiv Folgen problemhaft verlaufender Entwicklungen materiell-existenzieller, körperlicher, geistiger, seelischer und sozialer Art vorgebeugt sowie rehabilitierend Personen und Personengruppen im dialogischen Prozeß geholfen werden.

§ 5

Studienleistungen

Die während des Weiterbildenden Studiums zu erbringenden Studienleistungen sind aus der Anlage 3 ersichtlich. Jede/r Student/in hat folgende 15 Studienleistungen zu erbringen:

1. **Theorie der klientenzentrierten Psychotherapie und Beratung I und II:**
   2 Studienleistungen (je eine im 1. und 2. Semester)
   Referat, Thesenpapier, schriftliche Hausarbeit, Fachgespräch

2. **Tätigkeitsfeldspezifische Theorie, Diagnostik und Indikation im kooperativ-interdisziplinären Bezug I, II und III:**
   3 Studienleistungen (je eine im 2., 3. und 4. Semester)
   Vorbereitung und Nachbereitung einer Sitzung (in schriftlicher Form), Fachgespräch

3. **Theorie und Praxis zur systematischen Erfassung, Dokumentation und Evaluation der Praxis I, II, III und IV:**
   4 Studienleistungen (je eine im 1. - 4. Semester)
   Feld- und Institutionsanalyse, Praxisbericht, Analyse und systematisierte Reflexion von Kriseninterventionen und/oder Beratungsverläufen, Fallanalyse und Fallstudie

4. **Methodik und Didaktik/ tätigkeitsfeldbezogene Reflexion und Supervision I, II, III und IV:**
   4 Studienleistungen (je eine im 1. - 4. Semester)
   Feld- und Institutionsanalyse, Praxisbericht, Analyse und systematisierte Reflexion von Kriseninterventionen und/oder Beratungsverläufen, Fallanalyse und Fallstudie

5. **Personenzentrierte Lehrberatung, Selbstreflexion und Selbsterfahrung einzeln und in der Gruppe:**
   2 Studienleistungen (bis zur Prüfungsanmeldung vorzuweisen)
   schriftliche Reflexion

Die Studienleistungen müssen semesterweise beurteilt werden. Sie erhalten die Bewertung "mit Erfolg bestanden" oder "nicht bestanden"; nicht bestandene Studienleistungen können beliebig oft wiederholt werden. Die Studienleistungen aus dem Bereich 5 müssen erst bei Anmeldung zur Prüfung vorliegen.

III.

Zulassung und Prüfungsorgane

§ 6

Zulassung zum Studium

1. Zugelassen werden kann gem. § 49 Abs. 3 HHG, wer über ein abgeschlossenes Hochschulstudium der Sozialarbeit oder Sozialpädagogik verfügt und mindestens 3 Jahre berufliche Erfahrungen in der sozialpädagogischen, sozialarbeiterischen, präventiven oder rehabilitierenden Praxis nachweisen kann.

   Zugelassen werden können auch Hochschulabsolventen/Hochschulabsolventinnen aus den Bereichen Erziehungswissenschaften, Psychologie, Medizin oder Rechtswissenschaften, wenn sie die folgenden Voraussetzungen nachweisen können (siehe Anlage 4 Ziff. 2):

   a) theoretische Grundlagen in Sozialpädagogik und Sozialarbeit

   b) theoretische Kenntnisse und praktische Fähigkeiten in personenzentrierter Gesprächsführung nach Carl Rogers

   c) mindestens 3 Jahre berufliche Erfahrungen in der sozialpädagogischen, sozialarbeiterischen, präventiven oder rehabilitierenden Praxis.

2. Zugelassen werden können gem. § 49 Abs. 3 HHG auch andere einschlägige Berufstätige, die die erforderliche Eignung in sozialpädagogischen und sozialarbeiterischen Tätigkeitsfeldern mit 6 Jahren Berufspraxis erworben haben und über theoretische Kenntnisse und praktische Fähigkeiten in personenzentrierter Gesprächsführung nach Carl Rogers verfügen. Das Vorliegen der erforderlichen theoretischen und praktischen Eignung wird durch ein in der Regel dreißigminütiges Gespräch festgestellt, welches von einem Prüfer/einer Prüferin im Sinne des § 55 Abs. 4 HHG sowie einem Beisitzer/einer Beisitzerin durchgeführt wird. Die Prüfer/Prüferinnen und Beisitzer/Beisitzerinnen werden vom Prüfungsausschuß bestellt.

3. Der Antrag auf Zulassung wird an den Prüfungsausschuß des Fachbereichs Sozialpädagogik gerichtet.

4. Dem Antrag auf Zulassung sind beizufügen:

   a) eine tabellarische Darstellung des Lebenslaufs, des beruflichen Werdegangs und der derzeit ausgeübten Berufstätigkeit sowie Angaben zum fachlichen Hintergrund der Bewerbung (siehe Anlage 4).

   b) der Nachweis einer abgeschlossenen Fachhochschul- oder Hochschulausbildung mit den Schwerpunkten Sozialpädagogik oder Sozialarbeit. Bei Bewerbern/Bewerberinnen anderer Studienrichtungen bzw. Studienfächern wird ein Nachweis verlangt zu den unter Punkt 2 in der Anlage 4 aufgeführten theoretischen Grundlagen. In Ergänzung dazu wird bei Bewerbern /Bewerberinnen entsprechend § 6 Abs. 2 dieser Prüfungsordnung der Nachweis verlangt über 6 Jahre einschlägige berufliche Tätigkiet.

   c) Belege zum Nachweis von Theorie und Praxis in personenzentrierter Gesprächsführung nach Carl Rogers inform von studienbegleitenden Leistungsnachweisen oder Bescheinigungen der Gesellschaft für wissenschaftliche Gesprächspsychotherapie (GwG) oder anderen von dem/der Leiter/Leiterin des Weiterbildenden Studiums als äquivalent anerkannte Bescheinigungen.

5. Bei überzähligen Bewerbern/Bewerberinnen entscheidet ein Zulassungsverfahren in Form eines Zulassungsgesprächs. Es beträgt mindestens 30 Minuten und wird durchgeführt vom Leiter bzw. der Leiterin des Weiterbildenden Studiums. Auswahlgrundsätze sind

   1. der Nachweise über theoretische und praktische Fähigkeiten in Sozialpädagogik und Sozialarbeit
   2. der Nachweis über Fähigkeiten im Denken und Handeln in Bezügen
   3. der Nachweise über theoretische Kenntnisse und praktische Fähigkeiten in personenzentrierter Gesprächsführung
   4. der Nachweis über Selbstreflexions- und/oder Supervisionserfahrungen
   5. die Einschlägigkeit der beruflichen Tätigkeit
   6. die Motivation des Bewerbers bzw. der Bewerberin zur Weiterqualifizierung sowie
   7. die zeitliche und persönliche Belastungsfähigkeit.

   Das Zulassungsgespräch wird mit einer Punktzahl von maximal 35 Punkten bewertet. Die Zulassungen erfolgen dann nach der Höhe der erreichten Punkte bis zur Besetzung des letzten freien Platzes im Weiterbildenden Studium. Das Ergebnis wird dem Bewerber/der Bewerberin schriftlich mitgeteilt.

§ 7

Prüfungsausschuß

1. Zuständig für alle Prüfungsangelegenheiten ist der Prüfungsausschuß des Fachbereichs Sozialpädagogik.

2. Der Vorsitzende bzw. die Vorsitzende des Prüfungsausschusses oder der/die stellvertretende Vorsitzende legt fest, welcher Professor/welche Professorin und welcher Beisitzer/welche Beisitzerin das Fachgespräch zur Zulassung gem. § 6 Abs. 2 dieser Ordnung führen. Er/sie setzt Termine zur Meldung und Durchführung der Prüfungen fest und gibt sie bekannt.

3. Der Prüfungsausschuß ist beschlußfähig, wenn mindestens drei seiner Mitglieder anwesend sind, darunter der/die Vorsitzende oder der/die stellvertretende Vorsitzende. Bei Stimmengleichheit entscheidet die Stimme des/der Vorsitzenden.

§ 8

Prüfungskommission

1. Die Mitglieder der Prüfungskommission werden vom Prüfungsausschuß bestimmt.

2. Die Prüfungskommission besteht aus drei Mitgliedern. Prüfungsberechtigt für die Abschlußprüfung sind alle Personen im Sinne des § 55 Abs. 4 HHG.

IV.

Prüfungsdurchführung

§ 9

Voraussetzungen, Zulassung

1. Zur Abschlußprüfung wird zugelassen, wer in jedem der 5 vorgeschriebenen Studienschwerpunkte die nach dieser Prüfungsordnung vorgesehenen Studienleistungen erfolgreich erbracht hat.

2. Die Zulassung ist zu versagen, wenn diese Voraussetzungen für die Ablegung der Prüfung nicht erfüllt sind; die Entscheidung ist dem Kandidaten/der Kandidatin mit Begründung schriftlich mitzuteilen.

§ 10

Abschlußprüfung

Die Abschlußprüfung besteht aus einer schriftlichen Abschlußarbeit und einer mündlichen Prüfung.

§ 11

Schriftliche Abschlußarbeit

1. Das Thema der schriftlichen Abschlußarbeit soll in der Regel dem thematischen Umfeld der Praxistätigkeit des Kandidaten/der Kandidatin entnommen werden. Der Kandidat/die Kandidatin kann hierzu Vorschläge unterbreiten, an die der Prüfungsausschuß nicht gebunden ist. Das Thema der Abschlußarbeit kann einmal von dem Kandidaten/der Kandidatin zurückgegeben werden, jedoch nur bis zum Ablauf der Hälfte der vorgesehenen Bearbeitungszeit. Wird die Abschlußarbeit zurückgegeben, so ist dem Kandidaten/der Kandidatin unverzüglich ein neues Thema zuzuweisen.

2. Die Abschlußarbeit ist in der Regel eine Einzelarbeit. Sie kann aber auch als Gruppenarbeit zugelassen werden; dann muß der als Prüfungsleistung zu bewertende Beitrag des/der Einzelnen aufgrund der Angabe von Abschnitten, Seitenzahlen oder anderen objektiven Kriterien, die eine eindeutige Abgrenzung ermöglichen, deutlich unterscheidbar und bewertbar sein und zeigen, daß der Kandidat/die Kandidatin in der Lage ist, selbständig nach wissenschaftlichen Methoden zu arbeiten.

3. Die Bearbeitungszeit beträgt 6 Wochen. Liegen Gründe vor, die der/die Kandidat/Kandidatin nicht zu vertreten hat, kann der/die Vorsitzende des Prüfungsausschusses im Einvernehmen mit dem/der betreuenden Referenten/Referentin die Bearbeitungszeit um höchstens 3 Wochen verlängern. Der Kandidat/die Kandidatin hat die Gründe glaubhaft zu machen. Kann der Kandidat/die Kandidatin auch diese Frist aus Gründen, die er/sie nicht zu vertreten hat, nicht einhalten, gilt die Fristüberschreitung als Rücktritt von der Abschlußarbeit.

4. Bei der Abgabe der Abschlußarbeit hat der Kandidat/die Kandidatin schriftlich zu versichern, daß er/sie seine/ihre Arbeit - bei einer Gruppenarbeit seinen/ihren Teil der Arbeit - selbständig verfaßt und keine anderen als die angegebenen Quellen und Hilfsmittel benutzt hat. Die Abschlußarbeit ist fristgerecht in 3 Exemplaren beim Vorsitzenden des Prüfungsausschusses (Abgabeort: Sekretariat des Fachbereichs Sozialpädagogik) abzuliefern, der Abgabezeitpunkt ist aktenkundig zu machen. Wird eine Arbeit nicht fristgerecht abgeliefert, so gilt sie als "nicht bewertet". Wird eine Arbeit aus Gründen, die der Kandidat/die Kandidatin zu vertreten hat, nicht fristgerecht abgeliefert, so gilt sie als "nicht bestanden".

5. Die Arbeit wird von zwei vom Prüfungsausschuß bestimmten Mitgliedern der Prüfungskommission beurteilt. Die Benotung der Arbeit lautet "mit Erfolg bestanden" oder "nicht bestanden". Entscheiden die beiden Prüfer unterschiedlich, so wird die Arbeit von dem dritten Mitglied des Prüfungsausschusses bewertet, dessen/deren Beurteilung den Ausschlag gibt.

§ 12

Mündliche Prüfung

1. Die mündliche Prüfung findet 4 Wochen nach Abgabe der Arbeit statt. Sie hat die Form eines Kolloquiums über die Abschlußarbeit und dauert in der Regel 30 Minuten.

2. Gemeinsame Prüfungen von nicht mehr als 3 Kandidaten/Kandidatinnen sind möglich.

3. Das Ergebnis des Kolloquiums wird durch die Prüfungskommission mit der Bewertung "mit Erfolg bestanden" / "nicht bestanden" festgestellt.

4. Über das Prüfungsverfahren ist ein Protokoll zu führen. Es muß enthalten:

a) Den oder die Namen des oder der Kandidaten/Kandidatinnen,
b) die Zusammensetzung der Prüfungskommission,
c) das Prüfungsthema, Dauer und Verlauf der mündlichen Prüfung,
d) die Bewertung und der gefaßte Beschluß über das Ergebnis,
e) die Unterschrift der Mitglieder der Prüfungskommission,
f) die Feststellung, daß die Prüfung nach den Bestimmungen dieser Prüfungsordnung durchgeführt wurde.

§ 13

Ergebnis der Abschlußprüfung, Abschlußzeugnis

1. Die Abschlußprüfung ist bestanden, wenn beide Teile der Abschlußprüfung bestanden sind. Über die "mit Erfolg bestandene" Abschlußprüfung erhält der Kandidat/die Kandidatin ein Abschlußzeugnis, das von dem Leiter bzw. der Leiterin des Prüfungsamtes ausgestellt wird (Anlage 1). Aus ihm gehen Teilnahme, Umfang, inhaltliche Schwerpunkte und Praxisanteile hervor.

2. Kandidaten/Kandidatinnen, die das Weiterbildende Studium nicht erfolgreich abgeschlossen haben, erhalten auf Antrag eine Teilnahmebescheinigung aus der vorgehen muß, daß die Abschlußprüfung endgültig nicht bestanden wurde.

§ 14

Wiederholung der Prüfung

Wird ein Teil oder beide Teile der Prüfung mit der Note "nicht erfolgreich" bewertet, kann dieser Teil einmal wiederholt werden. Der Bescheid über eine endgültig nicht bestandene Prüfung ist mit einer Rechtsbehelfsbelehrung zu versehen. Ein nichtbestandener Prüfungsteil kann einmal, mit Zustimmung des Prüfungsausschusses auch ein zweites Mal wiederholt werden.

§ 15

Widerspruch

Gegen Entscheidungen der Prüfungskommission ist innerhalb eines Monats nach Bekanntgabe Widerspruch beim Prüfungsausschuß möglich. Der Widerspruchsbescheid ist vom Prüfungsamt im Einvernehmen mit dem Prüfungsausschuß zu begründen und mit einer Rechtsmittelbelehrung zu versehen.

§ 16

Einsicht in die Prüfungsakten

1. Nach Abschluß des Prüfungsverfahrens wird dem Kandidaten/der Kandidatin auf Antrag Einsicht in die Prüfungsakten gewährt.

2. Der Antrag ist binnen eines Monats nach Bekanntgabe des Prüfungsergebnisses zu stellen. Der/die Vorsitzende bestimmt im Einvernehmen mit dem Kandidaten/der Kandidatin Ort und Zeit der Einsichtnahme.

§ 17

Versäumnis, Rücktritt, Täuschung

1. Eine Prüfungsleistung gilt als "nicht bestanden", wenn der Kandidat/die Kandidatin ohne triftige Gründe entweder zu einem Prüfungstermin nicht erscheint oder nach Beginn der Prüfung zurücktritt. Die für den Rücktritt oder die Versäumnis geltend gemachten Gründe müssen dem Prüfungsausschuß unverzüglich schriftlich angezeigt und glaubhaft gemacht werden. Im Falle von Krankheit des Kandidaten/der Kandidatin hat dies durch ein ärztliches Attest zu geschehen. Werden die Gründe anerkannt, so wird ein neuer Termin anberaumt.

2. Hat der Kandidat/die Kandidatin einen Täuschungsversuch unternommen, so kann der Prüfungsausschuß die Prüfung oder den entsprechenden Prüfungsteil für "nicht bestanden" erklären.

3. Wird nach Abschluß der Prüfung bekannt, daß Prüfungsteile oder die ganze Prüfung im Sinne der Prüfungsordnung unrechtmäßig zustande gekommen sind, hat der Prüfungsausschuß den Sachverhalt festzustellen und bei schwerwiegenden Verstößen Teile der Prüfung oder die ganze Prüfung als "nicht bestanden" zu bewerten bzw. "für nicht bestanden" zu erklären, gegebenenfalls das Abschlußzeugnis abzuerkennen und über eine mögliche Wiederholung zu beschließen.

4. Eine Entscheidung nach Ziffer 3 ist ausgeschlossen, wenn nach Aushändigung des Abschlußzeugnisses mehr als fünf Jahre vergangen sind.

V.
Schlußbestimmung

§ 18

Diese Prüfungsordnung tritt am Tag nach der Veröffentlichung im Amtsblatt des Hessischen Ministers für Wissenschaft und Kunst in Kraft.

Anlage 2

AUFBAU UND INHATLICHE ORGANISATION DES STUDIUMS

Das Weiterbildende Studium baut auf sozialpädagogische und sozialarbeiterische Grundlagen auf. Theoretische Kenntnisse und praktische Fähigkeiten in personenzentrierter Gesprächsführung nach Carl Rogers sind Voraussetzung.

Die Inhalte und die Organisation des Studiums richten sich nach einem stets veränderbaren und optimierbaren Modell im Hinblick auf gesellschaftliche, institutionelle und persönliche Entwicklungen. Es basiert auf der Grundlage komplex ausgerichteter theoretisch-analytisch und empirisch-faktisch gewonnener Informationen und Erkenntnissen zu bestimmten Problemen einerseits und methodisch geschulter personenzentrierter Verstehensprozesse andererseits. Beratungs- und Kriseninterventionshilfen setzen situativ an der Person in ihren subjektiv-erlebten und subjektiv-geprägten Problemen an und werden - entsprechend der Problematik - ergänzt durch Hilfen die weitere Bedingungszusammenhänge und Handlungsvollzüge miteinschliessen. Auf diese Weise soll in einem ganzheitlich verstandenen Sinne zu komplex angelegten Problembewältigungen beigetragen werden.

Entsprechend des hier vertretenen Verständnisses grenzen sich die Beratungs- und Kriseninterventionshilfen von heilkundlich orientierten psychotherapeutischen Hilfen ab. Sie konzentrieren sich auf die Bereiche der allgemeinen Gesundheitsförderung, der Prävention und Rehabilitation. Im Sinne der Hilfe zur Selbsthilfe geht es um die Entwicklung von Fähigkeiten zur eigenständigen und verantwortungsbewussten Problembewältigung und um die gezielte Förderung persönlicher Ressourcen und Selbstorganisationspotentiale. Entsprechend der Ansprüche an komplex angelegte Problembewältigungen basieren die Hilfen auf einem kooperativ-interdisziplinären Arbeitsverständnis.

Das Weiterbildende Studium setzt tätigkeitsfeldspezifisch an. Je nach Schwerpunktsetzung und Ausschreibung des Kurses wird in differenzierter und flexibler Weise theoretisch und praktisch gearbeitet. Einerseits wird die Methode der klientenzentrierten Psychotherapie von Carl Rogers vermittelt und andererseits werden ganz konkrete Problembereiche mit denen es die KursteilnehmerInnen zu tun haben dazu in Beziehung gesetzt. Schwerpunktsetzungen können sich beispielsweise ergeben aus den Bereichen der Kinder-, Jugend- und Familienhilfe entsprechend des Kinder- und Jugendhilfegesetzes (KJHG), aus den Problembereichen der interkulturellen Tätigkeit, der Trennungs- und Scheidungsberatung oder unter anderem der Problemfelder in Betrieben.

Neben vertiefenden theoretischen Grundlagen zur klientenzentrierten Psychotherapie und Beratung, Diagnostik, Indikation und Entwicklungsplanung nach Carl Rogers, werden durch hinzugezogene Experten bzw. Expertinnen aktualisierte Erkenntnisse vermittelt aus den Bereichen der Medizin / Psychiatrie, klinischen Psychologie und des Rechtes. Ergänzt werden diese grundlegenden und vertiefenden Veranstaltungen durch die problem- und tätigkeitsfeldspezifischen Schwerpunkte, die ebenfalls durch spezialisierte Fachkräfte abgedeckt werden können. Ihre theoretischen Beiträge werden fortlaufend im Zusammenhang mit der Alltagspraxis der Teilnehmer und Teilnehmerinnen verarbeitet.

In der direkten Kooperation der Ausbilder/Ausbilderinnen in personenzentrierter Beratung mit den Experten/Expertinnen werden in exemplarischer Weise die Prinzipien ganzheitsorientierten interdisziplinär-kooperativen Arbeitens erfahrbar.

Da Beratungsangebote und Kriseninterventionshilfen in der psychosozialen Arbeit in den seltensten Fällen dem Setting entspricht, das aus psychotherapeutischen Sitzungen bekannt ist, wird hier eine äusserst differenzierte Angleichung der Beratungs- und Kriseninterventionshilfen an die Spezifischkeit des Klientels und ihrer Problematik erforderlich. Ausserdem wird es auch in vielen Fällem schwierig, Beratungsgespräche - entsprechend der Bedingungen klientenzentrierter Psychotherapieausbildungen - mit Hilfe von Tonband oder Video zu dokumentieren, sodass die Entwicklung spezifischer schriftlicher Formen einer systematischen Erfassung, Dokumentation und Evaluation der Praxis verlangt wird. Diesen Anforderungen wird im Rahmen des Weiterbildenden Studiums - entsprechend der Grundprinzipien des klientenzentrierten Konzeptes von Rogers - in einem weiteren Studienschwerpunkt Rechnung getragen.

Der Hauptteil der Ausbildung besteht aus der personenzentrierten Methodik und Didaktik sowie der tätigkeitsfeldbezogenen Reflexion und Supervision der Praxis. Hier werden gemeinsam mit den Ausbildern und Ausbilderinnen und kollegial in Kleingruppen anhand von Tonband- oder Videoaufnahmen, Protokollen, Berichten und Falldarstellungen sehr konsequent und differenziert die methodischen Prinzipien von Rogers in das jeweilige spezifische Tätigkeitsfeld integriert. Ergänzend dazu werden die theoretischen Informationen zum Klientel und ihrer Problematik sowie Analysen zu den Institutionellen und gesellschaftlichen Bedingungen innerhalb denen die Beratungshilfen stattfinden zueinander in Bezug gesetzt.

Im Rahmen von Lehrberatungen, selbstreflexiven Angeboten sowie Veranstaltungen zur Selbsterfahrung einzeln und in der Gruppe erhalten die Teilneher und Teilnehmerinnen des Weiterbildenden Studiums zum einen eine Möglichkeit die personenzentrierten Beratungsprinzipien lernend selbst zu erfahren sowie eigene berufs- und klientenbezogene Probleme persönlich bearbeiten zu können. Ziel wird es hier sein, der Persönlichkeitsentwicklung und Persönlichkeitsbildung der Fachkräfte beizutragen, was die psychische Stabilisierung in dem äusserst anspruchsvollen Berufsfeld unterstützen soll.

Anlage 3

LEHR - UND LERNBEREICHE

(1 SWS = 16 Stunden pro Semester)

	Veranstaltungen Vorlesungen, Übungen, Seminare		Semester 1	2	3	4	5	SWS	Leistungsnachweis
1.	Theorie der klienten-	I	2						X
	zentrierten Psycho-	II		2				5 = 80	X
	therapie und Beratung	III			1				
2.	Tätigkeitsfeldspezifische	I		1					X
	Theorie, Diagnostik und	II			2			7 = 112	X
	Indikation im kooperativ-	III				2			X
	interdisziplinären Bezug	IV					2		
3.	Theorie und Praxis der	I	1						X
	systematischen Erfassung,	II		1					X
	Dokumentation und	III			1			7 = 112	X
	Evaluation der Praxis	IV				2			X
		V					2		
4.	Personenzentrierte Methodik	I	3						X
	und Didaktik, Tätigkeits-	II		3					X
	feldbezogene Reflexion	III			3			15 = 240	X
	und Supervision	IV				3			X
		V					3		
5.	Personenzentrierte Lehr-	I	2						2 Leistungs-
	beratung, Selbstreflexion	II		1					nachweise
	und Selbsterfahrung	III			1			6 = 96	(vorzuweisen
	einzeln und in der Gruppe	IV				1			bei Prüfungs-
		V					1		anmeldung)
	Gesamt		8	8	8	8	8	40 = 640	15
	Hiervon sind:								
	Lehrstunden		4	4	4	4	4	20 = 320	
	Eigenleistungen, Kollegiale Beratung und Supervision		4	4	4	4	4	20 = 320	

Anlage 4

ANGABEN ZUM FACHLICHEN HINTERGUND

1. Hochschul- bzw. Fachhochschulabschluß O ja O nein

Falls ja:

Studienabschluß im Jahre 19____

an der ______________________________ in ______________________________

im Fach: ______________________________

mit dem Schwerpunkt: ______________________________

Berufliche Praxis im Bereich (Institution, Zielgruppe, Dauer)
ggf. Beiblatt anfügen

____

____

____

Falls nein: (sozialpädagogische/sozialarbeiterische Tätigkeit von mindestens 6 Jahren Dauer im Einzelnen aufgeführt):

von bis : ______________________________

von bis : ______________________________

von bis : ______________________________

____

____

z.Zt. tätig als (Funktion, Zielgruppe)

---

in/bei (Institution/Träger)

O arbeitssuchend

Hat Ihre derzeitige berufliche Tätigkeit eher beratenden Charakter?

O ja O nein

wenn nein, welchen?

---

2. Für Bewerber/Bewerberinnen ohne Studienabschluß mit den Schwerpunkten Sozialpädagogik/Sozialarbeit:

Können Sie theoretische Grundlagen in folgenden Bereichen nachweisen:

2.1. Handlungskonzepte und Tätigkeitsfelder der Sozialpädagogik und Sozialarbeit

O ja O nein

Belege O ja O nein

2.2. Sozialisation und Erziehung (insb. Entwicklungspsychologie, Theorien zum Verhältnis von Gesellschaft und Persönlichkeit sowie zur Sozialisation und Gesundheit)

O ja O nein

Belege O ja O nein

2.3. Psychische und physische Störungen und Bedinderungen (insb. auch Devianztheorien)

O ja O nein

Belege O ja O nein

2.4. Familie und Gruppe O ja O nein

Belege O ja O nein

2.5. Recht in den für die psychosoziale Praxis relevanten Gebieten O ja O nein

Belege O ja O nein

2.6. Strukturen, Funktionen und Arbeitsweisen sozialpädagogisch relevanter Institutionen

O ja O nein

Belege O ja O nein

- A 6 -

2.7. Wesen und Funktionen ökonomischer, politischer und staatlicher Systeme (insb. zur Wirtschafts- und Sozialstruktur der Bundesrepublik Deutschland)

O ja O nein

Belege O ja O nein

Differenzierungen und nähere Erläuterungen ergeben sich aus der Prüfungsordnung des Fachbereichs Sozialpädagogik der Fachhochschule Frankfurt am Main vom 17. Mai 1983 unter § 14 Theoriebereich.

3. Verfügen Sie über theoretische und praktische Grundlagen in personenzentrierter Gesprächsführung nach Carl Rogers?

O ja O nein

Erworben durch:

O studienbegleitende Seminare	Belege	O	ja	O	nein
O Ausbildungskurse der GwG	Belege	O	ja	O	nein
O andere Einrichtungen oder Institutionen	Belege	O	ja	O	nein

In welcher?
___

4. Verfügen Sie über persönliche Erfahrungen mit dem klientenzentrierten Konzept?

O ja O nein

Durch

Einzeltherapie	O	ja	O	nein
Gruppentherapie	O	ja	O	nein
Einzelberatung/ Einzelsupervision	O	ja	O	nein
Teamsupervision	O	ja	O	nein

5. Verfügen Sie über persönliche Erfahrungen mit anderen psychotherapeutischen oder beratenden Ansätzen (und welchen) in der

Einzeltherapie	O	ja	O	nein
Gruppentherapie	O	ja	O	nein
Einzelberatung/ Einzelsupervision	O	ja	O	nein
Teamsupervision	O	ja	O	nein

AUTORINNEN- UND AUTORENVERZEICHNIS

Prof. Dr. jur. FRIEDRICH BARABAS

geb. am 10.10.1943; tätig an der Fachhochschule Frankfurt am Main, Fachbereich Sozialpädagogik;

Arbeitsschwerpunkte früher und heute:
Jugendhilfe- und Familienrecht sowie Berufsrecht der sozialen Arbeit; Jugendhilfe im internationalen Vergleich.

UTE BINDER (Diplom-Psychologin)

tätig als Klinische Psychologin/Psychotherapeutin (BDP) in freier Praxis;

Arbeitsschwerpunkte früher und heute:
Psychotherapie bei schweren psychischen Störungen, Entwicklung einer störungsspezifischen, klientenzentrierten Psychotherapie und Krankheitslehre - mit Schwerpunkt Depressionen, Eßstörungen, Schizophrenien.

Dr. JOHANNES BINDER (Diplom-Psychologe)

tätig als Klinischer Psychologe/Psychotherapeut (BDP) in freier Praxis;

Arbeitsschwerpunkte früher und heute:
Psychotherapie bei schweren psychischen Störungen, Entwicklung einer störungsspezifischen, klientenzentrierten Psychotherapie und Krankheitslehre - mit Schwerpunkt Psychosomatische Störungen, Depressionen.

Prof. Dr. Margrit Brückner

geb. am 2.9.1946; Professorin für Soziologie an der Fachhochschule Frankfurt, Fachbereich Sozialarbeit ;

Arbeitsschwerpunkte früher und heute:
Gewalt gegen Frauen, Theorien weiblicher Identitätsbildung, Geschlechterverhältnis, Psychoanalyse und Sozialarbeit.

Prof. Dr. HANS-VOLKER HAPPEL

geb. am 24.10.1948; Professor an der Fachhochschule Frankfurt am Main, Fachbereich Sozialpädagogik;

Arbeitsschwerpunkte früher und heute:
Klinisch-psychologische Tätigkeiten in Psychosomatischer Klinik und Psychiatrischem Krankenhaus; Teamsupervision in Suchtinstitutionen; Mitarbeit im AK "Prävention" der Hessischen Landesstelle gegen die Suchtgefahren; wissenschaftlicher Leiter des Forschungsprojektes "Selbstheilung bei Drogenabhängigen"; Organisation von Beschäftigungsprojekten zur beruflichen Rehabilitation von DrogengebraucherInnen und Substituierten; Mitwirkung beim Drogennotruf.

SIEGRID OERDER (Sozialpädagogin, grad. Diplom-Pädagogin)

geb. 1950; tätig als Sozialarbeiterin im Autonomen Frauenhaus Frankfurt am Main;

Arbeitsschwerpunkte früher:
Arbeit mit Kindern und Jugendlichen;
Arbeitsschwerpunkte heute:
Beratung und Krisenintervention mit mißhandelten Frauen, insbesondere Ausländerinnen; Spieltherapie.

Prof. Dr. med. WOLFGANG M. PFEIFFER

geb. am 23.10.1919; pensioniert; in kleinem Umfang noch Psychotherapie; Lehrauftrag am Psychologischen Institut der Universität Erlangen;

Arbeitsschwerpunkte früher:
Psychiatrie; Medizinische Psychologie; Psychotherapie; Psychopathologie; Psychotherapie im Kulturvergleich;
Arbeitsschwerpunkte heute:
Integration der Gesprächspsychotherapie in die Kultur Mitteleuropas; Anwendung des person-centered approach auf die Medizin.

Dr. AGOSTINO PORTERA (Diplom-Psychologe)

geb. am 19.11.1958; tätig an der Pädagogischen Hochschule Freiburg als wissenschaftlicher Angestellter;

Arbeitsschwerpunkte früher und heute:
Diagnostik, Beratung und Therapie mit Ausländischen Migranten und deren Kindern; Forschung und Lehre im Bereich der Migration und psychischen Gesundheit.

WOLFGANG SCHERER (Diplom-Soziologe und grad. Sozialarbeiter)

geb. am 9.6.1947; tätig an der Fachhochschule Frankfurt am Main als Geschäftsführer der Schriftenreihe und Lehrbeauftragter mit den Schwerpunkten 'Recht und Institution', 'Freie Wohlfahrtspflege'; ehrenamtlicher Mitarbeiter im Frankfurter Arbeitslosen Zentrum;

Arbeitsschwerpunkte früher:
Verwaltungsbeamter im mittleren Dienst; Sozialarbeiter in Gemeinwesenarbeit und Familienfürsorge/Allgemeiner Sozialer Dienst; Wissenschaftlicher Mitarbeiter;
Arbeitsschwerpunkte heute:
Sozialhilfe, Soziale Bewegung, Selbsthilfe und Selbstorganisation.

Prof. Dr. med. habil. GERT-WALTER SPEIERER (Diplom-Psychologe)

geb. am 19.07.1941; Leiter der Einheit Medizinische Psychologie der Universität Regensburg;

Arbeitsschwerpunkte früher:
Gruppenmethoden im Medizinunterricht; Dimensionen des Erlebens in Selbsterfahrungsgruppen; Diagnose, Indikation und Ergebnisse der ambulanten Gesprächspsychotherapie; Intelligenz, Persönlichkeit und Sozialisationsaspekte bei Studierenden der Medizin;
Arbeitsschwerpunkte heute:
Arbeiten zur Krankheitstheorie der Klientenzentrierten Psychotherapie; Aufbau eines Internationalen Gesprächspsychotherapiearchivs in Regensburg (IGAR).

Prof. URSULA E. STRAUMANN (Diplom-Psychologin, Diplom-Pädagogin)

geb. am 7.1.1944; tätig als Professorin an der Fachhochschule Frankfurt am Main, Fachbereich Sozialpädagogik;

Arbeitsschwerpunkte früher und heute:
Soziale und psychische Devianz; Sozialepidemiologie; Handlungskonzepte der Sozialpädagogik und Sozialarbeit, insbesondere Gemeinwesenarbeit, soziale Brennpunktarbeit; Krisenintervention, Beratung, Gesundheitsförderung und Prävention; Praxisreflexion, Supervision; Institutions- und Organisationsberatung.

Prof. WIEBKE WÜSTENBERG

geb. 1941; tätig an der Fachhochschule Frankfurt am Main, Fachbereich Sozialpädagogik;

Arbeitsschwerpunkte früher:
Sozialpädagogische Arbeit in Kinderheim, Mädchenheim, Kindergarten, Schulkindergarten, Sonderschule für Lernbehinderte und Geistigbehinderte, Kinderwerkstatt im Community Centre in England; Forschungsaufenthalt in Australien 1986-1988: Studium der Regierungskampagne in NSW gegen den sexuellen Mißbrauch an Kindern;
Arbeitsschwerpunkte heute:
Kleinstkinderziehung; Freinetpädagogik; Gewalt gegen Kinder, Kinder- und Jugendschutz; Frauen und Gesundheit.

Titelliste GwG-Verlag

Meyer-Cording, G., Speierer, G. W. (Hrsg.):
Gesundheit und Krankheit, Theorie, Forschung und Praxis der Klientenzentrierten Gesprächspsychotherapie *heute*,
Köln, GwG-Verlag, 1990, ISBN 3-926842-05-9 — DM 29,80

Deter, Detlev, Straumann, Ursula (Hrsg.):
Personenzentriert Verstehen – Gesellschaftsbezogen Denken – Verantwortlich Handeln,
Köln, GwG-Verlag, 1990, ISBN 396842-06-7 — DM 29,80

Behr, Michael, Esser, Ulrich:
Macht Therapie glücklich?
Köln, GwG-Verlag, 1991, ISBN 3-926842-07-5 — DM 29,80

Rogers, Carl R.:
Eine Theorie der Psychotherapie, der Persönlichkeit und der zwischenmenschlichen Beziehung (Hrsg.: S. Koch, 1975)
Deutsche Übersetzung, Köln, 3. Auflage,
GwG-Verlag, 1991, ISBN 3-926842-00-8 — DM 15,–

Hutter, Adalbert:
Psychotherapie und psychosoziale Versorgung.
Köln, GwG-Verlag, 1991, ISBN 3-926842-10-5 — DM 34,80

Swildens, Hans:
Prozeßorientierte Gesprächspsychotherapie,
übersetzt und herausgegeben von Wolfgang M. Pfeiffer,
Köln, GwG-Verlag, 1991, ISBN 3-926842-08-3 — DM 29,80

Straumann, Ursula:
Beratung und Krisenintervention,
Materialien zum theoretischen Wissen im interdisziplinären Bezug,
Köln, GwG-Verlag, 1991, ISBN 3-926842-12-1 — DM 29,80

Paulus, Peter:
Prävention und Gesundheitsförderung,
Perspektiven für die psychosoziale Praxis,
Köln, GwG-Verlag, 1992, ISBN 3-926842-11-3 — DM 29,80

Buchbestellungen bei: GwG-Verlag Köln
Richard-Wagner-Straße 12
5000 Köln 1

Carl R. Rogers

Eine Theorie der Psychotherapie, der Persönlichkeit und der zwischenmenschlichen Beziehungen

In authentischer und wirklich allgemeinverständlicher Sprache
liegt hier – erstmals in deutsch –
Rogers' eigene, 82seitige Zusammenfassung seiner Beziehungs-,
Persönlichkeits- und Psychotherapietheorie vor.
Rogers verfaßte diesen Beitrag nach langem Zögern für die amerikanische Enzyklopädie:
Sigmund Koch (Hg.): Psychology, A Study of a Science, New York 1959.

Deutsche Erstaus

GwG *Thema* **2. Auflage**

Gesellschaft für wissenschaftliche Gesprächspsychotherapie e.V.

Hans Swildens

Prozeßorientierte Gesprächspsychotherapie

Einführung in eine differenzielle Anwendung des klientenzentrierten Ansatzes bei der Behandlung psychischer Erkrankungen

Unter Mitwirkung von Olaf de Haas

Herausgegeben und ins Deutsche übersetzt von Wolfgang M. Pfeiffer

GwG
Gesellschaft für wissenschaftliche Gesprächspsychotherapie e.V.

Gesetze für soziale Berufe

§§ 1 Kilo Paragraphen §§

oder darf's ein bißchen mehr sein ?

114

Gesetze und Verordnungen

Inhaltsübersicht auf Seite 435

FACHHOCHSCHULVERLAG

Materialien zur Sozialarbeit und Sozialpolitik Band 30

Fachhochschule Frankfurt am Main · Fachbereich Sozialarbeit · Fachbereich Sozialpädagogik